Christoph Wilhelm Aigner

Die schönen bitteren Wochen des Johann Nepomuk

Christoph Wilhelm Aigner

Die schönen bitteren Wochen des Johann Nepomuk

Roman

Deutsche Verlags-Anstalt
München

Nur die Kraftausdrücke sind nicht erfunden.
Dafür entschuldige ich mich sofort.

Christoph Wilhelm Aigner

Zwar gibt es bisweilen etwas, wovon es heißt:
Sieh dir das an, das ist etwas Neues –
aber auch das gab es schon in den Zeiten,
die vor uns gewesen sind.
Nur gibt es keine Erinnerung an die Früheren …

Besser ein junger Mann, der niedriger Herkunft,
aber gebildet ist,
als ein König, der alt, aber ungebildet ist …

Altes Testament, Das Buch Kohelet

Himmel, Himmel, kommst du wieder, wieder
im Traum! Das kann nicht sein: dass du erloschen bist,
dass hier der Tag, ein weißes Blatt, ganz niederbrannte, nieder
zu diesem bisschen Rauch, zu diesem Aschenrest!

Ossip Mandelstam

Schweigen hat keine Geschichte.

George Steiner

Jetzt bin ich so alt wie Mariella damals. Das ist sieben Jahre her. Manchmal erscheinen mir zwei Leben seitdem vergangen zu sein, zuweilen kommts mir vor, als hätte sich bloß ein Tag wie ein weißes Blatt dazwischen geschoben.

Wenn ichs unvoreingenommen betrachte, sind die wenigsten Entscheidungen auf meinem Mist gewachsen. In der Hauptsache sind es Zufälle, auf denen ich ein Stück weiter rutschte und mit denen ich mich arrangierte, bis zum nächsten Zufall, an den ich mich anzupassen oder den ich zu steuern versuchte.

Manche Zufälle waren haltbarer, andere beeinflussten mich nicht so nachhaltig, aber im Nachhinein kann man sagen, auch sie bestimmen mit, wie ein Leben so geht.

Auch kurze und kaum beachtete Zusammenstöße ändern ein wenig die Richtung eines jeden. Wie man eben in der Fußgängerzone unter Leuten geht, hier angestoßen wird und leicht ausweicht, und diese selbstverständliche Abweichung, dieses Wegnehmen des Arms, die Drehung, der halbe Schritt zur Seite, führen vielleicht dazu, dass man auf die andere Seite geht, wo man hofft, freier voranzukommen.

Also: man wird zweimal leicht berührt und ändert ganz entscheidend seinen Weg, ohne groß darüber nachzudenken, ohne das, was man bewusst Entscheiden nennt. Wenn man überlegt, was man überhaupt je bewusst entschieden hat, bleibt nicht viel übrig.

Man kann schon einmal gar nicht entscheiden, wie man erzogen wird, wie und wo man aufwächst. Und das ist doch wichtig, denn hier wird vorbereitet, wie du später sein wirst, welche Sehnsucht du haben wirst und welche nicht, ob du willst oder nicht, wie bewusst es dir wird oder auch nicht. Das will aber kaum wer glauben, denn man meint, später kann man machen was man will. Wenn man selber entscheiden kann, nimmt man sein Leben so in die Hand, wie es einem gefällt und richtig erscheint. Mit dieser Illusion aufgepumpt schwimmen wir im Meer der Zufälle herum.

Zuweilen hängt man sich an einen Zufall wie an einen Rettungsreifen, und wenn er hält, bleibt man an ihm dran oder auf ihm drauf. Dann hat man das Gefühl von Dauerhaftigkeit und glaubt, alles selbst in der Hand gehabt zu haben. Aber wie viele haben zum Beispiel selbst ihren Beruf gewählt? Wovon war die Wahl, wenn es überhaupt eine war, abhängig? Wie und durch welche Umstände ist man da hingeraten? Wie bewusst hat man schließlich Bekanntschaften geschlossen?

Darüber, was man Zufall nennt, oder Schicksal, oder Vorhersehung, haben viele nachgedacht, auch jene, die das Nachdenken über Zusammenhänge zwischen dem Denken und der Welt zum Beruf gemacht haben. Der Philosoph ist der, der die Weisheit gern hat, die griechische Sophie, und das Philo heißt Freund oder auch Liebhaber, und klingt ein wenig nach dem französischen Filou.

Es wäre nicht schlecht, wenn man auf dem Wissen, das sich andere vor uns erworben haben, aufbauen könnte, sodass man sich ein paar Wege erspart, auf denen man sich leicht verirren kann, oder von denen man vielleicht gar nicht mehr wegkommt. So ein paar Faustregeln nur. Obwohl Faustregeln auch nicht viel mehr sind als gute Sprichwörter. Oder sagt man Sprichworte? Da stimmt was nicht. Denn ein Sprichwort ist ein Satz, und nicht ein Wort.

Warum bin ich denn jetzt darauf gekommen? Ah ja, wegen des Zufalls. Dass man sich wegen der Zufälle nicht den Kopf groß verdirbt und nachdenkt, was wäre wenn oder was hätte sein können oder was würde gewesen sein.

Das sind so Pfannensätze, in die man andere haut, verkappte köchelnde Vorwürfe, um nicht über sich nachdenken zu müssen.

Ich gehe vom Training heim. Etwas später als sonst. Etwas viel später, weil die Tochter des Sektionsleiters an der Bar ausgeholfen hat. Das Training beginnt um sechs, um acht ist Schluss, duschen, umziehn, noch in die Vereinskantine. Normalerweise ist man spätestens um neun draußen. Aber jetzt ist es fast zehn. Der starke Geruch nach Rasen und Erde. Und immer das Muffeln in der Trainingstasche. Kommt alles feucht hinein. Die nassen Fussballschuhe, unterm Wasserhahn vor den Kabinen von den Erdklumpen zwischen den Stollen befreit, das verschwitzte Trainingszeug, die Socken, das nasse Handtuch. Auch das Licht scheint zu muffeln, wenn die Nachwuchsmannschaft trainiert, da werden nur zwei Funzeln am Platz eingeschaltet, und die Hälfte der Anlage ist dämmrig bis dunkel, grasnass, erdschweißig, irgendwie gärig, als würde das Licht durch Gärung entstehen.

Hat auch seinen Vorteil, wenn ein Teil des Platzes im Dunkeln liegt, sieht der Trainer nicht, wenn man nicht Vollgas gibt. Die Steigerungsläufe zum Beispiel über den ganzen Platz, tja, ob man da das letzte Stück voll sprintet oder nicht, ist auf der dämmrigen Seite des Platzes nicht richtig zu sehn. Wenns uns zu schwer wird und wir keine Lust mehr haben, sprechen wir uns ab, nur gebremst zu laufen, etwa alle gleich schnell beim Sprint. Der Trick ist, statt zu beschleunigen, kleinere Schritte zu machen, das sieht schneller aus und kostet weniger Kraft. Wenn da aber einer zu weit vorne ist, merkt der Trainer gleich, dass die anderen largieren, und wenn er das sieht, gibts Extrarunden. Wenn also einer den Sprint trotz Abmache durchzieht, sehn wir ziemlich doof aus, aber das macht der Streber nur einmal.

Ich trainiere dreimal die Woche, mit der Kampfmannschaft sowieso, bin aber auch beim Nachwuchstraining dabei, weil ich noch bei den Junioren spielen kann.

Ist ein gutes Gefühl, wenn man ernsthaft trainiert, aber erst nachher. Während der Schleiferei hat man immer den Drang, sich ein paar Liegestütze zu ersparen, das Bauchpressen und die Klappmesser nur halb auszuführen, Abkürzungen beim Ausdauertraining zu laufen, denn der Trainer kann die Augen nicht überall haben.

Nein nein, fast jeder von uns trainiert normalerweise voll, wär man ja blöd, die Kraft brauchst du am Wochenende, aber manchmal muss so etwas auch sein. Freut einen ja nicht immer, eigentlich, um ehrlich zu sein, freut einen das Training nie. Aber beim abschließenden Spielchen läuft man wieder, als wäre man nicht gerade erst vor fünf Minuten zusammengeklappt und hätte gekeucht und gejammert: i kn ni mea.

Klar stehn alle nackt unter der Dusche, was hättstn du geglaubt? Nein, das nicht. Man kennt einander ja, da schaut man nicht viel. Einer aber, das war irgendwie unwirklich, ein Neueinkauf, einsneunzig groß, der hatte einen wie ein Pferd, aber im ausgefahrenen Zustand beim Pferd. Fast bis zu den Knien hing ihm der, der brauchte eine Spezialhose, also eine Innenhose in der Innenhose der Sporthose.

Als er zu uns gekommen war, hatte er eine Freundin, die sogar beim Training dabei war, das heißt, sie hat in der Kantine auf ihn gewartet, dann sind sie umarmt weg, aber nach drei Wochen war die nicht mehr da.

Hat wer gesagt, dass er unglücklich ist. Das konnten wir uns nicht vorstellen, so ein Kerl mit so einem gewaltigen Stollen. Vor dem mussten sich doch alle sofort auf den Rücken legen und zu gurren beginnen, dachten wir bewundernd. Aber irgendwas stimmte nicht. Meist nur eine Woche, höchstens drei Wochen dauerten seine Begleitungen. Obwohl der unbedingt eine feste Freundin für die Ewigkeit wollte. Er war immer bedrückt, wenn ihn eine verlassen hat, das merkte man auch am Spiel. War ein solider defensiver Mittelfeldspieler, aber wenn ihn eine verlassen hatte, produzierte er Fehlpässe, die einfachsten Bälle schob er zum Gegner, wir hofften immer, dass er fürs nächste Wochenende eine neue Freundin findet.

Wenn er auf der Tribüne eine sitzen hatte, klopfte er eine fehlerlose Partie herunter. Für das übernächste Wochenende wetteten wir schon, wann er ausgetauscht wird, weil keine auf der Tribüne saß, für die er laufen konnte, und er immer langsamer wurde, bis er raus musste.

Es ging das Gerücht, dass unser Präsident, ein sehr kirchentreuer Abgeordneter aus der konservativen Partei, dem Erfolg der Mannschaft zuliebe sich um Nachschub für den blonden blauäugigen Recken bemühte.

Unser Präsident soll eine Dame bezahlt haben, damit sie unserem teuersten Einkauf bis Ende der Spielsaison treu bleibt. Tatsächlich kam da eine Braut, eine Wienerin, damals eine Sensation in der Provinz, mit ihm händchenhaltend zu den Spielen, und er lief zu konstanter Form auf und redete von Hochzeit. Wir freuten uns mit ihm, vor allem weil wir am rechten Flügel unverwundbar waren, wir wurden erste und bauten den Vorsprung aus, aber fünf Spiele vor Ende, als uns die Meisterschaft auch theoretisch nicht mehr zu nehmen war, hat uns die Dame verlassen.

Wir hatten uns an ihre heiseren und nicht gerade eleganten Anfeuerungen in breitestem Dialekt gewöhnt, und uns erschien die Tribüne bei den letzten Spielen leer, obwohl viel mehr Leute kamen. Sie brachte uns sogar während des Spiels zum Lachen. Sie schrie zum Beispiel nach einem Tackling, bei dem er mit dem Gegenspieler, der sich unfreiwillig in ihn verflochten hatte, auf der Outlinie zu liegen kam, in grellstem Idiom: Schaut euch den an! Der Hund steigt ihm nicht mehr herunter! Wirst du jetzt zum Aufreiten aufhörn, du kleines Schweindi!

Unser Langer verfiel nach ihrem Abgang auf der Reservebank. Wir waren in jedem Jahr aufgestiegen, ein Durchmarsch von der untersten Klasse in die dritte Liga. Er spielte noch zwei Saisonen und hörte dann auf, war aber, als der Verein in die Bundesliga aufstieg, als Manager dabei. Da war ich schon weg.

Sicher ist das uninteressant, wie komm ich denn darauf. Wegen des Zufalls? Ja, also, weil ich so spät vom Platz wegging.

Nein, nicht wegen der Tochter des Sektionsleiters, nicht direkt wegen ihr, die war vielleicht fünfzehn, aber da sind vier von den Junioren gewesen, einer davon war früher einmal Jugendspieler hier und wollte wieder anfangen, ich kannte den vom Sehen, und der wollte der Sektionsleitertochter imponieren, nur war er nicht der Hellste, und so luden ihn die andern drei auf die Getränke ein, und da war heimlich Schnaps drin.

Je mehr er trank, desto durstiger wurde er, und war ganz gerührt, weil er so beliebt war, und die Sektionsleitertochter spielte mit und mischte die doppelten Schnäpse hinein, bis er lallend umsank. Sie legten ihn auf die Bank vor den Kabinen, und die Sektionsleitertochter musste eine Schüssel mit warmem Wasser bereitstellen für seine Hand, und sofort gings los. Der hörte gar nicht mehr auf zu pissen, es rann ihm aus den Hosenbeinen und sickerte über den Hosenbund, da war kein trockener Fleck mehr bis zum Hals, und der brunzte immer noch grunzend weiter. Da bin ich gegangen.

Das Stadion lag unter Straßenniveau und war von hohen Holzwänden umgeben, nur das Haupttor war neu aus Eisen und Aluminium und konnte so weit geöffnet werden, dass Rettung und Feuerwehr durchkamen. Eigentlich war es noch kein richtig großes Stadion. An der einen Längsseite des Spielfelds waren die Kantine und die Umkleidekabinen für die Mannschaften und Schiedsrichter und Duschen und Veranstaltungsraum und die Wohnungen für Platzwart und Sektionsleiter, auf der andern, in die Böschung gebaut, die Tribüne mit den Holzbänken, dahinter der Trainingsplatz, rund um den Platz die Aschenbahn, es gab ja auch die Leichtathletiksektion, aber ich habe nie einen Leichtathleten gesehen, und die Aschenbahn war frei für Strafrunden oder die gefürchteten Achthundert-Meter-Läufe.

Mir egal, was die Mutter sagen könnte, dass ich später heimkomme. Ich hatte immerhin schwer gearbeitet heute, ich hatte in zwei Stunden Schleppen, Umfüllen und Umladen am Hafen mehr verdient als in einer Woche in der Gurkenfabrik.

Werde ihr die Hälfte vom Geld auf den Küchentisch legen. Sie glaubt, ich liefere ihr alles ab, und sie wird, während sie die Hand nach den Scheinen ausstreckt, zu den Scheinen am Tisch sagen, wieso kommst du so spät, aber da werde ich schon an der Tür zu meinem Zimmer sein.

Heute Früh habe ich sie kurz gesehen, ich hatte das Schulzeug in die Tasche gesteckt, mir den Milchkaffe gemacht, und als ich zur Haustür hinaus bin, hab ich gehört, wie ihre Schlafzimmertür aufgeht, mich umgedreht, da stand sie vom Türstock halbiert und sagte, du bist aber spät dran. Ich hab nichts gesagt und die Tür zugemacht, und ab die vier Kilometer zu Fuß zur Schule.

Schön an dem Weg war die Kastanienallee. Lange Allee mit großen weitgreifenden Bäumen, und die Blätter stapelten sich hoch am Boden, dass ich die Füße nicht hob, sondern durchs Laub schleifte, und die gelben, roten, braunen, grünen Bätter schoben sich die Schienbeine hoch mit schnurrenden, surrenden, prickelnden Lauten, und zuweilen fielen

Kastanien aus der würzfeuchten Baumkronenluft und zerquetschten beim Aufschlagen einen Moll-Ton. Dort ging nie jemand in der Früh, die meisten in meinem Alter hatten ein Moped oder zumindest ein Fahrrad oder wurden noch immer von den Eltern im Wagen vorgefahren. Die neun Fahrschüler in meiner Klasse kamen vom Bahnhof, und aus meiner Gegend, da gingen nicht viele aufs Gymnasium. Drei. Mit mir.

Und Klausurarbeit war auch noch, und zwar Mathematik, und das war mein Horror, meine Angst, mein Versagen, Mattes, Mattes sagen wir, kam auf der Schlechtwerdenliste knapp vor Latein, denn wer da nicht lernt, ist so zurück, dass er nichts mitkriegt in den Stunden und nichts mehr versteht, und nichts heißt wirklich nüll und null, und ich hatte schon Monate nicht gelernt, weil ich nicht weiß, wie ich lernen soll.

Ich weiß auch kaum noch, was ich lernen soll, auch vor Scham, denn ich stehe verständnismäßig etwa dort, wo wir am Anfang des Schuljahrs waren, und ich schäme mich zuzugeben, dass ich alles nur so vage mitbekomme, und frage also niemanden, wie das und dies so geht, es wäre, wie gestehen zu müssen, dass man nicht lesen und schreiben kann.

Dieser Mattesfässer bringt mir die Darmflora und -fauna in Schräglage, wenn ich nur an ihn denke. Ich bin ein Asozialer, sagt er, weil ich die Haare bis über die Schultern habe wachsen lassen.

Wann soll ich lernen? Das bisschen Zeit, das mir übrigbleibt, will ich nicht auch noch mit dem verbringen, was ich nicht verstehe.

Ich habe Angst vorm Lernen. Abends über dem Mathematikbuch sitzen und durch Hineinstarren versuchen, etwas zu verstehen. Dieses Verstehenwollen und nicht können, dieses ohnmächtige Formelanstarren, hat mir jedesmal ein tennisballgroßes Loch durch den Bauch gebohrt, einen Tunnel der Hilflosigkeit, worüber ich mit niemandem reden konnte. Danach legst du dich nieder mitten in Albträume hinein.

Bis ich Mariella kennengelernt habe. Kennengelernt ist gut. Ja, an diesem Abend nach dem Training.

Aber erst hatte ich noch Geld aufstellen müssen. Was verdienen. Und weil ich Glück hatte und am Nachmittag soviel verdient habe am Hafen, war ich zum Juniorentraining gegangen, was ich eigentlich nicht müsste, und dann hat es sich ergeben, dass ich länger in der Kantine blieb. Zufall eben.

Nach Deutsch, Geografie, Klausurarbeit, Englisch und Geschichte raus aus dem gymnasialen Schweineladen, rüber zum David auf einen Schinkenkäsetoast und Orangensaft, pure Chemie, und einer der Spezi wusste, dass heute am Hafen ein paar Schlepper anlegten. Gute Typen, Fernfahrer, Maurer, Arbeiter vom Straßenbau, vom Telegrafenamt und so, einer von denen weiß immer, wo es Schwarzarbeit gibt. Schlitzohren, sicher, aber sie legen dich nicht, wenn sie merken, dass du wirklich was brauchst zum Überleben; haben auch keinen Dünkel gegenüber Gymnasiasten.

Also gleich ab vom David, den Toast noch in der Hand, beeil dich sagt die Kellnerin, der langt keiner aufn olympischen Gluteus, sie hat die Leute im Griff und allerlei raues Leben schon probiert, worüber sie viel lacht, und sie besprichts auch mit den Stammgästen in klarer Sprache, die klimpert oft in den unteren Regionen herum, aber irgendwie hat es nie was Schleimiges, wenn sie vom Kasperl in der Schlucht spielen und vom Prügerlverstecken redet, sie schaukelt alles Vulgäre auf den Wellen ihres Gelächters weg.

Außerdem ist sie mit einem zusammen aus unserer Mannschaft, zwei Jahre älter als ich, trainiert natürlich auch in der Ersten, ich bin zwar Kapitän, aber er ist stärker als ich, nicht so ein Techniker, aber körperlich kräftiger, wir beide halten die Juniorenmannschaft zusammen, die zur Hälfte aus Spielern besteht, die die Beine höchstens zum Gleichgewicht halten haben. Wenn der Horst nächste Saison nicht mehr bei den Junioren spielen kann, weiß ich nicht, wie ich die Wabblertruppe über die Saison bringe, ohne dass wir absteigen.

Jedenfalls renne ich los zum Bus, ist eine gute halbe Stunde Fahrt, und werde tatsächlich am Hafen genommen. Man darf offiziell nur eine Stunde an die Schnapsfässer, das Zeug umfüllen, kriegst ein dreckiges Tuch vors Maul, weil dich die Dämpfe sonst nach zehn Minuten umlegen, und ich darf zwei Stunden lang und krieg die zwei Scheine in die Hand geklatscht, mir zittern die Arme.

Ich halte an der Straße den Daumen hoch und fahre mit einem süßlichen Kooperator, der klopft mir gütig aufn Schenkel und macht extra zwei Straßen Umweg für mich, zurück zum David, mein Schulzeug holen.

Die im David glauben erst nicht, dass ich zwei Stunden zugeteilt bekommen habe, aber ich zeige ihnen das Geld, und da laden sie mich ein, was selten vorkommt. Komischerweise wirst du immer dann eingeladen, wenn du selber genügend Geld hast. Der Artur sagt, er macht mir ein Loch in einen Stein, ganz egal was für ein Stein, ich kann es mir aussuchen, umsonst. Er arbeitet bei der Gemeinde, sitzt auch zwischendurch beim David mit blauen Lippen und schwarzer Hornbrille, bleich und langgesichtig, misstrauisch und gutmütig zugleich, und was am angenehmsten ist, er redet nicht viel. Am liebsten bohrt er mit dem Steinbohrer Löcher in Steine. Ich habe schon einen Pflasterstein, da hat er mir ein Loch schräg durchgemacht für die Füllfeder, das Loch ist aber zu dünn, so habe ich einen Bleistift reingesteckt.

Auf dem Weg durch die Stadt noch in die Spielhalle, ein paar Freispiele schinden, kenne den mechanischen Flipper, wie wo und how stark man ihn treten und heben kann, ohne dass er tilt geht.

Nur die Kleine ätzt, die immer dort ist und wie eine Katze herumstreicht, die Automaten nach Geld ausgreift und den Tick hat, jedem den Pimmel messen zu wollen am Klo. Sie hat das Maßband immer dabei. Was interressiertn dich das schon wieder, sag ich, hast Schiss sagt sie, na sag ich, und sie meint, ich sei bloß feig, weil er wahrscheinlich so, sie zeigt den kleinen Finger.

Sie ist erst dreizehn, spitzgesichtig und schwarzgeschminkt um die Augen. Komm, nur einmal messen, na sag ich, hast eh schon zweimal, und sie: lass mir wenigstens ein Freispiel.

Ich hinterlasse ihr alle drei Freispiele, weils schon Zeit fürs Training wird, und sie dockt sofort mit gespreizten Ellbogen wie eine Heuschrecke an die Flipperknöpfe an und klappert, klingelt, rumpelt, hechelt, wimmert, schlägt und flucht am ganzen dürren Körper.

Ich fühle mich stark und reich mit den Scheinen in der Tasche, außerdem habe ich am Wochenende beide Tore gemacht zum Zweizwei, die haben uns sonst immer zu null abgefackelt, es geht also aufwärts.

Das Stadiontor fällt ins Schloss, die Porzellangasse liegt wie schwebend in der nächtlichen Stille, die paar Funzeln von Straßenlampen streuen spärliches Licht auf die Fahrbahn.

Gleich rechts, zwischen Stadionwand und dem Maschendrahtzaun des verwilderten Gartens mit Fichten und Buchen, ist eine geschotterte Sackgasse, ziemlich breit, sie endet an Kleingärten.

Irgendwas war da komisch. Man sah ja nicht weit hinein, ein bisschen Licht wie Mehlstaub von der Porzellangasse her. Ein gedämpftes Geräusch.

Windstille. Vielleicht wars nur ein abgefallener Ast auf die Hecke hinter dem Zaun.

War aber so, dass ich stehenblieb mit der Ahnung, dass hier etwas nicht stimmt.

Dann sah ich an der Hecke das Auto. Und dann, dass die hintere Tür offen war. Und auf der andern Seite an der Stadionwand stand auch ein Auto. Mit geschlossenen Türen. Also hübscher Einbruch. Sollte Verstärkung holen, aber man kommt von außen nicht rein ins Stadion, die Klinke ist innen, außen nur der Knopf.

Außerdem wars doch zu merkwürdig für einen simplen Bruch, denn im Wagen gabs Unruhe.

Und jetzt ein erstickter Ruf, ein Gurgeln. Ich ging näher. Die Hintertür wackelt, und ein Fuß, zwei Füße scharren aufm Kies und werden eingezogen. Geht mich also nichts an, wollte schon umdrehn.

Hab ich die Geschichte schon erzählt vom Liebeswald? Mit dem Wimmer Naz seinem Cousin, dem Wimmer Willi? Der Naz hatte ein Zweisitzer Puch Pony und sagte, ich soll mit ihm hinaus fahren zum Liebeswald, der ist fünfzehn Kilometer flussaufwärts, da kommen am Wochenende junge Paare im Auto hin, ist was zu sehen, wenn man Glück hat. Und es war Wochenende und uns langweilig, aber da kam der Willi rüber vom Sechserhaus, der gehörte zum Dümmsten, was die Siedlung zu bieten hatte, Talent für nichts und stets mit der lamentierenden Stimme, die seinen Nachnamen erklärte, eigentlich müsste er Wimmerer heißen, und er wollte erstaunlicherweise mit, wir verdrehten die Augen.

Er lieh sich von seinem Vater das Einsitzer Puch aus, federnder Sitz und Handkupplung, und sein Alter machte die Ausnahme, hätten wir nie geglaubt, schärfte ihm aber ein, aufzupassen, wenn was passiert, dann passiert ihm was, dass er mit dem Arsch auf die Uhr schaut.

Wir knallen die Bundesstraße hinauf, der Willi windschlüpfrig vorgebeugt uns hintennach, stellen die Mopeds in einem Wäldchen unter Gebüsch, überqueren die Bundesstraße und rein in den Wald. Wir müssen wieder aufn Willi warten, der vor lauter Vorsicht und rechts und links Schauen natürlich gerade dann losläuft, als ein Auto kommt. Wir biegen uns vor Lachen und winden uns dann rein zwischen die Bäume, tiefer in den Wald und tatsächlich, dort hinten steht ein roter neuer Wagen mit offener Fondtüre und Füße ragen heraus.

Der Naz ist aufgeregt und robbt voran, ich sag he, das wird zu nah, aber er kriecht weiter und über einen morschen Ast und noch einen, das ergibt zwei Schüsse, und schon schiebt sich ein Körper rückwärts aus dem Auto und der Naz schreit: weg schnell, und wir rennen was wir können ohne zu schauen und über die Bundesstraße ins Gebüsch. Der Naz ergreift den Lenker, und wir werfen uns aufs Pony, ich schiebe noch an, und so schlingern wir ab und auf die Bundesstraße drauf und gut, dass wir den Achtzehnerervergaser vorige Woche noch eingebaut hatten, das Vieh zieht sechzig, obwohl wir zu zweit sind, und mit einem erleichterten Schlenker kommen wir in der Siedlung unter den Wäschestangen zum Stehen.

Der Willi fehlt natürlich, aber er wird gleich kommen, wir haben ihn abgehängt. Bloß dass er nicht kommt. Wir besprechen einstweilen das Abenteuer, das heißt, der Naz ärgert sich, dass er nichts gesehen hat, weil das sicher eine super Frau war. Ein Hase mit Traumfigur, und er beschreibt jetzt genau, wie sie aussah, blond mit solchen Dings, das schließt er aus der Stellung der Füße, die Heißesten haben die Füße immer so, er machte mit den Händen eine Auswärtsbewegung, die besten aber immer einen Fuß auf der Hutablage, das weiß er halt, das weiß man eben, ich staune, davon hatte ich keine Ahnung. Und der Willi ist immer noch nicht da.

Eigentlich blöd, dass wir abgehauen sind, man wird ja noch im Wald spazierengehn dürfen, wenn andere mitm Auto reinfahren, der hätte gegen uns zwei eh keine Chance gehabt, der Willi zählt nicht, ich habe aber den Verdacht, dass wir es genau so wollten, den Kitzel wilder, kühner Flucht aus Lebensgefahr, stärker als beim Räuber und Gendarm spielen, aus dem Alter sind wir stolz heraus, das ist hinterste Vergangenheit.

Drei Stunden hat der Willi zurück gebraucht. Er kam heulend zu Fuß an, wir haben ihn alleingelassen, feige Arschlöcher feige, jammerte er mit zugeschwollenem Auge und aufgesprungener Backe und Blutkruste unter der Himmelfahrtsnase, da brachen wir vor Lachen zusammen.

Der Vollkoffer von Willi hatte mit dem Nummernschloss brav das Papa-Moped abgesperrt, und als er in Todesangst an den Ziffernrädern drehte und ihm immer nur die erste Nummer einfiel, hat ihm der andere ein paar aufgelegt und dem Vorderrad die Speichen eingetreten.

Das eine will er uns aber noch sagen, weinerte der Wimmerer, deshalb ist er rübergekommen, dass das nämlich Folgen für uns haben wird, das schwört er uns, und als er abwankte, dem sicheren wochenlangen Hausarrest entgegen, gingen wir vor Vergnügen in die Hocke. Der Willi drehte sich nocheinmal um und schrie verzweifelt: und dass ihrs nur wisst, der ist mir in der Unterhose nachgelaufen.

Was in der nachtverkohlten Sackgasse abging war allerdings kein Kinderspaß wie damals, das wusste ich, als ich näher kam.

Das Auto war gefüllt mit Kampf.

Zuerst trat ich mit gestrecktem Bein die Hintertür zu, die gleich wieder zurückfederte und einen dumpfen Schrei der Empörung freiließ, also langte ich hinein und zerrte an einem Hemd, bis ein Arsch mit Rücken herausrutschte. Und gleich Tritt mit Vollrist in die Nieren, zweimal, so puhlt man einen ganzen Körper aus der Konserve.

Schlacks ruckte er gewinkelt auf den Kies und kriegt noch die Sohle aufn Hals, dass es ihn wie einen Käfer aufn Rücken legte.

Nun öffnete sich die Fahrertür. War tatsächlich einer am Nebensitz gesessen und wollte groß rauskommen und wurde immer länger, also nahm ich seinen Kopf mit halber Drehung volley, riss ihn an der Schulter heraus und trat ihm seitlich aufs Knie, das legte ihn auf die Hüfte, und er rappelte schlingernd weg mit radierenden Kniescheiben.

Der andere war schon rübergebückt zu seinem Wagen und startete, Beifahrertür auf, der Lange galoppierte auf allen Vieren hinein, und Kies spritzte, und die Tür knallte ihm noch aufs Gebein, bevor ers einziehen konnte, die fuhren ohne Licht davon, an der Ecke zur Porzellangasse nach links wie weggerissen, und beim scharfen Abbiegen blinkte er.

Ich merkte mir die Autonummer ganz genau, bis heute weiß ich die fünfstellige Nummer, die hat sich mir eingestochen wie ein Tattoo.

Nun stand ich hier vor der Hinterwand des Vereinsgebäudes. Oben die Sektionsleiterwohnung und die Veranstaltungsräume, für Weihnachtsfeiern oder besondere Besprechungen.

Letzte Weihnachten habe ich schließlich auch den neuen Trainingsanzug mit Vereinsnamen am Rücken und eigener Nummer auf der Hose bekommen, und die neuen Dressen wurden uns gezeigt, mit den Namen über der Nummer, das war erstmalig im ganzen Land und gewöhnungsbedürftig.

Einer hatte einen so langen Namen, dass der sich über die Schultern zog, und einer hieß bloß Ast, und einer war sauer, weil bei seinem komplizierten polnischen Namen zwei Buchstaben vertauscht waren. Und ich hatte in der Tombola eine Wäscheleine gewonnen.

Jetzt war auf dem Platz Gebrüll zu hören, verschwindet, schaut dass ihr wegkommt, und das besoffene Schwein nehmt ihr gefälligst mit, der Sektionsleiter zerschrie auch gleich sein Töchterchen: das war das letzte Mal dass du, und so weiter.

Indessen sondierte ich das Auto, darin es finster war, obwohl die Türen offen standen, und nichts rührte sich. Also beugte ich mich hinein, und da lag sie zwischen Rücksitz und den Lehnen der Vordersitze, und ich sage, alles ok, kannst herauskommen, gib mir die Hand, ich krieg aber keine Antwort.

Was einem da alles durch den Kopf funkt in einer Sekunde. Da hast du eine wildschweinmäßig starke Aktion absolviert und zwei Türme von Männern in die Flucht gehämmert, aber wahrscheinlich umsonst und für nix und wieder nix. Bloß Scherereien, die man sich einhandelt, wenn die in dem Auto drinnen jetzt kapores und einfach so mir nichts dir nichts abgekratzt ist.

Da schwimmen möglicherweise Schwierigkeiten herbei, und zwar freistilmäßig, und du kriegst sogar Wut auf einen leblosen Körper, weil der nicht mehr danke sagen kann.

Und es ist furchtbar finster auf der Erde, und überhaupt stimmt gar nichts, was heißt Erde, wieso denn Erde, wenn das meiste Wasser ist, der Planet müsste Wasser heißen, und manche Leute sagen, dass Gernhaben eine einseitige Sache ist und gar nix mit dem anderen zu tun hat, und das Tor zum Ausgleich war ein Freistoß aus dreißig Metern, ich wollte aber flanken, nur dass ich den Ball zu voll nahm, und er wurde so scharf, dass er wie ein Strich unters Kreuzeck fuhr, ein Traumtor, und ich sagte niemandem, dass es eine Flanke hätte sein sollen.

Himmel, ein Raumschiff braust hoch heran, eine Wolke, und frisst die Sterne ab und wird breiter und fetter, wo ist denn der Mond, nirgends ist er wieder, und der Luftzug zerrt an den Fichten, Tannen, Birken hoch überm Auto.

Solche Luftzüge kenne ich vom Bahnhofsperron, auf dem ich den Wagen entlang schob und auf die Zugfenster bereits einschrie, wenn der Zug noch gar nicht stand: Heißewürstel

Bier Limonade Süßigkeiten Schokolade Zeitungen angenehm? Das musste schnell gehen, ruckzuck, nur kurzer Aufenthalt, die Würstel hinauf zum Fenster gehoben, das Geld genommen, Wechselgeld zurück. Es gab tatsächlich Leute, die ließen sich bis auf die Dezimalstelle herausgeben, die runden nicht einmal bei Zweineunzig auf Drei auf, und wenn dir das zweimal hintereinander passiert ist, dann nimmst du deine Chance wahr, du weißt genau, wann der Zug anfährt, und hältst einen größeren Schein in der Hand zum Wechseln, du kramst und suchst und findest das passende Wechselgeld einfach nicht, und fragst noch: hätten Sies nicht doch kleiner? und kramst immer umständlicher und hörst das: nun machen Sie schon, beeilen Sie sich, und noch mal, aber etwas panischer bereits: beeilen Sie sich, sehn Sie nicht, dass der Zug losfährt? Aber das brauch ich gar nicht zu sehn, weil ich weiß, wann der Zug abfährt, und zwar viel zu langsam für meinen Geschmack, und ich bequeme mich, in der Tasche kramend, nebenher zu laufen und ein erstes kleines Scheinchen zurück hochzureichen, aber klarerweise ist es für den Rest zu spät, und man bleibt mit hängenden Armen schulterzuckend zurück und muss hilflos zusehn, wie sich das mit Windmühlenarmen drohende Fenster rasch entfernt. Der hätte nur aufrunden müssen auf die nächste kommalose Summe, Geiz, Gier, aber erster Klasse fahren, und ich hatte überhaupt noch nie einen so großen Schein gesehen, und das war klarerweise mein Abschied von Bahnsteig Eins. Die Schnellzüge allerdings, die durchfuhren, habe ich noch weniger leiden können als die geizigen Reisenden, sowas Überhebliches, als würden die im Bahnhofsbereich noch beschleunigen, um einem Wind und Staub um die Ohren zu schlagen.

Nun sträuseln im aufkommenden Wind Ästchen und Blätter aufs Dach, und aus dem Auto hör ich endlich auch ein Geräusch. Rumoren und eine Stimme.

Was? sag ich, ich versteh nicht, denn ich höre nur sowas wie: erst das Gestell.

Wasn für Gestell?

Das Gestell hinter dem Vordersitz, aber Vorsicht mit dem Bein, war die Antwort.

Was war das nun wieder, wieso Bein, ich greife doch nicht mit den Beinen, besah mir meine O-Beine bis zu den Füßen, Standbein Spielbein, unten beides auf Größe vierzig, alles zusammen mit dem zweitschärfsten Schuss im Verein, bei der letzten Messung hunderteinundzwanzig km/h, nur der Horst mit seinen fast doppelt so dicken Oberschenkeln hatte sieben mehr, komisch, ausgerechnet die zwei jüngsten Spieler haben den härtesten Strich.

Staub flog jetzt mit großen Gesten pathetisch zur Porzellangasse hinaus und wurde von dort in hohem Bogen, sowas von sinnlos aber auch, zurückgeweht.

Aber ich hätte den Staub schlucken können vor Freude, dass da drin im Auto was lebt und ruhig redet. Und sie sagte, als ich am Gestell zu ziehen begann, das aber irgendwie verhakt war: besser vielleicht den Sitz vorziehen.

Ich rücke den Fahrersitz vor und werfe das hinderliche Gestell wütend in den Schotter, beuge mich wieder hinein, greife einen Arm und hieve sie auf die Rückbank. Sie war richtig eingedreht da unten, aber als ich sie zur Tür ziehen will, sagt sie: warte, einen Moment bitte.

Wie die sich gewählt ausdrückte, so richtig auf Hochdeutsch, war mir ziemlich fremd, gefiel mir aber. Sie nestelte herum und zog noch etwas zu sich auf die Bank hinauf, dann ruckte sie sehr umständlich zur Tür, was ziemlich daneben wirkte, ein langer Rock rutschte schließlich heraus und aus ihm fielen Füße aufn Kies; wie Glocke und Klöppel.

Sie blieb sitzen, den Kopf unterm Türrahmen vorgebeugt, eine Hand auf der Nackenstütze vom Fahrersitz, die andere am Hals.

Ich ging in die Hocke, und wir versuchten, vom anderen soviel wie möglich zu sehen.

Sie war das Schönste, was ich je gesehen habe. Aber was heißt das schon.

Hier, das war, als hätte sich in der ersten Sekunde des Betrachtens genau das zusammengebaut, was mir seit Jahrtausenden gefiel, wahrscheinlich Portugal, Türkei, Mähren und Böhmen, Schottland, Ungarn, das geheimnisvolle Finnland, Getreidefelder, Maisfelder, Hügel, Bäche zwischen Weiden, Waldlichtung bei Sonne mitm Habicht drin, ich spürte dieses Gesicht von den Zehen bis über die Nasenwurzel, alles war in ihm, ich war verwirrt.

Bisher war das Leben einfach und klar: der Stärkere ist der Sieger, und wenn der andere stärker ist, findest du einen Trick und spielst ihn schwindlig. Du verschaffst dir Respekt, so ist die Regel, und jedes Mittel ist recht.

Die Trainingseinheiten, in denen wir Fouls trainierten, waren eine Offenbarung für mich. Fouls, die nicht nach Foul aussahen, versteckte Zaubertricks an Brutalität, die dir keiner zutraut. Und wie das funktionierte! Was ich in der Kampfmannschaft theoretisch und praktisch lernte, wandte ich zuerst bei den Juniorenmatches an, und war erstaunt, wie leicht das ging. Dem, der hinter mir um mich herumstocherte, als ich den Ball am Corner zum Zeitschinden abdeckte, rammte ich den Ellbogen ins Gesicht, eine kurze Bewegung, bei der der Oberkörper vor geht, als sei man von hinten geschubst worden, und der Schiedsrichter gibt tatsächlich Freistoß für uns.

Du musst unauffällig treffen. Keine Attacke mit gestrecktem Bein, kein krachendes Umsäbeln, sondern ansetzen, wo die Gelenke sind, wenns denn notwendig ist, und notwendig ist es immer dann, wenn du selber attackiert wirst.

Man muss die Gelenke erreichen, dort, wo der Körper am verletzlichsten ist, Gelenke und Sehnen, das geht ohne großen Aufwand.

Da gibts nämlich welche, die zwicken und kratzen wie Viecher im Zweikampf, die verkrallen sich in deiner Achselhöhle und du trägst wochenlang Blutergüsse umher, das dürfen die aber nur einmal tun. Wenn Fernsehn dabei ist, gehn gewisse Sachen nicht, aber eins ist klar, die spektakulären Fouls, wo einer zwei Meter fliegt, die tun nicht weh, beim richtigen Foul gehst du sofort ein, da hast du keine Lust und Möglichkeit mehr zu fliegen. So einfach war das.

Und jetzt? Hingerissen im aufkommenden Sturm in einer geschotterten, gekiesten und Staubsträhnen abblasenden und einsammelnden Sackgasse, verlor ich das Gleichgewicht und fiel aus der Hocke rudernd hintüber, peinlich, rollte mich aus der Staubwehe gleich wieder hoch, stand auf, die Autotür schwenkte hin und her, von ihr wieder und wieder zurückgestoßen. Ich hörte mich sagen: es wird gleich losgehn, komm ich bring dich nach Haus, kannst du aufstehn?

Kaum hatte ichs gesagt, hat sich eine Ahnung geöffnet wie eine Kapsel und ließ das Begreifen langsam herausquellen. Oh du Scheiße, Scheiße, Scheiße. Der Wind spitzte mir die Nase.

Das Gestell dort aufm Schotter vor der Wand ist ein zusammengeklappter Rollstuhl.

Ich bringe ihn ihr, knie mich vor sie hin, versuche das Ding auseinanderzuziehen, habe nicht die Kraft, spüre ihre Hand über meine Haare, meine Schläfe, meine Wange streichen.

Sowas hatte ich noch nie erlebt. Ein Gefühl, das ganz weich sich ausbreitet und die Knochen geschmeidig macht. Anders als das Glücksgefühl nach einem Tor.

Es ist ein gewaltiges Gefühl, ein wichtiges Tor zu machen, das ist wie, ja wie wenn in Brust und Kopf das Blut aufgeraut würde und durch Milliarden Hautventile direkten Kontakt mit dem Sauerstoff bekäme, das rieselt und klingelt, als wärst du der Automat, der sich selbst triumphierend den Jackpot ausschüttet.

Das hier hatte nichts mit Triumph zu tun, nichts mit Freude, nichts mit Gewinn. Eine ruhige Glücksimplosion, ich war reich bis in die Fingerspitzen. Und ein unbeschwerter Ernst, der leichtfertiges Witzeln wie selbstverständlich aussortierte.

Wie durch eine Lupe sehe ich ihre Unterlippe zur Hälfte geschwollen und geplatzt, die Kratzspur unter ihrem Auge. Sie faltet mit Leichtigkeit den Rollstuhl auf und bittet um ihre Handtasche. Die finde ich halb unter der Bodenmatte vorm Beifahrersitz, und als ich rauskrieche, sitzt sie bereits im Rollstuhl.

Gelbzottiger Regen fiel strähnenweise, wir waren unter dem kurzen Vordach als es richtig losbrach, zuvor hatten die vereinzelten schweren Tropfen Löcher in den Kies geschlagen. Es war das gelbe einstöckige Haus schräg gegenüber dem Stadiontor, auf der anderen Seite der Porzellangasse, das Häuschen der Gemischtwarenhandlung. Ich stand mit dem Rücken zur Wand, wie sichernd, neben der Tür, sie hatte den Unterarm im Lederbeutel und zog die blutende Hand mit dem zappelnden Schlüsselbund hervor, hatte sich da drinnen aufgeschnitten am zerbrochenen Spiegel.

Ein Blitz fuchtelte überm Stadion und machte der hinteren Flutlichtsäule argusmäßig Augen, die herüber starrten auf das Häuschen von diesem Krämer, ein Mann von der Konsistenz eines Engerlings, weich schwammig und bleich, nur dass ein Engerling nicht in der Nase herumbohrt und aufschleimt und dann die Käsewurst und Polnische Blatt für Blatt auflegt und die Nasenmannfinger auf die Waage als Gewicht dazulegt, dass aus dreißig Gramm fünfunddreißig werden.

Da kamen nur Alte oder Kinder, Unwissende, Vertrauensvolle, die Ärmsten, die Mindestrentner, die, für die hundert Schritte anstrengend waren, die übriggebliebenen Kleinhäusler, die, die noch immer Wassersuppe fraßen mit altem Brot, die kamen in die düstere faulige Bude, in dieses abgestandene Wohnzimmer des Anton Thusler, der schlapplippig lauernd seinen Nasenmann sich noch bezahlen ließ samt dem Butterpapier, in das er ihn hineinschmierte, weil die halbblinden Mindestrentner nichts mitbekamen und noch danke sagten und Vergeltsgott, fertiggemacht von zwei Weltkriegen, in denen ihnen der letzte Rest an Selbstgefühl ausgekratzt worden war.

Die Brezina Elvira vom Dreierhaus unserer Siedlung muss bei ihm in der Wohnung über dem Geschäft putzen und kochen und Kisten schleppen, darf sich aber unten nicht sehen lassen, die ist offiziell als Lehrling angestellt, bekommt aber kein Geld, nur Kost und Logis, sie darf seit zwei Jahren beim Thusler wohnen, denn zuhause haben die Brezinas wenig Platz, auch wenn einer frei geworden ist, denn der Herr Brezina war vor zweieinhalb Jahren gestorben, zwölf Kinder auf fünfundsiebzig Quadratmetern im Parterre, fünfundsiebzig Quadratmeter haben alle Wohnungen in der Siedlung, ausnahmslos, es ist eine gerechte Siedlung.

Und so wurde die Elvira, kaum ein Jahr jünger als ich, an den Popeltoni verkauft. Alle wissen, was los ist, und dass der Thusler heimlich noch gern eine Uniform anzieht am Abend oben in der Wohnung und die Elvira seinen Befehlen gehorchen muss.

Aber die Leute haben Mitleid und Verständnis für die Brezinas, weil die arm sind, und es heißt, der Thusler wird noch einen zweiten Lehrling, eine jüngere Schwester Elviras, aufnehmen, dass die auch genügend zu essen bekommt und Frau Brezina sich einmal die Woche einen Sack Lebensmittel holen darf.

Vor einem halben Jahr hatte ich die Elvira kurz gesehen, als ich zum Training bin, sie stand halb in der Tür mit dickem Bauch, hat zu Boden geschaut, als ich sie frage, na, wie gehts, lang nicht gesehn, und nichts gesagt, und mich dann mit entsetzten Augen angesehen und die Tür hinter sich geschlossen, ganz langsam. Schwanger mit fünfzehn.

Diese Türe mit der gerippten Milchglasscheibe hinter zwei Eisenkreuzen, die die Fremde nun mit ihrer blutenden Hand aufstößt, während die andere Hand ein Rad des Rollstuhls festhält, und ich halte ihr die Türe auf.

Die Luft schnalzt, wir träufeln in den Hauseingang, wo das verwaschene Licht von der Porzellangasse durchs Glas zwei Kreuze auf die Holztreppe wirft; an deren Fuß links die Tür zum Laden, rechts neben der Treppe Schwärze, in die sie hineinrollt. Ich höre Schlüsselstochern, einrasten, Türe öffnen, Klicken, dann kommt da hinten Licht zustande.

Gewaltige Donner. Wir tropfen. Ein großes Zimmer mit Kochecke, Holzdielen. Im Bad Fliesen.

Sie hat auch Würgemale, seh ich, als ich ihr mit dem Handtuch die Haare zu trocknen versuche. Leicht kneten. Die schwarzen glatten Haare, wenig länger als meine, die ihren über der Stirn gerade geschnitten. Ich will sie mit dem Trocknen beruhigen, aber ich bin wohl ungeschickt, sie wehrt ab und fährt zum Tisch, legt die Ellbogen auf und weint in ihre Hände.

Ich lege ihr meine Hände auf die Schultern.

Sie lehnt sich zurück. Setz dich doch, sagt sie, und so sitzen wir einander gegenüber, und ich hätte so viel zu fragen, dass die Fragen sich verspreizen und verklemmen. Was bist du schön, sagte es in mir ununterbrochen, aber es gab keinen Ton dafür.

Ihre Lippe aber sowas von gequetscht, und Blut von der Hand auf die Wange gewischt, und wahnsinnig sah ihr dünnes Bein aus, das rechte, geschunden, abgeschabt, eingedrückt. Es war eingeklemmt zwischen Rollstuhl und Sitz. Aber das spürt sie nicht. Sie spürt, dass der Rollstuhl nicht rund läuft, dass ihn mein Wurf verbogen hat. Ich repariere ihn, ich verspreche es, ich werde ihn reparieren, ich habe Motorräder repariert, ich habe Vergaser zerlegt und zusammengebaut und zum Ziehen gebracht, als sie nur noch geröchelt hatten und leer geblasen, ich kann das, das kannst du mir glauben, ich werde ihn so herrichten, dass er von alleine fährt und du nur die Richtung angeben brauchst.

Aber mit ihrer Haut muss was getan werden, auswaschen, Alkohol darauf, irgendwas muss doch da sein. Ich zucke zurück mit dem besoffenen Lappen von ihrem Bein, stellvertrend für das Brennen, das sie nicht spürt. Und pinsle orange drüber. Tapfer hält sie mit der Lippe stand, bekommt nur feuchte Augen, und blickt halbmondig dunkelbraun auf zu den eigenen schwarzen Wimpern; und halbmondartig der Nase entlang, als ich das Risswündchen am Wangenknochen doktormäßig putze, vom Keime befreit sind Haut und Fleisch.

Ich fand alles hinreißend an ihr, und schon kam sie mir nicht mehr so alt vor. Sie lächelte, als sie mich nach dem Alter fragte und ich mich sehr erwachsen streckte und sagte: fast Siebzehn.

Und sie? Vierundzwanzig.

Aber ihr Name! Der Name zergeht im Mund, man muss ihn so oft sagen, wie ihn der Regen aufs Dach skandiert: Mariella. Und der Regen tambourte Mariella.

Und wie noch? Sie sagte Teresa. Teresa ohne h, sagte sie. Ich hatte an den Nachnamen gedacht, aber das war mir auch recht. Mariella Teresa. Fiel mir ein, dass ich auch einen zweiten Vornamen habe, aber was für ein Unterschied, meine Namen und die ihren.

Ich mit meinem Johann. Nicht gerade originell. Aber für den zweiten Vornamen schämte ich mich noch immer, Nepomuk, sagte ich und wurde wieder rot.

Warum konnte ich nicht Michael heißen, oder Christian, oder Alex, wenigstens Thomas oder Benjamin.

Nepomuk? sagte sie, das ist schön.

Wie bitte?

Ja, Nepomuk ist schön.

Na, da werde ich nicht streiten, wenn wer was schön findet an mir.

Johann Nepomuk Müller.

Mariella Teresa Steinhaus-Leibovitz.

Theresa hieß meine Urgroßmutter, und die hatte das Haus ganz unten in der Porzellangasse, zur Bundesstraße hin, ein Haus mit Garten, oder hieß sie doch eher Theresia, jedenfalls war ich noch nicht in der Schule, als wir sie besuchten. Meine Mutter nahm mich mit, und die zweiundneunzigjährige Urgroßmutter lag bekleidet aufm breiten Sofa und hielt in ihren Armen zehn kleine Männer, ihre Gnome, sie waren zwar unsichtbar, aber deshalb nicht unwirklich, für sie waren sie da.

Ja und im Schlafzimmer wartet jemand auf euch und muss euch was sagen, sagte die Urgroßmutter, glücklich und aufmerksam ihre Männchen wiegend. Die Mutter öffnete die Tür und sagte, wo? Na unter dem Bett, wo sonst, sie hat eine Nachricht für euch aufgeschrieben. Eine Dame liegt unter dem Bett und wird uns die Botschaft vorlesen, es ist sehr wichtig, und wir sollen uns beeilen.

Wir mussten uns hinknien und die herabhängende Decke lüpfen und unters Doppelbett starren.

Na? fragt die Urgroßmutter durch die Tür, aber da war nichts und niemand, na? ist sie nicht schön? Und zu meiner Überraschung sagte die Mutter: ja.

Die Urgroßmutter war zufrieden, dass wir die Nachricht empfangen hatten, und schaukelte lächelnd und gurrend die Gnome, sie habe der Dame auch extra ein Butterbrot unters Bett gelegt, so konnten wir sie auch gar nicht mehr verfehlen.

Alles war sauber und geputzt in dem Haus. Wer ihr denn alles reinhalte? Na die, sagte sie zufrieden, mit dem Kopf links und rechts zu ihren umarmenden Armen hinabnickend, jetzt müsst ihr gehn, sie brauchen ihre Ruhe.

Der Garten war ebenfalls gepflegt, und die Mutter bückte sich und riss eine Erdbeere ab und wollte sie in den Mund stecken, als die Urgroßmutter in der Haustür erschien als großes anklagendes empörtes Hach, und sie warf uns die Gnome einzeln nach, alle, damit sie uns einholen und die Diebesfinger abbeißen.

Ihr Mörder, ihr Verbrecher, schrie sie, ihr bringt mich nicht unter die Erde.

Als das Gatter zufiel, sah ich, wie die ersten beiden der uns verfolgenden Gnome, blutrünstig, verfolgungswütig übereinander kletternd, zerquetscht wurden.

Ob sie die zwei Kerle gekannt hatte, frage ich Mariella. Ja hat sie. Und die kommen wieder, sagt sie. Dann bring ich sie um, sag ich, wenn ichs nicht schon vorher tu.

Schließlich herrscht auf Erden das Faustrecht und sonst nix, ich weiß das, ein halbes Jahr lang hat mir der Pires Sepp täglich in die Schnauze gehaut, wo immer er mich gesehen hat.

So, ohne Grund, mit der flachen Hand auf die Schnauze, also immer Nasenbluten, immer, da war nichts zu machen, das war schon so selbstverständlich.

Konnte sein, dass wir uns alle auf der Wiese versammelt hatten nach einem Räuber-und-Gendarm-Spiel, wir standen zusammen und knobelten den nächsten Durchgang aus, und auf einmal haut er mich in die Schnauze; oder wir hatten einen Kick bei den Teppichstangen, der Pires schaute zu, nein kicken konnte er nicht, da hielt er sich raus, und nach dem Spiel, wir saßen alle auf dem Betonring der Kanalanlage, stand er auf ging rüber und haut mir auf die Schnauze. Es fiel schon niemandem mehr auf, immer floss das Blut aus der Nase, es war, als gehörte das dazu. Oft bin ich gar nicht mehr runter, aber es war ohnehin kein Entkommen, wo man ihn nicht vermutete, tauchte er auf und knallte mir aufs Maul.

Der Pires war der Stärkste. War auch älter als wir. Er war auch der Dümmste. Er war sowas von blöd, dass er nicht einmal merkte, wann wir ihn verarschten. Wir achteten auch drauf, dass er nichts merkte. Sein Bruder sagte, wenn ers merkt, können wir alle nach Kenia laufen, ich auch. Er war der Stärkste. Und wenn er sich einmal was in den Kopf gesetzt hat, war er nicht mehr davon abzubringen, nicht durch Argumente und nicht durch höhere Kräfte. Argumente gabs sowieso nicht bei uns, für sowas Wehleidiges wie einen Argumentationsversuch, für warum und weshalb und so Zeug gabs automatisch so halt eine in die Fresse, das Leben wurde bei uns eins zu eins genommen.

Ich glaube, hätte jemand existiert, der stärker gewesen wäre als er, der Pires hätte sich lieber totschlagen lassen, als von einem Vorsatz abzurücken.

Ein halbes Jahr vom Pires fast täglich aufs Maul. Dann, auf einmal, wars vorbei, wie nie gewesen. Er hat ja auch nicht voll zugeschlagen, nur so, dass das Blut kam, da war er zufieden, und ich legte den Kopf zurück, und gleich wars vorbei.

Die Faust vom Pires Sepp war größer als zwei unserer Fäuste zusammen. Er war eine Urkraft. Nur langsam war er, wir behaupteten, wir könnten uns ein Bein hinaufbinden lassen und wären noch immer schneller als er. Der Pires Sepp war sogar Jugendstaatsmeister im Judo, obwohl er zu blöd war, sich irgendwas zu merken. Er ist über den Gelbgurt nicht hinausgekommen, den haben sie ihm geschenkt. Er hat alles mit seiner Kraft gemacht, hat die Rot-, Braun-, Schwarzgürtler einfach umgehauen und gewürgt, bis sie abklopften. Danach wurde er gesperrt, das heißt, er wurde von jedem sportlichen Wettbewerb ausgeschlosssen, auch aus seinem Verein.

Er hatte nämlich mehrmals versucht, seine Gegner wirklich kalt zu machen, hat das Abklopfen einfach ignoriert, der hätte jeden geknickt und auseinandergebrochen, er hat da was verwechselt, glaubte, auf diese Art legal töten zu können, in seinem Hirn wäre es nur ein Sportunfall gewesen.

Ich konnte dem Pires nicht böse sein. Mich hat er noch geradezu schonend behandelt. War sogar was von Respekt dabei, er hatte nämlich einen Hass auf Schüler, und gar auf Gymnasiasten, Weichlinge, zu nichts zu gebrauchen, die immer gleich nach der Mutti schrein.

Er ließ mich zum Beispiel beim Holzhausbauen nicht zu. Hinter der Hecke am Bahndamm baute er in drei Tagen so gut wie alleine ein einstöckiges Holzhaus, in dem man unten sitzen und oben liegen konnte. Die anderen bauten als Handlanger mit, fanatisch schaffte er Material heran und schuftete, bis es finster wurde. Jeder wollte einmal in dem Holzhaus sitzen, ich auch, aber er hielt mich fern, die Drohung war klar.

Als das Haus fertig war, durften alle rein, fünf unten, zwei oben, und kaum waren sie drinnen, zündete er die Hütte an, ein wahnsinniges Schauspiel, er zog die letzten selbst heraus, und alle waren betroffen, nicht weil sie mit dem Leben davongekommen waren, sondern dass eine solche Arbeit in fünf Minuten zerstört war. Da war er zufrieden.

Er baute dann wieder eine Hütte, noch besser und solider, sogar Zeitschriften brachte er hinein und einen Teppich seiner Eltern, diesmal glaubten alle, das Nest sei für die Ewigkeit. Da drinnen kann man heimlich rauchen, verbotene Bilder anschauen und vielleicht Alkohol trinken, war alles da, vom Pires herangeschafft, und als alles eingerichtet war und alle drinnen saßen, fackelte er die Hütte ab.

Nur wegen des Teppichs gabs nie mehr wieder eine Hütte, denn sein Vater, ein winziges Pfeife rauchendes Männchen, rammte ihm den Pfeifenstiel unters Aug und erinnerte ihn daran, wie lange er dafür hat arbeiten müssen, und schau dir diese Hände an, Münze für Münze beiseite, um deiner Mutter den Teppich schenken zu können, die immer kalte Füße hatte, und jetzt? du Arschloch? steht sie auf dem kalten Plastikboden, um dir deine Dreckssachen zu bügeln, und holt sich blaue Zehen.

Und der Sepp stand vorm Vater und hieb mit Gewalt sich selbst aufs Auge, weil er nichts verstanden hatte.

Ach du, sagte Mariella und küsste mir auf die Hände, nein auf eine Hand, hielt aber beide an ihren Fingern, du, indessen der Regen mit Nachdruck aufs Häuschen faustete, da vergingen mir fast die Sinne, sowas war noch nie da, bis heute nicht, und in dem allgemeinen Abfeuern von Blitzen wusste ich, dass ich mit diesen von ihr berührten Händen niemanden mehr erwürgen wollte.

Es rumpelte, als fielen irgendwo nebenan unter Flüchen Tisch und Stuhl um.

Du musst gehen, sagte sie.

Ich schwebte hinaus, genau, schweben, weil meine Füße den Dielenboden nicht berührten und nicht den gewellten ausgetretenen Steinboden des schwarzen Korridors, und die Türe öffnete sich, ohne dass ich sie berührte, und ich glitt unter den Regen bei abhustendem Gewitter und über die Porzellangasse hin, lenkte sanft rechts ein in die verklebte Schotterkiessandsackgasse, denn dort lag noch meine flennende Trainingstasche, ich hob sie gütig und langsam im Flug und kurvte auf die Porzellangasse rechts hinaus und die Schrebergärten entlang und über den Bahnübergang und links ab zur Siedlung.

Ja, da war noch was Irritierendes, als ich aus Mariellas

Haus weg bin, denn aus der Tür gleich im Hauseingang rechts, der Tür vor Mariellas Tür, kam tatsächlich Stürzen und Möbelumreißen und ein sprachliches Poltern, ein gemurmeltes Fluchen und vielleicht sogar Mariellas Stimme, bildete ich mir jedenfalls ein, aber was war nicht irritierend an dieser Nacht, ich war stark und schwebte und hielt den Handrücken in den Regen und ließ ihn abküssen.

Und Mutter tat mir Leid, ich sah ihren Mund auf- und zuklappen und sich verrenken und verknoten und einkneifen, ich brauchte nichts zu hören, denn ich wusste was herauskam, immer das gleiche, sie hat es nicht verwunden, dass das Schwein sie verlassen hat, seit zwei Jahren nun stellt sie sich beleidigt tot, ich habe ihm meine Jugend geopfert, nur ihr Mund bewegt sich zum Luftholen und Luft ablassen.

Du bist ja betrunken, schreit sie in mein Lächeln, und ich wusste, dass sie sich nun wieder die ganze Nacht lang umbringt.

Wo treibst du dich herum du besoffenes Schwein, presst sie hervor, und ich lächle, denn mich graust gewaltig vor Alkohol.

Und nun wird sie zweimal bis zum Morgen ins Bad gehen, um sich zu vergiften, und dabei genügend Lärm verbreiten, dass ich aufwache, aber in solchen Nächten schlafe ich nicht, sie tut auch nur so, als ob sie wartet, bis ich schlafe, sie möchte natürlich, dass ich sie höre, der Löffel, der das Zeug auflösen soll, klingelt erhaben und grell, dann muss ich ins Bad und ihr das Wasserglas aus der Hand nehmen und die Tabletten und sagen: was tust du denn, das zahlt sich nicht aus, es ist ein Blödsinn.

Und sie ist still empört, dass ich sie hindere an der großen Erleichterung, und sie ist tieftraurig und ergeben, und klappt zum Leidenden Vorwurf am Badewannenrand zusammen, ich bin verantwortlich dafür, dass sie dieses Elend weiterführen muss.

Ich lasse sie so verzwickt sitzen und gehe wieder ins Bett, höre ihr künstliches Schluchzen und weiß, zwischen vier und fünf Uhr Früh wirds wieder soweit sein: sie mit nackten Füßen aufklatschend vom Schlafzimmer ins Bad, wo sie das Plastikschränkchen aufknackt und mit dem Löffel im Glas zu klingeln beginnt, ja, und das Wasserrauschen, lange lässt sie das Wasser laufen, und das Glas fällt zuerst immer ins Waschbecken.

Ach wärst du bloß nicht aufgewacht, und willenlos gnädig lässt sie sich das Glas aus der Hand nehmen, fast reicht sie es selbst mit schlapper Hand.

Ich lege ihr das heute im Hafen verdiente Geld auf den Küchentisch.

Mein Zimmer, noch immer Kinderzimmer genannt, kommt mir auf einmal klein vor, das wackelige Tischchen, an dem ich als Kind schon gezeichnet habe, und das sich den Lernversuchen hinkend widersetzte, ich glaube ich gehe gar nicht zu Bett, ich versuche ein Porträt Mariellas zu zeichnen.

Jetzt steht sie aber in der Tür mit meinem Geldschein in der Hand wie ein Beweisstück der Anklage und sagt empört, wo hast du das her, da stimmt doch was nicht, das geht doch nicht mit rechten Dingen zu, du bringst mich vorzeitig in die Erde.

Und: sieh zu, dass du ins Bett kommst.

Ich hoffte schon, sie würde den ihr ekligen Schein fallen lassen, aber sie lud ihre hoffnungslosen Sätze ab und zog sich zurück in ihrem Schmerz. Habe ich sie je lachen sehn?

Mariella hat gelächelt, trotz ihrer angeschwollenen und aufgerissenen Lippe und dem, was ihr geschehen war.

Ich habe es noch gar nicht richtig begriffen, wie kann ich denn glücklich sein mit dem Hass in mir, ich hätte die beiden gleich umbringen müssen.

Mariella hatte gesagt, Brutalität kann auch ein Zeichen von Schwäche sein. Das verstehe ich überhaupt nicht, denn wenn ich nicht dazwischengegangen wäre, hätten die Hundesöhne sie noch mehr geschunden.

Das kann doch keine Schwäche sein, zwei solche Kerle derart aus dem Auto zu holen, dass sie fast in die Hose machen.

Aber wenn Mariella es so gesagt hat, wird etwas daran sein, nur kann ich mir nicht vorstellen, was.

Ich zeichne sie tanzend. Auf diesem grünlichen, schleißigen Papier. Ist nichts anderes da. Zeichne auf der Rückseite der alten Auftragsbögen. Richtiges Papier habe ich nie gehabt. Immer nur gebrauchtes. Rückseiten von irgendwas taten es auch. Keine Verschwendung für ein Kind, hieß es. Das Kindergekritzel wird ohnehin weggeworfen.

Aber ich bin kein Kind mehr. Ich bin fast schon siebzehn. Ich habe Verantwortung. Muss sehen, dass Geld in die Hütte fließt, damit sie zu ihrem Kaffee kommt, sehr dramatisch und anklagend: ohne Kaffee kann ich nicht leben! Kaffee ist teuer, das sehe ich ein, auch wenn ich keine Ahnung habe, was er kostet. Ich muss jedenfalls den Mann im Haus ersetzen. Jetzt bist du der Mann im Haus. Das heißt für sie, dass ich Geld heranschaffe.

Ich möchte so gerne einen reinen Bogen, ein ungebrauchtes DinA4-Blatt, um Mariella aus dem Gedächtnis zu zeichnen. Suche umsonst. Verfluche den Zeichnenunterricht, wo das schönste dicke Papier unter Wachskreide und Plakafarbe verschwindet, damit man all das schematische vorgegebene Zeug einkratzt, so ein Zeichenblatt wäre ideal für Mariellas Kopf, da könnte ich auch radieren, während das dünne, grünliche verknittert.

An Sonntagen musste ich die Aufträge, die der Vater von seinen Reisen mitbrachte, auf diese Formblätter übertragen, und ich sollte auch stolz sein, eine verantwortungsvolle

Tätigkeit zu übernehmen. Wenn es viele Aufträge waren, brauchte ich bis zu zwei Stunden, und ich musste mich beeilen, denn sonntags waren die Schüler- und Jugendmatches. Und wenn ich mich beeilte, verwechselte ich die Tabellen und schrieb die Anzahl in die Spalte der Artikel und umgekehrt oder verwechselte die Posten, ich wusste auch nicht genau, wofür das gut war, ich wusste nur, wenn ich was verwechseln sollte, gibts gewohnheitsmäßig abwechselnde Schläge, Faust, Hand, Faust.

Fäuste aber nur, wenn ich den Kopf mit Armen zu bedecken versuchte, denn ich musste mich mit Händen an der Hosennaht hinstellen, um die Ohrfeigen empfangen zu dürfen, und das war mir meist zu blöd, weil er sich Zeit ließ, und ich zuckte dann schon vor dem ersten Schlag. Es hieß: Schultern hinunter, Arme gerade, und dann krachte die Hand schon ins Gesicht. Am meisten regte ihn mein blödes Zucken auf, als hätte er schon ausgeholt. Es war bloß so ein Reflex ohne böse Absicht, aber das verbitterte ihn so, dass er fest zu schlagen begann. Jedesmal nahm ich mir vor, nicht zu Zucken, aber lange schaffte ich es nicht, ich verachtete mich selbst wegen dieser Schwäche. Hohn und Hausarrest und kein Abendessen wegen Feigheit und Unfähigkeit. Mit Sieben sperrten sie mich bis in die Nacht mit dem Teller flüssigen Spinats im Zimmer ein, weil ich das Zeug nicht runterbrachte, und der grüne Rotz war trockenhart, als ich ihn endlich in mich hineinkratzte, weil ich dringend aufs Klo musste. Ich klopfte. Was willst du. Ich muss dringend. Hast du zusammengegessen? Ja. Das glaube ich nicht.

War nur noch die Mutter da, er war gar nicht mehr zuhause, hätte sie mich auch rauslassen können, aber nein, ich muss dringend aufs Klo, sie sperrt aber nicht auf, weil sie nicht glaubt, dass ichs aufgefressen habe, und ich bin nun sechs Stunden in dem Zimmer und halte es schon lange zurück, aber jetzt gehts nicht mehr.

In der Not pinkle ich in den Rhododendrontopf, wenn sie da draufkommen, bringt er mich um. Ich schlafe erschöpft ein. Als es finster ist, macht sie auf, schaltet das Licht an, was mir unter Strafe verboten ist, und sagt: erst kontrollieren. Sie hält den Anklageteller in Kopfhöhe: das nennst du Aufessen, das hebe ich auf, bis er heimkommt, dann bleibst du die ganze Woche hier drinnen.

Sie sperrt mich ein, weil er dauernd abhaut. Sie hat es nicht leicht. Wenn er heimkommt, muss sie seine Sakkotaschen durchsuchen, hängt ihm ihre Vorwürfe um den Hals und zieht zu: wo warst du? mit wem? Alles gezischt, damit ich es hinter meiner Kinderzimmertüre nicht höre, ziemlich witzlos das Ganze, ich schließe die Ohren und denke weg. Sie hat sich für ihn geopfert.

Einmal war ich sogar dabei, als sie sich geopfert hatte. An einem sonnigen Sonntag. Ich reichte gerade mit der Nase auf Höhe des Balkongeländers, und es war später Vormittag, er saß im Wohnzimmer hinter der Landeszeitung, sie schüttelte die Federbetten über der Balkonbrüstung aus, stellte sich dabei aber auf einen kleinen Schemel.

Das war selbst mir komisch, ich stand neben ihr und sie rutschte, von den zwei Federbetten gezogen, langsam über das Geländer, und als sie mit den Hüften darüberhing und zu kippen drohte, lief ich hinein und rief, dass sie vom Balkon falle, und er sprang auf und stürzte auf den Balkon und erwischte sie noch an den Fesseln, aber sie mit den Federbetten war zu schwer und entglitt ihm und stürzte vom zweiten Stockwerk.

Der Aufprall wurde durch die aufgespannten Markisen der Parterrewohnung und vielleicht auch durch die Federbetten gemildert, aber sie verletzte sich am Rücken und konnte, obwohl sie bald aus dem Krankenhaus entlassen wurde, nie wieder etwas tragen.

Sie hat sich für ihn das Kreuz gebrochen, und sie sieht nicht ein, dass sie je noch einen Finger krumm machen soll.

Arbeit kommt für sie nicht infrage. Der, dem sie ihre Jugend und Gesundheit geopfert hatte, soll gefälligst für sie aufkommen.

Nun ist derjenige aber seit zwei Jahren nicht mehr vorhanden und zahlt auch nichts, wie sie behauptet. Und sie unternimmt nichts. Sie leidet. Sie ist um ihr Leben betrogen worden.

Aber ich bin noch da. Es ist meine Aufgabe, für das Nötigste zu sorgen. Ich fühle mich auch verpflichtet. Bin stolz darauf. Schließlich hat er sie wegen mir verlassen. Sie hat es mir im Vertrauen gesagt: ich bin nicht erziehbar, er hat meine Aufsässigkeit nicht mehr ausgehalten, aber sie weiß, dass ich ein tüchtiger Junge werden könnte, und sie hat mir das Versprechen abgenommen, ihr keine Sorgen zu bereiten.

Ich bemühe mich, aber wie das zusätzlich zu der Schule gehen soll, weiß ich auch nicht, sie bekommt jedesmal einen Tobsuchtsanfall mit anschließenden Herzbeschwerden, wenn ich ihr das Zeugnis vorlege.

Ich werde es schon schaffen. Es soll ihr an nichts fehlen, sie hat im Leben nur gelitten.

Nun noch ein wenig mit dem Stückchen Kohle drüber, Mariella im Halbschatten, das schönste was ich je gezeichnet habe.

Liiiiie-bä, sagt die rostige Angel der Wohnzimmertür, früher hat sie Hiiiie-bä gesagt, was ein ziemlicher Fortschritt ist, denn seit zwei Jahren kann mich in dieser Wohnung niemand mehr anrühren, und auch nicht einsperren.

Er hat weggemacht, bevor ich Fünfzehn wurde, und ich habe noch am gleichen Tag begonnen, sämtliche Schandflecken von den Wänden abzukratzen, auch die kleinsten getrockneten Blutspritzer, fand noch monatelang welche an den unmöglichsten Stellen, sogar an der Wand hinter dem Bauernkasten, was ich mir nicht erklären konnte, wie die dahin geraten waren.

Aber was redet diese Türangel, um diese Zeit ging nie wer ins Wohnzimmer, normalerweise geht sie ins Bad, aber schon reißt sie meine Tür auf: weißt du, wie spät es ist, und, auf die Zeichnung zeigend: was soll denn das, ist das vielleicht Lernen?

Lass es in Ruhe, sag ich, sie hält das Porträt hoch, was soll denn das sein, soll das ein Bild sein? Aber sie liest den Namen. Ich habe links unten Mariella Teresa geschrieben, und rechts unten Johann Nepomuk Müller plus Datum.

So ist das also, sagt sie, und ich: gib das Papier her. Sie legts zurück: so ist das also, daher weht der Wind, presst sie tragisch und anklagend hervor, und geht ins Bad und klingelt und poltert.

Schließlich gehts mir so auf die Nerven, dass ich doch rübergurke und ihr das Glas aus der Hand nehme, zu zwei Dritteln leer, und ich frage, ob sie das alles getrunken hat, und sie sitzt sterbend am Badewannenrand, und ich frage: hast du die Tabletten genommen, und sie nickt sterbend am Badewannenrand, und ich denke, ich sollte ihr einen rechten Aufwärtshaken in den Bauch fabrizieren, dass sie das Zeug auskotzt.

Ich gerate in Panik, was tut man in einem solchen Fall, und sie sagt weitersterbend am Badewannenrand, dass ich sie sterben lassen soll, verlässt aber sogleich den Badewannenrand, auf dem sie sterben wollte, und schlurft ins Schlafzimmer, sie ist müde, ich soll sie endlich in Ruhe lassen, sie kann nimmer, das ist ihr alles zuviel.

Aber was ist ihr zuviel?

Ich suche im Badezimmer herum, finde aber keine Tablettenpackung, und weil ich keine Ruhe gebe, gibt sie schließlich zu, noch nichts genommen zu haben, noch nicht, sagt sie bedeutungsvoll.

Da bin ich erleichtert und gehe ins Bett, die paar Stunden bis zur Blödschule wenigstens noch. Ich könnte einfach aufhören in die Schule zu gehen und richtig verdienen, wie der Wimmer Naz, der hat sein Lehrlingsgeld, schon ein neues Jackett, sein Puch Pony-Moped, er ist der Nachwuchsstar in seiner Mannschaft, dem Traditionsklub der Stadt und Feind unseres Klubs, aber wir verbringen doch viel Zeit miteinander.

Ich war mit ihm zum Vorstellungsgespräch gegangen, weil ihn sonst niemand begleitet hätte, er musste sich beim Bau der Post als Fliesenlegerlehrling präsentieren, also sind wir hin, und ich bin allein zurück und hab gedacht, ihm gehts gut, aber auch: wenn ich weiter in dieses Gymnasium gehe, haben wir bald überhaupt nichts Gemeinsames mehr.

Wir gehn noch immer manchmal ins Kino, früher hatte ich meinen Schülerausweis gefälscht, und auf dem Weg ins Kino die neuen Geburtsdaten wiederholt.

Nach jedem Western kam als letzter immer der Spitzer Ferdinand heraus, obeinig und die Augen zu gefährlichen Schlitzen verengt, wir warteten extra, um ihn aus dem Kino kommen zu sehen. Er blieb bis zum Ende des Abspanns verträumt sitzen, während wir gleich hinausdrängten, und lachten uns einen Ast, wenn er herauskam. Er war viel älter als wir, aber klein und dünn, seine Hände schwebten über imaginären Colthalftern, bereit, Gerechtigkeit in den Marktplatz zu schießen.

Der Spitzer war jetzt auch ab und zu beim David und immer auf der Bank an der Breitseite der Bar, ganz an der Wand, sein Stammplatz, und wenn jemand dort saß, bekam er schmale Augen, und man musste ihn vorbeilassen, wo ihm die Bar bis zu den Schultern reichte, aber er erfreute sich der Hochachtung der Kellnerin, weil er sein Maurergehalt zu ihr brachte, nein, vielleicht auch, weil sie ein Herz hat für die ganz unten.

Und ich habe mit Mariella Tee getrunken, sie hatte sogar Honig fürn Tee, das kannte ich nicht. Und sie sah mich an und ich sie.

Zuhause sah man einander nicht an, außer mit Misstrauen, oder: Hände an die Hosennaht, sieh mich an, dann wurde der Blick weggeschlagen, dass sich die Iris nach oben in die Augenhöhle drehte, weil der Rhododendron die Blätter verloren hat.

Nach alldem, was Mariella erzählt hat, haben wir nicht die geringste Chance. Eine Anzeige kommt nicht infrage, ich habe an sowas auch nicht gedacht, den Fehler hatte sie schon einmal gemacht, lieber würde sie sterben, als das wieder erleben zu müssen.

Insgesamt besteht die Bande aus etwa fünfzehn Leuten, den harten Kern bilden die Fünf, Söhne reicher Städter, ein Transportunternehmen, eine Fleischwarenhandelskette, eine Gewürz- und Teigwarenfabrik, ein Bauunternehmen und eine Autofirma. Alle anderen sind Handlanger, Mitläufer, die meisten über Empfehlung der Söhne als irgendwas angestellt bei diesen Firmen, ein paar sind sogenannte Freiberufler, Versicherungskeiler, Anzeigenkeiler, und einer hat mit Hilfe der Fünf eine Pornozeitung gegründet, den Nacktboten. In der Landeshauptstadt.

Der Nackbote ist sowas wie das Zentrum des Rings geworden, seit damit Geld gemacht werden konnte. Zuerst wars nur eine unantastbare Gang, die an Wochenenden ausgeschwärmt ist und Lokale auf dem Land unsicher gemacht hat, Schlägereien angezettelt wegen der Mädchen, die mit ihren Burschen zum Tanzen gekommen waren, oder eben teuer Essen ins foine Rästorau, wie sichs allgemein so gehört, dass man den Wochenlohn sich selbst imponierend dortlässt, dann hat man wieder was zum Sparen, das diszipliniert. Das Auto ist aufpoliert aber noch nicht abbezahlt, jede Kratzspur im Lack bedeutet einen Monat Schlaflosigkeit.

Im Fischlokal am Trümmersee haben sie gleich zwei durch die Glasfront entsorgt, den einen auf den Steg hinaus und den andern ins Schilf.

Der Hottler, von der Handelskette Fleisch und Wurst Hottler, hatte einen VW Käfer mit eingebautem Porschemotor. Das waren anfangs harmlose Späße. Harmlos? Ja, bis dahin ist noch keiner gestorben.

Es gab zwar Anzeigen, aber die blieben ohne Folgen für die Fünferbande. Da kehrte sich nämlich auf zauberische Weise die Anzeige in eine Anklage gegen den Anzeiger. Gab immer Zeugen, die bestätigten, dass der Verprügelte, also der, der vor seinem Mädchen den Helden spielen wollte und jetzt lächerlich im Gipsverband herumhampelte, gerechterweise Notwehr zu spüren bekommen hatte.

Ich versuchte die abgeklärte Kennermiene bei dem, was mir Mariella da anvertraute, als wüsste ich Bescheid, wies eben so geht in der normalen Welt der Schwerkraft, aber es wühlte mich auf, und wie sies erzählte, ruhig und sachlich, ich kann das nicht wiedergeben, mir wars gänzlich fremd.

Ja, ich hatte schon gehört von einer Wochenendbande, die Lokale aufmischte, aber man hörts eben nur und stellt sich nix vor.

Wie isses möglich, dass sie das so fachlich abhandelte, indessen mir das Herz auf dem Magen Trampolin sprang und die aufsteigenden Fragen zerdrückte.

Nun, sie machten mit ihren schnellen Wagen auch auf den Autobahnen Jagd auf Paare, um die Kerle, die mit ihren Landladies zum Wochenende in polierten Autos hinausfuhren zu den teils abgelegenen Dröhnlokalen, zur Weißglut zu bringen.

Landeier aufschlagen und braten nannten sie das. Sie fuhren mit dem Käfer den Leuten auf, scherten aus und setzten sich eng neben sie, mit Gesten zum Mädchen, die den Stolz des fahrenden Beschützers Gas geben ließen, aber der

Käfer war schneller, und wenn einer hässlich wütend wurde, fuhren sie ihm vor die Schnauze und bremsten ihn zünftig herunter, holloderoh har har, sodaß der wiederum glühend zu überholen versuchte, und nun ließen sie ihn nicht mehr vor, der blieb jetzt für alle Zeiten als Überholender auf der Strecke.

So wars auch damals auf der Landstraße, und der Markus wollte aufgeben, sich zurückfallen lassen, weil Mariella schon stinksauer auf ihn war, dass er sich erstens provozieren ließ, zweitens saublöd rechthaberisch undsoweiter, also typisch männliches Hirschverhalten, lass die doch, solln sie doch weiterfahren, die Wahnsinnigen, und er ging in dem kleinen unübersichtlichen Waldstück auf sechzig herunter, auf fünfzig, aber das taten die auch, ist ja immer so, wenn der Hirsch erst einmal einsichtig wird, hat er keine Stimme mehr, alte Bauernregel, runter auf vierzig und dreißig, aber die auch, die ließen ihn nicht mehr nach rechts. Und so kam man langsam parallel aus dem Wald hinaus, und aus dem Licht der tiefstehenden Sonne entstand der Lastwagen, kam mit ergrimmt vorgestrecktem Kinn und empörtem Tröten entgegen und biss in den scheinbar Überholenden, der beinahe schon stand und nicht mehr rüberkam, wo der Porsche im VW auf einmal die Lücke aufmachte und geradeaus jubelnd davonröhrte. Der Laster zerkaute den halben Wagen, und Markus war sofort verpackungsgerecht zum Entsorgen gepresst, und sie, Mariella, wurde ausgespuckt und wachte später auf, und nun, na ja, seitdem sitzt sie auf diesen Rädern eben.

Und die zwei heute, das waren welche von der Bande?

Der eine war der Hottler himself, der andere, der Lange, der ihr den Mund zugehalten und den Arm vom Beifahrersitz aus zerdehnt hat, war irgendein Mitläufer, den sie nicht kannte.

Dann sagte sie: aber du bist ja rechtzeitig gekommen.

Sie hat mir die Hand geküsst.

Sie hat zu mir gesagt: aber du bist ja noch rechtzeitig gekommen. Unvorstellbar. Mehr kann man im Leben nicht erwarten.

Wie bin ich denn heute überhaupt in die Schule gekommen, kann mich nicht erinnern. Muss ja wohl in die Schule gegangen sein, sonst wäre ich nicht hier, jetzt in der dritten Stunde, allwo die Stimme der Deutschlehrerin samt dem Ellbogen meines Banknachbarn Notger die Oberfläche meines Bewusstseins eindellt, mein Betragen ist unmöglich und ich soll mich nach hinten setzen, ihr aus den Augen, was ich mir denn einbilde, schlafen kann ich zuhause, und ich wechsle schlafwandelnd von der zweiten in die letzte Bank.

Es ist mir auch egal dieses Klassengesumse, da hinten ist es ohnehin hübscher, man lehnt den Stuhl gegen die Wand, hört noch ein paar mittelalterliche Worte lîp wîp und schwebt ab in Richtung des katholischen Fadenkreuzes dort vorne hoch über der Flügelaltartafel.

Ja, dreimal schon. Ja, wirklich richtig. Ja, aber es ist peinlich irgendwie, weiß auch nicht, na gut, das erstemal, das war so mit elf vielleicht, oder zwölf, ein Nachbarmädchen im Haus überm Naz, sie war, glaube ich, höchstens ein Jahr älter, nein, den Namen weiß ich nicht mehr, was hat denn der Name damit zu tun, ist denn der wichtig, jedenfalls wars schon länger ausgemacht, dass wir das Küssen von ihr lernen, der Naz und ich.

Und dann wars eben soweit, im Keller, in einer Nische des langen Kellergangs, so lang wie das Haus, die Kellerabteile mit Türen aus Holzlatten, da haben wir als Kinder Verstecken gespielt oder Geister imitiert, bis uns irgendein Erwachsener verscheuchte.

Sommer wars oder Frühling, und wir mussten auch Umarmen lernen. Der Naz war mutiger, ich hatte Herzklopfen, mach du erst, und dann umarmten sie einander und pressten die Köpfe aneinander, da sah ich schon, wie das geht. Sie hatte es uns zuvor auch erklärt, man musste den Mund leicht öffnen und den Körper so schief halten, im Nachhinein wars dann gar nicht schlimm. Nur der Geschmack war ein wenig fremd von dem Speichel. Nein, Vergnügen habe ich keins empfunden, war mehr so wie Hausaufgaben machen.

Dann mit dreizehn die ganz die große Liebe, nein nicht ironisch, weils das erste Mal war, dieses unerbittliche Gefühl und für immer so aufgehängt bleibt. Im Schwimmbad haben wir unsere Handtücher zu den ihren gelegt, der Naz und ich, sie war uns beiden aufgefallen, schon seit Tagen kam sie mit ihrer Freundin an die gleiche Stelle der Wiese, die Freundin hatte so vorstehende obere Zähne, aber sie, Margit, war einfach schön, das hatte nichts Spektakuläres, nichts Aufgeregtes, nichts Schwärmerisches, es war ganz natürlich, dass sie schön war, an ihr gab es nichts Kicherndes und Affektiertes.

Wir gingen auch zu viert spazieren, und, wie weiß ich nicht, aber es ergab sich, dass sie sich für mich entschied, obwohl der Naz fescher, größer und stärker war als ich. Sie hatte ihr braunes Haar zu einem breiten kurzen Zopf geflochten. Einmal haben wir uns allein getroffen, hatten ja kein Telefon und nichts, also man machte sich etwas aus und hielt sich daran, übermorgen um vier am Mühlbach.

Da saßen wir auf der Parkbank, mit den Rücken zu den Weiden, die mit den Armen bis zu den Ellbogen im Mühlbach rührten, vor uns ein Stück alte Stadtmauer, auf uns Sonnenlicht. Wir saßen und saßen, und ich wusste nichts zu sagen, aber überhaupt nichts, und sie sagte auch nichts, und ich bekam Panik, weil ich doch was unternehmen musste, man musste etwas machen, aber was, ich müsste sie küssen, aber ich hatte nicht den Mut, und so dachte ich nur daran, dass ich das tun musste, bloß fürchtete ich mich davor.

Und so saßen wir eine Handbreit voneinander, und zuweilen atmete sie lange durch die Nase ein und durch den Mund kurz und laut aus, was ich als Ausdruck ihrer Ungeduld deutete, und dass sie sich langweilte, und meine Nervosität nahm zu.

Ich glaube, dass wir mindestens zwei Stunden so saßen, denn die Sonne war schon hinter die Stadtmauer gesprungen, es wurde kühl, und außer dass wir Gänsehaut bekamen, ist noch immer nichts geschehen, und gleich musste sie gehen, und ich war wirklich in Panik.

Es war wie das erste Mal vom zehn Meter Brett zu springen, da steht man klein oben, der Mut ist dünnlippig geworden, und es gibt kein Zurück, du schaust hinunter, und dir wird schwindlig, gehst ein paar Schritte rückwärts, aber es geht um die Ehre, wenn du jetzt auf der Leiter hinuntersteigst, hast du dir den Feigling für immer aufgeprägt, du kannst es noch hinauszögern, dich ans Seitengeländer lehnen und dir die ironischen Bemerkungen von unten anhören, aber dann musst du, es gibt nichts mehr zu verzögern, es zieht dir alles Blut ausm Kopf, und du springst auf dieses weit entfernte blaue Wasser.

So drehte ich mich der Ohnmacht nahe überfallsmäßig ihr zu und verfehlte ihren Mund, aber dann Himmel und Glockenläuten, die Margit erwiderte das, was ich im Keller gelernt hatte.

Und in zwei Tagen wollen wir uns auf dem Rummelplatz treffen, sie nehme aber die Freundin mit, und ich soll meinen Freund mitnehmen. Das war nicht einfach, denn der Naz schämte sich mit der mit den Zähnen, was er denn mit der soll, das interessiert ihn nicht, mit der schämt er sich, aber ich überredete ihn, und er trottete missmutig mit ihr hinter uns her, wir hielten uns an den Händen und stiegen in die Achterbahn ein. Bei der langen holprigen Hinauffahrt schlugen unsere Zähne gegeneinander, und das ging wie ein langsamer großer Glücksblitz in mich ein und war das Schönste von der Welt.

Davon lebte ich über eine Woche, denn wir verabredeten uns nicht, sie sagte nur, dass sie Sonntagnachmittag immer ins Kino geht, wenn du willst, kannst du mich da treffen. Aber es ist schwierig, sonntags wegzukommen, ich blieb in Gedanken an sie die Nachmittage immer zu Hause und malte und zeichnete, und das Glück pfiff mir aus den Poren, und das genügte mir.

Nur war mein stilles Glück wohl zu offensichtlich, und als der Vater am Freitag heimkam, sah er mich sehr prüfend an und bestimmte, dass meine Haare geschnitten werden müssen. Mein ganzer Stolz, dass sie ein klein wenig über die Ohren standen, aber ich musste einen Kinderschnitt haben, das heißt Stoppelfrisur, kein Scheitel, Demütigung pur.

Hätte er mich doch lieber in die Fresse gehauen, ich hätte die Hände nicht von der Hosennaht genommen und nicht gezuckt, mit Güte würde ich jeden Schlag empfangen und bitte und danke gesagt haben, mein Leben lang dankbar, wenn ich nur die Haare behalten hätte dürfen.

Die Prozedur, die am nächsten Tag folgte, kannte ich schon. Er stieß mich in den Sessel und schnapperte in der Luft mit der Schere. Kopf nach vorn, mit den Faustknöcheln gegen den Hinterkopf gestoßen, weiter vor, und schon spürte ichs kalt im Nacken und bis hinauf, und er drehte mir mit einer Hand den Kopf und riss ihn dann am Kinn noch weiter zurück, und die Schere keckerte in der Luft und setzte brutal an und senste die Seiten hinauf, und je weiter hinauf desto höher stieg mein Hass, aber ich durfte mich nicht rühren.

Wenn ich versuchte, den Kopf in Renitenz nur ein wenig zu heben, gabs die Faust auf den Hinterkopf, und immer dauerte es lange, es reicht doch schon, aber nein, man kann immer noch was wegnehmen.

Dann konnte ich mich ins Kinderzimmer verkriechen, als Ammonit einrollen aufm Bett; die kühle Schande auf dem Kopf, wie mit Menthol eingerieben, mit Händen bedeckend, und mich vor mir ekelnd.

Aber am Sonntag zog es mich zum Kino, ich hatte kein Geld und wartete im Foyer an einen der hohen runden Stehtische gelehnt, und dann war sie auch da, ein paar Jungen und Mädchen um sie herum auf der anderen Seite der Halle. Vielleicht erkannte sie mich nicht, ich starrte verloren hinüber, aber bevor der Film begann, kam sie schnell herüber und sagte, sie wollte eigentlich gar nicht mehr mit mir reden, aber sie sagt es mir doch noch, dass ich ihr nämlich nicht mehr gefalle. Ich hatte noch nichts davon begriffen, da war sie schon weg.

Da ging ich hängend fort. Das Kino habe ich nie wieder betreten. Selbst als wir viel später einmal zu einer Schulvorstellung von Ben Hur dorthin getrieben wurden, bin ich auf der Strecke zwischen Klasse und Kino abhanden gekommen.

Ich konnte sie sogar verstehen, Margit meine ich, ich gefiel mir auch nicht, aber es war dennoch eine Gestreckte in die Magengrube. Ich weinte bis nach Hause ohne Tränen, und je mehr ich weinte, desto trockener wurden die Augen, und schließlich waren sie ausgedörrt; zwei kleine Brandlöcher.

Ich weinte überhaupt nie, wann hatte ich je geweint, vielleicht als kleines Kind, ich konnte mich nicht erinnern, es kamen einfach keine Tränen mehr, nicht vor Wut und nicht aus Selbstmitleid.

Wer weint ist schwach, und ein Indianer kennt keinen Schmerz, kennen vielleicht schon, aber er zeigt ihn nicht, und woran merkt man, dass einer weint? An den Tränen. Eben. Also eliminiert man die Tränen und ist nicht mehr schwach, das ist Logik, so schaut es aus. Wer ohne nachvollziehbaren Grund flennt, ist bei mir unten durch.

Manchmal muss ich in den Spiegel schauen, um festzustellen, dass ich existiere, und bin überrascht, ich drücke ein Auge zu, damit sich was bewegt als Beweis für mein Dasein.

Obwohl ich nicht gerne in den Spiegel schau, ich gefalle mir ganz und gar nicht, ich komme mir vor wie eine halb geschälte Kartoffel, mir selber fremd, der Vater hat schon Recht, eine einzige Enttäuschung, es gibt so Typen, denen möchte man andauernd ins Maul hauen, ihm gehts mit mir, wie mir mit dem Lanner Wolf, dem weinerlichen Bubi, kein Talent für gar nix außer fürs Feigsein, der könnte nicht einmal einen Hydranten überspielen, völlig unbrauchbar, den musste man nur streifen, schon lief er mammaschreiend zum Papi. Ich habe aber den Vorteil, dass ich mit dem dürren Lanner nichts zu tun haben muss, der spielt bei uns nicht mehr mit, der geht allen auf die Nerven, seitdem seine Mammi herausgekommen war und sich bei uns beschwert hat, dass wir ihn nicht mitspielen lassen, während mein Vater mich als unnützen Fresser dauernd aufm Hals hat.

Unnützer Fresser sind auch meine Vornamen, er sagt weniger Johann Nepomuk als Unnützer Fresser, sag dem Unnützen Fresser, er soll das Radio ausschalten. Eigentlich nennt er mich überhaupt nie beim Namen, manchmal du, aber meist gehts allgemeiner zu, was solln das? Herkommen! und so. Meine Namen hätte man sich auch sparen können. Mir ist es recht, ich schäme mich ohnehin dafür. Die spricht man am besten nicht aus.

Man spricht am besten überhaupt nix aus, wird alles gegen dich verwendet.

Dabei, komischerweise, habe ich mich gefreut, wenn er am Wochenende nach Hause kam, und ich sprang ihm wie ein Kater in die Arme, er war stark. Aber er fragte jedesmal an mir vorbei, was hat es in der Schule gegeben, und ich wusste darauf nie was zu antworten und musste runter und zur Seite, und so ließ ich es schließlich. Auch weil immer sofort am anderen Ende des Gangs vor der Küchentür seine

Frau als stummer Vorwurf auftauchte, und der Vorwurf strömte einen Dunst aus, der folgendes riechen ließ: wo kommst du her, mit wem warst du von Montag bis jetzt Freitagabend, und ich weiß genau, dass du morgen oder am Sonntag wieder abhaust zu irgendeiner, deiner, ich sag nicht was; und dazu kam der weinerliche Erpressungsdunst: was soll ich denn machen, ich täte alles, damit du zuhause bleibst bei deiner Familie, bleib doch zuhause, aber kaum bist du hereingekommen, willst du schon wieder weg, ich spüre das doch, ich fresse seit Wochen diese Appetithemmer, damit du nicht mehr sagen kannst, ich sei zu dick, hörst du nicht wie mein Magen kracht und siehst du nicht, wie ich abgenommen habe und dass ich die Haare blond trage, bleib doch, ich gehe auch nicht aus den ganzen Tag, außer schnell was einzukaufen, was haben denn die anderen, was ich nicht habe, und sie gingen ins Wohnzimmer und ich ins Kinderzimmer, Türe zu, und ich hörte dennoch durch zwei geschlossene Türen ihr Keifen.

Immer dieses Schweigen bei Tisch. Und wenn er Bier zum Essen trank, musste er aufstoßen und blies, indem er sich vorbeugte, den Luftstrom nach und nach mir ins Gesicht, weil ich ihm gegenübersaß, damit er mich unter Kontrolle hatte. Er wusste, dass mich davor ekelte, aber wenn ich mich wegdrehte, wurde er zornig, und ich musste immer den säuerlichen Strom einatmen, bis ich schließlich einen Ausweg durch Provokation fand und tat, als suche ich was unterm Tisch, denn ich musste immer aufrecht gerade sitzen, auch wenn sie mit dem Tablett rausging, um das restliche Essen zu holen, wobei auch er solange aufstand um die Zeitung zu lesen, musste ich aufrecht mit Blick geradeaus am Tisch sitzen bleiben. Für Bücken gibts Ohrfeigen, kaum taucht der Kopf übern Tischrand auf, aber besser drei Ohrfeigen, als den Gestank einatmen zu müssen, schau dir die Kröte an, unterm – Tisch – gibts – nichts, und schließlich gab er es auf, über den Tisch zu langen, wenn ich seinem Aufgestoßenen auswich.

Ich glaube, dass ich ab da begriffen hatte, dass man gegen Schläge fühllos werden musste. Lieber Schläge als, ja, als was? Die Schläge selbst sind ja nichts, der körperliche Schmerz ist bloß ein Moment, in dem die Faust auftrifft, dann ist es auch schon vorbei, blaue Flecken trägt man mit Stolz, war bloß eine Keilerei, solltest den anderen sehn.

Das Unheimliche daran ist, nehme ich an, nun, ich weiß es auch nicht so genau, was hinter diesen Schlägen steckt, aus welchen dir unbekannten Gründen jeweils die Hände mit dieser Zerstörungskraft aufgeladen werden, sodass du willkürlich und jederzeit zum Feind erklärt werden kannst von jemandem, von dem du eigentlich wünschst, geschützt zu werden.

Vielleicht hätte er lieber seiner Frau in die Schnauze geschlagen.

Es gab selbstverständlich Gründe, warum ein Kind die Hiebe verdiente, sie wurden benannt, aber vom Kind nicht verstanden, auch dafür war es zu blöd: um nicht zu verwildern; wegen frech Schauens; weil es zu nichts nütze ist; wegen Unfähigkeit; weil es nichts weiß; wegen Faulheit; weil es ungefragt redet; wegen Aufsässigkeit; weil es bereits ein kleiner Verbrecher ist; weil man es vor sich selber schützen oder es im eigenen Saft schmoren lassen muss, indem man stunden- oder auch taglang nicht mehr mit ihm redet, damit es Zeit zum Nachdenken über sich hat, damit es in sich geht. Obwohl ohnehin Hopfen und Malz verloren ist, weil es schon gänzlich entartet ist, aber man muss seine Neigungen nicht auch noch fördern, oder man muss sie im Keim ersticken. Jedenfalls wehret den Anfängen.

Ja, außerhalb des Hauses hieß ich Hans. Es dauerte seine Zeit, bis ich das durchgesetzt hatte, etwa zur gleichen Zeit als der Naz nicht mehr Naz genannt werden wollte, wollte ich nicht mehr Hansi genannt werden, oder Hani, wie die Mutter rief, sondern ich war der Hans, wie der Naz dann der Gerhard wurde, weil er nicht mehr die Abkürzung seines zweiten Namens Ignaz hören wollte, wie gesagt, es dauerte ein wenig, und wir mussten auch nachhelfen, und irgendwann wagte niemand mehr, ihn Naz und mich Hansi zu nennen. Aber sogar unter uns gabs Schwierigkeiten anfangs, und mir rutschte zuweilen noch der Naz heraus und ihm der Hani.

Johann klang so komisch offiziell, sagte niemand außer den Fässern in der Schule, allerdings stets zusammen mit dem Nachnamen. Also zwischen Schule und Wohnung: immer Hans.

Und der Hans gewordene Hani behandelt die Monika Prater-Seeger, die dritte, die ihn geküsst hat, er behandelt sie, zweieinhalb Jahre nach Margit, und er wundert sich selbst über sein Verhalten, er behandelt sie gelinde gesagt fahrlässig. Er weiß eigentlich, dass sie das nicht verdient, denn sie ist ein delikates und sehr schönes Wesen, und sie ist sanft und vernünftig und mag ihn gern, und das macht ihn gereizt, das verträgt er nicht, da muss ein Fehler vorliegen, ein Irrtum, wenn ihn wer mag, er muss sich wahrscheinlich selber weh tun.

Bei ihr hat er das Verbotene, das ihm nicht Zustehende gespürt, die Erregung hart in der Hose, den ganzen Spazierweg den Fluss entlang, da sie immer wieder stehengeblieben waren und einander umarmt hatten, und er schämte sich der enganliegenden Hose und drehte, während ihre Lippen aneinander waren, die Hüften zur Seite, hoffentlich merkt sie nichts, und es war ein langer Spaziergang.

Die Tage danach hatte er schwere Schmerzen in den Hoden, nein Eier sagten sie, als er nach dem Jugendtraining einem viel erfahreneren Mitspieler beim Ausziehn in der

Kabine sagte, dass die Eier derart wehtun, wasn das sein kann, er hat Angst, ob das schlimm ist.

Der wusste sofort bescheid, dass ich mit einem Mädchen zusammengewesen sein musste, die engen Hosen warens, was glaubst denn du, rennst stundenlang mitm Ständer, das quetscht einem die Eier zusammen, ja das kenn ich, hab ich auch schon gehabt, tut höllisch weh. War ziemlich erleichtert, dachte schon an Krankheit oder was noch alles, nein, kannst beruhigt sein, das vergeht wieder – in ein paar Tagen.

Die Monika Prater-Seeger aber musste mich suchen, nicht ich sie, ich sagte: du weißt ja, wo du mich findest.

Damals bin jeden Sonntag in den Bazooka-Club mit einarmigen Banditen, Pool-Billard und Tischfußball. Richtige Frauen, also solche, mit denen man selber gehen würde, kamen da nicht hinein. Dort spielten wir die Tischfußballmeisterschaften, und die Monika sagte, aber wie kann ich dich da treffen, da gehe ich nicht hinein, und ich sagte, is dein Kaffee.

Eines Sonntags kam sie tatsächlich. Ich sah sie am Gehsteig gegenüber unschlüssig ängstlich auf die Spelunke schauen, und ich kümmerte mich nicht darum, soll sie reinkommen, wenn sie mich sucht, und ich ging nach hinten zu meinem Flipper, und nach dem ersten Freispiel kam der Chef und sagte, ein Mädchen ist da und möchte mich sprechen, und ich machte den abgeklärten Hund und sagte, siehst ja dass ich keine Zeit habe.

Sie traute sich nicht in den hinteren Raum klarerweise, waren nur ausgebuffte Kerls da, auch solche mit einem richtigen Beruf. Obwohl ich mich nicht umgedreht hatte, konnte ich mir vorstellen, wie sie dort stand gedemütigt und einsam und angestarrt von unheimlichen Fremden, denen nicht einmal ich was anvertrauen würde. Als sie ging, lief ich hinaus, aber nicht aus dem Lokal, sondern nur in den Eingangsraum, und sah sie durch die gebrochenen weißen Vorhänge nach links in den menschenleeren Sonntagmittag gleiten, als würde sich der Gehsteig absenken. Sie ging mit hängenden Schultern, denn sie hatte Abschaum gesehen.

Soll sie doch gehn, wenn sie zimperlich ist.

Nein, mir war nicht wohl. Sie wollte mit mir ernsthaft reden, mit mir ein paar Schritte gehen, aber ich fühlte mich wohler in dem Sumpf, ich konnte sie nicht brauchen, sie störte mich, ich wollte ihr bewusst wehtun und hatte keine Ahnung, dass ich mich selbst verletzte, ich wusste nur, dass ich erstmals aus eigener Kraft ein mieses Arschloch war, und ich spürte deutlich, denn in meiner Brust drehte sich etwas herum, dass ich mutwillig etwas Delikates und Zartes zerrissen und wirklichen Mut lächerlich gemacht habe, Vertrauen zertreten, Zuneigung geprügelt.

Aber ich hatte eine Rechtfertigung, denn Weiber sind Luder hatte mir die Mutter erklärt, die wollen dich nur einfangen, hüte dich vor den Weibern, das war im Wohnzimmer in der Dämmerung, und warum das Licht nicht eingeschaltet war, weiß ich nicht, jedenfalls stand sie in der Mitte des Zimmers, und es war wie eine Weissagung, ein mystischer Moment, sie stieß das heraus mit weiser Empörung, so schien es, und es schien, sie sagte wahr, mit halb geschlossenen Augen, wie aus sich herausgetreten, denn sie hatte mir noch nie einen Rat gegeben, und ich schluckte ihn wie dürrer Boden Wasser.

Dass dieses Wasser vergiftet war, konnte ich nicht wissen.

Das war bereits in der Zeit post patrem, also war ich immerhin schon knapp fünfzehn und hatte bereits das erste Geld aus der Fabrik heimgebracht.

Lass dich bloß mit keiner ein, du bist viel zu jung, die wollen dich nur einfangen und ausnützen. Nein, ich lasse mich nicht einfangen, was immer das auch heißen mag.

Als die wunderbare Monika zurückkam ausm Urlaub mit den Eltern am Land, und mir erzählte, dass es schön war, und sie einen älteren Jungen dort kennengelernt hat, sie haben viel miteinander gesprochen und sie lehnten jeder an einem Baumstamm, es war sehr romantisch, und der sprach ernsthaft mit ihr von einer Zukunft mit Familie, und wie schön es wäre, ein gemeinsames Häuschen zu haben, das hat ihr sehr gefallen, da läuteten bei mir die Glocken, und ich glaubte, sie will mir etwas einreden.

Ich verachtete romantisches Gesäusel, Gesülze mit fester Beziehung, Zukunft oder gar Familie und so, mit mir nicht, mit mir konnte sie über sowas nicht reden, ich war viel zu jung und musste Fußball spielen, sie hat doch gesehen, dass ich der Kapitän und Star der Jugendmannschaft war und vor ihren Augen meine Burschen aufs Feld führte, sie war doch stolz auf mich, lehnte an der Brüstung in ihren neuen Hotpants, und ich spielte für sie und ruinierte allein die ganze Hintermannschaft, dass sich die schwindlig gespielten Verteidiger nach dem Spiel noch in der Kabine ausdrehen mussten. Und sie war schließlich auch bei dem Match dabei, bei dem ich als Jugendspieler für die Kampfmannschaft entdeckt wurde, von dem neuen Trainer, dem Ex-Linksaußen der Nationalmannschaft, ein Mythos für uns, der, Ehre und Aufregung, denn das war noch nie geschehen, dass ein Trainer der Ersten sich in die Niederungen eines Nachwuchsspiels herabgelassen hätte, nach eventuellen Talenten sondierte, und mir wurde gleich nach dem Spiel mitgeteilt, dass ich mich ab sofort beim Training der Kampfmannschaft einzufinden habe.

Ein Rohdiamant hieß es, und ich ärgerte mich, dass Monika weniger beeindruckt war, als ich erwartete, aber sie hat eben keine Ahnung, bei ihr ist Hopfen und Malz verloren, die steht lieber an einen Baum gelehnt am Waldrand herum und lässt sich unterm Wispern und Sülzen der Blätter im warmen Sommerwind von som Arschloch, der war sooh verständnisvoll, er hat sogar geweint, als ich sagte, dass ich einen festen Freund habe, ein Gedicht vorduseln. Wie wenn das was wäre.

Wie wenn das ein Vergleich wäre mit den vier Toren, die ich in der zweiten Halbzeit geschossen hatte. Da setzt es bei mir aus, das verstehe ich nimmer, wie kann man nur so blöd sein.

Bei einem Spaziergang durch stäubenden Schnee an einem steifkalten Wintertag machte ich mich endgültig zum Idioten. Ich besaß keinen Wintermantel, nur den weißen ungefütterten Paletot, der bis zur Hälfte der Oberschenkel reichte, keine Handschuhe und keine festen Schuhe, nur die dünnen Sommerhalbschuhe, so hatte ich bei Kälte immer blaue Hände und fühllose Zehen. Der Schnee kroch mir unter die Hosenröhren auf die Haut und verklumpte zu festen Kügelchen an den kurzen Socken. Ich weiß nicht, vielleicht war ich sogar eifersüchtig auf ihre Stiefel, ihren Mantel, ihren Schal, ihre Fäustlinge. Sie zog einen Fäustling aus und legte mir die warme Hand auf die Wange und fragte, ob mir denn nicht zu kalt sei.

Da schlug ich ihr die Hand weg, da wurde es mir zu eng, da wurde ich furchtbar wütend: was geht denn das dich an, schrie ich, lass mich in Frieden, und ich wollte nur noch weg von ihr, nein, bloß kein Mitleid, bloß keine Demütigung mehr.

Ich ließ sie stehen, soll sie doch alleine gegen die Schnitte des Eiswinds gehen. Sie lief mir nach, was hast du denn? Lass mich in Ruhe.

Ich lag dann im Kinderzimmer und taute vor Scham nicht mehr auf, denn bis dahin war mir nicht aufgefallen, dass ich kaum was zum Anziehen hatte.

Die Mutter hatte einen neuen Wintermantel, aber woher? Das bisschen Geld, das ich mit Schwarzarbeit nach Hause bringe, reicht doch nur fürs Essen plus ihren Kaffee, und ich musste arbeiten, weil er, wie sie sagte, nichts zahlte, sie sagte, das Schwein zahlt nichts, wir müssen verhungern.

Sie nannte ihn, seitdem er abgehauen war, nur noch Schwein: das Schwein will, dass wir verkommen, das Schwein hat dich, als du noch ein Säugling warst, an den Beinen gepackt und kopfunter über die Balkonbrüstung hängen lassen, damit du aufhörst zu schreien. Er hat gesagt, er lässt dich fallen, wenn du nicht aufhörst zu schreien. Du hast ja dauernd geschrien, du warst von Anfang an ein schwieriges Kind.

Aber jetzt hatte sie einen mit Lammfell gefütterten Ledermantel, und ich konnte ihren alten Stoffmantel haben, der gefiel mir gut mit dem grauweißen Fischgrätmuster, richtig sportlich elegant, der war bis zu den Waden und mit langem Schlitz hinten, aber ich schämte mich doch ein wenig, nicht weil der Schlitz oben ausgerissen war, oder weil die Knöpfe unterschiedlich waren, sondern weil die Knöpfe bei einem Damenmantel sich an der anderen Seite befinden, ich schämte mich lange, aber scheinbar merkte niemand etwas, und wenn ich zur Schule kam, raffte ich ihn auf Magenhöhe zusammen, sodass sich Längsfalten bildeten und Knopf- und Lochseite verbargen.

Jetzt gibt es Mariella, und sie muss beschützt werden, und ich weiß, obwohl ich sie eigentlich noch gar nicht kenne, dass ich sie so gern habe wie, ja wie was? So gern eben, dass ich keinen Vergleich habe, weil das etwas gänzlich anderes ist als alles, das mir bis dahin bekannt war. Weil sie mich versteht, das weiß ich genau, denn sie hat mit mir geredet von Gleich zu Gleich, ohne irgendwelche Vorurteile, weil sie mich ernst nimmt, weil sie hart im Nehmen ist und daher stark. Weil sie zwei Poster an der Wand hat, eines mit so im Kreis tanzenden, angedeuteten Figuren von Matisse, und eines mit Höhlenmalerei, und beide kenne ich aus meiner Geschichte der Malerei, dem Buch, in dem ich oft blättere, aus dem ich Passagen auswendig weiß und in den meisten

Fällen, auf welcher Seite welche Bilder abgebildet sind, und ich kann fast von allen Abbildungen den Malernamen und den Titel des Bildes sagen, über alle Epochen, von den unbekannten Primitiven der Höhlen von Lascaux bis zur letzten kleinen verwirrenden Schwarzweiß-Abbildung: Jackson Pollock, Shimmering Substance aus dem Jahr 1946, und irgendwie wunderte es mich, dass die schon so modern waren, obwohl ich noch lange nicht geboren war.

Nun bin ich tatsächlich im Halbschlaf mit dem Stuhl umgefallen. Ich hatte zuvor schon gemerkt, dass ich ein paarmal vorgekippt war, aber jetzt war ich mit dem Stuhl wohl doch zu schräg an die Wand geraten, sodass die Lehne die Wand hinab radierte und ich mit einem Knall auf der Stuhllehne am Boden saß, peinlich, und, mich hochrappelnd, bekam ich zu hören, dass ich gefälligst aus der Klasse verschwinden soll.

Die Fässerin schrie wie noch nie, ich gehöre entsorgt, und mit überkippender Stimme: du Prolet, du Gesindel, du Gesindel klang fast schon wieder witzig, du Prolet du!

Und so schlich ich als Prolet, also das Schlimmste, was man in diesem bodenständigen, anständigen Gymnasium sein konnte, aus der Klasse, und genehmigte mir erstmal eine Zigarette auf dem Klo, um mich zu beruhigen, denn ich hatte nicht nur den Deutschunterricht gestört, sondern Wolfram von Eschenbach persönlich beleidigt.

Vom Klofenster im zweiten Stock runterbeugen, da unten im Hinterhof steht der kirschrote BMW des Scheiß-Hausmeisters, Scheißhaus Meisters, sein heiliges Stück, dem müsste man einfach aufs Dach springen, ich habe noch eine Rechnung offen mit dem seit vorigem Winter. Überall taucht der auf, wo und wenn man ihn nicht erwartet und nicht brauchen kann, und am liebsten schleppt er Schüler zur Bestrafung ins Konferenzzimmer oder zeigt sie heimlich an beim Direktor.

An einem Wintertag ging ich etwas später aus dem Gymnasium, und da schrieen mir ausm zweiten Stock zwei ältere Schülerinnen nach, ich solle nicht so obeinig gehen, sonst käme mir noch etwas dazwischen hihi und huhu, und ich komprimierte einen Schneeball zum Eisigen und jagte ihn hinauf, und sie schlossen das Fenster, und das Glas bekam eine gewaltige Laufmasche.

Wollte gleich abhauen, aber der Hausmeister, aus welchem Schneehaufen auch immer der plötzlich herauswuchs, riss mich an den Haaren nach hinten um und führte mich ab im Polizeigriff.

Jetzt hatte er einen wirklichen Verbrecher, den ließ er nicht mehr los, und er stieß mich vor sich her zum Direktor, der leider mein Französischfässer war und überhaupt der gefürchteste Fässer der ganzen Schule, nämlich auch von den anderen Fässern gefürchtet.

Das Zimmer war ein langer Schlauch, an dessen Ende der Direktor saß und ziemlich unwillig war über die Störung, und wir wussten alle, was es hieß, wenn der unwillig wurde, und ich hatte wirklich Schiss.

Der Arschpedell hielt mich noch immer im Triumph fest und stammelte vor Glück, da ist er, das ist er, ich habe ihn, aber der Französischfässer unterbrach ihn und sagte gefährlich leise nasal: loslassen den Kerl.

Der Hausscheißmeister konnte es gar nicht glauben, dass er mich loslassen musste, der hat sicherlich in seinem Hirnfilm bereits Folterszenen arrangiert und sie mehrmals wiederholen lassen. Der Direktor sagte zu mir, kaum die Lippen bewegend, ganz langsam: herkommen Kerl, und der Hausscheißer setzte sich mit mir in Bewegung, damit er mich jederzeit in den Würger nehmen kann, wurde aber von einer kurzen Bewegung der lässig hängenden Hand des Fässers zur Unbeweglichkeit verzaubert, und so stand ich vor ihm und erwartete eine Guillotine waagrecht durchn Hals. Aber er sah nur langsam an mir hoch und sagte genauso langsam: geh, Kerl, geh!

Das habe ich erst verstanden, als der Dreckspedell protestieren wollte und der Direktor tatsächlich langsam zu ihm sagte: Maul halten! Und der Direx sagte noch, als ob er etwas wüsste von dem Mausscheister: man war auch einmal jung, nicht?

Hätt ich nie gedacht von dem Französischsadisten. Ehre sei ihm und das Halleluja begleite ihn bis in die Hölle, und ich ging am aufgeweichten Pedellchen vorbei und sang im Hirn le place rouge était vide devant moi marchait mon guide Naaataliiiii.

Ich spucke ihm trotzdem vom Klofenster aus aufs Autodach, wir sind noch nicht quitt, denn er hatte mich damals an den Haaren zurückgerissen und versucht, mich an den Haaren zum Direx zu schleppen, und das ist demütigend und tut vor allem weh.

Es hatte zur Pause geläutet, und ich ging ins Klassenzimmer zurück und erfuhr vom Freund Notger, mit dem ich seit der ersten Klasse die Bank drücke, dass ich mit dem Stuhl schon mehrmals gekippt war und also schlimm Lärm veranstaltet hatte, und die Fässerin zum Angstkriegen außer sich war, aber ich habe getan, als bekomme ich nichts mit. Ich sage: spinnst du, glaubst du, ich mache freiwillig Lärm, wenn ich schlafen will?

Jetzt hatte ich jedenfalls für mindestens die Hälfte der Klasse Aussatz, aber was ging das mich an, mir kam die Schule sowas von kindisch vor, was da alles wichtig genommen wird, fürn falsch geklebten Beistrich gleich die Todesstrafe, ich öffnete das große Fenster und sah die Straße hinauf zum David, ob da schon ein Wissender sich eingefunden hat, ich musste heute noch Geld aufstellen, der Post-Toni ging gerade auf seinen ersten Schnaps.

Warum kommen sie immer zu mir, wenn sie was Peinliches aufm Gewissen tragen, als hätte ich Lebenserfahrung, denn der Rolfi drückte sich zu mir her ans Fenster und druckste und fragte, ob er mich was fragen kann.

Der Rolfi ist einer von denen, die morgens vom Papa zur Schule gekarrt werden, also einer der Besseren, die ein eigenes Haus haben, immer mitm Sakko, jedes Schuljahr ein neues, er ist dauerbleich mit Bleiringen unter den Augen unter den dicken Brillen, aber er ist nicht unsympatisch, ein dürrer Weichling zwar, beim Sport steigt er herum, als kitzle ihn das Parkett an den Fußsohlen. Aber er konnte auch auf seine verzwickte Weise witzig und selbstironisch sein, kein Unguter, ich hatte ihn einmal rausgehauen in der vierten Klasse, als einer glaubte, er müsse seine Kraft am blassen Rolfi auslassen. Ich hab dem aufs Aug gegeben, und dann war ein für allemal Ruhe, und keiner griff ihn je wieder an.

Einmal hatte er ein paar aus der Klasse nach Hause einladen dürfen, auch zwei Mädchen, und da sahen wir, dass sein Zimmer gespenstisch eingerichtet war, abgedunkelt und auf dem Schreibtisch ein Totenkopf und Kerzen daneben und an der Wand ein kindergroßes Skelett, der Schädel mit einem schwarzen Tuch verhängt. War alles irgendwie wenig witzig, der sanfte Rolfi in seiner Dunkelkammer.

Seine Alten machten sich wichtig und wollten jeden ernsthaft sondieren und jedem ein Gespräch ankleben, woher man kam, wohin man ging, also ob man würdig ist von Haus aus, und sie bedrängten einen mit selbstgebasteltem Kuchen, bloß wer scheißt sich schon um einen Kuchen, und sie fragten bereits die zwei Mädchen aus, die gerade noch kichernd aus der Rolfi Totenkammer gekommen waren.

Dem Rolfi wars peinlich, wie sich seine Alten an der Fell Inge ansaugten, ach das ist ja interessant, Sie sind also die Tochter von Ziegel-Fell, und sein Vater sagte sogleich den Werbespruch auf: sicher ist sicher, Ziegel ist Ziegel, gell?

Nehmen Sie doch noch ein Stück Kuchen, ist genug da, bei uns ist immer genug da, und die zurückhaltende Fell Inge würgte in ihr Engelsgesicht den hausgemachten Kuchen ihrer freudigen Schwiegermutter. Sie müssen uns bald wieder einmal besuchen kommen, gell Rolfi? Rolfi, kommst du bitte!

Ich weiß nicht, ob der Rolfi wusste, was wir wussten, dass die Fell Inge nämlich noch sechs Geschwister hatte, und ihr Vater der Stiefbruder vom Ziegel-ist-Ziegel-Fell und nur dessen Angestellter war, zwar nicht arm, aber doch nicht das, wovon Rolfis Eltern nicht mehr abzubringen waren, dass nämlich die Fell Inge die einzige Tochter des Unternehmens sein musste und allein zwei Schlösser besaß, wovon sie den liebenden Schwiegereltern das größere und schönere überlassen würde, und mich wunderte nicht mehr, warum der Rolfi ins Totenreich abzutauchen versuchte.

Jedenfalls lehnt sich der Rolfi in der Großen Pause zu mir mit dem Rücken ans Fenster und fragt, ob er mich was fragen kann, und ich sage logisch und merke, dass er Angst hat, es ist nämlich wegen dem Schularzt.

Wir mussten nach der Großen Pause zur Vorführung bei den Badern, und was denn da heute untersucht wird, und ich sage weiß ich nicht, wird so sein wie immer, die schauen dich an, wie du dastehst in der Unterhose, und geben deinen Beinen Noten, und die Schüler reicher Eltern bekommen eine Eins für die Schönheit ihrer Beine und unsereins, mit Gefühl in den Füßen, eine Zwei. Du kriegst sichern römischen Einser.

Ja aber, fragt der Rolfi, wenn sie genauer hinschaun?

Was solln die denn schaun?

Na ja, aufn Dings, und er tupfte in Brusthöhe mit dem Zeigefinger wie ein Specht Richtung unten, weil, ob sie das im Nachhinein noch feststellen können, er hat nämlich gestern abend ge-, also ona-, du verstehst.

Ich schloss das Fenster und fragte ihn, ob er sich gewaschen hat, und er nickte eifrig: mehrmals, ganz oft. Na also. Dann können die auch nix merken. Wirklich nix? Nein, überhaupt nix. Ich wunderte mich selbst, wie ich so sicher sein konnte, aber er war schwer beruhigt und rutschte auf zwitscherndem Filz übern Gang zum Cola-Automaten.

Beim David erfuhr ich, dass für die Kohlenschlepper heute Träger gebraucht werden könnten am Hafen unten, ich soll mich beeilen, wird ordentlich bezahlt, zwar nur die Hälfte dessen, was man für die Schnapsfässer pro Stunde bekam, aber man kommt auf mehr Stunden, das gleicht sich aus. Als ich raus zum Bus sprinten wollte, blieb ich an der Bar hängen, weil der Post-Toni laut sprach, der Post-Toni und laut gibts nicht, er ist auf der Welt, um sich sanft und duldsam Schnaps einzuflößen, aber da war einer, den ich noch nicht gesehen hatte, und der reizte den Toni bei seiner Ehre. Der behauptete, dass Postler auf Genauigkeit nichts geben müssen, und das musste der Post-Toni genauestens widerlegen.

Was denn der andere überhaupt so genau arbeitet? Und der sagte, Daumen und Zeigefinger entlang einem Luftlineal führend: Sargfabrik; und machte dünnlippig ein geschmäcklerisches Geräusch: auf Tausendstel.

Der Toni fiel fast künstlich vom Hocker vor künstlichem Lachen, har har, Sarg, har har, genau, ganz genau muss man da sein, für die Leichen, har har, wenn man sie genau hineinstopft die Leichn inn Sarg.

Ja genau, trumpfte der andere, auf ein tausendstel Millimeter müssen die Kanten von Aluminiumsarg und Aluminiumsargdeckel aufeinanderpassen, Aluminiumsärge sind nämlich keine Koffer, sondern Hoch-prä-zi-si-onsgeräte, verstanden, davon könnt ihr von der Post nicht einmal träumen.

Sooo, sagte der Post-Toni, soso? Ich werde dir was sagen

mit deinem Tausendstel, mit deinem Tausendstel kannst du dich brausen gehn, bei uns ist nämlich was anderes los, bei uns wird gearbeitet, und zwar mit Ver-ant-wor-tunk, bei uns gehts nämlich auf den Punkt, und da brauchts mehr Genausein als für die klapprigen Särge, bei uns gehts punktförmig exakt, nicht auf die lange Kante, bei uns ist genaue Präzision angesagt.

Wie denn das gehen soll, man kennt doch die Post und welche Zustände bei der Post herrschen, jetzt fiel der andere fast künstlich vom Hocker, har har, bei euch gehts ja höchstens so über den Daumen zu, überhaupt kein Vergleich mit der Präzisierung, die wo der Metallsarg verlangt.

Der Toni sagte, ich werde dir was sagen, und der andere sagte: sag, da bin ich aber gespannt. Ich werd dir was sagen, sagte der Toni, wenn du dir das überhaupt vorstellen kannst; bei uns kommt nämlich die ganze Post vom ganzen Land zusammen, bei uns, kannst du dir das vorstellen was das heißt? Kannst du dir vorstellen, wieviel das ist? Täglich hunderttausende Briefe und Sonderpost, hunderttausend!

Na und?

Na und! Die kommen sternförmig auf uns zu, auf den Punkt genau. Weißt du, wieviel Geld das ist? Sagen wir nur so, einfachheitshalber, jeder Brief kostet nur, sagen wir, um es einfach zu machen, sagen wir, einen Zehner. Und sagen wir nur fünfzigtausend kommen sternförmig auf uns zu, wieviel sind das auf den Punkt genau?

Die beiden begannen nun fünfzigtausend mal zehn zu rechnen und kamen auf kein Ergebnis, der andere sagte hundertfünfzig, nein, das kann nicht stimmen. Die Gitti sah herüber, als Kellnerin hatte sie längst gerechnet und machte mir Zeichen, und die beiden verwirrten sich mehr und mehr, die Gitti gab ihnen einen Taschenrechner, aber mit dem kannten sie sich nicht aus, so dass es dem Toni schließlich reichte und er triumphierend ausrief: ist ja egal, auf jeden

Fall kommt alles sternförmig zu uns herein und geht dann explosionsartig in die Welt hinaus.

Und der Toni schaute geschwollen in die Runde.

Aber du musst schon zugeben Toni, sagte der Steinbohrer Artur sanft von seinem Tischchen hinauf zur Bar, als spräche er aus einer Gruft, aber der Artur vermittelte immer den Eindruck, egal wo er saß, als säße er in einer Gruft, du musst schon zugeben, auf Tausendstel, das ist schon auch eine Leistung, auf Tausendstel, das musst du dir vorstellen, das bohre ich nicht einmal, ja nicht einmal in einen Sandstein bohre ich das, das muss man sich erst einmal vorstellen, was das heißt.

Das beste am Hafen ist, du kriegst immer was, wenn du rechtzeitig kommst und zuverlässig arbeitest, also ohne zu largieren. Mich kannten sie schon, und ich wurde eingeteilt, obwohl ich etwas spät dran war, und ich schleppte mit den Freunden vom Balkan drei Stunden über die Brücke und zurück, und diesmal hatte ich sogar das Leder bekommen, und so blieb mein Rücken wie neu, nicht wie die ersten Male, da sah er aus, als wär er gegeißelt worden, auch wenn ich mir Pappe unters Hemd gesteckt hatte; und sie geben dir faires Geld sofort auf die Nägel und fragen dir keine Blüten ins Nasenloch.

Beim David wars leer, als ich zurückkam, nur die Kellnerin, ich ließ mir von der Gitti die Schultasche rüberheben, die sie unter der Bar für mich immer verstaut. Der Toni und der Sargdeckel hatten sich schließlich verbrüdert, es war noch der volle Wahnsinn, sagte sie, die haben noch explosionsartig gesoffen auf Tausendstel und sind dann sternförmig hinaus.

Komm, setz dich her, ich spendiere dir eine Schokomilch, und wasch dir wenigstens das Gesicht. Ich sagte, ich muss sowieso zum Trainng, was soll ich mich noch waschen, die

Hände vielleicht, und auf der Toilette sah ich, dass das Gesicht dreiviertelschwarz war.

Sie muss mir was sagen, aber das bleibt unter uns, du schaust übrigens fertig aus, na ist egal, fertig sind wir alle, von mir hast du das aber nicht. Was denn? David persönlich war dagewesen und hatte gesagt, es kann sein, dass er zusperren muss.

Das Geschäft geht zu wenig, seit den Schülern verboten wurde herzukommen. Er hat das Lokal aufgemacht gerade wegen der Schule, sind ja fünfhundert Schüler alles in allem, aber wenn keiner kommt, du musst übrigens aufpassen, denn wenn sie dich erwischen, komm lieber hinten herein, der David hat etwas gesagt, nicht nur dass sie ihn anzeigen, wenn er einem Gymnasiasten was ausschenkt, sondern der fliegt auch von der Schule.

Woher der David das hatte, wusste sie nicht. Ich hatte den David erst einmal kurz gesehen, war eigentlich ein junger Mann, aber schon mit Glatze, er soll ein Jude sein, sagt man, aber man sagt es sozusagen hinter vorgehaltener Hand, wie wenn das was Geheimnisvolles wäre, darum heißt es auch nicht: er ist Jude, sondern: soll einer sein, und dieses soll einer sein ist in Verdacht eingespeichelt, in Distanzierung, man kanns ausspucken bei Bedarf und hat nichts wirklich gewusst und zu tun gehabt damit; oder es klingt auch, als spräche man von einem, der eine unheilbare Krankheit hat, sie aber tapfer trägt, was man anerkennenswert findet, weshalb man feinfühligerweise die Krankheit auch nicht als Tatsache erwähnt.

Für die paar alten Deppen, sagte die Gitti, hat er das Lokal sicher nicht aufgemacht. Der hat noch zwei andere Lokale.

Die Gitti ist aber auch nicht ganz unschuldig an der Situation, denn da waren ein paar Schüler aus der Maturaklasse herübergekommen in der Großen Pause, um sich für die Klausur locker zu machen mit einem Glas Wein, aber die Gitti hat ihnen noch zwei Runden hingestellt, geht aufs Haus, und die sind dann etwas laut in die Schule eingezogen und haben die Französischarbeit aus derart absurden Sätzen gestrickt, dass nur Trunkenheit die Ursache sein konnte, und die Quelle der Trunkenheit der David. Einer hat überhaupt statt in Französisch nur in verquerem Englisch mit lateinischen Einsprengseln geschrieben und die Arbeit auffällig gut gelaunt vorzeitig beendet.

Für die Gitti liegt das Problem woanders, ihrer Meinung nach ist der David zu großzügig. Schau dir an, was das Zeug bei uns kostet, die Hälfte nur als woanders, wo die Ware schlechter ist, der David nimmt Rücksicht auf die Schüler, und die fallen jetzt weg. Er kommt ja selten her, aber als ich ihm das letztemal gesagt habe, er soll die Preise anheben, hat er gemeint, das wär nicht fair denen gegenüber, da sind der Toni gesessen und der Artur und die vom Bau und noch ein paar, du kennst eh die ganzen alten Deppen da, sicher haben die nicht viel, andererseits wovon sollen wir leben?

Die Gitti redete uns gern mit Trottel und Deppen an, aber es war eine Art Auszeichnung bei ihr, denn wer kein Trottel oder Depp war, hatte in ihren Augen nichts Menschliches. Sie sagte auch zu mir: na du Trottel, hast du wieder eine Schularbeit verschissen, gehts dir nicht gut? und lud mich ein.

So war ihre Art mitzufühlen, und alle die Trottel und Deppen, die regelmäßig zum David kamen, bildeten so etwas wie eine Familie für sie.

Nur der Horst kann es nicht leiden, wenn sie auch ihn vor anderen Trottel nennt, zwischen Freund und Gästen muss ein Unterschied sein, und sie sagt es auch kaum noch, denn er war jedesmal erbittert weggegangen und ließ sich für Tage nicht mehr beim David sehen.

Aber beim Training fragte er mich immer aus, ob ich dort war und wer sonst noch dort war, und mit wem die Gitti gesprochen hätte, ob bestimmte Typen dagewesen sind, und ob die Gitti mit einem länger geredet hat. Ich sagte ihm, die Gitti ist immer kurz angebunden, und tatsächlich, seit einiger Zeit redet sie nur noch das Notwendigste, weil er alle, selbst die Rentner, verdächtigte, sie könnten der Gitti gefallen. Der stolze Horst arbeitet als Verkäufer in einem Fahrradgeschäft und ist immer top angezogen, und ich glaube, er verachtet alle, die bei seiner Gitti in ungebügelten Hemden und Arbeitskluft voll Kalk und Erde herumsitzen mit very finsteren Fingernägeln am Weinglas.

Niemand in der Spielhalle; also ran an meinen Hausflipper, um ihn schnell ein paar Freispiele aufstoßen zu lassen, aber kaum schnalzt es zum erstenmal, kommt die Kleine mitm Maßband aus der Herrentoilette und hinter ihr einer, der älter ist als ich und in jüngster Zeit öfter hier war, und sie stellen sich links und rechts vom Kasten auf, und er sagt: ich bin zufrieden, genau neun Zentimeter. Sie lacht, indessen ihr Kopf über der Glasplatte der Kugel nachkreist: der redet einen Scheiß, höchstens sechs. Und er: neun! Und sie: in Wirklichkeit fünf, weil du langgezogen hast, und er sagt: neun, neun ruhend, das heißt, wenn er steht, kann mans doppelt nehmen und sind glatte achtzehn, damit kann ich zufrieden sein.

Und ich sage, scheiß deinen Kopf weg von der Platte, ich seh nichts, und sie fährt mit dem Gesicht auf und ab und hin und her über dem Glas und imitiert auch die kurzschießende Kugel, und er lehnt sich erleichtert mit verschränkten Armen an den Apparat, und sie sagt zu mir: nur wenn du ein Spiel übrig lässt, und: he, der Arsch hat wirklich nur fünf.

Ich haue ab; hinter mir noch das Gerangel und Geschiebe um das Freispiel.

Von der Großmutter habe ich nie ein abfälliges Wort gehört. Über nichts und niemanden. Sie hat Respekt, glaube ich, vor allem und jedem, und zwar deshalb, weil es existiert. Nicht wegen Titel, Reichtum, Besitz, das ist ihr so fern, dass es für sie nichts bedeutet, so wie Mars, Venus und der Mond gegeben sind, allerdings unabhängig von ihrer Existenz als Mindestrentnerin.

Sicher, der Mond ist schön in seinen vielfältigen Erscheinungen und bei unterschiedlicher atmosphärischer Unterstützung, aber auch der Himbeerstrauch im Beet ist schön, und der dankt ihr die Pflege mit Beeren, daraus Marmelade und Gelee werden. Und wenn ich als Kind die Himbeeren und Erdbeeren händeweise in mich gestopft hatte, bis Strauch und Beet halb leer waren, so war ihr auch das selbstverständlich. Ihr Respekt kennt keinen Unterschied zwischen irdischen und überirdischen Phänomenen.

Dass es Oben und Unten gibt, ist naturgegeben. Nur Engerlinge sind nicht ihre Freunde. Nein, Feinde auch nicht. Dass Engerlinge überhaupt vorkommen, ist zwar ein Rätsel, denn sie sind anscheinend zu nichts anderem da, als ihr unter der Erde die Kartoffelwurzeln abzufressen und zum Maikäfer zu werden, dessen Notwendigkeit zur Existenz der Mensch auch nicht einsieht, andererseits wird es schon einen Sinn haben, dass es Engerlinge gibt, denn sonst gäbe es sie nicht, weshalb sie die aus der Erde geklaubten Engerlinge nicht mit dem Spaten halbiert oder unter den Sohlen zerquetscht, sondern sie sammelt und einer Nachbarin bringt für die Hühner, damit alles seinen Kreislauf hat, sagt sie.

Sie ist so selbstverständlich, dass sie von allen Kindern der Siedlung Oma genannt wird, sie ist die Oma für jeden, wie die beiden Sandkästen die Sandkästen für alle sind, die Schaukel die Schaukel für alle, die Wäschestangen Wäschestangen für alle, und sie kommt fast täglich herüber vom anderen Ende der Porzellangasse, zuweilen von einer Schar

Kinder begleitet, denn manchmal hat sie ein Stück Schokolade in ihrer braunen Plastikhandtasche, die im Gehen mit ihrer Armbeuge verwachsen ist, und im Sitzen mit ihrem Schoß, und in diesem Plastiktäschchen hält sie auch ihre Angst verschlossen, denn sie hat eine immerschwärende Angst mitzutragen, die Angst vor einem Krieg.

Zwei Stück Weltkrieg hat sie bereits konsumiert, und ist davon dünner und dünner geworden, und zu jeder Stunde hinter jeder Ecke könnte wieder ein Krieg hervorwachsen, es ist eben Übergangszeit, es ist immer die Zeit zwischen zwei Weltkriegen.

Man muss sich leicht machen, dann kann man nichts mehr verlieren. Und so trug sie auf den von Überbeinen ausgebeulten Halbschuhen ihre vierzig Kilo hinter dem Täschchen her, das dem vor der Brust abgewinkelten Arm Auftrieb zu geben schien.

Ihre mährischen Eltern waren in Böhmen als Eisenbahner vor ihren Augen in je zwei Hälften auseinandergeschossen worden, sodass ein Mutteroberkörper auf dem Vaterunterkörper und ein Vateroberkörper an den Mutterunterkörper im Bahngraben zu liegen kamen. Da war sie zwanzig, und von den acht Geschwistern, die sie als Älteste durchzubringen versuchte, blieb ihr schließlich nach erstem und zweitem Weltkrieg nur die zweitjüngste Schwester Isadora übrig.

Lesen und Schreiben hat sie bei diesem Leben nicht mehr groß lernen können. Höhepunkt ihres Arbeitslebens war die Anstellung als Wäscherin und Haushaltshilfe bei den Sterneggs auf Schloss Sternegg. Das war lustig, denn die sprachen Französisch, und sie verstand nichts. Und die Köchin sagte auch manchmal was auf Französisch.

Vor allem war man dort geruchsempfindlich, wenn es da einen Odäh gab, wurde sofort nach der Ursache gefragt. Odäh verstand die Großmutter für das Wort odeur, und meinte, es beziehe sich auf alles, das einen Geruch ausströmte, hauptsächlich auf merkwürdigen Geruch oder Gestank. So hatte sie es verstanden: ein Odäh war das, was penetrant roch, wie ein Furz oder ein nasses Hundefell.

Aber die Sternegg waren die einzigen, die gut zu ihr waren. In ihrem ganzen Leben die einzigen, die gut zu ihr waren, die einzigen, von denen sie das Wort danke gehört hatte, danke Marie, für Stopfen, Flicken, Repassieren, wofür sie ja auch bezahlt wurde.

Und Essen bekam sie. Und einen Mann, den Schustergesellen, der erst der Köchin auf eigenen Sohlen bis in den letzten Winkel der Großküche nachstieg. Als er sich der Köchin erklärte, nun, er täte sie auch gern heiraten, lachte sie ihn aus, dass es die Gans in ihrer Faust durchschüttelte. Da sagte er zur Marie, die sich in der Ecke unsichtbar zu machen versuchte, wenns gar so aussichtslos ist, so nehm ich halt dich.

Und die Marie hat Widerspruch nicht gelernt. Oder es war ihr auch recht, man kann seinem Schicksal nämlich überhaupt nicht entkommen. So ähnlich eben. Und so entkam sie auch ihrer Tochter nicht, dem einzigen Kind. Und bei den Sternegg durfte sie bleiben, und es war ihre glücklichste Zeit. Aber dann mussten die Sternegg weg, denn sie wären ausgeräuchert worden, sie wurden zum Ungeziefer erklärt, indesssen die Marie erlebte, wie es sich wirklich verhielt, und es überstieg ihre Denkkraft, dass es eine Logik gab, in der Parasiten ihren Kulturträger als Parasiten bezeichnen konnten. Sie hatte keine Argumente. Sie hatte nur genügend gesehen, als dass sie sich noch von irgendwelchen Beredsamkeiten überzeugen ließ. Sie hatte keine Argumente. Sie konnte sich nicht raffiniert ausdrücken. Jeder war gescheiter als sie, auch ihre Tochter, die sich ihre Intelligenz und ihren Selbstwert beim Bund deutscher Mädchen aufpumpen ließ.

Die Großmutter hatte keine Argumente, sie musste verstummen, auch vor ihrer Tochter, die sich ihr in jeder Beziehung und also auch ideologisch weit überlegen fühlte, und mitleidig und auch mit Verachtung die Mutter abschätzte, für die sie sich schämte, weil die gar nichts begriff, vor allem keine Ahnung hatte, was gut war und schlecht. Was soll man von einer solchen Wortschwachen auch halten.

Die Marie hatte genug von alledem, und sie wollte nicht mehr, sie hatte alles schon verloren, Eltern, Geschwister, vom Mann hatte sie nichts mehr gehört, seit er als Hilfskoch nach Hamburg musste und von dort nach Russland verfrachtet wurde, wo er verschwand, und ihre Tochter hatte sie an den BDM verloren.

Und die Marie hatte keine Argumente. Und so kam es zu der Wahnsinnstat, denn man musste was tun, wenn man schon keine Worte hat. Sie hatte es nicht mehr ausgehalten, vom Fenster aus sah sie auf der Bundesstraße den langen Zug der Gefangenen, den Zug der taumelnden Auszehrung, die Gestalten, die sich kaum noch auf den Beinen hielten, denen die Gewehrkolben in die Rippen und in den Rücken und in die Schultern und ins Gesicht gestoßen wurden, wenn sie sich gebückt und ein paar Grashalme ausgerissen und in den Mund gesteckt hatten.

Nein, es gab kein Mitleid mehr auf dieser Welt, und sie hielt das Winken der Tochter nicht mehr aus, die den Soldaten winkte und ihnen zurief, dieser Art Soldaten, die die gequälten Kreaturen in die Reihe stießen, oder sie gleich im Straßengraben erschlugen, wenn sie umgefallen waren und nicht weiterkriechen konnten.

Nein, ihre Tochter sah die wankenden ausgemergelten Gestalten nicht, sie konnte nichts dafür, auf Verbrecher, Ungeziefer, Schädlinge, Volksverhetzer lohnte sich kein Blick, sie existierten ja überhaupt nicht, die wurden nur der gerechten Strafe zugeführt, man nimmt sie nicht wahr außer als Ärgernis, das so schnell wie möglich beseitigt gehört.

Aber die Marie nahm sie wahr, und hatte keine Argumente, weil sie keine Worte hatte und kein Recht. Und so kam es, dass drei dieser ausgemergelten Gestalten, die nicht mehr weiterwollten in diesem Zug, die sich weigerten oder nicht mehr konnten, wie auch die Marie nicht mehr konnte, von den Schergen gepackt und hinter das Haus in den kleinen Hof mit dem Ziehbrunnen in der Mitte geschleppt wurden, und an die Holzwand des Schuppens gestellt. Und die Marie kam herunter in den Hof und ging zu der Wand und stellte sich auch an das Holz zu den dreien. Auch sie war unnütz und gehörte weg, und den Soldaten wars egal, denn wer sich zu Ungeziefer begibt, kommt mit dem Ungeziefer um, das ist ein Naturgesetz.

Sie wurde aufgefordert zu verschwinden, und als es nichts nützte, wurde sie weggezerrt und zur Hofeinfahrt gestellt, aber die kleine dünne Frau war wieder zurückgegangen, kaum hatten sich die Soldaten zur Exekution aufgestellt, und sie hat sich wieder zu den dreien an die Scheunenwand gestellt.

Sie ist meine Mutter, hat die Tochter geschrien, sie ist meine Mutter, hat sie vom Hoffenster herab zu den Soldaten geschrien, denen sie zuerst vom anderen Fenster aus zugewinkt und zugerufen hatte, und ein Soldat brachte die Marie so in den Hauseingang, dass sie sich eine Rippe brach, und dann waren die Schüsse zu hören.

Sie scheuerte und rieb die Holzwand auch noch ein Jahr danach, als längst keine Blutspuren zu sehen waren.

Die Tochter hat ihr das nie verziehen, dass sie von der Mutter unmöglich gemacht wurde. Bis heute unmöglich. Denn der Händler und die Frau des Händlers, denen der untere Teil des Hauses gehörte, das Geschäft zur Bundesstraßenseite, die Wohnung zur Hofseite, deren einziger Sohn irgendwo weit draußen die Grenzen des Reichs und also die Heimat verteidigte, die hatten das verräterische Benehmen der Marie gesehen. Und dafür, für solche Leute wie die Marie, die die Heimat von innen zersetzten, indem sie sich mit Ungeziefer gemein machten, sollte der Sohn seinen Kopf hinhalten? Nein, dafür hatten sie ihn nicht gezeugt.

Aber es haben noch andere gesehen, was da vorgefallen war, es gab noch zwei im Haus, oben hinter dem Balkon des sogenannten Fräuleins, nur dass der Verheiratete bei ihr war, und so mussten sie das Spektakel hinter dem Vorhang vom Fenster aus mitansehn, denn von den beiden Nachbarhäusern waren auch Leute in den Hof herüber gekommen, um zu sehen, wie so eine legale Erschießung funktioniert, und wenn die gesehen hätten, dass der Mann von der soundso beim Fräulein war, das hätte sich herumgesprochen, und das wäre interessanter gewesen als die Beseitigung des unnützen Zeugs da an dem Scheunentor.

Niemals habe ich also etwas auch nur im geringsten Abwertendes aus dem Mund der Großmutter gehört. Aber auch ich legte ihr das als Schwäche statt als Weisheit aus, weil ich doch, wie alle, selbstverständlich gescheiter war als sie, und weil ich wusste, wie das Leben geht, mit dem sie nichts mehr zu tun hatte, sie stammte aus einer anderen Zeit und hatte nichts erlebt, das für heute von Belang sein konnte, denn sonst wüsste sie, dass Kampf ist, dass das Faustrecht herrscht und die Welt vollgestopft ist mit Arschlöchern, die einen anstinken, wenn man ihnen nicht rechtzeitig die Fresse massiert.

So ist das nämlich, so schaut es aus. Hingegen diese Oma von allen, die an nichts und niemandem etwas auszusetzen hat, ist völlig weltfremd. Sie nimmt es ohne Verstimmung hin, dass ihre Tochter sie anbrüllt, wenn sie etwas vergessen hatte einzukaufen, denn die Oma geht für die Tochter einkaufen und schleppt ihr das Zeug in die Wohnung hinauf, und die Oma geht für ihre Tochter in den Keller und schleppt die vollen Kohlekübel hinauf zur Tochter, die das Recht für sich in Anspruch nimmt, nichts mehr zu tun, sie hat ja schon genug getan, sie hatte ihrer Mutter das Leben gerettet, und sie hat ihre Jugend und ihr Rückgrat einem Schwein geopfert. Das reicht ja wohl für ein Leben.

Die sogenannte Lebensrettung stellte die Tochter nämlich so dar, dass sie unter Einsatz ihres Lebens, wie eine Löwin, um das Leben ihrer Mutter gekämpft hatte, die von den Soldaten für eine Gefangene aus dem Todeszug gehalten worden war, da sie zufällig beim Brunnen im Hof stand, und in dem Chaos mit an die Wand gestellt wurde undsoweiter.

Klar kannte ich die stolze Geschichte der Tochter, und für mich war sie eine Heldin, bis ich die Wahrheit erfuhr. Ich hatte die Großmutter einmal gefragt, wie die Angst war, bis sie gerettet wurde von ihrer Tochter, und sie sagte zu sich und dem Topf auf dem Holzofen: sowas scherzt man nicht.

Selbst ich hatte eine Ahnung von einem weiten gefälschten Land der Mutterversion, aber eben nur eine Ahnung, mich interessierte es auch nicht so brennend, das war alles aus einer Welt vor mir, mit der ich nichts zu tun hatte. Das glaubt man ja gern, dass man mit den Dingen vor einem und hinter einem nichts zu tun haben muss, dass man sie ignorieren kann, woraus der Begriff der Unschuld konstruiert wird.

Und daher fragte ich die Mutter im Beisein der Großmutter, sie soll die Geschichte der Rettung erzählen. Da wurde sie unwillig und heftig, beinah schrie und klagte sie ihre Mutter an: du kennst es doch wie es war, das hast du doch schon oft genug gehört, gib doch zu, dass es war wie ich sage. Als hätte die Großmutter sie gefragt. Als hätte die Oma je etwas gesagt. Die Oma blieb freundlich und sagte ganz leise jaja zu sich, und in diesem jaja war Einsicht und Nachsicht und alle Zustimmung, der Tochter die Version zu lassen, die sie zum Überleben brauchte, die sie brauchte, um sich über die Mutter erhaben fühlen zu können.

Ich begriff instinktiv, bevor ichs von anderen hörte, dass sich die Mutter eine eigene Wahrheit zusammengebogen hatte. Und ich wollte nicht, dass sie mit ihrer Mutter brüllte, denn das tat sie auch, wenn die Großmutter einen Satz wiederholte. Dann brüllte sie, das hätte sie doch schon hundertmal gesagt, obwohl die Großmutter erstens nicht viel sprach, und wenn sie mehr als drei Sätze sagte, dann wars auf meine Aufforderung, und sie redete mit mir, und es war absurd, dass die Mutter sich einmischte und ihre Mutter anbrüllte. Und so brüllte ich zurück, sie solle die Oma nicht anbrüllen, verdammte Hurerei verschissene.

War sie halt furzbeleidigt, auch wurscht, aber selbst wenn die Großmutter nicht mehr viel redete, wir verstanden einander auf merkwürdige Weise, auch stumm, nicht ein Verstehen in dem Sinn, in dem man glaubt zu wissen, was der andere meint oder denkt, das wusste ich nie, sondern ein tiefwurzelndes Einverständnis, als berührten sich unsere Existenzen in einer anderen Welt, die wir nicht kennen konnten.

Auch wenn wir uns jetzt selten sahen, ich wusste, es gab wen auf der Welt, der daran nichts auszusetzen hatte, dass ich auf der Welt war, der, was immer ich auch machen würde, einverstanden ist, dass es mich gibt, ohne Bedingungen zu stellen, ohne befremdliche Neugier. Der hilfloseste Mensch von allen, den nicht einmal ich noch ernstzunehmen imstande war, und doch gabs eine Kraft, die von ihr ausging, obwohl die Welt des Makrokosmos von ihr in keinerlei Weise berührt zu werden schien.

Die Großmutter war wie selbstverständlich da, ohne Wertung, ohne Moral. Um abfällig reden zu können über jemanden, müsste man sich erheben über den anderen, um das Gefälle herzustellen, das vermeintlich erlaubt, den Urteilsmüll, den Meinungsmüll, all diesen Abfall eben, hinabrutschen zu lassen. Die Marie kannte kein Podest, auf das sie sich stellen hätte können. Für sie, die nie in die Kirche ging, war die menschliche Welt, wie sie eben war. Sie, die ganz unten dahinschwebte, konnte nichts ändern. Und doch wurde sie merkwürdigerweise respektiert von allen, es war immer, als ginge ein Hauch Freiheit von ihr aus, man konnte ein Molekül Freude wittern.

Ich begleitete die Großmutter noch heim vom Schrebergarten in ihre Zimmerküche ohne Warmwasser, und trug ihr den Kübel Kartoffeln hinauf, nicht weil ich ein guter Junge war, sondern weil ich wahrscheinlich atmen musste neben einem Menschen, der keine Fragen stellt, die ihm nicht zustehen, denn ich hatte gerade gesehen, wie einer abgestochen worden war im Café Ziegler.

Beim Kartenspielen. Die Vorhänge waren zugezogen, gleich nebenan unter den Arkaden war nämlich die Polizeistation. Ich wusste, dass im Café Ziegler immer ein paar Fußballer saßen, machmal auch der Wimmer Gerhard.

Als ich reinkam, konnte man nichts mehr bestellen, drei Tische waren zusammengeschoben, und man musste sich auf die Bank setzen ohne Tisch, wenn man was sehen wollte. Die zwei Kellnerinnen sahen abwechselnd durch den Vorhangspalt, und auf dem Tisch lag schon ein Stapel Geldscheine, und zwar große Scheine, soviel Geld auf einen Haufen habe ich noch nicht gesehen.

Da lag auch eine gefährliche Auferksamkeit rundum im Rauch, ich merkte es am Pires Sepp, der sonst immer auf und ab ging oder zumindest stand, und zwar wichtig herumstand, der saß jetzt auch auf der Bank mir gegenüber mit so einem eigentümlichen Blick.

Die erhöhten immer noch, und da war soviel Geld auf dem Tisch, wie einer im halben Jahr nicht verdienen kann. Zwei von den fünf Spielern kannte ich. Einer war der kleine Gersdörfer, der Kapitän der Kampfmannschaft vom Wimmer Naz seinem Klub, der hatte einen Alfa Romeo Giulia.

Wir waren zu viert am letzten Silvesterabend aufs Land in ein Lokal gefahren, und nach tausend Gin Fizz, ich zwei, in den Morgenstunden zurück.

Die verstunkenste Fahrt aller Zeiten, denn der Gersdörfer hatte gleich nach der Wegfahrt einen gewaltig Singenden abgelassen, der so fürchterlich stank, dass nur eines blieb, der musste lachend getoppt werden. Und da anscheinend jeder einen Odäh auf Lager hatte, wurde das neue Jahr mit Fürzen eingewürzt, in jeder Tonlage und Geruchsintensität, sodass der Alfa Romeo die ganze Dreiviertelstunde Heimfahrt vor Gelächter schlingerte, und wahrscheinlich von der Strecke deshalb nicht abkam, weil der Wagen so mit Gas gefüllt war, dass er selbst noch über Gräben schwebte. Dass er aber deshalb auch schwer zu steuern war, das merkten wir trotz der Schmerzen im Zwerchfell, und die paar Wahnsinnigen, die uns um diese Zeit noch entgegenkamen, nahmen ausgiebig mit Licht und Ton hupend Anteil an unserem Jahresanfangsspaß. Und gut, dass niemand rauchte, denn wir wären wohl in einem Feuerball aufgefahren und als Lichtfunken verglüht in den Farben der zwei im Auto versammelten Traditionsklubs blau und grün, plus der roten meines aufstrebenden Vereins.

Dass man Fürze anzünden kann, habe ich bei der B-Mannschaft oft genug gesehn. Das wäre eigentlich jene Truppe, aus der sich der Nachwuchs für die Erste ergeben sollte. Bei uns aber wars außer dem Horst und mir hauptsächlich ein Konglomerat aus alten Recken im Ausgedinge und in der Mehrzahl verheirateten Männern, die es nie in die A-Mannschaft geschafft hatten, seit Gründungszeiten wohl beim Verein waren und aus Dank mithoppeln durften.

Wie die beiden Brüder des Sektionsleiters etwa, so richtige Weichspieler mit Waschbärbauch und Waschbretthintern, bandagiert um die Knie und die Schenkel mit Traforil eingerieben, dass die Haut rot wurde, deren Ehrgeiz ihr Können weit überstieg, und die mit von Mal zu Mal mehr nachlassender Schusskraft ausgestattet waren.

Zuweilen zerkugelten wir uns, der Horst und ich, über den Ernst, mit dem sie sich um einen Strafstoß rauften, um den Freistoß geierten. Lass mich jetzt, du hast schon! Nein, ich bin dran! Das ist meine Distanz! Ich spürs, dass er drin ist jetzt! Mit welcher Hingabe sie den Ball auflegten, richteten, streichelten, nochmal und nochmal die Schritte abmaßen, vielleicht noch ein Kreuz machten und dann draufhauten. Der Ball hob mit einem Pflop ab, flog sanftbögig irgendwohin, begann in der Luft zu verhungern und tropfte, wenn es einmal doch gelang, das Tor zu erreichen, dem Torwart irgendwie willenlos in die Arme. Schneewittchenstöße eben.

Außer auf dem Platz waren sie durchaus patente Kerle. Auf dem Feld waren sie andere Menschen, da kehrte sich die Welt um, da troff ihnen der Ernst und der Zorn von Kindern aus den Poren, und der Schlusspfiff erweckte sie wieder zu würdigen unterwürfigen Gatten, denen die Frauen, die gegen Ende des Spiels gekommen waren, zukeiften: und bleib nicht wieder so lang unter der Dusche. Die wussten die Siege zu feiern, soo ain Taag, so wunderschöön wie häuitää, und man konnte viel unnützes Zeug lernen von ihnen, so wie das Furz-Anzünden, für das der lange Leitner bekannt war.

Er wirft sich mit dem Oberkörper auf den Massagetisch und schreit: ich habe einen, schnell, Licht aus, da ist einer auf Lager, er streckt den Hintern hinaus und einer hält die Feuerzeugflamme davor, und schon ist der Flammenwerfer in Aktion. Nur einmal hatte er vergessen, die Unterhose hinunterzuziehen, und da entstand in der Hose ein blauer Bolide, der ihn versengte und gewaltig brüllen ließ.

Ich sah zum Pires Sepp hinüber und merkte, dass da etwas nicht stimmte, denn von ihm ging eine Gewalt aus, die geradezu zu sehen war, wie das Flimmern einer von Hitze aufgekochten Luft, und es war klar, dass mindestens zwei der Spieler mit dem Gersdörfer gemeinsame Sache machten gegen den Fremden, der schwitzte und zitterte und keinen Ausweg mehr zu sehen schien, und deshalb etwas gänzlich Unsinniges tat, nämlich mit zitternden Fingern nach einem Geldschein vom lose übereinandergeworfenen Haufen zu tasten, und zwar nach einem kleineren Schein, was völlig absurd war, denn es lagen ja die großen zuhauf. Als würde er nicht beobachtet, nicht überwacht, aber er verlor die Nerven und riss den lächerlichen Schein an sich und wollte ihn einstecken, aber dazu kam er nicht mehr, denn der Pires hatte ihn mit einer Hand am Nacken gepackt, gehoben und zugedrückt, dass es ihm Arme und Beine auseinandertrieb, und da steckte ihm auch schon ein Messer im Bauch und verschwand wieder, einfach so, wie wenn man einen Schalter auf Ein und gleich wieder auf Aus legt. Bevor sich Blut breitmachte, war ich schon draußen.

War angenehm, dass die Großmutter nichts fragte, außer ob ich Tee will, und ich glaube, es freute sie, dass ich ja sagte, weil ich nie Tee bei ihr trank, er schmeckte so merkwürdig in den Blechbehältern, wahrscheinlich weil sie auch die Suppen daraus trank, aber jetzt, auf eine Tasse, ich muss zwar noch das Trainingszeug holen, aber jetzt tat sogar ein Humpen abgestandenen, aufgewärmten Tees gut.

Klein ist es hier, die Schlafkammer eine etwas größere Abstellkammer. Was da alles übereinander liegt. Zwischen Kistchen und Schachteln, winzigem Schrank und dem Bett ein schmaler Korridor zum Fenster, an der Wand ein trüber fleckiger vierhandgroßer Spiegel, in einer Ecke oben ein Holzkreuz, Schachteln unterm Bett.

Ich ziehe eine der Pappschachteln hervor, darin die zerlesenen letzten Groschenhefte des Großvaters, die er nicht mehr tauschen konnte.

Und unter diesen Heften befinden sich andere Hefte.

Es hat wohl so sein müssen, es gibt ja keine Erklärung für den Zufall, weshalb ich gerade diesen Karton hervorgezogen habe, wie ich überhaupt noch nie auf die Idee gekommen war, bei der Großmutter in eine Lade oder einen Karton zu schauen.

Wie diesen Zufall erklären?

Zum Beispiel: hätte ich nicht am Heimweg von der Schule den Umweg übers Café Ziegler gemacht und den Wahnsinn mit dem abgestochenen Kartenspieler nicht gesehen, hätte ich erstens die Großmutter nicht vor dem Schrebergarten getroffen, und wenn doch, wäre ich nicht mit ihr gegangen und hätte sie ihren Eimer selber schleppen lassen.

Wird man blödsinnig davon, zu denken, was wäre wenn, kommt man beim Urknall raus. Und was wäre, wenn der Urknall nicht gewesen oder überhaupt bloß eine Erfindung wäre.

Jedenfalls zogen mir diese Hefte die Schuhe aus. Das waren keine Romanhefte. Das waren Hefte mit Fotos von Leichenhaufen, Knochenhaufen, übereinander geworfenen Haut- und Knochenmenschen, auch stehende Knochenmenschen, wo man in den Höhlen die Augen nicht mehr sah. Gruben, angefüllt mit zerbogenen, verrenkten, zerbrochenen, zerdrehten Menschen, wie Müllgruben. Müllhaufen, nur aus aufgeschütteten Skelettmenschen.

Aus was fürn verbotenen Film sind denn die Fotos, was isn das fürn Scheißdreck.

Woher sind die Hefte?

Die Großmutter sagte, die hat sie aufgehoben, sonst hätten sie sie verschwinden lassen. War klar, dass ein sie für die Hefte und eins für meine Eltern stand.

Ja, so wars, sagte sie und fügte hinzu, was ich sinngemäß nicht verstand: vielleicht ist es noch zu früh.

Ganz selbstverständlich überließ sie mir die Hefte. Ich

steckte sie in die Schultasche und wusste zutiefst, dass ich sie zu Hause nicht offen liegenlassen durfte. Das war wieder so ein festes Einverständnis zwischen uns.

Ich trank den Leichenwassertee schnell aus und sprintete ab, und zwar nicht die Bundesstraße entlang bis zur Einmündung der Porzellangasse, sondern die erste Abkürzung über den Wiesenweg, der nicht weit hinter dem Haus begann, bis zu einer Querstraße, die so gut wie unbefahren war und die beiden Wiesen teilte. Die zweite Wiese grenzte an die Bahnstrecke, dort hätte ich verbotenerweise über die Geleise und durch die hohe Hecke können und mir eine Viertelstunde Wegs ersparen, aber ich ging die Teilungsstraße hinüber, die dort an die Porzellangasse stößt, wo das Eckhaus von Mariella war, und schräg gegenüber der Haupteingang zum Fußballplatz und diese Sackgasse.

Aber Mariellas Auto war nirgends zu sehen. Zu früh. Vielleicht wenn ich zum Training geh. Oh ja, seit einiger Zeit gibts Trainingsgeld. Nicht viel, aber immerhin. Und die Großmutter hatte mir auch noch so viel wie einmal Trainingsgeld zugesteckt. Und das Geld vom Kohlehafen hatte ich auch im Sack. Very well. Wird sich Muttern freun.

Schulzeug umkrempeln für morgen. Blättere auch in den Heften, die ich bei der Großmutter gefunden hatte, bis es mich schüttelt.

Aber wann die Aufgaben machen? Kriegt man ja vor lauter Versäumnis einen Schorf im Bauch tief drin. Und muss immer Ausreden finden. Mir tut die Englischfässerin Leid, sie ist nachsichtig, aber niedergeschlagen, wenn die sogenannte Hausaufgabe nicht getan ist. Ich nütze ihre Nachsicht aus. Ich habe auch das Privileg, bei den Schularbeiten nicht eines der vorgegebenen Themen für den Aufsatz aussuchen zu müssen, sondern kann schreiben, was ich will, das geht schon das zweite Jahr so, und zwar seit ich das erste Mal eine Art Kurzkrimi geschrieben und die Handlung in eine nahe Kleinstadt am Fluß versetzt und der Kleinstadt einen englischen immerwährenden dense fog verpasst hatte, darin immer eine mörderische Sache abgeht mitten unter schrulligen Leuten, oder eher Leuten, die mehr oder weniger plemplem sind. She was very amused und sagte mir, es muss ja niemand wissen, aber ich kann ihr bei jeder Schularbeit eine Fortsetzung schreiben, ich brauche nicht auf die gegebenen Themen zu achten. Mit meinem stets den aktuell geforderten Vokabelkenntnissen hinterherhinkenden holprigen Englisch knotete ich die Fortsetzungen zusammen, sicherlich voll von Fehlern, aber ihr ging es um die story, die Skurrilität der Geschichten machte ihr Spaß.

Sie hätte sich gewünscht, dass ich mehr lernte. Aber ich konnte ihr natürlich nicht gut verklimpern, dass, wenn ich zum Lernen Zeit habe, entweder zu müde bin, oder die Zeit für wichtigere Gegenstände wie Scheißmattes, Scheißlatein und Scheißfrench verwenden musste. In Englisch kam ich sicher durch, und gegen den Spruch: zum Lernen hat man immer Zeit, wenn man will, hatte ich kein Argument auf Lager. Ich wäre wirklich gern ein besserer Schüler gewesen, aber mehr war nicht drin. Gab ja auch noch Physik und Chemie, wofür man sich was merken sollte.

Wir hatten das Schwarzrind alle irgendwie gern, das heißt, wir störten ihren Unterricht nicht besonders vorsätzlich. Die Englischfässerin war klein, hatte gekräuseltes schwarzes Haar, ein durch und durch zerknittertes Gesicht mit hängender, leicht nässender Unterlippe, und einem gleich nach dem Kinn abhängenden wackelnden Lappen bis zum Halsansatz, wie bei manchen Rindern eben. Sie trug immer groß ausgeschnittene dünne Pullover, und ihre riesigen, bis zum Magen wabernden Brüste, ohne Büstenhalter. Röcke nur bis übers Knie, sie hatte immerhin stramme, gerade Beine. Das Schwarzrind war ein Hit, optisch außergewöhnlich, und im

Herz drin wahrscheinlich auch außergewöhnlich. Sie war gutmütig, aber nicht doof, so dass man doch Respekt hatte vor ihrer Ungefährlichkeit, und sie war meist fröhlich. Sie war kein Feind. Das tut auch dem schlechtesten Schüler gut.

Ich musste mir nochmal die Hefte ansehn mit den Fotos von den Leichenbergen, aber das war so grauslich, dass ich lieber den Kunstband hernahm und mir den Text zu den Matissebildern durchlas.

Wem könnte ich diese Hefte zeigen, mit wem könnte ich darüber reden? Nur mit Mariella. Ich spürte, dass ich zornig würde, wenn jemand eine auch nur im geringsten abwiegelnde Bemerkung dazu machte. Ich hätte gern die Wirklichkeit ohne Beschönigung, eine Wahrheit ohne Ausrede, kein geschminktes Entsetzen. Die Leichen da waren auch nicht geschminkt. Ich hätte gern eine Wirklichkeit, über der man nicht steht, eine Wirklichkeit, die nicht wegreflektiert wird. Die grausamste Wirklichkeit kommt mir noch erträglicher vor als eine, die man zwar zugibt, aber mit mehr oder weniger versteckten Ausreden drapiert, und darüber noch eine Seidenpapierausrede wickelt, um die Wahrheit unkenntlich und scheinbar erträglicher zu machen.

Überall, wo die Ausreden dranhängen wie Egel, die der Wirklichkeit die Wahrheit aussaugen, nun, da lernt man nichts rechtes draus. Wahrscheinlich sagt man deshalb, dass es Wahrheit gar nicht gibt. Warum gibts aber dann das Wort? Ich glaube, es gibt die Wahrheit bei allem, nur sieht man sie nicht vor Ausredenegeln, die sie der Wirklichkeit aussaugen, und dann fällt ein Egel nach dem andern satt ab und ist eine aufgepumpte Lüge unter vielen.

Stell dir einen Totenschädel vor mit Lippenstift um die Zähne herum.

Niemand sagt dir, wies wirklich ist, auch in der Schule nicht. Immer muss man sich etwas zusammendeuten, vor lauter Rücksicht wird dir nichts gesagt. Ja, Rücksicht auf sich selbst, um nichts wirklich sagen zu müssen. Alles Abwehr. Und du kriegst nix raus.

Wem außer Mariella könnte ich vertrauen und fragen, frage ich mich. Einen von den Professoren? Irgendwen vom Verein? Beim David jemanden? Einen von den Gastarbeitern, mit denen ich Ziegel schmeiße, Balken schleppe, Malter anrühre? Du erfährst nix von denen, die doch was wissen müssten.

Vor über zwei Jahren hatte ich einmal die Mutter gefragt, wies früher so war, und statt eine Antwort zu geben, hat sie empört und anklagend ausschnaubend hervorgestoßen: ja glaubst du denn, dass alles schlecht war?

Ich wusste nichts. Du erfährst einfach nix und wieder nix, und kaum dass du das Maul aufmachst, um eine harmlose Frage loszumachen, wird dir Ausredenscheiße hineingestopft. Das sind alles keine Antworten, diese stinkigen Abwiegelungen.

Ihn hatte ich auch nicht fragen können. Ich erfuhr nur: Krieg und Politik sind schmutzig. Deshalb ist es besser, nicht darüber zu reden, um sich nicht ebenfalls schmutzig zu machen. Worauf angefügt wurde: aber das kannst du sowieso nicht verstehen. Oder: man soll die Vergangenheit ruhen lassen. Oder: je mehr man daran rührt, desto mehr stinkt es. Und dann ist es so: wenn du merkst, dass ihnen gewisse Fragen unangenehm sind, werden sie dir auch unangenehm, und du fragst nicht mehr.

Alles Ungewohnte wird daheim mit Häme bedacht. Auch die Musik. Negermusik. Kakofonie. Was soll denn das? Und erst die Maler. Bloß Kleckser. Wolln einen für blöd verkaufen. Kritzler. Nichtstuer. Kienstler, sagen sie voll Verachtung. Sowas soll Kunst sein. Wo bleibt der Nutzen. Oder: Philosophie, brotlose Kunst.

Auf einmal kommt mir das alles herauf da bis zum Hals. Wegen Mariella möchte ich aus dem Nebel hinaus gelangen. Sie ist so viel reifer als ich, und ich will nicht als dumme Nuss bei ihr sitzen.

Die Hefte schockieren mich, auch wenns nur Fotos sind, und ich hab schon Sachen live gesehn, da zieht es dir auch die Schuhe aus.

Aber die Alten geben dir keine Argumente, sie verurteilen einfach. Argumente sind Zeitverschwendung. Man urteilt. So und basta. Gäbe ja keinen Gehorsam, wenn man auch noch argumentieren müsste. Das beste Argument ist noch immer die gesunde Ohrfeige. Keine Disziplin ohne Strafe. Das Denken den Pferden überlassen, die haben den größeren Kopf. Gehorchen ohne Widerrede. Mut hat selbst der Mameluck, Gehorsam ist der Christen Schmuck.

Da ist ein Bild von Goya drin in meinem Kunstbuch, Massaker und Erschießung des 3. Mai 1808, das kommt mir mutig vor. Wie man so was malen kann. Ich weiß nicht, mir kommt es richtig wirklich vor. Grausig, das schon. Aber doch wirklich, fast wirklicher als ein Foto, ich weiß nicht, warum ich es immer wieder ansehe, die weiße Figur schreit: please, schau gar nicht hierher, schau dorthin, es ist so leicht zu begreifen.

Ich schaue und schaue und sehe noch immer nicht. Obwohl ichs höre. Es ist überhaupt komisch, dass immer das Gegenteil passiert bei mir, zum Beispiel wenn ich im Radio irgendeine Musik höre, dann sehe ich immer was dabei, und wenn ich mir ein Bild ansehe, höre ich immer was.

Ob das normal ist? Normal bin ich sicher nicht, schon meine Nase ist grauenhaft, ein böhmischer Pfrnak sagen sie, bloß eben mit einem kleinen Höcker wie eine in der Entwicklung steckengebliebene Hakennase, die statt weiterzuwachsen eine Knolle bildete statt einer Spitze.

Der Vater drückte mir gern mit dem Daumen gegen die Nase, so von unten nach oben, und sagte zur Mutter, schau dir den an, stillhalten habe ich gesagt, obwohl ers gar nicht gesagt hatte, und er drückte auf die Nasenspitze, dass mein Hals länger und länger wurde, und: schau dir den an, gleich spritzt der Talg aus jeder Pore. Die Mutter: so schlimm ist es doch auch wieder nicht.

Sie hatten es nicht leicht mit so einem optischen Ärgernis, sie mussten sich schämen, weil ich ja von ihnen war, man kann ihn nicht herzeigen. Das war natürlich peinlich, von wem kann er das nur haben?

Wenn Besuch kam, wurde ich im Zimmer eingesperrt. Einmal wurde ich doch herausgeholt, wie alt? vielleicht fünf oder sechs, oder älter? jedenfalls stülpten sie mir im Vorraum eine lange blonde Perücke über und führten mich den Leuten vor. Ich musste mich im Wohnzimmer aufstellen und stehenbleiben, die Leute hatte ich noch nie gesehn, es waren viele, für mich warens sitzende und stehende Schatten, ich rührte mich nicht. Es wurde auch etwas gesagt, und jemand lachte, aber ich verstand nichts, ich war wie erstarrt.

Daraufhin wurde ich zurückgeführt, er riss mir die Perücke von hinten herunter und gab mir einen Stoß in den Rücken, dass ich ins Kinderzimmer taumelte, und die Türe wurde zugesperrt.

Ich hatte das Gefühl, etwas falsch gemacht zu haben. Aber was. Die ganze Aktion war und ist mir unverständlich. Das fällt mir ein, während ich die zwei lustigen Bilder von Miró anschaue. Wie da so kleine Figuren und Tropfen fliegen, mit hellen Klängen, nur so auf einer Seite gezupft oder auf Klaviertasten getippt, ohne Zusammenhang, und doch hängt alles zusammen. Ich weiß auch nicht, was daran Kunst sein soll, aber es gefällt mir. Sehr. Ist was anderes. Leicht. Das ist keine Kunst, kann ja jedes Kind! Ist mir auch wurscht, obs Kunst ist. Kunst interessiert mich auch gar nicht. Beim Kicken soll man auch nicht künsteln. Aber das ist in meinem Buch abgebildet. Schon deshalb ist es was.

Und es macht leicht. Für ein paar Sekunden. Und wenn ich daran denke. Ich will nur Bilder ansehn. Oder was hören. Aber was mir gefällt, muss mir heimlich gefallen.

Zuhause höre ich darüber nur: geh weg damit. Was soll denn das. Oder: entartete Kunst. Oder: bloß Betrug.

Kunst war das Ölbild im dicken Rahmen im Wohnzimmer, das auf zwei Quadratmetern einen Bauern am Pflug hinter zwei schweren Ochsen zeigt. Gemalt vom Vater. Wie wir das bewundern sollten. Da hat man, was man sieht. Er: Kunst kommt nämlich von Können. So lebensecht. Berührte mich aber nicht. Klebte schwer und wie unverrückbar an der Wand überm Esstisch. Nicht sehr lange, nachdem er fort war, fand sich eine Kunstpostkarte mit dem identischen Motiv aus dem Jahr 1939. Das kam mir aber auch wie Betrug vor.

Überhaupt dieses dauernde Urteilen mit herabgezogenen Mundwinkeln. Alles ist andauernd nix. Als ob man selbst was wär. Immer von oben herab, und steht selber bis zum Arsch in der Jauche.

Aus mir kann sowieso nichts werden, außer ein Verbrecher. Wer das bei jeder Gelegenheit hört, glaubt es dann doch noch. Jede schlechte Note war ein Beweis: taugt doch nur zum Verbrecher. Und mir ist es egal geworden. Ja gut, ich werde ein Verbrecher, obwohl ich mir gar nichts drunter vorstellen konnte, es kommt mir fast anständig vor gegen das ganze Gelüge und Geprügle. Erst mache ich die Schule doch noch fertig, aus Trotz, dann werde ich in aller Ruhe, was nicht zu verhindern ist: Verbrecher.

Tatsächlich, ich hatte mich also nicht getäuscht mit den Stimmen, musste auf den Balkon die Fußballschuhe holen, und da kniet im Wohnzimmer so ein alter Typ aufm Ohrensessel mitm Fotoapparat auf die Mutter gerichtet, die gegenüber auf dem Sofa liegt, die Knie angewinkelt, die Hände im Nacken.

Was machtn der Scheißkerl in meiner Wohnung, noch dazu in dem großen Ohrensessel, dem Blut-und-Schweiß-Sessel, denn da drin hab ich die härtesten Prügel bezogen, die mit bloßen Fäusten bis dahin zu haben waren.

Waren Prügel wegen nix, weil ich angeblich den Radioapparat zu laut hatte, aber er war so leise, dass ich mitm Ellbogen über die Lehne hing, zwei handbreit mitm Ohr zum Apparat, weil ich ja wusste, dass ich nicht laut sein durfte, schon gar nicht mit der Negermusik von der Hitparade. Aber er sagte, ich soll leiser schalten, und ich drehte einen Millimeter, und er behauptete, ich hätte lauter geschaltet, und ich sagte, ich habe leiser geschaltet, und er: ganz aus. Und ich sagte noch, aber ich will das hören, und wunderte mich selber, als ich mich das sagen hörte, aber ich war mit über vierzehn kein Baby mehr, und es war einfach ungerecht, denn er war gerade bei der Tür hereingekommen nach Tagen Abwesenheit, ohne Gruß, kein Hallo, kein Leckmichamarsch, nichts, nur misstrauisch geschaut.

Gut, ich hab auch nicht gegrüßt, hab getan, als hörte ich ihn nicht, hatte aber gleich, als ich die Tür hörte, noch leiser gestellt. Ich freue mich die ganze Woche auf die Sendung, und wenn es spannend wird, vor den ersten fünf, sagt er: aus. Aus habe ich gesagt, und er kommt näher mit vorgebeugtem Oberkörper, und ich drehe schnell am Knopf, aber in Panik in die falsche Richtung, dass der Apparat aufbrüllt, und da haut er mich schon in die Schnauze, und ich mache was Wahnsinniges: ich stoße ihn mit den Händen zurück, gegen die Brust, noch bevor ich die zweite voll in die Visage bekommen konnte, und das war Scheiße, denn jetzt war er im Recht.

Was? Du schlägst deinen Vater? So was blödes, hat ihn ja keiner geschlagen. Und da gings los. Ist mir peinlich, das zuzugeben, aber er mischte mich gewaltig auf.

Mit der einen Hand krallte er sich in meine Haare und

wollte meinen Kopf aus der Armdeckung ziehn, mit der Rechten versuchte seine Faust meine Deckung zu öffnen. Ich machte mich klein und hart wie eine Katze und zog die Knie auch noch hoch, sodass er jetzt mit den Fäusten von oben auf meinen Schädel hagelte, und ich machte einen Riesenfehler, ich hob beide Unterarme über den Kopf. Wie ein Anfänger gab ich die Deckung vorm Gesicht auf, und da knirschte schon ein Zahn unter seiner Faust, dass ich mich aufwölbte, und das war zugleich die zweite Anfängerdummheit, denn jetzt war der Magen ungeschützt, und ich bekam eine Volle in den Magen, dass ich zusammenschnappte. Aber ich fing mich wieder und machte mich zu einer Kugel und spürte nichts mehr, ich spürte die Schläge einfach nicht mehr. Ich dachte, irgendwann wird er müde, und dass es das letzte Mal ist, das nächste Mal halte ich nicht mehr still. Es hagelte Fäuste, aber es betraf mich nicht mehr. Dann ging ich langsam in mein Zimmer und warf den Vierer rechts oben in den kaputten Blumentopf. Gab auch keinen Spiegel in meinem Zimmer. Konnte mir ohnehin vorstellen, wie ich aussah.

Etwas hatte sich geändert. Ich spürte jetzt keine Scham mehr. Er hatte zwar gesagt, dass er mich auch noch schlägt, wenn ich zwanzig bin, aber ich ahnte, dass es nicht mehr dazu kommen kann, ich spürte, dass die Drohungen schon überdehnt waren, es gab ja keine Steigerung, mehr schlagen hieße totschlagen.

Und so war es auch. Das letzte Mal hieb er mir mit einem Holzscheit von hinten übern Schädel, nur so, wegen einer Lächerlichkeit, ist mir zu peinlich zu sagen warum, jedenfalls, ach was, ich sagte nur halblaut etwas vor mich hin, worüber man mit Lächeln oder Ironie hinweggehn könnte, aber er nahm eben ein Holzscheit.

Ich saß an meinem Kinderzimmertisch und erwartete den Schlag, ich blieb starr sitzen und drehte mich nicht um, während er sich näherte. Aber ein Scheit hatte ich nicht erwartet.

War ein harter Schlag, ich spürte es aufschwellen und warm werden, drehte mich zu ihm und sagte: so kann man auch wen erschlagen. Und er sagt tatsächlich: Ich erschlag dich, wann ich will.

Er hatte nun auch den Hammer genommen und stand damit neben mir, und es war so kraftlos, was er gesagt hat und wie er mitm erhobenen Hammer neben mir dasteht, dass ich mich einfach weggedreht habe, wie gesagt, ich wusste, es konnte mir nichts mehr geschehn, er legte den Hammer weg und ging, und zwar für immer. Er packte Koffer und schleppte sie ins Auto. Ich sahs vom Fenster, und am Schluss schleppte er völlig lächerlich Federbett und Kopfkissen unter den Armen.

Mir trocknete schon das Blut hinter den Ohren, und er stopfte Federbett und Kopfkissen ins Auto. Hätt ich nie vermutet. Das wars.

Und da hängt dieser Fiesling mit som dünnen Oberlippenbärtchen im Blut-und-Schweiß-Sessel und schaut mich ziemlich überheblich an, so wie: was willstn du überhaupt da. Ich stand wohl ein paar Sekunden zu lang still vor Überraschung, und auch die Mutter blickte pikiert, und da sagte ich: störe ich? und das Arschgesicht sagt wirklich: ja.

Ich geh zur Balkontür, mach sie weit auf, hol die Fußballschuhe und lasse die Tür offen. Als ich zurück den Raum durchquere, sagt der Heini: Tür zu. Ich sehe die Mutter an, aber die schaut auf die Sofakante. Da kommts mir hoch. Ich frage ihn, ob ihm wer ins Hirn geschissen hat oder was. Die Mutter empört: jetzt hörst du aber auf, benimm dich. Ich bin schon an der Türe. Nun, wiederhole ich, hat Ihnen vielleicht wer ins Hirn geschissen?

Der springt auf. Ich lehne am Türstock mit den Fußballschuhen in den verschränkten Armen, der springt also auf mit der Kamera in beiden Händen und läuft auf mich zu und tritt gegen meine Füße und tut, als hätt ich ihm ein Bein gestellt, und er stolpert theatralisch übern Gang in mein Zimmer gegenüber, und das geht nicht, sowas geht überhaupt nicht, der kommt nicht auch noch in mein Kinderzimmer, und da bin ich bereits bei ihm und stell ihn an die Wand und halte ihm die Faust an die Nase und sag, er soll sich die Faust gut anschaun, der Wichser. Nein, der ist kein Gegner, ich lasse ihn laufen, bevor ich ihn auf der Wand verschmiere. Er hats eilig aber auch, rafft sein Fotozeug zusammen und klappert ab, ohne etwas zu sagen, auch zu ihr nicht.

Sie verschwindet ins Bad. Ich folge ihr ins Bad, um sie mitm redlich erworbenen Hunderter zu trösten, aber sie reagiert nicht, ich steck den Schein ins Wasserglas. Die Heilige blickt starr gegen das Milchglasfenster, das sich eingetrübt hat von all dem Unrecht, das ihr widerfahren ist.

Solln mich doch alle am Arsch lecken. Dieses Getue geht mir jetzt aber panoramamäßig an den Hüften vorbei. Wann habe ich denn das letztemal gelacht hier? Gelacht? Hier hat noch nie wer gelacht. Und so ein Leben soll man ernst nehmen.

In der Buchenhecke beim Bahnübergang hängt ein Mann und kommt nicht mehr heraus. Ich habe ihn schon von weitem gesehn am Siedlungsweg, es ist das zweite Mal, dass es ihn in die Hecke wirft, der ist sturzzu. Ich kenne ihn zwar nicht, aber ich weiß, dass er Robert genannt wird, der Robert, heißt es, ist wieder abgefüllt, findet nicht nach Hause. Er verirrt sich in diesem Zustand immer. Einmal im Monat kann man ihn die Hecken entlang torkeln sehn, vor und wieder zurück, zuweilen bleibt er hängen und fällt. Ich habe ihn mehrmals in diesem Zustand gesehen, aber mir nie was gedacht dabei, betrunkene Erwachsene waren eine andere Welt, eine eklige Welt, um die man einen Bogen macht.

Jetzt war ich auf seiner Höhe, und er hing so unglücklich zurückgebogen in der Hecke, dass ich ihn rausholte und auf die Beine zu stellen versuchte, aber er stand nicht von alleine. Hatte auf einmal ziemlich Mitleid mit dem, der schaute so traurig, nicht blöd und aggressiv wie sonst die Angesoffenen.

Er war still und traurig. Aber so abgefüllt, dass er nichts sagen konnte. Wo er wohnt, konnte er nicht sagen, aber er hängte sich an mich, und so stolperte ich los, in der einen Hand die Trainingstasche und unterm andern Arm den Robert.

Ich glaubte zu wissen, dass er irgendwo in der Porzellangasse daheim ist und redete auf ihn ein, sagte Robert Robert Robert, komm, du wirst doch wissen, wo du wohnst, komm, wir schaffen das. Er schien zu nicken, aber nachdem sein Kopf ohnehin herumpendelte, war das nicht so gewiss. Er bemühte sich jedenfalls, das merkte ich. Trotzdem zog er mich mit in die Hecke, ich hatte für einen Moment nicht aufgepasst, und schon kippten wir, und ich lag seitlich auf ihm schräg in der Hecke, und er ließ mich nicht los. Es war mühsam, da wieder heraus und hochzukommen. Robert Robert, was machst du bloß, komm Robert, noch ein Schritt und noch einen, aber stattdessen seufzte er, und seine Beine verwickelten sich wieder, und ich musste ihn hochheben und seine Beine auspendeln lassen.

Er war zerkratzt und rot im Gesicht, wenn du mir nicht sagst, wo du wohnst, leg ich dich hier ab, ich muss ins Training, weißt du, reiß dich zusammen Robert, bis dort vorne, bis zum Fußballplatz nehm ich dich mit.

Wir hatten es schon die Schrebergärten entlang geschafft, da kam uns ein Paar aus der Siedlung entgegen, dessen Tochter auch ins Gymnasium ging, und der Mann sagte im Vorbeigehn: so ein besoffenes Schwein. Und ich sagte: selber ein Schwein. Weil er sich besser glaubte, die ältere Tochter ging in meine Klasse, durfte aber mit niemandem aus der Siedlung Kontakt haben, wir waren unterklassig, man verkehrt nicht mit so Pöbel, nur frage ich mich, weshalb sie dann nicht in einer eigenen Villa wohnten statt in der Siedlung im Block gegenüber ebenerdig.

Wenn die wüssten, mit wievielen die Gertrud in der Schule schon gegangen, und was in den Wohnungen der Mitschüler passiert ist. Gerade vor einer Woche beim Gerichtspräsidenten zuhause sind am Nachmittag drei aus der Klasse über sie gestiegen. Ganz was Feines. Drei von der Basketballtruppe, in der ich auch öfter mitspiele. Die Jungs sind zwar aus Nasehochhäusern, aber selber nicht überheblich, wären auch ohne die bevorzugte Behandlung durch die Fässer gute Schüler, und sportlich sind sie auch alle. Der eine Tennismeister, der andere Florett-Jugendmeister, die andern beim Basketball. Mir hats der Werner gesteckt, der hinter mir in der Bank sitzt, bei ihm zu Hause war die gerichtspräsidentenelternfreie Party.

In unserer Klasse sind wir zu fünft der harte Kern, der eigentlich anschafft, was losgeht, nein, zu mir sind sie normal, allerdings dürfen sie mich auch nicht einladen, da habe ich wohl zu lange Haare. Außerdem gibt es das Gerücht, ich hätte Rotlauf. Das heißt, ich sei ein Sozialist, und deshalb mit Vorsicht zu genießen. Ich geb nichts darauf, weils zu blöd ist, ich kenn mich überhaupt nicht aus mit Parteien, interessiert mich auch nicht, kann ja noch nicht einmal wählen.

Aber so Scheiße wird verbreitet und hat Folgen, denn der Notger, mein bester Freund in der Schule, neben dem ich seit sieben Jahren in der Bank sitze, hat mir vor einem Jahr gesagt, sein Vater will nicht mehr, dass er mit mir außerhalb der Schule Kontakt hat. Tatsächlich wurde er, als wir drüben bei ihm in der anderen Siedlung mit seinen Freunden kickten, nach oben gerufen und durfte nicht mehr herunterkommen, solange ich auf dem Platz war. Komisch, hatte aber keinen Einfluß auf unsere Banknachbarschaft. Auch seine Schwester, eine Klasse über uns, ist immer noch hin und wieder zu mir nach Hause gekommen, wahrscheinlich heimlich, um sich eine Zeichnung anfertigen zu lassen für die Schule, denn sie hatte für Zeichnen und Malen kein Talent.

Notgers Vater war ein kleiner Glatzkopf, der auf dem Dachboden eine Riesensammlung aus dem Weltkrieg hatte, eine Menge verbotener Sachen, Waffen, Fahnen, Abzeichen, Uniformen und so. Aber mich hat das nie interessiert, ich war auch früher, als ich noch nicht Rotlauf hatte, nie hingegangen, um mir das Zeugs anzusehn. Wenn ich beim Notger war, haben wir seine neuesten Beatles-Alben angehört. Ich wurde zweimal gefragt, ob ich den Dachboden sehen möchte, das wäre ein Privileg, das zeigt er nicht jedem, sagte Notger, aber es hat mich einfach nicht interessiert. Ich hatte lange Zeit nicht einmal gewusst, dass sein Vater Stadtpolitiker war bei so einer kleinen Partei, von so einer, für die der Scheißkrieg kein Scheißkrieg war sondern Ehrensache. Nein, von Notger hab ich nie irgendwas in diese Richtung gehört. Der stand auch eher auf die Beatles und versuchte, sein blondes Kraushaar über die Ohren zu kriegen.

Unser Geschichtsfässer sagte: Nottker Nottker nümm dür kein Beissspiel an der Madonna. Die Madonna war ich. Wenn ich vorgebeugt mit verschränkten Armen in der Bank saß, flossen die Haare neben den Ellbogen übern Tisch. Die Haare waren schon so lang, dass sie, wenn ich den Kopf in den Nacken legte, die Sitzfläche berührten. Der Geschichtsfässer Wilczek war ein Hüne mit so aufrechter Haltung, dass er oben eigentlich schon hintübergebeugt ging, ein richtiger vornehmer Offizier. Kindert, Kindert, zeigte er auf mein Haupt, gefällt euch denn dat.

Er hatte ein großes zerfurchtes und von Narben durchquertes Gesicht, und an der Pranke einen Siegelring, groß wie drei Daumennägel. Er kam in die Klasse, stellte sich vor mir auf und sagte kopfwiegend von hoch oben: Madonna. Jedesmal sagte er das.

Für uns war er in Ordnung, er behandelte uns nicht wie

Soldaten, wie das andere Fässer taten. Er war ein Ehrenmann, ein Offizier. Gegen die Gegner hatte er nix persönlich, lernten wir.

Obwohl die Geschichte der Neuzeit erst mit der Gründung der Republik begann, und vorher bloß die Römer hier herumspazierten und ihre Kultur liegen ließen, während im Ausland die Griechen seit drei drei drei herum rauften, gab es eine kurze Zwischenepisode in der Geschichte der Menschheit, die von solcher beispielgebender Aktualität war, dass er sie jährlich einmal gerührt zum besten gab. Das rührte uns auch, ein Schrank von einem Mann, aber son weichherziges Herz aber auch. Seine Äugen glänzten, wie er im Schtzngrabbn hängt, Kindert ihr glaupt es nicht, aber auch ich hatte Angst, gegenüber im Schtzngrabbn der gefährliche Franzmann, und der dötsche Offizier, er, streckte vorsichtig den mächtigen Kopf heraus. Es war nämlich gerade Feuerpause, und drüben tats ihm der Franzosenoffizier gleich, und sie wuchsen mehr und mehr aus dem Graben und gingen schließlich offiziermäßig stracks aufeinander zu, und der Wilczek gab dem Franzmann, a vous, eine dötsche Zigarette und der Franzmann ihm eine Gauloise, weil sie nämlich alle Menschen waren, und sie, jetzt kommts Kindert, umarmten einander. Dann salutierten sie freundlich verbrüdert und gingen gemessenen Schritts in ihre Gräben zurück. Erst dann fiff die Granate widder. So ging das also zu. Da war die Welt noch in Ordnung. Daran könnten sich manche auch heute nochn Beissspiel nehmen.

Der Wilczek war irgendwie von Hamburch oder Hollsstein oder so. Dort oben ist der Mensch soweit noch ein Ehrenmann. Muss wohl so sein, denn trotz meines sehr wenig soldatischen Äußeren, das mich geradezu als Sozi entlarvte, schoss er mir nie eine schlechte Note ins Zeugnis.

Ich sagte also mitm Robert unterm Arm, und ich sagte es eher deshalb, weil ich ohnehin einen Hass auf die beiden hatte, da sie meine immer grüßende Großmutter nicht grüßten: selbern Schwein. Und sie, weil der Herr Gatte auffahren wollte: mach dich nicht schmutzig an dem Abschaum.

Robert knurrte und seufzte und verlor Speichel, indessen ich ihn weiterzerrte.

Gelobtseiwerauchimmer, Mariellas Auto stand da drüben, und als ich den Robert an Mariellas Hauseck abstellen will, kriegt er plötzlich eine Kraft und will durch eine unsichtbare Menschenmenge zur Tür. Nicht hier Robbi, sag ich, aber er hängt an der Klinke und geht in die Knie, ich will ihn wegzerren, aber der ist wie ein Dackel vorm Fuchsloch und will rein.

Und die Tür öffnet sich, ich denk jetzt wird der Thusler einen Aufstand machen, das gibt wieder Schwierigkeiten, weil ich nicht freundlich sein kann zu dem, weil die schwangere Brezina Elvira immerhin ziemlich minderjährig war, mit den armen Leuten kann man alles machen, oder sie lassen alles mit sich machen, könnte man auch eine Wut auf die Brezinas samt der Elvira bekommen, aber da sitzt uns Mariella gegenüber, und wir sehen uns sehr verlegen an, und ich glaube, mir stand ein großes sichtbares Fragezeichen überm Kopf.

Sie sagt oje, und fährt mit Robert, der sich am Rollstuhl festhält, durch die erste Tür rechts, er mergelt zwischen Stuhl und Türstock durch, fällt aber nicht, sie stößt ihn rückwärts auf das Sofa, wo er einmal auffedert und grunzend umsinkt, und ich: soll ich dir helfen? Sie schüttelt den Kopf und hebt auch seine Beine hinauf und stopft sie bis zur Lehne zurück.

Robert macht das jeden Monat einmal. Sie weiß nicht, was dagegen tun. Er tut mir so Leid. Ja, sag ich, ich hab ihn schon öfter in der Hecke hängen sehn und immer einen weiten Bogen um ihn gemacht.

Ihre Schramme unterm Aug, wenn ich nicht wüsste wie

sie entstanden ist, würde mir gefallen, auch ihre immer noch geschwollene Lippe. Meinlieberschwan was sieht sie süß aus, und wie fühl ich mich sofort gut in ihrer Nähe.

Ich soll mit ihr mitkommen und die Wohnungstüre schließen, denn von oben war ziemliches Gekeife und Geschrei zu hören: was willstn noch, reicht das nicht, ich spring aus dem Fenster, du, ich hab mir den Arsch aufgerissen für euch, du, woher nehmen und nicht stehlen!

Und da kam die alte Brezina mit zwei Korbtaschen voll Fresszeug die Holztreppe herunter so heftig, als wollte sie die Stufen entzweitreten, und der Thusler öffnete die Ladentür gegenüber mit Geklingel, und ich klebte schnell die Tür zu und hörte noch den Thusler Toni mit der alten Brezina zischen und gegenzischen und hörte auch noch das von der Brezina schrillgebrüllte: aber fickifacki immer immer, das vom Knall der Tür im Haus eingeschlossen wurde.

Ich ging hinter Mariella türeschließend aus dem Zimmer, in dem ihr Vater auf dem Sofa seufzte, durch das Badezimmer, durch ein Schlafzimmer, in ihr Zimmer, das ich schon kannte, das mit der Küche.

Sie suchen dich, du musst aufpassen, sagte sie.

Wer? Diese Wabbler? Die können schon kommen, sagte ich großspurig und versuchte Tee zu machen, wo ist denn die Kanne, diese? Ich wollte sie den Tee nicht machen lassen, glaubte, sie muss geschont werden, eine im Rollstuhl, sag mir nur wo das Zeug ist, ich mach das schon.

Nein, sagte sie, es ist ernst.

Aber ich nahm sie nicht ernst und klapperte die Hängekästchen noch durch, als sie sich längst schon neben mich geschoben hatte und alles hingestellt und aufbereitet hatte und den Gasofen angezündet und den Kessel aufgestellt.

Ich verzaubert in der Hocke vor ihr, meine Hände in den ihren, was konnte mir denn geschehen, nichts, so nahe bei ihr spürte ich die Kraft einer halben Mannschaft in mir. Sie sagte, hör mir zu.

Ich sah auf ihren wundersamen Mund mit dem aufgespannten Falken zwischen den Lippen, die Oberlippe doppelt so breit wie die Unterlippe, was hat sie für eine schöne Schnauze, auf ihre dunklen Augen mit den schwarzen Strichen über den äußeren Augenwinkeln schräg nach oben, auf die schmale nicht kurze Nase mit den zwei ungleichen Nasenlöchern, das eine nur ein paragrafenförmiger Schlitz, sah auf ihre Stirn mit den zwei Hautwellen, die sich zu den schwarzen Fransen hoben und senkten, auf ihre Wange, aus der sie das Haar hinter das Ohr gestrichen hatte, und ich sah, was mich nicht nur rührte, sondern mir auch wahrhaftig gefiel und sie für mich noch schöner machte, dass ihr links oben der sechste Zahn fehlte. Und ich wollte alles wissen über sie.

Ich wollte nichts hören über die Feigbrunzer, die anscheinend nach Rache röchelten, die sollen froh sein, dass ich sie nicht auf der Straße verstrichen habe, sagte ich, und es tat mir gut, wie besorgt sie um mich war, und mich überschwemmte ein immenses Gefühl der Zuneigung, denn sie war es immerhin, die gelitten hatte, und macht sich über mich Gedanken, sowas gibts auch kein zweites Mal. Mir konnte nichts mehr geschehen, weil ich ihr Schutzschild war.

Da waren zwei von der Drecksackbande bei ihr im Amt heute und richteten ganz süße Grüße vom Hottler aus, und sie hatte schon gewusst, dass wer kommen würde, denn ihre Freundin Imelda, mit der sie auch studiert hatte, die Schwester vom Transi-Transportunternehmen, einer der Kapos neben dem Hottler, die Imelda hatte schon angerufen und Mariella gewarnt.

Die zwei Mafia-Imitatoren mit den süßlichen Grüßen und ihrem aus Hollywald-Filmen entliehenem Auftreten wollten von Mariella wissen, ob sie weiß wers war, der den Hottler beleidigt hat, beleidigt! Der Hottler ist nämlich nicht sehr beweglich nunmehr, muss eine Halskrause tragen, und der andere hat Schwierigkeiten beim Schreiten, weil sich ihm die Kreuzbänder überanstrengt haben, oho das tut mir aber Leid, und er ist sehr ungehalten und fühlt sich möglicherweise verpflichtet, ihrem Amtsdirektor einiges zu erzählen über sie, außer sie kann mitteilen, wer ich bin.

Ich wollte schon gewaltig sauer werden, was glauben diese Jauchesäcke denn, die können doch nicht Mariella halb umbringen und auch noch herumdrohen. Aber sie legte mir die Hand aufn Arm.

Und über ihrer Erzählung habe ich das Training versäumt, einfach nimmer daran gedacht, und als ich es merkte war es zu spät, wäre noch eine halbe Stunde gewesen, besser gar nicht mehr hinübergehen und mir anhören: ja wo kommst du denn jetzt her, das hat Konsequenzen, sowas kann man nicht einreißen lassen und quatsch quatsch, kenn ich schon das Gerede vom Sektionsleiter.

Ohne Entschuldigung beim Training zu fehlen heißt, abgesehen vom Verlust des Trainingsgeldes, am Wochenende im besten Fall Bank drücken, normalerweise aber gar nicht aufgestellt zu werden, und nachdem die meisten von uns, und so auch ich, auf Punkteprämie spielen, bedeutet nicht aufgestellt zu werden bei Sieg und Unentschieden den Verlust von Geld. Bei Heimspielen in der Höhe von acht Arbeitsstunden am Kohlehafen, das eineinhalbfache oder, je nach Wichtigkeit des Spiels, das Doppelte bei Auswärtspielen. Die Hälfte bei einem Remis. Da kannst du dann nur hoffen, dass die Mannschaft verliert, denn wenn sie siegreich war, ändert sich an der Aufstellung nix, und es kann lange dauern, bis man sich wieder in die Erste zurückgekämpft hat, wenn nicht vielleicht doch einer sich eine Verletzung zuzieht.

Deshalb gibt es sogar beim Training hin und wieder Krieg und man schont einander bei den Trainingsspielen nicht, die Konkurrenz ist groß, und die erste Wahl am Wochenende ist eben auf elf beschränkt. Ersatzbank ist nicht erfreulich, man schneidet zwar bei den Prämien genauso mit, als hätte man gespielt, aber man trainiert ja nicht fürs Banksitzen, sondern will auflaufen. Wenn ich also Pech habe, kann ich die nächsten zwei Wochen abschreiben und muss mir nach der Schule mehr Arbeit suchen. Nicht gerade angenehm. Aber was mir Mariella anvertraute, war auch nicht angenehm und für mich sehr verwirrend. Habe auch Groll gegen sie verspürt, Unwillen. Ob mehr wegen ihrer Erzählung oder wegen meiner drohenden Rückstufung in die gehaltlose Reserve, oder mit dem Argument: wir brauchen dich dringend bei den Junioren, weiß ich nicht. Beides zusammen wahrscheinlich.

Da war diese unbändige ungeheure Wut in mir, als man mir den ersten Einsatz in der Kampfmannschaft vermasselte, den Traum jedes jungen Spielers, erstmals bei den Großen mitzumischen und erstmals Geld zu verdienen mit dem, was man am liebsten tut, und ich war noch nicht sechzehn.

Es wäre ein Auswärtsspiel gewesen, Samstag um halb zwölf Abfahrt im Bus, das hieß, ich musste die letzte der vier Samstagstunden schwänzen. Nichts leichter als das, denn es war Religion, wir waren da nur noch neun Schüler, sogenannte Freiwillige. Zu Beginn des Schuljahrs konnte man entscheiden, ob Religion oder nicht. Wer sich aber dafür entschied, musste die Stunden absitzen, und es gab Noten. Und die Note in Religion beeinflusste zudem als einzige die Betragensnote. Völlig bescheuertes System. Warum ich mich in die Religion hockte, ist mir noch immer ein Rätsel. Aus Feigheit wahrscheinlich, um Nachsicht zu schinden, dass es mir als braves Verhalten angerechnet wird eventuell, da ich in anderen Fächern ziemlich durchhing. Oder unserem Präsidenten zuliebe, dem das Kirchliche ein gewaltiger Segen zu sein schien, und der mich zweimal im Jahr fragte, wies in der Schule so geht und mir einmal sogar eine Ferienarbeit in einem Archiv vermittelt hatte.

Niemand nahm den Fuzius ernst, dieses kahle Männchen, dessen kugelrunder Kopf in unserer Kopfhöhe, die wir saßen, zwischen den Bankreihen hin und her ruckte, er ging wie ein betulicher Truthahn und zögerte bei jedem Schritt, den Fuß aufzusetzen.

Samstag letzte Stunde. Ich war nach dem Abschlusstraining bei der Spielerbesprechung als erster Fünfzehnjähriger der Vereinsgeschichte in die Startelf nominiert worden und hatte sooo eine Brust und dachte an nichts anderes mehr, die Zeit bis Samstag verging viel zu langsam.

Null Problem nach der Großen Pause einfach abzuhauen. Aber ich vollautomatischer Vollidiot wollte, so sicher war ich mir, den Segen des Direktors, unseres Klassenvorstands und Französischfässers, natürlich auch wissend um seinen Ruf als Atheist, ich wollte also die offizielle Abmeldung wegen etwas sehr viel wichtigerem als einer beschissenen letzten Stunde Religion am Samstag. Wahrscheinlich erwartete ich mir auch noch Lob von ihm. Werde vorgelassen und sage aufgeregt meinen stolzen Spruch auf, von erstmals Kampfmannschaft und Wichtigkeit, und er sieht mich langsam von unten nach oben an und sagt: Kerl, weißt du nicht, dass du heute eine Entscheidungsprüfung in Religion hast?

Wasn für Entscheidungsprüfung. Gar keine Ahnung. Nie von sowas gehört. Entscheidungsprüfung in Religion isja lächerlich.

Sicher hatte ich nie gelernt und wusste nix, aber es musste doch genügen, dass ich das Jahr über die beknackte Stunde absaß, und ausgerechnet jetzt mitten im Schuljahr die sogenannte Entscheidungsprüfung, ob ich durchfalle oder nicht.

Die Komik des ganzen lag auch noch darin, dass man mit nur einem Nichtgenügend im Zeugnis die Klasse wiederholen musste. In Religion durchzurasseln, sowas hat auch noch niemand gehört. Eine solche Hinterhältigkeit hätte man niemandem zugetraut, nichteinmal diesem kleinen erleuchteten Arschfuzius.

Hat mich voll am falschen Fuß erwischt. Der Direx wusste genau Bescheid; sagte: geh hinauf, Kerl, und schlag noch die Seiten soundso auf, die wirst du geprüft, ich werde selbst dabeisein. Das war ein Hammer, ich konnte nicht weg. Von dem Schlag erholte ich mich bis in den zweiten Stock nicht, aber mit jeder Stufe stieg mein Hass. Mir war alles egal. Ob ich durchfalle oder nicht, scheißegal.

Stand das triumphierende Männchen mit dem grünen Notenbuch vor mir und sagte: aufstehn, Entscheidungsprüfung, da du und weil du und blabla. Blieb ich sitzen. Der Direx war nicht da, wie er angekündigt hatte, und nur vor ihm wollte ich zeigen, was ich von der Ungerechtigkeit der Religion hielt. Stand also nicht auf, sondern schaute auf die Türe. Das Zwerglein, das mir das beste, was mir bisher erreichbar war, im Ansatz ausradierte, begann zu toben. Ich musste lachen. Mit herabgezogenen Mundwinkeln. Der Fuzius stürmte hinaus, um den Direktor zu holen.

Die Messen für das gesamte Gymnasium, die sogenannten Schulmessen, waren immer voll in der Stadtkirche, weil sich niemand entgehen lassen wollte, wie der Herr Stadtpfarrer, der der Herr Fuzius auch war, bei der Wandlung zu stottern begann. Jedes Jahr das gleiche Schauspiel. Wenn es zur sogenannten Wandlung kam und er die Hostie hochhob, begann er zu stottern. Er stotterte sonst nie. Nur bei der Wandlung. Er wurde rot und röter, auf dem tomatenförmigen, tomatenroten Kopf klebte das geschorene weiße Halbkränzchen, er sprang einfach nicht an, brachte nicht *dies* und nicht *ist* und nicht *mein* und nicht *Leib* hervor, wie es doch zu Ehren des Herrn sein sollte, es dauerte Minuten, bis der Kampf vorbei war, ein schäbiges Schauspiel, sah irgendwie gemein aus und roch nach Sünde. Wir lachten trotzdem.

Jetzt kam der Fuzius zurück, und hinter ihm erschien der Direktor, und der sagte gedehnt: aufstehn Kerl, und setzte sich hinter mich in die Schulbank. Komisches Gefühl, den gefürchtetsten Mann der Schule hinter sich zu wissen, wo sonst der Werner sitzt.

Fuzius wippte vor mir auf und ab auf elastischen Zehen und dehnte sich und begann mit Prüfungsfragen, und ich hatte mir in meinem Hass vorgenommen, nur Blödsinn zu sagen, und so antwortete ich wirres Zeug auf die Fragen, mir wars wirklich panoramamäßig egal. Und Fuzius beugte sich seitlich und wippte und streckte sein bisschen Hals, um zu sehen, was der Direx macht, auch ich drehe mich um, und der Französischfässer lümmelte hinter mir wie ein Schüler mit den Fäusten übereinander und dem Kinn darauf, und sagt, ohne das Kinn von der Faust zu heben, durch die gelben Zähne durch sagt er: umdrehn Kerl.

Weitere Fragen also, und ich gebe bloß Schwachsinn zum Besten, der Fuzius kann es nicht fassen, und ich höre hinter mir plötzlich leise gepresst: gut so, Kerl! Will der mich auch verarschen oder was, aber ich habe auch vor ihm keine Angst mehr, und als ich dem Fuzius auf die Frage, wo denn die Kreuzzüge stattgefunden haben, sagte, irgendwo in Amerika von mir aus oder bis Kanada, höre ich hinter mir das gedehnte nasale: sehr gut, Kerl. Das war es dann auch, der Direx stand auf und ging grußlos, ohne jemanden von uns oder auch nur den Fuzius anzusehen, die Hand in der Hosentasche, hinaus, und beendete die Prüfungsfarce.

Mir war klar, dass diese Stunde voll Hass und Hohn nur bedeuten konnte, dass ich das Schuljahr wiederholen musste. Aber es war nicht so, ich bekam ein Genügend, und in Betragen eben Befriedigend.

Mariella sagte eindringlich: lass dir bitte die Haare schneiden. Wozu? Mir gefällts so. Aus Äpfel Amen. An meine Haare lass ich keine Schere.

Aber da habe ich wohl etwas nicht begriffen. Ihr gefällts ja auch. Nur: die wissen nicht, wie ich aussehe, dass aber der, der sie kaputtgetreten hat, lange Haare trug, das konnten sie sehen. Und wenn einer mit langen Haaren jetzt immer zu ihr kommt? Soweit können die auch zählen.

Wenn ich nur nicht so übertrieben hätte. Übertrieben? Was heißt übertrieben? Nichteinmal wenn ich ihnen den Schwanz angezündet hätte, wärs übertrieben gewesen. Oder in den Bauch zurück getreten! Tut mir direkt leid, es nicht getan zu haben.

Nein Johann, bitte, Nepomuk, hör zu. Sie zog die Tischlade heraus und kramte und legte ein Foto auf: Imelda und ich, im vierten Semester. Die zwei Mädchen aufm Sofa, vor ihnen ein niedriger Tisch mit zwei Weinflaschen und drei Gläsern, die glänzenden Beine gegengleich übereinandergeschlagen und die Zigaretten die eine in der linken die andere in der rechten, gleichermaßen abgewinkelte Arme, gleiche tief vauförmig ausgeschnittene lachsfarbene Pullover, die Köpfe jeweils in die entgegengesetzte Richtung, Dreiviertelprofil, die Blicke leicht aus den Augenwinkeln ins Zentrum. Irgendwie Zwillinge, auch wenn sie von ganz unterschiedlicher Schönheit waren, Imelda etwas rundlicher, mit braunem gewelltem Haar, am Nacken lose zusammengebunden.

Das Foto war zwei Monate vor ihrem Unfall aufgenommen worden. Ich starre am Foto auf ihre Schenkel in Strümpfen wie glasierter Schnee.

Meine Tante nahm mich auf einen Ausflug mit in ihrem klapprigen zitronengelben VW. Sie war die Witwe meines Lieblingsonkels, der jedem Gespräch, jeder Situation eine kuriose Wendung geben konnte und Witze wusste, also Witze, die auch das Kind zum Lachen brachten.

Vor allem wurde ich, wenn er anwesend war, nicht geschlagen, das ertrug er nicht. Er war einen Kopf größer als die anderen Erwachsenen, hatte dichte schwarze handlange Haare nach hinten gekämmt und einen mächtigen schwarzen Schnauzbart, darunter die langen Zähne zum Vorschein kamen, wenn er seine Witze riss, sein Lachen war ein ansteckendes Wiehern.

Was der an der Tante gefressen hat, ist ein Rätsel. Sie behandelte ihn herablassend und hatte keinen Sinn für seinen Humor, wies ihn zurecht, schnauzte ihn an, beleidigte ihn, und er ließ sich alles gefallen, lachte dazu und versuchte ihre Hand zu ergreifen, die sie ihm entzog. Vielleicht weil er anders war, also irgendsowas Verbotenes, worüber man nicht sprach. Einmal hatte die Mutter zu mir gesagt, in der Küche, fast flüsternd, obwohl sonst niemand da war: eigentlich ist der Onkel Hans ja ein Jude. Wie sie das so heimlich starr vor dem Herd gegen die Wand sagte, das hat sich mir eingeprägt, verstanden hab ich mit meinen sieben Jahren den geheimnisvollen Satz nicht, und auch nicht ihr aufgeregtes: aber sag das bloß zu niemandem, zu nie-man-dem, hörst du.

Für mich war er ein Heros, der einzige, der dem Vater widersprechen konnte, und wenn der Onkel da war, wurde ich auch nicht ausgeschlossen, er bestand darauf, dass ich dabei sein durfte.

Als die Erwachsenen so ein Plastikroulette auf dem langen Esstisch aufbauten, setzte er durch, dass ich nicht weggesperrt wurde, sondern, ein Wunder, nicht nur zusehen, sondern sogar mitspielen durfte, und er hat mir die Regeln erklärt und zwar so, dass ich sie sofort begriffen habe.

Und als mir die Plastikjetons aus den aufgeregten Händen unter den Tisch fielen und der Vater herüberlangte und sagte jetzt langts und mir gegen die Schläfe schlug, stand der Onkel auf. Das war kein Witz mehr, Vater, Mutter, Tante schauten ihn erstaunt an, und auch ich sah erschrocken auf, und er sagte gepresst, dass das nicht geht, das kann er nicht dulden, da spielt er nicht mit, ob das denn schon normal geworden ist, und er ging.

Die Tante ging nicht mit ihm, und als er draußen war, sagte sie: manchmal hat er einen totalen Spinner. Ich musste auf mein Zimmer, und rühr dich ja nicht mehr, und die spielten noch weiter da drüben, aber nunmehr ohne Gelächter und auch nicht lange.

Onkel Hans war mein Held. Für immer. Er hatte auch einen Hamster, mit dem er sprach, und den die Tante nicht leiden konnte, weil er die heiligen Vorhänge hinaufturnte, aber der riesige Onkel sprach mit ihm und sagte, ach du weißt doch, dass unsere liebe allerliebste Ulla heikel ist mit den Vorhängen, und der Hamster stand vor ihm und sah ihn groß an, und der Onkel sagte, das weißt du doch, und der Hamster stellte sich ins Eck und legte sich die Fäustchen vor die Augen, und der Onkel wieherte vor Lachen und sagte: schau ihn dir an, und die Tante schüttelte nur den Kopf über soviel Blödsinn.

Onkel Hans war zuckerkrank. Als ich zwölf war, starb er. Zur Erleichterung der Tante. Sie hatte sich immer für ihn geschämt. Dabei hatte ich mich oft gefragt, wieso er sich nicht schämte für sie. Sie hatte ein schiefes Gesicht und sprach nur aus einem Mundwinkel, statt zu lachen kicherte sie mit schnellem Kopfnicken und schloß dazu die kleinen, tiefliegenden Augen, und beim Reden zwinkerte sie mit einem Aug. Und obwohl hornalt, zog sie sich immer so kurz an.

Auch ein Jahr später da im Auto, ein federleichtes Kleidchen, das sie beim Fahren bis zum Schoß hochgeschoben hat. Sie fuhr ruckartig und es schien immer, als zertrete sie etwas da unten bei den Pedalen. Ich betrachtete verstohlen ihre Beine, und es erregte mich. Wir fuhren tief in den Wald, genau, dieser Liebeswald, und gingen ein Stück bis zum Fluss, und sie pflückte Blumen und ich riss auch Blumen aus und bückte mich und sah ihr dabei beim Bücken zu. Um mir meine Erregung nicht anmerken zu lassen, sprang ich eine Böschung hinab, obwohl da kaum was wuchs, und als ich hochblickte, stand sie am Rand der Böschung mit dem Rücken zu mir und bückte sich ganz langsam und blieb lange so, ich starrte ihr unters Kleid auf das blaue Höschen mit den weißen Punkten, und es war schwer auszuhalten, und ich bekam auch den ganzen Rückweg die Erregung nicht weg, sodass ich kaum gehen konnte, obwohl ich unentwegt nichts anderes dachte als: hoffentlich bekommt sie das nicht mit.

Mariella sagte zum Foto hin: ja, ich hatte ganz hübsche Beine. Ich schluckte und wurde fuziusrot und sagte, aber du bist so genauso schön oder eigentlich noch schöner, und sie sagte: du Spinner.

Mariella studierte Mathematik und Geschichte und war bei Imelda eingezogen. Die Transportis besaßen auch in der Hauptstadt eine Wohnung, die Imelda, die für Publizistik und Kunstgeschichte inskribiert war, mehr für Parties und Koksschnüffeln nutzte, als zum Studieren.

Da war einer, ein rotblonder Versicherungskeiler, Freund von Imeldas Bruder und dem Hottler, der sich mehr und mehr um die Strukturierung der Bande kümmerte: Heini-Paul Fussler, der hatte schon gesessen wegen Betrug, Erpressung und Drogenhandel. Sein Traum war, sowas wie ein Mafiaboss zu werden, irgendwas Mächtiges, auf legalem Weg schaffte er es nicht, dazu war er doch zu blöd und zu hemmungslos, aber er hatte begriffen, dass etwas ähnliches über den Drogenhandel zu machen ist. Komischerweise hatte er sogar Kontakt zu Politikern, und einer seiner Freunde war damals im Präsidialamt der Landesregierung, der ihm weitere Verbindungen verschaffte.

Ein Gutteil des Drogenhandels im Land lief anfangs über den Heini-Paul, und nun hatte er auch mit Hilfe von Transi, Hottler und den anderen hauptberuflichen Söhnen, diesen Nacktboten gegründet.

Ein hübsches Netz, bei dem schließlich auch Imelda mitknüpfte, arme Imelda, sagte Mariella, sie war die schönste von allen. In ihrer Studentenbude, Bude! Vierzimmerwohnung mit riesiger Küche und zwei Bädern, mit Dachterrasse und Blick über die Stadt, war immer was los, und obwohl zweimal die Woche eine Putzfrau kam, blieb noch genug aufzuräumen.

Mariella hatte ein Zimmer für sich, und da sie nicht bei allem dabeisein musste, hatte sie Zeit zum Lernen und machte regelmäßig ihre Scheine. Imelda wollte nicht, dass sie Miete zahlte, aber schließlich musste sie doch etwas dafür tun. Imelda reichte das Geld nicht mehr, das ihr die Alten überwiesen. Gift kostet.

Mariella hatte es anfangs gar nicht richtig kapiert, aber da gingen immer mehr Studentinnen bei ihnen ein und aus, und schließlich sagte ihr Imelda, sie sollte auch Kolleginnen aus ihrer Fakultät einladen. Ihr Bruder und der Hottler waren oft in der Wohnung, der Fussler kam auch nicht selten, und all die anderen, von Ziegel-Fell bis Auto-Zeller, vom Teigwaren-Fitz bis zum Bau-Langer kamen mindestens jede zweite Woche und rauchten sich ein.

Für die Mädchen waren immer Alk, shit und trips vorhanden, frei natürlich. Und fotografiert wurde auch. Schließlich war klar, was abging. Die Studentinnen konnten sich als Models was verdienen, erst sogenannte Probeaufnahmen, zum Verdienen gings dann, wenn sie mitmachten, als Frischfleisch fürn Nacktboten. Die ganze Pornoscheiße halt. Und Mariella? War die Verlobte vom Hottler, wie man so sagt, gelobt haben sie sich nix, sie war sowas wie sein Eigentum, und daher für alle anderen unantastbar, aber sie liebte ihn nicht.

Andererseits genoss sie auch ihre Rolle, sie kam viel mit ihm herum, das beste Lokal hier, das beste dort undsoweiter, bis sie merkte, mehr ist da nicht, außer eine Art ansehnlicher Leerlauf, und ihr wurde immer leerer und ungemütlicher, und dann machte sie Schluss. Was er gar nicht witzig fand. Er konnte das nicht begreifen, er wollte es nicht wahrhaben. Der Hottler war gänzlich fixiert auf sie. Der große Hottler wäre im Handstand die Bahnhofstraße hinauf und hinunter gegangen, wenn sie es verlangt hätte.

Da musste ein anderer dahinterstehen. Sonst gibt es das nicht. Was hatte der zu bieten, was er nicht hatte? Teurere Autos? Er würde sie heiraten. Sie würden ein Haus haben. Sie könnte alles haben, was sie wollte. Sie war ja anders als diese Studentinnen da, die für Geld fast alles machten.

Wer ist es? Den muss er erst einmal sehen, der besser ist als er. Sie soll ihm den Wichser vorstellen, damit er was lernen kann von dem. Und so beleidigte er sie ohne zu denken und spülte sich noch weiter fort von ihr. Er überwachte sie und ließ sie überwachen.

Sie traf sich manchmal mit einem Kommilitonen in der Mensa, er interessierte sich auch für Malerei. Sie redete gern mit ihm. Aber da kam der Hottler, alarmiert von Zuträgerinnen, mit zwei Kumpanen in die Mensa, und sie fetzten sich an den Tisch, und Hottler fragte laut, ob der da das Arschloch ist, so sieht er nämlich aus, irgendwie geschissen sieht der aus, was? Und die Kumpanen bestätigten: genau, völlig geschissen, ein richtiger Dünnpfiff. Und zu Mariella: seit wann stehst du auf so weiche Scheiße?

Sind die noch frisch, fragte der Student Mariella, und das hätte er nicht tun sollen, schon lag er am Boden, und sie rissen ihn auf und stießen ihn in den Stuhl zurück, und der

Hottler packte ihn am Hals und fragte in den Saal: hat der noch andere Mädchen hier belästigt, dann erledigen wir das nämlich gleich mit. Und zum wimmernden Studenten, der jammerte tatsächlich: ich habe doch gar nichts getan, sagte der Hottler: die Braut hier lässt du in Ruhe, kapiert, die ist vergeben.

Wenn er sich nocheinmal in fremde Angelegenheiten mischt, reißen sie ihm den Arsch gewaltig auf, und Hottler gab ihm einen Stoß gegen den Hals, dass er mit dem Stuhl hintüber fiel.

Der Hottler sagte noch zu Mariella, dass er sie heute abend abholt, verstanden, und haute ab mit seiner Eskorte. Mariella sagte Feigling, und dass er sich nicht mehr sehen lassen braucht, sie hat genug. Und zum Studenten sagte sie auch Feigling. Und ihr auch Feiglinge, schrie sie in den Saal zu den doof starrenden Herumsitzenden.

An diesem Abend schlief sie bei einer Freundin im Studentenheim und blieb auch die nächsten Tage dort, weil die Freundin ihr vorübergehend das Zimmer überließ. Nur Imelda wusste, wo Mariella war, sie hatte es ihr gesagt, als sie ein paar Sachen abholte.

Und dass sie jemanden kennengelernt hat, den sie mochte, und dass sie mit dem zusammenziehen möchte. Ein Sportstudent, älter als sie und vor dem Abschluss. Das müssen wir feiern, sagte Imelda, aber sie kann sich nicht vorstellen, wie es ohne sie sein wird, ob sie sich das gut überlegt hat. Und dann gibt der Hottler noch immer keine Ruhe, er ist außer sich, auch ihr Bruder fragt, wo Mariella denn steckt. Nun wird die Geschichte etwas grausig und auch eklig, und ich erzähle es nicht gern, aber wenn Mariella den Mut hatte, und vor allem das Vertrauen, mir das zu erzählen, wozu, was ich erst später begriff, eine ziemliche Selbstüberwindung gehörte, sollte auch ich das bisschen Mumm aufbringen, und nichts beschönigen und nichts verschleiern.

Im Nacktboten war ein Foto abgebildet, das Mariella beim Beischlaf mit einem ihr Fremden zeigte. Unter der Rubrik: Die nackte Wahrheit, Untertitel: Trockene Theorie, feuchte Lippen: Immer wieder trifft man in Studentenkreisen auf hemmungslos wissbegierige Mädchen, unter denen M. S.-L. (Bild) das hemmungsloseste ist. Der Nacktbote wird die Karriere dieses Naturtalents hautnah mitverfolgen und selbstverständlich vom Fortgang seiner Studien berichten. Prägt euch dieses Gesicht gut ein! Das geile und allzeit zu allem bereite Stück ist extrem aufnahmebereit und wird es nach seinem Praktikum beim Nacktboten noch weit bringen. Das garantiert der Nacktbote. Wenn die lerngeile Studentin die Materie von vorne und rückwärts (!) beherrscht, wird der Nacktbote seinen Lesern Namen und Adresse der unersättlichen Nymphe zur Verfügung stellen, sodass sich die geschätzten Leser auch in der Praxis selbst davon überzeugen können, was eine immerfeuchte Spalte zu leisten imstande ist, die die kostenlose Ausbildung des Nacktboten genießen durfte. Denn, wie es so schön heißt: nicht für die Schule, sondern für die Straße lernen wir.

Mariella bekam trockene Augen, als ihr Imelda die Drecksseite zeigte. Imelda hielt sie fest umarmt, bis sie ausgezittert hatte. Sie wird dafür sorgen, dass die es künftig unterlassen. Sie will mit ihrem Bruder reden. Solange kommen ihr der Hottler und der Fussler nicht mehr in die Wohnung. Der Nacktbote erscheint ohnehin unter Ausschluss der Öffentlichkeit. Das war wenig beruhigend, denn die Auflage verdoppelte sich beinahe halbjährlich, obwohl niemand den Nacktboten las.

Die Drohung war klar. Entweder sie kehrt zum Hottler zurück, oder es kommt zu einer Serie mit ihr als unersättlicher Studentin.

Sie hatte sich einmal vom Hottler überreden lassen, eine Kamera mitlaufen zu lassen, jetzt erinnerte sie sich, das hatte sie wirklich vergessen, und es fiel ihr auch ein, dass er besonders leidenschaftlich war und alles mögliche ausprobieren wollte, alles mögliche machte sie zwar nicht, aber immerhin ließ sie ihn, als er soweit war, zwischen ihre Brüste und auf ihren Mund; und dass er danach scherzend gesagt hatte: jetzt habe ich dich in der Hand, und sie hatte mit ihm gelacht.

Der aufm Foto war selbstverständlich der Hottler. Sein Körper zumindest. Kopf hatten sie einen anderen montiert. Wie kann man nur so blöd sein. Im Nachhinein wusste sie, dass sie es wissen hätte müssen; hätte können. Genau, da sind wir wieder: hätte, wäre, würde. Kommt davon, wenn man einmal nur mit dem Uterus denkt. Jetzt musste sie daran denken, was die alles aus dem Film noch machen konnten. Und dass sie einen Freund hatte, den sie sehr sehr mochte. Und dass sie ihm das ersparen möchte. Das darfst du ihm niemals zeigen, sagte Imelda. Oder sagen. Das darf er nicht wissen, nie. Sonst ist die Beziehung kaputt, und zwar forever.

Aber Mariella war anderer Meinung. Sie erzählte ihm alles. Und sie bekam einen Wutanfall, als er den Nacktboten aus seiner Mappe zog. Sie kam sich betrogen vor. Also auch er eines der heimlichen Schweine, die den Nacktboten noch nie gelesen haben, und durch ihre Unkenntnis die Auflage dieser Fäkalie auf wundersame Weise erhöhten.

Er soll sich die Wichsvorlage dorthin zurückstopfen, woher sie kommt, nämlich in den Dings, sagte sie noch, als er sie in den Arm nahm und hielt und wiegte und sagte, das stehen sie leicht durch, sie soll sich beruhigen, es macht ihm nichts aus, er vertraut ihr, er hat das Blatt gerade erst entdeckt, ein ganzer Stapel ist vorm Büro der Hochschulgemeinde gelegen, der nun, requiescat in pacem, eine der Mülltonnen beschwert.

Aber, zischte sie, er hat sich natürlich eins auf die Seite räumen müssen und nichts gesagt, nur abgewartet. Wenn sie ihm nun nichts erzählt hätte, na, was dann? Sie hat es satt, ihr seid alle gleich, er soll verschwinden. Sattsattsatt. Ich ertrage euch Männervisagen nicht mehr.

Er sagte, das brauchen wir für die Anzeige.

Sie sagte, zeig dich doch selber an.

Einsnull fürn Hottler. Ihr war jedenfalls, als ob sie nackt ginge und jeder, ob auf der Straße oder im Hörsaal, sie beobachte.

Sie machten keine Anzeige. In den nächsten Monaten war auch nichts mehr über sie erschienen. Imelda hatte ihr gesagt, dass es zum Streit zwischen Fussler und Hottler gekommen war, weil die Studentinnen ausgeblieben waren, und Fussler gab dem Hottler die Schuld wegen seines blöden Studentinnentextes, dass er ihnen damit das Wasser abgegraben hat, sowas von unprofessionell, wo soll er denn jetzt die heißen Hosen requirieren, bei der Bahnhofsmission vielleicht oder was?

Und der Hottler hat zurückgeplärrt, ob sich das Arschloch vielleicht erinnert, den Text selber gelesen und druckfertig gemacht, und sogar für besonders gut befunden und sich die Hände gerieben zu haben, und wenn ihm was nicht passt, soll er den Film herausrücken. Dann versöhnten sie sich; aber nie wieder was über Studentinnen, verstanden; wenn du Mariella umbringen willst, von mir aus, aber nicht alles Fleisch gleich mitschlachten.

Imelda fragte, ob sie spinnen, Mariella ist ihre Freundin, und sie sollen sie in Ruhe lassen, aber der Hottler sagte, erzählte Imelda, Mariella ist so gut wie tot, das hätte sie sich vorher überlegen müssen, einen wie ihn macht man nicht lächerlich.

Was denn lächerlich? Sie hat nur Schluss gemacht.

Ja, aber die grauen Zellen von so einem giftverschnupften Spatzenhirn bestehen aus Eitelkeit, sagte Imelda und begann zu flennen. Sie möchte da raus.

Und wenn du einen Entzug machst? Ich habe Angst. Was sagt dein Bruder? Der ist doch jeden Tag extrabreit. Imelda stand auf und zog sich am Kaminsims ein Gässchen gegen die Angst. Du musst aufpassen, sagte sie, nun abgeklärt und theoretisch lebenstüchtig, die haben was vor. Der Hottler sagte, solange du lebst, wirst du keinen Spaß mehr haben. Er will dich krepieren sehn.

Das ist doch sehr beruhigend, sagte Mariella, aber ich habe keine Angst, ich lebe mit Markus, und das ist das schönste von der Welt, und es kann mir nichts geschehn.

Und dann ist es doch geschehen. Markus war bei einem Skirennen in Frankreich, und sie hatte Imelda besucht, die schon breit war am frühen Abend, und Mariella trank, und es kamen auch ein paar andere Mädchen, das bekam sie noch mit, und sie, die das Zeug nie angerührt hatte, rauchte einen Joint, und dann wusste sie nichts mehr, sie musste wie ein Brett umgefallen sein.

Auch Imelda wusste nichts mehr, außer dass der Hottler mit ein paar Typen gekommen war und sich aufgeregt hatte, dass viel zu wenig heiße Kittel anwesend seien, und dann ganz still wurde, als er Mariella steif am Boden liegen sah.

Im Nacktboten erschienen die wahnsinngsten Fotos, aufgenommen im Schlafzimmer von Imelda, die schwor, nichts davon mitbekommen zu haben, bei ihrem Leben schwor sie unter Schock, und es war glaubhaft, denn der Schock war so groß, dass sie sich in der Folge in ärztliche Behandlung begab. Mariella hatte es laut Nacktboten nicht nur mit diversen Männern hintereinander und zugleich, sondern auch mit Fusslers Schäfermischling getrieben.

Ich erspare dir die Einzelheiten, aber auf den Fotos war ersichtlich, dass sie nicht bei Bewusstsein war, und ihre Hände um die Schwänze wurden von den Händen der Männer festgehalten, auch ihr Kopf wurde in Position gehalten.

Sie wusste am nächsten Tag von den Schmerzen, dass sie

missbraucht worden war, aber ihr fehlte jede Erinnerung, und das ganze Ausmaß der Pervesion wurde erst durch die Fotos im Nacktboten offenbar.

Nein, sie hatte nichts mehr zu verlieren. Sie war sehr ruhig geworden. Sie erzählte es Markus, so wie es war, dass sie auch nicht erklären kann, weshalb sie getrunken und sich eingeraucht hatte, und sie weiß auch nicht, ob ihr jemand zusätzlich etwas ins Glas getan hat, und wer es gewesen sein könnte, und sie will es auch nicht wissen, und sie würde es auch verstehen, wenn er geht, sie wäre nicht böse, sie hat auch nichts zu bereuen und nichts gutzumachen, wenn er das glaubt, muss er gleich gehen, und sie möchte auch nicht, dass er einen Krieg gegen diese Kloake führt, sie möchte nicht, dass auch er sich dreckig macht.

Markus nahm ihre Hände und sagte ihr, dass das alles für ihn nicht zählt, sondern nur sie für ihn zählt und immer nur das Jetzt mit ihr, und dass er nichts macht, was sie nicht möchte, und dass er immer bei ihr bleibt, und diese Scheißrennen auch nicht mehr fährt, er kann sich nicht mehr wie ein Trottel den Steilhang hinunterlassen und sich wegen einer liegengelassenen Zehntelsekunde ärgern.

Und Mariella, obwohl sie komischerweise nicht erleichtert war, hatte ihn dafür gern und vergaß ihm das nicht. Obwohl sie, ohne es sich erklären zu können, zuweilen auch Anwandlungen hatte, in denen sie für kurz so etwas wie Abneigung spürte, er tat ja nichts, um sie zu verletzen, und sie sah es ihm auch nach, dass er, wenn er zuviel getrunken hatte, doch wieder auf den Nacktboten zurückkam und die Bande ausrotten wollte.

Ich verstand Markus gut, obwohl er Mariella bestimmt nur die Hälfte von dem gern hatte, wie ich sie gern habe, da war es sicherlich nicht leicht für ihn. Sie war, wie sie sagte, launisch geworden, ohne zu wissen warum, und es tat ihr auch immer Leid.

Ich dachte: wie zeigt man soviel Gernhaben, wie ich es für sie spürte, ohne zu verletzen. Oder ohne auf die Nerven zu gehn. Denn selbst jede Laune von ihr kommt mir noch willkommen. Wie kann man derart gernhaben, ohne sich aufzulösen? Soviel Gernhaben macht hilflos.

Noch eine Hässlichkeit hatten sie vor sich, und die mussten sie sich selbst zuschreiben, aber sie standen ja beide noch unter Schock, und sie begingen die Dummheit, sich an die Polizei zu wenden mit der Nummer des Nacktboten.

Dort sollte Mariella nochmals die ganze Geschichte in allen Einzelheiten erzählen, und die wollten Einzelheiten wissen, obwohl sie gesagt hatte, dass sie ohne Bewusstsein war, und das war die größte Tortur, es war genauso pervers wie die Bilder und der Text im Nacktboten. Warum sie nicht gleich gekommen ist, und nun hätte sie wiederholen sollen, dass sie sich an nichts erinnert, und dieses: aha, Alkohol und Drogen, aha, und das sicherlich nicht zum erstenmal, oder, zwinkernd?

Sie begriff das ganze Ausmaß der Verarschung erst, als einer sagte: aber dass sie so gar nichts gespürt haben wollte, spätestens bei, nun, also, so eine kalte Hundeschnauze würde doch sogar eine Tote aufwecken. Da wurde ihr klar, dass sich die an ihrer Aussage nur aufgegeilt haben, und sie ist mit Markus gegangen und bekam einen Schüttelfrost auf der Straße und konnte nicht mehr weiter, ihre Beine gingen einfach nicht mehr mit ihr, und wenn sie etwas sagen wollte, kam ihr ein Krächzen aus dem Hals.

Sie mussten die Wohnung wechseln, denn im Nacktboten standen Adresse, Telefonnummer und voller Name.

Aber dann ist doch etwas geschehen, vielleicht sogar auch als Folge ihres Versuchs bei der Polizei, wo Markus beim Hinausgehn geschrien hatte, dass er ihnen das Heft schenkt, dann können sich sich die Uniformen gegenseitig vollwichsen.

Sie selbst hatten von amtlicher Seite ja nichts mehr gehört, aber jedenfalls erschien der Nacktbote nicht mehr. Eineinhalb Jahre lang nicht. So lange war der Fussler eingesperrt. Wegen Drogenbesitzes, Betrugs und irgendwas mit Minderjährigen. Allerdings tadellose Führung. Und der Umschlagplatz für das Gift wechselte zu uns in die Provinz. In unsere ruhige Stadt, wo der Hottler und seine Bande weiter weitum die Leute terrorisierten, wie unter Schutz durch eine höhere Stelle, wie wenn ihnen nie etwas geschehen könnte, was immer sie auch taten, ob sie Leute an Wochenenden zusammenschlugen oder umbrachten, wie Markus. Auch das hatte keine Folgen, das heißt keine für den Hottler und die seinen, denn Mariella hatte ja Hottlers Auto erkannt, und sie kannte die Autonummer, und sie hatte gedacht, diesmal erträgt sie jede Demütigung, diesmal kämpft sie bis zum Ende, es muss eine Gerechtigkeit geben, da kann der Hottler nicht davonkommen. Aber es kam völlig anders.

Der Hottler war offiziell gar nicht gefahren, denn er hatte ein Alibi, obwohl sie ihn im Wagen erkannt hatte, er hatte ihr mit der Hand sogar das Zeichen der Pistole gemacht. Sie hatte auch zwei der drei anderen Mitfahrer gekannt, nämlich den Teigwaren-Fritz und den Ziegelwerk-Fell, die ebenfalls ein Alibi hatten, das gleiche Alibi wie der Hottler. Sie waren allesamt zusammen im Haus der Hottler am See, mit fünf Zeugen. Pech auch, dass Markus etwas getrunken gehabt hatte, nicht dass er betrunken war, aber dieses Obduktionsergebnis machten sich die Rechtsanwälte zunutze.

Und sie kamen auch mit dem Nacktboten als Beweisstück für die Glaubwürdigkeit der nunmehr gelähmten Zeugin, einer im Drogenmilieu bekannten Prostituierten, ja was denn sonst, wer sonst lässt sich im Nacktboten zum Zwecke des Geldverdienens abbilden und gibt Adresse und Telefonnummer an, es handelt sich immerhin um ein einschlägiges Kontaktmagazin.

Wenn es sich um Missbrauch gehandelt hätte, wie die Zeugin Mariella Teresa Steinhaus, eigentlich, süffisant, Leibovitz, sehr süffisant, suggerieren möchte, so hätte sie den Missbrauch doch wohl zur Anzeige gebracht. Soweit man allerdings Einsicht in die Akten hat, wurde von dieser Studentin, gedehnt, oder Dame, sehr gedehnt, nie eine Anzeige erstattet. Den Schluss daraus sollten andere ziehen.

Die Aussage des Lkw-Lenkers, der bei der ersten Vernehmung tatsächlich ein zweites parallel fahrendes Fahrzeug zu Protokoll gegeben hatte, das dann verschwunden war, er erinnerte sich deshalb, weil die Farbe auffallend gewesen war, und mit der Aussage Mariellas übereinstimmte, diese Aussage hatte er zurückgenommen. Zufall, dass er beim Transportunternehmen des Transi-Papa angestellt war.

Imelda war in der Schweiz auf Kur. Was hätte sie auch helfen können, was hätte sie für eine Aussage machen können vor diesem Gericht, ebenfalls eine Drogenabhängige, wenn auch jetzt in Behandlung, eine äußerst glaubwürdige Zeugin.

Mariella war Rache an ihrem Exverlobten Hottler unterstellt worden, sie hätte sich rächen wollen, weil er sie verlassen hatte. So sieht es aus im wirklichen richtigen wahren Leben der Schwerkraft, und ich sagte: genau! Ohne etwas zu wissen.

In der Schule waren vor Jahren bereits immer wieder Zettel unter der Hand weitergereicht worden, Kopien pornografischer Texte, niemand wusste, woher die kamen, auf einmal war so ein handgroßer Zettel im Gymnasium, alle halben Jahre einmal eine kurze obszöne Beschreibung, und wer so einen Zettel hatte, machte auf gewaltiges Geheimnis und zeigte ihn nur denen, die reif für sowas zu sein schienen und keine entsetzten Weichpetzen waren, die aufgeregt zum Fässer liefen: Herr Fässer, Herr Fässer, wir haben da etwas gefunden, wir wissen auch nicht, wir wollten, wir dachten, wir glauben. Das ist nämlich auch vorgekommen. Und deshalb war der vorige Direktor von Klasse zu Klasse gegangen und hat sich erkundigt, ob nicht vielleicht noch mehr solcher Zettel unter der Hand zirkulierten undsoweiter, und wenn so etwas wieder auftaucht, sofort Meldung verstatten äh. Wer nicht usf., und werde im Besitz von etc. ertappt, wird die Folgen zu tragen blabla… Howgh! Wir nickten eifrig und sahen uns dabei an, eh klar, Ehrensache, sagte Notger zwinkernd, Uga, und wir hofften, dass das verbotene Zeug einmal uns in die Hände fällt.

Und der Gorsen Christian hatte so einen Zettel, zeig zeig, aber er: wir fünf! Nachmittag! nachm Turnen! Der Gorsen war der Playboy der Klasse, groß, blond, Tennisspieler und Skirennläufer, im Winter hatte er einen Mantel mit Innenpelz und zwei Freundinnen, im Sommer eine. Er saß hinter mir neben dem Werner. Gorsen das Phänomen. Ich habe nie gesehen, dass er mehr als das Nötigste mitschrieb im Unterricht, eher Stichworte hin und wieder, meist saß er entspannt zurückgelehnt, als ginge ihn das alles nichts an. Das gefiel mir, auch mich berührte das Schulgesumse und was damit verbunden war und für wichtig erachtet wurde nicht wirklich, er allerdings war ein Ausnahmeschüler, ausnahmslos Einsen. Er hatte eine ungeheuer schnelle Auffassungsgabe, was gesagt wurde, merkte er sich, ob in Geografie oder Mathematik, in Sprachen oder in den naturwissenschaftlichen Fächern, er nahm alles wie nebenbei auf, ein Spiel wie Federball war die Schule für ihn.

Zum Lernen konnte er gar nicht viel Zeit aufwenden, auch wenn hin und wieder vermutet wurde, dass er zuhause mächtig brummte, denn anders konnte man sich seine außerordentlichen Leistungen nicht erklären. Im Winter hatte er die Skirennen, im Sommer die Tennisturniere, gab Tennisstunden, spielte Basketball und beriet als Experte zuweilen in einem Sportartikelgeschäft.

Es gab noch drei andere außergewöhnliche Schüler, aber bei ihnen hatte man das Gefühl von Mühe, auch von Ehrgeiz und Angst, und einer davon wurde mit sechzehn verrückt. Dem Gorsen fielen die besten Noten wie selbstverständlich zu. Er war nicht aufgeregt, nicht überheblich, die Schule war eben eine viel zu leichte Pflicht, etwas, das ihn unterforderte, das aber auch erledigt werden musste, es schien geradezu, als brauchte die Schule eher ihn als er sie.

Im Geräteraum zwischen den beiden Turnhallen, die Schiebetüren geschlossen, saßen wir auf Matten, Seitpferd und Sprungkasten, und Gorsen ließ endlich den Zettel los, und jeder sah ihn sich an und gab ihn weiter, und der erste Satz in Großbuchstaben war: Die nackte Wahrheit.

Eine Doppelstunde lang hatte uns der Zähwieleder in den beiden Turnhallen im Gleichschritt marschieren lassen, der Zähwieleder mit gebräuntem Ledergesicht, Goldbrille, immer die Außenlinien in Zweierreihe entlang, von der einen Turnhalle durch den Geräteraum in die andere, an den Ecken lüüüüünks ummm, und: Ich lasse euch durch den Dreck robben, ihr Schweine! Wir marschierten im Gleichschritt, und wer aus dem Schritt kam oder den Kopf nicht hochgereckt hielt, machte in der Saalmitte zehn Armbeugen, mit dem Fuß des Zähwieleder auf dem Rücken, ja, hart wie Kruppstahl, zäh wie Leder und schnell wie Windhunde will er uns, schreit er, wer zu schwach ist, hat hier nichts verloren und wird ausgesondert, und ainz unt zwai und ainz unt zwai, üüüüüüm Glaichschrrrtttt, uuuuundalt!

Vom gekrümmten Mittelfinger hing ihm der riesige Schlüsselbund, den er jedem übern Kopf zog, der beim Stillgestanden und Strammstehn besonders wackelte, oder gänzlich schief in der Habtachtstellung hing.

Ah! Arrgh! Oh! Uh!, las der Gorsen sachlich, wimmerte sie, während der Hintern der Rothaarigen auf und ab flog. Muss aber blöd aussehn, sagte der Gorsen, wenn der Hintern allein fliegt.

Da standen an der Wand die Ausleihski der Schule für den Skikurs. Alles gelbe Ski von der gleichen Marke in unterschiedlichen Größen, mit alten Bindungen darauf. Es gab einen Sozialfonds, sodass auch mittellose Schüler am Schulskikurs teilnehmen konnten, der Alte hatte sich geweigert, Skikurs, was denn sonst noch, kommt gar nicht in Frage, wozu denn. Dabei fuhr er selber zweimal im Jahr je eine Woche auf Skiurlaub in die Schweiz, und zuhause durften wir die Fotos ansehn. Was brauchst du Skifahren, setz dich hin und lerne. Er zahlt doch nicht auch noch für das Vergnügen eines unnützen Fressers. Soweit kommts noch. Fresser! Ich war dürr wie eine Schote, im Verein fragten sie, ob ich nichts zu essen bekomme, und ich lachte.

Ich selber hatte das Geld nicht, und so holte ich mir den Antrag, den die Mutter heimlich unterschrieb. Ich wollte unbedingt mit auf diesen Skikurs, auch wenn ich wusste, dass ich nach dieser Woche für einen Monat mit Schikanen rechnen musste, und natürlich mit Schlägen, die kannte ich, die hielt ich aus. Das eisige, abwertende Schweigen war schwerer zu ertragen; dass ich nicht sprechen durfte, nichts fragen, in meinem Zimmer bleiben musste und auch nie wusste, wann der Schlag kam. Gerade wenn ich glaubte, es ist Friede, haute er mich in die Fresse, weil ich trottelhaft geschaut hatte.

Trottelhaft war sein Lieblingswort, alles war trottelhaft, mein Benehmen, meine Musik: trottelhafter Affenlärm, trottelhaftes Urwaldgeschrei. Die Bilder die mir so gefielen, weshalb weiß ich auch nicht, jedenfalls die von Matisse und Miró: trottelhafter Kindergarten. Und was von Twombly abgebildet war: was soll denn die Patzerei, da sieht man, wohin die Entartung führt, ins rein Trottelhafte. Und die Bilder von Chagall, über denen ich tagträumte und mit denen ich entzückt dahinschwebte: ohne Bodenhaftung, trottelhaft verdreht, kann nicht malen, Kunst kommt von Können, die wollen einen für blöd verkaufen.

Ich aber zuckte nicht mehr. Das hatte ich mir ein für allemal abtrainiert seit damals, als ich in die Küche ging, in der Meinung, es sei niemand dort, aber als ich die Tür aufmachte, stand er vor mir, und ich erwartete, dass mir seine Hand gegen die Backe schoss, und zuckte zusammen. Dabei wollte er in diesem Moment gar nicht schlagen, und mein blödes Zucken versetzte ihn in eine solche Wut, dass ich über Herd und Kühlschrank flog und von dort gegen die Küchenbank.

Nur war es schließlich egal geworden, ob ich zuckte oder nicht, es gab ohnehin keine Regel, wann und weshalb man mehr oder weniger in die Schnauze bekam. Es konnte auch für Stillhalten in die Fresse geben. Aber ich wollte auf keinen Fall mehr zusammenzucken, diese Schwäche wollte ich nicht mehr zeigen. Ich musste mich aufstellen, Hände an die Hosennaht Kopf hoch und jaaa nicht rühren. Dann machte er die Probe und zielte auf, und ich zuckte.

Haaabe! ich! nicht! gesagt! du! sollst! stillhalten! War mir ja selber peinlich der Reflex, den ich anfangs nicht unter Kontrolle brachte. Er zuckte mit der Hand, und ich zuckte wieder mit dem Kopf, er machte das Spielchen ein paarmal, und ich zuckte zusammen, und er sagte zur Mutter, die in der Tür stand, schau ihn dir an, wie er trottelhaft zuckt.

Bis ich nicht mehr zuckte, und dann schlug er zu. Man konnte ihm nichts recht machen.

Als ich schließlich gelernt hatte, mich zu beherrschen und nicht mehr zu zucken, schlug er auch nicht weniger oft zu. Im Gegenteil, anfangs nämlich so lange, bis ich etwas spüren musste, das ist dir wohl zu leicht, aber ich spürte nichts mehr, obwohl er härter zuschlug, ich konzentrierte mich nur darauf, das Gleichgewicht zu halten. Das war nicht einfach, denn wenn du eine breite Rechte gegen Wange und Schläfe kriegst von einem, der größer ist als du, wackelst du automatisch, und Wackeln war verboten, und für Wackeln kriegst du wieder eins in die Schnauze, aber es war mir egal geworden, ich machte einen sidestep und stand wieder gerade und schaute über seinen Kopf hinaus, obwohl er sagte: sieh mich an habe ich gesagt! Ich sah ihn nicht mehr an, soll er schlagen, ich spüre nichts mehr, irgendwann tun ihm entweder die Hände weh oder es kommt zuviel Blut auf den Teppich, dann sagte die Mutter: und ich kann das wieder wegmachen. Hätte natürlich ich wegwischen sollen, aber ich hatte es immer bewusst halbherzig, also trottelhaft, gemacht, denn es kam mir ungerecht vor.

Nein, vor dem Schlagen hatte ich keine Angst mehr. Als ich das begriffen hatte, lachte ich in seine Schläge hinein, ich lachte ausm blutigen Gesicht, dass ihn vorm Hineinschlagen in die blutige Visage grauste.

Er war ein Ästhet und konnte nicht ertragen, dass ich hässlich war, denn hässlich sein hieß auch dumm zu sein, also debil, und wie kam er dazu, lebensunwertes Leben durchzufüttern, früher hätte man kurzen Prozess gemacht. Von wem hat nur die Kröte dieses saudumme Gesicht, wer schlägt da durch?

Er selbst war schließlich nicht hässlich und die Mutter auch nicht, nur dass sie ihm zu fett war. Fett war sie nicht, nur mollig. Sie hatte mir einmal erzählt, dass ich schon hässlich geboren wurde: als du herauskamst, hattest du einen riesigen Auswuchs oben aufm Kopf und sahst debil aus, und sie überlegten, was sie mit mir tun sollten, und fragten die Schwester spaßeshalber, ob sie ihn gleich zum Entsorgen dalassen könnten, aber dann sagte die Mutter, die das Mitleid überkam, nachdem dich niemand wollte, dachte ich, setzen wir dir einfach eine Haube auf, dann sieht man die Entstellung nicht, aber ein Schock war es schon, wir glaubten ja, einen geistigen Krüppel in die Welt gesetzt zu haben.

Seine Schläge gingen mir ab nun am Arsch vorbei. Nur noch die Schikanen taten weh, denn wenn er Wind davon bekam, dass mir etwas gefiel, wurde das unterbunden. Lesen. Fünf der sechs Bücher wurden mir weggenommen, das Herz von Midlothian, eine zerfledderte Ausgabe des Schut, die Sagen der Griechen und Römer, Der Bienenroman und das Taschenbuch Aus dem Leben der Füchse. Geblieben ist Kaufleute erobern die Welt, das ich nie geöffnet habe, vor diesem Buch ekelte mir. Schulbücher reichen vollkommen aus für einen trottelhaften Kretin. Lesen ist unnütz. Vergeudete Zeit. Kommt man nur auf dumme Gedanken. Zeitverschwendung. Lesen war also verboten. Gut nur, dass er die Woche über fast nie zu Hause war, und manchmal an Wochenenden auch wegfuhr.

Aber das Kunstgeschichtebuch mit den entarteten Bildern hatte ich versteckt. Sein Verlust hätte mich schwer getroffen, das wäre, wie einem im Meer Treibenden den Rettungsring wegzunehmen, das Buch war mein Bruder, mein Gesprächspartner, meine Überlebenshilfe.

Mit einem Monat Schlagen und Schikanen konnte ich also sicher rechnen nachm Skikurs. Musste lächeln, denn mit dem Hauen tat er sich jetzt schwerer, ich blieb mit zunehmendem Alter nicht mehr ohne Deckung stehen, knapp so groß wie er mit meinen fast fünfzehn Jahren, war ich kein leichtes Kind mehr, das bei einer Ohrfeige an die Wand flog, wie der Erstklässer damals in der Garage.

Er hatte sein Auto hinausgefahren, und ich entdeckte an der Stirnwand der Garage zwischen Reifen und Kisten das Schild Mobiloil, ein fremdes Zauberwort, oil las ich so, wie es geschrieben stand, mit o und i, und was das bedeutet, und er sagte, das heißt Mobilöl, es stand aber nicht öl sondern oil, und ich war aufgeregt über die Entdeckung und wies darauf hin, dass hier Mobiloil stand, und er sagte, ich habe dir doch gesagt, das heißt öl. Es ließ mir keine Ruhe, und Tante Ulla war vorbeigekommen, und ich sagte, aber was heißt Mobiloil? und er: das habe ich dir schon gesagt, und als ich sagte, da steht Mobiloil, bekam ich so ein Geschoß auf die Schnauze, dass ich die Wand entlangstolperte und hinten auf den Kisten landete. Tante Ulla sagte: er kann eben noch immer nicht lesen, und er sagte: der will nur provozieren.

Die Zeit für die Schikanen aber hatte ich gewaltig unterschätzt, es dauerte nämlich nicht einen Monat nach dem Skikurs, sondern knapp ein halbes Jahr, in dem er seine Erziehungsmethode vervollkommnete, denn er erfand Anlässe, um schlagen zu können. Er behauptete, ich hätte etwas gesagt, ihn beleidigt, ein Schimpfwort, irgendetwas, obwohl ich in meinem Zimmer saß überm Vokabelheft, er riss die Tür auf, rauskommen sofort, und die Mutter: was hat er denn jetzt schon wieder angestellt, kannst du denn nie eine Ruhe geben, und er: frech ist er geworden, und ich blieb stumm, und er versuchte mich gleich im Flur zu prügeln.

Er kam aber immer weniger oft bis zu meinem Gesicht durch, und so versuchte er von oben und über die Seite meinen Hinterkopf oder Nacken zu treffen, und ich dachte aus meiner Deckung heraus, wie leicht es wäre, ihm eine Gerade ins Gesicht zu schieben, so ungedeckt kämpfte er, so sicher, dass er keine auf die Nuss bekommen könnte, und im Geist konterte ich ihn aus, während er mir auf die Ohren zu schlagen versuchte. Wenn ich so dachte, spürte ich weniger.

In diesem halben Jahr hatte ich immer Zimmerarrest, wenn er zu Hause war. Für mein Zeugnis sollte man mich totprügeln, oder besser noch aus der Schule nehmen, vier Genügend, er hatte ja immer schon gesagt, ich bin ein Versager, und er ging Note für Note durch, zeigte in der Zeugnisspalte auf das Wort Mathematik, und sein Finger wanderte hinüber zum Wort Genügend, und er fragte: was heißt das, und ich dachte, steht doch da, was es heißt. Ich war froh, dass ich durchgekommen war, aber er fragte gefährlich: ich habe gesagt was das heißt? Ich sagte Genügend. Das sehe ich auch, glaubst du, ich kann nicht lesen, und er stand auf, schlug zu und setzte sich.

Und bei jedem Genügend wanderte der Finger: und hier! was soll das heißen? Ich sagte gar nichts mehr, und er: hast du denn überhaupt nichts im Hirn?

Er schüttete seinen Hohn über die beiden Einsen in Leibeserziehung und Bildnerische Erziehung aus. Für das Nutzlose, ja, fürs Nutzlose schon, aber das Unnütze werden wir dir schon noch austreiben.

So gings dahin, man wusste nicht mehr, wie man dran war, bis, aber das habe ich schon erzählt, bis er auszog. Denn er wurde meiner nicht mehr Herr, das war die offizielle Version. Inoffiziell zog er mit einer anderen Frau zusammen.

Das Merkwürdigste in diesem halben Jahr war, dass die Großmutter ihm die Freundschaft aufgekündigt hatte. Niemand hätte so etwas vermutet. An sie dachte man nicht einmal. Sie war zu harmlos. Sie hatte nie gesehen, wie ich verhauen wurde, aber manchmal war sie herübergekommen und hatte meine geschwollene Backe oder mein geschwollenes Aug oder Blutreste gesehen und konnte sich denken, was geschehen war, auch wenn ich nie etwas sagte und sie mich nie fragte.

Normalerweise fuhr er nach so einer Schlagorgie gleich mit dem Auto weg, und ich musste in meinem Zimmer bleiben, und auch die Großmutter durfte nicht hereinkommen, aber es kam doch vor, dass die Mutter nicht aufpasste oder gerade in der Küche war, und dass die Großmutter die Türe öffnete, weil sie mich sehen wollte, wofür sie angeschrien wurde, sie soll sofort da rauskommen und mich in Ruhe lassen.

Dieses eine Mal fragte sie ganz leise: hat er ihn wieder? Und sie sagte weiterhin leise zu ihrer Tochter, sie wird nicht mehr herüberkommen an Sonntagen, an denen sie immer mit uns zu Mittag aß, und sie wolle mit ihm nicht mehr reden. Das traf ihn, denn auch er sah, dass sie mehr Engel als Mensch war, jeder mochte sie, selbst er. Er fuhr sogar zu ihr, um ihr Frieden anzubieten, aber sie ließ ihn nicht mehr in ihre Wohnung, sie mag nicht mit ihm reden.

Diese hilflose Frau hatte ihn kurz erschüttert. Er war zurückgewiesen worden. Und ich war schuld. Ich hätte der Großmutter Märchen erzählt, ich bin ein Lügner. Aber ich hatte mit der Großmutter nie darüber gesprochen.

Die Frau, mit der er zusammenzog, kannte ich bereits, das war, da war ich neun, und es hieß, ich dürfe mit ihm Skifahren gehen. Ich hatte Ski vom Flohmarkt ohne Eisenkanten, aber ich wäre auch auf dem Hosenboden gerutscht vor Freude, mit ihm einen Tag am Berg verbringen zu dürfen. Wir waren in der Früh weggefahren. Er kaufte die Billets, eine Tageskarte für ihn, und eine Karte drückte er mir in die Hand. Ich war noch nie mit einer Gondel gefahren, das war aufregend, und die Gondel konnte gar nicht abstürzen, dort tief in die Schlucht, weil er dabei war und mich beschützte. Oben traf er die Frau und deren Mutter, wir gingen in die Wirtsstube, und sie frühstückten, und ich bekam einen Tee und war stolz, so hoch oben zu sein und einen Tee trinken zu dürfen.

Sie sagten, sie würden zusammen hinunterfahren, und zwar die Schwarze über den Eiskanal, ich ahnte, dass es die schwerste Abfahrt war, und die ältere Frau wies mit dem Kopf auf mich: und der? und der Vater sagte nichts, machte nur eine Handbewegung.

Die Frauen wärmten sich auf, indem sie mit den Skiern ein Stück den Hang hinaufstiegen und herunterstiegen und mit dem Vater noch Kniebeugen machten, und dann fuhren sie los, und ich versuchte, hinterdrein zu kommen. Sie waren die geübteren Skifahrer, und ich war noch nie auf so einem hohen Berg, er kam mir sehr steil vor und ich strengte mich an, aber sie waren schneller und ich sah sie nicht mehr.

Da war ein langer eisiger Hohlweg, so eng, dass nicht drei nebeneinander fahren konnten, und ich versuchte im Schneepflug durchzukommen, aber ohne Eisenkanten wars sehr rutschig und unlustig. Ich wurschtelte mich durch die Eiswanne, schwitzend vor Angst, und andere Skifahrer hinter mir schrien, ich soll verschwinden. Ich ließ mich mehrmals fallen, um nicht über den Rand dieses Hohlwegs in die Schlucht hinauszufliegen.

Ich zitterte und war durch und durch nass, als ich herauskam auf ein Flachstück vor der Kante zum letzten Hang, von der aus man die Seilbahnstation überblicken konnte, wo sie sicher auf mich warteten. Einer von den Skifahrern, die sich hinter mir gestaut hatten, rief: was machst du denn da auf dieser Abfahrt?

Ich stand mit wackeligen Beinen und schaute und suchte, ob ich sie da unten entdecke, ob mir wer winkt, aber ich musste schließlich hinunter und hatte auch Angst, dass sie schimpfen könnten, weil ich so spät ankam. Ich fand sie nicht. Schnallte die Ski ab und ging in den Wartesaal, wo zwischen Gittern in Serpentinen die Leute in Zweierreihen langsam vorrückten. Wahrscheinlich waren sie schon hinaufgefahren und warteten auf mich, und so stellte ich mich an und rückte Schritt für Schritt mit, und es dauerte lange, bis ich bei dem Kontrollor ankam, und als ich ihm meine Karte hinstreckte, sagte der, ich kann nicht fahren, die ist schon entwertet, ob ich schon einmal oben gewesen bin, und ich sagte ja, einmal, und er sagte, die ist nur einmal gültig, Einzelfahrt, verstehst du, da kann man nicht zweimal.

Da musste ich außen zurück, und mir war kalt, weil ich so geschwitzt hatte, und ich erinnerte mich, dass er gesagt hatte: sollten wir uns verlieren, wartest du beim Auto. Also ging ich zum Parkplatz, vielleicht kam er gleich hin, wie ausgemacht. Und so wartete ich beim Auto und sah den ankommenden und wegfahrenden Autos zu und bewachte unser Auto, denn er hatte auch gesagt, es passiert soviel, in alle Autos wird eingebrochen, und ich wartete bis zum Nachmittag und traute mich nicht vom Auto wegzugehn, er hätte ja jeden Moment kommen können.

Und furchtbare Angst hatte ich, denn ich musste etwas falsch gemacht haben, sonst hätten wir uns nicht verloren, und die Strafe wird so furchtbar sein wie die Angst, die mir mit meinem Herz den Hals verstopfte. Aber es gab keine Strafe. Er kam noch vor der Dämmerung und sagte kein Wort, wir schoben die Ski ins Auto und fuhren los, eine Wärme von Dankbarkeit war in mir, dass nichts davon eintraf, was ich an niederschmetternden Vorwürfen erwartete, ich hatte mich schon unters Auto geprügelt gesehen, stattdessen sagte er gar nichts. Nur war irgendwas anders an ihm, er fuhr auch so komisch, einmal ganz nah an den Straßenrand dann wieder weg vom Straßenrand, aber es war schön, so mit ihm dahinzufahren, er war überhaupt nicht böse, wir kamen in der Dunkelheit nach Hause, er ließ mich vor dem Haus aussteigen und fuhr gleich wieder weg. Die Mutter fragte, wies war, und ich sagte schön.

Spritz, du Rohr, spritz mir alles in den Mund, du Rohr, las der Gorsen und wir begannen zu prusten, denn Rohr hieß unser Lateinfässer, ausgerechnet der Rohr! Wir sahen, dass der Werner aus seiner Turnhose ein ziemliches Zelt gebaut hatte, hihi Werner, sagte der Gorsen, ich glaube, du brauchst wieder das Handtuch.

Wir kannten Werners Vorliebe. Nach jedem Basketballtraining stand er mit einer steinharten Rakete unter der Dusche und verlangte, dass wir mit nassen Handtüchern daraufschlagen, mit Handtüchern, in die wir auch einen Knopf machen sollten. Tun schon nasse Handtücher allein weh, und erst mit Knopf, aber der Werner war süchtig nach den Schlägen auf seine Rakete, die unter den Geißelungen rotgeschlagen schließlich den Samen ausblies, und der Werner ging wie von einem Rückstoß niedergedrückt in die Hocke.

Aber das mit dem Rohr war doch zu komisch, der rosaköpfige Feingeist mit dem weißen flaumigen Haarkranz, der uns sein Latein schmackhaft machen wollte mit Erzählungen aus seiner Studienzeit: da bin ich mit meinem Kommilitonen frühmorgensch auf den Hauschberg geschtiegen, um den Schonnenaufkank anzschuschehen, und alsch die Schonne aufkink haben wir unsch gegenscheitig aus Tschitschero vorgeleschen, und da muschten wir weinen.

Die lateinische Flennerei ging uns nämlich panoramamäßig an den Hüften vorbei. Er war ein vehementer Verfechter des lateinischen c, c wie zeh gesprochen, und nicht wie k, wie es die Stümper aussprachen, obwohl er das zeh nicht sagen konnte, sondern tscheh sagte. Jedenfalls sagte er zur k-Abschreckung einmal im Jahr seinen Satz auf: Kikero und Käsar kinken in den Kirkus, Kikero hatte einen Kylinder auf, und Käsar kink in Kivil. Und dann lachte er alleine.

Der Gorsen faltete den Zettel und steckte ihn in seine Brieftasche und dann beriet er mich wegen der Ski, welche Länge richtig ist, und die Skistöcke bis zur Achselhöhle, die Skistöcke, die ich besaß, gingen mir nur einen Griff über die Hüfte, damit kann ich nicht mehr fahren, sagte er, er leiht mir welche, und ob ich Skischuhe habe, und vielleicht findet er noch alte von früher, er war ja einen Kopf größer als ich, die kann er mir auch leihen, die Bindung lässt sich leicht einstellen.

Komm her, sagte Mariella. Ich stützte mich auf die Rollstuhllehnen, und sie gab mir einen Kuss auf den Mundwinkel und strich mir über die Schläfen, und lass dir die Haare schneiden, ja? und sie fügte an, dass sie Angst um mich hat, das war überhaupt das Schönste, was je im Universum gesagt worden ist. Ich begann zu schweben und kam erst halbwegs zu mir, als ich drüben im Stadion in der Kantine stand und der Sektionsleiter mich anfauchte, wo kommst du jetzt her, Training vergessen ist keine Einstellung, und am Sonntag läufst du mir nicht auf, das garantiere ich dir, dafür sorge ich, mach dir keine Sorgen.

War eigentlich Sache des Trainers, aber die wirkliche Macht hatte der Sektionsleiter. Geh ins Büro hinauf und hol dir die Post. Wow, war eine Einberufung zum Trainingslehrgang in die Landes-U 21, Ehre wem Ehre gebührt, danke vielmals, danke sehr, danke bestens, danke schön.

Der Trainer winkte mich an seinen Tisch, wo er mit den Stammspielern der Ersten saß, und ich holte mir einen Sessel und quetschte mich dazu, er gratuliere mir zur Einberufung, und ich sagte, danke Trainer, ich wusste, dass ich das seinem Vorschlag zu verdanken hatte, er kannte den Betrieb, denn er war einer der bekanntesten Spieler der Nationalmannschaft gewesen. Er legte mir den Arm um die Schultern und klopfte mit der Hand auf die Schulter und sagte, du siehst blass aus, ist was? Nein mir gehts gut. Gut, aber warum warst du nicht beim Training?

Was sollte ich sagen, ich brachte nichts heraus, einer von den Spielern sagte: hast eine neue Maus, was? und der Trainer sagte: ich habe mit dir gerechnet, du verstehst. War klar, er kann mich nicht aufstellen.

Ich sah, wie sich der Horst freute, nun kam er dran. Ja, sagte der Trainer, er werde dem Horst eine Chance geben. Mir wurde erst langsam bewusst, dass ich gerade fürs Derby draußen war, das wichtigste Spiel, egal wie der Tabellenstand war, bei diesem Spiel gings immer um mehr, und ich konnte nicht gegen den Wimmer Gerhard spielen, beim Derby gibts immer ein volles Haus, ein Wahnsinn, bei diesem Spiel nicht aufgestellt zu sein.

Das letzte Derby hatten wir gewonnen, und nicht zuletzt, weil ich als direkter Gegenspieler den Gersdörfer abgemeldet hatte, er, der Kapitän und Spielmacher, machte gegen den sechzehnjährigen Nobody keinen Stich, vielleicht hatte er auch einen schlechten Tag, mir kam es ganz leicht vor, immer einen Schritt schneller zu sein, er berührte gegen mich keinen Ball, und so verhungerte bei denen vorne auch der Wimmer Gerhard, dessen Torgefährlichkeit abhängig war von der Fütterung durch Gersdörfers Pässe, und ich montierte nicht nur den Gersdörfer ab, sondern servierte kurz vor Schluss unserem Goalgetter auch den Ball über zwanzig Meter in den Lauf zum entscheidenden Einsnull, und seit diesem Spiel gehörte ich fest zum engeren Kader.

Katzenhundepissekacke, jetzt war ich draußen. Nein, nichteinmal auf der Ersatzbank. Das war hart. Aber etwas Positives gab es noch, sie ließen mir vom Obmann ausrichten, er kann mir einen Job als Nachtschichtler bei der Paketverteilung der Post vermitteln, wo ich in ein paar Wochen anfangen kann. Ja, sicher, das wussten alle, dass ich immer eine Arbeit außerhalb der Schulzeit suchte.

In den letzten Ferien hatte mir der Trainer himself eine Arbeit bei den Stahlwerken ermöglicht, zwei Monate im Sommer auf den Schlackeöfen, eine Mörderarbeit wegen der Hitze in diesem Sommer, aber für eine Hilfsarbeit very well bezahlt, samt Versicherung und freiem Wasser, und ich war fast glücklich allein da oben mit meiner riesigen Brechstange, es gab wenig Komplikationen, ich musste nur die Hitze ertragen und das Alleinsein, die Sonne heizte meinen Helm, und unter mir kam die teils glühende Schlacke mit noch tausend Grad über die aufgekippten Gitter und glitt und bröckelte in die bereitgestellten Waggons.

Ich ging in sieben Metern Höhe, wenn wieder die Löschwaggons bereitgestellt waren, an der Kante die ganze Front ab und kontrollierte, ob sich Schlacketeile an den Gittern verfingen und die Öffnungen verstopften, und wenn sich wo Schlacke staute, musste ich schnellstens mit der zweieinhalb Meter langen Stange in die Schlacke stechen, die verklebten Klumpen aufbrechen, die Schlacke fließend machen, da stand man über einer Hitze, die einem den Atem nahm, und stocherte diese Lava locker.

Mit der heißen Schlackefracht fuhren die Waggons zurück zum Löschtunnel, wo die Schlacke Waggon für Waggon aus einer Sprinkleranlage, ähnlich einer Dusche, langsam gekühlt wurde. Ich trug Asbestschuhe da oben, anders hätte es einem das Fleisch von den Füßen gefressen.

Die Leute waren freundlich, hatte keiner die Nase hoch, das waren andere Kaliber als am Bau, wo sie dich als Hilfsarbeiter schikanierten und kommandierten, wo sie dich verächtlich behandelten, weil du zur Schule gingst, wo du sie bedienen musstest und ihnen die Jause holen und die Bretter dort und den Ziegelstoß da und die Mörtelkübel hier hinschleppen musstest, und wenn du alles hingeschleppt hattest, sagten sie, was willstn da, was solln das werdn, was verstellstn uns den Weg, zurück mit dem ganzen Dreck. Und schon hatten sie wieder Zeit gewonnen, und ich war das Arschloch. Warn nicht alle so, kam auf die Besetzung an, aber der Verlockung, aufn Hilfsarbeiter hinzuackern, widerstanden die Kerle selten.

Im Stahlwerk wusste jeder, was er tat, und jeder respektierte halbwegs die anderen, die auch malochten, was immer sie taten, und wenn sie nur die Wasserkisten schleppten für die an den Öfen, denn die mussten ununterbrochen trinken, ich hatte Achtung vor denen, die das Riesenwerk am Kochen hielten, ganz besonders vor den Malochern am Hochofen, nein auch vor denen im Walzwerk, sogar vor den Ingenieuren mit den weißen Hemden.

Mariella lief das Wasser aus den Augen und aus der Nase und sie schluchzte auf, ihr Mund verschob sich. Ich hatte ihr die Hefte gezeigt, die ich bei der Großmutter gefunden hatte, sie lagen auf ihrem Schoß. Ich hockte vor ihr, sie hielt jetzt die Hände schützend gekreuzt über die Hefte auf ihrem Schoß, und Rotz und Wasser flossen ihr über die Mundwinkel und tropften vom Kinn, sie leckte und hob das Gesicht und starrte auf den Zimmerwinkel, da war ein schwarzer Spinnweb.

Ich holte die Klopapierrolle. Es war herzzerreißend, ich konnte nichts tun, als Blatt um Blatt abzureißen und ihr die Nässe von der Haut zu saugen und die schwarzen Schlieren wegzureiben, die sich von ihren Augen deltamäßig über die Wangen verbreiteten, selbst mir war, als hätte ich einen nassen Fetzen untern Adamsapfel gestopft bekommen.

Sie schluchzte anfallsartig. Das war erschütternd. Zum wahnsinnig werden. Sie saß aufrecht und starrte hinauf hinüber zur Zimmerecke, und nur die Finger zuckten zuweilen auf dem Heft auf ihrem Schoß.

Ich hätte mir, ich schwöre, in den Hals stechen lassen, hier und jetzt, wenn ihr das den Schmerz genommen hätte. Plötzlich schlang sie mir die Arme um den Nacken und drückte zu. Und ich war glücklich wie noch nie, und deshalb sagte ich auch einen ziemlichen Blödsinn, ich glaube, wenn man wirklich glücklich ist, kann man gar nichts sagen, oder nur was Blödes, und ich stammelte in meiner unbequemen Haltung halb hockend halb gebeugt, und unverständlich, weil sie ihre Schläfe so fest gegen meine Wange presste, dass sich mir Unterlippe und Oberlippe im Mundwinkel überkreuzten: … nur Fotosch … Vegangnoit … psch …

Sie starrte mich an, als würde sie einen zahnlosen Säugling sehen, der wider jede Wahrscheinlichkeit spricht.

Es geht uns nichts an, aber wir hängen drinnen, und deshalb gehts uns doch was an. Wir sind nicht ohne Voraussetzung hier.

Ich kann nicht sagen, Mariella hätte mir mit einem Schlag die Augen geöffnet, aber sie hat mir nach und nach zu denken gegeben mit dem, was sie sagte und was sie erzählte, wenn es mir vorerst auch ein wenig befremdlich vorkam.

Ich wollte sie jedenfalls unbedingt verstehen, denn sie war viel gescheiter als ich, und sie war so schön und so gescheit, dass jedes Äh und jedes Und aus ihrem Mund kostbar war und mir aufm Hirn zerging. Manches brauchte etwas länger, bis es einsickerte. Dass die eigenen Gewohnheiten, die ja ohnehin hauptsächlich übernommen sind, nicht unbedingt das rechte Maß darstellen müssen, an dem die anderen zu messen sind. Das konnte ich schon einigermaßen verstehen, weil ich selber so eine Art Erfahrung einmal überdacht hatte, denn ich erinnerte mich, wie ich den Wimmer Naz bedauert hatte, dass er jeden zweiten Tag nach dem Mittagessen so lange nicht in den Hof kommen durfte, bis er abgewaschen oder, alternierend mit der älteren Schwester, abgetrocknet hatte, was mir gewissermaßen als männliche Demütigung erschien, denn das war doch klarerweise Weibersache, und ich dachte, wie schlecht es ihm ging, im Gegensatz zu mir, der nie abzuwaschen brauchte. Und sein Vater war Alkoholiker. Alle anderen waren entweder Alkoholiker oder Unfähige oder Waschlappen. Wie der Herr Testa, der hat nicht einmal den Führerschein! vom zweiten Stock im Wimmer-Haus, der jeden Sonntag mit einem Strumpf überm Haar den roten Skoda seiner Frau aufpolierte, indessen seine um einen Kopf größere Frau ihre blauflechtigen Dinosaurierbeine auf einer Liege auf der Wiese hinterm Haus der Sonne aussetzte.

Alle waren entweder Versager oder lebensuntüchtig, jeder hatte etwas Verachtenswertes, nur bei uns war die Welt in Ordnung, geradezu perfekt, wer hätte da was auszusetzen gehabt, niemand konnte etwas sagen, außer der fette Stemberger vom obersten Stock mit seinen sieben Kindern, der sich einmal erfrechte, Mutter: na der hat es gerade nötig, der Asthmatiker, im Stiegenhaus zu protestieren, als mich der Alte mit Fauststößen auf den Hinterkopf in den zweiten Stock hinaufknockte. Jede Stufe ein Knock, wenn du nochmal au sagst, setzt es was, aufrecht gehen und nicht umdrehen, habe ich gesagt!

Diesem Stemberger drohte der Alte gewaltige Schwierigkeiten an, wenn der sich noch einmal in die Angelegenheiten fremder Leute einmischt, was ihn das angeht, der soll besser überlegen, wie er seine eigenen Bankerten durchbringt, arbeitslos wie er ist. Und die Empörung übertrug sich auch auf mich, was hat der denn zu sagen, sind Privatangelegenheiten, und wie der Vater den zurechtstutzte war schon beeindruckend, da konnte ich stolz auf ihn sein. Der Stemberger sagte sogar Entschuldigung, sonst hätte er trotz seiner hundertzwanzig Kilo einen Freiflug ums Haus gewonnen, der Schwächling.

Kaum war die Wohnungstür zu, flog ich schon in die Mitte des Flurs, angetrieben von einem Stoß in den Rücken, was ich ungerecht fand aber verständlich, denn ich hatte ihm in das Auto gekotzt. Ich hatte zwar gesagt, dass mir schlecht ist, das Stück wirst du schon noch aushalten, und ich bemühte mich durchzuhalten, aber mir war da aufm Rücksitz so elend und komisch und schwindlig, ich glaubte, ich muss sterben mit meinen fünf Jahren, und ich würgte, reiß dich zusammen verdammt nochmal, und konnte einfach nix dagegen tun, es kotzte heraus und kotzte auf die Fußmatte. Ich hatte ziemlich Angst, und er fuhr weiter, und als es stank, blieb er stehn, dass es mich fast vom Sitz in das Erbrochene gerissen hat, und die Mutter holte mich raus an den Straßenrand und besah sich die Bescherung und sagte zu mir, womit sie das nun wieder wegputzen soll, und er sagte angeekelt, dass ich das vorsätzlich getan habe, weil ich nicht hinten sitzen wollte, sondern vorne wie ein Prinz, der Herr will was Besseres sein und stinkt wie ein Schwein. Je kleiner der Dreck, desto mehr stinkt er.

Mir war so übel, dass ich glaubte, was er sagte, und deshalb auch zurecht die Knocke die Stufen hinauf, und der Herr Stemberger hatte kein Recht, etwas zu sagen, weil er nicht wusste, was zuvor geschehen war. Dass ich aber in der Mitte des Flurs lag und er über mir stand und mich ohrfeigte, war gar nicht wegen des Kotzens, sondern überraschenderweise wegen dem Stemberger, den ich geradezu gezwungen hatte, etwas zu sagen mit meinem lauten und lästigen Au-Geschrei, nur um mich in Szene zu setzen, und – klatsch – wenn du so etwas noch einmal machst – klatsch –, schlag ich dir – klatsch – deinen Affenschädel ein – klatsch. Und zu ihr, die die Tür bewachte, sagte er: das raffinierte Aas. Schau dir bloß an den leeren Sack.

Das fiel mir vor über einem Jahr ein, gerade als der Wimmer Gerhard wegen der Ungerechtigkeit lamentierte, dass er sein Lehrlingsgeld zur Hälfte den Eltern abliefern musste. Wir saßen in so einem Billiglokal, wo man ein Viertel Hähnchen essen konnte, wir hatten aber dafür nicht das Geld, sondern konnten uns gerade eine Cola und Pommes frites leisten, was uns die Verachtung der Kellnerin eintrug, der die Teller vor dem Aufsetzen gewissermaßen aus der Hand rutschten, sodaß ein Teil der Frittchen aufn Tisch gelangte, und beim Salzen des Tisches dachte ich, vielleicht gings dem Wimmer Gerhard doch nicht so viel schlechter als mir, was ich gleich wieder vergaß und erst jetzt erinnerte, und mich würde interessieren, was diese Erinnerung ausgelöst hatte. Überhaupt welche Erinnerungen wie ausgelöst werden und welche wie und warum unterdrückt bleiben, sowas würde ich gern wissen.

Anfangs kam mir die Ansicht Mariellas, dass man Kinder überhaupt nicht schlägt, völlig abnorm und verweichlicht pervers vor, wie von einem anderen Stern. Eine gesunde Ohrfeige hat noch niemandem geschadet, sagte ich, ohne zu bemerken, dass ich nicht wissen kann, wer diese Niemand sind, und ich mir das, was ich gewöhnt war, vollautomatisch als eigene Meinung zu eigen gemacht hatte.

Und eine gesunde Vergewaltigung auch noch niemandem, sagte sie.

Und sie machte mich aufmerksam auf die Worte Aufzucht, Zucht, Züchtigung, Notzucht.

Der Begriff Zucht soll unter dem Begriff Erziehung zu verstehen sein. Wozu? Menschen wie Sachen und Eigentum behandeln? Nach ihrem Nutzen bewerten, ob wertes oder unwertes Leben? Wer setzt den Nutzen fest? Nach welchen Kriterien? Sie selber ist demnach unwertes Leben.

Sag doch nicht so einen Blödsinn, sagte ich. Sie wies auf das Plakat neben der Spüle, eine Collage mit einer Überschrift wie aus Kletzenbrot geschnitten: Reichsgesetzblatt.

Ist ja schon ewig her, da bin ich noch mit den Mücken geflogen, sagte ich. Mariella: ich auch.

Siehst du, das war eben gestern, und heute ist heute.

Ja, aber was gestern war, ist im Heute immer noch drin.

Versteh ich nicht.

Macht ja nix. Also lese ich, weil Mariella gesagt hatte, das sei der Anfang gewesen und das, was in den Heften abgebildet ist, die Folge davon.

Und das geht mir überhaupt nicht an den Hüften vorbei, was die in den Lagern dort gefunden haben und fotografiert, und dass Mariella halb zusammengebrochen ist und sich fast weggeschwemmt hat deshalb, das gibt mir zu denken.

Und dass ich mich nicht zu schämen brauche, weil mir so komisch war mit einem so Scheißgefühl, als würde ich flennen, als ich das Zeug gefunden hatte in der Schachtel, obwohl mich das ja überhaupt nichts angeht. Dieses Gefühl würgt total, und wie das würgt, wenn du nicht flennen kannst, weil dir das Flennen und Heulen steckenbleibt, sodass du weniger Luft kriegst, obwohl du nicht weißt, warum dir das Flennen drinsteckt wie ein Pfropfen und es dir eigentlich wurscht sein kann, gibt ja wirklich andere Sorgen.

Wirklich? hatte Mariella gesagt.

Aufm Plakat standen so Gesetzesparagraphen zur Verhütung erbkranken Nachwuchses, und dass kranke Leute sterilisiert werden können, Geisteskranke, Blinde, Taube und Krüppel halt, und Alkoholiker, und wer deppert ist, das wird vom Amtsgericht bestimmt. Na bravo, sag ich zu Mariella, wenn das am Gericht solche sind, wie sie den Hottler freigesprochen haben.

Der Mensch ist eine Züchtung im Kampf ums Dasein, in dem nur die besten überleben.

Das kannte ich vom Alten: nur der Beste setzt sich durch.

Was heißt Beste, sagt Mariella, ist das ist nicht eher eine Beschönigung für Rücksichtslose?

Mich kann das immerhin nicht betreffen, weil bei mir ist Hopfen und Malz verloren, sagte er immer. Ist aber was dran, weil nur die elf Besten aufs Feld laufen.

Mariella: ist auch gut so, wenns wirklich die besten elf sind, aber was ist mit den anderen, bringt man die inzwischen um?

Wow, hör einmal, har: alle Entartungserscheinungen müssen nach dem Selektionsprinzip bekämpft werden.

Da müssten ja alle Picasso, Miró, Pollock, Matisse und Chagall bekämpft werden, der Alte sagt zu denen auch entartet und minderwertig.

Na, sind sie ja auch, von was fürn Stern bistn du? sagte Mariella.

Was sind sie?

Bekämpft worden.

Achso. Und noch ein paar Sachen, die ich schon gehört hatte, da stehts ja: Ballastexistenzen und leere Menschenhülsen, Vernichtung lebensunwerten Lebens. Mariella: na dann ist es ja kein Wunder. Wie meinstn das? Sie: komm, setz dich her, das Plakat kannst du mitnehmen, wenn du willst.

Sie sieht in der Buchhaltung des Magistrats, wie eindimensional Kosten-Nutzen-Rechnungen sind, wieviel Leben und Kreativität schon im Kleinen gekappt wird, um das Loch x zu stopfen, und wenn das Loch x gestopft ist, tut sich das Loch y auf und so weiter. Mit Kosten-Nutzen-Rechnungen frisst sich eine Gemeinde, ein Staat, eine Welt selbst auf.

Versteh ich alles nicht, in Mathematik bin ich eine Null, und was das mit dem Schwachsinn da zu tun haben soll.

Weil mit der Beweisführung durch Kosten-Nutzen-Rechnungen alles Lebendige ausradiert wird, mit solchen Beweisführungen beginnts immer, wenn eine ganze Kultur den Bach runter geht. Beweisführungen sind immer in sich schlüssig, selbst wenn sie von verrückten Prämissen ausgehn, aber eben nur in sich. Prämissen sind ja willkürlich. Die haben zum Beispiel gesagt, als Prämisse, da gibt es unwertes Leben, Ballastexistenzen, genau, sagte ich, unnütze Fresser, und wenn man die eliminiert, hat man sich so und soviel für den Staat die Heimat, oder was immer dafür herhalten muss, erspart. Jetzt sind die einen weg, und wo bleibt das Ersparte? Das geben die Politiker mit links wieder aus. Man muss wieder welche eliminieren, bis am Ende nur noch verhetzte Gesichter übrigbleiben, hart, zäh und schnell, und wozu? um vielleicht auf den Ersparnissen derer, die man umgebracht hat, schneller, zäher, härter sitzen zu können?

Man kann anhand von Kosten-Nutzen-Überlegungen immer Einsparungen behaupten, der Kosten-Nutzen-Zynismus hat ja keine Grenzen, eigentlich könnte man auch sagen, alle Vorarlberger kosten uns zuviel, wenn wir deren Erspartes nehmen, auf dem sie sitzen, hätte die Volkswirtschaft einen enormen Nutzen. Die logische Konsequenz wäre also, das ganze Volk auszurotten, und da man das nicht tun kann, rottet man es geistig aus und schwört es auf einen einzigen Zweck und Nutzen ein, zum Beispiel um die Heimat zu stärken, und, was ist denn eigentlich Heimat, fragte sie und verwirrte mich, und ich sage: weiß nicht, ich kenne ja nicht viele, wenn es soweit ist, kann jede Blödheit zum Argument und alles beliebig zum Feind der Sicherheit erklärt werden, der böse Feind ist überall und allgegenwärtig unter uns, und ab gehts mit gutem Gewissen über die Grenzen hinaus zum präventiven Schutz, wie Raubgier und Raffgier nun heißen.

Dann könnte man auch die Alten umbringen, die bringen auch nix mehr, sagt die Null.

Mathematisch nach Kosten-Nutzen-Überlegung stimmt das, aber das Leben ist eben nicht Mathematik, weil innerhalb der mathematischen Beweisführung, die die Alten eliminiert, weil sie rein rechnerisch der Volkswirtschaft nichts mehr bringen, die als unnütz angesehenen Leistungen nicht berücksichtigt werden, die sentimentalen Leistungen, das freiwillige Dasein, ohne das ein Leben nicht wirklich möglich ist, wirklich im wirklichen Wortsinn, also von wirkend herkommend.

Woher sie das alles weiß? Ich lese eben, sagte Mariella. Und ich sagte: aber Lesen ist unnütz. Und sie: woher weißt du das?

Überhaupt habe ich den Verdacht, sagte sie, dass die schönsten Dinge auf der Welt nichts mit Nützlichkeit zu tun haben. Im Sinn von Kosten-Nutzen-Nützlichkeit. Die allerschönsten Dinge sind die, die sich einem entziehen, wenn man glaubt, man kann sie kaufen. Die man für immer verliert, wenn man glaubt, man kann sie stehlen.

Schau mich doch nicht so an. Gernhaben zum Beispiel. Und sie küsste mich rund um den Mund und hielt mich fest, und dann sagte sie: lieber, lieber Johann Nepomuk, und ich wurde fast ohnmächtig.

Und so fiel mir ein, dass das kein guter Zustand ist, wenn irgendwelche Leute umgebracht werden, weil sie unnütz und schädlich sein sollen, zum Beispiel meine Großmutter, da scheiß ich auf die Heimat, wenn sie die Oma beseitigen will, weil sie nix mehr bringt, auf so eine Heimat scheiß ich, wo wer bestimmen kann was unnütz ist und schädlich. Weil so eine Heimat, Scheißdreck nochmal, ist nämlich selber unnütz und schädlich. Gut nur, dass es sowas nimmer gibt.

Die Großmutter ist genauso dürr und klapprig wie die zu Haufen durcheinander, übereinander geworfenen Körper in den Gruben auf den Fotos, da seh ich sie dazwischenliegen. Ich hab geträumt von den Leichenbergen.

Ja, das ist gut so, sagte Mariella beschwichtigend.

Aber die warn nicht tot, sie haben sich bewegt, es war grauslich, ganz leicht bewegt, wenn man nicht genau hingesehen hat, hat mans nicht bemerkt, aber ich habs gesehn, und ich hätte hinunter müssen in die Gruben und sie herausziehn, wo sich noch was bewegt hat. Als ich hinunterspringen wollte, hab ich gesehn, dass sich alle bewegt haben, dort hat eine Hand in Zeitlupe gewinkt, da haben sich Rippen gedehnt, hier hat sich ein Fuß angehoben, so wie, wenn du einen Krampf in der Wade hast, musst du den Fuß Richtung Schienbein aufstellen und das Bein strecken. Und ich durfte nicht hinunterspringen, die wollten es nicht. Wer? Weiß nicht, so ein dumpfes Wollen rundum, ich hab niemanden gesehn, aber ich wusste, wenn ich springe und die heraushole, wird was Schreckliches mit mir geschehen, das war die Drohung, so ein bedrohendes Gefühl. Und dann wars, dass ich zur Hälfte gestorben war, und ich bekam keine Luft mehr.

Ist gut, sagte Mariella in meine Hände, ist schon gut, das kenn ich. Du auch? Ja, kenn ich, hab auch so Albträume.

Hätte ich nie geglaubt von ihr. So was Schönes kann doch gar keine Albträume haben, das geht nicht zusammen, hab ich geglaubt. Hat sie aber, und sie sagte zu mir, ich habe sie auch nicht nur wegen der Fotos, sondern weil ich weiß, dass das auf den Fotos nur die Konsequenz ist von etwas.

Aber von was denn? Weißt du, wenn sie die Sachen, die dir gefallen, entartet nennen, oder dich einen unnützen Fresser und so, da ist alles ja noch da, ist nicht weg.

Sie stieß sich von meinem Arm ab und fuhr zu der Vitrine, die mir bis zum Kinn reichte und die voll mit Büchern war, und holte ein sehr kleines Buch heraus und fuhr her zu mir ans Sofa, und sie schlug das Buch auf und blätterte und las mir vor:

ALTES LIED

Du bist gestorben und weißt es nicht,
erloschen ist dein Augenlicht,
erblichen ist dein rothes Mündchen,
und du bist tot, mein totes Kindchen.

In einer schaurigen Sommernacht
hab ich dich selber zu Grabe gebracht;
Klagelieder die Nachtigallen sangen,
die Sterne sind mit zur Leiche gegangen.

Der Zug, der zog den Wald vorbei,
dort widerhallte die Litanei;
die Tannen, in Trauermäntel vermummt,
sie haben Totengebete gebrummt.

Am Weidensee vorüber gings,
die Elfen tanzten inmitten des Rings;
sie blieben plötzlich stehn und schienen
uns anzuschaun mit Beileidsmienen.

Und als wir kamen zu deinem Grab,
da stieg der Mond vom Himmel herab.
Er hielt eine Rede. Ein Schluchzen und Stöhnen,
und in der Ferne die Glocken tönen.

Wasn das, ein Gedicht?

Ja klar, ein Gedicht.

Wie sie das vorgelesen hat, mit einem neuen Gesicht, entspannt und konzentriert und beinah, wie soll ich sagen, nun, wie von innen beleuchtet oder so, bin ich leicht eifersüchtig geworden, aber nicht richtig, weil es auch so schön ist ihr zuzusehen wie sie anders schön wird, wenn ihr was gefällt, und daher gefällts mir auch, und schließlich hat sies für mich vorgelesen.

Warn schon wieder zwei neue Sachen für mich, ein Gesicht, das ohne sich zu ändern ganz anders wird, na, wie soll ichs denn sonst ausdrücken, dass etwas, was bereits wunderschön ist, nochmal anders schön wird, genau, in einem anderen Licht, isja befremdlich auch sowas jedenfalls, und das andere Neue war, dass ich noch nie ein Gedicht vorgelesen bekommen habe.

Ich hab auch noch nie eins selbst gelesen. Gedichte waren für mich die zwei von der Schule aufs Auge gedrückten Bürgschaft und Glocke, die wir auswendig lernen mussten, was ich nie geschafft hatte. Gedichte waren für mich rattá dadá darátta ta und so weiter ohne Sinn, oder stelzten zumindest über Sachen, die einen wirklich nix mehr angingen, so geschwollenes umständliches Zeug eben. So redet man überhaupt nicht, das wär ja, als würd ich dem Mitspieler zurufen: spielen wir den Doppelpass, Tore schießen macht uns Spaß, statt: bring die Haut! zu brüllen, während ich starte und steil gehe.

Das hier war anders, natürlich auch so, wie man nie reden würde, aber es erzählte von etwas, worüber man in meiner Feldsprache nicht sprechen kann. In meiner Feldsprache gabs kein Geheimnis, entweder schwieg man, oder man sagte, wie es ist, dazwischen ist nix. Und nun kam mir vor, dass es für das Dazwischen auch was gibt, angreifbar und unangreifbar zugleich, so wie Mariella vor mir saß, mit

Schönheit mich verwirrend und doch wirklich da. Obwohl ichs irgendwie nicht glauben konnte, sodass ich ihren Unterarm berührte, um mich zu vergewissern, dass sie nicht verschwunden ist, wenn ich für kurz einmal nicht hinsah.

Da ist ein Kind gestorben, sagte ich. Das Kind in uns, sagte Mariella. Ah, sagte ich, das gibts?

Das Gedicht ist von Heinrich Heine. Nie gehört. Macht nichts, man kann nicht alles zu jeder Zeit kennen. Wenn etwas wichtig ist und richtig, dann begegnet man ihm auch zur richtigen Zeit. So wie du mir. Mir wurde ganz warm. Ist nicht wie in der Schule, wo es keine Rolle spielt, ob etwas für einen wichtig ist, kriegst den Stoff gedrückt und musst ihn reinwürgen, ob du magst oder nicht. Und später hast du genug von dem, was dir mit Erklärungen reingewürgt wurde, und magst keine Bürgschaft und keine Glocke mehr fressen und überhaupt nichts ähnliches mehr, isja wie mit Spinat, der für gesund erklärt wird.

Mariella legte das Buch auf die Hefte mit den Fotos. Ich hatte gesehen, dass das Buch mit der Hand geschrieben war. Hat so der Heine geschrieben? sagte ich in meiner unerbittlichen Blödheit.

Nein, sagte sie, mein Vater, und ich erfuhr, was so abgegangen ist in der Welt der früheren Schwerkraft.

Das Buch hatte Robert gebaut, alles selber eingebunden mit Lederkanten und Lederrücken, und geschrieben hat er die Gedichte mit einer Füllfeder in ganz kleiner Schrift, damit die Gedichte Platz hatten in dem handtellergroßen Buch.

Für seine Frau Esther hat ers geschrieben. Esther Leibovitz. Mariellas Mutter.

Mariellas Mutter Esther war drei Jahre nach dem Krieg gestorben, ein Jahr nach Mariellas Geburt.

Robert schrieb die Gedichte, die ihm und Esther am besten gefielen, für Esther in das Buch ab. Von jedem Dichter nur eines, außer von diesem Heinrich Heine, von dem mehr.

Und Esther hat das Buch zurückgebracht aus dem Krieg. War schon ein Wunder, dass sie sich selbst zurückgebracht hat, denn sie war ja nicht im Krieg sondern, sondern, in, Mariella schluckte, und mir wurde es auch im Hals zu eng, ich wusste auf einmal, was sie sagen würde, und wollte es nicht wahrhaben, ich zeigte auf die Hefte und Mariella nickte, ja, auch Bergen-Belsen.

Sie hat das Buch fast unversehrt zurückgebracht. Wie sie das geschafft hat, das gehört zum Unerklärlichen auf dieser Erdoberfläche, unter der sie es mehrmals versteckt hatte. Sich selbst hat sie nicht mehr ganz unversehrt zurückgebracht.

Mit diesem Buch hat sie überlebt, mit dem von Robert geschriebenen Buch hat sie das durchgestanden, wofür es kein Wort gibt, denn sagst du Bestialität, nein, keine Bestien können sowas, Wahnsinn? Nein, war ja keiner, war ja Morden und Foltern bei absichtlichem Verstand, es gibt keine Wörter dafür, keine Begriffe, die auch nur einen Teil von alledem bezeichnen könnten, ohne es zu verwischen und zu beschönigen. Sagst du Genozid für den Massenmord, ist es ein Wort, mit dem es nicht abgetan sein kann, oder wie könnte man das nennen, Mariella zeigte auf die Haufen erschossener, verhungerter, vergaster, geschlachteter, gebrochener Körper, hast du eine Idee?

Also, man müsste Stück für Stück erzählen, weil das Ganze einen ja erschlägt, immer nur kleine Stücke davon, damit mans begreifen kann, ich meine, na weiß auch nicht, etwa zeigen, dass jeder von denen ein richtiges Leben hatte und Eltern und Großeltern und Kinder vielleicht und, nun ja, das könnte man sich besser vorstellen, man müsste so nach und nach erzählen, dass mans nicht vergisst.

Was war denn mit Robert?

Er war eingesperrt, den haben sie am nächsten Tag bereits, nachdem sie meine Mutter abgeholt hatten, hopps genommen, gefoltert und ins Gefängnis gesteckt, dann wurde er zum Tod verurteilt.

Die Mutter kam zuerst nach Dachau, dann nach Mauthausen und dann erst nach Bergen-Belsen. In Viehwaggons zusammengedrückt, stundenlang, tagelang ohne genügend Luft, die Erstickten blieben einfach stehn, so eng wars, durch Scheiße und Pisse mit den noch Lebenden zusammengeklebt. Und sie hat das Buch immer bei sich gehabt.

Und Robert? Das Todesurteil wurde umgewandelt, er kam in ein Arbeitslager, dann in noch eins und noch eins, bis er nur noch achtunddreißig Kilo hatte auf seine Einssiebzig. Am Schluss kam er in ein Gefängnis im Bayerischen und wurde von den Amerikanern befreit.

Er hatte geflennt, als er seine Esther wieder hatte. Und als sie das Buch hervorzog, da ging er in die Knie und konnte, obwohl er es wollte und sich bemühte, für Stunden nicht mehr aufstehn, sie glaubten schon, er sei gelähmt, aber es war nur die wahnsinnige Zuneigung zu seiner Esther, die ihm den Saft aus den Beinen schlug, er hatte ja eine Ahnung, was sie gelitten haben musste. Sie hatte das Buch mitgebracht. Das war zuviel für ihn. Zwei Jahre später wurde ich geboren. Und ein Jahr danach hatte sie keine Kraft mehr. Sie hatte alles gegeben. Mehr, glaub ich, kann ein Mensch nicht geben.

Und Robert, du siehst es ja, ist für immer in die Knie gegangen.

Sie hatten ihm wegen seiner Heirat alles genommen, nur dieses feuchte Häuschen hat er sich zurückerstritten, das ist übriggeblieben von all dem Besitz, und da saß schon der Thusler herinnen und war nicht mehr hinauszubringen, wurde Mieterschutz geltend gemacht. Mieterschutz für etwas, das vom sogenannten Mieter zwangsbesetzt worden war. Immerhin, diesen Mindestmietzins muss der Thusler zahlen. Und den versäuft Robert in seiner Quartalspanik.

Wir redeten nichts mehr. Ich bekam eine Ahnung vom Gewicht dieses kleinen Buchs. Als wärs schwerer als das ganze Haus und das Stadion drüben dazu, wenns ausverkauft ist.

Und ich spürte auch meine Hand in der ihren zittern und konnte nichts dagegen machen, auch wenns mir peinlich war, so eine Schwäche, aber meine Hand aus der ihren nehmen, nie und nimmer.

Und wir redeten nichts mehr. Und dann kratzte ich meinen Mut zusammen: kannst du mir noch eins vorlesen? Sie sah mich an, als ob sie mich von ganz weit weg sähe, drückte Daumen und Mittelfinger an die Nasenwurzel:

DIE NACHTIGALL

Das macht, es hat die Nachtigall
die ganze Nacht gesungen;
da sind von ihrem süssen Schall,
da sind in Hall und Widerhall
die Rosen aufgesprungen.

Sie war doch sonst ein wildes Kind;
nun geht sie tief in Sinnen,
trägt in der Hand den Sommerhut
und duldet still der Sonne Glut,
und weiß nicht, was beginnen.

Das macht, es hat die Nachtigall
die ganze Nacht gesungen;
da sind von ihrem süßen Schall,
da sind in Hall und Widerhall
die Rosen aufgesprungen.

Auf einmal schwebten Leichtigkeitsperlen in mir auf. Sah mich schon wie einen Ballon an der Zimmerdecke. Was ist das Leben komisch, Momente, dass du glaubst, du bist eine Stahlplatte, und gleich wieder leicht, dass es dich aufhebt.

Wenn der Mattesfässer schrie: du Charakterschwein, so war das ein Kompliment, immerhin richtete er seine wertvolle Stimme an jemanden aus diesem hirnlosen Saustall. Immer das gleiche wenn er mit den korrigierten Examensarbeiten in die Klasse kam, den grauen mit Spagat kreuzweise zusammengebundenen Heftstapel unterm Arm, blieb er erstmal stramm im Türrahmen stehen, und wir mussten ebenso stramm stehen, aber so, dass er mit jedem Augenkontakt hatte. Er sagte im Befehlston: Blickkontakt, fixierte aber nur seine fünf Lieblinge. Die Mädchenreihe ließ er aus, das Kittelvolk, wie er sich ausdrückte, war ihm keinen Blick wert. Wenn er nur bloß einmal die kalte Wut meiner Augen gesehen hätte, ich glaube, er hätte er sich Gläser mit fünf Dioptrien mehr anschaffen müssen. Dann ging er federnden Schritts zum Katheder und wuchtete aus Schulterhöhe den Stapel Hefte darauf, dass es krachte.

Nun seien wir innert eines Jahres von der besten zur schlechtesten Klasse der Schule verkommen, und er weiß woran das liegt. Es liegt an gewissen dubiosen Elementen, die ihre Wertlosigkeit wie ein fauler Apfel auf die gesunden übertragen. Aber das lässt er nicht zu, der faule Apfel wird ausgeschnitten, ausgesondert. Nicht ein einziges Sehrrgutt! Gorsen, was ist los mit dir, nur ein Gutt, soll ich dich von dort wegsetzen, er wies mit dem runden Kinn zu uns, ich saß ja direkt vor dem Gorsen. Dasselbe gilt für Gorsens Nachbarn Werner, detto alle andern sonstigen Einserschüler. Müller selbstverständlich Nichtgenügend. Der Notger Genügend. Notger solle sich unguten Einflüssen fernzuhalten versuchen, verstanden? Er sei doch Manns genug, sich von zerstörerischen Elementen nicht zersetzen zu lassen. Ich kenne dein untadeliges Elternhaus, sag deinem Vater einen Gruß, solltest du dir nicht wieder einmal die Haare schneiden lassen? Lange Haare, kurzer Verstand.

Und dann folgt das Geraspel mit dem Tom, Toms Nachname ist auch der Name eines berühmten Bergs, den er oft bestiegen hatte, früher als es noch Kameraden gab mit Mumm und Waden. Tom ein Gutt, obwohl, nun ja, du kannst es noch auf eine Eins schaffen im Zeugnis, sag das deinem Vater, einmal ist keinmal, und so eine Zwei lässt sich ausmerzen unter gewissen Umständen; ich glaube, mir wird haarig in der Speiseröhre, was der den Tom immer niedersülzt und anjodelt, weiß doch jeder, dass er sich bei Toms Vater die Beißerchen richten lässt, der Herr Zahnarzt zieht die Wurzeln besser als sein Herr Sohn, hatte er einmal unendlich witzig gepoltert, so ein Scherzkübel.

Für die sogenannten sicheren Kandidaten, das heißt jene, denen das Nichtgenügend im Zeugnis droht, was Klasse wiederholen heißt, hatte er noch einen winzigen Ausweg anzubieten, nämlich Nachhilfe bei einem alten Kumpanen von ihm, pensionierter Wasweißich-Lehrer, vielleicht von der Handelsschule abgemustert, der das aktuelle Mattes-Jahrespensum kennt und auch nicht zu teuer ist. Er schrieb Ing. Franz Hauer plus Adresse an die Tafel. So, in fünf Minuten tilge ich das, wer muss, solls sich abschreiben, kann ich nur nachdrücklich empfehlen, das meine ich ernst.

Notger und ich bei dem alten Franz Hauer in der Neubauwohnung an der Peripherie. Das war für uns Jünglinge keine klare Sache. Den Schmattes mussten wir vorher im Vorraum der Hauerin zwischen die rippenförmigen Klauen wickeln, mit denen sie sich das klebrige Strickkleid übers Knie hochgezogen und sich den vorderen dürren Oberschenkel gekratzt und die dunkelblaue Strumpfhose verschoben hatte. Sie wankte wie eine kraftlos und schiefgeschobene Bowlingkugel, in Zeitlupe anbandend. Sie war schon am Vormittag vollfett.

Scheener junger Mann, sagte sie zu jedem von uns, wie er dasch scho himmlich kann, nirx fir ungurt. Sie grapschte und gurkte an unseren Händen herum und wollte das Geld dazwischen schier nicht zu fassen kriegen, und wir versuchten panisch, ihr die Scheine irgendwie so über die Handkante zu nudeln, dass sie ihr nicht mehr aus den Knochen fielen, denn sie versuchte, indessen ihre Hände halb nehmend halb abwehrend arbeiteten, verschwörerisch ihr Gesicht jeweils einem von uns zu nähern, als hätte sie eine wichtige Mitteilung zu machen oder eine Warnung auszusprechen. Tatsächlich sagte sie: geht bloß nicht da hinein, dort wird man verdorben, und sie lachte voll witzig.

Mit dort war natürlich das Wohnzimmer gemeint, wo der Ing. Hauerfranz am Sofa saß hinterm Tisch, auf dem das Zeug für Darstellende Geometrie schon ausgebreitet lag. Sie blieb im Türrahmen, während wir uns zum Tisch und auf den Ing. Hauer zubewegten, und sie sagte: junge Männer dürfen nicht verdorben werden, junge Männer müssen unverdorben sein, da sind sie am besten.

Ist gut jetzt, sagte der Hauer, und sie wälzte sich am Türstock um und schloss mehrmals die Tür.

Dem Hauer hing ein Bauch wie ein Schwamm zwischen den Beinen, der ihm die zitternden Knie auseinanderdrückte, alles zitterte an ihm, der Kopf auch und die Hände gewaltig, und wenn er eine geometrische Figur vorzeichnete, legte er ein Lineal aufs Blatt, hielt den Bleistift wie einen Wurfpfeil zitternd in Schulterhöhe und näherte dann die Spitze dem Blatt, wo sie irgendwo auftraf, der Stift bebte, aber Ing. Hauer drückte so fest hin, als zerquetsche er eine Fliege, sein Handrücken vibrierte, und er begann eine wacklige verzitterte Bogenlinie zum Lineal hin zu kratzen, und erst am Lineal entlang gelang ihm mit Mühe ein gerader Strich, die erste Seite eines noch unvorstellbaren Dreiecks. Dann verwischte er mit dem Radiergummi die zur Geraden führende verfranste Serpentine.

Mit solchen Aktionen ging regelmäßig ein Viertel der Nachhilfestunde drauf. Ich ging, während der Hauer sein Dreieck lassomäßig zusammenschnürte, pinkeln.

Als ich aus dem Wohnzimmer trat, hing Frau Ing. Hauer schräg übern Gang mit einer schmalen, langen, eckigen, durchsichtigen Flasche mit einer Flüssigkeit drin wie Wasser, die sie im Bogen spritzend vom Mund riss, äöhh sagte sie überrascht, und wischte sich den Mund mit dem Handrücken und verschwand links.

Das Klo ließ sich nicht absperren, also machte ich einen Ausfallsschritt und stand mit der Ferse gegen die Tür wie ein Skispringer beim Aufsprung und verwackelte nicht und traf und gab mir gute Haltungsnoten. Teuer erkaufte Nachhilfestunden, wenn die Angst mitpinkelt, dass die Hauerin hereinkommen könnte. Ich musste ja arbeiten gehen, um mir diesen ungeheuren mathematischen Luxuskick zu verschaffen. Dem Notgar zahlten das seine Alten ausm Hemdsärmel.

Wir lernten nichts dazu und begriffen diese verzitterte Mathematik nicht und blieben so klug als wie zuvor, nur mit dem Unterschied, dass wir für gleiche Leistungen nun einen Grad besser als vorher benotet wurden. Das hieß bei mir ein Genügend, bei Notger ein Befriedigend, obwohl wir natürlich stets identische Arbeiten abgaben, aber so isses eben in der Welt der ausgleichenden Gerechtigkeiten.

Im Sommer, während Gorsen, Tom, Werner und Co. ihre Sprachferien in England machten oder in Frankreich oder Urlaub in Italien, hatte ich meine erste Arbeit gefunden, auf den Feldern weit draußen vor der Stadt.

Die größte Tortur waren in Deutsch die Aufsätze nach

den Ferien: Meine schönsten Urlaubserlebnisse. So eine harte Kacke. Ich wusste nichteinmal was Urlaub sein sollte, Ferien ja, aber Urlaub mit Pappi und Mutti? Wo man gewesen war und wie schön und welche Abenteuer, zwei Becher Eis mit Schirmchen, und dass das Meer ganz selbstverständlich da war. Das Meer, das ich noch nie gesehen hatte, und das ich mir als etwas Spiegelndes, Weiches vorstellte, was Lachendes, vor dem jeder Ehrgeiz und die Benotungen und Urteile keinen Wert hatten. Diese Aufsätze für die Neugier der Fässer. Was denn hinschreiben, wenn man nichts erlebt hat, jedenfalls nichts was die Fässer von den Unterklässlern forderten.

Da erstarrte ich jedesmal über der Bank und zerbiss meine Gedanken, dass die blaue Pelikan knackte, und alles, was mir einfiel und besonders schön vorkam, war ein Spaziergang den Bach entlang hinter der Siedlung, der glänzend zwischen Weiden, Erlen und Büschen mit mir in die Felder hinaus kurvte. Dass der Sommerabend warm zu riechen war wie gedünstete Blumen, und dass es manchmal auch kühl aus den Wiesen nach den Beinen fasste, besonders von den schneeweißen Margeriten her, und dass das Getreide unmerklich sich wiegte, und ein Bussard nur mir sichtbare Spiralenspuren auf dem mittelblauen Himmel hinterließ.

Diese knappen eineinhalb Seiten bekam ich mit Genügend Minus zurück, weil Thema verfehlt. Das Nichtgenügend blieb mir erspart wegen korrekter Rechtschreibung und Zeichensetzung, und ich musste mich schämen, weil ich nichts zu sagen hatte.

Nimm dir ein Beispiel am Werner! Der hatte eine Bootsfahrt auf der Themse beschrieben: und dann sah ich die Houses of Parliament, er schrieb aber Hauses mit a und Parlament ohne i, was der Deutschfässerin nicht auffiel, und dann die Tower bridge, und ich machte viele Fotos mit meiner neuen Canon, die mir mein Vati extra schenkte, dass ich viele Fotos von London mitbringe. Sehr gut Werner, die Fotos musst du uns bei Gelegenheit einmal alle zeigen.

War der Sommer, nachdem der Alte abgehauen war und wir ohne Schmattes blieben. Ich wollte mein Geld für die Nachhilfestunden beim Hauer einsetzen, aber die Frau Mutter war dagegen. Wegen der Schande, sagte sie, weil Nachhilfe ein Eingeständnis der Blödheit ist und sich herumspricht, und überhaupt schade um das schöne Geld, du wirst doch denen das Geld nicht nachwerfen. Ich sollte einfach selber besser lernen und das Geld ihr lassen, von irgendwas müssen wir ja auch leben. Von der Schule zu gehen und etwas Anständiges zu machen, eine Lehre zum Beispiel, denn Handwerk hat immerhin goldenen Boden, das wäre schließlich doch die noch größere Schande gewesen, und so konnte ich in der Schule bleiben, musste aber versprechen, mir eine bessere Arbeit zu suchen, wenn die Nachhilfestunden bezahlt waren. Wovon soll ich dir dein Essen machen?

Das Schwein, so sie, zahlt einfach nicht. Es müsste aber. Das Schwein hatte laut ihr eine neue Taktik, es überwies ein Trinkgeld, von dem man sich nicht einmal eine Tasse Kaffee kaufen konnte, zeigte somit, es ist zahlungswillig, und sie müsste wieder klagen, und das konnte Monate dauern, indessen verhungern wir. Wenn ich nicht irgendetwas zu arbeiten beginne und anständig Geld nach Hause bringe, dann, sie will sich das gar nicht ausdenken.

Aber anständig was verdienen war in den Feldern nicht drinnen, denn wir wurden pro Kübel bezahlt. Pro Kübel bekam man wenig mehr als ein kleiner Kaffee im Café in der Innenstadt kostete, und für einen Kübel suchte man eine halbe Stunde, auch länger, in der bitteren staubigen Hitze, denn die immensen Felder waren schon mehrfach abgegangen worden.

Immer gebückt, von sieben Uhr Früh bis vier Uhr nachmittags gebückt auf der Suche nach kleinen Gurken, sie durften höchstens kleinfingerlang sein, denn sie waren fürs Glas bestimmt, Delikatessgurken. Als trainierter Fünfzehnjähriger hältst du das aus, aber da waren auch ältere Frauen, was mir eben alt vorkam, zwischen zwanzig und dreißig. Und Mädchen von zwölf und dreizehn Jahren pflückten ebenfalls mit, die waren am rücksichtslosesten, die rafften dir, wenn sie in der Nähe waren, die Stelle in Nullkommanix weg, wenn du ein Gurkennest gefunden hast. Kann man ja nicht alle zugleich mit einem Arschtritt panoramamäßig abwimmeln. Warn allesamt aus der Barackengegend, und die surrten in den Morgenstunden wie einszwanzig große Hornissen umher, weils noch nicht so heiß war, am Nachmittag begannen aber auch die zu hecheln.

Die heiße trockene Luft über den Feldern. Und die Felder wurden gegen den Horizont zu plattgezogen, und dort war auch der Hof des Bauern, das riesige Anwesen hinter enormen Eichen, ein halb handtellergroßes, unerreichbares, flimmerndes Schattenfleckchen. Eine Fata Morgana mit der Fabrik, in der unsere Gurken verarbeitet wurden.

Dort verdiente man unvergleichlich mehr. Jeder hatte den Wunsch, in der Fabrik zu arbeiten. Man bekam einen festen Wochenlohn. Wir bekamen bloß bezahlt, was wir fanden. Der Rekord stand bei siebenundzwanzig Kübel pro Tag. Mit fünfzehn Kübeln verdiente man soviel wie das Tagesfixum des Schreibers. Der war ein kleiner Fetter vom Gymnasium, jünger als ich, aber wir kannten uns vom Sehen, und er tröstete mich, auch er hatte mit dem Pflücken begonnen, bevor er Schreiber wurde. Wenn die Felder noch voll sind, kommt man auch auf vierzig, fünfzig Kübel, da zahlt sich das Bücken aus, aber jetzt, wo die Felder nichts mehr hergeben und kaum noch was nachwächst, ist ihm das Fixum lieber. Selbst wenn hin und wieder jemand auf mehr kommt als er, ist ihm das inzwischen egal. Pass auf, sagte er, ich mache dir einen Strich mehr, zu oft kann ich es nicht tun, aber hin und wieder.

Er saß gemütlich unter den Bäumen bei den Säcken, die Gurken wurden aus den Kübeln in die Säcke geleert, und der Schreiber schaute zu und machte dann einen Strich unter den Namen. Er sah nur bei bestimmten Frauen genauer, was sie in die Säcke leerten, es gab ja ein paar Tricks, den Kübel voll erscheinen zu lassen. Das war die ganze Arbeit des Schreibers: einen Strich machen pro abgeliefertem Kübel kleiner Gurken. Er hatte immer eine Jause bei sich und Wasser. Bei mir schaute er nicht. Ich leerte das Zeug in den Sack, sagte: ein Kübel, und er machte einen Strich. Wenn man weiter weg von der Baumgruppe suchte, nahm man zwei Kübel mit hinaus. Manchmal sagte ich dann: drei Kübel, und er kratzte zwinkernd drei Striche hin. So kam ich trotz Gurkenmangels mit allen Tricks im Schnitt auf zwanzig Kübel pro Tag.

Schließlich hatte ich mir den dümmsten Trick ausgedacht, und knallte unten große Gurken rein und streute nur oben drüber die kleinen, da hatte man den Kübel schnell voll, und ich kam mir recht schlau vor. Bis zwei Tage später der Bauer herausgefahren kam mitm Mercedes, oje sagte der Schreiber, hat wer große Gurken gebunkert? und er sah mich dabei an, denn die in den Schürzenkleidern waren zu schlau für so einen Bumerang Trick.

Also kam der Bauer wie ein schnaubender Stier und doppelt so groß wie ich vor der Staubwolke ausm Auto und schrie, dass wir alle heimgehen können, wenn noch einmal auch nur eine größere Gurke dabei ist, und er drehte sich im Kreis und stierte, als wollte er gleich einen der Bäume mit bloßen Händen knicken. Eigentlich wars die Verantwortung des Schreibers, aber den verschonte er aus unerfindlichem Grund. Verstanden, brüllte er und quetschte sich hinters Lenkrad, das ihm in den Bauch schnitt, und knallte ab, und eine Staubfahne zog sich bis zum Horizont zu der Schattenstelle der Fata Morgana.

Nach fünf Wochen Suchen und Bücken auf den Feldern sagte mir der Schreiber, ich kann mich beim Bauern melden und vielleicht in der Fabrik anfangen, auf den Feldern ist sowieso nichts mehr zu finden. Nur noch ein paar verzweifelte Frauen in ihren Schürzenkitteln, meist stumm, und wenn sie einmal was sagten, sah man Zahnlücken und braune Zähne.

Einmal war ein Mann über die Felder gekommen mit bunter Weste und Goldzähnen und schwarzem öligem Haar, wir waren gerade zu viert beim Schreiber im Baumschatten ein wenig stehen geblieben, und ich sah, dass sich die anderen Frauen und Kinder von den Feldern herbewegten, und ich sah ihr Erschrecken, und wie die im Schatten in Angst erstarrten und zu flüstern begannen und nichts mehr sagten.

Der ging zum verschüchterten Schreiber und nahm ihm die Liste aus der Hand, und schrie seine Braut oder was immer sie war an und zeigte die gespreizten Finger, nur fünf? was nur fünf? Aber fünf Kübel waren am frühen Vormittag viel. Der sagte ganz hämisch: nur fünf was isdas bisdu faul oder was?

Sie fiel vor ihm auf die Knie, und er riss ihr das Kopftuch ab und sie an den Haaren hoch, dass sie röchelte und wimmerte, und er stieß ihr zweimal die Faust unter die Nase und drückte sie am Nacken zu Boden. Sie war auf Händen und Knien mit gesenktem Kopf als erwarte sie ein Fallbeil, und er ließ ein Messer aufspringen, sie sah hoch zu ihm aufs Messer, und er spiegelte ihr mit der Schneide das Gesicht ab. Dann ging er weg, langsam, so, als ob ihn im Schritt was kratze.

Von ihrem Gesicht dehnte sich zähes Wasser mit Blut bis zum Boden.

Ich suchte nach dem schlimmsten Schimpfwort, dem allergrässlichsten, dem allerallergemeinsten Schimpfwort, aber die Sprache verlässt uns auch hier, nicht die ärgste Beleidigung, keine tabubrechende Bezeichnung, die dem gerecht werden konnte. Arschloch? Viel zu schwach. Drecksau? Trifft überhaupt nicht. Hurensohn? Ist ja ein Lob. In der Zeitung steht für sowas: der Unhold. Har. Der Unhold schlug wieder zu. So nämlich bezeichnet die Zeitung immer Männer, die Frauen vergewaltigen oder prügeln. Der Unhold hat wieder zugeschlagen. Der Unhold hat sich wieder an einem Kind vergangen. Der knallt die Frau nieder und spiegelt ihr mitm Messer das Gesicht ab, und ist bloß ein Unhold? Der ist ganz was anderes, der ist ein, ja was, ein arschgefickter Nikolaus ist der. Ja, das isses. Jeder, der schlägt. So ein arschgefickter Nikolaus, sagte ich dem laut hinterher.

Aber niemand nahm Notiz davon. Die auf die Knie gezwungene Frau war aufgestanden, sah mich geradezu feindselig an, wischte sich nichteinmal das eingedickte Gesicht ab und ging sofort in die Felder mit den anderen. Wann immer man zu ihr hinaussah, bewegte sich nur ihr Buckel wie eine Schildkröte durch die krautigen Stauden, sie richtete sich anscheinend gar nicht mehr auf.

Die erste Woche in der Fabrik war ich zum Schachtelfalten eingeteilt im Magazin. Tonnen von Kartonplatten mussten aufgedehnt und umgeschlagen und zu Kisten gefaltet werden, Sechserkisten, Zwölferkisten, Vierundzwanzigerkisten, sowohl für kleine und große Gläser, das musste schnell gehen, die drüben am Fließband brauchten ununterbrochen Kisten, und wenn da eine Kiste mit den falschen Einlagenabteilungen dabei war, konnten die das Zeug nicht hineinstellen und das Fließband musste abgestellt werden, und das war sehr schlecht, denn der Bauer zog dem Schuldigen den Zeitverlust vom Wochenlohn ab.

Es gab Fehler, die konnten einen den ganzen Wochenlohn kosten, oder sogar zwei, dann arbeitete man umsonst, wie der Mazedonier, der mich in die Kunst des Schachtelfaltens einführte, der war strafversetzt hierher, wo man am wenigsten verdiente, entweder beginnt man beim Schachtelfalten, oder man endet hier.

Er jedenfalls hatte ständig Angst, war ein junger Mann mit starkem, schwarzen, gewellten Haar, und sagte kaum etwas und zuckte zusammen, wenn die Tür aufging. Wenn wir die Schachteln hinübertragen sollten, begann er zu zittern, huschte wie eine Maus in die Fabrikshalle, stellte die Schachteln ab und war schon wieder zurück im Kartonlager. Ich konnte seine Angst nicht verstehen, das sagte ich ihm, und er: du aufpassen. Er erschrak aber und sah sich um, als hätte er zuviel geredet, und schwieg wieder einen Tag.

Ich merkte in der halbstündigen Mittagspause, in der ich mich zum ihm setzte, abseits der anderen, dass er ausgestoßen war, und dass ein Arbeiter Bemerkungen zu ihm herüber machte, in einer Sprache, die ich nicht verstand, die ihn furchtbar trafen, und er zerkaute die Wurstsemmel, als bisse er vor Schmerz in einen Knebel.

Arbeit von sieben Uhr bis sechzehn Uhr, mit einer halben Stunde Mittagspause um halb zwölf hinter Bauernhof und Fabrikhalle, unter Bäumen im Gras. Die Jause mussten wir bei der Bäurin durchs Küchenfenster kaufen, Wurstsemmel und Limonade, wurde am Wochenende vom Lohn abgezogen. Es war gar nicht erwünscht, dass sich jemand von Zuhause was mitnahm. Hatte jemand aus Spargründen mehr als zwei Tage nichts anschreiben lassen, kam die Bäuerin heraus, und mit Fäusten an den Hüften fragte sie, ob man hungern will, oder ob ihre Sachen vielleicht schlecht sind, beleidigen lässt sie ihre Wurstsemmeln nämlich nicht, da kann man gleich seine Sachen packen und auf Wiedersehn.

Die älteste Tochter des Bauern war anscheinend mit dem liiert, der die abfälligen Bemerkungen zum Mazedonier machte. Einmal die Woche blieben sie in der Mittagspause bei uns heraußen unter den Pappeln und Eschen. Sonst aßen sie im Bauernhaus mit dem Bauern am großen Tisch. Ich sah es einmal durchs offene Fenster, als ich um die Halle ging nach dem stundenlangen Stehen am Fließband, da war klar, wo sich der riesige Bauer Brust und Bauch geholt hatte: Suppenterrine und Braten und Knödel und Kraut und Brot und Strudel. Und wir hockten die halbe Stunde draußen bei gekauften Wurstsemmeln, teurer als im Konsum und mit weniger Wurst. Die Bäurin keifte heraus, als sie mich bemerkte, hier habe ich nichts zu suchen, und sie schloss das Fenster. Buff.

Der Bauer hatte gesagt, ich muss eben ohne Handschuhe beginnen, es sind keine da, aber morgen wird er welche besorgen. Ich verstand nicht, was er meinte, was brauche ich Handschuhe in der Sommerhitze in der heißen aufgedampften Kleinfarik. Ich war froh, in die Halle zu kommen nach dem öden Schachtelfalten, und endlich richtig zu verdienen wie die Erwachsenen hier rundum.

Mit noch nichteinmal fünfzehn, ich rundete immer gern auf fünfzehn auf und glaubte, dadurch reifer zu erscheinen, war ich der jüngste, und außerdem der einzige Einheimische außer den Arbeiterinnen, und den Bauersleuten natürlich.

Das Fließband war L-förmig, und ich stand am Ende seiner längeren Geraden, nicht weit von der Eisentür zum Kartonmagazin, und sollte die ankommenden Gläser vom Band nehmen und gleich in die Kisten stellen. Mehr nicht? sagte ich zum Bauern, das ist aber leicht.

Am anderen Ende war das Fließband höher, dort oben saßen auf einem Podium und auf Sesseln die Bauerstochter und der Anführer, er konnte zwar nicht gut Deutsch, aber er war aggressiv und kehrte den Chef hervor und wies sogar die Bauerstochter zurecht, und nicht einmal der mächtige Bauer hatte was dagegen. Dort oben saßen sie nebeneinander am andern Ende der Halle und füllten von Hand die Gläser mit den kleinen Gurken und noch irgendwas Krautigem, und die Gläser fuhren hinab zu einem Gehäuse, darinnen der Essig heiß eingefüllt wurde und die Deckel aufgepresst, und die Gläser kamen im rechten Winkel heraus und fuhren auf mich zu, ich brauchte sie nur zu nehmen und in die von den Arbeiterinnen bereitgestellten Kisten zu stellen.

Du aufpassen, nix gut Mann, hatte mir der Mazedonier noch im Lager geflüstert, nix falle falle. Was heißt nix falle falle? Verstand ich nicht, wasn für Falle. Der ist weit genug weg von mir, dachte ich, am andern Ende des Fließbands, selbst wenn der ein arschgefickter Nikolaus sein sollte, mir kann er nichts tun.

Als die ersten Gläser ankamen, schrie ich auf, so heiß waren die Biester, man musste sie unterm Deckelrand packen und schnellstens in die Kartons gleiten lassen, das brannte, dass sich meine Hände bis zur Ankunft der nächsten Gläser zur Kühlung fast wie Heuwender durch die Luft drehten, unterm schadenfrohen Gelächter des Heinis dort oben.

Die heißgefüllten Gläser kamen unregelmäßig an, höchstens mal drei knapp nebeneinander, und das Fließband floß langsam herbei. Nach dem ersten Tag waren meine Fingerkuppen schon im Eimer, ich hatte mich immerhin durchgebissen und schließlich vor Schmerz den Schmerz nicht mehr gespürt.

Zuhause zeigte ich der Mutter die Finger, und sie sagte, du bist eben Arbeiten nicht gewöhnt. Für den nächsten Tag hatte ich mir Pflaster über die Finger geklebt, aber der Bauer sahs und sagte: weg damit. Ich musste die Pflaster abreißen, weil mir wegen der Glätte die Gläser aus den Fingern gerutscht wären. Nein, keine Handschuhe, Handschuhe waren wieder keine da. Mit den Fingern mit den aufgestochenen Brandblasen also weitermachen, dass ich fluchte.

Das beste kam am ersten Freitag, dem Tag vor der Auszahlung. Der selbsternannte Chef dort oben war lustiger als sonst, obwohl er nach der Mittagspause meist betrunken war und Späße machte, in die Gurkengläser spuckte bevor er sie losschickte, oder sich den Nasenschwabbel rausholte und übern Glasrand reinschmierte, war ja harmlos, oder sich eine Gurke hinten in die Hose schob und dann ins Glas warf, auch das war nicht schlimm, das sterilisierte die Essighitze im Tunnel.

Wenn er das machte, keckerte auch die Bauerstochter in sein Lachen. Aber der hatte fiese Tricks auf Lager. Auf einmal lief nämlich das Förderband schneller, und mehr Gläser kamen herbei. Die beiden hatten Gläser auf Vorrat gefüllt und schickten jetzt mehrere auf einen Haufen los. Ich kam mit brennenden Fingern nicht mehr nach, und das Zeug kippte vom Band und zerschellte und zerspritzte und brannte auf meinen Beinen, und er saß dort oben mit seiner Tussi, und sie lachten sich kapores, wie ich in Panik geriet. Da kam der Bauer und brüllte, sofort abstellen, und was ich da angerichtet habe, was fürn Schaden. Waren aber nur vier große Gläser, die hops gegangen sind, weil mir eine Arbeiterin, die gerade die Kartons hergestellt hatte, beigesprungen war, und eine andere dafür die Kartons nachzuschieben begann. Ohne die beiden hätts zwanzig Gläser heruntergefetzt, weil der Nikolaus dort oben seinen Spaß haben wollte. Und mir wurde ein ganzer Tag vom Lohn abgezogen.

Der Lohn wurde in Papiertüten ausgezahlt; Samstag Mittag. Immer das gleiche: auf der anderen Seite des Längsgebäudes vom Bauernhof, der Seite gegen die Felder hin, unter großen Eichen, stand der VW-Bus des Bauern. Der Bauer saß aufm Rücksitz, und wir Arbeiter standen vor dem Wagen Schlange; einer nach dem andern kroch hinauf zum Rücksitz und empfing seine Tüte.

Der Bauer hatte alles aufgeschrieben, für jeden extra, wieviel Semmeln, wieviel Sprudel, wieviel Abzüge wegen dem und dem und weil man Schuld war, dass das Förderband langsamer laufen musste oder irgendwas, das auch erfunden sein konnte, jedenfalls kam ich nie auf den vollen Wochenlohn, und ich getraute mich auch nicht zu widersprechen.

Meine Fingerkuppen waren rohes Fleisch. Nach drei Wochen bildete sich eine harte Haut. Bis heute habe ich kein Gefühl in den Fingerkuppen. Kein Fingerspitzengefühl. Arbeitshandschuhe habe ich nie gesehen.

Ich habe auch keine Delikatessgurken mehr gegessen.

Gegen Ende des zweiten Monats war in der Mittagspause auf einmal der Mazedonier nicht da, wir saßen sonst immer zusammen und verputzten stumm unsere Semmeln und tranken den Sprudel im flimmernden Schatten unter den Pappeln. Ein paar Meter von uns saßen normalerweise die Frauen, und noch weiter drüben, wenn sie heraußen waren, der Nikolaus nebst Bauerntochter mit den anderen Arbeitern. Also setzte ich mich zu den Frauen, weil sie heute die einzigen heraußen waren. Der Mazedonier ist in der Küche bei den anderen. Verwunderte mich sehr, dass der plötzlich nach all den Schikanen bei denen in der Küche sitzen sollte und groß mitschlemmen.

Lag so eine Spannung über dem Gehöft, und auch die Frauen wussten nicht, wo die anderen Arbeiter sich herumtrieben, und sie blieben wortkarg, auch merkwürdig, denn was die an Montagen einander erzählten, da war der arschgefickte Nikolaus Babykram dagegen, werde ich sogar heute noch rot von dem, was ich herüberhörte an Ausdrücken roher Unkeuschheit, Unholdinnen allesamt.

Sie sagten nichts und starrten hinüber in die Schneise zwischen Hof und Fabrikhalle. Zuckten nur die Achseln als ich fragte, wieso denn der Mazedonier dort ist.

Und da kam er schreiend aus der Tür des Bauernhauses, den Kopf blutverschmiert und kahl, statt seines schönen Haars Blutschlieren und Schnitte bis in den Nacken, auch sein weißes Hemd rotbekleckert. Er lief zwei Meter in unsere Richtung, dann drehte er um und rannte in der Schneise hinaus zu den Feldern und über die Felder weg, schreiend, er schrie furchtbar, und ich verstand nur hin und wieder Polizia.

Sie hatten ihm, sagten mir die Frauen, Butter in die Haare geschmiert und ihm die Haare abrasiert.

Der hat nie jemandem etwas getan, sagte ich, und die Frauen sagten: so sind die halt.

Als ich am nächsten Tag zum Hof kam, zum ersten Mal etwas zu spät, war es gänzlich ruhig, niemand in der Halle, das Förderband leer, niemand im Hof. Die Bäuerin kam dann aus der Küche, die Hände an der Schürze trocknend und sagte, aus, keine Arbeit mehr, wieso bist du überhaupt hier, kannst heimfahren, Schluss, es gibt nichts mehr, geschlossen, zu, du verstehn? Und der Lohn von gestern? Das geht mich nichts an, verschwinde. Nein, der Bauer ist nicht da. Ich wendete mein Rad um hundertachtzig Grad und fuhr erleichtert davon.

In der versifften Schule verlangen sie noch immer Besinnungsaufsätze über schöne Ferienerlebnisse, und auch noch in einer Sprache, die einen zwingt, sich zu verstellen.

Das Wampum war sackvoll, und der hintere Raum mit der Tanzfläche ziemlich neblig. Die Mädchen der Parallelklasse und der Maturaklassen waren auch schon einigermaßen weggetreten. Sollte man gar nicht glauben, wer sich da alles niederkiffte, hätten sich die Augen der Muttis und Vatis etwas geweitet. Unsere Tochter tut so etwas nicht, da legen wir die Hand ins Feuer. Seh sie alle vor mir, ihre verbrannten Stumpen zum Schwur erhoben. Nur asoziales Gesindel macht das. Zum asozialen Gesindel gehörte ich, und ich habe nie etwas von dem Zeug genommen, auch wenn sies mir von allen Seiten anboten, kostenlos, nimm, ist der beste. Aber es ist nicht meine Sache, mit trips und shit, all ihren diversen depperten Afghanen kann man mich jagen.

Vor zwei Wochen ist ein Freund von mir im Stadtpark draufgegangen, mit dreihundert trips im Bauch.

Wie man dreihundert in den Bauch kriegt, ist mir ein Rätsel, wahrscheinlich hat ers säckchenweise geschluckt, weil die Zivilen angeschlichen kamen, um bei den bekannten Klienten im Park wieder einmal ein bisschen nachzuforschen. Und das Plastik ist ihm im sauren Magen zergangen, er war aber kein Dealer, brauchte das Nikolauszeug für sich. Dürr war er zum Abbrechen, ein abgekauter Bleistift wie sonst nur die Heroiner, und zitternde Hände, was seiner Arbeit als technischer Zeichner nicht gut tat. Er stand vor der Entlassung.

Ich hatte ihn noch mit Mirapronts versorgt, drei Schachteln mit hundertfünfzig Zehnerpackungen dieser Appetitkiller, von denen sich ein Wissender sieben Stück auf einmal ins Maul schob, mit einer Kacka Cola nachspülte und somit sicherer im psychodelischen Nirwana auftrat als unter Grasbedingungen oder mit Plättchen und Kügelchenscheiß, schwarz weiß braun grau, weil der gierige Konsument im Schnitt bei jeder dritten Fuhr ohnehin übers Ohr gehaut wurde, und das mit Schuhpaste gestreckte Zeug einem nur die Ausdünstung verschlimmerte.

Mit den Miras hätte er ein Jahr lang genug gehabt für ruhige Hände und seinen Job machen können, denn mir tat er Leid der alte Junge.

Er war zehn Jahre älter als ich und Drummer bei den Kronenjacketts. Reiner purer Punk, der schönste Punk, weil sie gar nicht wussten was Punk ist, und die Mode erst viel später als englische Erfindung die Weltrunde machte.

Erfunden wurde dieser Purpunk aber von den Kronenjacketts mit ihren absurden Texten aus freimütiger Ironie und gutmütigem Leckmichamarsch. Das war so verquer, wie sie gegen den Landeskitsch mit Ironiekitsch auffuhren, dass sie selbstverständlich noch nicht verstanden werden konnten, denn auch ihre Töne hatten nichts Illustrierendes, und so hatten sie keine Auftrittsmöglichkeiten und harkten in ihrer Bude, dieser Art Garagenanbau, die Schlagerwelt gegen den Strich. War eigentlich Jazz und Punk zugleich, mit der Dominanz eines Schlagwerks, und er hörte sich vor jeder Session die zwanzig Minuten Schlagzeugwettkampf Ginger Baker gegen John Hiseman an, diese inoffizielle Weltmeisterschaft, und sein Traum war, wenn er sehr eingetaucht war und weggetörnt, beider Können in eins zu amalgamieren. Und heraus kam dieser absichtslose fickdichselbstinsknie-Jazz und blasdirselbsteinen-Punk, für alle Zeiten verloren, weil sie kein Aufnahmegerät je benutzten, wahrscheinlich gar nicht besaßen.

Wenn die Kronenjacketts irgendwo in England gewesen wären, und wenn auch nur in einem Container, ihr Tongekröse wäre der Musikwelt wohl wie ein Busch ins Hirn gefahren. Wäre, hätte, würde.

Ich brachte ihm die Schachteln in den Probenraum, und er knickste, was kriegstn dafür, und ich: nix, garnix, kannst so haben. Für Gift hätte ich nie Geld genommen, kam mir zu schmutzig vor. Er holte sich eine Kacka Cola und drückte sieben der gelbgrauen Kapseln raus und tat sie hinter sein vorstehendes Gebiss und machte runde rohe Augen vor Gutfühln und sagte, das vergisst er mir nie.

Ich steckte mich hinter das Schlagzeug und dilettierte mit Füßen und Stöcken, das machte Spaß, klang aber so abscheulich, dass ich freiwillig vom Hocker stieg, weil Spaß eben keine Voraussetzung für Kunst ist.

Da klemmte er sich dahinter, schloss die Augen und flog los. Er gebar eine wahnsinnige Komposition, und nach einer Viertelstunde konnte er die Äugleins nicht mehr aufmachen wegen dem Schweiß. Er badete geradezu in seinen Schlägen, und das ging wirklich wie Wellen durcheinander, von überallher erzeugte er Wellen und Interferenzen und zerspritze sie wieder, das war das Schönste, was ich gehört habe.

Diesem Typen, der aussah wie ein Kretin mit seinen enganliegenden Jeans um die mageren Beinchen und seinen schütteren langen Federn, hätt man sowas nie zugetraut, und auch nicht, dass er sagte, nachdem er sich das Wasser mit beiden Händen vom Gesicht geschaufelt hatte: weißt du, wer nämlich den Jazz erfunden hat? Den hat der Schubert erfunden, nicht die Amis, so schaut es aus, der Schubert wars, horch dir das Forellenquintett an, dann weißt du alles. Jeden dritten Schlag mit der Linken denkt er: Franz. Wenn er Franz denkt, sagte er, gelingen ihm die grausamsten Sachen.

Jeder Drummer müsste das Geheimnis kennen, dass er Franz denken muss bei den beats, um wirklich weiterzukommen. So einfach ist das, probiers. Aber ich ging da nicht mehr hinter die Becken, nachdem ich so eine Musik gehört hatte.

Jetzt ist auch er kapores, und wo sich die Mirapronts befanden, konnte ich nicht mehr herauskriegen, in seine Bude durfte ich nicht, da waren sicher schon die Kriminaler gewesen und haben das sichergestellt, zum Beweis, dass ein Drogenheini unrettbar ist.

Dabei fressen die bürgerlichen Damen das Giftzeug zum Abnehmen, extrem aggressive Appetithemmer, bei zwei am Tag stellst du das Beißen ein.

Die hatte ich der Mutter weggenommen, heimlich natürlich aus dem Schrank geräumt, war eine Überraschung, dass die soviel gebunkert hatte, nur weil der, der jetzt ein Schwein für sie war, sie damit gequält hatte, sie sei zu fett und unansehnlich, dabei war sie nichteinmal füllig, und wenn mans objektiv betrachtete eine der glänzendsten Mäuse der Siedlung. Eben nur unglücklich und beschämt, dass ausgerechnet sie und ihr genialer Mann einen derart aus der Art geschlagenen Hässlichkeitsbolzen fabriziert hatten, der sie noch dazu fett gemacht hatte, denn vor meiner Geburt ist sie schlank und rank gewesen, ohne je ein Gewichtsproblem gehabt zu haben.

Scheißdrauf, das Zeug braucht sie nicht mehr zum Abnehmen, wir haben ohnehin kaum was zu fressen.

Komischerweise wurde sie trotzdem dicker, seit der Alte weg war, während ich dünner wurde, und sie jammerte einmal am Tag laut, mir passt dies und das nicht mehr, und woher Geld nehmen für ein neues Kostüm. Und Schuhe brauche sie, Schuhe, obwohl sie zwanzig Paar im Kasten hatte.

Hätte ich doch die Mirapronts verscherbeln sollen, dafür wäre Schmattes frei geworden für fünf Paar Lederschuhe Ladyklasse. Heute ist das Zeug verboten. Hat zuviel Krebs in die Abnehmer gelegt, hat sich schließlich zu sehr herumgesprochen, dünner geworden sind sie jedenfalls alle vor der Zeit.

Im Wampum hatte ich jetzt das Problem, dass alle von mir erwarteten, endlich auch das Zeug zu fressen, da bist du aufeinmal kein ganzer Kerl wenn du dich drückst, da gibts so eine Art Verachtung für Feiglinge, und die Mädchen von der Maturaklasse schmeicheln dich nieder und sie tanzen mit dir nur, wenn du dir auch die Birne weichgeraucht hast.

Für die Christa Mühl hätt ichs vielleicht getan, die hab ich gern gehabt, und sie war gut zu mir. Sie hatte mir aus einer der Modezeitschriften, die ihre Eltern abonniert hatten, immer die letzte Seite mit den Malerbildern herausgerissen, damit habe ich eine Sammlung zusammengeheftet und erstmals Bilder von der Lempicka gesehen, Nolde, Beckmann, die meisten waren mir unbekannt, aber immerhin waren auch sogenannte Moderne dabei, soweit sie ein geografisch eingeschränktes Mitteleuropa betrafen, denn die Kunst schien nur in Frankreich, Deutschland, England, Spanien und Italien hergestellt worden zu sein.

Es war wunderbar, wenn sie mir wieder eine Seite gab in der Großen Pause am Gang, mehr war ja nicht, außer einmal eine Umarmung, die mich romantisch froh machte. Aber ich muss zugeben, dass ich mir wohl unbewusst die Augen stets angestrengt hatte, um sie doch irgendwo aufm Schulgelände zu sehn, und wenn auch nur von hinten, ihren schwarzen Schopf der kurzgehaltenen Haare, ihre kleine sportliche Figur, und ich stieg auch hinauf zu den Gängen, wo die höheren Klassen waren. Alles haltlos hilflos.

Sie war auf einem anderen intellektuellen Planeten, kannte Theorien, wie es gerechter zuginge auf der Welt, mit der Macht zum Beispiel, die von unten kommt.

Ein Dummkopf war ich dagegen, ein Ignorant, und ihrer nicht würdig, aber gern hatte ich sie, sehr gern, und zwar einfach so, ohne Willen, ohne Absicht, wohl auch ohne Tiefe, mir genügte, dass sie jetzt im Wampum mit mir tanzte; und dass sie mich nicht zu animieren suchte, irgendwas von dem Nikolauszeug zu nehmen. So hatte ich noch mehr Achtung vor ihr, und möglicherweise hat auch sie nie was genommen.

Tanzen ist überhaupt furchtbar. Das Herumgezucke und Armgewedle, ich war höchstens fürs langsame Geschiebe zu haben, für das Beieinanderstehn oder Umarmen mit Gewichtsverlagerung. Ich glaub, für einen Fußballer isses eine Beleidigung, die Beine im Stand zu bewegen, höchstens ein paar Schrittchen vor und zurück zu machen oder sich zu drehen. Wenn man einen Gegner schwindlig gespielt hat, dann sagt man nach dem Spiel, der muss sich jetzt in der Kabine noch immer ausdrehn. Sich drehn hat so was Demütigendes fürn Kicker, außer natürlich, man hält einander umschlungen und machts ganz langsam, pro Musikstück einmal dreihundertsechzig Grad, das reicht. Dieses offene Tanzen ist mir völlig unverständlich. Aber auch Walzer, wird mir sofort schwindlig.

Eine Überwindung im Tanzkurs, dieser unechten Einrichtung, die bloß einen Haufen Geld kostet. Aber von der Schule aus war es erwünscht. Musste ich eben mehr malochen, um mir auch den Tanzkurs leisten zu können. Wir waren schon in der fünften Woche grausamer Tanzkurs-Treterei, zusammen mit den halblustigen Gören, alle ein Jahr jünger, und ich hatte mich geweigert, weiße Handschuhe zu kaufen und wäre fast nicht zugelassen worden. Man würde mit dem Schweiß der Hände den Damen die Stoffe versauen. So eine Scheiße, hab doch keine feuchten Hände, und wenn schon geschwitzt werden sollte, solln sies eben spüren, die verwöhnten Putzerl, und was die überhaupt anhaben, das würde selbst durch schwarze Handabdrücke noch veredelt werden. Schweiß ist die Ehre des Bemühens, Handschuhe hat der Tormann, und sonst niemand, und Torhüter, na ja, die laufen nicht und schwitzen nicht. Schon bei den Kindern kam beim Straßenkick der Schwächste, der mit den unkoordinierbaren Beinen, ins Tor. Der wahre Grund für meine Handschuhverweigerung war aber, dass ich mir den Luxus nicht leisten wollte. Ich sah nicht ein, etwas zu kaufen, das nach dem Kurs nie mehr gebraucht werden kann.

Im Wampum bin ich neben dem Piti Klausner gesessen, am Tisch an der Wand. Er hatte sich eine Packung Plättchen gekauft, und nun versuchte er eines statt zu rauchen, zu fressen. Er bot mir auch eins an, und mich interessierte das sehr, und ich untersuchte es mit Kennerblick, aber eher weil ich nicht tanzen wollte, und die eingerauchten Bräute der Maturaklasse ohne Beleidigung abwimmeln konnte.

Es waren neue Dealer im Raum, Leute, die ich noch nie gesehen hatte, und es ist immer gut, sich Gesichter einzuprägen, denn wenn die eine gestreckte oder giftige Ware verscherbelten, wird man sie in einer dunklen Stelle einer dunklen Straße wiedererkennen. Die drei Dealer bemühten sich sehr um die Mädchen, und schließlich überredeten sie die Margit Schütze, einen ersten Versuch mitm Joint zu unternehmen. Margit war mit Piti gekommen, beide aus meiner Klasse, Piti ein Jahr älter, weil er im Vorjahr hängengeblieben war und bei uns wiederholte, und Margit war die unerreichbare Schönheit der Klasse. Was leider andere auch bemerkten, da kamen sogar irgendwelche Laffen mitm Auto, um sie von der Schule abzuholen, und standen blöd mit Blumen in der Faust an den Kühler gelehnt und rissen die Tür auf, dass sie ins Auto gesaugt wurde.

Vom ersten Tag an, an dem die Mädchen in unsere Klasse kamen, bewunderte ich sie, und versuchte gleichzeitig zu vergessen, dass ich sie bewunderte. Einer, der so aussah wie ich, kam für sie nicht infrage. Ich glaube, sie hat in all den Jahren nicht einmal bemerkt, dass ich in der gleichen Klasse war, sie war eben Bundesliga und ich Landesliga. Sowas sind Naturgesetze, die die Welten voneinander trennen. Mir wäre auch nie der Gedanke gekommen, dass sie Interesse haben könnte, und ich hielt mich immer auf Distanz, mir reichte, dass sie die Vormittage im gleichen Raum wie ich atmen musste, und ihr nahezukommen wäre mir wie ein Verletzen von Vollkommenheit vorgekommen.

Sie war bis vor zwei Wochen, bis ich Mariella kennenlernte, meine heimliche Ikone, und erst jetzt weiß ich, dass es ein kaltes Ideal war. Es hat sich nichts geändert an meiner Bewunderung für ihre Schönheit. Es war gut, dass es sie gab, wie es auch Bilder von Modigliani und Gauguin und Matisse gab, aber alle meine Zellen, Moleküle, Atome, Quarks, Gluonen gehörten Mariella Teresa. Alle meine Wärme, Zuneigung, Achtung, mein Bedürfnis nach Hingabe, rundheraus mein Leben, zieht es zu Mariella, es gibt überhaupt keinen Vergleich, das ist zum Lachen.

Wir waren in diesem Jahr auf Landschulwoche in Südtirol, very molto romantisch die warmen Abende in der Abgeschiedenheit der Bergwildnis, wenn die Fässer abends im Haus blieben und sich mit Grappa zukübelten.

Ich saß an der Kante eines weichen Grashangs, Halbmond mit Venus und Jupiter mir halbhoch vis-á-vis, die

Grillen geigten schrill und schräg, und drüben hatten die anderen eine Höhle gefunden, wo sie bei einer Gitarre mit Lagerfeuer und Wein Marlboro-Country spielten.

Zuweilen kamen gedämpft ein paar Lachsplitter rüber, und ich dachte an Margit, die ich als letzte unten über die Wiese Richtung Höhle gehen gesehn hatte, mit einer Doppelliterflasche Wein wie ein Baby quer vor der Brust. Und ich dachte, zum Wunder der schwebenden Planeten würde das Wunder Margit passen, wenn sie sich nicht der Meute dort in der Höhle anschließen, sondern sich zu mir setzen würde.

Aber klar, dass dort mehr Spaß war als mit der Ruhe dieser Hochebenen und Taleinschnitte. Ich hatte mir sogar eingebildet, eine Sternschnuppe gesehn zu haben, war aber nicht sicher, deshalb habe ich mir die Margit nicht hergewünscht, denn wenns keine Schnuppe gewesen sein sollte, so dreht sich der Zauber bekanntlich um. Und ich wartete auf eine nächste Sternschnuppe. Vielleicht zwei Stunden saß ich so. Auf einmal kam hinter den Felsen, wo die Höhle war, eine Gestalt hervor und ging einen Bogen und kam sozusagen auf einem Umweg schließlich auf mich zu. Und es war Margit.

Da konnte ich kaum atmen, jeder Atemzug könnte sie verscheuchen. Aber sie kam zu mir. Es gibt also doch noch Wunder, man muss sie nur erwarten können. Sie setzte sich still neben mich. Ich schaute geradeaus hinunter über die Wiese, auf die verstreuten weißen Steine und Felsbrocken, und getraute mich nicht, sie anzusehn, damit sie nicht als Trugbild verschwindet. Aber sie war wirklich da, sie rückte sogar auf einen halben Meter an mich heran, und ich atmete nur ganz wenig, so überwältigt war ich.

Sie kippte seitlich langsam um und nach vorn und lag mit der Wange auf meinem Schenkel oberhalb des Knies, und ich hob die Hand und ließ sie über ihrem Kopf schweben, unschlüssig, ob ich ihr über die Haare streichen darf.

Da spürte ichs warm durchs Hosenbein sickern, sie lag noch ganz still, aber zugleich mit dem eklig säuerlichen Geruch, der mir plötzlich die Nase ätzte, begann sie zu röcheln und zu würgen und sie kotzte immer weiter, ohne den Kopf zu heben, und als sie ausgekotzt hatte, wunderte sie sich wo sie war, sah mich irgendwie empört an, stand auf und wankte weg. Sie war so besoffen, dass sie wahrscheinlich gar nicht wusste, worauf sie gekotzt hatte.

Ich blieb noch ein bisschen sitzen, und als mir der Gestank zu stark wurde, ging ich den Hang hinunter und über die Wiese zum Heim. Die Hose klebte an den Schenkeln, ich schüttelte die Beine, um wenigstens die dickeren Brocken wegzubekommen und wischte mit Gras nach. Ich hatte außer diesen Jeans nur eine kurze Sporthose mit.

Mit der Christa aber tanzte ich im Wampum, oder jedenfalls stieg ich mit ihr langsam auf der Stelle, und wir hielten einander gleichmäßig fest. Da kam eine Unruhewelle, eine ungute Stimmung ausm vorderen Teil des Lokalschlauchs. Sagte jemand: das isser ja, das isser, und war ich gemeint.

Ich sah über Christas Kopf hinweg eines der dealenden Affenlöcher auf mich zeigen, und sein Kumpel schien sehr interessiert. War so eine Art Spannung nun, aber es regte mich nicht auf, braucht nur einer näher zu kommen, dann kriegt er eine auf die Nuss, und die Sache ist geklärt, ich war ruhig.

Was ist los, fragte die Christa, weil ich stillstand. Langsam bekam ich eine Ahnung: wenn nämlich diese Giftverkäufer zur Bande gehörende Drecksschläuche sind, die hier Mädchen baggern und requirieren im Auftrag von Hottler und Fussler, dann lasse ich in diesem Raum ein Blutbad ein. Was hast du gesagt? Ich sagte, sagte ich laut zur Christa, dass ich die arschgefickten Nikoläuse dort abschalte, wenn sie blöd kommen wollen.

Ich schaute mir rundum die falsch vernetzten fortgeflogenen Gesichter da auf der Tanzfläche an, die nichts auf der Welt mehr anging, stupide abgeraucht, hier war von niemandem Hilfe zu erwarten. Schau dir die an, sagte ich zu Christa, die Angst bekam und ihre Krallen in meinen Arm presste und fragte, ob ich was genommen habe, weil ich los wollte, die Dealerfresse zu fragen, wie spät es ist, und ob es für sein Arschaffengesicht nicht zu spät ist, weil es gleich einen Knackschädel haben wird, dass es mit dem Arsch auf die Uhr schaut.

Da begann Margit zu schreien. Sie war die ganze Zeit am ersten Tisch vor der Tanzfläche gesessen und Motorrad gefahren, das heißt sie würgte eine zerknautschte Zigarettenschachtel mit beiden Händen und gab Gas und machte Motorengeräusch und zog die Maschine hoch und beschleunigte und fuhr immer weiter weg.

Jetzt aber wollte sie sich aufhängen gehn, sie geht in den Wald sich aufhängen, sie muss laufen, sonst kommt sie zu spät, es ist wichtig.

War aber kein Wald weit und breit, sie wollte trotzdem in den Wald und sich aufknüpfen, sie schrie es muss sein, das Gesetz das Gesetz, sie bringt sich um.

Sie riss sich von einer Freundin los, die sie am Arm zurückhalten wollte, sie lief durchs Lokal und die Steinstufen hinauf und hinaus.

Und ich hinterher und schrie Margit, Scheiße, dreh nicht durch. Sie hatte tatsächlich einen Horrortrip und kam nicht mehr runter, und ich fluchte auf die Scheißtypen, die ihr das eingebrockt hatten und sie laufen ließen, weiß doch jeder, dass man aufm Horror den Bach runter gehn kann.

Margit lief Richtung Fluß durch die nächtliche Altstadt, jetzt lief sie still und gehetzt, und als ich sie an der Gehsteigkante zurückriss vor so einem angesoffenen Auto mit angesoffenem Bassdröhnen, das die mitternachtsleere Straße heraufkämmte, brüllte Margit vor Entsetzen und sah mich groß voll Ekel an, als sei ich ein Monster, was ich für sie ja war in dem Moment, und sie schlug um sich und schrie und brüllte und bekam Kräfte, die mich verblüfften.

Sie wand sich aus meinem Griff und lief um ihr Leben, immer Richtung Fluss, und ich dachte, wenn uns jemand sieht, gibts Ärger mal doppelt, man könnte glauben, ich belästige und verfolge sie, oder sie nehmen sie hops wegen der Horrorladung, und für Rauschgift fliegst du aus der Schule, und sie hat das doch erst jetzt zum erstenmal probiert, wasn das wieder für eine versiffte Situation aber auch.

Sie lief unter den Platanen dahin bis vor zur Kreuzung, dort musste sie rechts ab zur Brücke. Ich wusste aber eine Abkürzung und wo die Löcher sind im Zaun der alten Sportanlage, die kaum noch genutzt wird, und dass hinter der uralten Turnhalle auch ein Durchschlupf war durch Gebüsch und Maschendrahtzaun, hin zum Fluß und zum Brückenkopf, das Privileg der Ortskenntnis, wo Margit als Fahrschülerin sich nicht auskennen konnte.

Ich war lange vor Margit da, die ich jetzt unten um die Ecke aus den Platanen kommen sah.

Sie ging, dann lief sie zuckend und mit abwehrenden Bewegungen ein paar Meter, dann ging sie wieder, sich wild umblickend, oder sie schrie auf den Gehsteig ein mit nach hinten gestreckten Armen und gespreizten Fingern, sie schrie, dass es sie durchschüttelte und es aussah, als müsse sie kotzen. Die dicke Strumpfhose war ihr in Falten gerutscht, der Minirock verdreht, auch die Windjacke sah verdreht aus an ihr. Das letzte Stück her zur Brücke lief sie wie ein Kind mit angewinkelten Armen und trippelnden Schritten. Ich stieg die Böschung hinauf und stand neben dem Betonquader der Verankerung, als sie zwei Meter an mir vorbei lief, ohne mich wahrzunehmen.

Mitte der Brücke, wo die Bögen der Eisenkonstruktion

sich auf Kniehöhe kreuzen, kletterte sie über das Geländer und stand im Spalt der zusammengefügten Bögen, und ich startete los. Ich erwischte sie noch am Arm. Ich hatte mich mit einem Fuß eingehängt im Spalt des Geländers, das andere Bein drüben, und ich zog sie zu mir und nahm sie in den Schwitzkasten, meine Armbeuge drückte ihr den Hals, dass sie nicht beißen konnte, und mit meinem freien Bein nahm ich ihre Beine in die Zange. Sie wollte sich unten durchbiegen und durchschlüpfen, aber ich drückte zu, dass sie röchelte und hechelte, und ich nahm sie in die Presse und bog sie zurück. Mein eingehängtes Bein schmerzte vom Druck der Eisenstäbe, es musste ja zwei Körper halten, aber solls von mir aus abbrechen, wenn ich das Luder nur zurück auf die Straße bringen könnte.

Wenn gar keine andere Möglichkeit besteht, so drücke ich ihr die Luft ab, dass sie ohnmächtig wird, und zieh sie herüber. Aber ich schaffte es auch so. Ich zerrte sie über das Geländer, dass es ihr das Kreuz durchbog. Jetzt hatte ich sie in Sicherheit am Boden und gab ihr eine gewaltige Ohrfeige, was mich sehr erleichterte.

Plötzlich stand Christa neben uns. Margit lag heftig atmend auf dem Gehsteig der Brücke und rührte nur die Augen. Christa packte Margits Unterkiefer und sah ihr in die Augen und sagte: ist ok. Und ich Schwächling begann jetzt zu zittern aus Angst, jetzt erst fiel mir die Brückenhöhe ein, und wie das Wasser aluminiumkalt dahinschnitt, und die Steinbrocken, die aus dem Fluss ragten, und was wäre gewesen wenn und hätte, und ich schämte mich vor Christa, weil ich das Zittern nicht verstecken konnte und sagte zu der liegenden Margit: blöde Kuh, blöde, depperte Kuh, saublöde, verschissene und sonst nix, und ich bibberte, weil mich fror.

Margit stand auf, als wär null gewesen. Wir gingen Richtung Stadtzentrum und waren die einzigen Zweibeiner weit und breit, und Christa nahm sie mit zu sich, weil sie in der

Nähe wohnte, und ich sagte: sag ihr nichts von dem ganzen Scheiß, und ging weg, und mich schmerzte das Schienbein sehr.

Wo der Mühlbach herauskam unter der Straße gegenüber dem Wampum, lehnte der Pires Sepp am Geländer. Wir gingen zusammen den Mühlbachweg entlang, und ein Radfahrer kam uns entgegen, und wir wichen nicht zur Seite. Der fuhr auf uns zu und klingelte und musste vor uns bremsen, und die Bremse funktionierte nicht so gut, sodaß er auf dem Schotter mit einem Fuß schlitterte. Wenn er versucht hätte, zwischen uns durchzufahren, hätte ihn der Sepp wahrscheinlich umgetreten und zusammengetreten. Aber so hob er bloß den Radfahrer samt dem Fahrrad auf und warf ihn in den schwarzen Mühlbach.

Damit ist der eigentlich noch glücklich davongekommen. Der Sepp sagte Uga! zum zeternden Radler, der bis zur Brust im schwarzen Wasser stand, und wir gingen weiter. Der Sepp tat, als sei überhaupt nix gewesen. Der hatte eine Urkraft in sich, die konnte ich nur bewundern.

Eigentlich hatte ich ihn überreden wollen, mit zurück ins Wampum zu gehn, in der Hoffnung, die Affengesichter noch vorzufinden und nachzufragen, was eigentlich vorliegt, aber der Sepp hatte kein Geld fürn Eintritt, und war auch besser so, ich war irgendwie müde.

Als wir in der Siedlung ankamen, sagte der Sepp, wenn du was von dem Radler erzählst, und machte mit der Hand vor der Kehle eine sägende Bewegung, und ich sagte spinnst du. Hatte es eigentlich schon vergessen gehabt, schien mir nicht der Rede wert, ging mir anderes im Hirn herum und durcheinander, denn die Margit hätte sich wahrhaftig von der Brücke geschmissen und wäre nicht mehr in die Klasse zurück gekommen.

Was glaubst du, wie das weitergehn soll, weißt du wie spät es jetzt ist? Ich weiß ganz genau, was du machst! Sieh dich doch an! Wie du aussiehst! Wo kommst du her? Du kommst nicht von der Arbeit!

Wenn ich fix und fertig bin und nur noch schlafen möchte, kommt mit Sicherheit ihr empörtes Selbstmordtheater. Ja, sie bringt sich heute um, sie hat dieses Leben satt, wofür und weshalb, alles sinnlos, und wer weiß, mit welchen Huren ich mich herumtreibe, sind ja nur noch Huren auf der Welt, und da will sie nicht zusehen, wie ich verkomme. Wahnsinnig logisch. Ich verstands nicht und wollte auch nichts verstehen, mir gings panoramamäßig an den Hüften vorbei das Gezeter, das sie früher dem Alten aufgebrummt hatte. Sonst kümmert sie sich einen Feuchten darum, was ich mache, unter welchen Bedingungen ich arbeite zum Beispiel, Hauptsache, die Scheine liegen aufm Tisch, ach lasst mich schlafen, alle.

Ja, schlafen, das hast du gelernt, dafür habe ich dich durchgefüttert; ja, schlafen, während ich, na, du wirst schon sehen, wenn ich nicht mehr da bin, dann wirst dus bereuen. Ich war nicht mehr fähig, ihrer Logik zu folgen, sie setzte sich ins finstere Wohnzimmer und tat, als unterdrücke sie das Weinen, und ich schlief ein. Dann wachte ich von Türenknallen auf, Knall und noch ein Knall, wie jemand in irrer Wut Türen zuwirft, dass der Putz bei den Angeln herausfällt, und ich ging ins Bad, da saß sie zusammengekauert mit dem leeren Glas in der Hand.

Ich sagte wieder mein Sprüchlein auf: hast dus getrunken, das sollst du doch nicht tun, und sie antwortete sterbend, es ist soweit. Und als ich hinausging, hauchte sie mir nach: jetzt hast du mich auf dem Gewissen.

Es war halb sechs und ich ging wieder ins Bett, konnte aber nicht gleich schlafen, weil was wäre, wenn sie diesmal wirklich die Tabletten genommen hätte, und als ich aufwachte, wars fast Schulbeginn, und sie saß gemütlich in der

Küche beim Frühstück. Warum sie mich nicht geweckt hat, aber sie fühlte sich gestört und stellte die Tasse hin und warf unwillig ihr Marmeladebrot aufn Teller und machte empört verächtlich ffff.

Die erste Stunde schaffe ich nicht mehr, ich hetze mich in Hemd und Hose, und als ich mit klappenschlagender Schultasche und in halbeingefädelter Jacke aus der Wohnung will, steht sie am andern Ende des Flurs vor der Küchentür und sagt bedeutungsvoll: übrigens, ich habe mit der Frau Brezina gesprochen. Tja, nun, sehr interessant, ungeheuer wichtig jetzt, die Meldung des Tages, sensationell, das muss man wirklich wissen, wird mir bei der Klausur eine große Hilfe sein.

Ich laufe los, erst einmal zum David Frühstück einwerfen, sind noch knapp zwanzig Minuten bis zur zweiten Stunde, Toast und Schokomilch, um die Lateinklauschur durchzschuschtehn. Mir fehlt eine Menge an Vokabeln, und ich weiß, es wird im besten Fall fürn Genügend reichen. Der Weißkranz sucht immer Stellen aus, wo sich die Sätze über zehn Zeilen hinziehn mit fünf versteckten Verben, die sich eineiig ähneln, und von denen jedes Verb alles mögliche und sein Gegenteil bedeuten könnte, dass sie zu überhaupt nichts und niemanden zu passen scheinen, bis man vielleicht gegen Ende der Stunde daraufkommt, dass das Verb, das einem irgendwie entscheidend vorkam, eigentlich ein nebensächliches Substantiv eines Nebensatzes gewesen ist. Je länger du übern Sinn nachdenkst, desto mehr erscheint dir der Text als eine Packung Sauerkraut, bis du am Ende in Panik innerlich hechelnd einen hyperventilierten, surrealen Text hinlegst, der nur noch als Assoziationskettenanreger taugt.

Freilich vertraue ich auf Notgers etwas besser gefüllte Vokabeltruhe, aber er ist eben auch nicht gerade der Lockerste in Latein, und zudem bekommt der alte Totsprachenfässer bei den Klausuren Sinne wie ein junger Tiger, und jedes seiner flaumigen weißen Kranzhärchen scheint ein Empfänger für Geflüstertes oder ein Bewegungsmelder zu sein, sodass wir sehr gelenkige Mundwinkel brauchen, um aus der Wange zu flüstern, oder für Zettelchen Augenwinkel benötigen, die den Blick in gespannte Halbbögen zu lenken vermögen.

Du bist in der Zeitung, sagte die Gitti und hievte den heißen Toast rüber, heiß heiß durch die Serviette, und der Käse zieht Fäden und die Zähne werden länger, hmäh, Zeitung wo? Hast du noch nicht gesehn? Großes Foto von euch, Horst und du, sie drehte die Zeitung über die Theke, und ich rückte sie mit dem Ellbogen zurecht, während ich den Toast runterschlang und der Käse Hängebrücke machte.

War das Foto, das sie vor dem Freundschaftsspiel gegen die Bundesligamannschaft machten, in der unser Trainer einmal spielte und zum Nationalspieler wurde. Im Hintergrund die Sitztribüne, und der Horst und ich haben den Trainer waagrecht zwischen uns, ich halte ihn an den Beinen und der Horst unter den Achseln.

Wir sind die Nachwuchshoffnung für die aufstrebende Union mit Bundesligaambitionen, und Johann Müller (links) wurde für seine konstanten Leistungen soeben mit der Berufung in die U21 des Landes belohnt.

Ich schaue etwas dümmlich aufm Foto weil gegen die Sonne und der Fotograf ständig lächeln gesagt hat, aber gegen die Sonne und mit den Trainerschenkeln in den Armen setzt du zweimal zum Lächeln an, und genau dazwischen drückt der dann ab.

Na was sagst, sagt die Gitti, aber ich bin nicht begeistert, war nämlich nicht mein Spiel. Ausgerechnet in der Hauptstadt vor größerer Kulisse, Beobachter von überall, auch der U21-Auswahltrainer, und ausgerechnet da muss ich so eine Partie abliefern. Fünfzehn Spiele hintereinander in Hochform, bei denen mir das Mittelfeld, gegen wen auch immer wir antraten, allein gehörte, in denen meine Pässe oft spielentscheidend waren, wobei ich selber sieben Tore geschossen habe. Und dann das. Ich sollte den gegnerischen Spielmacher neutralisieren, eine Rolle, die ich nicht mehr gewohnt war, ich war gewohnt, im linken Mittelfeld das Spiel selber zu machen, aber es ist natürlich ein Unterschied, ob du gegen eine Bundesligamannschaft spielst oder gegen eine aus unserer dritten Liga, und nocheinmal ein Unterschied, was du für einen Gegenspieler hast. Dieser war Nationalspieler, sogar Kapitän der Nationalmannschaft, und nicht zu unrecht, wie ich merkte.

Ich kam mit der plötzlichen Defensivarbeit im Mittelfeld schlecht zurecht, wir spielten ein anderes System. Der Trainer hatte mich zwar theoretisch darauf vorbereitet und mich gefragt, ob ich es mir zutraue, und ich hatte auch keinerlei Zweifel, aber ich kam nichteinmal über den Kampf ins Spiel, stand zu oft zu weit vom Gegner, was viel unnütze Laufarbeit kostete und einen ganz aus dem Rhythmus bringt. Ich fühlte mich überflüssig aufm Feld, das Spiel lief an mir vorbei, weil ich es zwingen und weil ich mit Kraft machen wollte, was mir sonst selbstverständlich war.

Ich begann zu denken, und das ist am Feld genau das Verkehrte, weil das Denken die Schnelligkeit und Reaktion einschränkt, und zu allem Überfluss machte ich auch ein dummes Foul, eines von jenen unnützen Fouls, wo du dich, schon während es passiert, in den Hintern beißen möchtest. In der zweiten Halbzeit blieb ich dann logischerweise draußen, für mich kam der Horst und spulte eine beachtliche Partie ab, wir verloren ehrenvoll Eins zu Drei, in der Halbzeit sah es mit Zweiluft schlecht für uns aus. Das sind Tage, an die man sich nicht gern erinnert, die einen zwicken und für immer ärgern.

Das Foto in der Zeitung erinnerte mich nur an die Schmach, an die Enttäuschung des Trainers, die meine eigene Enttäuschung noch schwerer machte, und mir war, als würde durch den Artikel mein Versagen nun allgemein öffentlich. Depp, sagte die Gitti, und küsste das Bild von ihrem Horst und die Sportseite blieb ihr für einen Moment an den Lippen hängen.

Christian Gorsen war mit der Übersetzung bereits fertig, als Notger und ich erst ungefähr ahnten, worum es sich in dem lateinischen Abschnitt handeln könnte. Ich drehte mich um, er saß zurückgelehnt mit verschränkten Armen entspannt und sah wohl an der Klassenzimmerdecke ein Tennismatch, dessen Ausgang er bereits kannte, indessen sich vor mir neben dem Piti der Detlev Pensa die Haare zerraufte und das Gesicht zu verwischen suchte.

Ich hatte es immer als Zeichen meines Mittelmaßes gewertet, zwischen dem Intelligentesten und dem unkoordiniertesten Geist der Klasse zu sitzen, hinter mir der geniale Gorsen, vor mir der Pensa, der sich ohrfeigt um aufzuwachen. Aber er wacht nicht auf, er ist noch nie aufgewacht, so sehr er sich bemühte, und das Wunder, dass er immer noch im Gymnasium sitzt, ist den Verbindungen seines Vaters, eines Majors, zu jenen unseren Fässern, die Wehrmachtsoffiziere waren, zu danken. Man lässt einander nicht fallen, auch nicht in dunkelsten entarteten Zeiten wie diesen, in denen eine Demokratie durchgestanden werden muss.

Fürn Detlev wars eine Qual, der Junge musste immer Krawatte und Sakko tragen und die Hoffnung seiner Eltern, die nicht einsehn konnten, dass ihm, der auch noch Privatunterricht in vier Fächern nehmen musste, die Oberstufe zu hoch war, wie immer er sich auch bemühte. Der Pensa hatte nicht eine Note unter Genügend, nichteinmal im Sport, er war ein einziges Unglück mit weinerlicher nasaler Stimme und Augen, die nicht zu sehen, sondern sich irgendwie an der Nasenwurzel um optische Eindrücke zu bewerben schienen. Jetzt begann er zu stöhnen und zu keuchen, und er wischte mit der Handkante über die Seite im Heft, als könnte er mittels der Technik der Frottage die Übersetzung aufs Papier reiben. Sei still du Arsch, zischte Notger, denn die feinhaarige Aufmerksamkeit des lateinischen Rohrs zielte in unsere Richtung.

War immer das gleiche mitm Detlev, in seiner Panik der letzten halben Stunde merkte er nicht mehr, was er tat, er merkte nicht, dass er wimmerte, gepackt von der Verzweiflung, gepresst vom Druck, gewürgt von der Schande, schaltete sein Körper sein Gehirn aus und die Hände und Unterarme fuhren ihm übers Gesicht, die Füße begannen unter der Bank zu trommeln, als wollten sie ohne ihn weglaufen, und er keuchte, als mache er tatsächlich einen Sechzigmeterlauf.

Er drehte sich halb um und presste verzweifelt halblaut hervor: um was gehts denn überhaupt! Er nahm den Fässer gar nicht mehr wahr, der sich erhoben hatte, und der seine bedrohliche Empörung ob der Verletzung der Klausurstille ad personam herbeitrug, und obwohl das Lateinrohr schon neben ihm stand, zischte der Detlev in nachdrücklicher Verzweiflung sich in die Schulter: sag schon, schnell! Aber da zog ihm der Fässer bereits das Heft unter den Händen weg, obwohl der Pensa es nicht hergeben wollte und die Handflächen draufpresste. Da wars für ihn gelaufen.

Bei einer Lateinklausur im Vorjahr hatte uns der Pensa derart genervt mit seinem: um was gehts denn, sag, dass ihm der Notger schließlich unter Lebensgefahr zugeflüstert hatte, im Text handelt es sich: um Tod des Adonis, bei der Jagd von einem Eber zerrissen, liegt in seinem Blut; Venus, seine Braut, die fort war, kommt schnell zurück, er stirbt in ihren Armen, aus dem Blut entstanden ... da wurden sie von der Aufmerksamkeit der Lateinröhre unterbunden. Pensa aber schrieb und schrieb und war glücklich nach der Arbeit. Endlich, sagte er erleichtert, hat er das erste Mal ein gutes Gefühl, das ist ein gutes Gefühl, ein gutes Gefühl zu haben, und er rückte freiwillig sein riesiges doppeltes Schinkenbrot heraus, das ihm sonst immer der Gorsen gleich nach dem Klingeln zur großen Pause wegnahm.

Als wir die Arbeiten zurückbekamen, und der Pensa vom kopfschüttelnden Fässer, da erübrigt sich jedes Wort, seine nichtgenügende Arbeit empfing und er, Pensa, die Welt nicht mehr verstand und seine Arbeit dem Notger gab, was denn daran nicht stimmt, brach der Notger mit Geheul über Pensas Klausurtext zusammen. Den Kopf auf den gekreuzten Armen über Detlevs Heft wimmerte und schluchzte er vor Lachen und Vergnügen, es schüttelte ihn, und er wand sich, nein er kann nicht mehr, die Tränen liefen ihm herab, als er mir das Heft zuschob, ich soll mir das ansehn, er kann nicht mehr, er kann einfach nicht mehr, aufhören, bitte aufhören sprach er zu seinen Lachanfällen, die ihn beutelten.

Der Pensa hatte, statt zu übersetzen, geschrieben: die Geschichte handelt von einem Mord an Adonis, der wegen der Abwesenheit seiner Gattin Venus, die sich auf Jagd befand, von einer Wildsau hinterrücks ergriffen wurde und niedergeworfen, und dann wurde er so schwer verletzt, dass er zu bluten begann. Als dieses wiederum seine Frau Venus sah, nahm sie ihn auf den Arm. Und aus seinem Blut, es folgten eineinhalb wild durchgestrichene Zeilen, befleckte er ihre Hemdsärmel.

Der Gorsen und der Werner, die mir auf den Schultern hingen und mitlasen, verstanden gar nichts, sie schüttelten nur ungläubig den Kopf, und der Christian sagte, jetzt ist der Pensi völlig skurril geworden. Sie wussten ja nicht, was ihm der Notger zugeflüstert hatte. Und der Pensa wusste nicht, und wir hüteten uns, ihm das zu sagen, dass der zu übersetzende Text eine blöde öde Stelle ausm Gallischen Krieg war.

Für Mariella hätte ich mich auch vierteilen lassen, damit ihr nichts geschieht. Ich hatte das Gefühl, es gibt nichts, das ich nicht für sie tun würde, ich war stark und unangreifbar, denn es galt, sie zu beschützen. Sie war zu meinem Lebensmittelpunkt geworden, und was immer ich tat, ich tat es in Gedanken an sie und in Gedanken daran, dass ich es ihr erzählen kann. Solange ich lebe, kann ihr nichts geschehen, und sollte es notwendig sein, geh ich drauf für sie, und zwar mit Freude. Jede Arbeit fiel mir leicht, und es gab nichts, was mich aufregte, weder in der Schule noch auf dem Spielfeld.

Die Schule kam mir kindisch vor, und ob sie mich Prolet nannten oder mich als Sozi verachteten, als einen mit Rotlauf, wie der Mattesfässer solche Individuen nannte, jedes meiner Nichtgenügend auf Examenarbeiten begleitete er mit dem Satz: lange Haare, kurzer Verstand, und knallte das Heft auf den Katheder, wo man es abholen musste, alles das ging mir panoramamäßig an den Hüften vorbei. Auch bei Fouls auf dem Feld spürte ich keinen Hass mehr aufsteigen und kein Bedürfnis nach Rache und Revanche, ich stand auf und spielte weiter, ohne zu lamentieren oder zu protestieren.

Das Wichtigste war, dass Mariella nichts geschah. Das war meine einzige Sorge. Warum ich mir daher die Haare nicht schneiden ließ, weiß ich nicht, ich nahm ihren Wunsch wahrscheinlich nicht ernst, da sie es ja nicht wünschte, damit ich ihr besser gefalle, sondern aus Sorge um mich, dass mich die Nikoläuse erkennen könnten; und Sorgen um mich machten mir eben keine Sorgen. Was mich vorgestern bedrückt hatte, was ich gestern als Demütigung empfand, waren nichts als Kindereien, die heute keine Bedeutung haben. Wie auf einer Eisscholle stehend driftete ich ab von den Kleinkrämereien, diesen Pseudowichtigkeiten der Schülerexistenzen. Auf einmal lag eine kalte unüberwindliche Distanz zwischen mir und dem, was mich bisher belastet und gekränkt hatte, denn es hatte mich gekränkt, auch wenn ich es nicht zugeben wollte, dass mich die Deutschfässerin vor der Klasse einen Proleten genannt hatte, nicht wegen des Worts, sondern wegen der Absicht und des Tons, die das Maximum an Verachtung ausdrückten und viele von denen in der Klasse, die bisher keine Vorurteile hatten, von mir abrücken ließen, als hätte ich plötzlich eine ansteckende Krankheit.

Und nun? Wars mir panoramamäßig unwichtig.

Mariella hatte mir ein weiteres Stück aus dem Buch Esther vorgelesen, denn Buch Esther hatte Robert als Titel hineingeschrieben, und was mir Mariella vorlas, ging so:

Du bist mîn, ich bin dîn,
des solt du gewis sîn.
du bist beslozzen
in mînem herzen,
verloren ist daz sluzzelîn –
du muost ouch immer dar inne sîn.

Das fuhr direkt ein in meine Hirnmuskulatur, und nach dem zweiten Vorlesen merkte ich es mir bereits, es war genau so, wie ichs spürte. Nun konnte ich mein erstes Gedicht auswendig. Aber für mich wars kein Gedicht, weil mit sogenannten Gedichten, diesem Gesülze, konnte ich wirklich nichts anfangen, sondern es war die Wahrheit, die ich bei jenen Sachen, die uns die Deutschfässerin als ihre mittelalterlichen Lieblinge ins Hirn drücken wollte, nicht spürte.

Diese ödlen Rütter, die wegen eines Tüchleins, das ein immerblondes Fröilein vom Turm fallen ließ, jahrelang ausritten und rauften und killten und sich selbst halb totschlagen ließen, und wenn sie zurückkommen, ist die bewunderte foine Frau entweder verhoiratet oder noch immer verhoiratet und schoißt gerührt auf die Scheißgroßtaten, die der ödle Rütter angeblich für sie allein vollbracht hat, weil es ihr ja mit der Macht und den Privilegien des Knilchs, mit dem sie aufs foinste verhoiratet ist, ausgezeichnet gut geht. Und so hat der bindungsscheue ödle Rütter gleich wieder einen Grund, auszureiten und den allerneuesten Gral anzupeilen, denn zu Hause hielte ers gar nicht aus, wenn wir ehrlich sind. Und das soll edel sein; ist eher ödel und dödel, aber der Fässerin gefällts, und sie kriegt feuchte Äugelein, wenn sies vorliest, mit dem Fuß aufklopfend skandierend, wîp lîp, shit.

Soll sie mich ruhig als unedlen Unhold und Feind von allem Schönen, Holden und Guten sehn, ich weiß, was in mînem herzen drin ist, und verloren ist daz sluzzellîn.

Die Fässerin war mir nämlich auf die Eier gestiegen, und damit hat sie sichs endgültig bei mir schulmäßig versaut, ich hatte das du bist mîn ich bin dîn aufgesagt. Einfach so. Ohne Anlass. Mitten in der Stunde. Ich war aufgestanden und hatte das Stückchen langsam in ihr edles blutleeres mittelalterliches Gesäusel von frouwe und minne eingesetzt.

Eine Provokation sondergleichen, ich merkte, wie es gefährlich still wurde in der Klasse, und wie die Fässerinnenäugeleins sich zusammenzogen, war mir aber sowas von panoramamäßig, sollten sie bloß einmal was Schönes hören. Was sie natürlich nicht hörten, weil ichs außerhalb der Regeln vortrug, ungefragt und ungebeten, tja so kommt eben Provokation zustande und Verwirrung, denn jetzt ist einer wahnsinnig geworden. Das war mir schon irgendwie klar, dass es eine Provokation war, und ich rechnete auch mit jeder möglichen Konsequenz und sah mich vor den Direktor zitiert, aber dass sie das Stückchen selbst schlecht machte, damit hatte ich nicht gerechnet.

Sie sagte nämlich zur Klasse, das ist typisch, dass er sich ausgerechnet etwas merkt, das nicht gerade zu den ersten Erzeugnissen unserer sprachlichen Basis gezählt werden kann, kein großer Wurf, auf den man bauen könnte, ein zufälliges Stück Abfall, wie, und jetzt kam ihre Wut auf mich zeigend durch, auch er einer ist. Der saß nun aber überhaupt nicht, außer eben, dass ihr Hass auf den vermeintlichen Proleten eine Rose des zwölften Jahrhunderts köpfte und mir den Glauben an die Ernsthaftigkeit und Objektivität des Unterrichtswissens endgültig wegradierte.

Deutsch war für mich nun mauseputt. Aus Äpfel Amen. Ich hatte keinerlei Interesse mehr an dem, was da vorgeschwätzt wurde, klinkte mich weg, hörte nicht mehr hin, sie konnte zwar weiterhin ihr Nichtgenügend wegen Thema verfehlt unter alles setzen, was ich an freien Aufsätzen schrieb, aber es gab ja noch die Grammatik, die ist weniger geschmacksabhängig, und die hatte ich drinnen, da konnte mir keiner ein Delta für ein Epsilon vormachen.

Was für einen Grund gibt es, das alles noch ernst zu nehmen? Es gibt keinen, null Grund, Kränkungen ernst zu nehmen. Kränkungen sind ja nix als ein paar Kratzer auf den Eitelkeiten, ein paar Kratzer aufm Rechthabenwollen, ein paar Kratzer aufm Firnis des Selbstbilds, ein paar Kratzer auf den eigenen Gewohnheiten, ein paar Kratzer auf den Erwartungen, die man aus wenig realen Gründen an die anderen zu haben müssen glaubt, ein Kratzer auf dem Stolz, der nichts anderes ist als der Lack überm Minderwertigkeitsgefühl, ein paar Kratzer auf den eigenen Meinungen, die, wenn mans recht bedenkt, meist gar nicht die eigenen sind, sondern übernommene, was man sich aber nicht eingestehen will, weil man übernommene Meinungen ebenso wie die übernommenen Gewohnheiten bissiger verteidigt als die zwei mühsam erworbenen eigenen. Was eigentlich auch recht komisch ist, wenn ein paar Kratzer einen wütender machen oder niedergeschlagener, als wirkliche Verletzungen.

Ist genauso komisch, wie der Herr Testa am Sonntagvormittag mit seinem Strumpf am Kopf den roten Skoda eincremt und poliert und nach der Todesstrafe schreit, weil er einen winzigen Kratzer entdeckt, vor Verzweiflung und Empörung kaum mehr Luft in sein Geschrei zu pumpen vermag, mit nunmehr skodarotem Gesicht nach Polizei und

Verhör und Blutrache verlangt, sodass die Leute auf die Balkone kommen und sich schuldig fühlen und ihm zustimmen, dass die Welt nicht mehr lange steht, wenn so etwas einmal einreißt.

Aber einen Monat zuvor hatte der Wagen einen Schaden mitten im Ausflug, und die Familie Testa hing im Niemandsland zwischen Wäldern fest, es war die Lichtmaschine, und sie mussten kilometerweit gehn, bis sie jemanden fanden, der sie abschleppte. Das erzählte er stolz wie ein besonderes Abenteuer, der pensionierte Regierungsrat, genau so stolz wie er die gerahmte Handarbeit seiner ihn überragenden Frau einmal herumreichte, das ist nämlich wirkliche Kunst, wo man weiß, wie sie gemacht wurde, und dass sie einen Sinn hat, da kann man sich jeden Tag dran freuen und darüber nachdenken, fünfzig Stunden in Kreuzstichen der Kopf eines augenverdrehenden Dackels mit dem aufgenähten Spruch: wenn mir mein Hund das Liebste ist, so denke nicht, es wäre Sünde, der Hund blieb mir im Sturme treu, der Mensch nicht mal im Winde.

Der Wimmer Naz und ich hatten damals das Auto umrundet, um den Kratzer zu sehen, der aber nicht zu sehen war, denn der Testa verbat sich lamentierend, zeternd und anklagend eine Annäherung, einen Schritt vom Vehikel musste man Abstand halten: damit ihr mir nicht noch mehr ruiniert, hier, hier, genau hier, er war in die Hocke gegangen, und sein Zeigefinger kam aus seinem rechten Auge und zeigte auf die Stelle rechts hinten überm Kotflügel, aber wir konnten nichts erkennen und gingen weg, und er rief uns nach, wer das gewesen ist, kann sich auf was gefasst machen.

Mariella lehrte mich auch die Mathematik. Zum erstenmal verstand ich, wozu die Formeln da waren, wie man sie und warum verknüpfen kann, sie lehrte es mich wie nebenbei, wie in einem Gespräch, und mir wurde der Stoff, der in der Schule so vertrackt erschien und der mir so viel Angst machte, nach und nach klar.

Keine Funktion in Geometrie und Arithmetik war mir fremd, ich wunderte mich geradezu, dass ich das alles vorher nicht gesehen hatte, so leicht war das. Und ich fühlte mich auch leicht, Mariella hatte mir eines der schwersten Gewichte genommen, an denen ich geschleppt hatte, immer wieder wunderte ich mich, wenn wir eine Aufgabe durchgingen und ich sie begriffen hatte, und ich sagte zu Mariella: das ist es? So einfach? Mehr ist nicht? Und sie sagte: so einfach, mehr ist es nicht. Und ich lachte, und sie lachte mit mir. Es war einfach ein Wunder. Yahouuu, das isses, ich habs. Ich hätte sie zerquetschen können vor Vergnügen.

Die Nachhilfestunden beim Ingenör Hauerfranz hatte ich längst aufgegeben, der Notger noch früher als ich, ich war fünfmal allein hingegangen, hatte aber nie begriffen, was er mir vorzitterte. Mir tat er vielleicht sogar Leid, auch wenn er ein Freund vom Drecksberger war, aber er konnte mir nicht helfen, und abgesehen davon ging mir die Hauerin gewaltig aufs Säckchen.

Sie hatte begonnen, bei der Geldübergabe immer näher zu stinken und gänzlich wirr und verschwörerisch zu tun, sogar vor dem Hauer, und ich bog mich da an der Tür immer weiter zurück, und sie zog das Strickkleid hoch und zeigte die dürren blauen Schenkel.

Ich wusste nur, dass ich nicht mehr herkommen würde.

Das war alles knapp zwei Jahre her, nur dass es mir vorkam, als sei es, seit ich Mariella kannte, in einem anderen Leben geschehen, einer mir nicht mehr verständlichen Epoche, Steinzeit.

Was mich beschäftigt hatte und gekränkt und befremdet, was ich als Verletzungen empfand, waren nichts als Schuppen, die jetzt von alleine abfielen. Ich kratzte mir nicht mehr den Kopf. Mich juckte auch Tom Speyers Schwester Angelika nicht mehr, die mich von einem Tag zum anderen mied, als hätte ich Aussatz. Sie ging in die Klasse zwei Türen weiter, und wir sollten uns einmal treffen, sagte sie in der Großen Pause. War ich verblüfft und geschmeichelt, weil sie hübsch war und die Tochter vom Prominentenzahnarzt und sicher viel gescheiter und kultivierter als ich. Ihre Villa war nicht weit von unserer Siedlung, hinter hohen Mauern und umgeben von einem Garten mit Tannen, die die Balkone im ersten und zweiten Stock mit ihren Ästen berührten, das sah man von der Straße aus, und das gefiel mir, dass die Äste nicht weggeschnitten waren, sondern sich an die Balkonbrüstung lehnen durften.

Und ich stellte mir vor, dass in so einem Haus eine große Bibliothek sein musste mit vielen Kunstbänden und Romanen, woraus man eine Menge Wissen schöpfen konnte, jedenfalls ein Wissen, das man im Alltag von niemandem kriegt.

Ich dachte, ich zeige ihr was, was mich selbst verblüfft hatte, als ich es entdeckte, am Heimweg von der Schule: eine Galerie im Hinterhof eines Neubaus im Zentrum, gleich neben dem Kino, von deren Existenz wohl wenige wussten. Ich war zweimal hineingegangen und hatte nie wen gesehen in den beiden kahlen Räumen, obwohl im ersten Raum ein Tischchen war mit einem angeketteten Buch drauf, in das man was schreiben konnte, und da standen einige empörte Sätze oder nur Wörter: Entartet! – Verbrennen den Schwindel. – Soweit ist es gekommen. – Das soll Kunst sein! – Wohin führt uns das? – Das kann nicht ernst gemeint sein! – Wiederlich, schäußlich, unnatührlich. – Wir haben uns sehr bemüht, Verständnis für die neue Zeit aufzubringen, aber wo kein Sinn ist, bleibt leeres Geschmiere. Eine einzige Eintragung auf den drei Seiten war positiv, und das war die vorletzte: mir hat es gefallen! Die war von mir. Die letzte Eintragung hatte einen Pfeil zu meinem Satz hin und der Pfeil ging von dem Wort aus: plemplem!!!

War spaßig das Ganze, denn die Bilder waren Landschaften, aber eben in Flächen aufgelöst. An den Gewichten der Farben aufgehängt. Und das ergab gegeneinander einen Klang, wie man dickwandige und dünnwandige Gläser anstößt. So kam mir das vor; dass eben Farben auch ein Gewicht haben und je nach Gewicht einen anderen Klang; ein optisches und akustisches Gewicht sozusagen.

Wenn ich Farben hätte, so würde ich versuchen, Mariellas Gesicht zu malen, nur aus dem Gewicht der Farben zusammengefügt, von der Anziehungskraft ihrer spezifischen Massen im Gleichgewicht gehalten.

Dass Farben ein Gewicht hätten, war eher nur so eine Empfindung. Da hatte ich Mariella noch nicht gekannt und wusste nicht, mit wem darüber reden. Mitm Zeichenfässer schon gar nicht, der war über jede Frage unwillig und wollte hinter seiner Zeitung in der Doppelstunde verschwunden sein, da kriegte man für nix eine Antwort, außer ein unwilliges Brummen. Überhaupt hatte ich mir abgeschminkt, einen Fässer was zu fragen, nachdem mich der Physikfässer zu einem kleinen Idioten zusammengestempelt hatte vor der Klasse, weil ich fragte, wenn es für alle Elementarteilchen auch ein Antiteilchen gibt, warum gibts dann nicht auch für Gravitonen Antigravitonen, die die Anziehungskraft auflösen? Mir kam das überhaupt nicht ungehörig vor, und ich dachte, das wär die Lösung, weil da ein Widerspruch bestand bei dem, was wir lernten, dass sich nämlich alles durch die Gravitation anzieht im Weltraum, während zugleich alles auseinanderfliegt. Also muss es auch eine Antigravitation geben, die das Zeug, die Sonnen eben und diese Galaxien und Quasardings, auseinandertrieb.

Ich soll besser zusehn, dass ich den Lehrstoff bewältige, nichteinmal für den reicht nämlich, wie die Noten zeigen, mein Spatzenhirn. Wenn ich schon die Hebelwirkung nicht begreife, ich sollte mich an die jüngste Prüfung erinnern, brauche ich nicht auch noch über etwas zu schwätzen, wovon ich nicht die geringste Ahnung haben kann. Puff, der saß. Sogar der Pensa drehte sich um und schüttelte den Kopf über meine Blödheit. Können wir jetzt vielleicht weitermachen? sagte der Fässer, und der Pensa nickte wie ein Kenner, ganz auf der Seite des Fässers.

Was die Farben betrifft, war meine Überlegung vielleicht nicht ganz so blöd, denn Mariella hatte mir im Buch Esther eine Bemerkung von einem gezeigt, der einen Teppich so betrachtete, als würden die Farben leben:

Jede Farbe dehnt sich und gibt sich
den anderen Farben hin

um mehr allein zu sein wenn du ihn betrachtest

Wer die Farben so angeordnet und hineingewebt hat, hat auch ein Stück seines Lebens, seiner Aufmerksamkeit mit hineingewebt, und ich stelle mir vor, dass es eine einsame Sache ist, so etwas herzustellen, und langwierig.

Während man mit Geduld und Ungeduld Farbe an Farbe fügt, wieviel Gedanken gehn da mit hinein aus einem Leben, das während der Monate oder Jahre des Knüpfens ja nicht allein ausm Knüpfen besteht. Vorausgesetzt natürlich, dasses nicht ein maschinell hergestellter Teppich ist.

Der Angelika Speyer wollte ich die Ausstellung zeigen, weil ich dachte, das könnte jemanden interessieren, der zu Hause den Zugang zu einer Bibliothek hat, und sie würde mir vielleicht sogar neue Einsichten vermitteln können, um die moderne Kunst besser zu verstehen. Alles was ich weiß, habe ich aus meinem Buch Malerei unserer Welt, sehr gebraucht und dreimal mit durchsichtigem Klebeband am Rücken zusammengehalten, mit einigen losen Seiten, besonders die Farbtafeln haben sich entbunden. Das Buch beginnt mit einer Höhlenmalerei der Altsteinzeit, einem Bison aus einer Höhle in Frankreich, zwanzigtausend Jahre vor Christus. Mich hätte interessiert, was ein Mädchen, das über alle Kunstbände verfügen musste, zu dieser Art heutiger Malerei sagen könnte.

Ich hatte den Eindruck, dass sie von Anfang an enttäuscht war, dass ich sie am Nachmittag unseres Rendezvous an so einen Platz führte. Sie machte zwei Schritte in den Ausstellungsraum, sah flüchtig auf die Bilder, und ging zurück zum Tischchen nahe der Tür, blätterte fluchtbereit in dem Album und las die paar Eintragungen, während ich noch einmal alleine von Bild zu Bild ging und mir einfiel, dass ich gar nicht wusste, von wem diese Bilder waren. So ging ich zu ihr und hob die erste Seite im Album an, indessen sie noch die Finger drauf hatte. Da war eingeklebt: Hinterglasmalerei von Peter Prandstetter, Tirol. Ich fragte Angelika, ob sie den kennt. Sie aber fragte dagegen, auf meine anonyme Eintragung deutend, wem denn so etwas gefallen kann.

Ich sagte, sie soll auch was hineinschreiben, da sah sie mich an, als ob sie gerade die Bestätigung bekommen hätte, dass ich vollkommen daneben bin. Sie wollte raus hier. Wir gingen in den Garten des Café Uhlmann, und nach zwanzig Minuten gezwungenem zähen Gegenübersitzen sagte sie, sie muss nach Hause, stand auf und setzte sich zu einem Bekannten, den sie im Café entdeckt hatte.

Sowas braucht man nicht persönlich zu nehmen, hatte Mariella gesagt, die Leute sind verstört, wenn sie mit etwas Ungewohntem konfrontiert werden, da gehn sie in Abwehrhaltung oder werden agressiv, es handelt sich um das Ungewohnte und Ungewöhnliche in ihnen selbst, vor dem sie Angst haben. Angst lässt den einen bellen und den anderen beißen. Es verhält sich genau so, wie wenn jemand mit etwas konfrontiert wird, wofür er sich eigentlich schämen muss. Statt sich zu schämen wird er aggressiv. Oder schweigt. Und köchelt in seinem Schweigen dahin, um Groll und Abwehr zu konservieren, die die Ausreden sind für eigene Schuld, eigenes Unverständnis, für die Angst davor, dass das Selbstbild ein Selbstbetrug sein kann. Daher fühlt sich immer der am allermeisten im Recht, der ein Arschloch ist. Recht haben wollen und sich ausschließlich im Recht fühlen, sind geistige Einbahnen zwischen hohen Fassaden ohne Fenster. Andere Meinungen, Sichtweisen, Möglichkeiten liegen dort nicht im Weg. Es gibt sogar das Phänomen, dass Mörder sich so auf das Verhalten ihrer Opfer herausreden, dass sie sich vollkommen im Recht fühlen, sodass das Faktum, dass sie sich das Unrecht genommen hatten, jemanden aus dem Leben zu tilgen, winzig wird im Vergleich zur Selbstgerechtigkeit, sodass schließlich das Opfer Schuld hat.

Das verstehe ich nicht.

Nun, wer dich in die Schnauze schlägt, tut das doch nicht im Gefühl Unrecht zu tun. Ihn hat was gestört, und daraus leitet er das Recht ab, dir in die Schnauze zu haun. Da wird eine Störung seiner Gewohnheiten oder seiner Verdrängungen umgewandelt in das Recht, Richter und Exekutor zu sein über andere, die seinen Erwartungen momentan nicht entsprechen.

Versteh ich immer noch nicht.

So erzählte sie mir von Raimund, der seine Ex-Freundin umgebracht hatte. Er hatte sie mit Messer und Hammer massakriert und liegenlassen in der Wohnung, wo sie nach sechs Stunden starb. Sechs Stunden, bis sie verreckte.

Danach fuhr er zu Freunden, ging mit ihnen in ein Restaurant, dann in den Vergnügungspark, und schlief bei einer

Freundin, denn nach Hause konnte er nicht, dort lag ja die kaputte Ex-Freundin.

Zwei Jahre zuvor hatten sie die Beziehung beendet, und er, der wegen seines Aussehens und seines Talents als Musiker sehr viele Freundinnen hatte, bildete sich auf einmal ein, es nicht ertragen zu können, dass seine Ex-Freundin ohne ihn als Schauspielerin Karriere machte. Auf einmal wars ihm unmöglich zu denken, dass sie ihm nicht mehr gehörte, denn er ging davon aus, dass eine Freundin ihm gehöre, und wegen dieser eifersüchtigen Besitzansprüche war die Beziehung auch zwei Jahre zuvor zuende gegangen.

Jetzt wollte er sie zurückhaben. Er kam drei Tage hintereinander zu Markus und Mariella, um stundenlang sein Leid zu wiederholen mit einer Oktav höheren Stimme, dass sie nichts mehr von ihm wissen will, was er tun soll, er wird verrückt, er muss sie haben, und jedes Argument prallte an seinem Habenmüssen ab.

Wie die Kinder in der Sandkiste das Spielzeug anderer zu zertreten suchen, und noch in der Luft treten und gegen die Knie der Eltern treten, wenn sie weggehoben werden, weil sie es nicht haben können.

Raimund ließ sich von keinem Argument wegheben von seiner Fixierung. Im Gegenteil, je mehr ihn Markus und Mariella an den Unsinn und infantilen Starrsinn seines Verhaltens erinnerten, desto heftiger bestand er auf seinem Recht, sie sich zu holen. Von Markus und Mariella war er enttäuscht. Noch in der Nacht des dritten Tages fuhr er in die Hauptstadt. Am nächsten Morgen traf er sie unter dem Vorwand eines letzten Gesprächs in seiner Wohnung und machte sie kaputt.

Merkwürdigerweise war er sich einer Schuld wenig bewusst. Seine Aussagen vor Gericht und seine Interviews wiederholten nur eines: dass die wahre Schuld bei ihr liegt, sie hat ihn hingehalten und zum Schluss auch noch verhöhnt.

An die sogenannte Tat kann er sich gar nicht erinnern; das ist auch nicht er gewesen; er nämlich kann keiner Fliege was zuleide tun.

Als diese Angelika zu meiner Erleichterung vom Tisch im Uhlmann abgemacht hatte, ja, richtige Erleichterung, strömten wieder Luft und Blut in mich ein, ich hatte ja nimmer gewusst was reden, weil von ihr nix kam, sie saß bloß da auf ihrem Minirock, als ob das genügte, und sagte null, nicht muh, nicht meck, eine Ödnis und Dürre sondergleichen, die der kürzeste Rock nicht wässert, nein, danke vielmals, danke sehr, danke bestens, danke schön.

Holte mir vom Stapel ein paar Zeitschriften, wovon mich eine, wie soll ich sagen, nicht umhaute, aber immerhin haute sie mir das Geschehen rundum weg, also ich wurde geradewegs in das großformatige Heft eingesaugt. Die Ausgabe war einem Maler gewidmet, dessen Bilder so frech und frisch erschienen, wie ich Ähnliches noch nicht gesehen hatte. Das meiste warn Porträts, von einer Amme oder Großmutter, von einem Kind, von einem Koch auf der Straße, es gab auch eine Gruppe der Heilsarmee mit merkwürdigen einprägsamen Gesichtern.

Das warn nicht Porträts im herkömmlichen Sinn, so wie jemand auf Leinwand festklebt und erstarrt, sondern irgendwie Menschen in Bewegung ihres Lebens, sie könnten auch jederzeit aus dem Bild weggehn, sie hatten vollkommene Freiheit, und allesamt waren sympathisch wenn auch skurril. Also es erschien mir so: die Freiheit, die sich der Maler herausgenommen hat, sie derart frech und wild darzustellen, hat er den Porträtierten als ihr Eigentum mitgegeben. Vielleicht war jemand übertrieben dargestellt, wer weiß wie groß die Nase der Amme in Wirklichkeit war, auf dem Bild jedenfalls ein Stalaktit, der vom gänzlich zugeneigten Gesicht überm Kind hing, aber es waren keine Karikaturen. Ich hatte das Gefühl, diese Menschen waren richtig lebendig und frei, eigentlich wie befreit, auch die in den Uniformen der Heilsarmee.

Das Heft war aus der Schweiz und hieß einfach nur: Du, und der Maler hieß Varlin, das war sein Künstlername, sonst hieß er Willy Guggenheim, und man sah ihn auch auf einem Foto beim Überqueren eines steilen Grashangs, weißhaarig, mit einer Leinwand unterm Arm.

Ich hatte gar nicht gemerkt, dass mir die Kellnerin noch einen Kaffee gebracht hatte, ich musste wohl ja gesagt haben auf ihre Frage, konnte mich aber nicht daran erinnern, und ich hatte auch nicht gleich gemerkt, dass mich der Typ, zu dem sich die Angelika gesetzt hatte, angesprochen hatte. Jetzt, als er sich zu mir setzt, wache ich ausm Heft auf, ich sagte nur noch ja, auf alles, zu allem, nach der Entdeckung dieser Bilder sagte ich zur ganzen Welt ja, wurscht wie sie war, und ich sagte ja, als der Typ, den ich beim David schon einmal gesehen hatte, zu mir sagte, er hat gesagt, er zahlt meine Kaffees. Und den von der Angelika auch und ihren Kuchen auch? Zahlt er auch. Ja. Und ein Abendessen gibts auch nach dem Spiel.

Langsam kam ich zu mir. Ich sollte in seiner Betriebsmannschaft mitkicken, nur dieses eine Mal, sie hatten ein wichtiges Spiel gegen einen anderen Betrieb, und er hatte gehört, dass die sich verstärkt haben, und so braucht er einen Fußballer, sofort, in zwei Stunden in der Hauptstadt am Hertha-Platz, er fährt mich hin und bringt mich zurück.

Ja. Ich fühlte mich leicht und frei, dank den Schweizern. Ja, klar. Aber er muss mir für kurz sein Sakko leihen, bis wir ausm Lokal sind. Ich nahm sein Sakko und legte es über das gerollte Heft und nahm beides mit hinaus. Wir holten mein Fußballzeug und saugten über die Bundesstraße zur Hauptstadt und über Vororte zum Platz. Er hat gelesen, ich bin in die Landesauswahl berufen, wenn wir dieses Spiel hinkriegen, darf ich mir was wünschen.

Die anderen wärmten schon auf, und ich sah gleich, wie die Sache stand, und bereute sofort, zugesagt zu haben. Man sollte als Kicker wirklich nicht in einer Dilettantenpartie mitmachen, wo der Ehrgeiz das Können weit übertrifft, sah schon an den Bewegungen, dass da einige Ex-Kicker am Werk waren, ihre unkoordinierten Schritte mit dem Bemühen um Profi-Attitüden, nicht weil sie untalentiert gewesen wären, sie hatten ja mal wo in unteren Ligen herumgespielt, sondern weil sie untrainiert waren, und das sind die schlimmsten, weil von denen die Fouls ausgehen, sie wollen es noch nicht glauben, dass jemand schneller ist und ihnen den Ball vielleicht zwischen den Beinen durchschiebt. Sie haben das Bild vom jungen starken Kicker in sich, das den langsamen Körper verdrängt, der sie trägt. Das gilt auch für die, die einmal die Woche in Wirtshaustruppen herumgurken, oder sich sonst vermeintlich fit halten. Und dann gibts noch die, die vor allem ihre Betriebsfunktionen aufs Feld mitnehmen und erwarten, dass ihnen als Geschäftsführer oder als leitender Angestellter der Weg von den anderen auch aufm Rasen freigemacht wird.

Trotzdem war klar, dass die andern eine eingespielte Truppe bildeten und unsere Elf ein trauriger zusammengewürfelter Haufen war. Wie auch immer, ich hatte jedenfalls nach dem Spiel die Beine voll von Abschürfungen und blauen Flecken, nicht weil da allzuviel Bösartigkeit gewesen war, sondern weil sie meistens den Ball nicht erwischten und ihre verzögerte Reaktion eben meine Knochen fand.

Ich machte nach fünf Minuten durch einen Weitschuss das Einsnull, und dann geschah in der ersten Halbzeit nichts mehr, außer dass sich das Spiel hauptsächlich in unserer Hälfte zutrug. In der zweiten Halbzeit gabs gleich zu Anfang den Ausgleich, und bis kurz vor Schluss war außer unsäglichem Gekicke und Gestochere und Fehlpässen nix los. Ich machte enorme Wege und hielt den Ball, wo es ging, war aber kaum je wer zum Anspielen da, und ich selbst sah keinen Ball, wenn ich ihn mir nicht selbst holte. Die vergurkten Pässe aus verzweifeltem und kopflosem Abwehrverhalten erreichten mich nie, und obwohl das Spiel überwiegend in Richung unseres Tors ging, gelang den anderen nicht, die Haut im Netz unterzubringen, irgendein verrenktes heldenmütiges Bein kam immer dazwischen.

In den letzten Minuten holte ich mir einmal die Haut am eigenen Sechzehner und zog bis in den gegnerischen Strafraum, wo sich eine tretende Gruppe um mich versammelte, und ich ließ mich abdrängen bis zur Toroutlinie noch innerhalb der Strafraumgrenze, und als ich sah, dass ich von fünf hechelnden Gegnern umzingelt war, befreite ich mich und schob den Ball entlang der Torlinie an dem im kurzen Eck stehenden Tormann vorbei und vor das leere Tor, wo ein unsriger herangaloppiert gekommen war, der vor Aufregung stolperte und fiel und im Fallen auf allen Vieren seitlich kroch und unfreiwillig mit dem Knie den Ball an die Torstange lenkte, von wo er langsam über die Linie rollte. Und das war der Zwei-zu-eins-Sieg, und das Siegestor von einer Komik, dass nicht einmal der neunzig Minuten überlegen gewesene Gegner böse sein konnte.

Was an dem Spiel so wichtig gewesen war, weiß ich bis heute nicht, aber es muss für die Gewinner sehr bedeutsam gewesen sein, denn einer der Chefs des Unternehmens fragte mich tatsächlich, ob ich einen Wunsch habe, und so sagte ich, ich brauche Arbeit, eine, die mit den Schulstunden vereinbar ist.

Dann hatte ich das alles aber vergessen. Bis gestern eben, als ich den Typen beim David traf, und er mir sagte, er hat eine message für mich, wenns mich noch interessiert, ich kann bei der Messe Eintrittskarten verkaufen, nicht am Haupteingang, aber in einer der Hütten der Nebeneingänge, der Verdienst ist nicht schlecht.

Ging alles vollkommen prächtig nunmehr, und eins fügte sich ins andere in meinem Leben, ich war ein richtiges Glückskind. Wenn die Arbeit beim Kartenverkauf vorbei war, konnte ich zwei Tage danach bei der Paketverteilung anfangen, etwas früher als geplant und also gerade richtig.

Und nicht nur das fügte sich prächtig, denn dank Mariellas und zuweilen auch Roberts Hilfe, er war lange vor dem Krieg einmal für ein Jahr Mathematiklehrer gewesen, hing ich nicht mehr durch im rechnerischen Metier und schrieb Klausuren, die den Mattesberger mit seinen Dritten knirschen ließen. Mehr als ein Befriedigend konnte er mir nicht anhängen, so sehr er auch nach letzten Fliegenbeinen in meinen Ableitungen suchen mochte. Und was als Allerbestes dazukam war, dass der Lateinfässer vollkommen ausfiel, das tschitscheronische Rohr hatte sich einen Defekt in der Pumpe geholt und kommt fürn Rest des Jahres nimmermehr, und kein anderer Lateiner war aufzutreiben, wir werden jeder die Note vom Vorjahr ins Zeugnis kriegen.

Und, und, und: ich lieferte auch eine prächtige Partie in der U21-Auswahl ab, war zwar nur ein Aufbau- oder Sichtungsmatch zur Sondierung fürn Auswahltrainer, am Nebenplatz des Bundesligastadions, aber es war ein Match gegen den fünften der zweiten Liga, auch kein Schmutz. Der Wimmer Gerhard und ich verstanden einander blind auf dem Feld, und der Dreißigmeterpaß direkt in seinen Lauf, der die gegnerische Abwehr auseinanderriss, stammte von mir, der Gerhard hatte nur noch den Tormann vor sich und konnte sich die Ecke aussuchen, und das war der Einsluftsieg für uns.

Das hatte uns ein wenig versöhnt mit der Härte des dreitägigen Trainingslagers, um sechs Uhr auf eine Stunde Hallentraining bis zum Frühstück, dann aufs Feld, Kondition schinden, am Nachmittag diverse Taktiken mit diversen Formationen. Als Lehrbeispiel eines perfekten Fußballmatches wurde uns das Cupfinale Köln gegen Mönchengladbach vorgeführt. Um einundzwanzig Uhr absolute Bettruhe. Am letzten Tag dann das Match. Stand auch in den Zeitungen. Und ich war wieder unter den ersten elf unserer Kampfmannschaft.

Außerdem hat der Bundesligaklub Interesse an mir gezeigt. Nicht nur, dass mich nach dem Spiel einer angesprochen hatte, ob ich mir vorstellen kann, bei ihnen zu spielen, die schienen auch beim Verein angefragt zu haben. Der Sektionsleiter war nämlich gewaltig wütend und fauchte, dass ich mir das ausm Kopf schlagen kann, das kommt überhaupt nicht infrage, was ich mir denn einbilde. Ich wusste gar nicht, wovon er redete, erst als er sagte, solche wie mich haben die dort zu Tausenden. Aber ich hatte gar keine Ambition, zu einem anderen Klub zu wechseln, wie sollte das gehn, außer wenn ich die Schule schmeiße, das wollte ich aber nicht, weil ich gerade in mathematischer Hochform war, und außerdem auf keinen Fall nie und niemals von Mariella weg in eine andere Stadt. Immerhin hatten sie nun ein bisschen mehr Respekt im Verein. Das Leben war ein Hit.

Mariella beschwor mich wieder, die Haare schneiden zu lassen. Ich hatte es vergessen, wollte es ja tun, aber ich hatte nicht mehr daran gedacht. Es ist wichtig, sagte sie, sie dürfen dich nicht erkennen, wenn sies nicht schon getan haben. Sie hatten sie nocheinmal angerufen im Büro und ihr gedroht, sie wird sehen, was passiert, wenn sie mit meinem Namen nicht herausrückt. Sie sagte, sie weiß nicht, wer ich bin, ich habe mich ihr nicht vorgestellt, ein Unbekannter, im Übrigen sollten sie sich selber am Arsch lecken, wenn nicht, macht sie eine Anzeige wegen Unterlassung.

Aber, aber, Mariella, das sagt man doch nicht, das hätte ich nicht von dir gedacht. Ich war richtig froh, dass sie zu so einem Ausdruck fähig war, weil mir für diese zugenähten Arschhirne überhaupt nur eine solche Ausdruckweise adäquat erschien.

Mariella war bedrückt, sie hatte auch Bedenken wegen Robert. Sie haben gelacht am Telefon. Wer wars? Der Fussler. Der ist also wieder losgelassen. Wenn ich bloß einen dieser Nikoläuse in einer dunklen Gasse treffen könnte!

Die gehen nicht allein, sagte Mariella, du bist allein.

Wir tranken Tee, Robert, Mariella und ich, und Robert studierte das Du-Heft, das ich ihnen längst schon einmal zeigen wollte, und dann sagte ich zu meiner eigenen Überraschung, sie kann mir ja die Haare schneiden, bevor ichs wieder vergesse, aber nur bis zur Schulter. Sie überredete mich: also gut, zwei fingerbreit über der Schulter. Sie war sehr behutsam und schnitt nur nach und nach, dass ich nicht gleich einen Schock bekam. Robert sagte, so sollte euch der Varlin da malen. Fühlte mich trotzdem nackt um den Hals. Mariella fuhr mit dem Handtuch ins Bad. Ich sagte zu Robert, dass ich mich wohlfühle bei ihnen und ob ich ihm noch einen Tee bringen soll. Der Kanonenofen verdaute gemütlich das Holz und blubberte.

Robert sah mich an und sagte: sie will von den Menschen nichts mehr wissen. Und ich sagte: kann ich verstehen; aber jetzt bin ja ich da. Und er sagte nach einigen Sekunden: aber du bist noch ein Kind.

Mir fiel beinah die Tasse aus der Hand. Musste mich anlehnen, stützte mich aber am Rand des Kanonenofens ab, was mir einen Fluch herausriss. Mariella sagte von der Badezimmertür aus, schnell unters Wasser, und da stand ich verwirrt, den brennenden Handballen im eisigen Wasserstrahl der Spüle, bis der Kälteschmerz den Hitzeschmerz überwältigte. Mariella war neben mich gefahren und nahm mein Gelenk und hielt meine Hand weiter untern Strahl. Damit keine Narbe bleibt.

Ich muss jetzt ins Training rüber und komm nachher noch einmal vorbei.

Sie hatte mir noch eins versprochen ausm Buch Esther.

Wenn ich irgendwem von denen, die ich kannte, gesagt hätte, ich hör mir sowas wie Gedichte an, wäre ich unten durch gewesen. Die vom Verein hätten mich entweder gar nicht verstanden oder als wahnsinnig geworden betrachtet, auf jeden Fall wär ich unten durch gewesen und meine Reputation als harter Hund im Eimer, ich würde mich lächerlich gemacht haben, ein Schneebrunzer, dem man am besten mit den Achterstollen Laufmaschen in die Beine grätscht, damit er wieder weiß, woraufs ankommt im Rahmen der Schwerkraft. Sag ich natürlich niemandem. Kann auch niemandem verständlich machen, was fürn Wert dieses Buch und was für Gewicht das hat, was drin steht. Und ich hätts auch nicht hingenommen, dass jemand vielleicht was Abwertendes gesagt hätte, nicht aus Spaß und auch nicht aus Unwissenheit.

War ein wahnsinniges Training. Musste abgebrochen werden. Unser Libero und Kapitän, seit langem dabei und aus der zweiten Liga gekommen, hat einen von uns mutwillig gekillt. Sah es kommen. Wahrscheinlich wegen dem Vollmond. Aber er hat den noch nie leiden können. Und heute wars so weit beim Abschlussmatch.

Zwei gemischte Formationen aus Einserwahl und Reserve. Der Trainingsplatz im Sechzehnmeterraum aufgeschottert. Und der jüngere, der seinen Stammplatz als rechter Außendecker in der Ersten hatte, machte da auf offensiv und kam in den Strafraum plötzlich als Stürmer, und da sprang ihm unser Kapitän wie ein Torpedo aus zwei Metern mit gestrecktem Bein ins Gekröse, es knackte und knirschte und der lag schreiend im Blut.

Der Trainer brach sofort ab, und wir soffen unsern heißen Tee in der Kabine, und keiner sagte was, nur schnell dann unter die Dusche und raus aus der dicken Luft. Einer wenigstens kann sich darüber freuen, nämlich der, der statt dem Verletzten am Sonntag zum Einsatz kommt.

Ist aber immer ungut sowas. Dem Kapitän kann zwar nichts passieren, er ist zu wichtig da hinten bei uns und auch seit langem in Hochform, kommt keiner vorbei an ihm derzeit. Aber es gibt Spannungen im Kader, bilden sich Gruppen, ist ja auch ein Machtspiel innerhalb einer Truppe, und wer dabeisein will, muss wo dazugehören.

Es kann wirklich sein, dass, wenn die tonangebende Gruppe dich am Feld verhungern lassen will, du ein ganzes Spiel keinen Ball siehst, außer mal einen unbrauchbaren, und wenns gar nicht anders geht, wird dir der Pass als Schuss serviert oder so steil, dass du ihn nie kriegen kannst, du musst aber trotzdem laufen, sonst wird lamentiert, dass du den Pass nicht angenommen hast. Es gibt genügend Möglichkeiten, einen leer laufen zu lassen. Wenn der Trainer nicht rechtzeitig mitbekommt, dass da eine Gruppe stark wird und gegen andere agiert, isses aus mit der Mannschaft, und in der Tabelle gehts wie in einem Aufzug, an dem ein paar Seile gerissen sind, also eher Abzug.

Robert hatte sich schon in sein Zimmer zurückgezogen. Einen Tag oder zwei Tage nach Vollmond beginnt er meist seine Wirtshaustour, und die Tage davor ist er so unruhig, dass er sogar in Mariellas Zimmer rüberkommt, was er den übrigen Monat nicht tut. Er ist dann vezweifelt, muss mit ihr reden, meist über seine Esther, und dass es ungerecht ist, dass sie ihn verlassen hat, nachdem beide die Lager und Gefängnisse überstanden hatten und sich gegen jede Wahrscheinlichkeit wiederfanden. Mariella hat es verdient, eine Mutter zu haben, noch dazu so eine, eine starke Frau und doch mit Mitleid mit anderen; er hat ihr, Mariella, nicht viel mitgeben können, im Gegenteil, er ist ja seit Esthers Verlust nur ein halber Mensch, und es macht ihn traurig daran zu denken, was er ihr alles geben hätte mögen und zu geben nicht fähig gewesen war. Und es ist auch nicht gerecht, dass sie, Mariella, ein halbes Kind, nämlich ihn, mittragen und ertragen muss, wo sie selbst mehr als genug zu tragen bekommen hat. Er klagte sich so lange an, bis er sein Selbstmitleid nicht mehr aushielt und zur Beruhigung in die Wirtshäuser auslief.

Und heute war Vollmond. Ich sass neben Mariella und schwitzte Hemd und Pullover durch, dieses Nachschwitzen ist scheißlästig, kann man nix dagegen machen, das Wasser kommt dir nicht einfach aus den Achselhöhlen, sondern es überschwemmt dich, rinnt dir ausm Kopf und ausm Rücken und aus den Schultern und aus der Brust und ausm Bauch und zwischen den Arschbacken durch und die Hosenröhren kleben an. Passiert, wenn man zu schnell ausm Training weggeht.

Ja, sie haben meine Haare bemerkt, der Sektionsleiter hatte sogar gesagt: immerhin etwas, sieht schon zivilisierter aus deine Wiese, wenns nach mir ginge, ich würd dirs bis über die Ohren hinaufscheren. Geht aber nicht nach ihm. Ist noch nicht lange her, da hat er sich wie ein Rumpelstilz aufgeführt vor dem Juniorenheimspiel.

Meine Mähne hatte nämlich ein paar Mitspieler angeregt, sich auch die Haare wachsen zu lassen. Ich trage während des Spiels ein braunes dünnes Lederband um die Stirn, und sie, in Ermangelung eines Stirnbands, hatten einen weißen Fetzen in Streifen gerissen und sich um die Köpfe gebunden, und wir wärmten gerade auf, da kam der Sektionsleiter wie eine verrückt gewordene Rakete bodenauf und springend und schreiend zwischen uns, und riss denen die weißen Streifen vom Schädel. Ob wir wahnsinnig geworden sind oder was, ist ja nicht zum Anschaun, so lässt er uns nicht spielen, es reicht ihm jetzt ein für allemal, wie wir aussehen, wie die Trottel, wir sind kein Indianerverein, so weit kommts noch! Und du, schrie sein Zeigefinger mich an, brauchst nicht so blöd grinsen. Er hatte eine unbezwingbare Abneigung gegen, wie er es nannte, Studierte, also Gymnasiasten oder Studenten, und gegen lange Haare überhaupt. Beides zusammen war ihm einfach zuviel Verstoß gegen das Naturgesetz. Diese langhaarigen Nichtstuer, Faulenzer, die den Eltern nur auf dem Geldsäckel sitzen und übergescheit daherreden und nichts wissen. Sollen arbeiten, sind sich aber zu fein, sich die Hände schmutzig zu machen.

Vor ein paar Wochen konnte er seine Genugtuung nicht verbergen, als mir, in der Halbzeit eines Auswärtsspiels, beim Abgang in die Kabinen, eine Bierflasche in den Rücken geworfen wurde, das habe ich mir selber zuzuschreiben bei meinem Aussehn; man muss sich ja schämen. Dass wir Dreiluft führten und ich ein Tor gemacht und die anderen beiden Tore aufgelegt hatte, war ihm entschwunden.

Während Mariella vorlas, zeichnete ich sie. Mit Bleistift. Im Halbschatten. Mir war, als würde ich sie dadurch berühren. Ich zeichnete intensiv und hörte gut zu. Mich fröstelte, weil der Schweiß kalt geworden war, aber doch so, als ob das Frösteln durch ihre Berührungen ausgelöst worden wäre, weil ich sie ja doch andauernd zeichnend berührte. Mariella: von Heinrich Heine,

Das Fräulein stand am Meere
und seufzte lang und bang,
es rührte sie so sehre
der Sonnenuntergang.

Mein Fräulein! Sein Sie munter,
das ist ein altes Stück;
Hier vorne geht sie unter
und kehrt von hinten zurück.

Dieser Heine ist ein Fuchs, was? Aber das ist tröstlich so, immerhin, dass, wenn was untergeht, einem auch wieder was aufgeht. Wie der Spruch von der Großmutter: nichts wird so heiß gegessen wie gekocht.

Mariella sah mich sehr nachdenklich an. Sie war äußerst nachsichtig mit mir.

Das nächste aber hat mich fast vom Sessel geschüttelt, ich war richtig ergriffen, Mariella hat es mit Unterbrechungen gelesen, weil sie sich schneuzen musste, und unter den Augen war sie nass, und mir saß erbsengroß ein trockener Heuler unterm Adamsapfel und verschrumpelte, und ich starrte auf ihr schwarzes Porträt, um mir nix anmerken zu lassen.

Ich habe dich so lieb!
Ich würde dir ohne Bedenken
eine Kachel aus meinem Ofen
schenken.

Ich habe dir nichts getan.
Nun ist mir traurig zu Mut.
An den Hängen der Eisenbahn
leuchtet der Ginster so gut.

Vorbei – verjährt –
doch nimmer vergessen.
Ich reise.
Alles was lange währt,
ist leise.

Die Zeit entstellt
alle Lebewesen.
Ein Hund bellt.
Er kann nicht lesen.
Er kann nicht schreiben.
Wir können nicht bleiben.
Ich lache.
Die Löcher sind die Hauptsache
an einem Sieb.

Ich habe dich so lieb.

Als hätt ich was begriffen ohne zu begreifen. Also eher so: als hätt sich in mich was eingeschlichen, das unmissverständlich da ist, nur dass ich es noch nicht begreifen kann. Es tat auch weh, weil es für Esther war, nur für sie, und sie hat mit dem das Grausligste überlebt und ist dann doch gestorben.

Für mich war es bitter schön so, sehr schön und tat weh zugleich, aber ich hatte keine Ahnung, warum es weh tat, wenn es doch so schön war. Vielleicht weil Mariella heulte. Warum heulte sie? Der Schrecken zu denken, dass sie denken musste, was Esther auf sich nehmen hatte müssen, was ihrer Mutter angetan worden war, und dass, was ihr, Mariella, selbst geschehen war, nichts ist im Vergleich dazu. Und die Mutter hatte sich nur an dieses Buch halten können, dieses kleine Buch mit diesen schönen Sachen drin. Das war für sie geschrieben, von dem, der sie gern hatte. Sonst war nämlich niemand mehr da, ihre Eltern und ihre Verwandten waren weg, fortgebracht, umgebracht, verschwunden, einfach so.

Dieses Buch hatte ihr die Kraft gegeben zu überleben. Aber wofür? Dass sie ein paar Jahre, nachdem sie Schläge, Demütigungen, Hunger, Durst, Erschöpfung ertragen, Verrat, Betrug, Morden und Quälen gesehen hatte, alles das, wozu die herrliche menschliche Natur fähig ist als Ebenbild Gottes, schließlich doch abkratzte.

Also kann man gewisse Existenzzustände gar nicht überleben, auch wenn man sie übersteht.

Vieles ist einfach nicht zu verstehn. Aber man darfs nicht vergessen.

Weißt du, was fehlt in dieser Welt, was vollkommen abgeht, was es einfach nicht mehr gibt? Mitleid. Mitleid gibt es nicht mehr. Es gibt kein Mitleid mehr.

Das Porträt war fertig, nur wollte ich die Dunkelheit, aus der das Gesicht herausdrängte, noch dunkler machen, noch eine Schicht Bleistift drauf, glänzend undurchdringlich, dass ihr Schattensichelmund die Finsternis erhellte, die Augen aus finsternisverklebten Wimpern sich öffneten.

Mir tat schon das Handgelenk weh, aber ich machte weiter, das heißt meine Hände machten weiter, indessen mein unsichtbarer Körper sich erschöpft ausgeschaltet hat, wie jemand trotz Übermüdung sich weiterbewegt, und sie blätterte in dem Buch vor und zurück und sagte: das sind drei Seiten hier drinnen, und las vor:

SCHLAFLIED FÜR MIRJAM

Schlaf mein Kind – schlaf, es ist spät!
Sieh wie die Sonne zur Ruhe dort geht,
hinter den Bergen stirbt sie im Rot.
Du – du weißt nichts von Sonne und Tod,
wendest die Augen vom Licht und zum Schein –
schlaf, es sind soviel Sonnen noch dein,
schlaf mein Kind – mein Kind, schlaf ein!

Schlaf mein Kind – der Abendwind weht.
Weiß man, woher er kommt, wohin er geht?
Dunkel, verborgen die Wege hier sind,
dir, und auch mir, und uns allen, mein Kind!
Blinde – so gehn wir und gehen allein,
keiner kann keinem Gefährte hier sein –
schlaf mein Kind – mein Kind, schlaf ein!

Schlaf mein Kind und horch nicht auf mich!
Sinn hats für mich nur, und Schall ists für dich.
Schall nur, wie Windeswehn, Wassergerinn,
Worte – vielleicht eines Lebens Gewinn!
Was ich gewonnen gräbt mit mir man ein,
keiner kann keinem ein Erbe hier sein –
schlaf mein Kind – mein Kind schlaf ein!

Schläfst du, Mirjam? – Mirjam mein Kind,
Ufer nur sind wir, und tief in uns rinnt
Blut von Gewesenen – zu Kommenden rollts,
Blut unsrer Väter, voll Unruh und Stolz.
In uns sind Alle. Wer fühlt sich allein?
Du bist ihr Leben – ihr Leben ist dein –
Mirjam, mein Leben, mein Kind – schlaf ein!

Kapiert habe ich kein Epsilon, war auch für mich nur Schall, ihre Stimme, das Eintropfen von Worten, die sich vermengten, aber was fürn Gefühl von Geborgenheit, so angenehm, hätte von mir aus immerzu andauern können dieser aufgehobene Zustand.

Die schönsten Momente verdanke ich Mariella. Dass es so was gibt, dass einem wer vorliest, bis du vor Behaglichkeit, Übermüdung, Aufgehobensein in den anderen Zustand übertrittst, sowas kannte ich nicht.

Mir war nie was vorgelesen worden, ich kannte Einschlafen als Kind nur als Befehl von der Türe aus: Bettgehn! Schlafen! Und das Licht wurde ausgeknipst und die Tür geschlossen. Und keinen Mucks will ich hören! Ich hatte keine Ahnung von Märchen. Als ich in die Grundschule eintreten sollte, von der Mutter an der Hand hingezogen ohne Erklärung, wohin sie mich brachte, musste ich so eine Art Aufnahmeprüfung absolvieren. Fand mich in einem kahlen Raum mit Bänken, und eine fremde uralte Frau in schwarzer Kittelschürze knöpfte an den Wänden Röhren auf, und Schautafeln entrollten sich, standen aber an ihrem unteren Ende von der Wand ab, so dass ich nur zwei Drittel von dem sah, was aufgemalt war.

Die Frau zeigte mit einem Stock auf die Tafeln und ich sollte sagen, was dargestellt war, aber ich erkannte überhaupt nix in all diesen Bildern, die an zwei Seiten der Wände nacheinander heruntergelassen worden waren. Darstellungen aus Märchen, aber ich hatte von Märchen keine Ahnung und wusste gar nicht, dass es sowas gab, und konnte nichts sagen, und die Mutter war niedergeschlagen und unzufrieden, weil ich so blöd war und ein Jahr zurückgestellt wurde, und ich empfand ziemliche Schuld, weil sie, während sie mich an der Hand nach Hause riss, verzweifelt war und stöhnte: was sage ich nun deinem Vater, wenn sie dich nicht einmal zur Grundschule zulassen. Jetzt haben wir dich noch ein Jahr zu Hause am Hals.

Sie glaubte aus den Bemerkungen der alten Frau herausgehört zu haben, mir doch noch die Märchenwelt nahebringen zu sollen, und sie versuchte, mit dem Vater darüber zu sprechen, was gar nichts brachte, denn er war völlig dagegen, er kauft kein unnützes Buch, wozu sind denn solche Märchen gut, zur Zeitverschwendung und dass man auf blöde Gedanken kommt, wozu soll man sowas einmal brauchen können, wozu soll das gut sein? Nie und nimmer. Kommt überhaupt nicht infrage. Soll was Nützliches lernen. War ich grade einmal sechs Jahre alt.

Jetzt verstand ich, was Sekundenschlaf ist. Wenn einer während des Fahrens im Auto einnickt und nix merkt, das habe ich mir nie vorstellen können. Wie konnte das möglich sein. Aber jetzt, obwohl ich der Überzeugung war, wach gewesen zu sein und zugehört zu haben, fand ich mich umgelegt aufn Tisch, und Mariella sagte, du bist müde und es ist gut, wenn du nach Hause gehst, und sie reinigte meine schwarze Wange mit ihrer Spucke und einem Papiertaschentuch. Wäre gern geblieben und hätt auch gern aufn Fußboden geschlafen.

Die Porzellangasse leer, kühle feuchte Luft, ein dämmriges Gewickel aus Gelblicht und Schatten. Ich ging langsam, um das Heimkommen hinauszuzögern. Auf einmal fuhr neben mir ein Wagen, auf der linken Straßenseite, und sagte einer über seinen herausragenden Ellbogen hinweg, ob ich nicht mitkommen möchte. Wasn tun? Steig ein, wir fahrn irgendwohin. Ich ging weiter, und er fuhr neben mir her, ich sagte, hau ab du Komiker, und er, sei doch nicht so schlimm, du bist doch gar nicht so schlimm, du Schlimmer.

Was solln das sein, will mich der verarschen oder was? Ich sag ihm, dass ich ihn aus der Kiste treten werde, wenn er nicht abhaut, und er sagte: ich zeig dir was, komm. Ich kann dir auch was zeigen, steig erstmal aus, du Nikolaus, weiter kam ich aber nicht, denn mich traf ein Riemen, den hatte er mir übers Gesicht gezogen, mein linkes Auge brannte, und der fuhr davon wie der Böse, ich konnte mir Wagen und Nummer nicht mehr merken, scheiße du Hurensohn, dich krieg ich, indessen er schon ziemlich entfernt zweimal fröhlich hupte.

War ich richtig sauer, dass mir der entkam, jetzt gingen die Bahnschranken nieder, eine Minute früher, und ich hätt ihn gehabt und samtn Auto aufn Buckel gelegt.

Ich schob die vom rotweißen Balken hängenden Gitter zur Seite und schlüpfte durch. Obwohl ein Zug kam, ging ich nicht schneller, war bloß so eine kleine Mutprobe, haben wir Kinder schon oft gemacht, war auch nicht aufregender, als eine Münze auf die Gleise zu legen und die ausgewalzte Münze noch im Luftzug gleich nach dem letzten Waggon einzusammeln, ich setzte gemütlich über, nur keine Panik, bin ja nicht lebensmüde, ich presste mich durch den zweiten Schlagbaum, und als ich mich erhob stand der Pires Sepp drüben und sagte: na du Arsch, das war knapp, schade.

Was schade? Er hätte einmal live sehen wollen, wies so ist, wenns einen zerfetzt. Und was ich überhaupt für eine Wiese habe, er hatte mich gar nicht erkannt, was eigentlich mein Frisör hauptberuflich macht. Lokomotivführer, sagte ich.

Der Sepp beschrieb mir mit Genuss, wie er sich vorstellt, was mit einem passiert, der unter die Räder kommt. Kein Vergleich mitm Auto, untern Zug kommen, das geht wie in einem Mixer, am Schluss bleibt nur ein kleiner Finger übrig. Im Übrigen hat er gehört, dass ich am Ausstellungsgelände in der Kasse sitze, ob er da zwecks freiem Eintritt vorbeischaun kann, und wo. Es ist die Kasse am Nebeneingang beim Fluss, aber nicht oben, sondern dem bei der Brücke.

Die Hauptkassen bekamen die Pensionistinnen und Pensionisten, die seit Jahren dabei waren und vorher für irgendeine Partei gearbeitet hatten. War eine begehrte Arbeit dieses Kassasitzen, das bekam ich erst bei der Besprechung und Einschulung mit, als sie böse aufeinander wurden, weil diese und jener nicht wie im letzten Jahr an den Kassen der drei Haupteingänge eingeteilt waren, damit auch andere ans große Geld kommen, denn der Verdienst richtete sich nach der Wichtigkeit der Eingänge. Am ersten Haupteingang verdiente man doppelt so viel wie an meinem Nebeneingang, wo die Besucherfrequenz geringer ist, was ich sehr gerecht fand.

Ich war überhaupt erstaunt, dass man so leicht so viel verdienen kann, selbst mein Nebeneingang garantierte mir für die paar Tage Ticketverkauf mehr als ein Monatsgehalt am Bau.

Wie die sich zankten. Stellte sich heraus, dass die einen schon übers Jahr zu allen möglichen wichtigen Leuten gelaufen waren, damit etwa direkt oder über Umwege auf die Direktion eingewirkt wird, dass sie wenigstens in diesem Jahr am Haupteingang sitzen. Es muss Gerechtigkeit herrschen, nicht so, dass die eine Pensionistin auch im sechsten Jahr die Nummer Eins ist.

Und die bisherige Nummer Eins begann zu schreien, sie hat immer ihre Arbeit zur vollsten Zufriedenheit der Direktion gemacht, ihre Abrechnungen stimmen bis aufs Komma, wenn wer verlässlich ist, dann sie, und so weit sind wir nun, dass die Verlässlichen ausgeschieden werden, so weit ist es gekommen mit der Welt, nur Falschheit um und um und hintenrum.

Mir gings panoramamäßig an den Hüften vorbei, solln sie sich doch hauen wegen dem Geld. Ich wusste nun, was zu tun war, es ging ja bloß um Kartenverkauf, einen halben Tag im Holzhäuschen sitzen, mittags bis abends, hinter der Fensterscheibe, einmaliger Eintritt, Halbtageskarte, Tageskarte, Wochenkarte, Familienkarten, Karten für Senioren, Studenten Soldaten und Leute mit Behinderungen.

Wir bekamen eine Plakette zum Anstecken, einen Ausweis, wurden zu den jeweiligen Hütten geführt, bekamen die Laden erklärt fürs Geld und für die Karten, die zu Rollen gewickelt waren und an der Perforierung abgetrennt werden mussten. Man muss sich die Kartenrollen und das Wechselgeld eine halbe Stunde vor Dienstbeginn im Messebüro abholen, zwei Bögen zur Bestätigung ausfüllen, und am Abend die Restkarten und die Einnahmen zurückbringen, die Abrechnung machen und bestätigen lassen. Soweit die Einschulung.

Es gab am Weg entlang der Siedlung keine Lampen, aber durch die fahrenden Wolken wurde das Vollmondlicht ein- und ausgeschaltet, wie bei einer zittrigen Straßenbeleuchtung, wo sich die Umgebung zu bewegen scheint.

Die brusthohe Buchenhecke, die den Weg von den Häusern trennte, bestand aus aneinandergeschmiegten Teufelchen. In der Riesenhecke, die auf der anderen Seite den Zugang zu den Gleisen verhindern sollte, surrte es noch minutenlang, nachdem ein Zug vorbeigefahren war, als würde der Stacheldrahtzaun, den die Hecke verdeckte, heiß unter Strom stehen.

Zwischen dieser hohen Stacheldrahthecke und dem Weg war die Wiese angelegt mit den Teppichstangen und den

Stangen für die Wäscheleinen, wie Fußballtore, nur dass jene niedriger waren und jede Querstange fünf handtellergroße spiralig gedrehte Haken nach unten angeschweißt hatte für die Leinen, aber man konnte auch Schaukeln dranhängen.

Da hingen noch die zwei Teile eines dunklen unförmigen Trainingsanzugs und zitterten, als wär soeben was ganz Böses aus ihm geschlüpft, das jetzt in der Luft herumfuhr. Die Stahlkarabiner und Ösen an den Seilen der Schaukel zwinkerten wie Augen, wenn die fahrenden Wolken das Mondlicht freigaben und wieder verdeckten. Die meisten Wohnungen waren finster.

Mir war auf einmal überhaupt nicht mehr selbstverständlich, dass ich hier aufgewachsen war, ich kannte das alles, aber es war mir fremd und gleichgültig, wie in einer Geisterbahn mit dem quängeligen Sirenenton immer in der ersten Kurve, dem Geheul, Gebrüll, Gelächter und Geknarre und den angeleuchteten Pappmachéfratzen, fremd und gleichgültig wie einem, der die Geisterbahn bei Tag und außer Betrieb kannte.

Ich hatte im Vorjahr im Vergnügungspark beim Auto Scooter gearbeitet, und war mit dem Sohn des Geisterbahnpächters vormittags auf Kontrollgang mitgegangen, ob die Lampen und Lämpchen in Ordnung waren, und ob die Mechanik funktionierte, die den Sargdeckel hob. Da hing und stand das traurige Zeug in den Kulissen herum wie in einer unaufgeräumten Wohnung, wo sich die schlampig über die Sessellehne geworfene Kleidung nachts auch animieren und für Momente ein erschreckend fremdes Wesen bilden konnte.

Die Arbeit auf der Scooter-Bahn war zwar schlecht bezahlt, machte aber Spaß, man fuhr die Wagen, die vor dem nächsten Durchgang unbesetzt auf der Fahrfläche standen, zur Seite. Das wars. Wir hatten ein Jetonstäbchen, das die Scooter in Betrieb setzte, wo die zahlenden Fahrer den Jeton hineindrücken mussten, bis er durchfiel, damit sich der Wagen in Bewegung setzte. Und wir fuhren selbstverständlich eleganter, auf der hinteren Karosserie sitzend, ein Bein draußen, im Getöse der neusten Hits, die unterbrochen wurden von der eindringlich einladenden Stimme des Chefs in seiner gläsernen Kasse. Uuund los gehts wiedähr, einsteigen biddäh, Faaahrtschipps an der Kasse löösen biddäh. Rechts fahren. Das Lenkrad langsam drähn. Tschonnie, der gelbe Siebenähr! In der gelben Sieben saß ein Junge, der vergessen hatte, den Chip einzudrücken, und der nun von den anfahrenden kreisenden Wagen herumgestoßen wurde und verzweifelt das Lenkrad drehte. Da musste man zwischen die Scooter durch und auf das Bord mit dem dicken Gummi aufspringen, den Chip eindrücken, den Wagen in gerade Fahrt bringen, aufpassen, dass man nicht gerammt und der verzweifelte Junge rausgeschleudert wurde, und zwischen den wie Maikäfer durcheinandersurrenden Wagen in kurzen Sprints, wobei man zuweilen auf Wagen aufsprang und sich ein Stück mittragen ließ, an den Rand zurückkehren.

War die größte Scooter-Bahn Europas, so stands jedenfalls in meterhohen Lettern über der Anlage, ich kannte nur diese, aber groß war sie durchaus, die Besitzer kamen aus Hamburg und fahren mit der Anlage in Europa umher, ich habs auf den Fotos gesehn, als wir einmal in den Wohnwagen eingeladen waren, in den Wohnwagen vom Chef, groß wie ein Lastwagenzug, die Wohnwagen der Hamburger waren überhaupt größer als die aller anderen, er hatte sogar zwei große Fernsehapparate drinnen.

Da warn die gerahmten Fotos vom Oktoberfest, aus Finnland, Schweden, Norwegen, Dänemark, London, Glasgow, Barcelona und Paris, die anderen erinnere ich nicht mehr, macht mir auch erst jetzt mehr Eindruck, weil ja immer dort, wo man gerade ist, das Zentrum der Welt sich befindet, und alles andere irgendwo weit entfernt und klein und unbedeutend erscheint, auf jeden Fall irreal im Vergleich zum Ort, an dem man sich aufhält, selbst wenn es ein Dorf ist.

Die Hamburger jedenfalls waren very nett, der Charly und ich waren zum Tee eingeladen und bekamen noch je zwei Handvoll Scooter-Jetons mit aufn Weg.

War das erste bei Arbeitsantritt gewesen, dass uns der Chef englische Namen gegeben hat, es klingt besser so, wenn er uns übers Mikrofon ruft, und die Leute haben mehr Respekt. Wurde aus Johann Johnny und aus Karl Charly, und der Charly hatte die Unterarme tätowiert und nicht mehr alle Zähne im Maul, obwohl er bloß ein Jahr älter war, und er wollte unbedingt die Jetons abends, wenn am meisten los ist am Rummel, in die Menge werfen.

Er hatte einmal einen Film gesehn, wo einer das mit Geld machte, und die Leute erschlugen einander beinahe, das möchte er erleben, dass sie darum raufen, am Boden kriechen, einander treten, einander die Ohren oder besser noch die Eier abbeißen, sie sollen kriechen, betteln, wimmern und kreischen, während er oben steht und mit weiter Geste die Jetons streut. Er war davon nicht abzubringen und tats tatsächlich, nur dass es niemandem Eindruck machte, er streute und warf die Chips von der obersten Eisenstufe der Scooter-Anlage, aber kaum jemand bückte sich oder versuchte, einen Jeton zu fangen.

Die Menge schob sich vorbei, ohne dass es zu einem Tumult kam. Da es ihm Leid tat um die wertvollen Chips, ging er selber unter die Leute und versuchte aufzuheben, was er verstreut hatte, und da musste er Leute zur Seite drängen und gegen den Strom ankämpfen und sogar streiten, weil er mit seinem Bücken Leute auf die Chips am Boden aufmerksam machte, die sich nun auch die Freifahrten pflücken wollten, und er wurde in ein gewaltiges Durcheinander mit Treten und Drängen verwickelt.

Der Mond entwischte wieder wie eingefettet den Wolken. Es war aber gar nicht wie in dieser Beschreibung aus dem Buch Esther, die Mondnacht hieß, wo einer geschrieben hat:

> Es war, als hätt der Himmel
> die Erde still geküsst,
> dass sie im Blütenschimmer
> von ihm nur träumen müsst.
>
> Die Luft ging durch die Felder,
> die Ähren wogten sacht,
> es rauschten leis die Wälder,
> so sternklar war die Nacht.
>
> Und meine Seele spannte
> weit ihre Flügel aus,
> flog durch die stillen Lande,
> als flöge sie nach Haus.

War überhaupt nicht so mit dem Mondschein auf dieser Geisterbahn hier, der Himmel würde sich eher ankotzen, wenn er die Siedlung küssen müsste. Ich glaub, die denken sich was aus und schreibens auf im Zimmer, und dann stimmts draußen hinten und vorne nicht, nur dass es romantisch klingt und hübsch wie zum Träumen. Hier wars weder sternklar, noch gab es Wälder, die rauschten. Ein paar Sterne steckten zwar in den freien Stellen wie eingenagelt, aber Wälder standen nicht herum. Obwohl, wenn ichs genau nehme, ein Rauschen war da schon, in der hohen Hecke und von den ungemähten Wiesen hinterm Bahndamm.

Gleich hinter der Siedlung beginnen die Felder und Wiesen und erstrecken sich bis zum Horizont, wo auch Wälder zu sehen sind. Getreidefelder und Maisfelder und Sonnenblumenfelder und die wilden sauren Wiesen, durch die der Bach gurkt, und am Bach die Erlen und Weiden und Sumpfdotterblumen. Da draußen hatte ich was sehr Merkwürdiges gesehn, das mir wie ein Wunder vorkam, nur dass ich es niemandem erzählen konnte. Das heißt, ich habe es schon erzählt, einmal der Mutter, der ich einen Feldblumenstrauß mitgebracht hatte, und einmal in der Schule in dem Aufsatz vom schönsten Erlebnis, aber beide Male wars ein Flop.

Ich war am Abend rausgewandert, einfach so, war ja lang hell im Sommer, und kam über eine Wiese, und mitten auf dieser Wiese war was komisch, dass ich stehenblieb. Ich sah zwar nix, blieb aber trotzdem stehn und starrte auf eine Stelle zwei Meter vor mir. Und auf einmal kam da Wasser raus, wirklich, da drehte sich plötzlich Wasser raus, es hat sich eine Quelle aufgetan, faustgroß. Das Wasser drängte glucksend hervor und ergoss sich ins Gras und verteilte und vereinigte sich und begann silbriggrün und gläsern wegzukriechen.

War richtig erschütternd, das hörte auch nicht mehr auf zu fließen. Ich ging dann weiter hinaus zu den beiden kleinen Hügeln und stieg hinauf um zu schaun, ob vielleicht schon ein See dort war statt der Wiese, und am Heimweg bog ich wieder über die Wiese und suchte die Quelle, aber sie war nicht mehr da.

Geträumt habe ich das nicht, obwohl ich gedacht habe, das kann ich nur geträumt haben, aber ich war ja wach bei dem Spaziergang, also, wie soll ich sagen, ich war vollkommen glücklich, als das passiert ist. Ich meine, ich kann schon verstehen, was der meint, wenn die Seele die Flügel ausspannt und losfliegt, und irgendwie auch nicht, aber mir war auch ganz weit und gedehnt innen drin, gänzlich anders war mir, als sei ich gewachsen. Sicher wärs schön gewesen, wenn ich die Quelle nachher noch gefunden hätte, aber immerhin habe ich erlebt, wie eine Quelle aufgesprungen ist.

Die Mutter sagte, sowas gibt es nicht, ich soll aufhören, mir irgendwelche Geschichten auszudenken, die nicht interessant sind, weil man merkt, dass sie zusammengelogen sind.

Für den Schulaufsatz gabs ein Genügend mit dem roten Zusatz: unwahrscheinlich!! Ich glaubte es selber fast, dass ich nicht richtig gesehen hatte, weil ja auch am Rückweg nix mehr da war. Aber ich hatte es gesehen. Ich weiß doch, dass ich es gesehen habe. Ich wusste nur nicht, dass man über Wunder, die einem geschehen, das Maul halten muss.

Auf der Geisterbahn des Siedlungswegs erhellte das aufblendende Mondlicht eine Figur im Mantel ohne Kopf. Dort an der Schmalseite meines Blocks, am Geländer des Kellerabgangs. Die Figur bewegte sich raupenartig, und ein nacktes Bein mit Schuh wuchs neben dem Mantel heraus und winkte.

War eine Brezina-Schwester mit einem, den ich vom Sehen kannte, ein paar Jahre älter als wir, weil er ab und zu an Wochenenden mit anderen in die Siedlung kam und mit den Mädchen redete. Na ja, der stocherte im Stehn unterm Mantel auf sie ein, mal kam der Kopf hoch mal verschwand er unterm Kragen, und ihr abgewinkeltes Bein hob und senkte sich und nickte und wackelte. Wenn das Bein nicht hervorgekommen wäre, hätts genauso ausgesehn wie bei den Maikäfern, die wir fingen und aufeinandersetzten.

Die Maikäfermännchen warn viel behaarter, und man brauchte sie nur auf den Rücken eines unbehaarten Maikäfers setzen, schon kam hinten unter den braunen harten Flügeln ein dunkler Stachel heraus und bog sich unter die Flügel des Weibchens und stocherte da hinein. Immer das gleiche, ganz egal, wie viele man fing, man brauchte sie nur aufeinanderzusetzen, und alle machten immer sofort das gleiche.

Mir wars eigentlich stets ein wenig peinlich, du darfst dir nur nichts anmerken lassen, sonst bist du eine Weichgurke. Aber das mitm Umbringen ist mir schon früher nicht panoramamäßig an den Hüften vorbeigegangen. Ist ein Scheißgefühl, wenn du nix dagegen tun kannst, weil die andern stärker sind. War schon mit den Eidechsen so, die der Wimmer Naz von der Steinmauer am Spielplatz pflückte und auseinanderriss, eine nach der andern, das machte der so, wie wir von den Margeriten die Blätter abzupften, sie liebt mich, liebt mich nicht. Je mehr ich protestierte, desto mehr schiens ihn zu freuen, und als ich eingreifen wollte und ihm die Eidechse entreißen, zerquetschte er ihren Kopf mit den Fingern, also wars der gegenteilige Effekt mitm Protest.

Das einzige war, unbeteiligt und abgehärtet zu tun, und wegzugehn, dann musste ichs erstens nicht sehn, und zweitens hatte er keine Zuseher und verlor den Spaß dran. Sicher, Kinderkram, aber mich verfolgte das auch in der Nacht, diese halbierten Eidechsen, da hatte ich keine Freude damit.

Dann wars eine Zeit lang Mode, Frösche zu fangen und platzen zu lassen, musste man ihnen nur eine angezündete Zigarette ins Maul stecken und bumm. Die bliesen sich auf und platzten. Hab ich aber nicht gesehn, weil mir schon die lachenden Erzählungen davon so aufn Butterkeks gingen, dass mich grauste, also bin ich da nie mit.

Dann kam der Naz auf die Idee, dass man den Maikäfern den Genuss versauen kann, indem er sie zertrat, während sie aufeinanderhingen. Denen kamen hinten die weißen Eingeweide heraus. Zwei auf einen Schlag, denn Ungeziefer gehört vernichtet, da waren sich alle einig, da fühlten sich alle im Recht. Da kannst du überhaupt nichts verhindern. Recht ist Recht.

Nur Spinner würden sich für Schädlinge einsetzen. Kannst du nur weggehn. Ich weiß auch nicht, was ekliger war, das Zerquetschen einzelner Käfer, oder das Gelächter darüber und das Entzücken über das weiße Zeug, das ihnen hinten herausquoll, oder die Massenvernichtung durch Verbrennen.

Sie sammelten die Maikäfer in Papiersäcken, allein das kam mir damals schon als Tortur vor, und der Gestank, den die Viecher in dieser Tüte veranstalteten war auch nicht ohne: da, riech! und der Naz hielt mir den Papiersack vor die Nase. Und weil sie so stanken, musste der Papiersack selbstverständlich angezündet werden, und das ging wie Zunder durch; entkamen kaum die obersten. Brennen, Krabbeln, Prasseln und Knacken, und im Umkreis von zwei Metern lagen die krepierenden und krepierten Wesen und ihre Teile herum.

Mir wird ganz flau, wenn ich das alles erzähle, aber das kommt jetzt auch herauf, weil ich nun einmal diese Fotos von den Lagern in den Heften entdeckt habe, und da hab ich nicht einmal mehr mit mir Mitleid, das kriegst du nicht mehr aus der Birne, die Gruben und Wagen und die Wälder voll zermergelter, zertretener, verbrannter, halbverbrannter Körper, ein ganzer Wald aufgefüllt mit erschlagenen, erschossenen, verhungerten, bis zum Verrecken gebrochenen Kreaturen.

Nein, das krieg ich aus der Birne nimmermehr.

Aber ich hatte auch mitgetan bei der Maikäfervernichtung. Nein, beim Verbrennen nicht, und beim Zertreten auch nicht. Aber am Anfang, wenn abends im Mai die große Parkanlage zwischen den Häusern voll von Maikäfern war, die über dem Gras schwirrten. Da sind wir Kinder vor dem Abendessen hinunter mit Federballschlägern und hinein in die Wiese und haben Jagd gemacht auf die schwirrenden brummenden Wesen. Jagd gemacht klingt gut. Wir haben sie im Fliegen weggeschlagen oder von den Spitzen der Gräser, aus Spaß, immer mehr, ein Massaker, und ohne Mitleid, selbst wenn die Maikäfer im Gitter der Bespannung klebten lachten wir, wir wurzten über den Rasen und schlugen in die Käfer. Vorhand, Rückhand, knack und knirsch. Und auf den

Balkonen rundum standen die Erwachsenen und sahen zu. Sie haben es nicht verboten. Sie sahen uns zu.

Ich glaube, es hätte einer genügt, der gesagt hätte, das ist nicht recht, oder hätte es seinem eigenen Kind erklärt. Sicher, über den hätte man sich das Maul zerrissen und den Kopf geschüttelt, ihn wegen der Zimperlichkeit verachtet und was weiß ich für blöd gehalten. Es hätte nicht viel genützt, aber ein wenig, und vielleicht hätte sich ein Gedanke doch in uns eingenistet. Für später.

Ja, hätte. War aber nicht. War völlig selbstverständlich, dass wir das taten, warn wir panoramamäßig gewohnt so.

Warum die beiden nicht hinter die Hecke zum Bahndamm gegangen waren, sondern da am öffentlichen Gehweg aneinanderklebten, war mir nicht recht klar, auch wenns Nacht war, konnte doch wer vorbeikommen. Ich sah auch, dass die alte Zangler im ersten Stock hinterm Vorhang stand, und wie sie an der Zigarette zog, als der Mond seitlich wegtauchte in einen Rauch hinein.

Bog ich vorbei und war schon fast beim Hauseingang angekommen, als mir die kleine Brezina nachgelaufen kam und sagte, ich soll niemandem was sagen, dass sie nachts noch draußen war, aber sie hatten etwas ganz wichtiges zu besprechen gehabt. Hätte sie gar nicht zu sagen brauchen, denn ich hatte es fast schon vergessen im Moment, in dem ich vorbei war, empfand es ohnehin nur als peinlich, und ging mich eine feuchte Knackwurst an. War müde auf einmal und hatte Hunger. Nur ihr letzter Satz verwirrte mich, denn sie hatte im Weggehn noch angefügt: du hast nämlich gar nichts gesehn; was du gesehn hast, ist falsch.

Ich hätte Mariellas Angebot mit den belegten Broten annehmen sollen, auch wenn ich nach dem Training nie was runterbrachte außer Tee oder Sprudel, hätt ich tun solln und mich zum Beißen zwingen, weil zu Hause nichts war. Suchte nach Brot überall. Im Kühlschrank ein Stückchen Margarine. Riss alle Kästchen und Laden auf. Überhaupt nichts zu fressen daheim, isses zu fassen. Die Mutter wuchs in den Türrahmen und sagte, was suchstn da in der Küche, was machstu fürn Lärm, du hast mich aufgeweckt. Ob sie wo das Brot versteckt hat? Es gibt kein Brot. Wozu auch, wenn du nicht nach Hause kommst, ja, wer nicht kommt zur rechten Zeit. Wenigstens ein Butterbrot. Sie: wer zu spät kommt, den beißen die Hunde. Ich hab seit Mittag nix gefressen! Selber Schuld, wenn du dich wer weiß wo herumtreibst. Es gibt nichts, wir haben nichts. Bedanke dich bei deinem Vater. Musst du eben sehn, dass du rechtzeitig nach Hause kommst.

Ich bekam ziemlich Bauchweh, wahrscheinlich von ihrer logischen Logik, so ein schneidendes und stechendes, dass ich grad noch am Klo andocken konnte, mir riss es die Eingeweide in Schwall und Fetzen heraus, und ich spürte mich aasgrün im Gesicht, es hörte nicht auf zu fließen und irgendwann war ich richtig erschöpft.

Sie saß noch in der Küche und starrte tragisch geradeaus Richtung Balkon, dann sagte sie: das hast du davon. Was hab ich wovon? Wer weiß, wo du isst und was das ist, womöglich so ein fremdes Zeug. Du wirst noch sehn, wo das hinführt. Das geht so nicht mehr weiter, sie hat es satt, nur die Versorgungsstation zu sein, sie kann überhaupt nicht mehr schlafen, sie wird noch einen Herzinfarkt meinetwegen bekommen, und eines Tages komme ich nach Hause, und sie liegt da.

Gerade noch hatte sie gesagt, dass ich sie aufgeweckt hätte. Ein Stück Brot wenigstens könnte immerhin da sein. Wann hat sie denn in letzter Zeit je was gekocht, irgendwas, das man von mir aus auch aufwärmen kann, und wenns eine Brotsuppe ist?

Wir haben kein Geld, sagte sie abweisend, wir müssen eben hungern.

Und was ist mit dem Geld, das ich nach Hause bringe, ich arbeite doch. Ich habe ja überhaupt keine Ahnung, wasn für Geld, das bisschen, was kann man dafür schon kaufen, es zerrinnt einem zwischen den Händen, sie ist verzweifelt.

Ich sagte ihr, dass ich jetzt guten Verdienst gefunden habe, sie wird sehn, ich bringe ihr einen Haufen Kröten, wollte sie trösten, aber sie war untröstlich.

Du mit deinen Versprechungen, sagte sie und schluchzte. Und schluchzend sagte sie, sie weiß genau, dass ich mich auf der schiefen Ebene befinde, wo am Ende die Verbrecherlaufbahn auf mich wartet, von Anfang an hat sie das gewusst. Und in der Schule leiste ich auch nichts, sie weiß sich nicht mehr zu helfen, das ist kein Leben.

Aber in der Schule geht es gut, besser denn je, ich schaffe sie leicht. Das wird sich erst herausstellen, sie glaubt mir kein Wort mehr, bis sie es schwarz auf weiß hat. Ich sagte, wetten wir? Und das war wieder falsch, denn sie schniefte empört, was willst du denn wetten, du hast nichts, worum du wetten kannst, sie hat sich ihr Leben anders vorgestellt.

Wenn ich ein gutes Zeugnis habe und genügend Geld heimbringe, machst du mir dann einen Apfelstrudel, so einen wie früher, im Ofen, so einen ausgezogenen, mit Rahm drauf?

Sie sah mich erstaunt an und kniff die Augen misstrauisch zusammen und sagte, so ein Aufwand zahlt sich für eine Person nicht aus, wo man keine Familie mehr ist, was hast du bloß für Vorstellungen.

Ich war zu schwach und zu müde, um was zu verstehen, und zitterte auch und mir war kalt, aber auf einmal hatte ich einen Verdacht. Da war was in meinem Zimmer fremd, als ich das Schulzeug und Trainingszeug reingestellt hatte, und ich lief in mein Zimmer zurück und da fehlte tatsächlich das Plakat von Mariella, das ich an die Tür geklebt hatte, das Reichsgesetzblatt mit den Paragraphen zur Verhütung erbkranken Nachwuchses.

Meine Knie lösten sich auf, das kann nicht sein, das darf nicht sein, ich hatte es doch angeklebt, war doch kein Traum. Ich saß auf meinem Bett und starrte auf die weißlackierte Türe, und alle Kraft war weg.

Auf einmal befand ich mich im Vorraum, und die Mutter wollte soeben in ihr Schlafzimmer und ich sagte, das heißt es war eigentlich so, dass ich mich sagen hörte: wo ist das Plakat?

Ich spürte mich nur von außen, denn der, der fragte, das war ein anderer, ich war derart traurig und ungläubig und verzweifelt, dass ich gar nicht hätte fragen können, weil ich Angst vor der Wahrheit hatte, so kam es mir jedenfalls vor.

Sie tat erstaunt: was denn fürn Plakat? Na das Plakat von der Tür. Jetzt war sie aber sehr empört, meine Frage war eine Zumutung, sie weiß nichts von einem Plakat, und ich soll sie gefälligst schlafengehn lassen.

Ich will mein Plakat wiederhaben.

Es gibt kein Plakat.

Aber ich habe es selbst aufgehängt.

Da kannst du lange warten, sagte sie mit einer nur ihr einsichtigen Logik.

Ja, sie hat es vernichtet, und es ist längst bei den Mülltonnen, in ihrem Haus duldet sie sowas nicht, wo kommen wir denn hin, wenn das wer sieht, sowas kommt ihr nicht ins Haus. Sie kann sich schon denken, wer da Einfluss auf mich nimmt: sage mir, mit wem du verkehrst, und ich sage dir, wer du bist, Herumtreiber. Du schleppst mir keinen Schmutz in die Wohnung. Wir sind anständige Leute, halte dich daran, dann fährst du gut.

Und ich schrie: hängst du noch immer an diesem arschgefickten Nikolaus?

Nun war sie zu Recht empört, solche Worte ist sie nicht gewöhnt in ihrem Haus, wie sprichst du denn überhaupt, wo hast du diese Ausdrücke her? Ein Zeichen meiner vollkommenen Verwahrlosung. Sie wird meinen Umgang zu unterbinden wissen, sie weiß genau, woher das kommt, dieser Schmutz, diese Zersetzung, sowas hätte es früher nicht gegeben, sind wir schon wieder so weit, dass Kinder gegen die Eltern aufgehetzt werden dürfen? Wehret den Anfängen, sage ich dir.

War nach Mitternacht und ich lag mit angezogenen Knien aufm Bett und wusste nicht mehr, ob ich lebendig war oder weit fort. Wut, Ohnmacht, Verzweiflung, Bauchweh. Wenn ich weinen könnte. Ich hatte so ein Bedürfnis nach Flennen, in mir flennte alles, und die Augen waren trocken heiß. Nein, bloß nicht flennen, diese Schwäche lässt du nicht zu, diese Freude machst du ihr nicht. Niemandem. Dann habe ich doch noch gebrüllt, meinen ganzen Hass ausgebrüllt in einem Satz: ich habe Hunger.

Die Stille danach war trostlos, als wäre ich nun noch viel mehr allein. Kurz darauf zischte es hinter der Tür, als wär ein schwerer Geist vorbeigestreift: ein voller Bauch studiert nicht gern. Das hatte sie von ihm übernommen. Obwohl sie ihn verachtete, sonderte sie nun die Phrasen ab, mit denen ich von ihm stets abgespeist wurde, denn er konnte es nicht ertragen, wenn ich mit Appetit aß. Irgendeinen Vorwand gab es immer, dass ich am Abend nichts zu essen bekam, entweder fraß ich mittags wie ein Schwein, oder ich ließ zwei Reiskörner übrig, jedenfalls wurde ich abends ins Zimmer gesperrt, damit ich lerne. Ein voller Bauch studiert nicht gern. Das war der nützliche Spruch für den unnützen Fresser. Und schon gar nicht lässt man sich von solchen Ballastexistenzen unter Druck setzen.

Hatte aber auch die Großmutter schon gesagt, ein Butterbrot vor dem Schlafengehen bringt Unglück, da setzt sich einem der Alb auf die Brust, dass du nimmer atmest, nein, sie hatte gesagt: schnaufst, und am Morgen tot aufwachst; erschien mir damals schon wie eine Ausrede.

Aber was heißt studieren bei einem Grundschüler, der gerade erst Großbuchstaben zu malen lernt, eine ganze Seite mit As füllen muss, Strich hinauf, Strich hinab, Querstrich, fast nicht zu machen, ohne vor Anstrengung zu wackeln oder die Hilfslinien zu verfehlen, sodass die As in unterschiedlicher Größe aneinandergereiht waren, zumindest auf der unteren Hälfte der Seite.

Als ich die As lernen musste, hatte die Mutter durchgedreht. Sowas prägt sich dir für immer ein, weil dus nicht verstehst. Sie stand neben mir, als ich in das Aufgabenheft zu schreiben versuchte und es ihrer Meinung nach einfach nicht schaffte, sie gerade nebeneinander und untereinander zu setzen. Kein A war ihr perfekt genug. Sie stieß mich gegen die Schulter, wenn ich falsch ansetzte. Immer wieder radierte sie mir ein A aus, und ich musste ein neues auf die radierte Stelle zeichnen, sie war empört und wütend über meine Unfähigkeit, und so wurden meine As immer verzagter, bis sie an einer Stelle ein Loch in die Seite radiert hatte; oder war ich das, denn sie rief entsetzt zurückspringend aus: was hast du da getan! und versuchte dann, mit dem Daumennagel die raue Stelle zu glätten und verlangte, dass ich ein A drübermalte, aber so, damit das Loch nicht mehr zu sehen ist. Wie sollte das gehn?

War Fasching zu der Zeit, und sie hatte mein Zimmer mit Girlanden verspannt. Bald war das Fest beim Wolfi, der eine Menge Kinder einladen durfte, und Tee und marmeladegefüllte Krapfen waren versprochen, und versprochen war auch, dass jeder einmal eine ganze Papierschlange werfen durfte, und es gab auch die Aussicht, mit der Carrera-Rennbahn zu spielen, also ein aufregendes Fest war angesagt, auf diesen Faschingsdienstag Nachmittag freute ich mich schon seit zwei Wochen.

Wurde aber nichts, weil die Lehrerin als Benotung der

Hausaufgabe wegen dem radierten Loch in der Seite eine rote Zwei darunterschrieb. Das war zuviel für die Mutter, sie begann zu toben, und ich dachte erst an einen Scherz, denn so schlimm empfand ich die Zwei nicht, auch wenns eine kleine Schande war, denn in der ersten Klasse Grundschule hatte man einfach nur Einsen zu haben, wenn man irgendwas taugen sollte, aber das Loch war schließlich eine Gemeinschaftsarbeit.

War aber kein Spaß, und ich saß erst staunend, dann immer trauriger und entsetzt auf dem Sofa, indessen die Mutter außer sich nach den Girlanden sprang und herunterfetzte, was sie zu fassen bekam. Der Lüster schwang wie eine Glocke, es wird kein Fest geben, sie wird mich einsperren, sie riss alles herunter und zerknüllte und zerriss es, mit verzerrtem Gesicht, als hätte sie Schmerzen. Ich verstand nichts, außer dass ich am Nachmittag nicht zum Fest durfte, ich verstand vor allem nicht, warum sie vor Hass bebte und über die Maßen schrie und mit ruckartigen Bewegungen das Zeug zerstörte, das sie so mühsam angebracht hatte.

Aus dir wird nie etwas werden. Für dich ist es aus. Nie wieder Fasching. Nie mehr. Kein Fest. Kein Essen. Du wirst studieren, bis du schwarz bist. Du kommst mir nicht mehr aus dem Zimmer.

Wie? Freilich. Heute ahne ich, was da los war. Aber so ein Verhalten ohne Maß verklebt dem Kind für die nächsten hundert Jahre einen Teil der Poren. Es muss ja glauben, es gibt keine Regeln außer der Willkür.

Es ist fatal anzunehmen, das Kind in einem Menschen stirbt mit der Adoleszenz ab und verschwindet mit dem sogenannten Erwachsenwerden. Es ist immer in einem drin, selbst im Hundertjährigen, und das nicht zu begreifen, führt zur Infantilität, diesem lächerlichen Verhalten von Erwachsenen, die wie Kinder reagieren und sich Momentwünsche ertrotzen wollen.

Kindlich sein können im Erwachsenenalter ist etwas sehr Schönes, wie Onkel Hans, es zeugt davon, dass sich jemand noch Vertrauen und Unmittelbarkeit aus seiner Kindheit mitnehmen hat können; dieser Mensch ist gerettet. Infantil zu sein zeugt davon, dass dieser Erwachsene nichts vom Wesen des Kinds begriffen hat, und somit nichts von sich als Erwachsenem begreifen kann. Es gibt etwas, das den Unterschied sofort klarmacht: Kindlichkeit ist nicht nachtragend; Infantilismus ist nachtragend.

Wahrscheinlich hat sie erfahren, dass er wieder alleine auf die Rote Redoute geht, und sie als Ehefrau daheim bleiben muss, und sie ahnte, mit wem er sich dort faschingsmäßig herumtrieb, im Wikingerkostüm, zu dem sie ihm den Pelz genäht hat, in dem Glauben, sie darf vielleicht mit. Sie hatte keine Wahl, als den Frust vor und an dem Kind auszutoben. Wenn schon er zum Faschingsfest geht, zu seinen Huren, wie sie später oft schrie, dann soll nicht auch noch das Kind in den Fasching gehen, von dem sie ausgeschlossen war.

Ja, ich kanns natürlich verstehen. Aber dem Kind das Essen zu entziehen, wenn es noch nicht für sich sorgen kann, verwirrt das Kind. Was hat denn das Essen mit der Note Zwei zu tun. Das Kind glaubt, das ist normal: rein in die Kartoffeln, raus aus den Kartoffeln. Du weißt nie, was dir gerade geschieht und weshalb. Kann man mitm Fünfzehnjährigen machen. Der kann für sich sorgen. Aber mit sieben? Und verlangen, dass es studiert?

Wenn du nichts als Hunger hast und die Rippen aufeinanderklappern, kommen die As verwackelt ins Schulheft, kannst dich bemühen, wie du willst. Das weißt du mit sieben natürlich nicht. Es ist dann eben die Regel, dass die Regeln aus den Launen der Eltern gemacht sind.

Paar Stunden Schlaf nur, und doch war die Mattes-Klausur ein Spaziergang gewesen, ein Spielchen, alle vier Aufgaben gelöst, locker und lächelnd, und nebenbei dem Notger Ergebnis zwei und vier rübergeschoben und dem Pensa, wie geht denn das, was kommt da raus, sämtliche aufgeschrieben und zugesteckt. Oh yes, so is it, that was it, voilà.

Beten hätte ich zu Mariella mögen, so wunderbar ist das, mit meinem ehemals Mathematik sperrigen Hirn flüssige Formeln herzuleiten, eins rutscht ins andere, alles passt wie von alleine zusammen und ineinander, du drückst ein wenig auf die Ableitungstube, und das Ergebnis rutscht klar heraus. Fluff, so und nicht anders konnte es sein, das isses, jepp.

Warn glattes Sehr gut, eine Sensation, der Fässer glaubte es nicht, er verglich das Heft mit den Heften meiner Banknachbarn, aber was blieb ihm übrig, außer ungläubig zu bleiben und zu sagen: freu dich nicht zu früh, dir komm ich noch auf die Schliche.

War alles beautiful selbst hergeleitet und ausgeführt, und das war die Rettung fürs Jahr, diese Eins drückte den Notenschnitt auf Durchkommen.

Der Notger hatte sich eine Zwei erkeucht. Hinter mir Gorsen selbstverständlich ein Sehr gut, Werner Gut, vor mir der Piti mitm sanften Genügend, bloß der Pensa wurde bleich, nachdem er sein Heft hoffnungsvoll langsam wie ein Pokerspieler geöffnet und ein halbes Auge seitlich eingeschoben hatte und das rote Massaker mit dem Nichtgenügend sehen musste.

Wasn los, verdammte Hurerei, was hastn gemacht, sag ich zum Pensa, weil mir die Wut hochstieg, dran denkend, dass ich ihm unter Lebensgefahr das Zeug gesteckt hatte, und wenn das mein Todfeind der Mattesberger gesehn hätte, wär mein Heft futsch gewesen, eingezogen, der wartet nur auf einen Ausrutscher. Wasn los du Trottel, hab ichs dir nicht geschoben?

Und da singerte und weinerte der Detlev los, ja ja, aber ich habe mir gedacht, hab ich mir, ich baue einige Fehler ein, weil mir das der Berger doch nie geglaubt hätte. Arschundzwirn, der Pensa hatte in jeder Aufgabe einfach ein paar Zahlen umgesetzt und Schritte ausgelassen, ohne die man niemals zum Ergebnis kommen konnte. Hat der denn bloß Knochen im Hirn?

Ich hatte kein Mitleid mit ihm, weil ich euphorisch war über meine Eins, war ein Gefühl, fast so gut wie ein Tor zu schießen, ein nützliches Tor jedenfalls, nicht so einen Ehrentreffer wie im vorletzten Meisterschaftsspiel zum eins zu drei in der neunzigsten Minute, wo du nicht einmal jubeln kannst, auch wenns ein Traumtor war, volley vom Sechzehner unter die Latte gehämmert, und mit hängendem Kopf zum Anstoß zurücktrabst im Bewusstsein, neunzig Minuten vergeudet zu haben, denn jetzt erst würde es laufen, jetzt noch einmal eine Halbzeit und das Ding ist umgedreht, aber es ist zu spät, man stellt sich nocheinmal auf, Anstoß und Abpfiff. Aus Äpfel Amen.

War schon vorbei an der Speyer Villa und ging dann doch zurück, das wars also: hinter der Mauer nur noch der weißgraue Villenwürfel wie ein einsamer Zahn mit Balkonkaries, kein Baum mehr, alle Tannen abgesägt. Kann mir wurscht sein, ist nicht meins, in so einer Villa hinter so einer Mauer leben Leute aus einer anderen Welt, die werden schon wissen, was sie tun, nur dass ich es mir nicht vorstellen kann, was der Grund ist, dass man sämtliche Bäume gegen einen nackten Rasen tauscht.

Ich schaukelte auf dem Wohl- und Sicherheitsgefühl der Mattes-Eins auf dem Gehweg der breiten kaum befahrenen Straße Richtung Siedlung. War die Schultasche leicht wie ein gasgefüllter Ballon, ich brauchte nur gehende Bewegungen zu machen, mich mit den Zehen abzustoßen, schon flog ich einen Meter voran, ein sanftes Auftupfen mit der große Zehe, wieder ein Meter, ich lag vor Wohlbefinden schräg in der Luft, au ja, stolz würde sie sein auf mich, und ich werde es hinauszögern, werde mit Trauermiene sagen, heute haben wir die Klausurarbeit zurückbekommen, die ganze Klasse hat schlecht abgeschnitten, es waren ungerechte Aufgaben, Rechnungen die noch niemand begriffen hat, weil deren Formeln uns erst vor kurzem gedrückt wurden ohne Erklärung, wie sollte man da auch durchblicken. Und wenn sie dann glaubt, dass ich wieder ein Nichtgenügend ins Haus geschleppt habe, präsentiere ich ihr die glänzende Eins, indem ich das aufgeschlagene Heft wie einen Vogel vor sie hin flattern lasse.

Ich gehe langsam die leere Straße entlang, das Heimkommen hinauszögernd, wie abgetrennt von der Welt, links die aufgelassenen Gärten und verwilderten Wiesen mit dahinter leerstehenden Geschäften und, kaum aufgestellt, bereits zerbröckelnden Hallen. Die winzige aufgelassene Spielzeugfabrik, wo Onkel Hans gearbeit hatte, mit dem Verkaufsladen davor, wo hinter verschleierten, verschlierten, staubigen Fenstern mit hölzernen Fensterkreuzen noch eine mittelfingerlange nackte Puppe ohne Arme liegt, und ein Kleinbahn-Schienenstrang mit einem umgedrehten Tender, eine zerdrückte Farbtube und zwei in Rostfarben vollgesaugte vertrocknete Fetzen.

Alles in Bauland umgewidmete Felder, die solange verwildern und zerfallen, bis die Stadt sich ausgedehnt hat und die Preise steigen, jedes Stück Baum, jeder Strauch, jedes Wiesenstück mit seinen staubigen Sauerampfern in Gedanken bereits eingeebnet zu einem künftigen Betonfeld, das den Eigentümern mit dicker fetter Kohle die Konten schwärzt. Warum ich das weiß? Weil ichs gehört habe. Bei Onkel Heribert und Tante Lola. Die haben ein paar Grundstücke gekauft hier entlang des Niemandslands. Ist aber eine Geschichte, na, aber immerhin, ohne sie… Gut, ich werde von Lola erzählen, auch wenns unangenehm ist, später.

Rechts jetzt die Siedlung von Notger, und herüben auf der holprigen Wiese spielen die Kinder schon Fußball nachm Mittagessen, höchstens vierzehn der Älteste, und ich sehe, dass es weniger Fußball ist als Keilerei. Liegt einer am Boden und vier treten auf ihn ein, ich bleib stehen und schau mir das an, Rauferei gehört ja immer dazu, aber das war keine Rauferei, weil die ihn auch in die Nieren treten und aufn Kopf, und da schrei ich hin, ob sie vieleicht deppert geworden sind? Einer tritt nocheinmal Vollspann gegen die Schulter des Zusammengekrümmten, dann rücken sie ab und passen sich halbherzig den Ball zu.

Und auch ich lasse den liegen, er wird schon wieder aufstehn, hab ich Schlimmeres gesehen. Was dich nicht umbringt, macht dich nur härter, ich drehe mich nochmal um und seh wie der aufsteht.

Ich komme mir schwach vor, warum habe ich eigentlich die Keilerei unterbrochen, geht mich doch nichts an, was mische ich mich ein bei den Kleinen, früher hätt ich das nicht getan.

Mariella hatte gesagt, es gibt etwas, das immer Gültigkeit hat, dass man nämlich, was immer auch geschieht, zum Schwächeren halten muss.

Der Pires wäre hingegangen und hätte die noch angefeuert, stärker zu treten.

Oder hat vielleicht die Eins in Mathematik einen Weichmatiker aus mir gemacht? Peinlich, peinlich, gefällt mir gar nicht, lieber normal durchkommen mit einem sicheren Genügend und dafür nicht schwächlich werden, solln sie sich doch in die Schnauze haun, mir recht.

Aber das war nicht alles, ich kannte mich selbst nimmer, wasn wirklich los mit mir, hab mich doch sonst um niemanden geschert, und jetzt das: Ich biege zur Siedlung ein, und da spielen die Stemberger und Pires Mädchen und die Stemberger Jungs und zwei vom anderen Haus vor den Garagen, das heißt, sie stehen im Kreis fürn Auszählreim, einen von denen, die wir immer schon gebraucht hatten ohne zu denken, Hauptsache Reim. Hat nie jemand was dagegen gehabt, aber ich hör ihn jetzt wie zum erstenmal:

In einer Bude saß ein Jude, Kopf voller Läuse, didel dadel däuse, didel dadel datz, wie heißt dein Schatz? Dann muss ein Name gesagt werden: Rudi! Rudi hat ins Bett geschissen, Mutter hats gesehn, und du kannst gehn.

Ich keife sie an, dass sie den Scheißauszählreim vergessen können, diesen Scheißdreck, wenn ich noch einmal höre, verschmier ich euch an den Kellerwänden, verstanden! Schon während ich das hinschreie, komm ich mir wenig überzeugend vor. Wasn los, bin ich verrückt oder was, bin das ich?

Für sie bin ich zwar der viel ältere und stärkere, aber noch lange keine Respektsperson, ganz ernst nehmen können sies nicht, ich sehe den kleinen Stemberger, wie er mit dem Zeigefinger an seine Stirn klopft, und sich dann kratzt als er bemerkt, dass ichs bemerke, indessen sie einander betreten, trotzig, belustigt ansehn. Ich schlage die Eingangstür gewaltig zu, dass sich die Stufen wie eine Klaviatur hinauf klappernd bewegen und jemand in der Parterrewohnung he hallo brüllt.

Habe eine Wut auf mich. Bin ein Feigling, bei den Großen hätte ich mich nichts zu sagen getraut. Bin schon im ersten Stock, da geht unten der Türsummer, und die kleine Bande schreit im Chor schnell durch den Hausflur herauf: In einer Bude, und sie lachen und kichern und machen die Tür gleich zu und laufen in künstlicher Panik davon.

Von einem Balkon hör ich hinunterfragen: was hatn der Hansi von euch gewollt? Hat er euch was getan?

Ich bin schnell und ein Techniker, das heißt ich gelte wahrscheinlich jetzt schon als einer der besten Techniker des Klubs; was die Schnelligkeit betrifft, könnte ich mich sehr verbessern, hängen mich ein paar auf längere Distanz ab, was bei den Trainingssprints übers ganze Feld klar wird, wo ich die ersten Meter vorne bin, weil meine Reaktion und mein Antritt enorm sind, ich bin ja auch nicht schwer, aber bei der Mittellininie bin ich schon eingeholt, und über die ganze Distanz sind vier fünf vor mir. Wir haben einen Abwehrspieler, bei dem es genau umgekehrt ist, der kommt ganz langsam weg, läuft bis zur Mitte hinterher und wird dann immer schneller, als sei ein Schwungrad in ihm, und er ist über die Länge des Felds schließlich immer erster. Wirklich ein Phänomen. Ein guter Abwehrspieler, weil er das Stellungsspiel beherrscht, aber als Abwehrspieler müsste er meiner Meinung nach genau umgekehrt ticken, nämlich sprintschnell sein, seine Laufqualität auf die lange Strecke hilft ihm gar nichts. Ich habs immer kommen sehn, wenn ich wusste, die anderen haben einen Linksaußen von einem bestimmten Typus, einen schnellen und trickreichen, der die kurzen überraschenden Haken beherrscht, der auch nach innen geht, der sich nicht auf lange Laufduelle entlang der Außenlinie einläßt, nur weil er schnell ist, was viele machen, sich den Ball vorlegen und nachsprinten und dann flanken, diese Typen steckt unserer vor dem Flanken ein, und so wars auch im letzten Meisterschaftsspiel, eins, das man nicht mehr vergisst.

Wir waren zwar schon uneinholbar Meister mit fünf Punkten Vorsprung und somit endlich in die Zweite Liga aufgestiegen, aber dieses Auswärtspiel gegen den dritten der Meisterschaft hatte alles, was einem beim Fußball die Gänsehaut aufziehn lässt, und für mich hätte es nicht besser laufen können, auch wenn es um nichts mehr ging. Es gibt so Spiele, wo einem alles aufgeht, plötzlich gelingt alles, obwohl nichts darauf hinwies. In der Meisterschaft war die Luft draußen, und in der ersten Halbzeit saß ich auf der Bank. Die Spielerbesprechung war ebenso alles andere als ernst. Wir machen ein Trainingsspiel, sagte der Trainer, ihr könnt alles ausprobieren, was wir an Fouls gelernt haben, wir fahren denen mit den Stollen in die Innenhose und legen sie im Mittelkreis auf. Also meine Herren, wir gehen jetzt raus und schlagen sie weg, wie ist egal, jeder macht, was er will. War natürlich ein Scherz.

War auch das letzte Spiel unseres Trainers. Und zwar Spielertrainers, Ex-Linksaußen der Nationalmannschaft, der sich noch einmal aufstellte, obwohl er in den letzten Wochen nicht mehr voll trainierte. Er zeigt uns nämlich, was wir in der nächsten Saison brauchen können, da geht es ein wenig härter zur Sache, die Zweite Liga ist kein Spaziergang, da müsst ihr euch durchsetzen können, da kommen brutale Gegner auf euch zu, solche, die mit allen Wassern gewaschen sind.

Hab ich wieder einiges dazugelernt. Erstens: dass es nämlich Fouls gibt, die so ungeheuer offensichtlich sind, dass sie niemand wahrzunehmen scheint, und die rein zur Provokation gemacht werden. Outeinwurf für die anderen, ein paar Meter von unserer Ersatzbank weg, und unser Spielertrainer stellt sich vor den Einwerfenden, und als der lamentiert und mit dem Einwurf zögert, hebt unser Trainer die Arme weit seitwärts und hackt ihm zugleich mit einem schnellen Tritt die Schuhspitze unters Knie. Obwohl der empört aufschreit, ist er selber überrascht, und alle haben auf den Ball überm Kopf geschaut und die Arme des Trainers, sodass niemand diesen unverfrorenen Tritt wahrhaben wollte und der Schiedsrichter den Gegner aufforderte, endlich einzuwerfen. Und ich sah, dass der wütend war und kurz darauf ein dummes Foul machte und verwarnt wurde, und dass er nichts mehr zustandebrachte in dieser Halbzeit und nur noch seiner Rache nachrannte; er hatte sich provozieren lassen; und war in der zweiten Halbzeit nicht mehr dabei.

Aber noch in der ersten Halbzeit gabs ein anderes Paradefoul des Trainers, und zwar im gegnerischen Strafraum, es gelang ihm in der Praxis, was er uns in der Theorie schon dargestellt hatte: bei einem Fallrückzieher nicht den Ball, sondern die Brust des Gegners zu treffen, und zwar am besten die Stelle des unteren Brustbeins, wo ihm die harte Schuhspitze das Ding nach innen treibt wie ein Schneidmesser. Sieht, wenns gut gemacht ist, wie ein Versehen aus, und man muss sich danach selbstverständlich vielmals entschuldigen, das wollte ich nicht blablabla etcetera, und den Röchelnden tätscheln.

Da habe ich zweitens gelernt: dass man sich nicht provozieren lassen darf und keiner Rache hinterherrennen, denn dann spielt man selber schlecht. Dass man also das akzeptiert, was der Schiri pfeift, und keinen Einwand hat, was immer geschieht, weil es nichts bringt, außer dass du mit deinem Meckern den eigenen Spielrhythmus unterbrichst, du hast nämlich als Spieler keine Pfeife, die dir zu deinem Recht verhilft. Und drittens: dass man sein Spiel nicht auf Fouls aufbauen kann, wie raffiniert auch immer sie ausgeführt werden mögen, weil dich das ebenso in deinem Spiel bremst, und so ist es auch mit unserem Trainer gewesen, dem zwar die Fouls und Provokationen aufgegangen waren ohne Verwarnung oder Karte, der aber überhaupt nichts zustandegebracht hatte im Spiel, sodass er sich selber in der Halbzeit herausnahm, denn wir lagen mit dem Pausenpfiff drei zu null hinten. Viertens: man kann gegen keinen Gegner nur mit siebzig, achtzig Prozent der eigenen Möglichkeiten spielen, nicht gegen den unterklassigsten Gegner, ohne zu verlieren oder sich lächerlich zu machen. Wenn du aufs Feld läufst, musst du geben, was du an dem Tag geben kannst, mit Bremstaktik oder Schonganggedanken gehts immer schief. Ich meine als Grundeinstellung; es ist klar, dass man in einem Match, in dem es um nicht viel geht, nicht mehr dem unerreichbaren Steilpass nachgurkt, was man tun muss, wenns noch um Punkte geht, auch wenn du weißt, dass es aussichtslos ist, die Haut vor der Linie noch zu bekommen, aber du musst rennen als Zeichen von Willen und Kraft, sonst hast du in der Kampfmannschaft nix verloren. Fünftens habe ich Recht gehabt mit meiner Einschätzung unseres rechten Außendeckers, der mit dem qirligen Linksaußen seine Mühe hatte, und alle drei Tore sind von dieser Seite aus entstanden. Er und der Trainer blieben in der Halbzeit in der Kabine.

Ich hatte keine große Lust, in der zweiten Halbzeit in diese aussichtlose Partie einzusteigen. Mit dieser Einstellung der ersten fünfundvierzig Minuten würden wir uns noch drei Tore einfangen, also meine Motivation hielt sich durchaus in Grenzen, ich band mir die Schuhe, und der Trainer klopfte mir auf den Buckel und hob auch nicht gerade meine Moral mit seinem süffisanten: jetzt schau mal, ob du was zustande bringst.

Aber gleich nach dem Anstoß ergrätschte sich unser Langer den Ball, ich sahs kommen und ging sofort steil, ich bekam den Pass in den Lauf, tunnelte den einen der zwei Abwehrspieler, zwischen denen ich vor dem Sechzehnmeterkreis durchtankte, noch bevor sie zumachen konnten, ging noch drei Meter, der Tormann kam heraus, und ich schlenzte ihm den Ball mit dem Außenrist halbhoch in seine rechte Ecke. Eins zu drei. Immerhin. Aber es ging weiter so.

Ich wunderte mich selbst, ich konnte machen, was ich wollte, es ging alles auf, der Ball suchte mich geradezu und tat, was ich wollte, und zudem merkte ich, die Gegner waren nicht mehr voll da, sie glaubten, die Sache sei längst für sie gelaufen, und jetzt wurden sie überrollt.

Zehn Minuten später schickte ich mit einem langen Flachpass von der Mittellinie aus unseren Rechtsaußen, der ging bis zum Corner, da war ich schon am Elfer, er flankt scharf, ich stoppe die Haut mit der Brust, bin mit dem Rücken zum Tor, Rechts-links-Bewegung, die Schraube, drehe mich, überkreuze in der Drehbewegung die Beine und schiebe dem Abwehrspieler mit dem hinter dem linken Bein überkreuzenden rechten Fuß den Ball wieder durch die Beine, gehe rechts vorbei und schieße unter dem herausgrätschenden Torwart flach mitten ins Tor ein. Nun hatten wirs eilig, wir waren alle wie aufgedreht. Den Ausgleich machte ich dann im Alleingang, ließ im Strafraum zwei, drei, noch einen aussteigen, deutete den Schuß in die linke Ecke an, der Tormann auf dem falschen Fuß, ich brauche die Kugel nur langsam ins rechte lange Eck zu schieben.

Die nächsten zehn Minuten gings nur noch auf meine Knochen, ein Foul nach dem anderen, kaum hatte ich den Ball, lag ich schon. Gab einen Ausschluss, als ich auf und davon war Richtung Sechzehner, vielleicht noch ein paar Schritte und ich jage ihm das Ding diesmal rechts oben ins Netz, aber da riss es mir die Beine weg. Waren die nur noch zehn. Und mich holte der Trainer vorsichtshalber vom Feld, kam der Horst für mich. Den Freistoß jagte unser Langer durch die Mauer ins Netz, und das letzte Tor besorgte der Horst, ebenfalls mit einem Freistoß, ein gewaltiger Strich aus zwanzig Metern, von der Stange ins Netz, der Tormann stand wie erstarrt. Ein Fünf-zu-Drei Sieg der Sonderklasse.

Leider dauert so eine Euphorie nicht lange. Denn wenn es etwas gibt, das älter ist als die Zeitung von gestern, so ist das ein Fußballmatch bereits im Moment des Schlusspfiffs.

Trotzdem kann so eine außergewöhnliche Partie Folgen haben. Der Trainer nahm mich zur Seite. Er wird zu seinem Bundesligaklub zurückkehren und einen Part der Nachwuchsarbeit übernehmen. Er würde mich vorschlagen, ich soll dort mit den Junioren trainieren, da könnte ich den nötigen letzten Schliff bekommen, aus mir kann nämlich ein Spieler werden, ich könnte auch schon einen Vertrag bekommen, nichts Großes, erstmal auf Amateurbasis, aber immerhin, eine Sicherheit, ich soll mir das überlegen, ich kann ihn immer anrufen, er hält eine Profikarriere für mich durchaus für denkbar, wer weiß, wie weit du kommen kannst; aber ein Honiglecken ist es nicht. Also überleg dirs, von meiner Seite ist alles klar. Wenn du willst, rede ich mit deinen Eltern. Wenn der wüsste. Ja, ich überlegs mir, danke Trainer.

Verlockend ist das schon. Aber andererseits, was ist mit der Schule, obwohl, weit ist es nicht, eine halbe Autostunde ohne Verkehr, vierzig Minuten mit Zug oder Bus, aber dann noch hinaus ins Stadion, und abends nach dem Training das ganze retour, dreimal die Woche.

Ich machte eine Bemerkung zur Mutter, aber sie drehte gleich durch, das kommt überhaupt nicht infrage, na, ich ahnte ohnehin ihre Reaktion, alles, was irgendwie nach Neu oder Änderung roch, wurde immer abgeblockt. Und zwar mit entsetztem Gesichtsausdruck; ohne auch nur eine Sekunde nachzudenken. Sie drehte durch, und ich drehte ab, ich hatte die Wohnungstüre längst hinter mir geschlossen keifte sie weiter, und ich hörte sie noch unten im Stiegenhaus in der Wohnung schreien.

Unser neuer Mister kam aus Ungarn, weißhaarig, immer im Anzug. Distanz. Der gefiel mir sofort. Neue Trainingsmethoden. Ein Tüftler. Stapelweise Sportbücher im Auto. Der sah sich seine Spieler erstmal genau an. Weiß nicht, ob er bei den Neueinkäufen mitgeredet hat, aber die halbe Kampfmannschaft war neu, darunter ein paar bekannte Namen, und jene, die vorher Stammspieler waren, zum Teil, weil sie lange beim Klub waren und den ganzen Aufstieg bisher mitgemacht hatten, konnten nicht mehr sicher sein, sondern mussten sich über die Leistung empfehlen. Ein paar hörten auf, weil sie sich diese Liga nicht mehr zutrauten, oder zu alt waren, oder weil der Halbprofibetrieb mit der Familie nicht mehr vereinbar war, denn zu den Auswärtsspielen musste man nun weiter reisen als bisher, als man im Bundesland unter sich blieb. Ein anderer Wind. Der Kader wurde erweitert. Ich bekam die Nummer Neunzehn.

Es gibt etwas, das ein Fußballspieler nicht tun darf, ein Tabu, das sich auf merkwürdige Weise zu vererben scheint. Nein, nicht was die Fouls betrifft, davon habe ich alles erlebt, was Regeln, Anstand und Hemmschwellen überschreitet, ich habe die miesesten Dinger gesehn, zwei davon aus nächster Nähe. Das eine war ein bewusst herbeigeführter Beinbruch von dem Wahnsinnigen aus der Mannschaft des Wimmer Gerhard, man nannte ihn den Rasenmäher, nicht nur weil er für einen Rasenmäher von einem unterklassigen Verein gekauft wurde. Damals beim Derby, als ich den Gersdörfer kaltstellte. Wurde unser defensiver Mittelfeldspieler, der bullige Lehner, zwei Meter vor mir gefällt. Mit beiden gestreckten Beinen ist ihm der Wahnsinnige aufs Standbein gesprungen, es krachte, und der Lehner lag da mit abgedrehtem Fuß. Schien- und Wadenbein aufgebrochen und abgedreht, und das Blut schoss durch die weißen Socken und Knochensplitter standen daraus hervor, und dann sah ich das Blut, wie es mehr und mehr sich ans Gras klebte. Und der Wahnsinnige beugte sich über den Lehner und sagte: hast du gesehn? Und das nächste Mal bring ich dich um. Der Lehner wiegte nach einem ersten Aufbrüllen ungläubig den Oberkörper auf und ab und sah auf sein Bein und begann zu schreien und mit den Armen im Rasen zu rudern, und er riss Gras aus und warf mit dem Gras um sich. War überhaupt kein Grund für ein Foul. Der Lehner hatte bloß den Ball gerade gestoppt. Der Wahnsinnige wurde nicht einmal verwarnt. Vielleicht hatten auch die Schiedsrichter Angst vor ihm. War ja nicht das erste Mal, dass er sich einen vornahm. Jedes Spiel ein Todesfall, hatte er gesagt, hatte mir der Gerhard lachend erzählt, sogar sie selbst sind im Training vor seinen Attacken nicht gefeit, manchmal dreht er durch, du weißt nie wann; so wie in der Jungle-Bar, als er einem, der zwar stärker war als er, bei der Rauferei das Ohr abbiss. Der hatte ihn gefragt, ob es stimmt, dass er für einen Rasenmäher gekauft worden war. Das war gegen die Ehre, da rastete er aus. Es gab kein Spiel ohne irgendeine Brutalität seinerseits.

Im anderen Stadtderby, ich stand als Zuschauer an der Brüstung nahe der Outlinie, legte er vor mir einen um, ein normales hartes Foul. Aber das reichte dem Rasenmäher nicht, er hielt dem Liegenden die linke Hand hin, um ihm aufzuhelfen, als vermeintlich entschuldigende Geste, wir dachten schon, er hat sich gebessert, da sah ich, wie er dem mit der rechten Hand zwischen die Beine griff und die Faust machte, sodass der losbrüllte wie fürn ewigen Schmerz, und der Wahnsinnige, über ihn gebeugt, ließ noch immer nicht los. Der Schiedsrichter war entschieden zu weit weg, und der Rasenmäher drehte sich um und bedeutete dem Schiri, dass der am Boden bloß simuliert und seine entschuldigende Geste nicht angenommen hat. Später hörten wir, dass der ins Krankenhaus musste zwecks Hodenquetschung, und wahrscheinlich seinen Mann nie mehr stehen wird können.

Na ja, Fußball ist kein Tischtennis, war der Leibspruch unseres verflossenen Trainers.

Vor über einem Jahr war der Gerhard mit drei anderen aus seinem Klub beim Rasenmäher zu Hause draußen an der Peripherie zum Kartenspielen. Das heißt, der Gerhard war zu jung, noch nicht sechzehn, er musste zusehen, es ging um Geld, sie waren gleich vom Training mit Gersdörfers Alfa hingefahren. Um zwei Uhr Früh kam die Freundin des Rasenmähers im durchsichtigen Negligé aus dem Schlafzimmer in den verrauchten Raum. Man sah ihre schwarze

Unterhose durch, sagte der Gerhard, mit so Blumen vorne drauf, und er wusste nicht mehr wohin schauen vor Aufregung, alle starrten da hin und wieder weg und wieder hin. Sie lehnte sich an die Schulter vom Rasenmäher und sah ihm in die Karten. Es ist spät, er soll schlafen kommen. Aber der Rasenmäher sprang auf und hob den Tisch an und brüllte, raus, alle raus bevor ich zum Mörder werde, raus, und er stieß den, der ihm am nächsten stand, mit allem Hass Richtung Flur, dass der vom Türstock schräg gefoult wurde, und dann drehte sich der Rasenmäher einmal um sich und sprang gegen die Freundin und packte sie am Oberarm und schrie: und du, du Sau, und er trat die Schlafzimmertür auf und schleuderte sie durch den Raum gegen das Bett und kam zurück wie ein schnaubender Stier, und sie hauten alle ab, die Stiegen hinunter vom fünften Stock, weil er nach Messer und Blut schrie. Sie hörten, als sie ins Auto stiegen, noch die Hilfeschreie seiner Freundin durch die Fenster.

Ich sagte, ein Fußballer darf nur eins nicht, und er verbietet es sich mysteriöserweise selbst, obwohl keine Strafe dafür steht, und das ist: mit dem Spitz schießen. Das heißt, den Ball mit der Fußspitze treten, zumindest nicht weiter als ein paar Meter. Im Dribbling und beim Kurzpass kann es vielleicht vorkommen. Aber ein Freistoß mit der Fußspitze? Oder ein Elfmeter, eine Flanke, ein langer Pass mit der Fußspitze? Undenkbar. Du kannst dem anderen mit dem Spitz den Arsch auftreten oder die Eier abtreten, dafür gibts vielleicht die Karte, ist aber nicht unehrenhaft. Aber den Ball mit der Fußspitze zu schießen ist gegen die Ehre, dafür gibts Hohn. Ein Zeichen für allerletzten Dilettantismus. Verachtenswert. Man kann den Ball mit jedem Part des Fußes schießen, Rist, Innenrist, Außenrist, Ferse, aber niemals mit dem Spitz.

Weißt du, wie sie einen Schuss mit der Fußspitze genannt haben? Einen Juden. Ja, genauso wie eine nur halb angezündete Zigarette, die nicht richtig zog, die war auch ein Jud.

Mit dem Spitz ein Tor schießen? Wenn das geschehen sollte, würde man es einem am liebsten aberkennen. Und ich konnte es nicht verstehen. Denn der Spitz war zuweilen ein sehr effektiver Schuss, und ich wendete ihn an, ich machte es ohne Bedenken, denn ich war als Supertechniker über jeden Dilettantismusverdacht erhaben.

Sicher habe ich geübt, es ist nicht leicht, denn der Ball, mit dem Spitz geschossen, hat andere Flugeigenschaften, und wenn du ihn nur einen halben Zentimeter unter der Mitte triffst, steigt dir die Haut gegen Himmel.

Nein, so wie einen Spannschuss kann man natürlich den Spitz nicht berechnen, der Ball bekommt mit dem Spitz, wenn du voll draufhaust, zuviel Energie und scheint ein Eigenleben zu entwickeln, er macht Links-Rechts-Bewegungen und weicht sehr oft und plötzlich wie aus eigenem Antrieb in eine Richtung ab, die man nicht vorhergesehen hat, als hätte man eine weiche Billardkugel nicht mittig gestoßen. Es ist schwer, den Ball mit dem Spitz so zu treffen, dass der nicht Faxen zu machen und zu steigen beginnt.

Für einen Tormann ist der Spitz ziemlich unberechenbar, und die Kugel wird wahnsinnig schnell. Aber wie gesagt, der Spitz ist auch für den Schützen merkwürdig unberechenbar. Deshalb vermeidet man selbstverständlich bei Standardsituationen wie Freistoß, Corner oder Elfer den Spitz. Aber aus dem Spiel heraus, in Tornähe, der Ball mit dem Spitz angeschnitten wie eine Billardkugel und nicht mit voller Kraft gekickt, da wird der Spitz ein scharfes Ding und bewährt sich besonders im Zweikampf oder aus dem Strafraumgewühl heraus, weil die Spitze schneller am Ball ist als der Rist.

Mir war das immer klar, und ich habe schon beim Straßenkick als Kind den Spitz als Kunstfertigkeit angesehen und mich immer gewundert, warum ihn andere nicht auch machen.

Kleine schnelle Pässe mit dem Spitz, und immer standen die Verteidiger wie gebannt, und ich habe bei Meisterschafts-Matches einige Tore aus Bedrängnis mit dem Spitz gemacht, die anders nicht zu machen gewesen wären, weil es eben die Sekunde länger dauert, im Getümmel für den Spannstoß auszuholen, und selbst wenn du aus dem Fußgelenk schießt, mit der Spitze bist du einen Tick schneller am Ball, und der Ball bekommt auch mehr Fahrt, und, wie gesagt, der Spitz ist über kurze Distanz, sagen wir plus minus sieben Meter, durchaus noch so berechenbar, dass die Kugel auch dort ankommt, wohin sie gedacht wurde.

Bei einiger Übung will ich nicht ausschließen, dass auch Elfer mit dem Spitz sicher einzubauen wären. Das Risiko ist auch nicht viel größer als mit der Fuß-Innenseite, wenn man bedenkt, wieviele Elfmeter vergeben werden, und ich glaube, ein Torhüter würde gar keine Chance haben, wenn es wer versteht, den Penalty mit dem Spitz anzureißen. Bisher hat das noch niemand je gewagt, jedenfalls habe ich es noch nicht gesehen. Aber ich bin sicher, dass es einmal einen genialen Kicker geben wird, der mit diesem Vorurteil aufräumt.

Die Geschichte mit Vereinswechsel und Training in der Hauptstadt hatte sich erledigt, weil der neue Trainer mit mir gesprochen hat. War das erste Mal überhaupt, dass sich wer für mich privat ausm Verein interessierte. Tat mir richtig wohl. Er nannte mich Janos. Beim Training des direkten Anspiels mit scharfen Pässen auf kurze und mittlere Distanz, bei dem man dem Ball entgegen gehen musste, rief er: Janos, moch ain gut Pass, was einen Mitspieler zum Hohn animierte, indem er laut hinzufügte: jo, und schmeiß ain Goal. Er brachte mich nach einem Training im Auto nach Hause, obwohl ich ihm sagte, dass ich gleich da drüben wohne, aber er wollte mit mir reden, und da saßen wir im Auto am Gehsteigrand, und er fragte mich nach der Schule und ob ich eine Idee habe, was ich nach der Schule machen will.

Ich hatte null Idee, und er sagte, wichtig ist, dass ich die Schule fertig mache, dann kann ich noch immer entscheiden. Ich gestand ihm, dass ich zeichne, und er fands interessant, sagte aber, dass er davon keine Ahnung hat. Die Bücher da am Rücksitz? Er sucht immer nach neuen Erkenntnissen, hier ist ein Buch zum Beispiel nur über Dehnungsübungen, die er zum Teil gar nicht anwenden kann, weil die Spieler nicht mitmachen würden, sie würden sich komisch vorkommen, nach dem Spiel noch am Feld sitzen zu bleiben und die Muskeln zu dehnen, die Zeit ist noch nicht reif, auch der Sport und die Trainingsmethoden sind Moden unterworfen.

Bis zur Matura sollte ich auf jeden Fall im Verein bleiben. Der Sektionsleiter gibt mich ohnehin nicht frei. Ich wusste, was das bedeutete, sollte ich den Verein gegen den Willen des Vorstands wechseln wollen; das hieß, ein Jahr lang zu stehen, also ein Jahr lang nicht am Spielbetrieb teilnehmen zu können, kein Match, nur Training in einer fremden Mannschaft. Und ein Jahr ohne Spielpraxis haut dich schwer zurück, da bist du erstmal weg vom Fenster, und so ein Wechsel wird überhaupt als unehrenhaft angesehen. Ehrenhaft ist nur, wenn dich der Verein verkauft.

Leider habe ich mein Programm geändert, als ich nach Hause kam, die Tür zudonnernd, jetzt bin ICH da, ein Ich in Großbuchstaben, gestreckt von einem Sehr gut in Mathematik. Ich legte das Schulzeug in mein Zimmer, ging in die Küche, da war sie nicht, ging zurück und öffnete langsam und grinsend die Wohnzimmertür.

Sie sah kurz auf aus ihrem Ohrensessel und las weiter in einem ihrer Readers digest-Büchern, zumindest tat sie so, immer erschien mir, als tut sie nur so, und zwar bei allem, was sie tat, kam mir vor, als simuliert sie.

Sie sagte ins Buch, ob das Türeschlagen notwendig war? Essen? Sie ließ empört verächtlich Luft ausm verkniffenen Mund: was denn Essen, um diese Zeit. Es war knapp halb drei, gut, ich bin langsam nach Hause gegangen, aber die Schule war um Viertel nach eins aus, sind immerhin vier Kilometer.

Sie weiß genau, dass die Schule heute früher aus gewesen ist.

Das war mir neu. Wer hat denn das gesagt? Sie weiß es eben.

Aber das stimmt nicht.

Lüg nicht.

Ich gehe in mein Zimmer, lasse die beiden Türen weit offen, nehme das Mathematikheft und einen Anlauf und springe über den Gang ins Wohnzimmer, um ihr das Sehr gut mit einem besonderen Auftritt zu präsentieren, à la Beethoven ta ta ta taahh, vielleicht auch in der Hoffnung, sie lässt sich dadurch erweichen und präsentiert mir ihrerseits was zu Fressen, sicher hat sie irgendwo was Essbares versteckt und rückt es heraus, erleichtert durch das rettende Sehr gut, Überraschung! Festmahl!

Ich hatte allerdings vergessen, dass ich über eine ziemliche Sprungkraft verfügte, und so krachte ich mit der Stirne gegen den oberen Türstock, und dessen Kante war nicht gerade weich und abgerundet. Ein ziemlicher Donner in meinem Kopf, und dann weiß ich vom Flug nichts mehr, nur dass ich am Boden des Wohnzimmers zu mir kam und verwundert dalag und mir klar wurde, dass das klebrige Zeug auf meinem Gesicht Blut war.

Ich lag da und staunte, auch weil sie noch immer in dem Ohrenstuhl saß und nicht herschaute. Ich erhob mich auf die Knie und sah die Bescherung, das tropfte wild aufn Teppich, und jetzt sah sie es auch und wurde wütend. Erst hatte sie gedacht, ich mache nur Faxen und simuliere einen Toten.

Was ich nur wieder angestellt habe, sieh dich bloß an. Was hast du nur wieder gemacht, das wiederholte sie zweimal. Ist denn nie ein Friede mit dir?

Sie schimpfte wohl aus Verzweiflung, erhob sich aber nicht, sondern sank in sich zusammen, was soll ich nur mit dir tun, jammerte sie, nichts als Schwierigkeiten, sie weiß sich nicht mehr zu helfen, es ist nicht auszuhalten, womit hat sie das nur verdient. Sie tat sich furchtbar Leid und litt sehr, sodass ich Mitleid mit ihr bekam.

Meine Stirn unterm Haaransatz stand wie unter Flammen, da musste was getan werden, ich war ziemlich betäubt. Ich wusste nur, sie wollte damit nichts zu tun haben. Sie konnte ja nichts dafür.

Ist wo Verbandszeug?

Das brachte sie völlig aus der Fassung. Wo soll ich denn jetzt ein Verbandszeug hernehmen, zischte sie. Sie braucht Luft, das hält sie nicht mehr aus, und sie lief aufn Balkon und sah tragisch in die Weite, das heißt bis zum nächsten Haus, aber ihr Blick war so schwer verhangen von der Tragik ihres Schicksals, dass sie wahrscheinlich nach innen blickte, in die Ungerechtigkeiten, die ihr das Leben in den Weg legte, und sie hielt sich am Geländer fest und ließ den Kopf sinken, als erwartet sie das Fallbeil des Himmels.

Also stülpte ich mich auf meine Beine und ging hinaus den Gang entlang, anbandend, und konnte es gar nicht glauben, dass ich wankte, dass ich mich an der Wand abstoßen musste, um vorwärts zu kommen, Richtung Küche.

Hilfloses Gefühl, wenn dir dein Instinkt flüstert, wohin gehen, und doch wankst du ab, trotz aller Konzentration gehorcht dir der Körper nicht, wie vor einem Jahr in der sogenannten Stehweinhalle, nur dachte ich da noch, sterben zu müssen.

Hatte den Wimmer Gerhard begleitet, trafen sich dort einige von seinem Verein, und da saßen wir in der Laube aus künstlichem Efeu, und alle tranken Wein, und ich hatte nicht den Mut zu sagen, dass ich noch nie Alkohol getrunken habe, und wollte ernstgenommen werden. Daher trank ich aus Feigheit den ersten ekligen bitteren Schluck, und nach dem zweiten Schluck fuhr mir die Verschwommenheit wie ein Busch ins Hirn, und ich musste mich an der Bank festhalten. Ich merkte, dass ich schwankte und im Kreis fuhr, konnte aber nichts dagegen tun, und damit es nicht auffiel, trank ich schließlich das ganze Achtelglas leer. Nun konnte ich mich nicht mehr auf der Bank halten, mir wurde gewaltig übel, und ich geriet in Panik. Einerseits war alles egal, andererseits durfte ich mir nichts anmerken lassen, alles drehte sich.

So also ist das Sterben, nun ist es aus. Ich kam gerade noch auf die Beine, bevor ich auf den Tisch reiherte, gelangte stolpernd von dem Holzpodium dieser Laube hinunter, und spie in die Menge. Die Leute sprangen zur Seite und schimpften und fluchten, und ich kotzte und kotzte einen kleinen stinkenden Teich. Und kam in schwerer Finsternis nach Hause, mehr weiß ich nicht.

Ich wankte hinüber in die Küche und klopfte an die Wand, das Zeichen für die Nachbarn, und ging auf den Balkon. Der Küchenbalkon ist nur durch eine genoppte Glaswand vom Nachbarbalkon getrennt. Ich frage nach einer Binde um das Blut zu stillen. Ich soll rüber kommen, sie werden mich verbinden und ins Krankenhaus bringen. Schleppe mich die zwei Stockwerke hinunter und in den Keller und durch den Kellergang und auf der anderen Seite hinauf in den zweiten Stock zu den Nachbarn, sie umwickelten mir den Schädel und reinigten mir mit einem Waschlappen die Visage, das tat wohl. Dann brachte mich der Nachbar in seinem uralten Topolino ins Krankenhaus. Beim Einsteigen sah ich zum Balkon hinauf und wie die Mutter zurückwich.

Erst lag ich eine Stunde auf einer Pritsche im Krankenhausflur. Dann wurden mir die Haare über der Stirn wegrasiert und sieben Stiche eingestanzt, und es wurde festgestellt, dass ich eine Gehirnerschütterung habe, aber woher sie das wussten, war mir ein Rätsel, mir war etwas übel, aber vielleicht nur von der Betäubungsspritze, die sie mir zweimal in die Stirn rammten, weil sie beim ersten Mal abbrach, und dann fühlte ich es eiskalt durch die Adern an den Schläfen rinnen. Wollte um keinen Preis im Krankenhaus bleiben.

Der Nachbar war schon weg, für ihn war klar, dass sie mich behielten. Ich rebellierte. Nein, ich kann nicht bleiben. Machte so einen unsympatischen Radau, dass sie mir was zum Unterschreiben hinschoben, und schon haute ich ab, zu Fuß zurück die acht Kilometer, befreit und doch bedrückt, ganz fit war ich nämlich nicht, merkte es am Gehen und dass ich gar nichts mitbekam vom Weg, und ich merkte nicht, dass ich einen Umweg ging, und kam erst darauf, als ich die Unterführung sah, also die Strecke zum Gymnasium, ich hatte die ganze Zeit nichts anderes gedacht als: kann es mir nicht leisten, in der Schule zu fehlen. Bei jedem Schritt.

So stand ich vor Mariellas Haus und wunderte mich, erstens, wie ich da herkam ohne Absicht, und zweitens, was da los war, denn der Thusler tänzelte hin und her an der Hausmauer und keifte die alte Brezina nieder, und zur Elvira sagte er, sie soll sofort hinein verschwinden, und wenn ich sage sofort, heißt das sofort. Die Elvira sagte, sie kann ja nichts dafür, und es geht sie auch nichts an, von ihr aus kann er es stehen lassen. Da war schwarz aufgesprüht, zwischen Haustüre und Geschäftsfenster: Hurenhaus. In Großbuchstaben. Ich soll mir das ansehn, ob ich was weiß, ob ich einen Verdacht, ob ich was gesehen habe, was ich davon halte.

Da stand ich mit meinem Turban und es war mir panoramamäßig wurscht.

Das ist Geschäftschädigung ist das, wer kauft denn in einem Hurenhaus, und die Brezina sagte, da weiß sie schon einige.

Ja, und wer putzt das weg, und wie, und wer bezahlt das? sagte der Thusler.

Ich sagte, er soll es durchstreichen und stimmt nicht darunterschreiben, wenns wahr ist.

Das besänftigte ihn gar nicht. Du hast es nötig, du du du.

Ich sagte: was du?

Das wirst du schon noch merken, du wirst auch noch katholisch werden.

Ich war zu müde und zu hungrig, um diesem Wabberloch zu antworten und ging hinein und mauste mir im Flur vor der Elvira aus einer Kiste neben der Tür einen Apfel und begann, ihn sofort niederzubeißen.

Haben sie dich erwischt, fragte die Elvira.

Wer? Mich erwischt? Wer soll mich erwischen? Mich erwischt niemand, warum?

Na, und das? sie zeigte auf meinen Kopfverband, was immerhin ziemlich blöd aussehen musste.

Sportverletzung, sagte ich, und sie lachte tief und gemein, und ich reichte ihr den Apfelstängel mit seinem Hautrest dran wie ein mickriges, verhungertes Pilzchen, und sie nahm ihn mit zwei Fingern wie eine Blume, so verblüfft war sie. Und sie sagte dann ruhig, mit dem Kinn auf Mariellas Tür weisend: ich würde da nicht mehr hineingehen. Da war nun ich verblüfft.

Manchmal kommt alles zusammen, aber auch wirklich alles, hab mich schon öfter gefragt, wie das möglich ist. Ob es eine Anziehungskraft gibt zwischen den Situationen, dass sie sich zusammenfinden über dir und entladen und entladen, oft übern ganzen Tag und den halben nächsten auch noch. So wie an hellen Sommertagen ein paar Wolken sich finden, und aufeinmal macht es dicht da oben, und es war die ganze Zeit so eine komische Atmosphäre, und sie hat dir sogar gefallen, und es wird gelb wie Sirup und schwarz und dann gibts Donner, Blitz, Regen, Hagel, und alle Rosensträucher sind geköpft. Ausgerechnet hier, ein paar hundert Meter weiter war gar nichts geschehen.

Aber es ist immer so, tagelang geschieht nichts, dann bumm. Ein Schlag auf den anderen. Kann man sich schon gar nicht mehr freuen, wenn grade nichts passiert.

Vielleicht ist es wirklich so wie im Sprichwort, das sie mir stets wie ein Transparent entgegenspannte, wenn ich fröhlich war: wer Samstag lacht und Sonntag singt, der weint am Montag ganz bestimmt.

Übermut tut selten gut habe ich immerhin mit sieben Stichen in die Stirn bestätigt bekommen. Sie sagten mir auch: wenns dem Esel zu wohl ist, geht er aufs Eis. Tja, oder er springt gegen den Türstock. Nur ein zweibeiniger Esel springt gegen den Türstock. Wie kann man nur so blöd sein, hatte sie mir noch nachgerufen, als ich in die Küche schwankte.

Noch was kam mir immer merkwürdig vor, zum Beispiel, wenn man mit dem Fahrrad am Sonntagmorgen in eine Straße einbiegen will, und genau in dem Moment muss man absteigen, weil ein Auto vorbeifährt; sonst ist die Straße weit und breit leer. Das ist ebenfalls so eine mir unerklärliche Anziehungskraft, dass die einzigen, die um diese Stunde unterwegs sind, an der Kreuzung zusammengezogen werden, und zwar so, dass man stehenbleiben muss, und nicht, dass der eine vielleicht schon ein paar Meter weiter ist, sodass man frei einbiegen kann.

Tatsächlich kommt es wirklich immer anders, als man denkt. Auch wenn man nicht denkt und sich auf die Gewohnheit verlässt, kommt es anders. Meistens jedenfalls.

Ist ja auch jedes Spiel anders, kannst du dir vornehmen, was du willst. Du fühlst dich gut, hast super trainiert, beim Aufwärmen klebt dir der Ball am Rist, du lupfst ihn hoch und stoppst ihn mit dem Nacken, wo er dir liegenbleibt, du rollst ihn dir im Lauf von hinten über die Ferse und legst ihn dir über Kopf selbst vor, alle Tricks perfekt, das Gefühl ist da, die Kondition stimmt; und dann läufst du aufs Feld, und nichts geht mehr, der Ball springt dir vom Fuß, die Pässe kommen nicht richtig an, läufst leere Kilometer, du würdest vielleicht sogar an einem Hydranten hängenbleiben, dann machst du ein saublödes Foul am Tormann, weil du beim Drüberspringen den Fuß zu offensichtlich hängenlässt und ihm eine Laufmasche ins Gesicht radierst, das bringt dir eine Verwarnung und eine halbe Rauferei und dich noch mehr ausm Tritt, und schon ist Schluss, und du hast das Gefühl, noch gar nicht angefangen zu haben, und du hast eine total mickrige Partie abgeliefert.

Kann sein übertrainiert, ja das gibts, du fühlst dich stark und kriegst doch nicht die nötige Kraft und Spritzigkeit auf den Rasen, deine Muskeln hängen am Training, und du hast das Trainingsschema im Schädel, und bist nicht frei und überraschend im Spiel, kannst einfach dein Können nicht umsetzen, ist irgendein Raum zwischen dir und der Partie, den du neunzig Minuten nicht überwindest, soviel du auch rennen magst, und du rennst viel, hast genug Luft und bekommst auch die zweite Luft, dass du das Gefühl hast, noch ein Spiel durchhalten zu können, bloß ist all dein Rennen wenig effizient. Deine Pässe kommen nicht an oder werden zu lang, und die Schüsse gehen sonstwo hin, sogar der Corner landet hinterm Tor.

Mariella war käseweiß im Gesicht und sah anders aus, sagte aber zu mir, du bist ja käseweiß. Sie war erschrocken, als sie mich sah mitm Verband da obenrum ums Hirn. Ich hatte eben noch nichts gegessen heute. Sie dachte natürlich als erstes an die Hottler-Truppe. Ich hatte diese Nikoläuse vergessen gehabt. Irgendwie warn wir beide verwirrt. War eine Stimmung von großem Durcheinander, als würden Teile von uns verstreut im Zimmer herumliegen, die wir erst einsammeln mussten, bevor wir uns verständlich machen konnten und uns wiederfinden, hier aufm Sofa, wo sie sich aufgesetzt hatte, mühsam, und ich neben ihr, ihre Hand in meinen beiden Händen, und ich sagte ihr, dass ich ein Sehr gut bekommen habe auf die Mattesklausur, und sie begann zu heulen.

Da sah ich erst, wie verquollen ihr Gesicht war, und ich sagte ihr, wie glücklich ich bin, und sie weinte und weinte und sagte, wie sie das freut und: du hast es geschafft, und die Tränen rieselten ihr aus dem vorgebeugten Gesicht wie Splitt. Aber sie weinte nicht aus Freude. Sie hatte geglaubt, irgendwann muss ein Ende sein, ein Boden erreicht sein, tiefer geht es nicht mehr, und dann geht es noch einmal abwärts wie im freien Fall in der Finsternis, obwohl du ganz unten gewesen bist, tiefer ging es eigentlich nicht mehr, und es geht doch noch immer tiefer, immer tiefer; und endlich kommst du auf und stehst in dem Schacht, es wurde auch Zeit, und machst einen Schritt, und wieder fällst du, war nur ein Vorsprung, nein, es gibt anscheinend kein Ende, wenns abwärts geht.

Ich kam mir ziemlich hilflos vor, sie in diesem Zustand zu sehen, und sagte: das kriegen wir schon wieder hin; wenn du willst, erschlag ich jeden, den du willst.

Sie sah mich an mit einem Befremden aus einer anderen Welt und mitleidigem Unwillen, dass ich wusste, einen ziemlichen Schwachsinn abgesondert zu haben, und mir wurde vor Scham heiß von den Augenbrauen bis zum Steiß.

Wollte sie umarmen, aber sie sperrte sich.

Ich hatte wirklich noch nix begriffen.

Ich wickelte mir den Kopfverband ab. Wie siehts aus? Gut, sagte Mariella, hübscher Reißverschluss. Ich tastete drüber, etwas erhaben wie ein Relief da oben, spürte das harte verknüpfte Ende der Naht. Tuts weh? Überhaupt nicht.

Aber ich war schwach vor Hunger, seit dem Kakao in der Früh nichts im Schlauch, und es war schon lange finster.

Und Mariella sagte: hast du Hunger? Du siehst ganz durchscheinend aus.

Sie war eine Hellseherin, sie konnte Gedanken lesen, sie war übernatürlich, sie war unglaublich, ich hätte mich zu ihren Füßen zusammenrollen wollen und zu ihr aufsehen und sie immer verehren, wie ist es möglich, dass ein Mensch so gut und aufmerksam zu einem sein kann. In meiner Schwäche wurde sie zu einem Zauberwesen, nicht von dieser Welt, und ich dachte keinen Moment, dass sie leiden könnte, sie war erhaben über jeden Schmerz, sie unterlag nicht einmal der Gravitation; so grausam ist man, wenn man schwach ist, so selbstsüchtig ist Verehrung.

Auf einmal stand ein Teller mit Broten da, mit Käse und Eierscheiben und Delikatessgurken und Pfefferoni, und als ich wieder hinsah, war der Teller leer, ich hatte sogar die Gurken gegessen, obschon ich überzeugt gewesen war, nie mehr in meinem Leben eine Essiggurke fressen zu können, nie, Essiggurken waren mir ekliger als Innereien und Bier, und ich war sicher, dass die einzige Foltermethode, die bei mir etwas ausrichten könnte, darin bestand, mich Essiggurken fressen zu lassen.

So stehts also mit den Überzeugungen, wenn man fertig ist, wenn man ein ganz ein Fertiger ist.

Als ich aufwachte, lag ich mit dem Kopf auf ihrem Schoß. Ein little bit verwirrt noch, aber schon fitter. Ein paar Minuten nur war ich weggetreten gewesen, sagte sie, ich hätte auch gemurmelt, war aber unverständlich; und zuweilen hätte ich auch gezuckt und das arme Kissen an der Sofalehne getreten.

Ich hatte plötzlich den Wunsch, ihr beim Schlafen zuzusehen, eine ganze Nacht sie ansehen dürfen und ihren Schlaf bewachen, jede Fliege und Mücke abhalten, ihr auf die

Augen schaun und entlang der Nase auf den Mund und zurück, und sie atmen sehn, ein größeres Glück konnte ich mir nicht vorstellen. Alle Sehnsucht hatte sich in diesem Wunsch zusammengezogen, und wenn eine Fee erschienen wäre und gesagt hätte: einen Wunsch hast du frei, einen einzigen, überleg es dir gut, ich gebe dir vierundzwanzig Stunden zum Überlegen, so hätte ich das Angebot einer Bedenkzeit geradezu als Beleidigung aufgefasst.

Mariella sagte, sie hat gehofft, dass ich heute komme. Sie macht sich Sorgen um Robert. Es ist etwas geschehen, das sie, und vor allem Robert, ziemlich entblößt hat, und sie ist noch immer wie erschlagen und weggeworfen und enthäutet.

Schuld bin ich, aber dafür ist sie mir immer dankbar.

Es tut so weh, wahnsinnig weh, alles in ihr drinnen schreit, sie kann es gar nicht begreifen und bezweifelt, es je begreifen zu können.

Als sie so redete und ich nichts verstand, bildete sich in mir ein Riesenbrocken Stein zwischen Blase und Brust, ein hartraues Gebilde wie Granit. Feldspat, Quarz und Glimmer, härter geht es nimmer. Eigentlich heißts ja: die drei vergess ich nimmer, jedenfalls wurde mir granithart, auch ums Hirn, alles zog sich zusammen wie unter Riesendruck.

Als sie am Nachmittag nach Hause gekommen war, hatte sie Robert merkwürdig aufm Sofa sitzend vorgefunden, vorgebeugt, den Kopf fast zwischen den Knien, es war gespenstisch, denn er war völlig ungelenk geworden mit der Zeit, er brachte ja nichteinmal mehr die Fingerspitzen bis zu den Knien, wenn er stand.

Und nun diese Verkrümmung, in der sie ihn vorfand. Und es stank sehr.

Robert hatte seine Esther in einem meiner Hefte entdeckt, aber erst beim zweiten Mal erkannte er, dass sie es war; und da hatte er sich in die Hose geschissen und sich gegen die physiologische Tatsache seiner verkürzten Muskeln zusammengefaltet und war so geblieben. Mariella, in ihrem Rollstuhl, faltete ihn wieder auseinander, richtete ihn auf und brachte ihn ins Bad. Er war dann wieder klar und ruhig.

Natürlich konnte er ihr nicht verschweigen, was er entdeckt und was ihn zusammengestaucht hatte. Aber er wusste auch, dass es für sie zuviel sein konnte. Er zeigte nur auf das Foto in meinem Heft und sagte: das ist Esther.

Und nachdem sie ihn mit offenem Mund angestarrt hatte: deine Mutter.

Da lagen sie aufm Tisch, meine Hefte, meine Zeugen menschlichen Wahnsinns und doppelter menschlicher Vernichtung, denn, hatte Mariella gesagt: bevor Menschen derart gequält und vernichtet werden können, müssen die Hirne derer, die zu sowas fähig geworden sind, vernichtet worden sein, wie in Säure aufgelöst, nur noch weiche zu Wahnsinn aufgequollene bleiche glatte Batzen in den Schädeln, in denen sich keine Einsicht mehr halten kann, nicht einmal die einfachste aller Einsichten, dass nämlich alles, was du tust, Folgen für dich hat; dass alles, was du tust, du dir selbst tust, und jede Gemeinheit, die du absonderst, dir und den Deinen dreimal zurückkommt. Immer und überall.

Und nicht in deinem Schlaf bist du vor dem sicher, was du andern angetan hast.

Zwei der Hefte zeigen Bilder des Lagers Mauthausen, wie es bei der Befreiung am 5. Mai 1945 vorgefunden wurde, zusammen mit Fotografien, die die Folterer selber aufgenommen hatten, zum Gaudium wohl, denn sie hatten bei minus zehn Grad im Januar 42 die bis auf Haut und Knochen abgemagerten Gefangenen im Freien nackt antreten lassen.

Neben dem Bild des Lagerkommandanten das Protokoll der Aussage seines Sohnes: Mein Vater ließ an meinem Geburtstag vierzig Häftlinge vor mir antreten. Er gab mir einen Revolver in die Hand, mit dem ich einen nach dem anderen erschoss, da ich lernen sollte, nach lebenden Zielscheiben zu schießen. Er hätte sich den Revolver an die eigene Schläfe setzen können. Oder sich weigern zu schießen. Man kann immer umkehren. Und es kann verziehen werden. Aber die sind nicht umgekehrt, nicht einer, voll von überheblicher Angst und Ausreden haben sie ihre Schuld täglich erhöht, wahrscheinlich im Wahn, dass derartige Gräuel, wenn sie nur groß genug sind, so riesig, dass sie für niemanden zu fassen sind, auf einen nicht mehr zurückkommen können.

Aber sie kommen wieder, denn später werden selbst die irrsten Zusammenhänge der Verbrechen fassbar, und immer kommen sie zurück mit gleicher zersetzender Gewalt, es ist ein Naturgesetz, das Gesetz des Ausgleichs, es ist wie das physikalische Gesetz des Energieerhalts, und je größer die Gräuel, desto länger und quälender strömen sie auf vielfältigste Weise auch über Umwege zu den Verursachern und deren Nachkommen zurück. Das ist die einzige Gerechtigkeit in diesem System Welt, und es ist noch immer nicht kapiert worden.

Die können doch nicht geglaubt haben, im Recht zu sein; oder doch?

Und das Gute, frage ich Mariella, das Gute? Kommt das auch zurück? Ach, das Gute. Was ist denn das? Was soll denn das sein. Das Gute ist höchstens die Abwesenheit des Grausligen. Also eine Selbstverständlichkeit müsste das sein, eigentlich.

Stell dir vor, dieser Sohnemann hätte nein gesagt. Vielleicht hätte ihn der Papa sogar umgelegt. Oder er hätte sich selbst umgelegt. Oder der Papa wäre umgelegt worden oder kastriert, weil er einen entarteten Sohn hatte. Mit einer einfachen Weigerung wäre eine Hoffnung in der Welt gewesen. Aber so. Lebende Zielscheiben. Scheibe.

Die beiden größeren Hefte zeigen Bilder der Konzentrationslager, die von den Amerikanern und Briten entdeckt wurden; Buchenwald, Belsen, Gardelegen, Nordhausen und Ohrdruf. Wahnsinn. Du kannst nicht lange draufschauen auf die Fotos, die Hügel ausgemergelter Leichen, verhungert, erwürgt, erschlagen, erschossen, verbrannt, in Gruben, in Wäldern, Alte, Junge, Babies, du hältst es nicht aus.

Und inmitten dieser Quälerei das Bild der lächelnden Esther, aufgestützt auf eine andere Gefangene mit Kopftuch, gleich nach der Befreiung. Volles schwarzes Haar, die dunklen Augen groß in dem abgemagerten Gesicht, der große Mund. Mariellas Mund. Allerdings eine Mariella nach langer Krankheit, mit tiefen Schatten unter den Augen. Aber sie lächelt. Soeben befreit in Belsen. Halb hinter einer Mitgefangenen, Esthers rechte Hand auf deren Schulter, das Kinn fast auf der Hand, und ihr Kopf dem Kopf der anderen zugeneigt, und die linke Hand an die Brust gepresst, und in dieser Hand, man muss genau hinsehn, das kleine Buch fest umschlossen.

Das bist ja du, sage ich zu Mariella.

Ja, das bin ich, nicht wahr?

Warum hab ich das vorher nicht gesehn.

Auch wir haben es nicht gesehn. Es ist zuviel, das kann man nicht alles gleich sehn. Es verklebt einem die Augen.

Sie und Robert hatten es auch nicht anders gemacht als ich: zweimal umgeblättert und wieder geschlossen. Wieder zweimal geblättert und geschlossen. Es ist nicht auszuhalten. Das kriegst du nur in winzigen Stücken runter. Nein, es ist nicht wirklich auszuhalten. Nicht einmal Hass stellt sich ein. Das wär wenigstens was.

Ein bisschen tödlicher Hass, sagt der Pires Sepp immer, kann nicht schaden. Oder er sagt, ein bisschen ein gesunder tödlicher Hass hat noch niemandem geschadet.

Nichts davon. Nicht einmal ein bisschen tödlicher Hass.

Der würde fast einer Befreiung gleichkommen, aber nicht einmal das. Es übersteigt jede Vorstellung und jedes Gefühl. Zum Ersticken isses.

Ihr geht es genauso, sie kann keinen Hass empfinden. Aber Hass gegen sich spürt sie zuweilen, und, es ist furchtbar zu sagen, sie empfindet sogar sowas wie Mitleid mit jenen.

Mitleid mit wem? Mit diesen Kotbatzen?

Ja, es ist sehr merkwürdig, sagte sie, es verwirrt mich selber, und ich hasse mich auch dafür in den Momenten, in denen dieses Gefühl aufkommt.

Da war ich etwas verwirrt, denn dass sie sich hassen könnte, das wollte ich nie und nimmer, und wegen den versteinten Scheißfiguren in Uniformen schon gar nicht. Da krieg wenigstens ich eine panoramamäßige Wut auf die.

Ich wollte die Welt klar eingeteilt in Gut und Böse, etwas, woran man sich halten kann.

Wasn für Mitleid. Wenn das einreißt, kann man der Welt gleich die Luft auslassen.

Weißt du, sagte sie, am Anfang meiner Rollstuhlkarriere saß ich über Monate hinweg jeden Tag stundenlang an dem Fenster dort und schaute in die Schrebergärten hinüber, wie von einer Welt in eine andere, da vergaß ich manchmal sogar, dass ich in einem Rollstuhl saß.

In dem zweiten Garten drüben quälte ein elfjähriges Mädchen auf furchtbare Weise Tiere. Einmal waren es Schnecken, die sie mit der Schere auseinanderschnitt und dann mit der Ferse zu Brei zerrieb, dann waren für einige Zeit Heuschrecken dran, die sie mit Hingabe langsam mit den Fingern auseinanderpflückte, jede einzelne Stückchen für Stückchen, bis sie ihnen den Kopf zwischen Daumen und Zeigefinger zerdrückte. Das tat sie nah an ihrem Gesicht, so wie ein Juwelier was prüft, mit der Lupe ans Aug geklemmt.

Entweder saß sie auf der Bank neben der Laube oder an der Steinumrandung der Beete, und sie folterte konzentriert, sodass die Tiere möglichst bis zum Schluss lebten und zuckten. Da waren große Hirschkäfer, denen sie Beine und Flügel und Geweih langsam knackte und deren nackte Körper sie mit Nadeln aufstach. Erst ging sie auf Jagd, dann folterte sie hingerissen. Sie erfand immer neue Methoden. Mit einer Schüssel Wasser zum Beispiel. Na, ich erspar dir die Details. Sie war oft bis zu fünf Stunden allein dort. Dreimal die Woche.

Die Eltern setzten sie ab und verschwanden. Ohne ihr was zu Essen dazulassen. Sie nahm von dem, was vorhanden war, ein paar Himbeeren, Johannisbeeren, Erdbeeren, viel war es nicht, was in dem wenig gepflegten Garten wuchs; sie trank aus der Regentonne.

Und du hast nie etwas gesagt? Dass sie aufhörn soll, die Tiere zu quälen, oder so?

Ach was. Ich wusste ja, was los war. Sie sah nicht gut aus, fahl, und unter den Augen dunkel, und sie hatte einen vorgewölbten Bauch. Hatte Krebs die Kleine, nicht mehr lang zu leben.

Und obwohl ich der Überzeugung war, dass mich die Welt, was auch immer geschieht, nichts mehr anging, und zwar, wie du zu sagen pflegst: panoramamäßig, tat sie mir furchtbar Leid. Und da habe ich begriffen, dass man sich gar nicht ausklinken kann, dass man mit allem verwoben ist, weil es in einem drinnen ist. Man kann sich hinter Fenstern und Türen verschließen, wie man will, es nützt nichts.

Mariella fragt: woran, glaubst du, dachte sie, als die Aufnahme gemacht wurde? Was ist das für ein Lächeln. Und schau, wohin die Augen schaun; über die Schulter der anderen mit dem karierten Kopftuch geradeaus hinweg. Die andere ist noch nicht so abgemagert.

Unterm Bild der Text: Eine neue Insassin und eine, die schon lange hier lebte.

Die neue lächelt nicht. Ist etwas gedunsen, wie wenn sie geschlagen worden wäre. Aber sie, Esther, lächelt. Da ist sie nur zwei Jahre älter als ich jetzt. Sieht aus wie vierzig. Findest du nicht?

Ich zuckte die Achseln, hatte keine Ahnung, wie alt wer ab einem gewissen Alter aussah, für mich war alles ab dreissig hornalt und stand außerhalb meiner Welt und Vorstellung.

Ich glaube, sie war glücklich in dem Moment. Aber es ist zuviel. Im Nachhinein wirds immer mehr. Bis einen alles einholt. So wie es ihr zuviel wurde. Aber hier lächelt sie noch. Schau, das Buch ist mit ihrer Hand verwachsen. Ich möchte so gerne wissen, was sie gerade dachte in diesem Moment. Muss was Glückliches sein. Zwei Jahre später bin ich geboren. Wenn man das bedenkt. Ist schon alles sehr komisch. Dass sie gesagt hat, sie hätte ohne dieses Buch das alles nicht überstehen können. Wenn es so ist, so wäre ich nicht auf der Welt, ohne dieses Buch, meine ich. Könnte man sagen. Und wenn du die Hefte nicht gefunden hättest, ach was, wenn, da kommen wir ja noch am anderen Ende der Erde raus.

Mariella nimmt das Buch Esther. Macht es ohne hinzusehn auf:

Wirklich, er war unentbehrlich!
Überall, wo was geschah
Zu dem Wohle der Gemeinde,
Er war tätig, er war da.

Schützenfest, Kasinobälle,
Pferderennen, Preisgericht,
Liedertafel, Spritzenprobe,
Ohne ihn da ging es nicht.

Ohne ihn war nichts zu machen,
Keine Stunde hatt er frei.
Gestern, als sie ihn begruben,
War er richtig auch dabei.

Mir schwamm bereits alles durcheinander. Dass ich heute im Krankenhaus gewesen war, schien mir ganz weit zurück zu liegen. Und die mathematische Eins ebenso. Wie in einem anderen Leben. Als hätte ich einen Zeitsprung gemacht.

Ich wusste nur, was immer auch geschieht, es ist schließlich gut, bei Mariella sein zu können. Sie hatte keine Vorurteile. Ihr vertraute ich.

Robert, sagte sie, hat dann wieder zu zittern begonnen. Er war herüber gekommen, hatte sich mitten im Zimmer aufgestellt, ganz starr, wie in Habtachtstellung, hatte sie angesehen und angefangen zu zittern. Dann hat er gebrüllt. Dreimal. Kurz kurz lang. Dann ist er hinaus. Im Stiegenhaus hat er noch einmal gebrüllt. Nur so, ohne Worte. Gespenstisch. Sie hat ihn noch nie so gesehen; und sie hat Angst um ihn. Dass er loszieht, von Wirtshaus zu Wirtshaus. Und diesmal nicht mehr zurückfindet.

Es kam vor, dass er drei Tage nicht nach Hause kam. Eine Nacht bleibt er jedenfalls oft aus. Anfangs hatte sie noch manchmal versucht, ihn zu holen. Aber seit sie auf Rädern ist, hat sie es lassen. Die Wirtshäuser haben alle Stufen. Zweimal hatte sie ihn in einer Kneipe gefunden und ist mitten zwischen die Männer hinein und hatte ihn zu überreden versucht, heimzukommen. Aber sie waren alle stockzu, und wollten sie nicht mehr weglassen, und luden sie zum Trinken ein, das Leben ist zu kurz und all der Scheiß, so ein schönes Töchterchen hätten wir dir gar nicht zugetraut, wer ist denn der Vater? Und Robert lachte auch dazu und sabberte, weil er nichts mehr mitbekam vom Sinn des grausamen Geschwätzes; nur, dass er sich schämte, von der Tochter in der Kneipe aufgesucht worden zu sein, er schämte sich bis zur sabbernden Aggressivität, sie soll gefälligst nach Hause verschwinden, er kommt schon nach, wenn es Zeit ist. Noch ein Viertel für den Robert, schrieen sie, und für die Dame auch, die wär uns lieber als du, hau ab und lass uns sie da, Prost Robert.

Er hatte sich furchtbar geschämt vor ihr. Sie hat keinen Versuch mehr gemacht, ihn aus einer Kneipe zu holen. Sie kann und will auch nicht die Mutterrolle übernehmen, oder irgendeine andere Rolle, sie hat mit ihren Rollen genug zu tun, und klopfte auf die Speichen des rechten Rads. Aber heute war er anders. Sie ist nicht ruhig. Dass ihm nichts zustößt. Ob ich ihn nicht suchen kam?

Ich machte mich also auf, ein paar Wirtshäuser der Vorstadt abzuklappern.

Es war windstill bei dunstig wässriger Atmosphäre, nicht sehr kalt, und der Mond fast im Zenit hatte Form und Farbe einer Aprikose und schien irgendwie beweglich gespiegelt, wie etwas, das man, wenn man tief untergetaucht ist, auf der Wasserfläche ruhen sieht.

Erstmal hinüber zum Scharfen Eck.

Lange war ich nicht mehr auf dieser Seite des Viertels.

Gegenüber die alte Grundschule mit dem großen, schwarzen Eingangstor über den flachen Treppen, wohin ein Kiesweg führte, auf dem wir uns sammeln mussten in der Früh, in Zweierreihen, das riesige Holztor wie ein Maul, so verschluckt habe ich mich dort immer gefühlt, ich hatte eine Ente als Zeichen am Garderobenhaken. Lange her, siebenhundert Jahre oder so.

Wer war man denn da; ein verlassenes Zwerglein, das entweder staunte oder hinnahm.

Jetzt stand ich auf der anderen Seite, aufm Gehsteig vor der verstaubten Auslagenscheibe des Säuferstübchens, nur dass nichts ausgestellt war. Als ich hier zur Schule ging, wars ein Obst- und Gemüseladen, nun hing hinter der Scheibe ein ausgebleichter grüner dicker Vorhang auf halber Höhe. Selbst wenn ich gesprungen wäre, hätte ich nicht drübersehen können, also stieg ich hinein in den Qualm und sah mich um, und indessen die Gespräche verstummten und die Hängeaugen sich mir langsam zuwandten, hatte ich mir bereits ein Bild gemacht; Robert war nicht unter den Saufköpfen, nix wie raus.

Als ich mich dem Klopper näherte, dem Gasthaus Zum Klopper, ging gerade sehr ungleich die Doppeltür auf, und als die Flügel gegengleich zurückschwangen, war ein Mann abgesondert worden, der die fünf Stufen herabtaumelte und an jeder Stufe ein bisschen mehr beschleunigt wurde, bis er nach der untersten Stufe die Schallmauer durchbrach und über den Gehsteig auf die Straße flog, es gab einen gewaltigen Knall, weil sich seine Masse mit der Masse eines Autos quadriert hatte.

Ich war zu müde, um einen Zeugen zu machen, und flügelte ohne anzuhalten in den Klopper ein, in den ekligen Bierdunst und in das Gegröle, machte zwischen den Tischen meinen Weg, sah auch auf den verstunkenen, versifften Toiletten nach, wo zwei Abgefüllte gewaltig grunzend schräg und quer brunzten. Nix von Robert.

Als ich aus dem Pissoir in den Vorraum kam, sah ich den Fahrer, der sich nach mir erkundigte, er beschrieb mich gerade der Kellnerin, die mit Halbkränzen von Bierkrügen in den Händen verständnislos und unwillig seitlich zu ihm aufschaute, indessen er ihr mit flachen Händen Zeichen zur Länge meiner Haare machte. Ich drückte mich hinaus.

Der Dampfkopf lag jammernd und blubbernd mit dem Scheitel am rechten Vorderreifen des Autos, das lustig blinkte, und ich zog raketenmäßig ab durch die Dunkelheit Richtung Porzellangasse, wo am anderen Ende auch so eine Art Buffet war, Wohnzimmer für die, die von sich sagen: das bisschen, das ich essen würde, kann ich auch saufen.

Robert null. War auch nicht zu erwarten, denn die drei Verlustgestalten auf den Barhockern prosteten dem Kellner hinter der Bar zu und sagten statt Prost Haill, und stürzten die Mischung ex in die Mäuler. Der eine mit dem Schnauz weit über die Mundwinkel hinab sagte erfreut: ist das nicht der Müller, sowieso. Komm her, sauf was. War einer vom anderen Traditionsklub, früher ein guter Kicker, Stürmer, bekannt in der Stadt, seit über einem Jahr aber verschwunden. Hatte die Sportart gewechselt und ist unter die Schwimmer gegangen, Freistil im Alkohol. Schade, ich hatte ihn öfter spielen sehn, und er war ein gefährlicher Hund, immer gut für ein Tor, ich glaube, er war sogar einmal Torschützenkönig in der Amateurliga. Immerhin.

Er sabbberte zum Kellner: noch eine Runde und fürn Müller, was trinkstn du denn? Er hatte mich am Arm gepackt, und ich sagte: nix, ich hab nur wen gesucht, muss weiter. Wand mich mit einer Armwindmühle frei und hatte schon die Türe offen, er rief mir noch nach: dann geh scheißen, du Hundskicker.

Da war ich nun am anderen Ende der Porzellangasse, eine mir unvertraute Gegend, obwohl sie zu unserem Bezirk zählte, aber hierher war ich kaum je gekommen, es war, von unserer Siedlung aus gesehen, das sogenannte Glasscherbenviertel. Ja, auch unter den Armen und Untersten in den Vorstädten gibt es Unterteilungen und Vorbehalte. Die Siedlungshäuser hier waren höher als unsere, sechsstöckig, und es gab noch einen Unterschied, hier gab es mehr Fernseher als in unserer Siedlung, drei Viertel der Fenster blau; auf der Straße niemand. Ich war ziemlich müde, gab die Suche auf. Also zurück, aufm Gehsteig die Fassaden der Siedlung entlang.

Dort, wo in dem langen Block ein Durchgang war, wie ein an zwei Seiten offener dunkler Riesenwürfel, schoben plötzlich zwei Burschen hintereinander ihre Mopeds heraus quer zum Gehsteig und mir in den Weg, und als ich einen Bogen über die Straße ausweichen will, fahrn sie noch weiter heraus um mir den Weg zu versperren, und dann wuchsen noch ein paar mehr aus dem Tunnel.

Alles was ich jetzt nicht mehr brauchte, war eine Keilerei.

Warn in meinem Alter und jünger, fragte mich einer um Zigaretten, hab ich aber nicht, und ich will losstarten, ein kleiner Sprint am Zaun der gegenüberliegenden Seite entlang, aber zwei halten mich fest, und ich sage: Klofinger weg, und wusste, was mir jetzt blüht.

Aber wenn mir zwei Augen ausgeschlagen werden, will ich jedenfalls noch zweien je eins aussaugen. Kam aber nicht dazu, weil einer dabei war, an der Ecke des Eingangs, der spielte bei uns in der Jugend als einer der jüngsten, ein Supertalent und Techniker, wir nannten ihn Kares, weil wir uns seinen fremden Namen nicht merken konnten oder wollten, oder weil er braune Zähne hatte und Karies nicht so prägnant klingt. Genügt, wenn einen wer kennt. Sie klopften mir noch auf die Schulter, ich schlug ihnen die Unterarme der klopfenden Hände weg, war richtig geladen, das wars.

Die wollten sich nur einen Spaß machen, gibt ja sonst nicht viel zu tun. Aber für heute reichts.

Ich türke übern Bahnübergang, der die Porzellangasse in zwei gleich lange Teile trennt, an den Schrebergärten vorbei, und sehe von weitem dieses Auto vorm Haus von Mariella. Ich ahne es mehr als ich es sehe, aber ich weiß: das sind sie, die Drecksnikoläuse, und ich starte.

Sie hatten Robert wie einen Sack an die Hauswand gelehnt, halb liegt er halb lehnt er, und sie steigen ein und hauen ab, als ich näher komme.

Nein, Robert ist nichts geschehen, er hat nur etwas zuviel in der Birne. Als ich so kniee und Robert aufzurichten versuche, kommen die zurück im Rückwärtsgang und ich schaue in die Affengesichter und die schauen mich an, und ich habe alle Energie verloren, gegen die beiden hätte ich jetzt keine Chance, aber sie haben wahrscheinlich auch Schiss und grinsen nur künstlich und studieren meine Visage in dem gelben wässrigen, wie von Löschpapier weggesaugten Licht der Straßenlampen. Aber ich fokussiere die auch, dauert nicht lang, da machen sie mit der Hand Zeichen des Halsabschneidens, und ich hab mich noch nicht erhoben, fahren sie langsam weg.

Nun gut, jetzt weiß ich immerhin auch, wie die aussehn, der blonde Hottler und sein dunkelbehaartes Arschloch am Nebensitz. Ich war nicht einmal fähig, nach einem Stein zu suchen, den ich ihnen durch die Heckscheibe hätte jagen können.

Mariella war nicht aufgeregt, sondern wirkte vielmehr entschlossen, das beruhigte mich sehr. Sie sagte, das hätten sie nicht tun sollen, nein, Robert nicht. Sie hatten am Vormittag im Büro wieder angerufen und ihr gedroht, dass etwas geschieht, wenn sie meinen Namen nicht herausrückt.

Nun gut, jetzt wissen sie ja, wer ich bin.

Ich bekam eine Gulaschsuppe und Tee, Robert schlief drüben in seinem Zimmer friedlich grunzend, und ich durfte mich aufs Sofa legen.

Ich war streichfähig und schämte mich meiner Müdigkeit, weil das ja Schwäche bedeutete. Aber um Mitternacht wachte ich auf und ging zu Mariella ins Zimmer und legte mich zu ihr, und sie rückte ein Stück zur Seite. Sie roch so gut. Küsste sie aufn Wangenknochen und ein Haar blieb an meinen Lippen hängen. Ich zitterte. Lag auf dem Rücken, den Arm unter ihrem Hals, und zitterte. Konnte nix dagegen tun. Ich zitterte vor Glück, und auch, weil mir etwas kalt geworden war, nackt bis auf die Unterhose unter der Decke aufm Sofa, da die Wärme von Mariellas Seite mich nun auflud.

Weil ich nicht wusste, was tun, hatte ich ziemlich Respekt und Angst, sie durch eine grobe Berührung zu beleidigen. Ich lag still und gespannt neben ihr und versuchte, mein Zittern zu unterdrücken, alles an mir war gespannt, aber auch wirklich alles, glaubte sogar meine Härchen überall am Körper aufgerichtet zu spüren, und die Naht an der Stirn zog sich zusammen unter Mariellas Berührungen.

Sie strich mir mit den Fingern übers Gesicht, über die Halsseite, küsste mich auf die Wange, und ich drehte ihr meinen Kopf zu und war merkwürdigerweise überrascht, dass sich unsere Lippen trafen. Indessen wanderten ihre Finger über meine Brust und Schulter, hin und her, und immer ein Stück weiter hinab, über den Bauch und über meine Hüfte, und ihr Unterarm berührte nebenbei die gespannteste Stelle, leicht fuhr ihre Hand an meiner Hüfte und meinem Oberschenkel auf und ab, dass ich bei dem Darübergleiten ihres Unterarms über meine Hose jedesmal einen Schauer verspürte, der mich zucken machte und meine geschwollenste Stelle pulsieren ließ.

Aber ich musste doch auch etwas tun. Aber was und wie? Ich legte also meine Hand an ihren Schoß, ohne zu wissen, wie man das macht und was die richtige Stelle ist, nur hatte sie darunter irgendwas Dickes an, fast wie eine Windel, und sie nahm meine suchende Hand und führte sie an ihre Brust.

Dann kehrte ihre Hand wieder zu mir zurück, und sie flüsterte mir etwas ins Ohr, das war so wunderbar, dass ich es nicht weitersage, denn Worte können es nicht so weitergeben, wie es war, so wie Worte, die einen Traum erzählen, nicht weitergeben können, wie es im Traum erlebt wurde, denn für das Spüren gibts kaum Worte, oder sie erscheinen dürftig, wenn man sie aus dem Teich der angehörigen Empfindung herausnimmt und triefend vorzeigt, sie sind dann nimmermehr beruhigend schön und erregend.

Dann glitt ihre Hand in meine Unterhose und umfasste mich dort, dass ich bei aller Beherrschung ein Stöhnen nicht mehr unterdrücken konnte, sie spielte mit mir bis ich mich unter ihrer wunderbar umschließenden Hand verströmte.

Und dann zitterte ich nicht mehr und hielt mich noch immer an ihrer Brust fest und wusste nicht, was ich damit gemacht hatte, und in einer großen Welle floß Ruhe und Genugtuung in mich ein, und Dankbarkeit und Staunen, dass mir das geschehen ist.

Mariella strich mir über die Wange und sagte mir ins Ohr, dass dies nun unser Geheimnis ist.

Und ich weiß noch, dass ich meinen Kopf an ihrer Schulter und die Nase in ihrem Haar hatte, bevor ich einschlief.

Jetzt war ich ein anderer. Über Nacht erwachsen. Man müsste es mir ansehehn. Sich umdrehn nach mir. War das nicht der Johann Nepomuk Müller? Ist er das wirklich? Nicht wiederzuerkennen. Schade nur, dass noch niemand auf der Straße war. Früh raus, bevor Robert was entdecken konnte. Aber ich war wach und frisch, es war noch dunkel, in mir drin alles hell, und Mariellas Berührungen waren mit mir, und wo Mariella etwas berührte, entstand Licht, und sie hatte mich umarmt und umarmt gehalten, so ging ich transparent und leuchtend wie ein Scheinwerfer die Straße rauf zur Siedlung rüber.

Heute nach der Schule habe ich meinen ersten Einsatz in der Eintrittskartenhütte.

Klarerweise hatte die Frau Mama den Schlüssel innen stecken lassen, also musste ich gewaltig pochen und klopfen, dass Madame mir öffne, ich bemerkte, wie sich der Türspion auf der gegenüberliegenden Seite verdunkelte, die Nachbarin also schon auf, dann verdunkelte sich unser Türspion, und obwohl sie mich sehen musste, fragte sie, wer es ist, und ich sagte ich, und sie öffnete schließlich umständlich und ungnädig, was ich denn so früh da mache, ob der Lärm notwendig gewesen ist, ich habe das ganze Haus aufgeweckt, was müssen sich die Leute denken, ob sie mich aus dem Krankenhaus hinausgeworfen haben, ja ganz wahrscheinlich, sicher habe ich mich wieder unmöglich aufgeführt, mit dir muss man sich nur schämen.

Und bla und bla und bla sagte ich und strebte glücklich

der Küche zu, und sie hinter mir her: sei nicht frech, das sage ich dir.

Sie war schon in aller Früh empört, aber ich erleuchtete das Kakaopulver mit Milch, verrührte und heizte und trank leicht und fröhlich, so schön war die Welt.

Wenn sie irgendwelche Beschwerden über mich aus dem Krankenhaus hören muss, dann setzt es was, die Konsequenzen hätte ich mir selber zuzuschreiben. Jaja, leg dich einfach nochmal hin, sagte ich. Was! Jetzt! Nach all dem! Wer kann da noch schlafen; nicht einmal das ist ihr vergönnt, dabei ist Schlaf heilig, das weiß jeder, ich bringe sie mit meinem Verhalten noch ins Grab.

Ich fragte, ob ich ihr einen Kaffee zustellen soll, und sie sagte, was weißt du denn schon, wie ich ihn will. War ihr wieder nix recht. Sie hatte die Türklinke in der Hand und sagte über die Schulter: und eins kann ich dir sagen, solange du deine Füße unter meinen Tisch streckst, hast du zu gehorchen; ich bin immer noch deine Mutter.

Uff. Die volle Ladung Logik um halb sieben. Da geht die Tür schon wieder auf und sie spricht zum Frühstückstisch: geh in dein Zimmer, was sitzt du da herum, es ist noch Zeit zu lernen, du bist überall hintennach.

Ich frage, ob sie das Klausurheft unterschrieben hat. Sie tat, als weiß sie nichts davon. Ich holte den mathematischen Geniestreich und schlug ihr das feuerrote Sehr gut auf, hier. Immerhin etwas, murmelte sie und unterschrieb, ich nahms als Kompliment und küsste sie auf die Wange, und sie sah mich an, als wäre ich verrückt geworden.

Und das sagte ich ihr auch: ja, ich bin verrückt geworden, ich habe beschlossen verrückt zu werden, vollkommen verrückt, aber mach dir nix draus, solange sie in der Schule nichts merken, und die können nichts merken, weil die meisten Fässoren verrückter sind als wir, und nur wer normal lebendig ist, fällt denen unangenehm auf.

Dass der Fonzi im Vorjahr niedergedriftet und weggeknallt war, ist denen monatelang nicht aufgefallen. Der Fonzi war einer unserer besten, nur Einsen, und ein Athlet mitm Korpus einer Eiche. Guter Typ, keiner, der über andere urteilte oder sich am Schwächlinge-Sekkieren beteiligte. Der sprach schon fließend französisch, als wir mit bonjour begannen, hatte bereits als Grundschüler Privatunterricht in Sprachen. Also wenn jemand eine Zukunft hatte bei uns, dann hatte der Fonzi eine der glänzenderen.

Aber vor einem Jahr fing er auf einmal zu kichern an. Fiel auf, weil er eigentlich immer ruhig und ernst und konzentriert wirkte. Aber er kicherte und lachte in sich hinein, obwohls nix zu lachen gab. War auch ansteckend, manchmal lachten wir dann mit, er saß zwei Bänke hinter mir, hinter der Werner- und Gorsen-Bank, und da schüttelte es unsere Reihe durch, und der Fonzi hielt sich den Bauch vor verhaltenem Lachen und hatte einen roten Kopf vor Anstrengung.

Der wurde richtig witzig wahnsinnig. Die Fässer merkten aber nix, die glaubten, er macht einen spätpubertären Aufstand gegen sie persönlich, und der Mattesberger war so blöd, dass er ihn in die Ecke stellte wie einen Grundschüler, wo der Fonzi Tränen an die Wand kicherte. Ging wochenlang so, und dann war der Fonzi verschwunden, kam nimmer, und niemand wusste irgendwas.

Ein halbes Stündchen noch in meinem Zimmer liegen. Was ist das Leben fesch. Hol mein Kunstbuch ausm Versteck und stells mir aufn Bauch. Entdecke immer was Neues. Aufm Umschlag in neun Streifen Abbildungen von der Höhlenmalerei bis heute. Von links: Jäger auf einer Höhlenwand vor zwanzigtausend Jahren, dann Ägypter im Profil, dann mittelalterliche Figur, kretische Figur, Botticelli, Rembrandt, na ja, jedenfalls ganz rechts wieder Figuren, die genauso beweglich sind wie die in der Höhle, diesmal von Herrn Matisse. Also ich meine, so schließt sich der Kreis.

Ich weiß noch, dass ich mich fragte, ob der Herr Matisse diese Höhlenmalereien gekannt hatte, und dass ich unbedingt Mariella auf meine Entdeckung aufmerksam machen wollte. War doch alles neu für mich, und ab heute die Welt überhaupt brandneu. Hell und klar. Und stark.

Ein Gefühl der Kraft wie damals, als wir vor dem Spiel das Angebot bekamen, stärkenden Tee zu trinken, ausm Riesentopf konnte sich, wer wollte, und wir sollten alle, sagte der Sektionsleiter, einen Becher rausschöpfen. Vor dem Spiel, das war noch nie da, was Neues.

Ich glaube, fast alle tranken von dem Zaubertrank, bis auf die, die gerade aufm Scheißhaus saßen, weil einigen die Aufregung vorm Spiel stets in die Därme fuhr, immer den gleichen zwei, komischerweise denen, die als ganz harte Hunde galten.

Beim Aufwärmen platzten wir fast vor Gier aufs Spiel, es dauerte viel zu lange, bis es angepfiffen wurde, und kaum am Feld rasten wir los wie die Drohnen, als wollten wir die anderen auffressen, ein Kinderspiel, die wegzuschießen, wir waren schneller als der Ball, so kam es uns vor, und wir drehten mächtig auf, nur dass man sich zuweilen außerhalb der Outlinie befand oder in einer Position, die im Spielschema nie und nimmer vorgesehen war, und man nicht wusste, wie man so schnell dorthin gekommen war.

Sogar unsere Innenverteidiger kamen öfter als notwendig über die Mittellinie, wir schossen im Wortsinn über die Grenzen hinaus, und wunderten uns selber über unsere Stärke und Ausdauer. Es sollte nur eine Frage der Zeit sein, bis wir die fertiggespielt haben. Die waren jetzt schon verzweifelt und schossen die Bälle panisch irgendwohin weg, um sich irgendwie zu verteidigen. So erschien es uns jedenfalls.

Nach der Pause wars bald vorbei. Für uns. Die Kraft ließ rapide nach, das Spielfeld wurde immer länger, wir hechelten im Kreis, und nach neunzig Minuten schlichen wir mit hängenden Zungen und einer Null-zu-Vier-Packung in die Kabine.

Wir hatten auch eine Wut später, weil man uns nichts gesagt hatte. Wie die Versuchskarnickel kamen wir uns vor. Und ausgepfiffen wurden schließlich wir, nicht der Scheiß Sektionsleiter.

An den Wochentagen wars im Kassenhäuschen richtig gemütlich. Gab keinen Stress an diesem Nebeneingang, kam oft minutenlang niemand vorbei. Nur an den Wochenenden gings rund, und es waren zwei Wochenenden. Schon ab Freitagmittag wars zu spüren, da spulten sich meine Eintrittskartenrollen ab wie nix, fatz ratz an der Perforierung getrennt, und das Papiergeld rutschte in der Lade hoch durcheinander. Und eine Menge davon war meins. Wegen eines zuckersteilen Tricks nämlich.

Fünf Meter neben meiner Kassa war der rotweiß gestreifte Schlagbaum, wo die Karten vorgezeigt werden mussten. Mein Kartenabreißer war ein kahlgeschorener Kerl, für mich alt, aber wahrscheinlich keine dreißig, und es hieß, er ist Söldner oder Soldat im Ausland gewesen und hat erst vor kurzem den Dienst quittiert oder ist entlassen worden oder abgehauen, so irgendwie.

Na ja, der sah schon gefährlich genug aus, Gesicht wie eine Maske, also unbeweglich, ich glaube, die Leute waren froh, wenn sie am Schlagbaum an dem vorbeikamen, ohne dass er ihnen die Hand abriss, mit der sie ihm die Karte hin hielten. Der glühte aus den Augen wie zwei Maschinengewehre. Oder schaute spitz wie eine Heugabel. Je nachdem.

Zu mir ans Häuschen kam er am zweiten Tag, am frühen Nachmittag, als grad wieder mal nix los war. Er lehnte sich mit dem Unterarm auf das Ausgabebrett. Ich dachte auf einen Plausch. Zum Kennenlernen. Ich hob das Fenster im Holzrahmen etwas höher und er schob unter seinem linken Unterarm seine rechte Hand durch und unter der Hand ein Stapelchen weißer Eintrittskarten, und sah mir geradewegs in die Äugens, mit einem kaum merklichen Heben der Brauen.

Ich verstand null, das muss er mir auch angesehen haben, denn er sagte zwischen nicht sehr bewegten Lippen: die Hälfte mir. Und mit der Hand machte er eine wegwischende Geste, was bedeutete, ich soll das Stapelchen Eintrittskarten verschwinden lassen.

Zu meiner Schande muss ich gestehn, dass ich noch immer nichts begriffen hatte, außer die Eintrittskarten unsichtbar werden zu lassen. Da war er auch schon wieder weg. Was war ich begriffsstutzig. Ich kam nicht darauf, was er wollte, und verkaufte brav meine Karten von den Rollen weiter. Bis er zwei Stunden später wieder auftauchte, die offene Hand herein hielt, und als ich ihn verständnislos ansah, mit unbewegter Miene etwas ungehalten sagte: nun was ist! Ich hatte ihn glatt vergessen gehabt.

Er schob mir noch eine Handvoll Karten zu. Alles Karten für den einmaligen Eintritt, die er den Besuchern abnahm, ohne abzureißen.

Er sagte denen, sie brauchen die Karten nicht mehr, was ja auch stimmte, oder er fragte sie in einem bestimmten Ton, ob sie die Karten noch brauchen. Selten jemand, der die Karte behalten wollte. Also nahm er ihnen die Karten ab, ohne sie abzureißen.

Ich verkaufte nun die Karten nocheinmal, diesmal in die eigene Tasche, halbe halbe mitm Söldner. Möglicherweise gabs Karten, die mehrmals die Reise zum Schlagbaum und zurück zur Kassa machten, ich konnte sie solange verkaufen, solange sie nicht allzu abgegriffen waren.

Die anderen Karten, die Halbtageskarten und Tageskarten, waren natürlich ausgenommen, aber davon verklopfte ich ohnehin nicht den großen Schwung. Bei diesem Spielchen kam jedenfalls gewaltig Knatter rein, ich konnte es gar nicht fassen.

Man musste aufpassen, denn es gab Kontrollore, die gurkten in Zivil herum, aber das war nicht meine Aufgabe, denn nach drei Seiten sah ich nichts, sah nur vorne beim Kassenfenster raus, war die Aufgabe des Söldners, und ich glaube, der hatte einen Riecher für Gefahr, oder er wusste sogar, wer die gefährlichen als Zivilisten verkleideten Spürhunde waren.

Der Söldner verabredete mit mir ein Zeichen für höchste Gefahr, er würde ein paar Schritte zurück machen, so dass ich ihn sehen kann, dann darf ich keine der frei flottierenden Karten verkaufen, an niemanden, bevor er mir nicht wieder den Handteller nach oben für Luft rein gezeigt hat.

Nein, ich hatte kein Unrechtsbewusstsein. Im Gegenteil. Kam mir berechtigt vor, nachdem mir der Söldner seine Sichtweise dargestellt hatte.

Jeder Mensch lebt auf Kosten anderer. Jeder. Da gibt es keine Ausnahme. Die einen mehr, die anderen weniger. Die Ärmsten müssen sich eben etwas einfallen lassen, um was dazu zu verdienen, das ist nur gerecht.

Heute noch muss ich lächeln, wenn ich bei irgendeinem Eintritt gefragt werde, ob ich die Karte noch brauche, oder, wie zuweilen in Supermärkten, ob ich die Rechnung benötige, und ich sage selbstverständlich nein, brauche ich nicht. Das Zubrot, was die sich abknapsen können mit allerlei Umständen und schlechtem Gewissen vergönn ich ihnen immer. Sie gebens ohnehin wieder aus für notwendige Dinge, der Enkel braucht eine neue Schultasche, oder das Töchterchen ein Fahrrad, dauert ewig, bis das zusammengespart ist.

So kommt die Kohle mehr in Umlauf, als wenn es über Zweitfirmen der Geembehas und Cokages mit gutem Gewissen auf Auslandskonten geparkt wird und dem Kreislauf entzogen. Denn wenn Frau Vorstand oder Herr Vorstand mit jeweils gemietetem Anhang im Firmenjet auf die Bahamas gurkt, bringt das der Volkswirtschaft nicht nur nüll, sondern entzieht ihr ein Stück Chlorophyll der Kaufkraft.

Und so ist es mit jeder Vergünstigung, die diejenigen in Anspruch nehmen, die nichts herstellen, sondern bloß verwalten, seien es Verwalter von Ideen, Ideologien, ob in politischem oder religiösem oder Managementbereich, denn sie entziehen dem Volk Ressourcen, es ist das wählende Fußvolk, das deren Privilegien bezahlt.

Er hat nämlich eines noch immer nicht verstanden, sagte der Söldner: die Leute zahlen Steuern und damit die Gehälter der Politiker. Damit sind eigentlich die Politiker die größten Subventionsnehmer. Und sie saugen die Leute aus und teilen sich selber immer mehr zu und erhöhen sich ihre Privilegien. Und dann müssen die Leute jene, die sie aussaugen, wählen.

Erklär mir das mal wer, wieso das keine Schweinerei ist. Die können alles abschreiben, weil sie ja den Staat repräsentieren. Schau dir die Typen an. Ohne Überzeugung, außer, dass es gerecht ist, auf Kosten des Staates zu leben. Diesen Schmarotzern wird alles bezahlt, zusätzlich zum Gehalt, das ohnehin skandalös ist, wenn man bedenkt, dass die meisten der Steuerzahler sich überlegen müssen, ob sie sich eine Monatskarte für Bus und Tram leisten können. Die solln doch alle scheißen gehn, die Herrn und Damen Subventionsempfänger und Privilegienlöcher.

Und du kommst mir mit Bedenken wegen ein paar Karten. Du hast sie wohl nicht alle. Das schlechte Gewissen haben die Kleinen, die ganz unten, die aufschauen müssen, die beichten gehen und dafür noch vom Mindesteinkommen was abgeben sollen. Ausgenommen und ausgesaugt werden die, die sich ohnehin nicht viel leisten können, die sparen müssen, um das als Luxus zu bekommen, was für die da oben ein Tausendstel von ihren Zusatzprivilegien ist. Die drei einzigen Privilegien, die dem Volk zugestanden werden, sind: ein schlechtes Gewissen haben, Steuern zahlen und wählen gehen.

Das warn so die Abendgespräche, wenn Kassenschluss war, da lehnte der Söldner noch ein wenig am Schalter, während ich mein Zeug, das Geld und die Karten ordnete und schachtelte und verstaute. Er redete ein bisschen herein und ich hörte ihm zu, und er war dann auf einmal verschwunden, wie weggerissen, wie bei einem Zaubertrick, ich merkte nie, wann er verschwand.

Bestraft werden nur die Kleinen. Die Subventionsempfänger, die die Kleinen staatsmäßig vertreten, machen die Korruption in großem Stil vor, da werden Waffen gekauft um Milliarden, die nichteinmal Schrottwert haben, im Gegenteil, die kosten den Staat zusätzlich, weil sie verschrottet werden müssen, und dafür gibts Millionen an Bestechungsgeldern.Und wehe, jemand sagt was dazu. Ab einem gewissen Betrag darfst du nichts mehr sagen, ohne dass du legalerweise umgelegt wirst, da hängen zu viele drin und dran. Dann heißt es: Jagdunfall. Oder: ein Schuss hat sich gelöst, als er sein Gewehr reinigte, obwohl der noch nie ein Gewehr besessen hat. Oder: zu schnell gefahren und Kontrolle verloren. Oder einfach Herzinfarkt. Oder: hat sich aufgeknüpft, weil ihm die Verantwortung zu groß geworden war, ein Held der Demokratie.

Nein, du musst die Schnauze halten und sparen, damit du dir die Fahrt zum Wahllokal leisten kannst. Ah, leckmichamarsch, das stimmt doch hinten und vorne nimmer. Und dann sitzen sie gesprenkelt von ihrem guten Gewissen im Parlament und zerbeißen ihre Scheindebatten, aber nur wenn Presse dabei ist und Fernsehn, sonst sind die Sitze dreiviertel leer, weil es diesen Schwätzern, Schröpfern,

Schmarotzern und Gewinnlern nicht zumutbar ist, sechzig Tage im Jahr im Parlament anwesend zu sein, dreihundert Tage verwenden sie dazu, sich ihre Konten nebenbei aufzufetten. Aber wenn du einen Apfel stiehlst im Supermarkt, führen sie dich wie einen Verbrecher ab.

Ich sagte, vielleicht sind nicht alle so.

Vielleicht. Vielleicht gibt es wieder Zeiten, wo nicht alle so sind, wo wenigstens einer unter zehn nicht so ist, aber es gibt Zeiten, da sind alle so. Weil zu gewissen Zeiten nur die Blödmänner ans Kommando kommen, die mitm aufblasbaren Hirn; die leichtesten Hirne schwimmen immer oben. Wenns soweit ist, dann geht alles in Arsch. War schon immer so. Brauchst nur in der Bibel nachlesen. In dem Alten Testament. Hastu schon einmal gelesen?

Nein. Dachte, das geht nur die Pfarrer was an.

He, glaubst du, die lesn das? Nie, das Buch ist zu heiß. Bloß Judn und Araba, wo wir herstammen, religionsmäßig, verstehstu. Jede menschliche Sauerei steht da drin, will man nix wissen davon. Früher wars überhaupt verboten bei Todesstrafe, die Sauerein zu lesn, im Mittelalter. Ja, wenns drunter und drübergeht, wenn alles erlaubt ist von die Schweinigeleien, wenn man gar nicht mehr weiß, woran man sich halten kann, kommts zum großen Clash, wie in Sodom. Hat der alte Herr aufgehn lassen wie Zunder. Schwefel und Feuer drauf und pluff und weg. Und weißt du warum? Weil er keine zehn Gerechten mehr in diesen Städten gefunden hat. Zehn hätten gereicht. Aber nix. Wo keine zehn mehr zu finden sind, wusch.

Das war immer so und wird immer so sein. Jetzt sind wir bald wieder so weit. Und flutsch, weg. Dann geht der Scheiß mühsam von vorn wieder an. Erst die Erde eine Scheibe, wer was anderes behauptet, wird verbrannt. Wenn genügend verbrannt wurden, darfs dann was anderes sein. Is immer so. Hat wer eine gute Idee, die alle zusammen gut leben lassen könnte, kommen die Fanatiker und kneten sich die Idee zu einem selbsthärtenden Gerechtigkeitsfladen zurecht, und dann: gute Nacht. Sofort haben alle Recht, und wer nicht von dem Fladen abbeißt, kann gleich in den Sarg. Und dann wird exportiert: Ideologie, Freiheit, Gleichheit, Religion, Politik, was eben gerade angesagt ist. Und wenn sich die andern das nicht gefallen lassen, gibts Keile, und drum braucht man immer Militär. Damit die hohlgekratzten Ideen durchgesetzt werden können. Wenns soweit ist, ist es eh zu spät. Weil die sogenannten Werte schon hohl sind. Sonst müssten sie nicht mit Gewalt den anderen aufs Auge gedrückt werden. Die würden sich von alleine auch durchsetzen. Die Leute sind nämlich nicht blöd. Sie sind vielleicht feig. Aber blöd sind sie nicht. Vielleicht auch zu faul; zum selber Denken, meine ich. Aber blöd nicht. Was Besseres zu begreifen dauert eben immer länger.

Je mehr wo drin ist, desto länger braucht man, ums zu begreifen. Drum sagen die Politiker nix mehr, sondern spucken nur noch vorgekaute Brocken. Ihnen nützt es nix, wenn die Leute morgen begreifen, die wollen heute gewählt werden und sich ihre Villen kaufen können.

Was bistn du, ein Sozi, oder so ein Adventist oder was, hab ich ihn gefragt.

Ach was. War immer Soldat. Da darfstu nicht denken. Je weniger du denkst, desto besser bistu. Aber in sechs Jahren Auslandseinsatz denkstu dir manchmal was. Für wen. Für was. Weil das, was du machst, hat nichts mit dem zu tun, was man im Fernsehn hört. Du hältst den Kopf hin und hörst im Fernsehn genau das Gegenteil von dem, was passiert. Irgendwann denkstu, spinne ich oder die. Was isn da los? Erst bistu stolz, kriegst gut bezahlt, bist was Besonderes. Da gehstu jedem an die Gurgel ohne zu fragen. So isses. Weils gerecht ist.

Und?

Sie haben mich zwei Monate weggesperrt, weil ich einem Kameltreiber zum Saufen und Fressen gegeben hab. Der sollte ein Feind sein. Aber der war nur fertig und wusste gar nicht, wie ihm da im Sand geschieht. Hat sich verlaufen. Jeder Kaftan war ein Feind für uns. Der sah nur noch Quellen und Palmen, wo nix war. Durst macht verrückt. Der läuft kreuz und quer, ich nehm ihn inn Schwitzkasten und geb ihm zu saufen, statt dass ich ihn umniete, weil ich gleich merke, der hat nix am Hut mit irgendwas, einer wie wir, ich steck ihm das Zeug zu und jage ihn zurück, er soll verschwinden so schnell wie möglich, und ich werde verpfiffen.

Ich bin noch einmal davongekommen. Normalerweise gibts Degradierung und Entlassung im besten Fall, oder gehst sofort hops, wenn sie sich Kollaboration mit dem Feind einbilden. Wasn Kollaboration. Wenn einer am verdunsten ist und schon pfeift wie ein Teekessel.

Hat mir zu denken gegeben. War ich verlorn für die Exportgerechtigkeit. Hab noch Glück gehabt. Und jetzt? Besser so, als sich von Leuten mitm Luftballon im Kopf kommandieren zu lassen. Werden immer mehr, die mitm Luftballon im Schädel.

Fand ich nicht blöd, was er mir durchsagte da an der Kassa, auch wenn ichs nicht gleich verstand, erstens weils zuviel auf einmal war, zweitens weils mich nix anging und ich andere Sorgen hatte. Der glaubte, ich verstehe das, weil ich ins Gymnasium gehe. Aber war schon ok, dass er mit mir sprach. Und soviel blieb hängen, dass ich keine Bedenken mehr hatte, von wegen Schuldgefühlen und so.

Am dritten Tag stand der Pires Sepp vor meinem Fenster und sagte: da bin ich, kann ich rein? Ich schiebe das Fenster hoch und beuge mich raus und rufe dem Söldner zu, dass der da frei durchkommt, und der Söldner stellt den Daumen auf.

Und der Sepp kommt nocheinmal zurück und sieht mich so komisch an. Wasn jetzt los mit dem. Er legt seine Faust herein, die größer ist als meine zwei zusammen. Schau dir die Faust an, sagt er, und ich starre auf dieses Ungetüm, schau dir die Faust genau an. Ja, ich seh sie. Wenn du nämlich mal was brauchst, die ist immer für dich da.

Kam mir zwar ein bisschen übertrieben vor, aber bitte, very gut, man kann nie wissen.

Das war der zufriedenste Job, den ich je hatte. Die Abrechnungen stimmten, auch die Schlussabrechnung. Mathematisch hatte ich mich auch da durchgesetzt. Alle warn zufrieden. Und ich hatte so viel Knatter, dass ich daran dachte, mir eine Geldbörse zu kaufen. Was ich nicht tat, aber ich kaufte mir ein gebrauchtes Moped.

Als ich überlegte, wo ich einen gebrauchten Sauger günstig herbekomme, treffe ich im Café Uhlmann einen Typen, der sein Moped verkaufen will. Ganz zufällig. Mariella hat also wieder Recht. Sie sagte einmal, dass alles immer zu seiner Zeit kommt, ganz automatisch und natürlich, wenn die Zeit reif ist; man darf nur nix erzwingen wollen, wenn man zuviel erzwingen will, bringt man bloß alles durcheinander. Die Probleme ergeben sich immer nur daraus, dass man was erzwingen will. Alles immer früher haben, nicht einmal den eigenen Wünschen eine Reifezeit zugestehen. So wie die Kinder schnellstmöglich erwachsen werden und die Erwachsenen ein ewiges Leben haben wollen, und zwar schnell. Jetzt beeil dich mal mit deiner Geduld.

Zweisitzig. Fußschaltung. Silberschwarz. Ein Puch mit einskommasieben PS bei 4700 Umdrehungen in der Minute, die sollten vierzig Stundenkilometer Höchstgeschwindigkeit ergeben. Kannte niemanden, der sich wegen vierzig Stundenkilometern auf einen Sauger setzte.

Sogar die federnden Einsitzer mit Handschaltung machten mit ein wenig Nachhilfe über fünfzig. Also besorgt man sich einen größeren Vergaser. Weißt du, dass ich nimmer weiß, wo ich mir die größeren Vergaser besorgt habe? Ist merkwürdig. Ist nämlich eine lästige Arbeit, einen anderen Vergaser einzubauen.

Der Wimmer Gerhard hatte schon einen größeren angepfropft, verbringt man einen Nachmittag damit, das Zeug zusammenzufummeln, wir hatten einen Achtzehner in sein Pony eingebastelt, und sechzig machte sein Saugerchen noch immer, sogar bei leichter Steigung.

Ich wollte einen Zwanziger, aber woher hatte ich mir den besorgt? Ich weiß es nimmer.

Jedenfalls ging mein Sauger auf einmal Neunzig. Mit Rückenwind. Und im Auspuff warn die Lamellen draußen und stattdessen so Drahtreiniger reingestopft. War ein bisschen lauter, aber eben auch noch einmal ein bisschen schneller.

War, ohne es wirklich zu bemerken, ein anderes Leben auf einmal. Bist du schneller irgendwo. Obwohl, du bist zwar schneller, aber die Dinge bleiben gleich. Also macht man mehr unnütze Fahrten, einfach aus Lust am Fahren. Irgendwie eine Umstellung, auch wenn sie dir nicht so bewusst ist. Ich fahre dreimal rüber, um zu sehen, ob Mariella schon zu Hause ist, obwohl ich weiß, dass sie noch nicht zuhause sein kann um diese Tageszeit.

Ich bleibe mit dem Sauger beim Stadiontor stehn. Und da sehe ich die Großmutter am Gehsteig drüben, wie sie die Obstkisten vom Thusler anstarrt. Ganz verloren vor soviel Reichtum. Sie sieht mich nicht, erstens weil sie mitm Rücken zu mir steht, zweitens, als sie sich einmal umdreht, weil sie mich nicht erkennen kann aufm Moped, sie kennt mich nicht als Mopedfahrer.

Sie zieht ihre Plastikgeldbörse aus der Plastiktasche und zählt nach mit ihren schwieligen Fingern, ein paar Münzen nur, die sie sich einzeln vor ihre kurzsichtigen Augen hält. Sie nimmt einen Apfel und hebt ihn hoch und prüft ihn, als ob er ein Wunder wäre. Ist ein großer schöner rotgrüner Apfel. Aber sie zögert. Legt ihn zurück. Will weitergehn, dreht wieder um. Nimmt einen anderen Apfel und befühlt ihn. Da kommt der Thusler raus und fragt, was sie da macht.

Sie lacht verlegen. Sie möchte nur wissen, was ein Apfel kosten soll. Ein Apfel? Einen Apfel verkauf ich nicht, wo kämen wir denn da hin. Sie soll ihn zurücklegen, und die Lebensmittel da nicht befummeln. Sie legt den Apfel zurück.

Sie hat doch nicht vielleicht vorgehabt, den Apfel einfach so mitzunehmen? Wenn er jetzt nicht nachgesehen hätte?

Die Großmutter war eingeschüchtert und zog die Geldbörse und nahm eine Münze und sagte, reicht das? Da lachte der Thusler. Mit dem kann sie bei ihm nicht einmal einen Apfelstiel bekommen.

Sie war nun so eingeschüchtert, dass sie andere Münzen herauszählte in die hohle Hand.

Ich bockte den Sauger auf und ging hinüber. Wieviel? frag ich, aber der Thusler schloss die Hand mit den Münzen. Sie darf sich nun den Apfel aussuchen. Wieviel?

Der Großmutter wars peinlich, ist schon gut, sagt sie. Ich hatte den Verdacht, dass sie für ein halbes Kilo bezahlt hatte. Wieviel hast du ihm gegeben? Ist schon gut, sagt sie wieder. Sie schämt sich. Und lacht.

Und dass ihr mir nicht wieder mein Obst abgreift, sagte der Thusler, bevor er hineinging in sein Scheißgeschäft. Scheißkerl, sag ich. Lass gut sein, sagt sie.

Eines Tages stelle ich ihm eine Kiste Hundekacke auf sein Obst drauf. Ja, das werde ich tun. Oder ich schmiere den bleichen Wabbler rundum mit Hundekacke ein. Aber wie das tun, ohne sich selber dreckig zu machen? Wenn ich eine Lösung habe, tu ichs.

Der Söldner wüsste sicher eine Lösung. Und ich weiß nichteinmal seinen Namen. Nun, ich bin jetzt reich. Ich brauche mir selber die Hände nicht schmutzig zu machen. Könnte ein paar von den Kindern sagen, sie sollten mir eine Schachtel Hundescheiße sammeln, fürn glatten gebügelten Zehner. Die würden dankbar und fleißig losdübeln für die Sammelaktion.

Aber dann frag ich mich, was Mariella davon halten würde, und schon wird die Idee ziemlich mickrig, und ich komme mir lächerlich vor. Trotz dem bisschen Trotz, der flüstert, dem Kleinkrämer Thusler täte eine Portion Scheiße aufs Maul gut, Gerechtigkeit muss doch einmal sein. Aber ich fühl mich nicht wohl bei der Gerechtigkeit, die ich mir selber erfinden muss. Weil, ja was weil, weil, da müsste man fast jeden Tag mindestens zweimal jemanden ins Maul treten. Die Ungerechtigkeiten liegen auf der Straße, tritt man automatisch rein. Wenn du dann nicht weitergehst, kommst du nie vom Fleck. Und dann isses auch komisch, denn du erträgst die saftigsten Ungerechtigkeiten, als ob sie nix wären, und andere, kleine, regen dich auf. Wie das kommt, weiß ich nicht. Nur dass man vorsichtig sein muss, wenn einen was aufregt, ist nämlich meistens eine Ausrede zum sich selber wichtig und besser machen. Eigentlich war mir das schon viel früher eingefallen, nur hatte ich es vergessen.

Die Eltern, die kaum je was zueinander sagten, das über das Notwendigste hinaus Sinn ergeben hätte, sodass in der Hauptsache immer eine drückende Spannung in der Wohnung herrschte, nahmen jede Gelegenheit wahr, sich über andere entweder lustig zu machen, oder den Kopf über sie zu schütteln, oder sie schlecht zu reden. Sie erhoben sich damit über alles und jeden, was mich allerdings nicht über die Tatsache hinwegtäuschte, dass wir im zweiten Stock des Mietshauses wohnten, und über uns und neben uns andere.

Für mich hatte es etwas Bedrückendes, wenn sie über das zwölfjährige Nachbarmädchen, das ein neues Kleid und neue Schuhe bekommen hatte und diese im Hof auf und ab gehend vorführte, sagten, was brauche die ein neues Kleid, diese Angeber, haben sicher nichts zu essen, aber das Kind wird herausgeputzt; nur dass es eitel wird; hast du gesehn, wie die sich schon bewegt; das ist nicht normal; aus der wird sicher einmal eine Dings, das sieht man jetzt schon; die haben es nötig; wer angibt hats nötig. Dabei freute die sich nur und war stolz auf sich, konnte ich gut verstehn, hat man ja nicht alle Jahre was Neues zum Anziehn. Für mich wars logisch und richtig, dass sie sich zeigte, weil sie sich hübsch vorkam.

Weiß nicht, wann das geschehen ist, dass ich die Meinungen der Alten nicht mehr automatisch übernahm. Vorher hatte ich mir alles, was sie sagten, zu eigen gemacht, war ganz normal dass, wenn sie wen ablehnten, ich den auch ablehnte. Vielleicht haben sie mich auf Distanz geprügelt. Weil ich es so empfand, dass mich beide prügelten, wenn sie dabei stand und zusah, das war, als würde sie mitschlagen.

Und einmal haben wir den prügelnden Philosophen besucht. Schon vorher wurde gewitzelt: ein Philosoph; brotlose Theorie; wovon die leben; wie sollen die fünf Kinder durchkommen; und wie der sie behandelt, die Kinder; die Frau ganz verschüchtert; aber er ein Philosoph, kann ja nichts im Hirn haben, sonst würde er was Anständiges gelernt haben.

Vor allem soll er ein strenges Regiment führen, die Kinder sind abgerichtet. Er schlägt sie, wenn sie nicht pünktlich bei Tisch sitzen. Er prügelt sie durch, wenn sie sich nicht benehmen. Die Kinder müssen nebeneinander in einem Zimmer am Rücken in Habtachtstellung schlafen. Und er nimmt die Rute, wenn sich nur eins bewegt. Sie dürfen auch nie hinaus, um im Hof zu spielen. Sie werden eingesperrt, damit die Erziehung fruchtet. Der Weg zur Schule ist genau berechnet, und sie müssen in einer bestimmten Zeit von der Schule nach Hause gelangen, wenn sich da eines verspätet, bekommt es für jede Sekunde Verspätung einen Schlag auf das Gesäß, wobei es die Hose runterziehen muss und sich über einen Sessel beugen. Das ist alles nicht normal. Kann nur so einem Spinnerhirn entspringen.

Tatsächlich habe ich nie eines dieser Kinder je in der Siedlung gesehen, obwohl sie im nächsten Querhaus ebenfalls im zweiten Stock wohnten, und auch auf deren Balkon, den man von unserem aus sehen konnte, war nie eins erschienen.

Als wir dann drüben waren zum Mittagessen, das aus Gemüseeintopf bestand und nachher Malzkaffe, saß bloß der älteste Sohn mit am Tisch, etwa vierzehn, also etwas älter als ich, von den anderen war weder was zu sehen noch zu hören. Die Türen alle zu. Der sagte überhaupt nichts die ganze Zeit und starrte nur auf seine Hände aufm Tisch, wenn er mitm Löffeln fertig war. Auch die Frau sagte nichts, und der Philosoph machte einen ganz normalen Eindruck, ich hatte mir ja ein Monster mit wirren Haaren und blutunterlaufenen Augen vorgestellt.

Der Philosoph sprach über die Übel des Fleisches, alles Böse liegt im Fleisch, deshalb lehnt seine Familie kategorisch jedes Fleisch ab, kategorisch sagte er so oft, dass ich mir dieses Fremdwort merkte, du bist, was du isst, sagte er, wer Schweinefleisch isst, wird aussehn wie ein Schwein.

Ich durfte aber auch nichts sagen, das wurde mir verboten, höchstens wenn ich angesprochen worden wäre, aber der Philosoph nahm keine Notiz von mir, er sah immer schnell weg, wenn ich ihn anschaute.

Auf dem Heimweg zerfaserte sich der Vater den Mund über den; der wettert gegen das Fleisch, weil sie es sich nicht leisten können, Fleisch zu kaufen, und so macht er ein philosophisches Programm draus. Der hat die Kleinen bestimmt ins Zimmer gesperrt und aufgelegt wie Sardinen, vielleicht sogar gefesselt und geknebelt. Hast du bemerkt, was da für eine gedrückte Stimmung war? Die Frau hat nicht muh und nicht mäh gesagt. Wahrscheinlich schlägt er sie auch. Und ich ging nebenher und dachte, dass ihm gar nicht einfiel, wie er mich gestern verprügelt hatte.

An einem der nächsten Tage sah ich den Jungen in der Früh zur Schule gehen, er sah nicht links noch rechts sondern strebte rasch dahin, und zwar mit einem gewaltigen blauen Aug.

Ich wollte unbedingt rauskriegen, was kategorisch heißt, denn als ich auf dem Heimweg gefragt hatte, wurde mir nur gesagt, das kannst du noch nicht verstehen. Aber wie kriegt man das raus, wen könnte ich heimlich fragen, mir fiel niemand ein als Onkel Hans, aber der war schon tot.

Ich schob das Moped neben der Großmutter her, und sie war ganz aufgeregt, dass ich nun so ein gefährliches Ding hatte, ob das nur gut geht, sie muss sich ohnehin wegen mir soviel hinunter studieren, was in ihrer Sprache hieß, sie macht sich Sorgen um mich. Sie studiert sich Tag und Nacht hinunter wegen mir, was macht er nur bloß, fragt sie sich ununterbrochen.

Sie soll sich nun keine Sorgen machen, ich könnte ihr eine ganze Kiste Äpfel kaufen. Maria und Josef sagte sie, der Apfel reicht für zwei Abende, heute die Hälfte und morgen die Hälfte. Man soll abends überhaupt nicht viel essen.

Wir gingen den Schotterweg entlang und bogen in die große Wiese ein, auf den eingetretenen schmalen Lehmweg. Sie begann, Löwenzahnblätter zu sammeln, für die Hasen von irgendwem, sie ging ein Stück in die Wiese, und ich sah ihr zu.

Wie dünn sie ist, dünne Beinchen wie Daisy Duck. Und sie pflückte sich auch ein Sträußchen Wiesenblumen, sie kannte eine Menge beim Namen und bog sie ein wenig auseinander, wie ein Kartenspieler die Karten beim Gustieren, und benannte sie: gelber Günsel, Skabiose, Margeriten, Rainfarn, Pippau, ja die Margeriten stinken ein wenig, aber sie sind so schön, Löwenzahn, und das ist Augentrost, Flockenblume, Bibernelle; und dort die wilde Möhre, Weißklee und der rote Wiesenklee, Minze, Rossfenchel, die da weiß ich nicht; und immer stehen mitten auf dem Weg die Stacheldisteln.

Sie hatte so ein räudiges Sträußchen in der Hand, zusammen mit dem Büschel Löwenzahnblätter, und hielt ihre knollige Nase dran und freute sich und sagte, die tut sie ins Glas. Ihr Glas war aber kein Glas, sondern ein Becher aus durchsichtigem Plastik, da war einmal Senf drin. Sogar den weißen Plastikdeckel davon hat sie noch aufgehoben und verwendete ihn als Untersatz. Eine Vase besaß sie gar nicht.

Ich ging nur mit ihr, weil ich in ihrer Wohnung einen Hunderter verstecken wollte, in der Blechdose in der Kredenz, wo sie ihr Rentengeld aufhob. War aber nicht zu machen, weil sie nicht aus dem Zimmer ging, also steckte ich ihn unter das Sofapolster.

Die Großmutter wollte, dass ich sie nächste Woche zu ihrer Schwester begleite. Tante Isadora war was Besseres, denn sie war mit einem Hauptschuldirektor verheiratet, und sie hatten sich eine Hundertzwanzigquadratmeter-Wohnung im neunten Stock des achtzehnstöckigen Hochhauses im nächsten Bezirk gekauft. Da kam man nur mitm Lift hinauf. Und für die Großmutter wäre es das erste Mal, mitm Lift zu fahren, da kannte sie sich nicht aus und brauchte mich.

Diese Tante Isadora trug schwer an einem Geheimnis, das im Verwandtenkreis natürlich jeder kannte und unter dem Siegel der Verschwiegenheit weitererzählt wurde. Sie war nämlich mit Schuld am Zweiten Weltkrieg. Daher war sie etwas schrullig und bedauerte bloß, dass sie ihren Lebenstraum, Schauspielerin zu werden, nicht hatte leben können, und beschäftigte sich mit dem Rezitieren von Goethe- und Schillerballaden, die sie auf ein Tonband sprach.

Mir fiel siedendheiß ein, dass ich heute ja zum Tanzkurs muss, das wird knapp. Muss mich noch umziehn. Hatte nämlich auch einen Anzug gekauft, graukariert mit roten Fäden um die Karos, und eine gelb lila rote grelle Krawatte, voll steil.

Ich knalle los, dass der Kies wegspringt, merke dann, dass mit der Zeit was nicht stimmt. Die Küchenuhr der Großmutter ging eine Stunde vor. Wie merkt man sowas? Instinktiv. Ich habs gemerkt, als ich über den holprigen Wiesenweg mehr flog als fuhr. Genau, sie stellt die Uhr nie um.

Habe eine Stunde gewonnen. Kann ich noch bei Mariella vorbeischaun. Aber ihr Auto war nicht da. Auf der Hauswand, diesmal rechts neben dem Eingang, vor Roberts Fenster, stand riesig groß schwarz aufgesprüht JUI, oder JU!, weil der letzte Strich vertropft war. Ich stellte das Moped ab, da stand Robert in der Tür; war mal was Neues. Er zeigte auf die Schrift, ja, ich habe sie auch grad gesehen, sagte ich, was solln das heißen?

Robert war irgendwie frostig und sagte, ich soll mitkommen. Und Mariella? Keine Antwort. Im Flur wars, als wollte er erst mit mir ins Thusler-Geschäft eintreten, dann ging er in seine Wohnung, setzte sich aufs Sofa, deutete aufn Stuhl und schwieg, da wunderte ich mich.

An der Wand Richtung der Schrebergärten war alles ums Fenster rum Bücherregal, dreiviertel voll mit selbstgebastelten Büchern, oder eher heftartigen Büchern. Und dort im Eck stand auch ein Tisch mit darauf Lampe, Leim, Fäden, Lederbändern, Falzbein, Schneidmessern und Sticheln, zwei Stapel schönen dicken Papiers und Tinte und Füllfeder und Bleistifte und Buntstifte und Kugelschreiber.

Was bistn du für einer? sagte Robert.

Verstand ich nicht. Was bin ich für einer?

Was bist du eigentlich für einer? wiederholte er.

Wusste nix darauf zu sagen, als dass ich der Johann Nepomuk bin, von der Siedlung drüben. Vielleicht ist er verrückt geworden und hat alles vergessen.

Nein, wie er mich ansah, der war klar in der Birne. Was is denn los? Auf einmal fuhr mir das Entsetzen in die Gurgel: ist etwas mit Mariella? Er sah mich an. Nein, ist gut. Du hast das nicht aufgesprüht? Aufgesprüht was? Das JU da. Du bist gesehen worden.

Wie bitte? ist doch Scheiße. Der Thusler hat dich gesehn. Er ist hinaus, als vor der Tür ein Mopedmotor lief, und da ist der getürmt aufm Moped. Er hatte dich vorher schon gesehen.

Na klar, war ich auch mit der Großmutter da, und er hat sie fürn Apfel zu viel zahlen lassen. Dann hab ich sie rüber begleitet, aber ich habe den Sauger geschoben.

Was könnte das sein, fragte er mich, was der da sprühen wollte? Keine Ahnung. Mir fiel nix ein.

Hatte eine Sauwut auf den Thusler. Ich geh jetzt rüber und hau ihn so in die Schnauze, dass morgen Früh seine Zahnbürste ins Leere fährt.

Da tätest du ihm einen Gefallen, sagte Robert.

Aber der lügt doch.

Ich glaub dir ohnehin.

Ich wusste nicht, wie ich Robert anreden soll, ob mit du oder Sie. Ich hatte ihn Robert genannt, als er besoffen nur als Weichteil herumhing, wie ihn alle Robert nannten, der arme Robert, der versoffene Robert, der gescheiterte Robert, das hat er davon der Robert, man kannte ihn ja nur wankend und stürzend und hängend einmal im Monat, als abschreckendes Beispiel für den Nachwuchs, als Ereignis, bei dem sich die Guten genussvoll empören konnten.

Nüchtern war er ernst und ruhig, was Konzentriertes strahlte er aus, das mir Respekt einflößte.

Und als er mit mir sprach, ergab sich das Sie von allein, denn kein Erwachsener bisher hatte mit mir ernst gesprochen, sozusagen von gleich zu gleich. Er sprach mit mir, als könnte ich alles verstehen was er sagte. Aber er hatte ja dreimal so viel Leben gesehen wie ich und weiß wahrscheinlich von Sachen, die ich noch nicht einmal vom Hören kenne. Und Robert war in Lagern und Gefängnissen, und ich, dem es so gut ging, hab überhaupt noch nix erlebt und weiß nicht einmal, was Krieg ist oder Diktatur. Diktatur ist, hatte Robert gesagt, wenn sie dich abholen ohne Grund und du verschwindest, und du hast kein Recht dich zu verteidigen, und niemand hat ein Recht, von dir wissen zu dürfen. Genügt, wenn jemand was über dich sagt, auch irgendwas Erfundenes. Das nennt man Denunziation.

So wie der Thusler mich gesehen hat? Ja, auch sowas ist Denunziation. Nur dass es keine solchen Folgen haben kann. In der Diktatur hätte er dich angeschwärzt, und du wärst verschwunden. Und alle hätten immer schon gewusst, dass mit dir was nicht gestimmt hat. Jeder ist froh, wenn ein anderer verschwindet und fragt nicht nach, Hauptsache man ist selber noch da.

Bloß, was ist das für ein Dasein mit dieser unterschwelligen Angst, weil jeder der nächste sein kann. Solche Willkür wird als Ordnung ausgegeben, aber es ist keine Ordnung, denn was auf Angst und Schweigen aufbaut, ist eine Scheinordnung, die nur die Willkür übertüncht.

Ich soll mich daher auch nicht wundern, wenn ich über die vorherige Zeit nichts erfahre, denn das, was die Menschen da wirklich gelernt haben, ist Schweigen und Verschweigen, jedes Wort konnte gefährlich sein. Wer nichts sagt, dem kann das Wort auch nicht im Mund umgedreht werden. Nichts sehen, nichts hören, nichts reden, nur mitlaufen. Wenn eine Diktatur installiert ist, muss jeder Angst haben. Die Angst der Menschen ist das Fundament der Diktatur, und viele sind aggressiv und fanatisch nur aus Angst. Am gefährlichsten sind deshalb die Angsthasen.

Der Thusler hatte ihn herausgeklopft und ihm eine Szene gemacht. Welche Leute er, Robert, sich ins Haus holt, Leute, die Wände beschmieren, das ist Geschäftsschädigung, niemand kauft in einem Geschäft, wo sowas daraufsteht.

Was denn daraufsteht, fragte Robert, und der Thusler wollte es nicht sagen, er schlabberte, das ist doch klar, was das bedeuten soll, damit will er nichts zu tun haben, ist denn nie mehr ein Friede, er wird sich Schritte vorbehalten, er lässt sich von Narrenhänden nicht sein Haus beschmutzen. Das kannte ich von zu Hause: Kinder- und Narrenhände beschmieren Tisch und Wände. Diesen Spruch sollte man aufsprühen.

Schuld ist er, der Herr feine Herr von Steinhaus, in seiner sich überschlagenden nach Worten ringenden Empörung sagte er: der Herr feine Herr, sagte Robert, jawoll, der sich das Gesindel hereinzüchtet, wahrscheinlich mit der Absicht, wieder Unruhe in friedliche Bürger zu bringen, wie man es von solchen wie ihm gewöhnt ist, er aber lässt sich das überhaupt nicht bieten.

Der muss reden, sagte ich, mit der Elvira oben, der muss froh sein..., aber Robert unterbrach mich. Er kennt den Thusler, er weiß, was er gemacht hat und was das für einer geblieben ist. Er hat ihm schließlich auch die Tür vor der Nase geschlossen.

Enttäuscht war ich schon, dass Robert auch nur für einen Moment hat glauben können, dass ich das gewesen wäre. Nun, er kennt mich ja nicht gut, es tut ihm auch Leid, aufgrund der Thusler-Aussage einen Zweifel gehabt zu haben. Er ist viel zu misstrauisch gegen Menschen, es ist nicht gut, prinzipiell so misstrauisch zu sein, weil sein Misstrauen dann auch keinen Unterschied mehr macht, und das ist vor allem für einen selber nicht sehr vorteilhaft.

War das erste Mal, dass mir wer gesagt hat, es tut ihm Leid, ging mir wärmend durch die Speiseröhre runter und verzweigte sich als Wohlgefühl. Von mir aus kann sich Robert auch zehnmal im Monat anzwitschern, ich würde ihn immer nach Hause tragen.

Der Thusler war sicher auch so einer, der andere verraten hat, so wie der aussieht, sagte ich. Robert schwieg. Hat er? Der hat euch doch das Haus weggenommen.

Robert hat natürlich auch darüber nachgedacht, dass es der Thusler gewesen hätte sein können, der den Hinweis gegeben hatte.

Hinweis? Nun, dass er mit Esther, einer Verbotenen, hier lebte. Beweisbar ist es nicht. Und andererseits, wie immer es auch gewesen sein mochte, er muss dem Thusler was zugute halten. Er hat nämlich Mariella das Leben gerettet.

Robert hatte die Kleine für kurz draußen auf der Bank gelassen, um in der Küche nach dem Essen zu sehen, und in dieser Zeit ist die Vierjährige auf der Bank aufgestanden und hat sich über die daneben stehende Regentonne gebeugt und ist kopfüber hineingerutscht und wäre ertrunken, wenn nicht der Thusler in dem Moment vorbeigekommen wäre und sie herausgezogen hätte, und als Robert in den Garten kam, hatte er ihr schon das Wasser aus den Lungen gelöst und ihm das keuchende Wesen in die Arme gelegt.

Weißt du, keiner ist nur schlecht, jeder hat auch einen hellen Einschluss in sich drin, und den sollte man eigentlich herausfinden, wenn man sich über andere ein Urteil zu bilden sucht. Kostet allerdings einige Überwindung. Klar, denn wenn einer ein Hundsfott ist, will man nicht glauben, dass er nicht ausschließlich ein Hundsfott ist.

Ich habe Robert nach den Büchern gefragt, von denen er jedes selber hergestellt hat. Und immer noch herstellt. Ich hatte mich nämlich schon gewundert, was er den ganzen Tag so macht.

Er schreibt weiter am Buch Esther, hat er gesagt. Seit nunmehr zwanzig Jahren macht er das. Den Zwang dazu begann er drei Jahre nach Esthers Tod zu spüren, als er oft nicht wusste, wie er mit der Kleinen durchkommen soll. Wenn sie schlief, bastelte er an einem Heft. Da wusste er schon, was hineinschreiben. Musste ja was Besonderes für Esther sein. Also, er suchte immerzu Gedichte, die Esther gefallen könnten. Er hatte das Gefühl, auch wenn es absurd klingt, er könnte sie mit besonderen Stücken wieder zurückholen. Aber es war nicht so einfach, was zu finden. Es gab ja anfangs kaum Bücher, nur die verlogenen Schinken und angepassten Reimereien, die noch immer in den öffentlichen Bibliotheken standen, alles andere war verbrannt, eingezogen, vernichtet worden.

Er hatte sich Bücher von Verwandten und Bekannten aus dem Ausland schicken lassen und selber übersetzt, hauptsächlich aus dem Englischen. Da gab es welche, deren Namen er noch nie gehört hatte, mit Gedichten von merkwürdiger Klarheit, die ihn jedesmal in einen Zustand von Glück und Schmerz versetzten, wenn er sie übersetzte und daran denken musste, wie sehr sie Esther gefallen hätten. So wie die Gedichte von Heinrich Heine, von dem er drei Bände versteckt und gerettet hatte, und Robert zeigte auf das schmale hohe Regal neben der Tür.

Das ist zu seiner Obsession geworden. So wie, in etwa, ähnlich, aber stärker vielleicht, so wie ein Sammler sein Leben lang nach bestimmten Stücken sucht.

Ich konnte mir nicht wirklich vorstellen, dass Gedichte aus sich irgendwas Faszinierendes haben sollten. Ich hatte auch keinerlei Vorstellung von dem Begriff Gedicht, für mich waren in etwa alle gleich, und zwar gleich wie, sagen wir, alle Chinesen gleich sind. Sicherlich, diese aus dem Buch Esther waren auch für mich etwas Besonderes, aber weil sie von Mariella kamen, und weil das Büchlein das

Gewicht dieser Geschichte hatte. Und ich dachte, das, was auch mir an ihnen gefiel, hätte nur damit zu tun, weil sie auf Mariella so einen Eindruck machten, und auf Mariella machten sie diesen Eindruck, weil sie die Erinnerung an ihre Mutter darstellten.

Ansonsten waren Gedichte irgendwas, das früher einmal hergestellt wurde und mit unserer Zeit nichts mehr zu tun hat, außer dass man sich daran erinnert wie im Geschichtsunterricht an Geschehnisse, die vor tausend Jahren vorkamen. Wie man in Geschichte die Daten lernen musste, musste man hin und wieder auch so ein Gedicht auswendig lernen, das einem lästig war und genau so viel bedeutete wie der Punische Krieg. Wen soll das eigentlich interessieren, wann und warum die sich dort in Griechenland oder wo immer klopften, genau so wenig, wie einer gedichtmäßig durch eine liebliche Maiennacht unter Silberwölkchen dahingurkt, wenn heute selbst in den entlegensten Gegenden noch um Mitternacht die Motoren von den Landstraßen zu hören sind, nein, das konnte mit unserer modernen Welt nix mehr zu tun haben.

Gedichte, das war das andere Wort für Weltfremdheit. Etwas für unsportliche Leute, vermute ich.

So wie Tante Isadora mit ihrem von Nivea-Creme fettglänzenden Gesicht dramatisch Balladen ins Tonbandmikrofon artikulierte, mit geschmäcklerischem Mund und so komisch verstellter Stimme, wie sie sonst nicht spricht, oft mehrmals hintereinander die gleiche Ballade, weil sie anscheinend da und dort den Ton nicht richtig getroffen hatte.

Besondere Gedichte sind etwas Rares, hatte Robert gesagt. Wie wenn man durchn Wald geht, und auf einmal sieht man wilde Feuerlilien, das Orange dieser Flammenblätter plötzlich in all dem Grünbraun rundum, so was ist selten.

Ich sagte ihm, dass ich einmal in einer Wiese eine Quelle gesehen habe, die vorher nicht da war, dass sich plötzlich vor mir mit einem Schmatzen Wasser aus der Erde löste und wie erleichtert durchs Gras verrann, ganz lebendig, als schlüpften gläserne Schlangen weg.

Robert sah mich an und sagte: das ist wie ein besonderes Gedicht.

Und weil ich so erleichtert war, dass er mir glaubte, sagte ich vorlaut: aber es reimt sich nicht. Und Robert sagte, vieles, das sich reimt, hat keine Poesie.

Aber eigentlich, was ist der Sinn von einem Gedicht? Ich werde dadurch nicht schneller oder schieße mehr Tore.

Robert sah auf die Tischplatte vor sich und sagte nichts.

Oder ich tanze nicht besser, sagte ich, weil mir der Kurs eingefallen war.

Robert schwieg.

Dann sah er auf und mir mitten durchs Gesicht. Und ich wusste, dass er an Esther dachte. Und bevor ich einen weiteren Blödsinn absondern konnte, sagte er: wer weiß.

Sehr komisch. Wer weiß. Als gäbs da einen Zusammenhang. Hat doch das eine mit dem andern aber auch überhaupt gar nix zu tun. Vielleicht ist seine Birne doch schon morsch vom Alk.

Ich musste jedenfalls jetzt los. Aber wo war Mariella. Warte, sagte Robert, und gab mir eine der kleingerissenen und gefalteten Seiten, von ihm beschrieben, kannst du haben, wirf mal einen stechenden Blick drauf, wenn du Zeit hast.

Ich sprang auf meinen Wundersauger und zog ihn auf siebzig rüber zur Siedlung und gerade noch unterm sich senkenden Bahnschranken durch. Bei jedem Schalten: wo ist Mariella.

Hinauf in die Wohnung, schnell, Hemd, Anzug, Krawatte, nie habe ich den Knoten richtig geknüpft, wozu Krawatte, so was Fremdes, ich nestle furchtbar herum, das dünne Ende gerät mir immer länger als das breite, egal jetzt, nur los, aber da steht die Mutter in der Tür, verspreizt zwischen den Türstöcken wie ein Andreaskreuz, und will mich nicht ausm Zimmer lassen, du fährst mir heute nicht mehr weg. Sagt nicht warum, sondern einfach so: du fährst mir nicht mehr weg.

Ich muss in den Tanzkurs.

Kommt nicht in Frage.

Lass mich durch.

Gerangel, Gerangel, sie läuft zur Eingangstür und verspreizt sich dort. So, da kommst du nicht hinaus. Aber warum denn? Es muss genügen, wenn ich es sage.

Genügt mir aber nicht. Sicher bin ich stärker, aber ich kann sie doch nicht wegzerren da. Versuche bloß nicht, mich anzugreifen. Ich beginne, ihre Finger vom Türstock zu lösen. Aber warum denn nicht, was ist denn los? Sie sagt nichts außer: du gehst mir nicht außer Haus.

Ich fahre in den Tanzkurs und komme sofort nach Hause, ok?

Nein.

Ich verliere die Geduld und dränge mich durch ans Schloss, aber sie hatte den Schlüssel abgezogen.

Sie hat zwar den Schlüssel abgezogen, aber vergessen, zuzusperren.

War also offen, ich zwänge die Tür auf, sie drückt dagegen, habe den Fuß dazwischen.

Mich empören ihre irrationalen Anwandlungen immer mehr. Wenn sie mir nicht sagt, weshalb ich nicht in den Kurs soll, gehe ich jetzt. Das glaubst du selber nicht, sagt sie. Das glaube ich schon.

Sie klammert sich an mich, ich drücke sie weg. Da erstarrt sie, sieht auf ihre Brust, greift sich ungläubig an die Brust.

Jetzt muss ich sterben, sagt sie, das hast du gemacht. Durch Druck entsteht Brustkrebs, ja, schau nicht so, jetzt hast du mich auf dem Gewissen. Du hast deine Mutter auf dem Gewissen.

Sie steht entsetzt im Flur. Die Knie werden ihr weich. Du hast deine Mutter gemordet, haucht sie, bereits sterbend. Ich spüre es, genau hier, hier ist die Stelle, es wächst. Das wirst du bereuen, wenn es zu spät sein wird.

Gemordet! Ich gehe lachend die Stiegen hinunter. Mir ist aber nicht zum Lachen.

Bisher waren im Tanzkurs immer die Mädchen in Überzahl. Drei, vier Mädchen blieben stets hängen im Gestühl, wenn die Allgemeinheit das Parkett stocherte. Und selbstverständlich waren das nach gerade geltender Meinung die hässlicheren.

Ich konnte zwar nichts Hässliches an ihnen entdecken, jedenfalls nichts, was sie auffällig von der Mehrheit unterschieden hätte, und doch waren es immer die gleichen, die nicht aufgefordert wurden.

Ich machte mir keine Gedanken darüber, obwohl ich das Grüppchen wahrnahm, allerdings eher so als selbstverständliche Staffage. Irgendwas, das sich sogar zuflüsterte und kicherte hinter vorgehaltenen Händen, aber doch nicht mehr bedeutete, als etwas Abgestelltes, das von anderen abgeholt werden würde, also einen nichts anging.

Mir konnte es schließlich egal sein, denn ich hatte wie durch ein Wunder eine feste Partnerin, das heißt, sie hatte mich bei der ersten sogenannten Damenwahl aufgefordert, und seitdem haben wir uns gegenseitig gesucht, war bequemer, wenn man wusste, man muss nicht losrennen beim Massenstart, man konnte in Würde die Saalbreite hinter sich bringen und gewiss sein, dass der andere auf einen wartet und jede andere Aufforderung ablehnt.

Ihre erste Aufforderung bei der Damenwahl war natürlich Zufall, die Mädchen mussten übern Saal, was ja anfangs eine Überwindung kostet, und jede zupfte sich irgendwen aus den Stuhlreihen, ich glaube nicht, dass sie da groß drüber nachdachten, und so kam ich zu einer der beiden hübscheren dieses doofen Kurses.

Ich war überzeugt, dass sie aus Mitleid an mir festhielt. Ruth war nämlich tatsächlich besonders hübsch. Wie etwas, wie soll ich sagen, wie ein Bild eben, das man mit Staunen betrachtet und sich fragt, wie so etwas möglich ist, und je länger du es betrachtest, desto geheimnisvoller wird es dir. Man weiß ja nicht, was Schönheit ist, und doch gibt es etwas, das so gemacht ist, dass es den unterschiedlichsten Menschen gefallen muss, und zwar unabhängig von jeglicher Konvention oder Mode oder persönlicher Fixierung. Kann man nicht beschreiben, das ist ja nicht zu beschreiben, man kann nur ein paar Äußerlichkeiten angeben, sie hatte kinnlanges dunkles Haar, einen vollen geschwungenen Mund, und meist einen Minirock aus rauem Leder an, von der Länge ihres Haars, der freilich zusätzlich Anreiz bot, an ihr Gefallen zu finden.

Wahrscheinlich wurde ihr Schönsein noch strahlender durch mich, wenn wir tanzten, denn der Unterschied unserer äußerlichen Präsenz war grausam offensichtlich.

Ja klar, sicher war ich stolz, dass sie in dem Scheißkurs hauptsächlich mit mir zusammen war, wenn nicht gerade der gummibärmäßig federnde Lehrer mit dem glattzurückgefetteten Haar und seinem langen Oberkörper sie zum Vortanzen aussuchte, was er oft tat, und ich wunderte mich, dass ich doch so etwas wie Eifersucht spürte, wenn ich sah, wie sie es genoß, von dem alten Knilch sicher übers Parkett gedreht zu werden.

Ich war keinesfalls auch nur annähernd verliebt in sie, nicht einmal, als ich Mariella noch nicht gekannt hatte, und jetzt schon gar nicht: meine einzige Zuneigung gehörte und alles zog mich zu Mariella, und deren Schönheit übertraf die von Ruth um Universen. Schon ein Vergleich kam mir als Frevel vor. Das hier waren Kindereien, die Mädchen waren alle ein Jahr jünger als wir, und ich wusste überhaupt nicht, was ich mit denen reden hätte können. Mir kamen ja sogar schon die aus meiner Klasse wie aus einer von mir abgetrennten Welt vor.

Hier im Tanzkurs sitzend, die Arme hinter der Sessellehne, fiel mir wieder das Spiel gegen die Internatschüler unserer Klasse ein. Etwas, das mich noch immer wunderte, obwohls drei Jahre her ist, weil ich mir das Verhalten der Mitschüler nicht erklären konnte und kann. Oder vielleicht ist dieses Verhalten eines, das in dieser Welt normal ist, bloß dass ich nichts davon weiß, weil man mich nicht in das Geheimnis eingeweiht hat.

Mit dreizehn und vierzehn Jahren hatten wir neun Internatsschüler in der Klasse, die in einem Konvent untergebracht waren, dessen Leiter unser Religionsfässer war, ein witziger, lockerer Typ, das Gegenteil des späteren verklemmten Fuzius.

Dieser Reliprof war auch bekannt für seine sonntäglichen Glossen im nationalen Hörfunk, die verständlich mit aktuellen Vergleichen angereichert waren und sympathisch einladend wirkten, wenn er als Beispiele Szenen aus Bergmann-Filmen anführte und von schwieriger bitterer Zuneigung sprach, dass sie selbst einen wie mich auf die katholische Seite hätten ziehen können. Seine Glossen waren heftigen Protesten von Hörern ausgesetzt, die am Bild des alten weißhaarigen Herrn und den klar getrennten Bereichen von Himmel und Hölle festhalten wollten.

Jedenfalls war dieser Pater Bertram einer, dem ich alles glauben konnte. Und er hatte auch eine Vorliebe für Fußball, und somit eine Truppe seines Internats zusammengestellt, die am institutseigenen Platz trainieren konnte. Wir wussten von dieser Mannschaft, und dass sie seit Jahren ungeschlagen war, selbst bei überregionalen Turnieren gegen andere Heime, Klöster, Internate und Schulen, denn unsere Internatsschüler gaben zuweilen mächtig damit an, dass sie im legendären FC Marian spielten.

Gegen diese eingespielte Elf sollte nun der Rest unserer Klasse eines Nachmittags antreten, und wir waren schon Tage zuvor mitleidigen Bemerkungen und Hohn unserer Marianer ausgesetzt. Selbst der Reliprof konnte es sich nicht verkneifen, uns noch am Vormittag in der Schule lachend als Opferlämmer für das Nachmittagsmatch zu bezeichnen. Niemand wusste damals aus unserer Klasse, abgesehen davon, dass wir überhaupt wenig voneinander wussten, dass ich ein Kicker war. Es galt in diesen Gymnasien als unfein und proletenhaft, in einem Fußballverein zu sein. Adäquate Sportarten waren Fechten, Tennis, Skifahren und Eiskunstlauf, annehmbar waren noch Basketball und Handball. Natürlich spielten die Sportskanonen meiner Klasse auch Fußball, aber nur zum Zeitvertreib, nicht vereinsmäßig.

Es war tatsächlich so, dass Fußball, ernsthaft betrieben, einer gewissen Verachtung ausgesetzt war. Etwas für die unteren Massen, das nichts kostete, wofür man keine aufwändige Ausrüstung brauchte. Daher hatte ich auch nie erwähnt, diesen Armensport zu betreiben. Es war auch gar nicht klar, dass ich aufgestellt werden würde. Das hatte ich schließlich Notger zu verdanken, der den Gorsen erpresste, er würde selbst nicht auflaufen, wenn ich als sein Freund nicht dabei bin.

Das Spiel am brennheißen Nachmittag aufm weichen gepflegten Rasen des Internats wurde zum Desaster für die Marianer. Unser zusammengewürfelter Haufen gewann sieben zu eins, in der Halbzeit stand es bereits sechs zu null, mit fünfeinhalb Toren von mir, so kann man sagen, denn beim Sechsnull schoss ich einen Corner scharf und niedrig vors Tor, traf das Schienbein eines unserer wackligsten, der wie alle anderen den Ball hoch erwartete und in die Luft starrte und gar nicht wusste, wie ihm geschah, als die Kugel von seinem Schienbein im rechten Winkel wie eine Rakete ins Netz fuhr, so schnell ging das. Jedenfalls riss er nach zwei Schrecksekunden die Hände hoch und lief hopsend und jubelnd in die eigene Spielhälfte zurück, und als wir uns zum Anstoß aufstellten, sagte er zu mir: hast du gesehn? In der zweiten Halbzeit wurde mir ein um einen Kopf größerer athletischer Bewacher zugeteilt, der gnadenlos krallte und hackte, und ich machte nur noch ein Tor aus einem Weitschuss.

Die Marianer und der Reliprof und die Zuschauer des Internats waren verstummt. Richtig sauer warn die. Schweigen nachm Spiel. Fast gespenstisch, als wäre etwas Unanständiges geschehen, dessen ohnmächtige Zeugen sie sein mussten, und worüber man nicht reden durfte. Aber auch die unseren sagten nichts.

Ich ging mit Notger nach Hause, einen kleinen Umweg über die Stadt, weil dort ein Eisstand war und der Notger sich ein Bananeneis kaufen wollte. Ich hatte kein Geld mit und sah ihm beim Eisschlecken zu. Wir schwiegen. Das einzige, das Notger sagte, war, als er mit schrägem Kopf die Tropfen vom Rand der Tüte saugte: ich wusste gar nicht, schmatz, dass du, slurp, Fußball, schlutz, spielen kannst. Kam mir etwas untertrieben vor, für sechseinhalb Tore bei Siebeneins.

Und auch am nächsten Tag, verstehe wer will, ich jedenfalls konnte es nicht verstehen, war nix. Ich hatte mir vorgestellt, sie würden mich feiern, wenn ich in die Klasse komme, Hochrufe und so weiter, Schulterklopfen, irgendwas mit hey super oder so, Anerkennung von den Marianern, wenn auch leicht zerknirscht, aber da war null. Niemand schien sich an das zu erinnern, was am Nachmittag zuvor geschehen war. Als hätte es das Spiel nicht gegeben. Es wurde nicht erwähnt, weder am nächsten Tag noch bei irgendeiner anderen Gelegenheit, weder von den unseren, noch von den Marianern, auch der Reliprof machte nie auch nur die geringste Bemerkung. Ist das zu begreifen? Ist es? So ein kollektives Vergessen? Oder eher kollektives Verschweigen? Ein Kind kann es nicht begreifen.

Und noch nichteinmal der Siebzehnjährige begreift es, der im Tanzkurs auf einmal merkt, dass er allein dasitzt, überzählig, Mauerblümchen in der dritten Stuhlreihe. Ich starre auf die drehende Masse und suche Ruth. Sie hängt mit einer unserer unsportlichen Gurken locker zusammen, die bei den Walzerdrehungen auf und ab elastiziert.

Mist. Was mache ich denn noch da. Mir wird heiß, und ich spüre, wie mir das Blut ins Gesicht fährt und sich dort brennend verteilt. Schmach und Schande bei der Damenwahl. Als die Mädchen auf uns zugekommen waren, hatte ich wie gewohnt angenommen, Ruth würde mich abholen, und war lässig entspannt dagesessen, die Arme hinter der Sessellehne. Nun wollte ich am liebsten unsichtbar werden, unters Gestühl schmelzen. Warum hat mir Ruth das angetan. Ich dachte an die Mädchen, die sonst immer übrigblieben, und wie die sich gefühlt haben müsssen. Wenn ich je wieder in den Tanzkurs gehe, das schwöre ich, suche ich mir immer eine von denen. Aber es ist unwahrscheinlich, dass ich wieder hierherkomme. Nein, nie mehr.

Es gelang mir nicht, eine gleichgültige Miene aufzusetzen. Ich stand schließlich auf und ging mit dem Gefühl schwerer Demütigung aus dem Saal, setzte mich auf einen Tisch im Vorraum und rauchte eine Zigarette, was dreckverboten, mir aber kotzegal war.

Warum, verdammte Hurerei, waren die üblichen Mauerblümchen heute denn nicht alle da? Die gewaltige Unsinnigkeit dieser Hopsveranstaltung überkam mich, als wär mir ein Kübel Sinnlosflüssigkeit aufn Kopf geleert worden. Mariella würde nie tanzen können. Also, was will ich dann überhaupt noch hier. Lächerlich diese gezierten Beinbewegungen. Vor zurück Wiegeschritt Damensolo Herrensolo. Ja hallo. Wo denn Damen und Herren. Is doch nur was für Klotüren. Bald beginnt meine Arbeit in der Paketverteilung am Bahnhof. Da habe ich ohnehin keine Gelegenheit mehr, hierherzukommen. Arbeitszeit von neunzehn Uhr bis sieben Uhr, drei Tage in der Woche frei, je nach Übereinkunft. Der Gedanke war eine Erleichterung.

In der Jacketttasche das Blatt von Robert. Seine F und S sind schwer zu unterscheiden:

ERINNERUNG

Jenes war zum letzten Male,
dass ich mit dir ging, o Clärchen!
Ja, das war das letzte Mal,
dass wir uns wie Kinder freuten.

Als wir eines Tages eilig
durch die breiten, sonnenhellen,
regnerischen Strassen, unter
e i n e m Schirm geborgen, liefen;
beide heimlich eingeschlosssen
wie in einem Feeenstübchen,
endlich einmal Arm in Arme!

An dem fremden Haus, wohin
ich dich zu begleiten hatte,
standen wir nun, weißt, ich drückte
dir die Hand und –

Dieses war zum letzten Male,
dass ich mit dir ging, o Clärchen!
Ja, das war das letzte Mal,
dass wir uns wie Kinder freuten.

Ah, was gehts mich an. Sagt doch keiner mehr O Clärchen, wer heißtn überhaupt noch Clara heutzutag, bloß keine Rührung, lieber ein Furz vor versammelter Gesellschaft. Nein, mit mir nicht. Ich hau ab, leckt mich am Arsch, wie Goethe immer zu sagen pflegte.

Die Stufen hinunter laut ordinäre Reime hersagen, das erleichtert: Goethe sagt zur Frau von Stein, ich steck dir meinen Schiller rein, nein sagt Frau von Stein zu Goethe, ich spiel lieber auf der Flöte.

Aus dem Automaten im Zwischenstock ziehe ich mir ein eiskaltes Schinken-Käse-Brötchen in Zellophan, schlapp und zäh mit einem grinsenden sterbenden Salatblatt. Aber irgendwas muss sich der Mensch einwerfen, damit er sich weiterbewegt, wenns auch nur solche Totkost ist. Drücke dieses Schinken-Käse-Eis mit drei Bissen durch die Gurgel, höre Menschengeräusche, Kurspause, oben beugen sich zwei Mädchen übers Geländer und starren herab, zwischen ihren Köpfen erscheint Ruths Kopf.

Ich rülpse so stark ich kann mit weit aufgerissenem Maul hinauf und gehe ab.

Hierher komme ich nie wieder. Gehe besser flippern. Tanzen stinkt mir einfach zu sehr.

Auf der Stufe vorm Eingang zur Spielhalle unter den Arkaden saßen zwei stark geschminkte Kinder und tranken aus weißen Plastikbechern.

Cola-Rum, sagte das dreizehnjährige Maßliebchen und hob den Plastikbecher. Prösterchen, sagte die andere. Kriegst einen Schluck, wenn du uns aufn Flipper einlädtst, sagte die mitm Maßband, und: isser schon länger geworden? Sie öffnete die Hand mitm eingerollten Maßband, und die andere versprühte vor Lachen ihr Maulvoll Cola-Rum.

Nix los drinnen, sagte sie, mit dem Kopf zurücknickend, indessen ihre Freundin sich die Knie und die Schuhspitzen abwischte mit der flachen Hand.

Vier alte Kacker, du weißt schon. Die wollen dich nur ausgreifen, aber nix auslassen dafür. Ausgreifen für nix gibts nicht.

Nee, sagte die andere, bistu blöd? Nee, blöd sinwer nich.

Kackmacker das.

Auf einmal war das Maßliebchen ganz erstaunt: wasn los, hast heute die Einserwäsche an, tust du heiraten oder was?

Hatte vergessen, dass ich da im Anzug herübergegurkt war vom Tanzkurs, nicht gerade die richtige Schale für das Etablissement, ich riss mir die farbenfrohe Krawatte aus dem Kragen, knüllte sie in die Sakkotasche und stieg zwischen den beiden, die mich an den Beinen festhalten wollten, ins Lokal.

Maßliebchens Kusine kam aus Bremen, war ein Jahr älter als sie und in Ferien hier.

Ferien! lachte sie, man hatte sie aus der Schule geworfen, und die Eltern kamen nicht zurecht mit ihr, so wurde sie mal so auf Erholung geschickt, verstehste, nee, verstehste nich, kannsde gar nich verstehn, sagte diese Elke. Sie sagte saachte. Und aus Bremen stammt sie überhaupt nich, dort sind nur ihre Eltern, aber das verstehste wieder nich, saachte die Elke, und die beiden zerkugelten sich und wankten schon etwas.

Hey steil, sagte Maßliebchen, und haste das gesehn aber auch, sagte diese Elke, als ich den Burschen von meinem Flipper wegstieß, einfach so, der wollte sich gerade ein neues Spiel anzünden. Das ist mein Flipper, sind genügend andere im Umlauf, ich war geladen, und anscheinend merkte man es mir an. Der war älter als ich und größer und wollte sich das natürlich nicht gefallen lassen, schon gar nicht vor weiblichen Wesen, auch wenn sie Kinder waren. Aber sein Schwinger ging ins Leere, seine Faust fuhr sichelmäßig durch die Luft, weil ich mich längst gebückt hatte. Und jetzt? sagte ich, und ich bog den Oberkörper zurück und seine

Faust wischte wieder leer vorbei, aber gleich darauf traf ihn mein Fuß am Kinn. Was für eine Erleichterung.

Der lag und schrie. Lächerlich. Entweder ist ein Kampf, oder man schreit. Aber Schreien geht wirklich nicht. Feige Sau. Niemand hatte Mitleid mit ihm, weil er schrie und jammerte. Polizei, Polizei, rief er weinerlich, in den Boden gewölbt, gleich schreit er auch noch nach der Mutti, und ich trat ihm ins Maul. Geh zur Polizei, du Arschloch, geh, lauf, er kroch vor mir mir her. Ich gab ihm noch einen Kick in den Hintern, geh zur Polizei, Arschloch, hau ab. Auf einmal wollte er die Beinschere anwenden, der liegende Käfer, ich trat ihm aufs Knie, und er begann zu zappeln wie bei einem epileptischen Anfall, aber so künstlich, dass die Mädchen lachten. Ich lachte nicht, mich grauste. Auch vor mir.

Die alten Kacker schauten interessiert zu, von wegen alte Kacker, über zwanzig waren sie schon, was für die Kinder nahe am Sterbedatum lag. Das Maßliebchen sagte zu ihnen, da gibts nix zu sehen, geht wieder spielen, und die Elke: spieli spieli, verstehste.

Ich machte idiotische Schnitzer am Flipper, auch weil die Mädchen mit flachen Händen aufs Glas klatschten und mit Fingern der Kugel nachfuhren, und die kleine Bremerin endlosschleifenmäßig zwei Sprüche abließ, immer die gleichen: du, Detlev demoliert das Damenklo, darf der denn das? Du Depp du, das darf der doch. Und: du Detlev, dein Diddl duftet derbe doll. Ununterbrochen du, Detlev.

Schließlich schnalzte es doch zweimal, und ich überließ ihnen die beiden Freispiele.

Mich freute da nichts mehr. Dabei habe ich nur das ganz normale geltende Faustrecht angewandt, so wie es das Naturgesetz vorsieht, so wie es der Pires selbstverständlich anwendet. Nur hatte ich vergessen, dass ich nicht der Pires bin, und somit mich vergessen, und das ist unbefriedigend. Außerdem ahnte ich, dass ich das zurückbekomme, alles bekommt man zurück, auf irgendeine Weise, das ist das Naturgesetz, nur dass man meist den Zusammenhang nicht mehr erkennt. Und ich hatte das Gesetz wieder einmal vergessen.

Fuhr noch bei Mariella vorbei, war ja noch nicht spät, ihr Auto stand da, aber ich hatte nicht den Mut zu läuten, ich kam mir zu schmutzig vor. Ich blieb, Unterarme über Kreuz aufm Tank, noch ein wenig sitzen und sah, wie überm Dach von Mariellas Haus die Birken und Kastanien die Arme hoch und hin und her schwenkten, und der Wind schlüpfte mir kalt in den Kragen.

Zu Hause fand ich eine Kante Brot, nicht mehr ganz frisch, in einem Körbchen auf dem Küchenkasten, wo mans nie vermutete, weil in dem Körbchen sonst nur zerbrochenes Zeug lag, kaputte, bemalte, ausgeblasene Eier von irgendwelchen Ostern oder ausgebrannte Glühbirnen.

Wo versteckt sie nur das Essen, es roch ja noch nach Kochen, ich riss die Kästchen und Laden auf und schaute in jeden Topf, aber nix. Wie Zauberei, Tischleindeckdich und verschwunden. Wahrscheinlich will sie seine Theorie umsetzen, er hatte ja immer gesagt, man muss das verwöhnte Aas nur aushungern, dann kommt es von alleine angekrochen. Wie damals mitm Spinat, während sie den Schweinsbraten mit Knödeln und Speckkraut schmatzten, sie hatten ja keinen Spinatschleim vorher, war nur für mich, zu meinem Besten.

Und ich Idiot hatte ihr zwei Tausender von meinem Nebenverdienst gesteckt und erwartet, dass es dafür was zu Fressen geben würde. Das Moped kostete nicht einmal achthundert.

Dabei rühmte sie sich, die beste Köchin der Welt zu sein. Hundertmal hab ich das gehört.

Sie hatte sich im Schlafzimmer eingesperrt. Zum Sterben wahrscheinlich. Keine Antwort auf mein Klopfen. Kein Geräusch von drinnen. Ich sollte glauben, sie ist schon gestorben. War aber nicht das erste Mal, dass sie schon gestorben war.

Ich hing mich, statt zu lernen, in mein Kunstbuch und schlug es aufs Geratewohl auf.

Farbtafel 31 MARC CHAGALL. Ich und das Dorf. 1911. M.M.A., N.Y.: In diesem Bild, das der junge russische Jude nach seiner Ankunft in Paris malte, gewinnen Träume und Erinnerungen Gestalt.

Da ging eine aufm Kopf und einer in der Luft, und ein Seemann oder so hatn grünes Gesicht, und in der Wange eines Schafs wird gemolken, und oben sind bunte Häuser.

Völlig irr. Besser als Kino. Ich kam einfach nicht darauf, weshalb mir das gefällt, und überlegte, wem von allen Leuten, die ich kannte, außer Mariella, das auch gefallen könnte. Ich kam auf keinen Erwachsenen, der nicht wahrscheinlich entartet gesagt hätte oder Schmiererei, oder das kann ich auch, oder was solln das, oder lächerlicher Betrug, oder Kunst kommt von Können, und das ist Nichtkönnen. Ich werde trotz allem meinen Zeichenfässer fragen. Ja das ist es, der muss Verständnis haben, der malt selber und war auf der Kunstakademie.

Bildnerische Erziehung heißt das jetzt.

Gefällt dir das, fragte mich der Zeichenfässer, als ich ihm die Farbtafel zeigte.

Ja, gefällt mir. Deshalb zeigte ich ihms ja. Was er dazu sagt, wieso mir das gefällt?

Nach langer Pause sagte er: hast du eine Ahnung?

Nein.

Die Klasse war still geworden und aufmerksam. Da braute sich was zusammen.

Der Fässer saß und starrte kennermäßig auf mein aufgeschlagenes Buch am Katheder und sagte nix mehr, und ich stand daneben und wurde unruhig, weil er jetzt zu blättern begann.

Dann zeig mal, was dir noch so gefällt, sagte er gönnermäßig.

Das war aber jetzt auf einmal eine andere Baustelle; ich wollte nur etwas über die Farbtafel Chagall erfahren, oder eher über mich, weshalb mich das beeindruckt, es kann ja nicht nur an mir, es muss doch auch am Bild liegen, wozu gibts denn Experten, die sowas studiert haben.

Mir gefiel noch eine Menge in dem Buch, und ich kannte ganze Passagen auswendig und wusste zum Teil auch die Seitenzahlen, wo was stand und abgebildet war, einfach vom immer wieder Lesen und Anschaun, und so sagte ich Farbtafel 28, weils das erste war, das mir einfiel, und ratterte mechanisch den Begleittext herunter: Henri Matisse, Ecke im Atelier. Um neunzehnhundertzehn. Puschkin-M., Moskau. Matisse sagte: Der Maler darf nie vergessen, dass er die Natur schildert – und selbst wenn er sich willentlich von ihrem Vorbild entfernt, muss er es in der Überzeugung tun, sie dadurch klarer zeigen zu können.

Der Fässer sah mich ziemlich amüsiert an.

Ich hatte mich beim Herunterbeten des Textes allerdings auch beschissen leer gefühlt, waren nicht meine Worte, und ich verstand wohl auch gar nicht, was ich da aus zweiter Hand abließ. Ich hatte Puschkin-M. gesagt, wie ich auch beim Aufsagen des Textes zur Chagall-Farbtafel M.M.A., N.Y. gesagt hatte, so wie es eben dort stand und es sich mir eingeprägt hatte.

Sooo? sagte der Fässer, was heißt denn Puschkin-M.? und, er blätterte vor, was heißt denn M.M.A., N.Y.? Ich wusste es nicht. Ich wurde rot. Kicher kicher aus der Fensterreihe; auch Margit grinste. Sooo? dehnte er nocheinmal, alle mal aufpassen. Er hob die Seite mit der Farbtafel von Chagall hoch und presste seinen Zeiger drauf. Der Müller sagt Em

Em A En Ypsilon, und weiß nicht, dass das Museum of Modern Arts New York heißt. Und ausgerechnet dieses Bild will ihm gefallen.

Gelächter.

Und sowas will ihm auch gefallen! Er klappte die Seiten um zur Farbtafel Matisse und fragte laut in die Klasse: und wenn es nicht Puschkin-M. hieße, sondern einfach nur im Puschkin Museum hängt, würde es ihm dann auch gefallen?

Ich glühte bis über die Lauscher im Klassen-Lachanfall. Meine bildnerische Reputation war im Eimer. Er wollte noch was zu mir sagen, aber ich entriss ihm das Buch. Mit mir nimmer.

Hatte meinen Schatz sofort in der Tasche verstaut und dampfte vor Schmach über meiner Bank.

Er wollte einlenken. Ich soll ihm das Buch noch einmal geben, er möchte mir etwas zeigen. Ich reagierte nicht mehr. Er möchte mir etwas Interessantes zeigen. Kann ich drauf verzichten. Nein, wirklich, er möchte mir im Vergleich zu meinen Lieblingen etwas zeigen, das er in dem Buch gesehen hat, das wäre lehrreich.

Aber ich sagte nichts mehr, meine Zunge war angeschwollen für immer in Bildnerischer Erziehung, das einzige, was ich da noch mache, höchstens, ist durch die Nase zu atmen.

Immerhin habe ich gelernt, dass es für Abkürzungen in einem Buch auch eine Zeichenerklärung gibt. Ich fand sie schließlich vorne im Anschluss ans Inhaltsverzeichnis, gleich vor dem Ursprung der Malerei. L., P. ist Louvre, Paris. N.G., L. ist National Gallery, London. Das war schon eine Entdeckung. Sagt einem ja niemand was.

Ich wurde noch allein in meinem Zimmer rot, als ich das entdeckte und an mein dummes Auftreten dachte.

Sah mir nochmal die beiden Farbtafeln an und kam nicht darauf, was da verwerflich sein musste. Er hatte nämlich das Buch hochgehalten und zur Klasse gewandt gesagt, wir haben doch die Primärfarben und Komplementärfarben durchgenommen, wenn ihr euch erinnert, welche Farbe mit welcher korrespondiert, und die Scheibe aufgezeichnet, ihr erinnert euch. Dabei fiel eine Farbtafel ausm Buch und flog über die Kathederkante zu Boden, und der Einband verrutschte ihm, und ich hob die Farbseite auf, zitternd vor Wut und Scham, denn er verglich den x-mal mit Tixo geklebten und wackligen Zustand meines Buchs unter allgemeinem Gekicher mit meinem unsicheren Geschmack. Und das hier: Speigrün und Grellrot direkt nebeneinander, und irgendwo Blau. Und hier, er kippte Matissens Ecke im Atelier auf, fleischfarben, rosa und blau!

Gelächter, weil einer laut sagte: Rot und Blau ist Bauernsau.

Und Grün drauf. Nun, er vermutet, es sind zufällige Farbgebungen, weil der arme Russe wahrscheinlich nahm, was er gerade zur Verfügung hatte. Vieles in der sogenannten modernen Kunst entsteht aus solcher Zufälligkeit, und es gibt immer wieder welche, die in diesen Regelverstößen geistige oder ästhetische Tiefe erkennen möchten. Aber da muss man vorsichtig sein, mahnte er, denn nur, weil etwas gerade modern sein soll, muss es deshalb nicht gut sein. Das wird die Zeit ergeben, die Zeit ist ein besserer Richter und trennt unerbittlich die Spreu vom Weizen.

Gerade diese unnatürlichen Farben, wie sie der Fässer nannte, gefielen mir desto mehr, je länger ich sie betrachtete. Und ich beschloss, dass mir ab nun auch jene Bilder gefallen, in denen keine Figur mehr erkennbar war, wo die Farben licht und wild waren, solche Bilder, die nicht mehr etwas Abgemaltes und Ausgemaltes darstellen, selbst wenn die Farben vielleicht auch nur aufgetropft waren und einen schimmernden Teppich ergaben.

Einmal war mir bereits vor der Schule ein Reifen aufgestochen worden, und es ist ziemlich unvergnüglich, das Saugerchen nach Hause zu schieben, dann zwei, drei Stunden Schlauch flicken und einbauen, besonders wenns der Hinterreifen ist. Da heißts Kette herunter, Schmutz, Öl, Fett, schwitz, Schlauch ins Wasserbad um zu sehn wo Blasen aufsteigen, anzeichnen, trocknen, Flicken aufkleben, Reifenmantel in die Felgen quetschen, Kette rauf und das Rad wieder anschrauben.

Der Sauger machte überhaupt weniger Spaß in jüngster Zeit, weil ich ihn wahrscheinlich mit meinem Vergaserwechsel überfordert hatte, das Ding ging auf einmal nur noch mühsam fünfzig und würgte und röchelte und verlor manchmal sogar während der Fahrt an Umdrehungen.

In jeder Pause hatte ich hinuntergesehen aufn Parkplatz zwischen den Platanen, auch die großen Pausen verbrachte ich am Fenster, irgendwann würde ich den Reifenstecher entdecken und ihn mit Genuss auflegen und auf der Straße verstreichen, wer auch immer es ist.

Während einer dieser Pausenüberwachungen hatte ich etwas gesehen, das mir einen ziemlichen Schock versetzte. Die Margit Schütze war vor der letzten Stunde abgehauen und strebte da unten einem Auto zu, das ich mit all meiner Abneigung kannte, und am Auto lehnte der Hottler himself mit einem Blumenstrauß in beiden Händen vorm Schoß, lächerlich so was aber auch, und sie nahm huldvoll die verschissenen Blümchen in der Zellophanhülle entgegen und ließ sich die Türe öffnen wie eine Lady, bloß dass sie eine Schultasche hatte, und der Hottler wieselte vorne ums Auto herum und bei der Fahrertür hinein, und sie fuhren sanft davon. Wasn los da in der Welt, ich verstand überhaupt nix mehr, die Margit war noch keine siebzehn, und ich wusste auf einmal, dass sie verloren war und vor allem für mich für immer gestorben, aber ihr Absterben in mir stach mich doch einigermaßen und dellte mir den Magen ein und verwirrte mich.

Am nächsten Tag in der Klasse hatte ich sie noch beobachtet, ob etwas anders ist an ihr, das Verderben musste doch sichtbar werden, aber ich konnte nichts entdecken, sie war wie immer, zurückhaltend und schön, nur ihr verlegenes Grinsen, als sie bei der Prüfung an der Tafel keine Antwort wusste, war mir auf einmal peinlich und ich schämte mich für ihren dümmlichen Gesichtsausdruck, und das war die letzte Regung, die ich für sie aufgebracht habe, sie war mir, zu meiner Überraschung, egal geworden, bloß nur noch eine aus der feigen Fensterreihe.

Diesmal aber stand es anders um meinen Sauger. Stand ist nicht richtig. Das Moped lag wie eine auf der Autobahn überfahrene Katze. Kapores und verzogen, die Kette entzwei. Musste die Arbeit beinahe bewundern, ist nicht leicht, einen Sauger derart zuzurichten. Sowas geht auch nicht geräuschlos ab. Komisch, der Schulwart, der sonst sogar einen Spatzen am Dachfirst furzen hören kann, war diesmal taub gewesen und grinste. Pech gehabt. War nichts mehr zu machen, ich ließ das Ding liegen, die Vordergabel war verdreht, so dass der Reifen fast senkrecht stand, als würde sich der Vorderteil das kaputte Hinterteil betrachten. Also Gnadenstoß, und ich trat den Vorderreifen in die Horizontale. Kommen wieder langsamere Zeiten auf mich zu.

Beim David saß der Spitzer auf der Bank vor der Bar an die Wand gepresst, Cola vor sich, und fuchtelte in Abständen mit der Hand darüber hin. Gitti sagte mir glucksend ins Ohr, dass er gestern im Kino war und jetzt auf Zorro umgestiegen ist. Im hinteren Raum saß der Steinbohrer Artur allein in der Ecke, drei kantige Steine vor sich aufm Tisch, die er klackend gegeneinanderstellte bis sie in prekärem Gleichgewicht standen, allerdings gleich wieder umfielen.

Der Artur wunderte sich sehr und sagte zu mir, das muss sich doch machen lassen, wenn die Steine zwei Sekunden aneinandergelehnt stehenbleiben, könnten sie genausogut zwei Stunden stehenbleiben, oder für immer, aber nein, schau her, seine blaue hängende Unterlippe zitterte, nein sie fallen um, das begreife wer will, sie stehen zwei Sekunden und fallen um, obwohl ich mich nicht rühre, wieso bleiben sie nicht stehen, wenn sie schon stehen? Lernt ihr sowas nicht da drüben im Ginnasum? Muss doch einen physikalischen Grund geben. Hebelwirkung oder sowas. Trägheitsgesetz.

Ich sagte, das ist sehr interessant, und er ist geradewegs auf der Fährte eines neuen Gesetzes, das die Gleichgewichtszustände der Welt revolutionieren könnte.

Gell? sagte der Artur, aber wie soll man daraufkommen, ich stehe derzeit vor einer Mauer.

So ist es allen großen Entdeckern anfangs ergangen, sagte ich, und auf einmal, bumm, plötzlich der Durchbruch. Wenn es ihm gelingen würde, dahinterzukommen, wie man das prekäre Gleichgewicht zweier oder mehrerer aneinandergelehnter Körper stabilisieren könnte, ist er ein reicher Mann. Er braucht nur an die Bauwirtschaft zu denken, kein Mörtel mehr, um das Zeug zusammenzukleben, keine umständlichen Statikerberechnungen.

Genau, der Artur schnaubte aus, die stimmen nämlich sowieso nie, dauernd stürzt wo eine Brücke ein. Das ist es, keine zusätzlichen Stützelemente, kein Malter, keine Klebestellen, das ergibt ungeheure Ersparnisse für jeden Häuslbauer.

Kamen zwei Vertreter rein und streckten den Hintern raus an der Bar, und beide das Kinn auf die Fäuste legend in Augenhöhe mit Gittis ziemlich ausgeschnittenem Ausschnitt. Der Spitzer machte auf gefährlich schmale Augen.

Gitti lachte und nannte die Vertreter Deppen, kindische

Deppen, aber sie nahm die Einladungen natürlich an und trank schon den zweiten Kognak ex. Man muss sich fürs Geschäft auch aufopfern können.

Ob irgendwer ein günstiges gebrauchtes Fahrrad für mich weiß, fragte sie, ihm haben sie das Moped filettiert. Verstehst, armer Schüler, nicht viel Geld, braucht gebrauchtes Fahrrad, prost, ja sicher, ein Kognak geht noch, man steht besser auf drei Beinen.

Kam ein dritter Vertreter. He hallo hallo, wasn, du in der Gegend? Habt ihr gelesen heute, hat sich einer vom Berg mit seinem Auto hinuntergestürzt. Ja, Selbstmörder. Ist hinaufgefahren aufn Berg, isja verboten dort, aber er ist hinauf, hat oben Gas gegeben und über die Steilwand im Bogen, peng und kaputt.

Was? sagte die Gitti, im eigenen Auto? so ein Idiot, hätter sich auch ein Taxi nehmen können.

Der Artur überlegte und erwog ernsthaft die Sache und sagte schließlich, das ist, wenn mans recht bedenkt, gar keine so dumme Idee von der Gitti, wenn mans richtig bedenkt, hätte der sich zweimal was ersparen können, wenn er nämlich ein Taxi genommen hätte: erstens das kaputte eigene Auto, und zweitens die Taxikosten.

Alle sahen ihn an, als ob er vonnem anderen Planeten wär, und lachten wieder los. Is ja wahr, sagte der Artur, braucht man nur logisch überdenken. Und er ist voll für die Logik. Weil ohne Logik funktioniert überhaupt nix; sieht man ja an euch. Noch ein Glas fürn Artur, sagte einer der Vertreter. Das ist auch logisch, sagte der Artur.

Er klackte die Steine aneinander. Wenn die jetzt eine halbe Stunde halten, kauf ich dir das gebrauchte Rad.

Hiss, machte der Spitzer und schnitzte ein Z in die Luft. Und noch eins und noch eins. Hiss. Hiss.

Er ist gerade dabei eine starke Fantruppe fürs Basketball zusammenzustellen, sagte der Vertreter, es muss der lauteste

Anhang aller Zeiten werden, jeder ein Instrument, Sirenen, Trompeten, Trommeln, Pfeifen, ob ich dabei bin? Ich brauche natürlich keinen Eintritt zahlen, und ein Getränk gibts gratis. Und: du kennst doch eine Menge Leute, aus deiner Klasse, ausm Verein und so, bring sie mit. Wir quetschen alles hinein. Wir müssen heuer Meister werden. Viertausend in der Halle, die Hölle. Längst ausverkauft. Priviligierte Sache wer mittut, die Gitti und ihr Horst sind schon fix eingeplant, die Gitti braucht kein Instrument, ihre Stimme ist laut genug, nochn Kognak? Ja, überredet, auch zwei, aber die trinkt sie später. Wir werden sehen, er stellt den heißesten Fanklub aller Zeiten auf die Beine. Fanartikel, Reiseveranstalter für Auswärtsspiele, alles in einer Hand.

Von mir aus. Bin dabei. Trinkst was? Nein muss los. Also.

Isja interessant, immerhin Bundesliga, aber insgeheim denkt der Fußballer, dass Körbchenfüllen doch kein richtiger Sport ist, weil dem die Härte fehlt, wird ja die kleinste Berührung gepfiffen, kein Kampfsport, was da als Foul gilt, na, da gehts beim Kartenspielen härter zur Sache. Und immer nur in der Halle. Schön warm gehalten und verweichlicht. Nicht wie beim Kicken, ob Regen, Sturm, Schnee, Hitze, du musst aufs Feld.

Überhaupt müsste man sich für die Sportarten mehr einfallen lassen, vor allem für die Egozentrikersportarten. Diese Einzeldisziplinisten. Da sollte man Mannschaften schaffen, damits spannender wird und härter. Skifahren zum Beispiel. Statt dass die Abfahrer einzeln die Piste hinuntergurken in ihrer Klostellung sollte man sie gegeneinander runterlassen, und dabei ist auch Boxen erlaubt, Bodychecks wie beim Eishockey, Abdrängen, Ellbogenstöße, aus der Piste treten, auch mannschaftsmäßig, Keilerei bei hundert Stundenkilometern. Und die Pistenbegrenzung mit Tellerminen gepflastert. Und beim Slalom die Tore unter Strom. Oder diese Tennispiekser, die einander nie berühren, das Schlimmste, was denen passieren kann, sind staubige Schuhe; wenn schon, dann sollte der Ball Stacheln haben, und nur Körpertreffer werden gezählt. Also wirklich, die einzigen akzeptablen Einzelsportarten sind Boxen und Karate. Wobei es natürlich auch lustiger wäre, wenn sie sich zu mehreren gleichzeitig ins Maul hauen würden.

Hatte in martialischen Gedanken den Umweg über die Stadt gemacht und war übern Ring gekommen und am Theaterhotel vorbei, wo die Glasfront der Café-Bar zum Gehsteig offen war und auch am Gehsteig hohe runde Tische standen, an denen oft schon an Vormittagen Leute lehnten und Sekt süffelten, eine völlig andere Welt, eine Unwirklichkeit, denn dort soll ein Getränk soviel kosten wie ein halbes Mittagessen in einem normalen Gasthaus.

Ja, und da stehe ich plötzlich an, hatten sich einige breiter gemacht am Gehsteig und ich sagte noch tschuldigung um vorbeizukommen weil ich nicht hingesehen hatte, und hör wie einer sagt: da isserja.

So eine hübsche Überraschung. Ganz meinerseits, so konnte ich mir wenigstens die Schniegelgesichter von Hottler und seinen drei Freunden genauer einprägen. Der Lange war auch dabei, und der kleine Rotblonde muss der Fussler sein, und drei Mädchen, die mich anstarrten, und auf eines starrte ich zurück. Ich konnt es nicht glauben, das war die Margit, mit der ich im Schwimmbad war, mit der ich am Mühlbach gesessen bin, mit der ich Achterbahn gefahren bin, an die ich Tag und Nacht gedacht hatte, einatmen Mar ausatmen git, bis sie mich im Kino abgestellt hat, nun seh ich sie wieder dreieinhalb Jahre später.

Keine Ahnung, ob sie mich erkannt hat, ich hatte ja lange Haare jetzt, jetzt, wos zu spät ist. Sie jedenfalls war gleichgeblieben, statt dreizehn eben sechzehneinhalb, alles nur etwas größer, und geschminkt, aber die rosskastanienfarbenen Haare noch immer so zum Zopf. Und elegant, wow, Kostüm eng über den Knien, hohe Schühchen. Es tat mir furchtbar Leid, dass sie da auf der anderen Seite stand, hatte Mitleid mit ihrem vorschnellen Erwachsensein, und mit ihrer Besserstellung, für die sie ihre Schönheit verkaufte, war doch ersichtlich, dass sie da nicht hingehörte und fremd und bezahlt dabei stand.

Ich war langsam zwischen denen durchgegangen und drehte mich nun um und ging ein paar Schritte rückwärts, denn sie folgten mir nach, weil sie was zu sagen hatten, nämlich dass ich bald tot bin, mit dir isses aus, und eine der aufgeputzten Studentinnen neben der Margit sagte: waaas, der soll das sein? und lachte ein künstliches Huhu. Das ist er. Und dann gabs ein lautes Gelächter, weil ich rückwärtsgehend mit der Schulter gegen den Mast der Straßenlampe stieß.

Da soll sich noch einer auskennen mit sich selbst, ich spürte überhaupt keinen Hass oder sonstwas, sondern war ganz ruhig. Als ob mich das nichts angeht. Wieso hab ich keine Wut? Sehr befremdlich. In der Spielhalle klopfe ich einen, der überhaupt nix dafür kann, nur so, weil ein Hass, ein Zorn, eine Wut in mir waren, und hier bin ich ganz unbeteiligt, obwohls mich direkt angeht, und die Drohungen von wegen bald tot und aus und so weiter nehm ich überhaupt nicht ernst und gehe weiter und hab das Ganze eigentlich gleich so gut wie vergessen, beschäftigt mich nicht, im Gegenteil, ich fühl mich froh und frei und ruhig.

Vielleicht, weil Mariella damit ausm Schneider ist, wenn sich die feine Bande auf mich spezialisiert, ich hab keinen Schiss, die können mir nichts tun, und wenn, nehm ich von jedem ein Stück mit in den Orkus.

Wieder zu spät nach Hause gekommen. Meine Entschuldigung, dass mir der Sauger zertreten worden war, wird mit einem wahnsinnig logischem: das hättest du dir vorher überlegen können, abgeschmettert.

Wozu ich eigentlich nützlich bin?

Mir fiel nichts ein, das gab mir zu denken. Nein, nützlich bin ich nicht. Eher eine Belastung. Andere Kinder sind eine Freude für die Eltern, und was hat sie? Nichts als Sorgen. In der Schule ein Versager, im Leben ein Versager; das ist die logische Folge.

Ich hatte keine Lust, ihr den schulischen Versager zu widerlegen, weil ich bisher noch immer durchgekommen bin, und außerdem hatte ich so einen Hunger, dass ich mich entschloss, wenns schon zu Hause nichts zu beißen gibt, zu Tante Lola zu gehen, in der Hoffnung, dass was abfällt für mich.

Einmal im Jahr gehe ich normalerweise rüber in die Einfamilienhaus-Siedlung, meist vor Weihnachten, denn Onkel Heribert ist ein Politiker und bekommt jede Menge Geschenke von Firmen, auch Taschen und Mappen, von denen hin und wieder eine für mich abfiel, aus Plastik, aber haltbar, manchmal auch ein Plastikkugelschreiber, einmal ein Aschenbecher mit der Aufschrift Wodka irgendwas drauf.

Letzte Weihnachten war ich nicht dort. Ist mir eigentlich nicht angenehm, zu Lola und Heribert zu gehn. Hat was von Betteln an sich. Sie sagen meist, warte, da ist was, und du stehst im Wohnzimmer und wartest ein paar Minuten bis sie aus dem gestapelten Zeug in der Abstellkammer was herausgezogen haben und dir in die Hände gedrückt, schön dass du da warst, aber jetzt kommt gleich Sowieso oder Irgendwer. Wie du daherkommst, hast du nichts Ordentliches zum Anziehn? Und diese Schuhe, die Absätze schief abgetreten, wie ein Rowdy, was hast du nur fürn Gang.

Sind meine Fußballerbeine. Ziemlich O. Und es stimmt, die Absätze sind nach außen dünngeschliffen, sehe es über die Schulter, die Ferse gehoben, war mir nie aufgefallen.

Für ein Essen würde ich jetzt sogar auf der Innenkante gehn. Ich wusste natürlich, dass ich nichts erwarten konnte, wenn ich unangemeldet auftauchte, aber es war heute mein Geburtstag, das gab mir komischerweise doch noch immer so eine Art Erwartungseuphorie, auch wenn meine Geburtstage nicht gefeiert wurden, und Heribert und Lola gar nicht wussten, an welchem Tag ich geboren bin, ich wusste es von ihnen ja auch nicht, war eine viel zu weitschichtige Verwandtschaft.

Nein, Geburtstage kamen nicht vor, aber es war dennoch nicht zu leugnen, dass ich heute vor siebzehn Jahren als schwieriges Kind geboren wurde. Von Anfang an nichts als Schwierigkeiten gemacht. Daher auch kein Geburtstag. Logisch. Zu feiern gibts da wirklich nichts, das war mir schon klar, isja nicht meine Leistung, dass ich auf der Welt bin, das sieht sogar ein Säugling ein.

Dennoch ist da dieser unlogische fremdartige kindische Impuls, wichtig zu sein an diesem Tag. Wenn ich bedenke, wie kindisch ich noch vor einem Jahr gewesen war, werde ich jetzt noch rot. Hatte mir eine Packung Zigaretten gekauft, die längsten, die es gibt, zehn Zentimeter, und bin in die Stadt gegangen auf der Suche nach einem Polizisten. Und dann habe ich mir vor einem Polizisten die Zigarette angezündet, in der Hoffnung, er würde mich festnehmen wollen, und ich hätte den Schülerausweis herausgezogen und ihm das Datum gezeigt, dass ich ab heute rauchen darf, und er kann mir überhaupt nix machen, und vielleicht hätte er sich entschuldigt und gesagt, es ist zwar nicht gesund, aber dennoch alles Gute. Aber der hat keine Notiz von mir genommen, so sehr ich ihn auch fixiert und so sehr provokant ich auch gepafft hatte.

Tante Lola war so dick, dass sie beim Sitzen die dünnen Beine nicht zusammenbrachte, nur geschlossene Fußknöchel, dann ein V, und zwischen den Knien, also in das V, hing der

Bauch wie in einer Hängematte. Und sie versuchte immer, den Saum ihres Rocks über die dürren Knie zu ziehen, aber der Bauch zog den Stoff zurück. So hatten ihre Hände hauptsächlich drei Sachen zu tun: irgendetwas, auch mit Messer und Gabel, in den Mund zu befördern, das Kleid über die schmalen Knie zu pulen, oder sie griffen auf Penny herum, ihrem dritten Pudel. Auch die ersten beiden Pudel haben Penny geheißen und waren stets frisch geföhnt, außer um die Taille, da waren sie nackt. Vielleicht lebten sie deshalb nicht so lange. Aber sie hatten Mäntelchen, die um die Beine mit Druckknöpfen geschlossen wurden, sie hatten Höschen zur Böse-Rüden-Abwehr, Deckchen und sogar Häubchen, eine ganze Garderobe, farblich abgestimmt auf die Garderobe Lolas.

Sie haben gerade gegessen, sie und Penny, sie muss der Penny noch die Zähnchen putzen, Onkel Heribert ist nicht zu Hause, komm dennoch schnell auf einen Sprung herein, aber ich habe gar nichts für dich, es ist gar nichts da. Sie stand in der Tür, Penny saß in ihrer Armbeuge, und Lola schmuste sie ab und öffnete ihr mit den Fingern das Schnäuzchen und roch an Pennys Mund, uuh was du Mundgeruchi, so Mundiruchi hassu, müssen Zähnizähni putziputzi müssen wir, und Penny lachte und fuhr mit der Zunge in Tante Lolas Mund. Ist sie nicht süß, die süße Penny, sie erinnert mich so an die erste Penny, bissu nicht so ganz so wie meine erste Pennypenny? und Tante Lola küsste das ganze geföhnte Köpfchen ab, Wangen, Augen, Schnäuzchen und dann mitten auf den Mund.

Tante Lola hatte einen etwas vorstehenden Unterkiefer. Früher, als sie noch schlank war, ist mir das nicht aufgefallen, wahrscheinlich hat es sich erst herausgebildet, damit sie sich das Essen besser draufschaufeln kann.

Beim Essen war sie gnadenlos. Solange irgendwas aufm Teller war, nahm sie die Welt rundum nicht wirklich wahr.

Man konnte mit ihr reden und sie sagte hm oder ja, aber sie war weit weg, man merkte, dass sie nicht zugehört hatte, ihre Blicke saugten sich am Fressen fest und gierten auch nach dem, was andere aufm Teller hatten.

Einmal hatte sie mir den Teller weggenommen und meine Hälfte aufgegessen, das ging ganz schnell, ich wollte gerade eine Frage von Onkel Heribert beantworten, da sagte sie, was, du kannst nicht mehr? Nein, übriglassen darf man nichts, das wär Sünde, und sogleich hatte sie die Teller gewechselt. Onkel Heribert sagte lachend, dass sie doch dem Kind nicht das Essen wegessen kann, und sie sagte: der isst ja wie ein Spatz, und verputzte schnaufend schnell den Rest.

Mit einer winzigen Zahnbürste reinigte sie der Penny das Gebisschen, sie saß auf dem Sofa, und ich stand, die Hände auf einer Stuhllehne, und fühlte mich so unwohl wie die kleine Penny, die mit den Hinterpfoten zuckte und blöd grinste, so sah es aus, wenn ihr Lola mit dem Bürstchen die Lefzchen hob.

Mir wurde etwas flau.

Wir haben gar nichts für dich. Vielleicht die Prinzenrolle? Warte. Sie wollte mir die Keksrolle geben, betrachtete sie und besann sich, ging in die Küche und kam mit der halben Rolle wieder. Schau doch wieder vorbei, wenn du in der Gegend bist.

Verstand ich nicht, wir sind keine zehn Gehminuten auseinander. Warum bin ich eigentlich herübergekommen? Zwecks Hunger. Und um nicht zu Hause zu sein. Die Mutter durfte nicht wissen, dass ich bei Lola war. Irgendwas ist zwischen denen vorgefallen, sie sprach nur noch abfällig von Lola. Ach die. Ich bekam nie raus, was war. Zu denen brauchst du nicht zu gehn. Also sagte ich auch nichts mehr.

Bei den Alten kennt man sich ohnehin nie aus. Schon wegen einem kurzen Furz todbeleidigt ein Leben lang. Wie wenns keine anderen Sorgen gäbe. Tante Lola hats nämlich auch nicht ganz leicht. Es stimmt nicht, dass sie die Nase hoch trägt und deshalb von uns nichts mehr wissen will, weil Heribert Karriere gemacht hat. Sie ist nur viel alleine. Keine Kinder. Ihr Kind war die Karriere von Onkel Heribert gewesen. Der schönste Politiker des Landes. Sie hatte ihn auch angetrieben, sagt man. Er war ein Eisenbahner, sie hatte studiert. Für ihn hat sie das Studium aufgegeben. Sagt man. Je öfter er fort blieb, desto dicker wurde sie. Und er blieb immer öfter fort. Ging manchmal mit einer andern zu Empfängen. Der böse undankbare Mann.

Aber sie waren die einzigen, die mich als Kind manchmal im Auto mitnahmen, in ein Landgasthaus, und ich war stolz, wenn sie auf dem Weg dorthin vor ihrem Tabakhändler stehenblieben und ich ihnen zwei Packungen Winston holen durfte. Sie rauchten so gern, und für mich war es ein Genuss, ihnen beim Rauchen zuzusehen, war richtig entspannend, und roch so gut. Dann hatten sie mit dem Rauchen aufgehört. Aber er ist nicht dicker geworden. Nur sie. Immer dicker und nervöser. Und sie hatten immer weniger Zeit.

Dann kam die erste Penny. Ich habe mir gewünscht, sie würden wieder zu rauchen beginnen. Sie hatten mich nie geschimpft. Mit neun hatte ich Onkel Heribert voll Stolz gesagt, dass ich jetzt in einem Verein Fußball spiele. Er war erfreut. Ja? Wo? Aber als ich ihm den Verein nannte, sagte er zu mir: Verräter. Das habe ich überhaupt nicht verstanden. Für mich war Verein Verein. Hauptsache man spielte Fußball. Dass es da im Sport politische Unterschiede geben sollte, war mir nicht klar. Ich spielte eben bei dem Verein, dessen Platz am nächsten lag. Aber Heribert trug mir das nicht nach.

Hingegen zu Hause, wenn man einen Fehler gemacht hatte, auch wenn man sich nicht bewusst war, dass man einen Fehler gemacht hatte, das wurde einem immer nachgetragen, nichts, das diesen Fehler je hätte gutmachen können, der wurde einem noch Jahre danach bei Gelegenheit um die Ohren gefetzt. Auch vor anderen Leuten. Und damals hat er das und das getan und kann überhaupt nicht gehorchen, renitent von Anfang an, taugte schon in der Grundschule nichts, man hatte den Lehrern gesagt, sie sollen ihm ruhig aufs Maul hauen, wenn es aufmüpfig ist, das Mistvieh.

Und du konntest dich nicht einmal mehr erinnern, dass du mit Absicht eine Vase zerschlagen hattest, als hätten sie es erfunden, das musst du dann eben glauben, und stehst vor den Unbekannten, die den Eltern diese Vase geschenkt hatten, stehst da wie etwas, das nicht mehr dazugehört, weil es zu viele Delikte auf dem Kerbholz hat, was man an den Zeugnissen ablesen kann, noch nie ein Sehr gut in Betragen, das sagt alles.

Sternzeichen Waage bin ich, nicht einmal das hatte ich gewusst. Um Sternzeichen habe ich mich nie gekümmert. Tante Isadora hat immer Horoskope gelesen und von Tierkreiszeichen gesprochen, und wenn sie über jemanden gesprochen hat, sofort angefügt, typisch Skorpion oder sowas, ich habe nie richtig hingehört, die redeten sowieso in einer anderen Welt herum, das ging mir panoramamäßig an den Hüften vorbei.

Als ich am Abend zu Mariella kam, blieb mir die Spucke weg. Warte, sagte sie, und Robert machte das Licht aus und sie zündete eine Kerze an, und die Kerze stand auf einer kleinen Torte, und sie haben alles Gute zum Geburtstag gesagt. Und Licht an. Und ich sitze da und kann es nicht fassen und bringe nix heraus, nichteinmal ein Danke, einfach nix, kein Danke, kein Leckmichamarsch, nix. Nur die Augen werden mir trocken beim Hinstarren aufn Tisch, wo auch ein flaches Päckchen liegt mit Schleife und Briefchen, ich schlucke trocken, alles verdunstet nach innen. Mit zitternden Fingern knöpfe ich die Schleife auf, den Knoten mit Fingernägeln, die ich praktischerweise öfter zu schneiden vergesse und die so hart sind, dass ich sie als Schraubenzieher verwenden kann.

Unter dem gelben Geschenkpapier ist noch einmal Seidenpapier. Erst das Kuvert: Lieber Johann Nepomuk, dass dir das Leben strahlend wird, du hast es verdient, alles Gute zu deinem siebzehnten Geburtstag, Mariella und Robert.

Das war zuviel. Gut, dass ich nicht flennen kann. Sonst wär mir der Vollidiot weinerlich herausgeflossen und hätte den Tisch überschwemmt. Aber so glitten die Tränen anscheinend nach innen und verdörrten. Hals, Nase, Ohren, Augen ausgetrocknet.

Schlug das Seidenpapier auf und schämte mich wegen des Zitterns, da war ein Büchlein, von Robert hergestellt, und Gedichte hineingeschrieben, mit brauner Tinte, Mariellas Handschrift. Und ich sagte noch immer nichts, weil nix rauskam ausm Hals außer einem kurzen Krächzen, als ich den Versuch machte, die erste Zeile zu lesen, und ich starrte die beiden wahrscheinlich ziemlich blöd an. Vorne stand drauf: Für Johann Nepomuk. Und Datum. Und: Moderne Anthologie. Ich wusste nicht, was Anthologie heißt. Aber ich wusste, dass ich jedes Wort in dem Büchlein auswendig lernen werde. Irgendwie wusste ich das sofort. Jedes Wort, jeden Beistrich, jeden Punkt werde ich auswendig lernen. Und da wurde ich ruhig. Sowas war noch nie da. Mein erstes richtiges Geschenk. Zum Geburtstag. Jetzt ist alles gut. Eine Stimme kommt aus mir raus und sagt krächzend danke und liest Mariellas Schrift. Auflecken hätte ich sie mögen diese Tintenschrift.

MONDAUFGANG

Ich erwachte in der kaum noch so zu nennenden
Mittsommernacht, im Weiß und Wandern des Morgens:
Der Mond, vom Abnehmen schmal wie der Rand
eines Fingernagels vor der Kerzenflamme,
oder, wie beim Paradiesfrucht-Schälen, geschärft
gegen Ende aber doch schon matt,
stieg aus dem Wurzelstock, zog sich zurück von der
Hügelkuppe des finsteren Bergs Maenefa;
Ein Spitz noch umfädelt, ein Ankerdorn hielt ihn,
verhakt, so schnell nicht aufgegeben.
Das war die erhebend ersehnte Erscheinung, unerwartet,
frei dargeboten,
und löste mich Blatt für Blatt, enthob mich Lid um Lid
dem Dämmern.

Natürlich habe ich nichts verstanden, außer dass das ziemlich steil ist und reinzischt wie ein Wildbach durchs Hirn: im Weiß und Wandern des Morgens; und den Fingernagel vor der Kerzenflamme konnte ich auch sofort sehen. Steil. Da muss einer erst draufkommen. Und dass, wenn was vergeht, was anderes aufwacht irgendwie. Das auch. So als Ahnung eher. Was heißt denn schon: verstehen. Da ist erst einmal ein Reflex, eine Ahnung, und nach und nach kommt man darauf. Manche früher, andere später. Ich komm sowieso immer erst viel später drauf.

Sagen wir, zum Beispiel, ich habe eine Einzelaktion mitm Tor abgeschlossen, links rechts, drei aussteigen lassen und den Goalie auch noch versetzt, also wenn einem so was aufgeht, ist schon ziemlich gut, aber während der Aktion denkst du nicht, kommst erst nachher drauf, was da abging, und gehst es wieder und wieder durch, und wird immer schöner und unbegreiflicher, weil das Besondere daran, also das Besondere dran ist, wenn du kapiert hast, was du da gemacht hast, dass es nicht wiederholbar ist.

Keine der Superaktionen ist wiederholbar. Wenn dus versuchst und erzwingen willst, gibts nur Enttäuschung. Man muss das Spiel auf sich zukommen lassen, ohne Erwartung, Teil sein eines gesamten Ablaufs zwischen An- und Abpfiff, dann kann dir was Besonderes gelingen, zwingen kannst dus nicht, dann läufst du nämlich leere Kilometer.

Und so wurde dieser Tag, der mit dem zertretenen Sauger begonnen hatte, zum schönsten Geburtstag meines Lebens. Nicht nur wegen des Geschenks, das ich ohnehin noch nicht wirklich begriffen hatte, nicht einmal die manuelle Arbeit konnte ich ermessen, die dahintersteckte. Das Büchlein mit den sieben Gedichten musste ja geschnitten, gefalzt, gebunden und beschrieben werden. Aber dass Robert und Mariella die Gedichte für mich ausgesucht hatten und Robert die ausländischen Gedichte selbst übersetzt hatte, von dieser Arbeit hatte ich nicht ansatzweise eine Ahnung. Für mich warens erst mal deutsche Gedichte, extra für mich abgeschrieben, das allein schon war unglaublich genug.

Nein, nicht allein wegen des Geschenks und der Tatsache, dass sie überhaupt an meinen Geburtstag dachten, sondern ich konnte zum ersten Mal reden. Wunderte mich selbst, dass ich redete, dass ich etwas erzählte, dass ich auf einmal zusammenhängend etwas hervorbrachte, und es wunderte mich noch viel mehr, dass sie mir zuhörten, als interessierte sie, was ich da sagte.

Das war anregend. Reden, das kannte ich nicht. Ich hatte ja keine Worte. Zu Hause war die Hauptsache: Maul halten und tun, was dir gesagt wird. Wer nichts weiß, soll den Mund nicht aufreißen. Ein Kind redet nur, wenn es gefragt wird. Das Kind macht aber eine Entdeckung, die muss sie den Eltern mitteilen, überwältigt von der Neuheit, wem das Herz voll ist, dem geht der Mund über. Das kennen die aber längst, für die ist deine Neuheit ein alter Hut. Glaubst du, du kannst uns was erzählen? Für wie blöd hältst du uns?

Einmal, als Grundschüler, ich hatte den Vater in milder Stimmung geglaubt, bin ich mit dem Hausaufgabenheft zu ihm hinüber ins Wohnzimmer, weil ich soviel Fleißarbeit geschrieben hatte, und mir gefiel am besten, auf jener Seite im Heft zu schreiben, deren Vorderseite schon beschrieben war, also auf der linken Seite, wo sich die Schrift leicht durchdrückt. Darauf zu schreiben war ein Vergnügen, es war, wie auf etwas aufbauen, man schrieb sozusagen auf einem Fundament, das man selbst gelegt hat. Er soll raten, auf welcher Seite ich am liebsten schreibe. Er sah mich verdächtig an, und schließlich zeigte er auf die rechte Seite: auf der da natürlich. Und triumphierend sagte ich, nein, auf der da, und er kriegte einen Hass ins Gesicht, dass es mir das Kinn gegen die Brust drückte, und zischte über mir, dass er sich das ja hätte denken können, ich würde natürlich das Gegenteil sagen, mach bloß, dass du in dein Zimmer kommst.

Aber, und das verwunderte mich sehr, er hat nicht zugeschlagen, nachdem ich einen solchen Fehltritt begangen hatte, der meinen üblen Charakter so offensichtlich ans Licht gebracht hat, und ich trollte mich mit schlechtem Gewissen und fühlte mich durch und durch böse. Ich hatte etwas getan, das nicht einmal mehr durch eine Ohrfeige korrigiert werden konnte, die bösen Absichten waren schon so tief in mir drin, dass sie mir gar nicht mehr zu Bewusstein kamen, und wenn man so durch und durch verdorben ist, ist es besser, das Maul zu halten, denn alles, was man sagt, kann gegen einen verwendet werden.

Keine Widerrede. Je kleiner der Dreck, desto mehr stinkt er. Wer hat gesagt, dass du dich rühren sollst? Stell keine dummen Fragen. Verlorene Liebesmüh. Man muss ihm die Schnauze solange in den eigenen Dreck tunken, bis er begreift. Unnützer Fresser. Der will uns noch die Haare vom Kopf fressen. Ganz aus der Art geschlagen. Zurechtstutzen. Zurückschneiden. Den Zahn ziehen. Rute und Stock, heilsamer Schock. Wer nicht hören will, muss fühlen. Diese Hand wird dich lehren. Spielen macht blöd. Kinder dürfen nicht dürfen, Kinder müssen müssen. Flausen austreiben. Wegsperren und im eigenen Saft schmoren lassen. Das Denken besser den Pferden überlassen, die haben einen größeren Kopf. Da kannst du bitten bis zur Vergasung. Durch den Rost fallen. Ja, hatte Robert gesagt, das sagen sie heute noch immer bedenkenlos, durchn Rost fallen, nachdem sie vergast und verbrannt haben. Da, hier, in solchen Lagern. Er hatte meine Hefte zu sich genommen. Da sind sie auch sicherer. Der Mattesfässer sagte es oft: werden einige von euch durch den Rost fallen müssen.

Nein, wir hatten keine Worte. Weder zu Hause noch auf der Straße. Nicht der Wimmer, nicht der Pires, ich nicht, keiner. Unser Reden bezog sich aufs Unmittelbare. Wir hatten keine Worte, weil es auch kein Recht gab für uns. Ohne Rechte keine Worte. Das Kind ist immer der Angeklagte. Angeklagte haben zu schweigen. Kein Aber! Mit uns wird nicht diskutiert, verstanden!

Es gibt keine Regeln außer dem Recht des Stärkeren. Da macht man nicht viele Worte. Für uns gab es daher nur eine Faustregel: die Faust aufs Auge, die ersetzt jede Diskussion. Zuviel reden hält auf. Wir sagten einander das Notwendigste. Aber keine Diskussion. Kein Wenn und kein Aber. Wir fragten auch kaum, das war uns von klein auf klar, dass Fragen verächtlich sind: frag nicht so dumm; was fragst du so blöd; was brauchst du das zu wissen. Das vernäht einem schließlich die Schnauze. Wer fragt, zeigt nur seine Schwäche.

Eine Frage unter uns mehr oder weniger Gleichaltrigen, das wäre gleichzusetzen gewesen mit Furz lassen. Nein, einen Furz abfeuern war besser. Fragen stinken bestialisch. Wer fragt, kriegt bei uns hauptsächlich die Antwort: was scheißt dich das an; oder: habe ich Furz gesagt, dass du dich meldest? Keine Fragen. Frag nicht und friss. Frag nicht und mach deine Aufgabe. Frag nicht und geh uns nicht auf die Nerven. Frage nie. Das fragt man nicht. Die Antwort auf Fragen, so lernt man als Kind, sind Ohrfeigen. Fragen sind Provokationen. Die Antworten werden auf der Wange eingebrannt. Das Kind hat kein Recht auf Fragen. Das Kind hat überhaupt kein Recht etwas zu sagen, wenn es nicht gefragt wird. Das Kind ist gar nicht gefragt.

Antworten muss das Kind, und zwar hauptsächlich auf Anklagen. Und meist wird die Antwort des Kinds nicht abgewartet, weil die Frage schon das Urteil beinhaltet, die Verurteilung, und sehr oft sind die Frage an das Kind und die Ohrfeige zeitgleich. Oder die Ohrfeige kommt verzögert, weil das Kind keine Antwort weiß auf: was hast du dir dabei gedacht? Und während es panisch überlegt und ihm nichts einfällt, wird dem fragenden Ankläger klar, dass es verstockt ist, und Verstocktheit öffnet man mit Ohrfeigen.

Und schließlich schweigt das Kind, denn egal, welche Antwort es gibt, es ist längst vorverurteilt und verurteilt, jedes Wort mehr kann die Ohrfeigen nur härter machen. Wenn die Verstocktheit des Kinds aussichtslos ist, bricht man seine Verstocktheit durch Schweigen. Dann kommt es mit Sicherheit einmal angekrochen und bettelt um ein Wort. Oder bettelt wieder um Schläge. Sogar Schläge wären ihm lieber. Es rüttelt am Watschenbaum. Es weiß nie, was es falsch gemacht hat. Denn alles, was es macht, kann immer falsch sein. Denn das Kind ist von Natur aus böse, und die Erziehung ist dazu da, ihm das Böse auszutreiben. Zu seinem Besten. Das Kind ist immer verdächtig. Seine einzige Absicht ist, die Eltern zu stören und zu provozieren. Es hat immer Hintergedanken, es will immer nur probieren, wie weit es gehen kann. Aber nicht mit uns. Im Keime ersticken. Der wird uns nicht über den Kopf wachsen. Man muss ihm frühzeitig den Willen brechen. Damit ihm die Bäume nicht in den Himmel wachsen. Auf das rechte Maß zurückstutzen. Wenn man das gewusst hätte, hätte man sich kein Kind angeschafft.

Das Kind ist ja auch nur so ein Zufall.

Zufall und Abfall.

Nicht fragen. Nicht antworten.

Unser Lieblingswitz: Einer hat sich mit dem Auto verfahren und fragt drei alte Männer auf der Hausbank, wie er am besten an sein Ziel kommt. Sie schweigen. Er fragt auf Englisch. Sie sehen ihn nur stumm an. Er fragt auf Französisch. Sie sehen einander an und schweigen. Er fragt auf Italienisch. Sie sehen ihn an und schweigen. Der fährt wütend ab. Dann sagt einer der Alten: habt ihr gehört, wieviele Sprachen der kann? Sagt ein anderer: und was hat es ihm genützt?

Auch Bitten sind Fragen. Die Antworten auf Bitten sind: Das kommt überhaupt nicht in Frage. Also niemals bitten, um nichts; das kommt nämlich nicht in Frage. Wo kämen wir denn da hin? Ob ich ein Poster aufhängen darf. Das kommt überhaupt nicht in Frage. Ein aus der Zeitschrift ausgeschnittenes Stilleben von Cézanne. Kommt überhaupt nicht in Frage. Affenpinselei. Das einzige, das im Kinderzimmer hängen durfte, war an der Tür ein Zettel, mit Buntstiften vom Grundschüler daraufgeschrieben: Kinder Zimmer. Großes K und kleines inder, großes Z und kleines immer.

Wir hatten allesamt keine Sprache, die übers Unmittelbare hinausreichte. Befehle, Verbote, Aufforderungen waren wir gewohnt, und in der Schule die Fortsetzung. Wir übernahmen das Wenige, ohne zu denken.

Niemand hatte Bücher. Manchmal einer ein Comix-Heft. Oder Bravo. Das hatten die Mädchen. Aber Bücher? Der Lanner hatte einmal Fünf Freunde-Bücher, richtig für Jugendliche, aber er lieh sie nicht her. Er lieh überhaupt nix her. Nichteinmal durch sein Fernrohr durfte man schauen, das er am Balkon aufgebaut hatte und mit dem er den Mond sondierte, und er sagte, er sieht jeden Krater und auch komische Wesen herumkriechen, aber durchschaun ließ er einen nicht.

Ich hätte die Hälfte meiner Linde-Indianer gegeben, um die Fünf Freunde lesen zu dürfen. So eine Sehnsucht, das zu lesen. Manchmal stellte ich mir vor, dass ich diese Bücher lese. Erst den Umschlag anschauen, mit den Fünf Freunden drauf, da allein kann man sich schon viel denken. Dann die erste Seite, und rein ins Abenteuer; und langsam lesen, weil sonst das Buch gleich aus ist. Heimlich, war ja verboten zu lesen. Außer Schulbücher natürlich. Also las ich meine wieder und wieder, statt zu lernen. Ich hatte das Versteck gefunden. Das Herz von Midlothian fehlte. Aber die andern waren da. Aus dem Leben der Füchse. Der Schut. Die Sagen der Griechen und Römer. Bis fünfzehn war das so. Später manchmal, wenn ich Geld übrig hatte, den Kicker, vom Zeitungsstand. Nur Kaufleute erobern die Welt habe ich niemals aufgeschlagen.

Buchhandlungen waren in unserem Kopf nicht drin. Dass man sich ein Buch kaufen könnte, das war kein Teil unserer Wirklichkeit. Ins Kino gingen wir zuweilen, der Naz und ich, da war die Hemmschwelle geringer. In eine Buchhandlung zu gehen fiel uns gar nicht ein. Das war was für die Studierten, die Großkopferten, für Weichlinge irgendwie, die sich am Fußballplatz nicht stellten, Mann gegen Mann.

Wir wären uns in einer Buchhandlung einfach zu blöd vorgekommen. Wir hätten gar nicht gewusst, welches Buch wir kaufen sollen. In den Zeitungen, die uns in die Hand kamen, lasen wir nur die Sportseite. Alles andere ging uns nichts an. Wir hatten keine Ahnung, was es gibt. Vollgestellte Regale, wie sollte man da überhaupt was finden, das einem gefällt? Da fragt dich dann wer, was du suchst, und du weißt keine Antwort. Wirst vielleicht noch rot. Kostet ja auch eine Menge so ein Buch. Und dann isses nix, bloß für die Würscht. Und irgendwie wussten wir von zu Hause, dass man vom Lesen nur Flausen im Kopf kriegt. Ist ja nur ausgedachtes Zeug von wirren Leuten, die sonst nix zu tun haben. So sah es aus, so schaut es aus.

Mariella und Robert hörten zu. Auf einmal konnte ich reden, der ich sonst auf freier Wildbahn kaum das Maul aufmachte. Erzählte auch vom heutigen Tantentag. Denn ich war nach der Tante Lola zur Großmutter, und mit der Großmutter zu Tante Isadora und Onkel Heinrich gegangen. Die Großmutter glänzte und roch nach Hirschseife. Herausgeputzt für den Besuch bei ihrer jüngsten Schwester. Und aufgeregt. Erstmals in einem Hochhaus hoch. Den Hintern hat sie ihr geputzt, der Isa, nachdem die Eltern nicht mehr da waren.

Geflohen ist sie mit ihr und noch zwei Geschwistern. Dafür, dass sie sie aufgezogen hatte, durfte die Großmutter nun einmal im Jahr zu Isadora und Heinrich auf Kaffee und Kuchen kommen. Zum Dank. Sonst schämte man sich für die Marie, zu primitiv, nicht salonfähig, keine Schulbildung, wo man doch selbst Frau Direktor ist. Die Frau eines Hauptschuldirektors. Ein Genie. Ein mathematisches Genie. Jetzt in der Pension kann er sein Genie herauslassen. Er sperrt sich den Tag über in seiner Bibliothek ein und studiert. Nur die Nachrichten, fünfzehn Minuten, die gönnt er sich. Man muss auf dem Laufenden bleiben.

Isadora bezog ihr umfassendes Wissen aus dem Lesezirkel-Abonnement. Jede Woche neu, allerdings immer eine Woche nach, das kostet weniger. Quick, Neue Revue, Brigitte. Den Stern könnten sie sich sparen, irgendwie zu anstrengend. In die Praline, in die schaut sie fast gar nicht hinein.

Die Bunte, das Goldene Blatt und Frau im Spiegel sind am besten, da weiß man gesellschaftsmäßig in ganz Europa bescheid. Da haben die Fürstenhäuser ganz ähnliche Möbel wie sie. Mit der Lupe schaut sie sich die Fotos an.

Das mathematische Genie Heinrich hatte mir keine mathematischen Nachhilfestunden geben können; im Gymnasium verlangen sie was anderes als in der Hauptschule. In den ersten beiden Klassen hatte er mir noch was gezeigt, aber das wusste ich bereits. Er machte es nur umständlicher. Der erklärt einem noch, dass Wasser nass ist und Staub trocken, denn wenn Staub nass ist, kann er nicht mehr als Staub definiert werden. Ob ich überhaupt weiß, was eine Definition ist, und er erklärte mir, dass das eine genaue Erklärung ist, statt mir die Mattesaufgabe zu erklären.

Isadora und Heinrich hatten bis vor kurzem bei uns in der Siedlung gewohnt, im Block gegenüber, auch zweiter Stock, identische Räume. Die Wohnung war mit Antiquitäten vollgestopft. Wie in einem Magazin. Im größten Raum, bei uns das Wohnzimmer, stapelten sich bei ihnen Tische, Stühle, Vitrinen, Truhen, Uhren, Bilder und Spiegel in dicken verschlungenen vergoldeten Rahmen, übereinander und durcheinander bis zur Decke, Teppiche, Läufer, Brücken, alles total antik. Werte anschaffen. War nur ein schmaler Durchlass zum Balkon. Sitzen hätte man nirgends können. Biedermeier und Jugendstil waren ihre Lieblingsepochen. Sie sparten sich die Antiquitäten vom Mund ab.

Tante Lola aber sagt, dass das keine Antiquitäten sind, sondern nachgemachte Stile, handwerklich solide, aber eben nicht aus der Zeit, also keine Antiquität, und eigentlich isses Betrug an den beiden, die sich gar nicht auskennen. Nichteinmal das Ölbild Mann mit Goldhelm ist echt.

Schließlich hatten sie so viele Antiquitäten beisammen, dass die neuen hundertzwanzig Quadratmeter im Hochhaus gut und repräsentativ vollgestellt werden konnten. Für

Essen und Kleidung wird noch immer das Minimum ausgegeben. Isadora schneidert selbst. Jedes Jahr im Herbst holt man sich im Ausverkauf die billigsten Stoffballen, ohne Ansehen des Musters, es gilt nur, die günstigsten Reste abzuschleppen. Isadora sieht deshalb zuweilen abenteuerlich aus. Überm Dirndlkleid einen Hauskittel mit Leopardenmuster. Das sogenannte Dirndlkleid ist ein Patchwork aus Streifen und Punkten, Blümchen und ein Edelweiß, deshalb Folklore. Ein Tigerplüschkleid mit Trachtenjäckchen und Margeritenschürze. Alles wird wild zusammengenäht und wäre sogar steil outsidermäßig, wenn nicht die Biedermeierseele darunter sich derart betulich bewegte. Und ihr Gesicht glänzt fett von der Nivea-Creme. Gegen das Altern. Das Beste für die Haut.

Jedenfalls wirkt die Creme auch auf den Geschmack der selbstgemachten Kuchen ein, immer der gleiche staubige Stollen, dem sie mit einem breiten Malerpinsel die Zucker-Zitronenglasur verpasst.

Gegen Gesichtsfalten hat sie noch ein Hausmittel. Dreimal am Tag den Kopf nach unten hängen lassen. Vom Bett den Kopf über die Kante hängen lassen, das durchblutet und füllt die Falten. Denn Isadora war eine Schönheit. Sie sieht sich oft Aufnahmen von sich an und zeigt sie gern her. Das bin ich, sagt sie dazu. Und sie sagt, wenn sie auf dem Foto auf einer Wiese sitzt: da bin ich auf der Wiese, und dort bin ich im Obstgarten, hier bin ich beim Tennisspielen.

Oft hält sie einen kleinen Spiegel hoch überm Kopf und sieht auf und klopft mit Zeige- und Mittelfinger auf die fettglänzenden Wangen, glättet die Brauen, dann tippt sie mit der flachen Hand rundherum vorsichtig aufs Haar, das toupiert und gerollt ist, auf den Seiten und hinten nach innen, links vom tiefen Scheitel ein Bogen nach oben, und oben die Todesspirale seitwärts rückwärts einwärts. Mit Haarspray fixiert wie eingefroren. Isadora und Heinrich riechen auch nach Knoblauch. Das kommt von den enorm gesunden Dragees, die sie zweimal am Tag schlucken, sehn wie Glaskapseln aus, antikes Rezept.

Einmal im Monat besuche ich sie und sitze die Stunde ab und ertrage den Milchkaffe und den Niveakuchen und ihre Ansichten und ihre Fragen und denke nur an den kleingefalteten Hunderter, den mir Tante Isadora beim Hinausgehn zusteckt, verschwörerisch zum Abschied beim Händedruck übertragen: sag aber ja nichts Onkel Heinrich, das darf er überhaupt nicht wissen.

Von Heinrich hatte ich das Buch Kaufleute erobern die Welt als Antrittsgeschenk zur ersten Klasse Gymnasium feierlich überreicht bekommen, und bald darauf wollte er wissen, ob ich es anregend finde und wie weit ich schon bin. Weil ich aber ein Undankbarer bin, hat er das Schenken für immer eingestellt. Jetzt war ich schon Monate nicht mehr dort gewesen. Das Ritual des Hunderters war ja schön und sehr nützlich, und bis vor zwei Jahren, als ich anfing, mir Arbeit zu suchen, überlebensnotwendig, aber ihr anderes Ritual ging mir gewaltig auf die Eier. Wenn sie mir die Tür öffnete, sah mich Tante Isadora erstmal noch unterm Türstock mit zittrig kreisendem Gesicht witternd prüfend an und wich dann entsetzt einen Schritt zurück. Im Vorraum prüfte sie weiter. Das machte sie immer. Meine Blässe. Meine eingefallenen Wangen. Sie sieht deutlich, dass ich Drogen nehme. Sieh mir in die Augen. Ja, ja. Ich sehe es, Drogen, eindeutig. Konnte ich ihr nicht ausreden. Anfangs habe ich noch gelacht.

Ihre Lesezirkel-Zeitschriften sind voll davon, Drogen, die Jugend nimmt Drogen. Schwarz auf weiß. Sie studiert diese Artikel. Einmal hat sie mir mit Daumen und Zeigefinger ein Auge auseinandergespreizt um die erweiterte Pupille zu studieren. Das war mir dann doch zuviel, als sie in mein Auge wie in ein Mikroskop schaute und auch noch hauchte:

so sieht das also aus, das ist ja entsetzlich. Ich sagte, dass es beknackt ist, sich von den blöden Artikeln da verhetzen zu lassen. Das galt ihr wiederum als letzte Bestätigung meiner Sucht. Denn alles ist genau so beschrieben, aufs Haar: so leugnen sie selbst noch unter Drogeneinfluss den Drogenkonsum und sprechen deshalb ungebührlich und verlieren ganz die Kontinaus. An ihr ist eine große Schauspielerin verloren gegangen. Davon waren alle Verwandten überzeugt. Isadora war bescheidener: eher Rezitationen, die ganz große Kunst, Sarà Bernhaaaard, uh, von der hätte man lernen können. Die richtige Betonung an der richtigen Stelle.

Robert fragte mich, ob ich weiß, wo sie vor dem Krieg und ob sie irgendwo dabei war, also in einer dieser Vereinigungen oder so. Weiß ich nicht. Glaub ich nicht. War nie die Rede davon. Aber unter der Last der Geschichte, unter dem Gewicht ihrer Schuld, auch wenn sie eigentlich nichts dafür kann, wie sie betont, hat Isadora zur Kunst gefunden und spricht nun Schillerballaden aufs Tonband, auch wenn sie noch nicht zufrieden mit sich ist, immer gibt es was zu verbessern. Wie vielschichtig und feinsinnig der geschrieben hat, das merkt man erst beim Rezitieren. Die selbe Ballade fünfmal aufs Band aufgesprochen, immer kommt sie anders heraus.

Heinrich kann das nicht verstehen, dafür hat er keine Ader, er ist ganz Wissenschaft, studiert den ganzen Tag in seinem Zimmer, umgeben von Büchern, er ist ganz Buch, er ist die Wissenschaft in Person. Jetzt in der Pension hat er die Möglichkeit, sein Genie zu pflegen und zur Perfektion zu perfektionieren, denn das muss sie nunmehr zugeben, er ist ein mathematisches Phänomen. Wieviele Formeln er täglich aufschreibt, ganze Hefte voll, und so abstrakt, da muss man schon einen besonders besonderen Kopf haben, um sich das alles zu merken, jede Formel steht ja für ein ganzes Universum per se an sich.

Sie hat das früher nicht so sehen können und die Wissenschaft für eine trockene Materie gehalten, und Heinrich daher vielleicht unterschätzt, aber jetzt ist sie doch, was immer auch geschehen ist, zufrieden, dass sie diesen Hitler abgelehnt hatte. Von vornherein abgelehnt, wohlgemerkt. Voll und ganz. Von der Pike auf abgelehnt. Der ist ihr doch zu verdächtig gewesen, damals schon mit seiner Art, obwohl man ja nichts wissen konnte. Und vor allem bitter arm, so abgerissen, wie der daherkam. Ausm Asyl. Und ausgerechnet in sie verliebt. Wie kam denn sie dazu? Sie hatte wirklich Besseres vor, das war sie ihrer Schönheit schuldig. So jung noch, und ausgerechnet der. Ohne Zukunft. Arm war sie selber. Sie musste sich direkt schämen mit ihm.

Das Foto von ihr und ihm, Arm in Arm im Stadtpark, hatte man nach dem Krieg schließlich doch verschwinden lassen, auch Mein Kampf wurde entsorgt, ohnehin unlesbar, verwirrtes Zeug, verhetzte Gedanken, möchte wissen, ob das überhaupt je wer gelesen hat. Sicherheitshalber hat Heinrich Buch und Bild vernichtet. Man weiß nämlich nie, man muss so aufpassen, Onkel Heinrich hatte doch eine Schulkarriere vor sich, man war nicht umsonst der roten Partei beigetreten.

Zu Onkel Heribert und Lola hatten sie keinen Kontakt. Heribert hatte einmal über Onkel Heinrich gesagt: Opportunist. Und nach einer Pause: aber harmlos. Ich wusste noch nicht, was das Wort Opportunist bedeutete, und fragte zu Hause, aber sie wollten es mir nicht sagen. Das brauchst du noch nicht zu wissen, verstehst du sowieso nicht. Also merkte ich mir das Wort, vielleicht was besonders Gefährliches oder Verbotenes, aber harmlos.

Isadora macht sich so ihre Gedanken, wie alles dann gekommen war. Und ob sie es verhindern hätte können. Aber was sollte sie tun, er gefiel ihr einfach nicht dieser Hitler. Er hat ihr ja auch Leid getan. Und wie er ihr den Ring geschenkt hat, der hatte doch selber gar nichts. Wahrscheinlich gehungert, sich den Ring vom Mund abgespart. Und überall weggestoßen. Auch an der Kunstakademie abgelehnt. Wenn die ihn bloß aufgenommen hätten. Sie konnte ihn nicht ernst nehmen. Er hatte ja keine Perspektive. War nur verbittert. Dieser verbitterte Zug, wo sie doch so jung und trotz ihrer Armut zuversichtlich war. Wie hätte sie auch nur im geringsten ahnen können, was aus dem würde. Sie musste jedenfalls seinen Heiratsantrag ablehnen.

Es gab ja schon Heinrich, von dem man sich eine sichere Zukunft versprach. Der war kein Abenteurer, der hatte eine solide Ader. Heinrich hatte ihr auch jede Woche einen Brief geschrieben, mit mahnenden und belehrenden Worten, und dass er sich Sorgen macht, sie wird doch schön brav sein, er hat da so seine Gedanken, ein junges Mädchen alleine in der Großstadt, ob es das Richtige ist, manchmal kommt ihn direkt das Verzweifeln an und die Niedergeschlagenheit, auch wenn seine Studien flott und fleißig vorangehen, und ihm als Lehrer dann eine feste und sichere Lebensstellung winkt, darauf kann sie bauen. Sie hat es selber in der Hand, sie muss sich nur entscheiden. In so unsicheren Zeiten.

Wie? Nein, natürlich nicht, das habe ich erst später erfahren. Das mit den Briefen habe ich Mariella und Robert noch nicht erzählen können. Das andere aber schon.

War ja zuweilen besprochen worden, wo die Schuld begann und wo sie aufhörte, ob die Weltgeschichte sich anders entwickelt hätte, hätte Isadora diesen Mann erhört. Der wäre gezwungen gewesen, eine anständige Arbeit anzunehmen, um Isadora zu erhalten. Die würde ihn katholisch gemacht haben. Hätte, wäre, würde.

Aber sie hat ihn ja noch ausgelacht, als er ihr gesagt hatte, sie kann immer zu ihm kommen, wenn sie mal was brauchen sollte. Gelacht hatte sie, hellauf, so weit möchte sie nicht herunterkommen, dass sie von so einem Abgerissenen einmal etwas brauchen müssen muss, nein, so tief hätte sie nie sinken wollen. Ein elegantes langgezogenes Adjöh war das letzte, das sie ihm gesagt hatte. Unmöglich, der Mann, damals. Er hat ihr auch ein Geheimnis anvertraut. Das erste Mal, dass sie ihn lachen sah. Unter dem Siegel der Verschwiegenheit. War ihr merkwürdig vorgekommen, und hatte auch sie zum Lachen gereizt: unter dem Siegel der Verschwiegenheit! Als wenn dieser Fanatiker auch nur irgendwen interessiert hätte. Geradezu befremdet ist sie gewesen, dass er sich so wichtig nahm, aber immerhin hatte er gelacht, ein einziges Mal, dass sie ihn lachen sah, uh, fast dämonisch, ein teuflisches Lachen. Für so einen ist sie sich doch zu sensibel gewesen. Das wäre nicht gut ausgegangen.

Sein großes Geheimnis war, dass er woanders geboren wurde, als in seiner Geburtsurkunde steht. Als ob das nicht egal wäre, es hat sie überhaupt nicht interessiert, und er hat so ein Geheimnis daraus gemacht. Geradezu verschwörerisch. Mit diesem Lachen, uh, direkt gespenstisch. Zum Fürchten. Und sie so hell, träumerisch und zuversichtlich, das ganze Leben noch vor sich.

Seine Mutter ist während eines Ausflugs oder Einkaufs, sie erinnert sich nicht mehr so genau, wie sie ja der gesamte Kerl nicht so genau interessiert, seine Mutter ist jedenfalls plötzlich und unerwartet drüben mit ihm niedergekommen. Überm Inn, im bayerischen Simbach. Ist das nicht herrlich, ein frühes Zeichen, hat er gesagt und gelacht, das muss man sich vorstellen, aufm anderen Ufer drüben geboren, und herüben in Braunau eingetragen, als ob er da geboren worden wäre. Schon bei seiner Geburt haben also die Pfarrer gelogen und falsch Zeugnis abgelegt, der bayerische hat beide Augen zugedrückt, der andere hat geboren in Braunau eingetragen. Fälschlicherweise der Einfachheit halber. Sonst wäre er nämlich ein anderer Staatsbürger als seine Eltern.

Die Großmutter kam also erstmals zu Isadora ins Hochhaus. Sehr aufgeregt und aufgekratzt war sie. Ein richtiges Abenteuer. Sie stellte sich die Liftfahrt wie eine Fahrt in einer Rakete vor. Ob das etwas kostet, wenn man da hinauf und hinunter fährt?

Das Hochhaus stand ganz in der Nähe des Schlosses Sternegg, wo sie vor vierundfünfzig Jahren Wäscherin und Haushaltshilfe war, und dieses sogenannte ehemalige Schloss, das nun als Kindergarten verwendet wird, sah für sie auf einmal so klein aus. Alles rundum nicht wieder zu erkennen. Wo der schöne Schlosspark hin ist?

Da steht das Hochhaus drauf.

Ich fuhr mit ihr erst in den achtzehnten Stock, und dann in den neunten. Darf man denn das? So viele Knöpfe. Verwirrend. Hinunter kribbelt es mehr im Magen.

Isadora hatte schon am Spion gelauert. Sie riss die Tür weit auf, bevor ich läuten konnte, und sah uns missbilligend an, weil wir so fröhlich waren. Einmal hinauf und hinab, statt hin und zurück, hat die Großmutter gesagt, wie eine Zugfahrt, eben nur steiler, und gluckste über ihren Witz.

Wie das hallt hier. Was wir für Lärm machen, ob wir betrunken sind? Grüß dich Isa, sagte die Großmutter, da wären wir. So benehmt euch. Was sollen die Nachbarn denken? Man muss sich noch schämen. Und zu mir: du bist ja ganz weiß und eingefallen, das spricht für sich, und sie sah mir lauernd und misstrauisch ins Gesicht. Ging mir aber panoramamäßig an den Hüften vorbei. Ich war so froh, dass die Großmutter so froh war.

Noch in dem antiken, repräsentativen, honigfarbenen, brokatigen Ohrenstuhl, in dem die Großmutter wie ein kleines eingeknicktes Pölsterchen wirkte, gluckste sie auf, in Erinnerung an ihre Mondfahrt, beide Hände auf dem Plastikbügel der Plastikhandtasche auf ihrem Schoß. Ihre Füße erreichten den Boden nicht, obwohl sie vor der Rückenlehne saß, etwas vorgebeugt.

Der graue Heinrich in Anzug und Krawatte war auch gemessenen Schritts aus dem Geniezimmer herüber gekommen und parkte seine freundlich sanfte distanzierte Direktor-in-Ruhe-Würde mit übergeschlagenem Bein im Ohrenthron gegenüber der Großmutter. Ein langer niedriger Tisch dazwischen. Ich auf dem langen Sofa an der Wand längs des Tisches, an der Sofalehne neben ihr.

Isadora rumorte in der Küche zwecks Kaffee und Kuchen. Heinrich legt eine Hand hinters Ohr: ob wir etwas gesagt haben? Er hört nicht mehr so gut. Daher lächelt er auch mehr. Seine Würde. Auch als Pensionist zu Hause immer Krawatte.

Die Großmutter ist noch immer so aufgekratzt, dass sie jederzeit losglucksen könnte. Sie hält die Augen gesenkt auf ihre Hände auf den Handtaschenbügeln und erwartet Kaffee und Kuchen wie eine Exekution.

Fast alle aus unserer Siedlung waren in Heinrichs Schule. Der Pires Sepp hatte ihn noch als Lehrer, bei seinem Bruder und beim Wimmer Gerhard war er bereits Direktor. Und sie hatten ihn in der Schule heimlich Akim genannt, nach einem wilden, muskulösen Helden in diesen schmalen kleinen längsformatigen Comix-Heften. Onkel Heinrich aber hat ein Brustkörbchen wie eine einfache Käsereibe.

Einmal hatte mich Isadora hinüber geschickt, Heinrich zum Kaffee zu holen. Ich klopfte an und stieg in sein Geniestudierzimmer und sah wie er schnell die Lesezirkel-Praline zuklappte und beiseite schob und zwei Bücher drüberlegte und Papiere zu sich heranzog.

Isadora brachte nun den Kuchen, der Kaffee kommt gleich nach. Ein Wurstbrot wär mir lieber gewesen. Sowas von Hunger. Auf einmal hob die Großmutter die Nase und begann zu wittern. Jetzt roch ich es auch. Die Milch war angebrannt. Tante Isadora stellte soeben die Kuchenteller zurecht, und Heinrich lächelte und sagte: so, ja. Und die Großmutter sagte schnuppernd: Isa, was kommt denn da für ein Odäh herüber? Die Tante galoppierte in die Küche. Ziemlich heftiger Ungeruch. Die gute Milch, jammer, jammer, klapper, dröhn, jetzt kann sie alles wieder, alles muss sie wieder von vorne, Verschwendung. Aber plötzlich stand Isadora mit in die Taille gestemmten Fäusten vor ihrer Schwester, wie eine Rachegöttin in ausgebeulter Jerseyhose und Tigerfellplüsch und Plastikschürze mit Rüschen und aufgedruckten Rosen, und erhob die Stimme. Fast schrie sie: Marie, wie oft soll ich dir noch sagen, das heißt nicht Odäh, sondern Odööööh.

Da brach ich aufm Sofa zusammen. Akim, Praline, Odööööh, das war zuviel an Nobläss und Foinheut, mich schüttelte es durch vor Lachen, und ich sah die Großmutter an, und sie sah mich an, und da brachs bei ihr los, wir konnten nicht mehr aufhören, und ich wusste, dass sie nicht wusste, weshalb ich lachte, das steckte mich noch mehr an, und sie lachte, weil ich lachte, und weil sie überhaupt kaum was zu lachen hat, das war wie in der Schule, wenn man gar nicht weiß, weshalb man lacht, aber es ist nicht zu stoppen, anfallsartig, genügt ein Blick, ein krummer Finger, ein Hölzchen, alles ist zum Lachen, wir sahen einander an und prusteten los.

Und wir lachten noch mehr, als Isadora sagte, da gibt es nichts zu lachen, und wir lachten weiter als Heinrich pädagogisch aufstand und sagte: das ist ja unerhört, die Höhe ist das, er hat gar nichts gehört.

Da hob Isadora den Arm und streckte den Zeigefinger und rief: hinaus!

Wir wurden der Wohnung verwiesen.

Richtiger Rausschmiss. Hinaus! Hinaus! Über diese Schwelle kommt ihr nimmermehr. Nie! Mehr! Die Tür krachte hinter uns zu.

Wir prusteten und kicherten bis der Lift kam, wir prusteten

und kicherten, als wir aus dem Lift stiegen, wir prusteten und kicherten die ganze Strecke bis zu ihr nach Hause, und noch bei ihr im Zimmer. Nein, war das lustig. Auch wenn sie uns hinausgeworfen hat. Zu ihr geht sie nie mehr wieder. Aber wie wars lustig. Direkt die Tränen sind ihr herunter gekommen.

Da stand ein Teller mit Reisfleisch vor mir. Mariella hatte es aufgewärmt während meiner Erzählung. Schwarzbrot dazu. Und noch einen Teller. Hunger, obwohl ich den Hunger vergessen hatte. Nichts hat je so gut geschmeckt. So muss es im Himmel sein.

Noch etwas hatte ich gesehen, das ich nie jemandem gesagt hatte, denn man hätte mir nicht geglaubt. Aber Mariella und Robert konnte ich es anvertrauen, heute an meinem Geburtstag. Und es war eine Erleichterung, das erzählen zu können.

Es war am dreißigsten Dezember gewesen, nachts, ich war auf den Balkon gegangen, warum weiß ich nicht, hatte ich jedenfalls noch nie getan, und sah hoch den Vollmond bei wolkenlosem Himmel. Im klaren Raum zwischen Mond und Horizont, das heißt dem langen Flachdach des enormen Lagerhauses, stand ein riesiger weißer Kreis, ein Wolkenreifen, in der Optik flach wie ein Band, kein Schlauch, es war ein perfektes geometrisches Kreisband, keine Ausrisse, Abwehungen, Einbuchtungen. Wie mit dem Zirkel gezogen und weiß ausgemalt, nichts, das auf eine Wolkenkonsistenz gedeutet hätte. Es war so unglaublich, dass ich dachte zu spinnen. Das kann ja gar nicht sein. Sowas ist unmöglich. Unwirklich. Aber da war dieser Kreis. Ich gab mir sogar eine Ohrfeige. Ich ging zurück ins Wohnzimmer und wieder hinaus, um die Probe zu machen, dass ich nicht fantasiere. Aber der Kreis war unverändert da, und ich starrte ihn an und konnte es nicht fassen. Schließlich wurde mir zu kalt im Pyjama.

Später bereute ich, nicht länger gewartet zu haben, bis sich das Ding bewegt hätte oder aufgelöst. Was müssen da für Strömungsverhältnisse gewesen sein, was für Zufälle, dass sich so ein Kreisband bildet? Gegen jede Wahrscheinlichkeit.

DAS UNENDLICHE

Seit je hab ich diesen alleinen Hügel
gern und diese Hecke, die auf den weiten
Horizont die Sicht zum größten Teil verdeckt.
Aber ich sitze und staune, endlose
Räume diesseits von ihr, überirdische
Stille und allertiefste tiefe Ruhe
stelle ich mir vor, wo beinahe beinah
die Angst einzieht ins Herz. Und wie ich den Wind
zwischen diesen Pflanzen stöbern hör, schreib ich
seiner Stimme die unendliche Stille
zu: und mich überkommen Ewigkeiten,
und die toten Jahreszeiten, und die jetzt
und voll Leben, und ihr Klang. Und so ertrinkt
in dieser Unermesslichkeit mein Denken;
süß ist mir der Untergang in diesem Meer.

Auch aus meinem Geburtstagsbuch. Klar, kann ich alle auswendig. Mariella las es mir erstmals vor zur Torte nach dem Reisfleisch.

Das ist auch schön wie dein Wolkenring, sagte Robert.

Und Mariella sagte, vielleicht ist der Wolkenring noch was Seltsameres. Sie nahmen mich ernst. Ich musste mich zurückhalten, dass ich sie nicht ansprang vor Freude. Und dann fragte sie, was das Schönste und was das Schrecklichste in meinem Leben gewesen ist.

Das Schönste? Das war leicht zu beantworten. Das absolut Schönste ist jetzt da, hier bei dir, bei euch sein zu dürfen, sagte ich.

Süß ist mir der Untergang in diesem Meer.

Und das Schlimmste?

Fiel mir nichts ein. Ich habe ja noch nix Schlimmes erlebt. Vielleicht die Mathematikstunden vor der Rettung durch Mariella und Robert? Nein, war ein Scherzchen. Ich war so glücklich, dass mir überhaupt nichts schrecklich vorkam. Oder doch? Beim letzten Hallenturnier der vier verfeindeten Stadtvereine, das Peinlichste überhaupt. Ja, das war schrecklich. Gegen den Favoriten, die Mannschaft vom Wimmer Gerhard. Volles Haus. Fast viertausend Zuschauer. Wir spielten einen schnellen Konter, ich schicke den Horst und starte los, er geht rechts durch, ich steh drei Meter allein vorm Tormann und bekomme den scharfen Pass vom Horst und hätte nur meinen Huf hinhalten müssen, aber ich Idiot wollte künsteln, weiß nicht, was mich da geritten hat, aber ich versuche, den Ball mit Gewalt zu dreschen, erwische ihn falsch und donnere die Kugel Richtung Corner über die Bande hinaus. Muss man sich vorstellen, allein vorm Tor, konnte mir die Ecke aussuchen, eine Tausendprozentige, ein Wahnsinn sowas, und natürlich brüllten die Leute vor Lachen und Hohn. Da willst du ins Parkett versinken. Wirst sofort ausgetauscht und kommst so schnell nicht mehr dran, und die Mitspieler auf der Bank, wo du nun sitzt, schauen auf ihre Fußspitzen.

Sowas hängt einem sein Leben lang nach.

Das kannst du nicht wissen, sagte Robert.

Auch wieder wahr.

Mir fiel auf einmal der Spruch ein: Leichte Schläge auf das Hinterhaupt erhöhen das Denkvermögen. Beim Lernen des kleinen Einmaleins. In meinem Zimmer musste ich den Tisch frei machen und aufrecht im Sessel davor sitzen. Hinter mir die Mutter oder der Vater oder beide. Sie sagten: zwei mal zwei, und die Antwort musste wie geschossen herauskommen. Nach vorne sehn, nicht umdrehn, nicht bewegen. Acht mal sieben. Ist das nun vierundfünfzig oder sechsundfünfzig oder sogar siebenundfünfzig? Alles verwirrt sich. Ich hatte es doch schon gewusst. Aber die Antwort muss wie geschossen herauskommen, und da sie das nicht tut, gibts einen Schlag aufn Kopf. Neun mal neun? Warte! Schlag aufn Kopf. Neun mal neun? Also? Das kleine Einmaleins muss sitzen.

Wir müssen sein Denkvermögen überhaupt erst einmal herstellen, wo nichts ist, kann nichts herauskommen. Also Schlag Schlag Schlag Kopf Kopf Kopfrechnen.

Schließlich weißt du nicht einmal mehr, wieviel ein mal eins ist. Und nullmal eins?

Hopfen und Malz verloren. So eine Flasche.

Einmal hatte die Mutter gesagt, lass ihn doch noch einmal nachdenken. Da ist er wütend abgezogen und hat gesagt, dann soll sie den Erziehungsdreck doch selber machen, wenn sie sich einbildet, bessere Methoden zu haben. Hatte ich ein ganz warmes Gefühl von Dankbarkeit. Aber sie bekam Angst: wir wiederholen das jetzt so lange, bis es sitzt. Täglich. Bis du schwarz wirst. Da kannst du Gift darauf nehmen. Sie tappte mir aufs Hinterhaupt: bis – du – schwarz – wirst. War mir ziemlich unangenehm. Aber andererseits, im Nachhinein ist das nicht schlimm, immerhin war es das einzige Mal, dass sie gemeinsam mit mir lernten, sich um mich bemühten. Nur weils bei mir aussichtslos war, haben sies bleiben lassen müssen. Vertane Zeit, vertane Liebesmüh. Selber Schuld. Von mir aus kann er Hilfsarbeiter werden, sagte er.

Himmelarschundzwirn. Wirklich bedrückend war, eigentlich, aber das gilt doch gar nicht mehr, so lange her, habe ich völlig vergessen gehabt. Jetzt, wo Mariella und Robert fragen, fällt mir das ein, als wärs was Schreckliches, obwohl es ja überhaupt nicht der Rede wert ist, weil gar nichts geschehen ist.

Also, ich war noch im Vorschulalter, und da wurde einmal verfügt, ich soll zu einem Kinderfasching gehen, in ein Lokal in der Stadt. Ich musste eine Strumpfhose anziehn, auf die die Mutter Flicken genäht hatte, sowie ein kurzes Jäckchen, und einen spitzen Filzhut aufsetzen, das sollte einen Zwerg ergeben. Dann karrte mich der Vater in die Stadt und ging mit mir in diese Räume hinein wie in ein Labyrinth. Ich kannte niemanden. Er sagte, er holt mich in drei Stunden wieder ab, und ich soll mich nicht wegrühren, wehe wenn er mich nicht mehr findet, und ich soll mich anständig aufführen, er will keine Klagen hören.

Da stand ich die erste Zeit an der Wand neben einer Tür und sah zu, wie Eltern ihre Kinder an der Hand vorbeiführten und in andere Räume dirigierten. Weiß nicht mehr wie lange, hast du ja kein Zeitgefühl als Zwerg, vielleicht eine halbe Stunde, eine Stunde, eineinhalb Stunden.

Aus einem Raum hörte ich Geschrei, da wurden Spiele veranstaltet. Als mir vom Stehn die Füße weh taten, ging ich vorsichtig an der Wand den Gang entlang. Da war ein Tisch, wo Tee und Krapfen verkauft wurden, extra für Kinder. Aber ich hatte kein Geld. Nichteinmal eine Tasche, wo ich die Hände hätte verstecken können. Sah ich zu, wie die Kinder tranken und mampften und bekam Hunger.

Dann lief ich schnell wieder dorthin, wo mich der Vater hingestellt hatte, vielleicht war er schon gekommen. Und ich hatte auch Angst, mich zu verirren in diesen fremden Räumen und nicht mehr zurückzufinden. Da wartete ich wieder. Dann ging ich noch einmal nachsehn, die Wände entlang tastend, aus einem Raum kam Musik, und es war viel heller drin als heraußen am Gang, und voll mit Kindern, die sich um eine Spielzeugkiste drängten und sich was aussuchen durften, und die Eltern standen rundum an den Wänden, und ich stakste zurück und ging in die Hocke, bis es mich hinsetzte, da neben der Eingangstüre, damit mich der Vater gleich findet.

Und ich musste dringend pieseln, aber ich traute mich nicht, ein Klo zu suchen, vielleicht kommt er gerade dann wenn ich weg bin. Viele gingen schon nach Hause.

Was sitzt du denn da? Er hat sich verspätet, wie wars? Ich soll mich beeilen. War ich fünf Stunden dort gewesen. Ich weiß nur noch, dass ich zu Hause froh war, das enge, zwickende, lächerliche Zwergengewand ausziehen zu können.

Die Mutter fragte, ob es lustig war, und als ich nichts sagte: er wird auch immer verstockter und undankbarer.

Mariella nahm mich um die Schulter, und Robert legte mir die Hand auf die Schulter, und ich schmolz nieder wie die kleine spiralige Geburtstagskerze aufm Törtchen. Und noch eins vorgelesen aus dem Geburtstagsbuch:

DIE ZIEGE

Ich habe zu einer Ziege geredet.
Sie war allein auf der Wiese und angepflockt.
Satt vom Gras, triefend
vom Regen, sie meckerte.

Dieses gleichtönende Klagen war
nah an meinem Kummer. Und ich antwortete, erst
zum Spaß, dann weil der Kummer ohne Ende ist,
er hat einen Klang und der ändert sich nicht.
Dieser Klang wurde
zum Stöhnen in einer einsamen Ziege.

In einer Ziege mit ihrem Semitengesicht
war die Klage über jedes andere Unrecht zu spüren,
alles weitere Leben.

Robert sagte einen merkwürdigen Satz zu Mariella über das Leben: erst muss man alles verdrängen, was einem angetan wird, dann verdrängt man alles, was man anderen antut, und schließlich versucht man, im besten Fall, diese Verdrängungen mühsam wieder hervorzuholen.

Der hat nur eine Ziege, mit der er reden kann, sagte ich.

Und mit Entsetzen fiel mir ein, dass ich von mir geschwätzt hatte, indessen Robert und Mariella wirklich schwere Sachen erlebt hatten. Und ich habe ihnen gedankenlos winzige Wehwehchen eines Kinds vorgelegt. Und wurde rot like a Pavianarsch.

Bevor ich ging aber noch der Hammer des Tages: Mariella fährt nun abends zu sogenannten Rehabilitationsübungen, denn es besteht eine Möglichkeit, dass sie wieder auf die Beine kommt.

Sie lachte: so richtig vielleicht nicht, Marathonläufe wird sie nicht machen können, aber immerhin, sich auch nur ein wenig bewegen zu können, das hätte schon enorme praktische Auswirkungen, selbst wenn sie sich nur auf Krücken dahinschleppt.

Statt aufzuspringen sank ich vom Sofa und umarmte ihre Beine und legte die Wange auf ihre Knie, erst die eine, dann die andere, und wünschte, dass Kraft von mir in ihre Beine strömt.

Robert hatte beim heiligen Zeus geschworen, keinen Alkohol mehr zu trinken. Das gibt ihr zusätzlich Hoffnung und die Kraft, den Versuch zu machen, auch wenn es langwierig ist.

Ich rollte wie in einer Glücksblase in die Siedlung hinüber. Dort das Übliche. Sie wird mir das Gas abdrehen, das kann ich ihr glauben, sie wird dafür sorgen, dass, und wenn nicht, und überhaupt, und wenn sie die Polizei einschalten muss.

Ich hörte nicht mehr hin, sie konnte mir vortragen was sie wollte, ich legte mich mit meinem Buch ins Bett, will es ja auswendig lernen.

Niedergetaucht der Mond.
Gefolgt von den Plejaden.
Mitternacht vorbei.
Allein lieg ich da. *

Hinten im Buch hat Mariella das Sternchen wiederholt und darunter geschrieben: Die Plejaden sind die sieben schönen Töchter der Meeresnymphe Pleione und des Titanen Atlas. Um Mutter und Töchter vor den Nachstellungen des Jägers Orion zu bewahren, versetzte sie Zeus an den Himmel. Dort läuft ihnen Orion noch immer nach, ohne sie je einholen zu können.

Das ist kurz und bündig, das lerne ich als erstes auswendig, ist genau meine Situation, nach Mitternacht und ich liege allein da. Abgetaucht der Mond, nach ihm die Plejaden, Mitternacht ist längst vorbei, allein lieg ich da. Zack, schon kann ich es. Die anderen lese ich noch.

Ich weiß nicht, was soll es bedeuten,
dass ich so traurig bin;
ein Märchen aus alten Zeiten,
das kommt mir nicht aus dem Sinn.

Die Luft ist kühl und es dunkelt,
und ruhig fließt der Rhein;
der Gipfel des Berges funkelt
im Abendsonnenschein.

Die schönste Jungfrau sitzet
dort oben wunderbar,
ihr goldnes Geschmeide blitzet,
sie kämmt ihr goldenes Haar.

Sie kämmt es mit goldenem Kamme,
und singt ein Lied dabei;
das hat eine wundersame,
gewaltige Melodei.

Den Schiffer im kleinen Schiffe
ergreift es mit wildem Weh;
er schaut nicht die Felsenriffe,
er schaut nur hinauf in die Höh.

Ich glaube, die Wellen verschlingen
am Ende Schiffer und Kahn;
und das hat mit ihrem Singen
die Lore-Ley getan.

Das hat nun aber mit mir gar nichts zu tun. Komm ich nicht mit, was das soll. Habe das Gefühl, als wär ich kopfüber in einen Teich gesprungen und soeben bis zu den Schultern eingetaucht. Wieso heißt es kopfüber und nicht kopfunter? Schlafen schlafen schlafen. Was ist das Leben bitter schön. Und das letzte noch, mit verschwimmenden Augen, aber es muss sein, sonst bringt es Unglück oder so, kann schon nicht mehr denken, alles überlappt sich, die Iglus im Hof, die wir im Winter hinter den Garagen gebaut hatten, fahren heran, und wie ich allein da drinnen gesessen bin, und wenn sie nicht vom Pires zerstört wurden, sind sie geschmolzen und blieben noch bis zum Frühling als Häufchen, wenn sonst der Schnee schon weg war, und einmal überraschte ich darin zwei der kleinsten vom Haus beim Küssen, konzentriere dich noch einmal:

KOPFSALAT
für Mariella Teresa Timna

Zuweilen macht es sich bemerkbar
wenn der Kern Verlassenheit bloßliegt
und dir gleicht aufs Haar
als du noch eine Handvoll warst

Ausgewickelt aus dem vielblättrigen Alleinsein
wie das Herz vom Kopfsalat
gehts dir wie dem Kätzchen vorm Kotzen

Und nicht jedes Alleinsein ist gleich Alleinsein
aber alle haben es gemeinsam
Und es hilft nicht wenns wieder soweit ist
kaltgestelltes Aufgewärmtes aufzuwärmen

Timna heißt sie also auch, das dachte ich noch im Iglu drin, elektrisiert von Eifersuchtsfunken oder was auch immer dieses Gefühl war, warum hat sie mir das nicht gesagt, hat mich ausgeschlossen, alleingelassen, nächtliche Gedanken sind unklar und beißend, aber immerhin, es ist ihre Schrift, sie hat die Gedichte geschrieben, die Robert ausgesucht hat, für mich, meinen ganz eigenen ersten Geburtstag, somit hat sies mir ja gesagt, alles ist doch voll ok, oh Glück oh yes, Eintauchen in die fünf Stunden Schlaf, die noch bleiben.

Noch während der ersten Stunde wurde ich aus der Klasse geholt und zum Direktor zitiert. War einer mit einem sogenannten Läufer gekommen, einer großformatigen, schwarzweiß marmorierten Mappe, wo Zettel mit Befehlen, Aufforderungen oder anderem wichtigen Kramkram aus der Direktion eingelegt sind und vom aktuellen Fässer vorgelesen und unterschrieben werden müssen, und den nur Streber von Klasse zu Klasse tragen durften. So wichtiges Zeug wie: in jüngster Zeit ist der Konsum von Getränken aus dem Coca Cola-Automaten dramatisch zurückgegangen. Wenn diese Tendenz anhält, muss die Schule die Entfernung des Automaten zum Nachteile der Schüler ernsthaft in Erwägung ziehen. Ernsthaft in Erwägung ziehen. Als gäbs die Erwägung auch unernsthaft.

Der Streber übergab den Läufer der Deutschfässerin und sagte sein zusätzliches Sprüchlein auf, stolz, dass er sich die Klasse gemerkt hatte, in Habtachtstellung: ob hier der Schüler Johann Nepomuk Müller sich befindet, und wenn dies der Fall sein sollte, dieser sich unverzüglich in das Direktionszimmer zu unserem Herrn Direktor zu verfügen hat.

Ich war schon aus der Bank, als die Fässerin befahl: Müller auf! Du hast gehört, was du zu tun hast. Im Vorbeigehn sage ich zum Streber: in die Direktion zu unserem Herrn Direktor verfügen, du Deutsch viel gut, und zeige ihm den anerkennenden Daumen.

Die Fässerin keifte dazwischen: halte wenigstens den frechen Schnabel, wenn du schon Dreck am Stecken hast, du, du Individuum, verschwinde hinaus. Verschwinde hinaus ist aber auch nicht schlecht.

War nur wegen meines umgelegten Saugers. Kerl, wir sind kein Schrottplatz, sagte der Direx. Abtransport, so schnell wie möglich, verstanden, hebe dich hinweg, Kerl. Der war gar nicht böse auf mich, lächelte sogar.

War ich wieder von diesem Hausmeister verpfiffen worden. Nikolauspedell. In der Großen Pause verkauft er mit seiner Frau in der Aula Wurstbrote und Gebäck, aber seit der Verhaftung wegen des Schneeballs würde ich lieber verhungern, als bei ihm eine Jause zu kaufen. Eines Tages wird auf seinem Jausenstand ein Zettel kleben: alles verdorben.

Die Order des Direktors von wegen schnell wie möglich nahm ich selbstverständlich wörtlich, die Deutschfässerin sieht mich in dieser Stunde nicht mehr. Kümmere mich unverzüglich darum und hebe die Mopedleiche und bringe sie rüber in den Hinterhof beim David. Die Sitzbank war schon aufgebrochen, der Werkzeugsatz gestohlen. Traue ich dem Pedell durchaus zu.

Der Steinbohrer Artur schenkte mir wegen des kaputten Mopeds einen gerade erst gestern hergestellten, doppelt durchbohrten Pflasterstein. Federhalter, sagte er und wackelte mit den blauen Lippen.

Ich brauche ein Fahrrad, ein gebrauchtes, darf nicht viel kosten, ob wer schon was weiß. Und so bekam ich das alte schwere schwarze Fahrrad ohne Gang vom David, das im Hof nur herumsteht und verrostet, kannst du gleich mitnehmen, sagte die Gitti, über den Preis werdet ihr euch schon einig.

Ich muss mobil sein, denn heute gehe ich mich am Bahnhof vorstellen, morgen beginnt die erste Nachtschicht bei der Paketverteilung. Die Mutter hat schon wieder kein Geld, ich habe ihr meines gegeben und dennoch ein schlechtes Gewissen, dass ich nicht genügend zu ihrem Unterhalt unternehme. Manchmal habe ich furchtbares Mitleid mit ihr. Sie hat ja ihre Jugend geopfert und ist dann mir nichts dir nichts verlassen worden, und es sind zwei Jahre nun ohne Geld, denn er zahlt nicht, und es hat alles keinen Sinn, was hat sie denn von ihrem Leben gehabt, und jetzt? Da fühle ich mich schuldig.

Eigentlich ist es ganz einfach, und wir alle haben es unbewusst aufgenommen, sodass es uns in Fleisch und Blut übergegangen ist: die Welt ist im Prinzip eingeteilt in Gute und Böse. Die Guten sind die Eltern, die Bösen die Kinder. Kinder werden böse geboren, mit der Urschuld drinnen. Man muss nur rechtzeitig, das heißt sofort, beginnen, ihnen das Böse auszutreiben. Wehret den Anfängen. Kinder sind immer zu verdächtigen. Sie haben immer schlechte Gedanken. Sie haben immer Hintergedanken. Sie versuchen immer, die Eltern zu provozieren. Wie weit sie gehen können. Dem muss man einen Riegel vorschieben. Man muss sie rechtzeitig aufs richtige Maß zurückstutzen. Damit sie nicht ins Kraut schießen. Sonst wachsen sie einem noch über den Kopf. Sie müssen folgen lernen. Aufs Wort. Sie müssen zurückgepfiffen werden. Wenn nötig mit einer gesunden Tracht Prügel zur Räson gebracht werden.

Selbst in der Tierwelt gibt die Löwenmutter den Kleinen, wenn sie lästig werden, eine Tachtel. Sonst ist kein Respekt. Wo kommt man denn hin. Weil sie dumm geboren werden, ist dies alles nur zu ihrem Besten.

Noch heute fällt mir, wenn mir das Kürzel KZ unterkommt, das Wort Kinderzimmer ein.

Die moderne Psychoanalyse täte gut daran, einen Herodes-Komplex statt des Ödipus-Komplexes zu formulieren. Möglicherweise hat der Herodes-Komplex den Ödipus-Komplex aus Angst vor Machtverlust erfunden, um die psychische und physische Unterdrückung von Kindern zu rechtfertigen oder gar zu legitimieren. So werden weiterhin Kinder, die ja nichts anderes wollen, als ihre Eltern zu bewundern und unter ihrem Schutz zu stehen, a priori als Rivalen betrachtet.

Ich bin hier der Chef, und sonst niemand, sagte der große Dicke mit der Bierflasche in der linken Faust, er ist einen Kopf größer als ich, hier schafft nur einer an, merk dir das. Du kannst Herr Rottenführer zu mir sagen, oder Karl, also ich bin der Karl, und er gab mir die Hand.

Seine Stärke bewies er, indem er mich aufforderte, seinen enormen Ranzen zu berühren. Du kannst ruhig daraufschlagen. Nicht so, richtig, mit der Faust, aber brich dir nichts. Er hatte einen Bauch wie ein Medizinball, darauf war er stolz. Alles Bier, sagte er, andere haben einen weichen schlappen Fettbauch vom Fressen und Nichtstun, ich habe einen Bauch wie Stein vom Bier. Ich schlug halbherzig drauf, und der Bauch war tatsächlich ungewöhnlich hart.

Das war das Eingangsritual, und somit war ich aufgenommen in diese Truppe abenteuerlicher Gestalten. Er zeigte mir eine Matratze am Boden zwischen der Wand und einer langen leeren Theke, dort kann ich mich niederlegen. Eine Pferdedecke gab es auch. Und viel muffigen Geruch in diesen weiten Hallen, und Geruch nach eingeöltem Holz. Viel Zeit zum Schlafen wirst du nicht haben. So gegen Mitternacht einmal zwanzig Minuten ist das längste. Sonst, bei den Fünfzehnminuten- oder Zehnminuten-Abständen, in denen die Züge mit Frachtgut und Paketen ankommen, zahlt es sich gar nicht aus, in die Horizontale zu gehn.

Unsere Aufgabe war, die Paketwaggons schnellstens auszuräumen und die Pakete in die Halle zu bringen, sodass die Züge planmäßig weiterfahren konnten. Manche Waggons waren bis zur Decke voll, und selbstverständlich wird der Anfänger dorthin geschickt. Waren so schwere Pakete dabei, dass einer in den Waggon kommen und helfen musste. Sie wussten, dass es zuweilen ohne Hilfe nicht ging, aber wenn ich einen rief, kam der Hohn mit herein: ist dir der Saft ausgegangen? Bist Arbeiten nicht gewöhnt?

Nach einem vollen Paketwagen konnte ich selbst die leichtesten Pakete am Schluss nur noch mit gestreckten Armen übergeben, und ich bewegte mich wie ein Roboter, mir war, als könnte ich nie wieder die Arme abbiegen.

Am Anfang haben sie mich alle vollen Waggons machen lassen, das gehörte wohl mit zum Eingangsritual, sie wussten ja, wann welche Züge von woher kamen, und wo normalerweise mehr auszuräumen ist. Aber mit der Zeit spielte sich das ein, und es ging einigermaßen gerecht zu.

Wir teilten uns die Schlafminuten. Bei den großen Paketwagen mussten alle ran, die, die in den Waggon stiegen, jene, die die Paletten in die Halle schoben, und die hinten in der Halle, die Pakete, Sperrgut, Ersatzteile, was eben so alles versandt wird, vorsortierten. Bei kleineren Ankünften brauchte nur die halbe Mannschaft auszurücken, da konnten sich die anderen aufs Ohr legen. Aber zwanzig Minuten am Stück war wirklich das Maximum. Karl beteiligte sich nie. Ich habe ihn nie auch nur ein Paket anfassen sehen. Aber ich habe ihn auch nie schlafen oder sitzen gesehn. Er trank aufrecht Bier. Flasche um Flasche von sieben Uhr abends bis sieben Uhr morgens. Ihm durfte nichts entgehen. Er war verantwortlich. Seine Kommandos kamen pünktlich zehn Minuten vor den Ankünften.

Fertig machen. Alle Paletten raus zum Bereitstellen. Waggondienst trab.

In den ersten Tagen war ich ziemlich fertig. Ich legte mich in der Früh um sieben noch einmal hin, bevor ich in die Schule ging, und ließ meiner Matratze Tritte verpassen von einem der Tagschichtler, was auch pünktlich gemacht wurde mit den Rufen: Wecker. Faule Sau. Auf du Penner.

Es waren wüste und ziemlich herabgekommene Burschen, versoffene und zerstörte und auch verängstigte Gesichter, die meisten strafversetzt aus anderen Abteilungen, denn hier in der Paketverteilung zu arbeiten hieß, am Ende der Arbeitshierarchie angekommen zu sein. Hier kamen die Ausgesonderten zusammen, deren Vergehen im vorherigen Postdienst man gerade soviel Nachsicht entgegenbrachte, dass man sie erst noch in die Vorhölle steckte, um sie nicht sofort auf die Straße zu jagen. Das heißt, wenn sie nicht jemanden umgebracht oder allzuviel gestohlen hatten. Von hier gingen dann viele ohnehin freiwillig weg. Der Spitzer Ferdinand, Westernheld und nun Zorro und Hilfsarbeiter am Bau, wurde sogar aus dieser Vorhölle wegen Diebstahls ausgesondert.

Dennoch hatte sich nie einer den Spaß erlaubt, mich in der Früh nicht zu wecken. Ich hätte auch bis Mittag durchgeschlafen, den Kopf auf der Schultasche, im kalten Luftzug und im Bodenstaub der ersten Halle am äußersten Ende des Bahnhofs, im Quietschen und Knallen und Zischen der Waggons, die verschoben und abgekuppelt und angekuppelt wurden, im Schleifen und Krachen der Palettenwagen, der Staplerfahrer, bei den dumpfen Schlägen der geworfenen Pakete.

Kopf auf der Schultasche war wichtig, weil mein Geld drin war. Gefährlich wars wegen der Diebstähle, wenn man beim Einsatz draußen in den Waggons war. Karl konnte seine Augen nicht überall haben. Außerdem gesellten sich allerlei merkwürdige Personen in den Nächten zu uns. Entweder Obdachlose, die früher hier gearbeitet hatten, oder Besoffene, die um zwei Uhr früh noch nicht nach Hause gehen wollten und, weil sie einen von unserer Rotte kannten, noch etwas zwitschern wollten bis zum Morgengrauen.

Zweimal im Monat nach Mitternacht erschien, von den Gleisen kommend, ein sogenannter Händler. In seinem Rucksack schleppte der alte Zwerg klappriges Zeug an, das weniger nach Handel als nach Finden roch. Gebrauchter Rasierapparat, abgeschlagene Teller und Tassen, Aschenbecher, Glas und Krug mit Firmenaufdrucken, Messer, Gabeln, Löffel, aus Wirtshäusern gemaust, Scheren, zwei optische Brillen, sogar ein Bügeleisen, und zwar im Wortsinn und nicht aus Stahl, Hemd, Pullover, Schal, Haube, Handtücher, garantiert Einzelstücke von der Wäscheleine, ein Nagelzwicker, Kämme, Bürsten. Alles sehr ge- und verbraucht aussehend und antiker als so manches in der Sammlung Isadora. Die rostigen Feuerzeuge funktionierten alle nicht, aber der Zwerg sagte, hier brauchts nur Gas, denn es ist völlig neu, direkt vom Werk, hier nur einen Feuerstein, vom Werk nicht vorgesehen. Im Extremfall, sagte er, besorgt er alles, aber auch wirklich alles, verstanden? Zur Einführung gehörte, dass auch ich etwas kaufen musste, und als ich nichts brauchen konnte, auch weil der Kerl Überpreise verlangte, entschied Karl für mich. Ich muss eine Tasse haben für meine Getränke, obwohl ich ohnehin nichts anderes trank als dieses ewige Cola, und Karl, dem Zwerg zuzwinkernd, setzte auch den Preis für das abgeschlagene Hümpchen fest, die Hälfte des Verlangten, was aber immer noch mehr als doppelt so viel war, als mich ein neues ausm Konsum gekostet hätte.

Irgendwie war der Zwerg auch wichtig, er wurde stets von Karl mit Aufwand und Geschrei begrüßt und bekam eine Flasche Bier. Sie besprachen dann Sachen, die ich nicht verstand, weil ich die Leute nicht kannte, auf die sie anspielten. Informationen wie es dort und da läuft, oder was die

Frau des Bahnhofvorstehers X mit einem Gleisarbeiter Y im Bahngraben bei Z gemacht hat, so Dinge eben, die mir panoramamäßig an den Hüften vorbeigingen.

Ich habe ihm beim ersten Mal schon gesagt, dass ich etwas anderes benötige als die Tasse, und zwar ein Springmesser, so eins, das ruckzuck ausm Griff schießt und rasierklingenscharf ist, dass man gar nicht viel nachdrücken muss, ein Springerchen, das gleichsam von alleine eindringt. Denn es ist etwas geschehen, das ich gleich noch erzählen werde. Jedenfalls brauche ich eine Waffe. Und der Zwerg versprach zwinkernd, dass er sowas liefern könnte, eventuell schon das nächste Mal, und er sagte schmeichelnd von unten herauf: du bist aber ganz ein Wilder, glaube ich, und fügte an, dass ich dafür einiges springen lassen muss, du verstehst, Springmesser, springen lassen.

Um ihn zu motivieren, so etwas gefährlich Verbotenes zu besorgen, sollte ich vielleicht noch etwas kaufen, vielleicht den Rasierapparat, der wäre genau richtig, ich bin doch jetzt ein richtiger Mann und werde mich längst rasieren müssen, was ich natürlich nicht wirklich musste, aber ich hatte begriffen, dass ich den speckigen Apparat kaufen musste, ganz günstig um den halben Preis, um an ein profimäßiges Springmesser zu kommen, das sich von alleine die richtige Stelle sucht.

Ich stank nach den Nachtschichten angeblich wie ein Iltis. Notger rückte ab von mir, kannst du dich nicht einmal waschen, du Sau. Die Deutschfässerin nannte mich vor der Klasse: ungeheuerlich unappetitlich, und: Zigeuner. Ich war zu müde, dass mir das groß was ausmachte. Ich nahm mir schließlich eine Seife mit und wusch mich unter den Achseln mitm kalten Wasser im Schulklo.

Den muffigen Geruch in den Kleidern konnte ich nicht verhindern. Wir hatten keine Arbeitskluft, und ich besaß nicht viel zum Anziehn, zwei Hosen nur, drei Hemden, zwei Pullover und den Anzug. Vier Tage Nachtschicht in der Woche musste ich eben aus der Kleidung miefen; und aus dem Haar, das zog gleichermaßen die abenteuerlichen nächtlichen Arbeitsgerüche an. Meine Existenz als Iltis von Montag bis Donnerstag hatte allerdings den großen Vorteil, dass mich kein Fässer an die Tafel zur Prüfung rief. Ein paar Hysteriker bekamen Angst vor Flöhen und Wanzen, Cholera und Pest. Nur der Piti Klausner in der Bank vor mir blieb gelassen, sein Geruchssinn war wohl durch seinen jahrelangen Drogenkonsum ziemlich ausgemerzt. War der Einzige, der in den Pausen nicht Abstand hielt. Ich fragte ihn sogar, warum es ihm nichts ausmacht, neben mir am offenen Fenster zu stehn, wo ich doch eine derart unangenehme Ausdünstung hätte. Er hat nichts dergleichen bemerkt.

Das brachte mich auf die Idee, dass es in unserer Sprache für das Fehlen des Geruchssinns kein eigenes einsilbiges Wort gibt. Blind, stumm, taub, das ist alles, was wir an einwortiger Benennung haben für Sinnausfall. Also fragte ich die Deutschfässerin, die mich in meiner Eigenschaft als Iltis ohnedies noch weniger riechen konnte als zuvor, weshalb es im Deutschen kein Adverb für die Unfähigkeit zu riechen gibt. Es war furchtbar. Wieder eine Provokation sondergleichen. Und ziemlich peinlich, weil sie in ihrer Empörung keine Worte fand und still und starr wie der berühmte Wintersee einzufrieren schien, indessen sich von diversen Seiten verhaltenes Kichern durch die verdorbene Klassenluft mühte. Ich rechnete mit keiner Antwort mehr, als sie losschrie: Fenster auf, alle Fenster auf. Und dann, ruhiger: Müller, das war das letzte, was du in dieser Schule gesagt hast. Das garantiere ich dir. Und sie schlug das Klassenbuch auf und schrieb auffällig atmend, fast seufzend, minutenlang was hinein.

Sicherlich wars kindisch von mir, die Geruchsfrage zu stellen, denn ich wusste ja, dass jedwede Äußerung von mir von dieser Fässerin als Provokation aufgefasst wird. Wahrscheinlich wollte ich eine Art Gottesurteil provozieren, um selbst keine Entscheidung treffen zu müssen: soll ich in der Schule bleiben, oder soll ich doch versuchen, als Profikicker durchzukommen. Schule und Arbeit waren mir anscheinend zuviel, auch wenns mir nicht bewusst war.

Ich hatte jedenfalls ganz andere Sorgen, und die waren handfest und nicht so kindisches Zeug wie in dem Gymnasium, wo man künstlich deppert und weltfremd gehalten wurde, und je weltfremder einer war, desto bessere Noten bekam er, und das geht dann bis zur Reifeprüfung so, denn der mit den meisten Sehr gut im Abschlusszeugnis, also der, der sich besser geduckt, den Fässern nach dem Maul geredet und am besten gedankenlos auswendig gelernt hat, der vom Leben außerhalb der Klassenzimmer einen Scheißdreck begriffen hat, wird schließlich als der Reifste entlassen. Dachte ich damals jedenfalls.

Heute bedauere ich, dass ich so wenig aufgepasst und die Schule wie feindliches Gebiet betreten habe, dass ich eigentlich immer zu müde, das heißt zu faul war, um das bisschen, das uns vermittelt wurde, für mich zu kultivieren. Die Fremdsprachen zum Beispiel. Oder Latein. Nur das Nötigste getan, um durchzukommen.

Bald nach dem Frageunfall in Deutsch winkte mich unser englisches Schwarzind in einer Pause in eine Gangnische und fragte mich, ob mit mir was los sei, obs mir nicht gut geht. Nix is los natürlich, was solln los sein, gut gehts mir, alles very in Ordnung. Aber ich fand mich selbst nicht überzeugend, und die gütige Seele der Fässerin rührte mich sehr, und als sie nicht locker ließ und mir verriet, aber es muss unbedingt unter uns bleiben, dass mein Ausschluss aus der Schule gefordert wurde mit der Begründung, dass sich ein traditionsreiches Gymnasium wie dieses keinen derart verwahrlosten Schüler leisten darf, gestand ich schließlich, dass ich an vier Tagen die Woche Nachtschicht fuhr, und als es läutete, reichte sie mir die Hand und drückte zweimal zu und sagte: noch ist nicht aller Tage Abend. Das war merkwürdig, aber es war ein Freitag, und da miefte ich nicht, Freitag, Samstag sowie Sonntag bis zur Schicht steckte ich astrein in der Wäsche.

Aus dem engeren Kader der Kampfmannschaft war ich vorerst einmal so gut wie draußen. Auf Abruf, hieß es. Ich musste die Trainings wegen der Nachtschichten früher abbrechen, dafür trainierte ich nachmittags zweimal zusätzlich mit Jugend und Junioren, was aber nicht anerkannt wurde, und meine Einsätze an Wochenenden beschränkten sich auf die Juniorenspiele. Selbst als ich eine Nachtschicht tauschte, um wenigstens einmal die Woche voll mit der Ersten zu trainieren, und nach dem Training vierzig Minuten allein weitermachte, nützte es nichts. Die Konkurrenz war zu groß.

Der Trainer sprach mit mir, es tut ihm Leid, aber er kann nicht anders, er hat Verständnis für mich, und es freut ihn auch, dass ich mit meinem zusätzlichen Einzeltraining meinen Kampfwillen zeige, aber auch ich muss ihn verstehen, es kommt zu Spannungen, wenn er voll trainierende Spieler außen vor lässt, auch wenn sie nicht so stark sind, das kann er sich nicht leisten, er ist auch für die Moral und die Stimmung der Truppe verantwortlich.

Mariella sah ich seltener, aber unser Zusammensein wurde immer vertrauter, ich konnte mit ihr über alles sprechen, es wurde nie langweilig, und wenn Robert nicht im Zimmer war, küssten wir uns zuweilen auf die Wangen oder hielten uns an den Händen.

Auch zu Robert war das Verhältnis enger geworden, er akzeptierte mich, er hatte keine Vorurteile. Er war ein richtig guter Koch, und ich bekam immer was zu fressen, die einzige sichere Stelle für mich. Was bistu dünn, und er wunderte sich, woher ich die Kraft nahm für Sport und Arbeit. Machmal lasen wir Gedichte, die er gefunden und abgeschrieben hatte, oder wir redeten über Bilder und Lieblingsbilder, und ich lernte auch, klassischer Musik zuzuhören, womit man mich vorher jagen konnte, klassische Musik war etwas für ganz ausgediente alte Leute. Musik waren die Beatles, Kinks, Beach Boys, Creedence Clearwater Revival, Iron Butterfly, Jethro Tull und dergleichen, was einen eben beim Flippern in der Spielhalle anfeuert. Aber Herr Mozart aus Salzburg, das war auch kein Schmutz unter gewissen Umständen, hätt ich nicht gedacht.

In der Halbzeit kommen aus den Stadion-Lautsprechern immer nur Schlager, die aus den Hitparaden bekannt waren. Wenn sie da von dem Mozart was spielen würden, müssten die Zuschauer glatt glauben, dass wer wahnsinnig geworden ist. Undenkbar sowas. Aber warum nicht? Warum ist eigentlich diese sogenannte klassische Musik eine Provokation? In der Malerei ist es umgekehrt. Da sind die modernen Maler eine Provokation. Kannst du drauf wetten, dass neunzig Prozent der Leute im Stadion zu Hause einen Hirschen, oder einen ackernden Bauern, oder eine Madonna hängen haben, jedenfalls was handfestes Erkennbares, ein blondes Mädchen mit wehenden Schleiern auf einem Pferd am Strand, eine Zigeunerin mit Obstkorb, im kühnsten Fall im Schlafzimmer eine Reproduktion des Kusses von Klimt auf bunter Tapete, da kann man sich auch noch was vorstellen drunter. Und die Musik besteht aus sowas wie Miiihiiississiiippiii, vor allem musste ganz viel äinschel und bäibi und hanni und schugga vorkommen, das verstanden fast alle, wahrscheinlich sogar die Gurken von der Eintracht.

Ich bin doch zum Abschlussball des Tanzkurses in der alten Stadthalle gegangen, obwohl ich die letzten Kursstunden nicht mehr besucht hatte.

Vor fünf Jahren war ich einmal in dieser Stadthalle, sieht aus wie unsere alte verfallende Jahn-Turnhalle, nur dass es eine Bühne gibt und zwei breite Treppen links und rechts von der Eingangshalle zu den Balkonen und einem anderen Saal hoch oben, der Bühne gegenüber. Wir hatten uns reingeschummelt, der Wimmer Naz und ich, denn die Halle war ausverkauft. Gaben Die singenden Schlosser ein Konzert. Ein heimisches Duo, der letzte Schrei, weil die, so sagte der Naz, auf Englisch sangen, voll steil modern und echt bussig. Gabs ziemliches Gekreische, als sie von links auf die Bühne kamen, eng hintereinander im Matrosenschritt und mit seitlich gestreckten Armen wie Waagen, die sich hoben und senkten, und sie gingen in diesem Wackelschritt bis zur Mitte der Bühne und schauten dabei ernst in den Saal. Sie hatten die blaue Schlossermontur an. Ob da noch andere waren, die Instrumente spielten, weiß ich nicht mehr, wir sind bald wieder gegangen, denn die sangen gar nicht auf Englisch. Das einzige, was auf Englisch vorkam, und das den Nachwuchs besonders toben und kreischen ließ, war in einem Lied der Refrain: Der Sattel ist schwer, und rot ist das Gold, hejo hejo blue river baby.

Jedenfalls hätte ich das nicht tun sollen, wäre besser gewesen, nicht zu diesem Ball zu gehen, würde mir einiges erspart geblieben sein. Hätte, wäre, würde.

Viele sind der Meinung, man muss im Leben alles mal ausprobiert haben, das Leben ist zu kurz, da möchte man nix versäumen. Das kann ich überhaupt nicht verstehen, und auch nicht, wie der Geschichtsfässer Wilczek zu sagen pflegt, verknusen, Kindert, dat kann ick gar nickt verknusen. Erstens kann man alles sowieso nicht ausprobieren, und zweitens scheint es eher umgekehrt zu sein, ich glaube, dass es viel besser ist, nicht bei jedem Hundeerschlagen dabei zu sein, man versäumt nämlich gar nichts, man kann überhaupt nichts versäumen, sondern erspart sich einfach in den meisten Fällen Ärger und Enttäuschung und allen möglichen Kram und Gram.

Wenns einem aber nicht gesagt wird, muss mans bitter lernen. Hab ich jedenfalls bitter lernen müssen. Und auch, dass die meisten sich lieber in die Schnauze hauen lassen, als dass sie mal alleine blieben. Immer das Gefühl, man könnte was versäumen. Kriegt jeder gleich die Panik, wenn er am Samstagabend zu Hause sitzt und das Telefon nicht läutet, kommt sich gleich von der Welt ausgeschlossen vor, versäumt das gesamte Universum, das sich wer weiß wie vergnügt, während man selbst vereinsamt, vergessen, verstoßen, ausgesondert, jedenfalls nicht dabei ist, Selbstmitleidbemüh, Aufschluchzversuch, Verlassenheitsjammer, Versäumnisaufheul.

Mit sich selbst zurecht zu kommen ist am schwersten, kommt man leichter mit anderen aus, sich selbst kann man ja nix vorspielen. Da will man doch lieber von sich davonlaufen, was unternehmen, ausgehn, Hauptsache weg von sich.

Hätte ich mir denken können, dass, wo so eine Ansammlung von Mädchen ist, diese Fleischhändler aus dem Umkreis des Nacktboten auftauchen. Sind ja mehrere Tanzkurs-Jahrgänge zu dem Ball geladen, hunderte Mädchen. Hab ich aber nicht daran gedacht. War die Neugierde größer.

Mir ist nicht einmal ein Verdacht gekommen, als mich Mariella fragte, ob ich sicher bin, dass ich da hin will; und ebenso nicht, als sie sagte, pass gut auf dich auf. Und sie hatte meine Hände in den ihren und drückte sie, und ich war ihr sehr dankbar, und ich wollte ihr sogar versprechen, dass ich nicht tanzen werde, aber das verkniff ich mir zu sagen. Nahm es mir nur fest vor, wenn es schon Mariella verwehrt war, mochte ich auch nicht, aus Solidarität irgendwie, und schon gar nicht ein anderes Mädchen in Armen halten. Ich sah das Ganze eher als ein Klassenfest und dachte nicht daran, dass aus sämtlichen Gymnasien und Handelsakademien die Tanzschüler zusammenkamen.

Das billigste Getränk war Gin-Fizz, billiger noch als Apfel- und Orangensaft oder Cola, ein zitroniges Zuckerwasser mit einem halben Fingerhut Gin in einem schmalen Gläschen. Zwei konnte ich mir leisten, die Kasse war knapp, bei der Paketverteilung ist noch nicht ausgezahlt worden, Isadoras Hunderter fielen nun auch flach, und ich musste Jausengeld sparen. Vielleicht sollte ich mich am Schinkenbrotraub des Gorsen beteiligen, der biss sich ohnehin nur gierig ein Drittel ab und gab den Rest entweder an Werner weiter oder doch, die immer noch stattliche Stulle hoch erhoben, an Pensa zurück, aba schöööön bitte sagen; und das nächste Mal doppelt soviel Schinken. Das zweite Drittel könnte durchaus und gerechterweise durch meine Beißer wandern. Nein, der Pensa war als einziger unserer Klasse nicht beim Ball, aber er war auch nicht im Tanzkurs gewesen.

Ich hatte nicht getanzt. War schöner, an die Brüstung gelehnt in den Saal hinunterzusehen, wo rund um die Tanzfläche die von den Reichen gemieteten Tische mit weißen Stofftischtüchern und Stoffservietten waren. Bei uns heroben in dem kahlen Raum gabs nur ein paar Tische aus grauem Resopal, ohne Decken und Servietten, dafür klebrig von Getränkeringen.

Die unten ließen sich sogar Essen bringen, so richtig wie im Restaurant. Warn aber die Eltern mit am Tisch. Zum Aufpassen und Behüten. Ein paar von uns machten sich den Spaß, gerade wenn die aßen, hinunterzulaufen und die Mädchen aufzufordern. Entschieden die Eltern: das Essen wird ja kalt; später gerne. Aber später kam keiner mehr. Ich kannte niemanden von denen unten an den Tischen, außer die drei Mauerblümchen aus unserem Kurs, die mit ihren Eltern an unterschiedlichen Tischen saßen.

Ich hatte die Idee, eine davon aufzufordern, unter der Bedingung, dass sie mir vom Essen was abgibt oder heraufbringt. Dann dachte ich aber an meinen Schwur; nein, nichteinmal für Essen will ich tanzen, wäre ja Verrat.

Dann kommen sie herauf, zu dritt, der Lange in der Mitte, nach Mitternacht, die behüteten Töchter waren schon nach Hause gekarrt worden, eigentlich ist alles schon in Auflösung begriffen, von uns haben auch die meisten abgemacht, die Ruth vom Tanzkurs und ein paar andere sind noch dabei. Ich seh den Langen gleich, schon vor den letzten Stufen, und er sieht mich auch sofort, und sie sehn, dass die schöne Ruth aufm Tisch sitzt, und ich steh in der Nähe.

Die drei Affenschädel kommen natürlich her, ganz nah, und der Lange, in einer Hand einen Weinhumpen, greift ihr aufn Schenkel und sagt, kommst mit mit uns, und ich sage: Klofinger weg. Da schüttet er mir den Wein ins Gesicht, und gleich darauf merke ich meine Faust auffahren und seh sie seitlich gegen sein Kinn krachen, das macht sie sozusagen ohne mich, er wankt und versucht noch, einen Schwinger anzubringen, aber der erreicht mich nimmer, ich biege mich einfach seitlich weg.

Ging alles ziemlich schnell, aber ich weiß noch genau, dass ich mich über sein harmloses Schwingerchen wunderte: zu langsam, viel zu langsam, und dass ich auch dachte: Scheiße, das wird Mariella nicht gefallen. Und dann bekomme ich eine in den Magen geschoben, nicht vom Hottler, von dem dritten, bloß dass ich wenig spüre, die Bauchmuskeln sind doch zu gut trainiert. Und ich schlage nicht mehr zurück. Eigentlich müsste ich, die Ehre der Straße verlangt es, aber ich habs satt, das Hauen kommt mir plötzlich recht sinnlos und blöd vor.

Und von denen keilt auch keiner mehr her, vielleicht, weil ich beim Schlag in den Bauch keine Regung gezeigt habe, vielleicht, weil noch zehn aus der Klasse da sind und näher rücken und, wie wenn es ausgemacht worden wäre, mit mir nun zur Treppe gehen und hinunter zum Ausgang, sogar ein paar Mädchen sind dabei. Da können sie nichts machen, außer dass der Lange droht: das überlebst du nicht, dich holen wir. Das übliche Zeug eben, mitm Maul stark, aber eine Reaktion wie eine Weinbergschnecke.

Nun war es aber so, dass jeder von uns schließlich in eine andere Richtung nach Hause musste. Beim Ausgang, und über den langen Vorplatz, und über den Ring blieben wir noch zusammen, aber als sie sahen, dass die drei Affenschädel mit dem Auto neben uns herfuhren, und der Hottler den Arm heraushängen ließ, mit einem Schlachtermesser in der Faust, hatten sies allesamt eilig, heimzukommen.

Blieb nur noch ein Fahrschüler übrig, der zum Bahnhof musste, und der lag in einer anderen Richtung, und so begleitete ich ihn durch die leere Stadt, und die im Auto immer langsam nebenher auf der anderen Straßenseite und das Schlachtmesser zeigend.

Nach Hause konnte ich nicht, das war klar, bis dorthin gabs eigentlich nur gerade Straßen und keinen wirklich versteckten Weg. Ich musste bei meinem Fahrschüler bleiben, solange ein Zeuge dabei ist, hüpfen die nicht ausm Auto, und vielleicht kann ich den Bahnhof erreichen und bei den Kumpels untertauchen, aber mein Schulkollege bekam richtig Angst, und schließlich bat er mich, als wir den Hauptplatz entlanggingen, mit aufgerissenen Augen, ich soll ihn bitte allein weitergehen lassen, und ich sagte: dann lauf, lauf um dein Leben, und er startete sofort los.

Ich startete auch los, denn ich wusste einen Durchgang zum anderen Platz hinüber, zwanzig Meter noch, und wenn die mitm Auto dort hinüber wollen, müssen sie einen ziemlichen Umweg fahren, weil am Ende des Hauptplatzes, wo wir uns jetzt befanden, die Einbahn in die andere Richtung führt, und wenn es mir gelingt, den anderen Platz zu erreichen, weiß ich ein Versteck in einem Hinterhof, wo ich von mir aus die ganze Nacht bleibe.

Also nichts wie rein in den engen Hausdurchgang und über den Hof mit Katzenkopfpflaster und Brunnen und Bäumen, dann zwischen der hohen Steinmauer und den Kolonnaden an der Rückseite eines Museums durch, hinaus zu dem Park mit Kieswegen, und da war das große Tor aus Eisenlanzen geschlossen.

Und wie ich überlege, dass ich eventuell auf den Eisenschnörkeln und Querstäben hinaufklettern könnte, aber niemals über die langen Lanzenspitzen komme, ohne aufgespießt zu werden, sehe ich das Auto sich vors Gitter schieben; sind die Kerle wirklich gegen das Einbahnsystem gegurkt.

Also zurück, dass der Kies spritzt, in die Dunkelheit, im Schattenschutz der Kolonnaden, am Rand des Brunnenhofs entlang, vorsichtig, vorsichtig, aber es war zu spät. Im Durchgang stand der, der mir in den Magen geboxt hat, und hinterm Brunnen kam der Lange hervor.

Hätt ich mich in den Hintern beißen wollen für meine Blödheit, so in die Falle zu gehn. Aber aufgeben, das war uns Kickern eingeschärft, aufgegeben wird nicht, aufgegeben wird höchstens ein Brief.

Gab nur eine Möglichkeit, nämlich schnellstens auf den Magenbitter dort im Durchgang zu, einen sogenannten Überaschungsausfall, im Sprung die linke Gerade vor, aber ich verfehle ihn, und er reißt mich auf die Steinplatten des Durchgangs und will seinen Würger ansetzen, ich bekomme noch eine Hand frei und steck ihm die Finger in die Nase und drücke hoch, dass ihm der Kopf in den Nacken geht, wollte ihm eigentlich die Augen gleich ausstechen.

Immerhin kann ich mich loswinden, bevor der Lange da ist, und krieche ein Stück weg, aber er hat mich an den Beinen, ich trete und komm wieder ein Stück weiter. Das Licht dort vom Hauptplatz, wenn ich da hinaus komme, vielleicht sieben Meter noch, ich trete nochmal zu und dem Magenbitter auf die Schulter, er lässt kurz los, das genügt, dass ich seitlich krabbelnd wieder zwei Meter gewinne, nur zum Aufstehn und Laufen reicht es nicht.

Nun hechtet sich der Lange auch noch auf mich, aber irgendwie scheint er ein Unglücksrabe zu sein, denn er bekommt mein Knie in die Schnauze, dass er aufgrunzt, und ich bin wieder ein Stück weiter. Das wars aber, denn der andere hat nun die Hände um meinen Hals, und die krieg ich nicht weg, er drückt meinen Kopf gegen die Wand, und ich radiere mit der Schläfe da entlang, der Lange umklammert meine Beine, und ich, am Boden mit der Schläfe an der Hauswand, die Schläfe tief aufgeschabt, bekomme immer weniger Luft.

Der kniet auf mir und drückt mit beiden Händen zu. Einen letzten Versuch mache ich noch, ihm die Nieren heraus zu stemmen, aber da ist zu wenig Spielraum für die Fäuste, als dass ich noch Druck dahinterbekomme, scheißhilfloses Gefühl, also kralle ich ihm die Linke mit aller Kraft in die Seite um ihm, wenn möglich, ein Stück Fleisch heraus zu reißen, und meine Rechte greift auch zu und erwischt das Ohr des Langen, und meine Finger machen ihm die Eisenklammer, dass er aufkreischt, und ich ziehe ihm den Schädel gegen den Rücken des Würgers, der immerhin kurz den Griff lockert, sodass ich röchelnd zu Luft komme.

Plötzlich lassen die zwei Klammeraffen los und hauen ab, und ich kann Sauerstoff pumpen. Das Fleischermesser war wenigstens beim Hottler im Auto geblieben.

Ob alles in Ordnung ist, fragt der Polizist, und ich sage ja, alles in Ordnung. Und er fragt, ob ich in der Lage bin, aufzustehn. Klar kann ich aufstehn. Und ich stehe auf und will weg, aber er hält mich zurück.

Das auch noch, also mit denen möchte ich nichts zu tun haben, die Freunde und Helfer der einflussreichen Nikoläuse. Mir geht sofort im Kopf herum, wie Mariella behandelt wurde, indessen die Bande gedeckt und geschützt war, diese

Menschenhändlerbande ohne Hemmschwelle, jetzt mischen sie auch noch im Rauschgiftgeschäft mit, unterm Schutzschirm der Pappis Transportunternehmer, Fleischgroßhändler, Teigwarenfabrikanten, Bauunternehmer, Ziegelfabrikanten, Autohändler. In der Stadtpfarrkirche haben sie eigene Sitze mit Plaketten, und die Söhne die Absolution, was immer sie tun, sie können sich die Nasen mit Kokain auskleiden und, je nach Laune ihrer verklebten Hirne, Leute terrorisieren, wann, wie und wo sie wollen.

Aber es kommt dann doch immer anders, als man glaubt. Am besten macht man sich keine Vorstellungen. Von nix. Nicht einmal von der Polizei, deinem Feind und Verfolger. Lernt man bereits als Kind beim Räuber-und-Gendarm-Spiel; wer will da schon der Gendarm sein.

Der Polizist war freundlich. Also verstellte er sich. Weiß doch jeder, dass es gefährlich ist, wenn Polizisten freundlich werden. Irgendetwas wollen sie dir immer anhängen. Er hatte mir aufgeholfen, er hatte mich gefragt, ob ich Schmerzen habe, aber er hielt mich am Oberarm fest; ich zog, aber er hielt mich fest. Außerdem sagte er Sie zu mir, das war befremdlich.

Ich sage gar nichts. Aber auch sowas von garnichts. Aus mir kriegen die nix heraus.

Ob ich die kenne, die mich da niedergewürgt haben?

Was soll ich denn sagen. Kann doch nicht berichten, dass es die Hottler-Gang ist, die mir die Haut abziehn will. Aus dir machen wir einen Lampenschirm, hat der Hottler noch am Ausgang der Stadthalle gesagt. Wenn die Polizisten Hottler hören, und Fitz, Langer, Fell und Zeller, gehen sie doch in die Knie und beginnen zu beten.

Er führte mich um die Ecke zur Wache, keine zehn Meter von dem Durchgang. Die kriegen wir schon, sagte er, machen Sie sich keine Sorgen. Erstmal Personalien aufnehmen. Den Schülerausweis hatte ich nicht mit, aber sie glaubten mir auch so. Johann Nepomuk Müller, geboren am, wohnhaft wo, ich sitze vor dem Schreibtisch, gegenüber dem zweiten Polizisten, wie umständlich langsam der aufschreibt. Habe ich Zeit, an den Spruch vom Wimmer Gerhard zu denken, was man einem Polizisten so antwortet, wenn er einen ausfragt: fragt er, wie ich heiß, sag ich Anton Gummischeiß, fragt er, wo ich wohn, sage ich im Luftballon.

Der Polizist, der mich gefunden hat, kommt mit einem Tuch, es wird jetzt brennen, er betupft mir die Schläfe, aber ich spüre nichts, tuts weh? Nein, überhaupt nicht. Er kann nicht wissen, dass ich ziemlich schmerzunempfindlich bin, fast so wie an den Fingerkuppen, an denen ich nichts mehr spüre, man könnte mir Nadeln hineinrammen; kein Fingerspitzengefühl mehr. Das Ideal wäre, am ganzen Körper so unempfindlich zu werden wie an den Fingerkuppen, dann könnte ich ein richtiger Kampfhund sein.

Er wundert sich, dass ich nicht zucke. Nein, ich zucke schon lange nicht mehr, auch das Zucken wurde mir schlagartig abtrainiert, ich zucke nicht einmal mit der Wimper.

Sie fragen mich um das Wie und Warum. Aber ich weiß nichts.

Dann aber rutscht mir unter dem Druck ihrer Fragen doch heraus, dass mir die ab der Stadthalle nachgefahren waren und ein Schlachtmesser dabei hatten. Was das für ein Auto war? Ich nenne die Autonummer.

Als hätte ich eine Zauberformel gesprochen. Die beiden sehen einander an. Dann entspannten sie sich. Endlich, sagt der andere, sieht auf die Uhr und steht auf: wir wissen, wo die jetzt sind. Und mein Retter sagt, jetzt haben wir was in der Hand. Ich soll ihnen helfen, diese Bande dingfest zu machen. Ob es Zeugen gibt? Ich brauche gar nichts zu tun, nur mit ihnen mitzufahren, ob ich das machen würde? Nur mitfahren zum Henry Court.

Henry Court kannte ich. Eine Art Discothek und Restaurant an der Peripherie. Heinrich Kurt hieß der Besitzer, ein Riese mit verwittertem Gesicht und Donnerstimme, der die besten und größten Wienerschnitzel von der Welt fabrizierte, und zwar himself, wie er auf englisch von sich in der dritten Person zu sagen pflegte: die macht er himself höchstpersönlich und sonst nobody. Die Sensation war aber seine erwachsene Tochter, die aussah wie Pocahontas reifere Schwester, sie hatte zwei feine Querfalten auf der Stirn und eine rauchige Stimme vom Nachtgeschäft.

Vor eineinhalb Jahren war ich das erste Mal dort, zusammen mit einigen unserer Reservespieler. Nach jedem Sieg der Reserve ist abends das Henry Court Pflichttermin für die Unverheirateten oder zu lange Verheirateten. Und da die Reserve bis auf ein paar Ausrutscher meist gewinnt, hat sich ein Kern der Reservisten als Stammkunden im Henry Court etabliert, mit dem Privileg, von Pocahontas bedient zu werden.

Chef der Truppe ist unser Mittelstürmer, seit drei Jahren Torschützenkönig, schon etwas in Jahren, und mit seinem Pelzmäulchen noch älter aussehend, aber mit einem Torriecher ausgestattet, der seine mangelnde Kondition wettmacht.

Ich hatte schon das Juniorenmatch absolviert gehabt und musste diesmal auch noch in der Reserve aushelfen, ich hätte aber auch für eine fünfte Halbzeit Luft gehabt, die Reserve ist immer ein Spaziergang. Wir gewannen sechsluft, und Pelzmäulchen Konrad netzte fünfmal ein, ein Glückstag selbst für ihn, der das Toremachen gewöhnt war, aber fünf boots in einem Spiel sind keine Alltäglichkeit, und immer noch sprang er nach jedem Tor vor Freude wie ein Geißbock. Da ich ihm viermal in diesem Spiel die Haut so serviert hatte, dass er die Augen schließen konnte, denn ich stand nach den jeweiligen Solos allein vorm leeren Tor und schob dem mitkommenden Konrad den Ball hin, damit er seinen Vorsprung in der Torschützenliste ausbauen konnte, also für so viel Unterstützung lud er mich ein, mit ihnen am Abend mitzufahren.

Er sang unter der Dusche von Schatonöffdüpapp, den werde man dort süffeln, und grölte den Tag so wunderschön wie heute, und im Dunst des Duschraums unter den Wasserstrahlen setzten alle gurgelnd ein: dea düafte niiiiie vagehn.

So kam ich erstmals ins Henry Court, viel zu jung zwischen den trinkfesten Haudegen, denen Pocahontas sofort eine Flasche dieses französischen Weins im Stehen entkorkte und dem Pelzmäulchen zum Kosten einschenkte, und die mehr feststellte als fragte: habt ihr einen neuen mit. Einer von uns, sagte Pelzmäulchen, ein Braver. So so, ein Braver, und sie sah mich an, und was trinkt der Brave?

Da ich kein Braver sein und unbedingt erwachsen erscheinen wollte vor dieser Schönheit, sagte ich: Whisky. Das erschien mir richtig männlich. Aber ich hatte noch nie Schnaps gekostet.

Und wie willst du ihn? Ich wusste nicht, was sie meinte. Mit Soda, oder mit Eis, oder mit Cola, oder mit Orangensaft, oder willst du vielleicht lieber nur Orangensaft, das haben wir auch? Da bestellte ich, um ganz hart zu erscheinen: Whisky pur. Und Pocahontas konnte Gedanken lesen und sagte anerkennend: du bist aber ein ganz ein Harter.

Sie brachte ein breites niedriges Glas mit ein paar Millimetern apfelsaftfarbener Flüssigkeit, die nach ätzender Seife roch. Also wenn das ein Getränk sein soll, so eine Enttäuschung, in den Filmen sah man das anders, und ich hatte indessen auch in der Getränkeliste nachgesehen. Für dieses Geld hätte ich mir ein Mittagessen kaufen können.

Ich bereute bereits, die Tore nicht selber gemacht zu haben. Schmeckte auch scheußlich das Zeug. Ein winziger Schluck, und ich fühlte mich benebelt und konzentrierte mich darauf, mir nicht anmerken zu lassen, dass das Hirn in meinem Kopf flüssig wurde und leicht vor und zurück schwappte. Nein, ich hätte die Bälle selbst ins Netz donnern sollen, dann säße ich nicht verschwommen und verloren hier bei den vom Kantersieg und der dritten Flasche Schatonöffdüpapp selbstbegeisterten Mitspielern. Mit der Ferse hat er, das Pelzmäulchen, das Fünfnull gemacht, mit der Ferse! Prost meine Herrn! Prostprost meine Herrn, und die andern setzten ein: wir wollen einen heeeeben, prost prost prost. So macht man das, so schaut es aus. So ein Tag so wunderschön wie heute. Wir haben keine Gegner mehr. Wir machen ihnen die Tore mit der Ferse.

Und ich denke schwankend, dass das wohl keine Kunst war, ich habe ihm den Ball immerhin fünf Zentimeter vor der Torlinie zugeschoben, und der Tormann lag, von mir überspielt, an der Fünfergrenze, da hätte man sich auch hinknien und die Kugel mit der Nase über die Linie stechen können.

Ich glaube, ich bin zwei Stunden dabei gesessen, aber der Schwindel nach diesem ersten Schlückchen ließ nicht nach, und wenn sich nicht Pocahontas einmal zu uns gesetzt und mir wie nebenbei die Hand auf die Schulter gelegt hätte, wäre ich nach einer halben Stunde gegangen; so aber hoffte ich, dass sie das noch einmal tut.

Schließlich suchte ich meine Münzen zusammen und sagte dem Pelzmäulchen, dass er meinen Whisky trinken kann, was er mit einem schnellen Schluck tat, noch bevor ich aufstand.

Nun saß ich auf dem Rücksitz des Polizeiwagens vorm Eingang des Henry Court, ein zweiter Polizeiwagen mit eingeschaltetem Blaulicht kam von der anderen Seite, sodass die Autos Schnauze an Schnauze halb am Gehsteig vor dem Lokal standen, und mir wurde gesagt, ich soll mit aussteigen und im Vorraum warten, und wenn sie mit denen aus dem Lokal kommen, soll ich auf die zeigen, die ich als Täter erkenne.

War mir gewaltig peinlich, aber es war zu spät, mich davon zu machen.

Die Polizisten waren nervös, und meiner drückte mich in dem mittelgroßen halbrunden Vorraum an die Wand neben der Tür und befahl mir, mich nicht zu bewegen, am besten, sagte er, du bist unsichtbar. Jetzt sagte er also doch: du.

Er öffnete die genoppte Milchglastüre und ging ins Lokal, aus dem ein Schlagerschwall drang, in dem ganz viel lonely hintereinander vorkam. Ein Polizist wartete mit mir im Vorraum, zwei waren bei den Autos geblieben. Dann hörte man übers Mikrofon die Stimme von Heinrich Kurt, der Fahrer des Wagens mit der Nummer sowieso soll sich an der Bar melden. Klang wie: Fahrchips an der Kasse lösen biddäh. Tat sich nichts. Lonely lonely lonely. Und als lonely lonely vorbei war, erklang monday monday und darauf wieder Heinrich Kurt, der Fahrer des Wagens mit dem Kennzeichen soundso soll sich umgehend bei ihm an der Bar melden. Das Lenkrad langsam drehen biddäh, rechts fahren, los gehts.

Dann kam der Polizist wieder heraus, er braucht Unterstützung, und der andere Polizist rief einen von draußen herein und ging mit seinem Kollegen ins Lokal.

Erst wurde die Musik lauter gestellt, dann abgestellt, dann wieder lauter, dann leise, Rumpeln und Schreien, Fluchen und Schimpfen, dann polterten Körper gegen die Lokaltüre, die mehrmals einen Spalt aufging und zugedrückt wurde, schließlich aber mit Hilfe des Polizisten, der sich bei mir im Vorraum befand, aufgestemmt werden konnte.

Die beiden führten den Hottler heraus, der sich wehrte und der schrie, was sie sich einbilden, ab morgen werden sie an der Kreuzung stehen, das garantiert er ihnen: da könnt ihr euch im Kreis drehn und winke winke machen, wenn ich vorbeifahre, ihr Arschlöcher. Er wird sie fertig machen, fix und fertig, sooo klein. Und er höhnte, was sie in einem Jahr verdienen, das gibt er in einer halben Stunde hier aus, verstanden. Hinter ihnen drängten mindestens zehn der Hottler-Nikoläuse nach und schrieen, sofort loslassen, sonst montieren wir euch ab, ihr Dreckschweine. Unter ihnen der Lange und der Würger.

Die Tür zum Gehsteig ging auf, das Blaulicht blitzte, auf meinen Hinweis nahmen die beiden anderen Polizisten den Langen und den Würger an den Armen, und der Hottler tat, als wollte er sich auf mich stürzen, und er kreischte: dich bringe ich um, dich bringe ich um.

Ich stand noch immer an der Wand und ein paar der Nikoläuse rückten näher, was ziemlich bedrohlich war, aber ich hatte keine Angst, sondern war bereit, dem ersten, der mir an den Hals gehen wollte, die Faust so ins Maul zu stecken, dass seine Zahnbürste am nächsten Tag ins Leere fahren würde.

Ich rückte Fuß um Fuß Richtung Türe, schließlich war ich draußen und alle drängten auf den Gehsteig, und nun begann eine Rauferei, wobei ich merkwürdigerweise übersehen wurde, es ging gegen die Polizisten, die den Hottler mit Mühe ins Auto gestopft hatten, und erst als ein dritter Einsatzwagen kam, zogen sich die meisten ins Lokal zurück.

Die Polizisten sammelten ihre Kappen ein, einer holte noch das Schlachtmesser aus Hottlers Auto, dann wurde ich in dem zuletzt angekommenen Einsatzwagen nach Hause gefahren, und bevor wir die Siedlung erreichten, bat ich, ob sie nicht das Blaulicht ausschalten könnten, so auffällig wolle ich nicht einreiten, ja klar, sagte der Fahrer, hat er vergessen gehabt, sorry, er wohnt selbst in einer Siedlung im Süden, und so eine Siedlung hat sogar in der schwärzesten Nacht hundert Augen und Ohren. Da wars drei Uhr früh.

Als ich um sieben aufwachte, fand ich mich am Schreibtisch sitzen, den Oberkörper auf der Platte, den Kopf aufm Oberarm, der Oberarm war mir eingeschlafen. Ging mich waschen und sah, dass meine Schläfe nicht sehr lieblich aussah, die Wunde hatte einen orangen Rand, der sich abwaschen ließ, aber was ich mit der offenen Stelle machen sollte, wusste ich nicht. Zum Desinfizieren war nix im Haus, also einfach so lassen, wächst schon wieder zu, ich kann ja nicht schon wieder einen Verband ums Hirn pappen, wäre doch zu peinlich.

Im Kühlschrank fand ich einen halben Liter Milch, wovon ich mir die Hälfte wärmte, und in einem Kästchen das Endstück eines Milchbrots, das ich hinunterschlang, ich nahm die Tasche und wollte mich auf den Weg machen.

Die Mutter kam ausm Schlafzimmer und keifte, wo ich mich denn schon wieder herumtreiben will um diese Zeit, ist denn nie Frieden mit dir, hat man denn nie seine Ruhe. In die Schule muss ich. In die Schule, so so. Viel Vergnügen in der Schule, sagte sie, du Lügner.

Ich kam erst beim Überqueren der Porzellangasse darauf, dass Sonntag war.

Ich kehrte um. Warum sie denn nicht gleich gesagt hat, dass Sonntag ist?

Wenn du zu dumm bist, dir die Wochentage zu merken. Wo übrigens das Milchbrot ist.

Habe ich gegessen.

Ohne zu fragen? Und was soll ich essen? Jetzt stiehlst du auch schon zu Hause?

Wasn stehlen, wo habe ich denn gestohlen?

Sie weiß genau um mich bescheid, ich brauche mich nicht zu verstellen. Sie kann ich nicht belügen. Sie erfährt alles. Wenn ich so weitermache, werde ich schon sehen, wo ich lande. An deine Mutter denkst du wohl gar nicht dabei, an die Schande.

Was denn für Schande?

Die Schande, die du mir machst.

Womit denn?

Jetzt sah sie meine Wunde an der Schläfe. Und das da?

Bevor mir etwas einfallen konnte, sagte sie: geschieht dir ganz recht, Herumtreiber. Sowas kommt ja nicht von ungefähr. Mit dem Pack, mit dem du dich eingelassen hast.

Da war ich nun doch einigermaßen verblüfft, wie konnte sie von der Hottler-Bande etwas wissen? Als ich nach Hause kam, hatte sie geschlafen. War gar nicht möglich, dass sie auch nur eine Ahnung haben konnte, was heute Nacht abgegangen war. Andererseits freute es mich, dass sie diese Stinkrüben als Pack bezeichnet hatte, kriegte ich geradezu ein erstklassig dankbares, warmes Gefühl für sie in den Hals. Also war sie ja doch auf meiner Seite. Ich habe ihr unrecht getan. Sie meint es gut mit mir. Ich sagte ihr, dass ich in die Konditorei radeln und ihr ein Milchbrot oder etwas ähnliches bringen werde.

Das kann ich mir sparen. Jetzt braucht sie nichts mehr. Ihr ist der Hunger schon bei meinem Anblick vergangen.

Sie soll mir doch sagen, welche Schande sie meint, die ich ihr mache. In der Schule ist alles in Ordnung, im Gegenteil: es ist viel besser geworden, in Mathematik halten sie mich neuerdings für ein Phänomen, sogar der grauslige Berger hat gesagt, ihm scheint, dem Müller ist endlich der Knopf aufgegangen.

Du bist eindeutig auf dem abschüssigen Weg, mir machst du nichts vor, sagte sie. Wenn man dir nicht Einhalt gebietet, landest du zwangsläufig in der Gosse.

Was soll denn das wieder heißen?

Mit lauernder Stimme sagte sie nun: hast du nicht unlängst beim Thusler gestohlen?

Was sollte ich denn beim Thusler gestohlen haben?

Sie schwieg und machte eine traurige und angeekelte

Miene. Nun flüsterte sie: das hat sie ja gewusst, dass ich nicht nur stehle, sondern auch noch lüge und verleugne. Aber sie kennt mich durch und durch, ob ich das wohl vergessen hätte.

An ihr bleibt wieder alles hängen, und sie muss dann alles bereinigen. Wie lange soll denn das noch gut gehen. Womit hat sie das verdient.

Aber was denn gestohlen zum Scheißdreck noch einmal?

Versündige dich nicht. Bei mir diese Ausdrücke nicht.

Verdammte Hurenpissescheiße, was soll ich denn verflucht getan haben?

Dann denk einmal nach. Und wie ich überhaupt spreche. Das ist das eindeutige Zeichen, dass ich mich von den falschen Leuten beeinflussen lasse.

Dem wird sie einen Riegel vorschieben. Wehret den Anfängen. Wo kommen wir denn hin, wenn wieder alles von vorne beginnt?

Ich verstand überhaupt nichts mehr. War nur saumüde. Ich lege mich jetzt hin, sagte ich.

Ja, das kannst du. Schlafen. Während deine Mutter vor Sorgen kein Auge zu macht. Du räumst dem Thusler die Obstkisten aus, und ich kann es wieder gut machen. Wovon denn? Du bringst mich an den Rand des Ruins. Wovon soll ich denn weiterhin deine Diebereien bezahlen? Ich werde dich aus dem Gymnasium nehmen. Damit du endlich weißt, was Leben heißt.

Aber wieso denn?

Damit du etwas Ordentliches lernst. Ein Handwerk. Handwerk hat goldenen Boden. Willst du vielleicht immer weiter so jüdeln?

Da packte mich das Entsetzen. Was ist das für ein Mensch, der mir da gegenübersitzt. Auch wenn ich noch nichts wirklich begriff, wusste ich, dass sich ein Abgrund aufgemacht hat, der nicht mehr zu überbrücken sein wird. Auf einmal hatte ich Angst. Eine Ahnung und Angst, dass ich zu zittern begann, ein Schüttelfrost, als hätte ich Fieber. Ich konnte kaum reden, die Zähne klapperten aufeinander. Wo sie das her hat mit den Obstkisten, das ist überhaupt nicht wahr.

Stell dich nicht blöder als du bist, sagte sie, sie weiß genau, was los ist. Sie hat die Folgen meiner Tat noch einmal abwenden können, sie hat mit der Brezina gesprochen, sonst hätte der Thusler Anzeige erstattet.

Wegen dem Apfel? Das war für mich kein Diebstahl. Der hat von der Großmutter für einen Apfel so viel verlangt, dass sie drei hätte nehmen können.

Du hast gestohlen, das genügt. Es wird ja nicht das erste und einzige Mal gewesen sein, sie kennt mich durch und durch, ich habe ihr ja auch das Milchbrot gemaust. Ich würde ihr noch die Haare vom Kopf fressen. Und sie weiß, wer mir den Charakter derart verdirbt und mich zu allem möglichen anstiftet. Bevor das in der Schule ruchbar wird, tatsächlich sagte sie geschwollen: ruchbar, nimmt sie mich aus dem Gymnasium. Diese Schande erträgt sie nicht. Sie hat nicht ihre Jugend hingegeben, um verlassen zu werden und darüberhinaus zusehen zu müssen, wie der Herr Nichtsnutz auf die schiefe Ebene gerät.

Sie sieht doch, dass ich im Gymnasium nichts lerne außer Müßiggang. Und Müßiggang ist aller Laster Anfang.

Das kannst du doch nicht machen. Die eineinhalb Jahre noch.

Und ob. Sie kann es sich nicht mehr leisten.

Aber ich verdiene, ich mache die Nachtschichten, und bald wird auch bezahlt.

Das sind bloß Halbheiten, was ich denn glaube, wo wir leben, das reicht vorne und hinten nicht. Soll das alles sein, was ihr bleibt, dafür hat sie sich aufgeopfert? Deiner Meinung nach? Bedanke dich bei deinem Vater. Am liebsten würde sie gleich ins Wasser gehen, hinter ihr die Sintflut.

Ich war wie ausgelöscht. Stand auf und ging wankend und klappernd in mein Zimmer, legte mich hin, dachte nur noch: Mariella hilf, Robert hilf, und fiel und fiel und fiel in tiefen schwarzen Schlaf voll Schuld.

Und das und das und das! Ich wachte von ihrem lauten Sprechen auf, sie zählte die elf Porträts, die ich aus dem Gedächtnis von Mariella gezeichnet hatte, auf die Tischplatte. Das ist Lernen?

Damit beschäftige ich mich? Mit brotloser Spielerei? Mit so etwas vergeude ich meine Zeit? Ob ich vielleicht glaube, dass diese ewig gleichen Kritzeleien etwas sind? Wozu die nütze sind? Da ist mir wohl der Kopf verdreht worden. Genau. Kopfwäsche. Von diesen Personen ist man nichts anderes gewöhnt.

Ich wehrte mich nicht mehr. Die Ahnung, die ich hatte, war furchtbarer, als ihre Geringschätzung von Mariellas Gesicht, das sie elfmal über den Tisch verstreute, mit wegwerfenden Gesten, sodass zwei Porträts auf den Boden fielen. Ich hob sie auf, legte alle zusammen, holte mein Fußballzeug, legte die Zeichnungen dazu, und ging.

Sie rief mir nach: und ich kann dich bis zum Abend hier nicht brauchen, verstanden.

Warum denn?

Sonst kommst du ja auch immer zu spät, also frag nicht.

Der Vereinsarzt ließ mich natürlich nicht einlaufen. Er drückte am Rand meiner Schläfe herum. Das heilt bald in meinem Alter, aber er will nichts riskieren. Der Trainer war dazu gekommen und tröstete mich, so wichtig ist das Spiel nicht, in der Kampfmannschaft war ich ohnehin nicht aufgestellt, ich soll mich auskurieren, er klopfte mir die Schulter durch, du wirst sehen, nächste Woche sieht es schon wieder anders aus.

Ich hatte gesagt, ich bin mit dem Fahrrad gestürzt. War das erste Mal froh, kein Spiel absolvieren zu müssen, ich fühlte mich zum Umfallen schwach. Ich wollte nur noch zu Mariella und Robert, und zwar sofort. Verließ das Stadion und ging hinüber, kam gerade die alte Brezina heraus mit zwei Taschen voll Lebensmitteln.

Ich wollte sie zur Rede stellen, was sie denn für Märchen erzählt von Obstkisten und so Scheißzeug, wasn das soll, aber sie steckte den Kopf tief und ging schnell davon, indessen ich mit dem Fuß die Tür aufhielt. Dreckschleuder. Vor der eigenen Türe kehren, schrie ich ihr nach, die Hände als Trichter um den Mund, und: wieder Sonntagseinkäufe gemacht, was?

Oben ging das Fenster auf und der Thusler bellte herab, was ich mir da erlaube, Leute belästigen, ich soll sofort mein dreckiges Maul halten und gefälligst verschwinden, sonst!

Und ich schrie hinauf: was sonst!

Noch immer über der Schwelle stehend, seitwärts gebeugt schrie ich plötzlich in wahnwitzigem Hass auf, ich schrie die Fassade hinauf, dass er selber das Maul halten soll, Affensau und Schweineschädel, dir reiße ich den Arsch auf, wenn ich dich treffe, bis zum Knie trete ich dir den Arsch ein. Ich war außer mir und staunte zugleich, woher plötzlich dieser ungeheure Hass in mich kam, jetzt hätte ich auch töten können, und ich schrie das gleiche, das mir vor ein paar Stunden angedroht worden war und das mich entsetzt hatte: ich bring dich um du Sau, komm herunter und ich bring dich um.

Das Merkwürdige war aber, dass ich zugleich mit meinem dichten Hass die Peinlichkeit spürte, ihn so hinauszuschreien. Als ob er etwas Unwirkliches und ziemlich lächerlich wäre. Künstlich aufgeblasen. Und noch während ich die obszönsten Audrücke gegen die schlabbrige Toni-Thusler-Visage schleuderte, kam ich mir verloren vor und mir selbst unverständlich, unverständlich und lächerlich wie eine Szene, die ich als Kind in der Siedlung gesehen hatte, und die wie aus einer anderen Welt zu stammen schien.

Der Wimmer Naz und ich saßen auf einer Bank neben dem Sandkasten am Spielplatz, sein Vater lehnte mit verschränkten Unterarmen am offenen Fenster ihrer ebenerdigen Wohnung. Da kam der Vater vom Pires Sepp über den Spielplatz, ein kleiner Mann mit der Pfeife im Mund, und strebte aufgeregt dem Wimmerfenster zu, und bereits auf unserer Höhe rief er: jetzt kannst du was erleben, warte, jetzt kannst du was erleben, du Hurenbock. Wir erstarrten, sowas hatten wir noch nie gehört. Der Wimmervater sah eher gemütlich aus, wie er da verlegen grinsend ausm Fenster schaute, mir schien, als würde ihn das Piresgeschrei nicht kratzen.

Ich hatte bis dahin von Erwachsenen noch nie so unflätige Worte gehört, wie sie aus dem Piresvatermund kamen: du Sau, du Drecksau, schrie er, als er sich dem Fenster näherte, und wurde desto lauter, je näher er dem Wimmerfenster kam, bis er unterm Wimmer stand und brüllte, er macht ihn kalt, er knallt ihn so auf, dass er mit dem Arsch auf die Uhr schaut.

Er hatte die Pfeife in der Hand und begann zu springen und mit der Faust überkopf nach dem Gesicht des Wimmervaters zu schlagen, der, ohne die Arme vom Fensterbrett zu nehmen, den Kopf anhob, sodass die Piresfaust bloß Luft umrührte. Der kleine Pires sprang wie ein Rumpelstilz und schrie bei jedem Sprung: ich mach dich kalt du Sau ich mach dich kalt du Sau, aber das einzige, was er erreichte, war, dass der Wimmer bei den Luftschwingern das Grinsen einstellte und dann in seine scheinbar gemütliche Stellung zurücksank. Lächerlich sah der kleine springende und fluchende und Drohungen ausstoßende Piresvater aus. Dann wars plötzlich vorbei, wie ein kurzer scharfer Sommerregen, der uns Kinder in die Hauseingänge trieb, wo wir stumm warteten, und kaum waren die letzten Tropfen gefallen, wurde der Sand in den Sandkisten wieder weiß und das spärliche Gras hart und trocken.

Als der alte Pires über den Spielplatz zurückging, wirkte er wie ein geschrumpfter staubiger Verlierer.

Genau so einer war auch ich jetzt. Ich schämte mich, obwohl mein Maul aus Trotz noch einmal die Hauswand hinauf randalierte und den Thusler Kinderschänder nannte.

Wer schreit, hat unrecht, hieß der Spruch, den wir alle kannten. Aber geläufiger war uns, dass, wer Verdorbenes in sich hineingefressen hat, beim Kotzen nicht leise sein kann und dabei auch nicht den kleinen Finger abstreckt.

Komm herein, sagte Robert, und zog mich am Ärmel von der Schwelle in den Hauseingang, was tust du denn da, was regst du dich so auf, sei still, und er drückte mich in die Wohnung. In seinen Teil der Wohnung. Es ist ungerecht, sagte ich. Robert sagte leise: ich habe eine Ahnung davon, was ungerecht ist.

Er setzte sich an sein Tischchen und begann zu schreiben. Ignorierte mich völlig. Er schrieb Gedichte ab in ein neues Buch. Andererseits wars gut, nichts reden zu müssen, und sein konzentriertes Schreiben beruhigte mich.

Ich sah ihm eine Weile zu und merkte, dass er das Buch Esther kopierte. Wieviele selbsthergestellte Bücher hat er in den letzten zwanzig Jahren geschrieben? Ich setzte mich auf den Stuhl im Eck und versuchte zu zählen, was davon in den Regalen stand. Die Regalfächer hatten zwar unterschiedliche Breite, aber wenn ich hochrechnete, pro Breite zwischen fünfzig und sechzig Bücher mal der Anzahl der Fächer, kam ich auf gut neunhundert, könnten aber auch tausend gewesen sein, so um den Daumen. Dabei musste ich die gedruckten Bände, aus denen er die Sachen abschrieb und die ohne erkennbares System zwischen seinen handgeschriebenen standen, abziehen. Außerdem waren Bücher auch waagrecht in die Zwischenräume gestopft.

Dass Mariella nicht zu Hause war, war mir vom ersten Moment an klar. Aber abgesehen von der Leere, die ohne sie herrscht, war doch irgendetwas anders, ich witterte es.

Ob wir uns einen Tee machen sollten, sagte Robert, er braucht eine Pause, weil ihm seine Handschrift zu verrutschen beginnt.

Beim Aufstehen bewegte er mit dem Stuhl ein wenig die linke Bahn des Vorhangs, denn er saß mit dem Rücken zum Fenster, und ich sah, dass er eine Vergrößerung der Fotografie seiner Esther aus meinen Heften dort aufgehängt hat, in schönem breiten Rahmen hinter Glas, Esther mit ihrer Freundin am Tag der Befreiung, hinter der gefalteten Bahn des aufgezogenen Vorhangs, vor dem er saß und immer noch für sie schrieb. Oder eigentlich für sich schrieb, um sein Überleben schrieb, das ohne Esther noch immer nicht denkbar war.

Vom Stadion waren jetzt empörte Rufe zu hören, das übliche nach einer vermeintlichen Fehlentscheidung des Schiedsrichters, was bedeutete, dass er gegen die Heimmannschaft gepfiffen hat, oder vielleicht ein Foul an einem der unseren, jedenfalls diese vereinzelten Beleidigungen in einem leeren Stadion beim Vorspiel, zu dem keine hundert Personen sich einfinden, wo die Empörung etwas Trauriges hat, auch etwas Verlorenes.

Wie bei dem Juniorenmatch vor über einem Jahr gegen eine dieser Provinzgurkentruppen, als einer von uns ein Foul begangen hatte und die Mutter des Gefoulten zum Feld lief und auf den Übeltäter, der ihr Bubi vor ihren Augen an der Outlinie umgelegt hat, mit einem Schirm einzuschlagen begann, sodass der ins Feld flüchtete und sie ihm bis zum

Mittelkreis nachgaloppierte, bis sich der Schiri dazwischen stellen konnte und sie unter dem Gelächter der spärlichen Anwesenden an den Feldrand zurückführte, indessen sie schimpfend und nach Ausschluss oder Prügelstrafe verlangend und mit dem Schirm drohend sich immer wieder zum Bösewicht umdrehte und dann noch den lachenden Zusehern mit dem Schirm drohte: wenn ihr mir den noch einmal angreift! Als hätten die paar Zuschauer dem Sohnemann was angetan. Und die wütenden Blicke, die sie abwechselnd auf die Umstehenden und auf ihre Schuhe sandte, die einiges an klebriger Erde bei ihrem Galopp über das nach einem Regentag ziemlich tiefe Terrain mitbekommen hatten. Und sie stocherte mit der Schirmspitze an den Schuhen herum und verschmierte sie noch mehr.

Robert machte Butterbrote mit Gurkenscheiben zum Tee, und als er meinen Hunger bemerkte, stellte er nach und nach auch noch Krautsalat und Käse, Pfefferoni, Tomaten und eingelegte Pilze auf den Tisch. Und er fragte mich nach meiner Verletzung. Und ich erzählte ihm schließlich, was in der Nacht geschehen war.

Er schwieg lange. Dann ging er zum Küchenfenster und zog den Vorhang zurück. Das zweiflügelige Fenster war mit Spanplatten zugenagelt. Gestern Abend waren die Scheiben eingeworfen worden, mit den beiden Granitwürfeln dort. Er zeigte auf das Gewürzregal, auf dessen oberster Ablage neben drei gewöhnlichen handtellergroßen Steinen die Pflastersteine lagen.

Es ist ja nicht das erste Mal, sagte Robert.

Ob er weiß, wer?

Robert senkte ein wenig den Kopf und sah mir, wie über eine Lesebrille hinweg, ein paar Sekunden in die Augen. Er brauchte nichts mehr zu sagen, ich hatte verstanden. Die Hottler-Bande würde nie Ruhe geben. Die Hundsfotte hatten erst hier die Scheiben zertrümmert und waren dann zur Stadthalle gefahren.

Und ich habe nun mit meiner Polizeiaktion auch noch Öl ins Feuer gegossen.

Aber das war nicht alles.

Das Auto von Mariella steht drüben auf den Felgen. Alle vier Reifen aufgeschlitzt.

Nein, ich hatte es nicht bemerkt. Als ich kam, standen schon ein Mannschaftsbus und andere Autos von Schlachtenbummlern, was für komische Worte wir wie selbstverständlich verwenden, sagte Robert, dort in der Sackgasse bis heraus zur Porzellangasse.

Mariella kommt heute übrigens zurück. Ich wusste gar nicht, dass sie weggewesen war. Ihre Freundin Imelda ist zurück und hatte sie am Freitag in die Bundeshauptstadt mitgenommen, um eine Wohnung zu besichtigen. Wie ich weiß, gibt es eine kleine Hoffnung, Mariellas Motorik zu verbessern, und dort sei eben dieses spezialisierte Zentrum. Mir wurde fast schwindlig. So weit weg. Denn, sagte Robert weiter, auch Imelda geht von hier weg. Und ihr Bruder wird die gleiche Entziehungskur in der Schweiz versuchen, die Imelda geholfen hat. Er hat sich anscheinend auch seinen Freunden etwas entfremdet, was der Herr Vater nun sehr zu unterstützen scheint.

Jetzt fiel mir ein, was mir anders vorgekommen war. Als wir herüber in die Wohnküche gingen, sah ich zwei Koffer und vier übereinander gestellte Kisten an der Wand von Mariellas Zimmer. Auch bei Robert drüben standen zwei Kisten vor einem Bücherregal. Ich spürte eine leichte Panik, noch nicht die wirkliche, eher so ein Vorgefühl von Verlassenheit, aber noch verdrängte ich, was unausweichbar und offensichtlich war, als ob ich Mariella umstimmen könnte, was freilich absurd war, denn es handelte sich schließlich um ihre Rettung. Aber mit siebzehn, was denkt man denn schon. Dass es nur Entweder-Oder gibt.

Jedenfalls war mir unvorstellbar, dass Mariella nicht

mehr hier sein könnte. Weil dann nämlich die Welt zusammenbrechen würde.

Ich ging nicht hinüber ins Stadion, um mir die Kampfmannschaft anzusehen, sondern ich malte. Ich malte mein erstes farbiges Bild. Robert hatte Farben und einen Bogen Papier, ein ziemlich großes Papier, das den Tisch zur Hälfte bedeckte. Ja klar, hatte er gesagt, kannst du machen. Und er ging in sein Zimmer, um weiterzuschreiben. Ich wusste gar nicht, was ich malen sollte, ich wusste nur, dass ich malen wollte. Ein Zustand wie in Trance, in dem ich an nichts aus der Welt der Schwerkraft dachte, in dem es keine Worte zu wechseln und daher auch keine Probleme gab.

In dem Malkasten befanden sich viele ausgetrocknete Tiegel, also nahm ich, was vorhanden war. Drei Grüns. Ich hatte in meinem Buch gelesen, dass Grün für den Maler ganz kompliziert ist, und dass es sehr viele Grüns gibt und man mit den gefährlichen Grüns vorsichtig sein muss. Ich verstand nicht, weshalb Grüns gefährlich sind, ich hatte drei zur Verfügung, das reichte, man kann ja auch mischen. Dann gabs noch Ocker und Rostbraun, dieses Siena gebr., wie darunter stand, was ich immer als Abkürzung für Siena gebraucht las. Es gab dazu Gelb und zwei Rots, zwei Blaus und Elfenbeinschwarz, wo man auch schon den Boden durch sah, aber Elfenbeinschwarz verwendete ich nicht, denn es kam mir verdächtig vor, dass etwas schwarz sein sollte, das in meiner Vorstellung von Elfenbein eher zu schmutzigweiß tendierte. Drei räudige Pinsel.

Ich begann in der Mitte, ohne zu denken, aber das gibt es ja nicht, irgendwas denkt in einem immer weiter, sonst würde nix zustande kommen, nicht einmal ein Traum. Also ein Baum, aber gebogen, sodass er einem Buchstaben ähnelte, aber auch wieder nicht, denn es sollte ein Park werden, in der Draufsicht und doch von der Seite, ein großer Park mit diesen Bäumen, die keine waren, in Spiralform angelegt.

Wenn mans wusste, konnte der zentrale stilisierte Baum auch ein P sein. Denn mir ging ein Satz dauernd durch den Kopf, wie eine Leitidee: PAINTING TAKES A CENTRAL POINT. Warum? Ich weiß nicht warum. Es war so. Der Satz war einfach da, wenn ich auf das Papier starrte, und zwar in Großbuchstaben.

Aber weshalb ein Park? Vielleicht hatte ich, ohne es zu wissen, eine Farbtafel mit stilisierten Parkbäumen von Herrn Paul Klee aus meinem Buch zum Vorbild, die mir Eindruck gemacht haben musste, ohne dass ich sie je besonders beachtet hatte, denn ich hatte andere Lieblingsbilder in dem Buch.

Ich wollte einen Weltpark, Länder und Kontinente sollten darin Platz haben. Ich malte von diesem Baum-P im Zentrum aus, und das Grün breitete sich um die vegetativen Buchstaben herum aus und floss zwischen sie, die ich abwechselnd gelb rot blau auf ihren braunen Beinen oder Stämmen konstruierte, mehr an Farben war ohnehin nicht vorhanden.

Insgesamt sechsundzwanzig Bäume in diesem grünen Central Park, verteilt übers Blatt in einer unregelmäßigen und als solche nicht mehr erkennbaren Spirale, denn ich achtete natürlich darauf, wohin ich diese Zeichen setzte, die jeweils ein eigenes Gewicht und eine eigene Verdrängung zu haben schienen, damit das Ganze nicht aus dem Gleichgewicht geriet.

Ich zählte: sechsundzwanzig Baumstaben, wie ich sie nannte, ergaben den Satz PAINTING TAKES A CENTRAL POINT, was auch immer das heißen mochte.

Und ich zählte an den Fingern wieder: die Buchstaben des deutschen und des englischen Alphabets, je sechsundzwanzig. Ein Zufall, der mich beglückte.

Ich hatte den Satz ja einfach plötzlich so im Hirn gehabt, eine Erfindung meines verwahrlosten Schulenglisch, bei der ich mir nichts gedacht hatte, aber wie kams dazu? Eine Eingebung vielleicht? Aber was ist eine Eingebung? Nun, bei mir wars eben ein blöder Zufall. Besser nicht länger darüber nachdenken.

Aber hübsch wars doch, dass sich das Ganze in einer Übereinstimmung befand, auch wenn ich das nicht wissen konnte und es sich ohne meine Absicht so ergeben hatte. Es war schließlich mein erstes großes farbiges Bild.

Während des Malens habe ich hin und wieder die kurzen Schiedsrichterpfiffe und dreimal das typische Stadiongeschrei gehört, also jenes lange Schreien nach einem Tor, nicht das kürzere empörte nach Fouls und dergleichen, das auch mit Pfiffen begleitet wird, also schloss ich daraus, dass wir gewonnen hatten, zumindest unentschieden gespielt, denn vier Tore werden uns die zu Hause nicht gemacht haben. Aber ich war wie unbeteiligt, ich registrierte es so nebenbei und gedämpft und erinnerte mich an die akustischen Eindrücke erst, als das Bild fertig war und das Spiel längst aus.

Es war später Abend geworden. Ja, und auch Robert war zwischendurch in der Küche gewesen und hatte irgendetwas vorbereitet, aber wir sprachen nicht, er werkelte klappernd am anderen Ende des Raums, während ich so absorbiert war, dass ich nichteinmal den Geruch wahrnahm, der dem auf kleiner Flamme dahinköchelnden großen Topf entströmte.

Ich hatte mich aus der sogenannten Realität weggemalt. Zuvieles war unausgesprochen geblieben, und war wohl auch zu groß, als dass es zwischen Robert und mir hätte in Worte gefasst werden können. Ich hätte ihn nach dem gerahmten Bild von seiner Esther fragen wollen, wann er das hatte machen lassen. Ich hätte ihn fragen wollen, weshalb er nicht ausrastete wegen der eingeschlagenen Fenster, weshalb er die Steine aufbewahrte, was die Kisten zu bedeuten haben, warum wir über den Thusler und mein blödes Geschrei nicht mehr gesprochen haben, wie lange Mariella wegbleibt und was er ohne sie macht und sie ohne ihn, und vor allem ich ohne sie.

Aber es hatte auch etwas Beruhigendes, nicht über alles zu sprechen. Als würden die Größenverältnisse wieder hergestellt, indem man nicht sofort auf alles mit zerkauender Rede reagierte. Mir tat es wohl, dass er mich nicht ansprach wegen meines unflätigen Betragens, sondern mich einfach aufnahm und sozusagen im Ganzen ließ, und so war es auch gut, dass ich ihn nichts fragte, und ich begriff auf gewisse Weise, dass Worte der sogenannten Wirklichkeit oft gar nicht gerecht werden, und dass Fragen auch zersetzend wirken können.

Ich ahnte freilich die Bedeutung, eine Vergrößerung des Bilds von Esther hinter dem Vorhang angebracht zu haben, und jede Frage danach, warum und wann er das hat machen lassen, wäre eine kleinliche Missachtung seiner Bemühungen gewesen.

Und auf der anderen, banaleren Seite natürlich, wäre ein Nachfragen seinerseits, warum weshalb wofür etcetera ich dem Thusler die unflätigen Ausdrücke aufs Auge gedrückt hatte, bloß das Demütigen eines gewesen, der sich bereits selbst gedemütigt hatte.

Man kann nämlich auch durch Fragen demütigen, oder jedenfalls zu demütigen versuchen, und ich habe den Verdacht, dass es sich bei mindestens der Hälfte aller Fragen um etwas handelt, das den Befragten in Verlegenheit bringen soll.

Zumindest haben bestimmte Fragen an Kinder und sonstige Personen, die als Untergebene angesehen werden, oft diesen Geruch: weshalb hast du das getan, was hast du dir dabei gedacht, wen, glaubst du, kannst du mit deinem Verhalten beeindrucken, wozu soll das gut sein, wer behauptet das?

Es sind Fragen, die die Guillotinie der vorgefassten Absicht beinhalten, und mit diesen Fragen fährt zugleich das

Fallbeil herab und schneidet dir deine Antwort bereits im Hals entzwei.

Auf die Rückseite des Bilds hatte ich geschrieben: für Mariella Teresa Timna. Ich schämte mich ein wenig, denn es kam mir nicht gut genug vor für sie, und ich wäre schon zufrieden gewesen, wenn sie es als Geschenk stumm angenommen hätte.

Aber Mariella freute sich sogar und betrachtete es eine Weile und drehte es und sagte, man kann es auch so halten, nein, doch nicht, eigentlich nur so, hübsch ist es, und merkwürdig, und Imelda sagte, nun muss ich es auch signieren. Signieren? Ja, den Namen draufschreiben.

Ich habe Mariellas Namen doch schon hinten daraufgeschrieben.

Mariella drehte den Bogen um und war überrascht: für mich? Für wen sonst. Sie zog mich zu sich und gab mir einen Kuss auf die Wange. Dafür hätte ich gleich noch einmal fünf Stunden ohne Pause malen können.

Imelda sagte, ich soll meinen Namen dazufügen, vielleicht auch das Datum. Aber ich verstand nicht, weshalb ich das tun sollte, wenn das Bild doch Mariella gehörte.

Robert und ich hatten den Tisch vorbereitet, mit einem schönen Tuch aus weißem Leinen mit rundum weiß besticktem Rand, wir hatten die Gedecke aufgesetzt und Herbstblätter dazwischen gelegt und Efeuranken, und er hatte in die Mitte den siebenarmigen Leuchter aus Messing gestellt, darauf Kerzen unterschiedlicher Farben. Auch wenn die Teller und Bestecke nicht gleich waren, es sah gut aus, fanden wir, ein bisschen weihevoll, erinnerte an Altar.

Ein Fest mit Kartoffelgulasch von Robert, zuvor Nudelsuppe. Ich hatte zwar Hunger, aber dann doch auch wieder nicht, vor Aufregung schien sich meine Speiseröhre zu verengen, und ich musste jeden Bissen dreimal schlucken. Ich glaube, Robert und ich, wir waren beide aufgeregt gewesen, als Mariella und Imelda kamen. Wir rückten noch am Gedeck und der Dekoration herum, als wir sie schon vor der Tür wussten, und standen Spalier wie zwei Kellnerlehrlinge, als sie hereinkamen, lachend.

Jedesmal sehe ich Mariella neu, und wenn ich sie ansehe ist es, als stehe ich bis zum Kinn in, tja worin? Ich kanns nicht erklären, aber jede Sorge löst sich dabei weg, so könnte ich immerzu glücklich sein, dachte ich, nein, dachte ich nicht, so war mir, ich brauchte gar nicht zu denken. Heute verstehe ich gut den merkwürdigen Satz: es war um ihn geschehen.

Imelda sah etwas anders aus als aufm Foto, die Haare kurz und dunkelbraun nun, und einen erwachsenen Zug um den Mund, auch wenn sie viel lachte, denn sie war lustig, man darf überhaupt nix wichtig nehmen im Leben, das aber positiv. Mental positiv sein. Positiv denken, positiv fühlen.

Und positiv scheißen, sagte ich. Mariella sah mich kurz von der Seite an und verzog kauend den Mund zu einem bitteren Lächeln. Unser Kleiner versteht was von der Materie, sagte Imelda und tätschelte Mariella, übern Tisch greifend, die Messerhand. Mariella griff mir an den Nacken und drückte mit Daumen und Zeigefinger zu.

Sie waren gut aufgelegt, trotz ihrer Müdigkeit von der langen Fahrt. Imelda hatte eine Wohnung gefunden. Sie wird wieder zu studieren beginnen, Psychologie. Endlich weg aus der Provinz. Jede Stadt unter einer Million ist Provinz. Man soll nur in Städten mit über einer Million Einwohnern leben. Außerdem gibt es da genügend Gestörte, dass sich ein Psychologiestudium auszahlt.

Aber jetzt starrte Mariella auf das Küchenbord. Sie hatte die Granitsteine gesehen. Schon wieder, sagte sie zu Robert, schon wieder? Welches diesmal? Robert ging zum Küchenfenster und schob den Vorhang zur Seite. Ja, sagte Mariella traurig. Imelda empörte sich: das darf doch nicht wahr sein; aber es ist ja bald vorbei. Ihr seid doch noch versichert?

Sie stand auf, bedankte sich bei Robert für das vorzügliche Essen, besser als Austern und Hummer, du bist ein Schatz, wir werden das Kind schon schaukeln, nun muss sie aber los, sehn uns, wir besprechen alles in der Woche, sagte sie zu Mariella, und zu mir: salü Kleiner, mach dir nichts draus. Man muss zulassen können, be positiv.

Ich war wie benebelt. Da passiert etwas, das viel größer ist, als du ahnen kannst. Du sitzt zwar dabei, aber alles ist längst geschehen, es kommt dir vor, als sei die Welt um dich zurückgewichen, du bist ausgeblendet, es geht um dein Leben, aber du greifst ins Leere. Man muss zulassen können, so eine Scheiße, was solln das heißen. Irgendwie bewunderte ich Imelda, andererseits gings mir auf die Nerven, wie sie sich benahm. Als hätte sie alles im Griff. Aber unecht irgendwie. Nicht ganz aus sich selbst. Hübsch war sie, das muss man zugeben, auf nachlässige Weise elegant, sie stützte zwischen den Bissen die Ellbogen auf und knoppelte an den zwei Brillanten auf ihren Mittelfingern herum, als könnte sie die Ringe jederzeit abstreifen und ins nächste Eck werfen.

Ich war auch eifersüchtig. Aber immerhin war sie die Freundin von Mariella, also musste mehr dran sein an ihr und drin sein in ihr, als ich sah. Ich glaubte, sie ist nur eine reiche verwöhnte Tochter und kann sich daher alles leisten, auch jeglichen Zynismus der sogenannten positiven Einstellung. Immerhin aber hielt sie zu Mariella, das hob schließlich ihre herablassende Art auf.

Kleiner genannt zu werden, das wurmt aber einen harten Hund mit Komplexen. Mariella hatte ihre Hand auf meinen Schenkel gelegt und gesagt: er ist auch ein Großer. Wie ich das wieder verstehen sollte, war mir auch nicht klar.

Ich wusch ab, indessen Mariella im Bad verschwand und dort mit Robert noch redete, ich verstand nichts von ihrem

Gespräch wegen des Geschirrklapperns und wollte auch nichts verstehen. Mariella hatte gesagt, ich soll noch warten, sie hat mir etwas mitgebracht, gerade als ich sie fragen wollte, ob ich noch ein wenig dableiben darf.

Sie hatte nun einen Puma-Trainingsanzug an, was mir als zusätzliches Zeichen unserer Zusammengehörigkeit erschien, weil ich nur in Puma-Schuhen spielte, darüber einen Bademantel, ihre Haare waren aufgesteckt und sie roch so gut, dass ich meine Nase in ihr Haar einführte, ich hätte sie geradezu aufschnupfen wollen.

Wir saßen aneinander gelehnt auf dem Sofa und sie hatte den Kopf an meiner Schulter, und ich hielt ihr Geschenk am Schoß.

Huckleberry Finns Abenteuer.

Sie fragte: wie fühlst du dich.

Ich hatte keine Worte. Konnte doch nicht sagen, dass ich mich nie mehr bewegen möchte, weil ich so glücklich bin. Dass mir das Buch die Hände wärmt, weil sie es mir geschenkt hat. Dass ich es nicht fassen kann, dass sie mir ein Geschenk mitgebracht hat, also an mich gedacht, obwohl sie so weit weg war. Dass es das Wunderbarste ist, so neben ihr sitzen zu dürfen. Dass mich ihr Geruch betäubt. Dass ich sie immerzu einatmen möchte. Dass ich mich gern umbringen lassen würde, wenn sie dafür wieder gehen könnte. Ja, auch sowas dachte ich, na und, mir doch egal, wenns deppert klingt, es war jedenfalls so, und ich dachte es ernsthaft, auch wenn ichs nicht aussprechen konnte, weils natürlich pathetisch war und einer von der Straße fürs Pathos dessen, was er fühlte, keine Worte hatte. Und dass unter all diesem meinem sprachlosen Glück etwas war, das mir ohnehin die Kehle zuhielt, dass sie nämlich so weit fort musste, um wieder gehen lernen zu können.

Und dass ich sie heiraten möchte, auch das dachte ich, auch wenns wieder pathetisch klingt, ich war minderjährig, aber ich dachte es verzweifelt konkret, warte auf mich, ich will dich heiraten und mein ganzes Leben dir widmen, ich habe niemanden anderen und will niemanden anderen, nur dich. Freilich sagte ich es nicht, ich hatte ja keine Worte. Und dann gab es unter diesem Schatten noch einen Unterschatten, einen Verdachtschatten, dass nämlich auch Robert von hier fort geht, und sie beide nicht mehr zurückkommen.

Und dass es das Schönste ist, dass sie mich nun am Nacken krault. Und dass ich sie atmen hören kann; und ihre Wärme spüren. Und dass das Holz im Ofen so gut knistert.

Na, sagte sie, du sagst gar nichts.

Und ich sagte: ich hab dich bitter gern.

Und ich presste das Buch fester, weil meine Hände zitterten.

Und sie sagte etwas, das ich nicht begriff, außer dass es mich erschütterte, sie sagte: das kannst du nicht wissen.

Dann war sie ganz behutsam mit mir. Sie zog meinen Kopf zu sich, legte ihre Lippen auf meine, und ihre Zunge war ganz natürlich an meiner und befreite mich langsam von allen Worten, die sich vielleicht doch darauf ausbilden und einen Zweifel ausdrücken hätten können.

Da ich noch nie von Huckleberry Finn gehört hatte, schlug sie vor, das Buch gemeinsam zu beginnen. Ich half ihr, die Beine aufs Sofa zu hieven, und sie wickelte den Bademantel rundum, sodass sie nun mit seitlich angewinkelten Knien fest an mir lehnte.

Auf der zweiten Seite war eine Zeichnung, die einen lachenden Knaben mit Strohhut zeigte, der stand auf einem Feld vor einem umgelegten hohlen Baum, in der einen Hand eine Flinte, in der anderen einen toten Hasen.

Mariella legte die Fingerspitzen auf den unteren Rand der Seite, der schöne lackierte Nagel des Mittelfingers auf den Füßen des Jungen: so stelle ich mir vor, dass du noch vor drei Jahren ausgesehen hast. Hat er nicht eine Ähnlichkeit mit dir?

Ich konnte keine feststellen, auch weil ich nicht wirklich wusste, wie ich aussah. Ich hatte gar keine richtige Vorstellung von mir. Ich sah mich ja beim Gesichtwaschen, Kämmen und Zähneputzen kaum noch an, jedenfalls bloß flüchtig, und jedesmal bemüht, es schnell hinter mich zu bringen; mein Spiegelbild sagte mir nicht viel; außer dass ich im Vergleich zu Notger, Werner, Tom, Gorsen und den anderen nicht gut abschnitt. Also besser gar nicht viel hinsehen.

Ich sah auch mehr auf ihre Hand mit den transparent lackierten und gerade abgeschnittenen Nägeln, als auf die Zeichnung. Und mich rührte Mariellas leicht nach außen gebogener Mittelfinger, und der kleine nach innen gebogene, dem der Nagel abgebrochen war.

Oder vielleicht besser, du liest mir vor? Willst du? Und sie schmiegte sich an mich, und ich schmiegte zurück, kann man so sagen?

ZUR BEACHTUNG: Personen, die versuchen, ein Motiv in dieser Erzählung zu finden, werden gerichtlich verfolgt; Personen, die versuchen, eine Moral darin zu finden, werden verbannt; Personen, die versuchen, eine Fabel darin zu finden, werden erschossen.

Har, das ist steil.

Mhm, machte Mariella.

ZUR ERKLÄRUNG, las ich weiter.

Keine Erklärung, murmelte Mariella.

Also dann: Erstes Kapitel. Ich entdecke Moses und die Bimsen. Ihr wisst noch nichts von mir, wenn ihr nicht ein Buch gelesen habt, das sich Tom Sawyers Abenteuer nennt, aber das macht nichts. Das Buch hat Mister Mark Twain geschrieben, und im Großen und Ganzen hat er darin die Wahrheit gesagt. Es gibt zwar Dinge, wo ern bisschen geflunkert hat, aber er hat im Großen und Ganzen die Wahrheit gesagt. Das ist nicht schlimm. Ich hab noch nie jemanden gesehen, der nicht hin und wieder mal geschwindelt hätte …

Hörst du noch zu?

Mariella hatte gezuckt wie unter einem Stromstoß. Aber sie schlief.

Ich las für mich, und als sie wieder leicht zuckte, las ich laut: … und als ichs nicht mehr aushalten konnte, verdrückte ich mich. Ich stieg wieder in meine alten Lumpen und meine Zuckertonne und war frei und zufrieden. Aber …

Mariella schnarchte. Dann bewegte sie die Lippen, als würde sie ein Bröselchen kosten. Ich war entzückt und gerührt und hielt still.

Einmal bewegten sich ihre Augenbrauen schnell auf und ab, einmal atmete sie lange ein und wie seufzend aus. Einmal rieb sie ihre Hand an der Hüfte. Lange schlief sie so, von Träumen bewegt. Dann aber weckte sie ein enormer Stromstoß, und sie sah auf und hob den Arm und tupfte mit einem Finger rund um meine Wunde an der Schläfe und sagte leise: das tut mir so Leid.

Was sie denn geträumt hat? Sie wusste es nimmer.

Was macht Huck?

Bin auf der ersten Seite geblieben.

Ich hatte sie nicht durchs Umblättern stören wollen, fands spannender, in ihrem Gesicht zu lesen. Hätte so gerne gesehn, was sie gesehn hat, als ihre Augen unter den Lidern so hin und her rollten. Dummkopf, sagte sie, und: habe ich geschnarcht? Nur ganz wenig. Sie schnarcht nämlich immer, manchmal sägt sie einen Wald um. Mir macht das nix aus, sagte ich, solange sie schnarcht, atmet sie, und so lange sie atmet, lebt sie, und das ist das Wichtigste.

Dummkopf. Sie küsste den Dummkopf auf die Wange. Die Wange rutschte dann an ihrem Körper herab und blieb auf ihrem Oberschenkel liegen. Mariellas Finger waren in meinen Haaren.

Weißt du, wie spät es ist? Nach elf. Du musst gehen. Warum? Weil auch sie schlafen soll. Du musst morgen in die

Schule, und wir haben in den nächsten Tagen noch so viel zu tun. Mit wir meinte sie Robert und sich.

Wie lange wirst du weg bleiben?

Mariella schwieg. Auch ihre Finger bewegten sich nicht mehr.

Ich meine, ungefähr, bis du gesund bist? Wie lange könnte das dauern, im schlimmsten Fall?

Ihre Hände lagen schwer auf meinem Kopf. Stille. Nur das Ticken der kleinen runden Küchenuhr. Ich fuhr auf. Sie weinte lautlos mit offenen Augen.

Nein, sagte ich. Nein, nein, das kannst du nicht, das tust du doch nicht. Bitte, bitte. Wie ein kleines Kind, das nicht verlassen werden möchte, wiederholte ich: bitte.

Das Wasser rann in Schüben aus ihren Augen, aber sie sah geradeaus fort, als ob die Wand gegenüber gar nicht da wäre, es tropfte von ihrem Kinn, sie sprach ganz ruhig: du musst die Schule fertig machen, du musst sie fertig machen.

Und dann?

Und dann. Wer weiß. Du studierst, oder…

Wartest du auf mich, fragte ich leise.

Du bist noch so jung.

Wenn ich ganz schnell älter werde? Wartest du auf mich?

Wir wissen nicht, was sein wird.

Aber ich weiß es. Ich weiß es. Ich will mit dir sein. Mit euch.

Du hast doch alles noch vor dir.

Ohne dich hab ich nichts.

Bitte, sagte jetzt sie, bitte.

Weil es mir unvorstellbar war, dass sie von hier wegziehen. In einen anderen Stadtteil von mir aus, in die nächste Stadt, ok, aber doch nicht so weit weg. Dass sie wirklich ernst machen. Natürlich, sie kann vielleicht noch einmal operiert werden, dann die Rehabilitation, in ein zwei Monaten ist sie wieder zurück, und zwar gesund, so hatte ich mir eingeredet. Und dass sie vielleicht von Robert begleitet werden könnte, auch damit hatte ich mich abgefunden, obwohl es mir schon unerträglich vorkam, wenn ich daran dachte, dass beide zwei Monate fort sein könnten.

Wie eben das Wünschen den Verstand manipuliert, noch dazu einen Verstand, der nicht weiter reichte, als die eigene Knollennase lang war.

Es fiel mir gar nicht auf, dass ich bei alldem nur an mich dachte, dass ich mir schon großartig vorkam zu denken, wie heldenmäßig ich die zwei Monate alleingelassen überleben werde, und den Schmerz lasse ich mir nicht anmerken, und wenn mich die Sehnsucht allzusehr in die Kehle beißen sollte, würde ich mir in Gedanken wie beim Rosenkranzbeten den Satz wiederholen: doch alles lässt sich ertragen wenn…, doch alles lässt sich ertragen wenn…, diesen letzten Satz eines Gedichts, das ich aus meinem Geburtstagsbuch auswendig gelernt und das mich elektrisiert hatte wie eine Erleuchtung, denn es spiegelte wider, glaubte ich, wie ich für Mariella empfand, es schien von jemandem geschrieben, der mich besser kannte als ich mich:

Nur einer scheint vom Himmel zu kosten
der nämlich der dir nahe sein darf
dich ansehn und die Klänge deiner
Stimme schlucken

Zu atmen vergesse ich wenn du lachst
Und trifft dein Blick einmal auf meinen
wird es eng in meinem Hals
kann nicht sprechen

Die Zunge gehorcht nicht der Mund trocknet aus
mir ziehen Flammen durch die Adern
die Ohren rauschen und die Augen
sind verschwommen

Mich friert ich schwitze wie im Fieber
bleich im Gesicht und ohne Kraft
verdorrtes sprödes gebeugtes Gras
bin ich vor dir

Doch alles lässt sich ertragen wenn …

Wenn. Wenn was? Wenn Aussicht besteht, dass du wieder kommst. Dass wir uns wieder sehn, dass wir uns wieder haben. Wir uns? Ich dich natürlich, ich will dich sehn, dich hören, dich riechen, dich fragen, mit dir reden, mit dir nicht reden, jedenfalls dich zur Verfügung haben. Das schien mir nur gerecht für meine Verehrung. Dass Verehrung auch eine fordernde Seite hat, fiel mir nicht auf. Was sie ertragen hat und immer noch ertragen musste, das sah ich durch die dicke Brille meiner Verehrung nicht mehr.

Sie sprach mit mir klar und aufrichtig. Dass sie erstens die winzige Möglichkeit einer erfolgreichen Behandlung wahrnehmen muss. Dass Roberts und ihre Situation unter diesen permanenten Drohungen prekär und nicht sehr gesundheitsfördernd ist. Es ist nun das dritte Mal gewesen, dass die Scheibe in Trümmer gegangen war, und das zweite Mal, dass ihr Auto tiefer gelegt worden war. Es gibt keine Verteidigung gegen die Aggression von Dummheit. Mit dumm meint sie den Größenwahn dieser Koksnasen, die sich Omnipotenz anschnupfen und sich einen Spaß daraus machen, das Leben anderer zu riskieren, und unter dumm versteht sie auch das Verhalten derer, unter deren Schutz das geschehen darf. Solange in einer Stadt wie dieser die Hottlers, Fitz, Fell, Zellers und Konsorten mit Polizeipräsidenten und Politikern in Hinterzimmern zusammensitzen, bleibt das Recht ein Hohlkörper, durch den sich die Herrschaften Gefälligkeiten und Vorteile vermitteln. Das hatte Imelda gemeint, als sie sagte, man sollte in keiner Stadt unter einer Million leben.

Robert hatte an einem Abend einen Satz gesagt, der sich mir merkwürdigerweise eingeprägt hat, ohne dass ich ihn verstanden hätte: die Verfassung eines demokratischen Staates sollte eine absolute Mehrheit im Parlament ausschließen.

Was geschieht nämlich, wenn eine Partei mit achtundneunzig Prozent gewählt wird? Dass auch Mehrheiten zu Unrecht tendieren können, haben wir gerade erlebt. Das kann nicht geschehen? So etwas gibt es nicht? Sogar zu Konzentrationslagern ist es gekommen. Und das hält man doch wirklich nicht für möglich.

Sie, Mariella, hat die Last des Todes von Markus zu tragen, denn sie fühlt sich schuldig. Ich brauste natürlich auf: diese Arschkeulen haben ihn umgebracht, und dich fast mit, und noch immer laufen die frei herum.

Sie sagte, es ist komplizierter. Als würde stets ein Schatten halb auf ihr liegen, in dem ein Unglück brütet. Aber du bist mein ganzes Glück, sagte ich. Nein, sie hat mich hineingezogen in etwas, das sie nicht weiter ertragen möchte, es ist ihr auch bewusst, dass sie mein Leben nur schwerer macht, und sie bedeckte mit ihrer Hand meine Wunde an der Schläfe. Aber das ist nix, sagte ich, der kleine Kratzer, und großspurig: da müssen schon andere kommen, nicht solche Abziehbilder.

Du bist zu wertvoll, als dass du deine Gesundheit mit diesen Leuten aufs Spiel setzt.

Das haute mich um. Wertvoll. Hab ich auch noch nicht gehört. Was solln wertvoll an mir sein? Das Wertvollste ist, dass ich sie so bitter gern habe, dass mir eine zweite Haut unter meiner gewachsen ist, und die atmet für Mariella Teresa. Mir ist jedes Risiko recht für dich.

Sie nahm meine Hände zwischen die ihren: bitte, leg dich nicht mehr mit denen an. Tus für mich, geh ihnen aus dem Weg, bitte. Und dann sprach sie es aus: du musst auf dich aufpassen, schau, wir werden bald nicht mehr da sein, und du und ich …

Ja? sagte ich mit letzter Hoffnung, und wir?

... und du und ich, wir werden uns nicht mehr sehen. Du bist zu jung, dass ...

Ich hörte nimmer, was sie sagte, es rauschte in meinen Ohren, und ich spürte mich nicht mehr, als wär mir ein Felsblock auf die Beine gefallen und reißt mich mit, durch das Sofa durch, auf dem ich zwar saß, aber fiel und fiel, und ich fiel immer noch tiefer, obwohl sie meinen Kopf an ihren Bauch gedrückt hielt.

Da war keine Kraft mehr in mir.

Die Stimmen im Hausflur aber hörte ich. Ich hatte zuvor schon gehört, dass die Haustür geöffnet worden war. Frauenstimmen und Männerstimmen. Flüstern. Schritte. Füßescharren.

Mariella war verstummt. Sie saß starr, nur ihre rechte Hand tastete nach der Armlehne des Rollstuhls.

Dann wurde an die Wohnungstür geklopft, nachdem versucht worden war, die Klingel zu drücken, aber die Klingel war schon seit einiger Zeit außer Betrieb.

Klopfen. Jetzt. Zwanzig vor Mitternacht. Was einem da alles durch die Rübe geht. Jetzt sind sie da. Jetzt gibts ein Massaker.

Ich sah Mariella an. Sie schaute wie hypnotisiert zur Türe, ihre Hand molk die Lehne des Rollstuhls.

Ich dachte, ich sollte zum Küchenkasten gehen und aus einer Lade ein Messer holen, oder besser zwei, aber ich tat es nicht. Ich empfand die Situation als so irreal, dass ich zwar alles genau mitbekam, aber nicht beteiligt war.

Es klopfte wieder, stärker. Nicht aufmachen, flüsterte ich.

Mariella schien mich nicht zu hören, sie saß immer noch unbeweglich, nur ihre Hand knetete an der Rollstuhllehne. Robert kam herüber, mit meiner Fußballtasche, die ich in seinem Arbeitszimmer gelassen hatte, Mariella sah nicht auf, sondern starrte weiterhin die Türe an.

Ich legte den Zeigefinger quer auf die Lippen, um Robert zu bedeuten nichts zu unternehmen, aber in dem Moment sagte eine Frauenstimme, die ich nur zu gut kannte, laut und zornig, wir wissen genau, dass er da drinnen ist, und mit flacher Hand wurde heftig an die Tür geschlagen, aufmachen, sofort aufmachen, dann wurde an der Klinke gerüttelt, die Tür ging auf, wir hatten nicht zugesperrt.

Na, was habe ich gesagt? sagte die Mutter triumphierend zum Polizisten, da ist er, und sie zeigte auf mich. Du kommst sofort heraus hier.

Im Hintergrund am Treppenabsatz standen die Brezina und der Thusler.

Robert stellte langsam meine Tasche ab und ging zur Tür und fragte den Polizisten, worum es sich handelt.

Ob der Schüler Johann Nepomuk Müller hier anwesend ist.

Ich versuchte, die linke Hand Mariellas, mit der sie sich am Sofa aufstützte, zu umgreifen, aber sie entzog sie mir ohne den Blick von der Türe zu wenden.

Ja, sagte Robert, ist etwas nicht in Ordnung?

Der Polizist entschuldigte sich für die Störung, ob er eintreten darf. Zur Mutter sagte er, als sie sich neben ihm durch die Türe drängen wollte, sie soll einen Augenblick draußen warten. Das empörte sie sehr, es war durch die geschlossene Türe zu hören, wie sie zu den anderen sagte: warten, was soll das heißen, der soll ihn sofort da aus dem Loch herausholen. Dieser Säufer, diese Hure.

Mir drehte sich das Herz langsam wie auf einem Bratspieß. Der Polizist wandte sein Gesicht ebenfalls der Tür zu, als er das hörte, und er schüttelte leicht den Kopf, als es weiter durchtönte: bei Säufern und Huren, bei so einem Pack. Alles was Recht ist. Mit einer Krüppelhure. Aber nicht mit uns.

Mariellas Hand war nun festgeschraubt an der Lehne. Sie war bleich. Wie aus Gips.

Auch ich saß erstarrt und fühlte mich schneeweiß, weil mir der Spieß alles Blut nach innen drehte.

Nur Robert schien nichts gehört zu haben und ruhig zu sein. Er sagte zum Polizisten: worum geht es?

Ich hörte mich sagen: ich gehe nicht mit.

Robert sah mich an, der Polizist sah mich an, Mariella rührte sich nicht.

Johann Nepomuk Müller? sagte der Polizist zu mir, und da draußen, das ist deine Mutter?

Ich gehe nicht weg.

Der Polizist fragte Robert, ob ich freiwillig hier bin, aber man merkte, dass die Frage rhetorisch war.

Ich gehe von hier nicht weg.

Der Polizist sprach mit Robert, weil mit mir nichts anzufangen war, ich wiederholte ununterbrochen leise, dass ich hier nicht weggehe.

Er hat der Anzeige wegen Kindesentführung nachzugehen, aber er sieht ohnehin, wie die Sache steht. Ich soll die Mutter nach Hause begleiten, damit sie sich beruhigt, und er könnte den Vorfall als nicht stattgefunden betrachten.

Ich wusste, was ich zu tun hatte, konnte aber nicht aufstehn, es gelang mir nicht.

Mariella, flüsterte ich, Mariella. Sie blieb unbewegt wie zuvor. Sie sah nur zur Türe.

Da war ich erledigt.

Ich rutschte vom Sofa zu Boden auf die Knie und versuchte, ihr in die Augen zu sehn. Sie sah mich nicht an.

Was soll ich denn tun? Sie sah mich nicht an. Meine Finger krallten sich in ihren Bademantel. Sag mir, was ich tun soll. Sie sah weiter Richtung Türe.

Robert sagte: Johann.

Der Polizist kam um den Tisch und griff mir unter die Achsel, um mir aufzuhelfen. Aber ich blieb knieen.

Mariella, sagte ich.

Sie legte mir ihre Hand aufn Kopf und sah mir in die Augen. Ich weiß nicht, wie ihr Blick zu deuten gewesen wäre. Aufmunternd. Oder traurig. Oder bedauernd. Oder beschwörend. Oder verschwörerisch. Jedenfalls waren unsere Gesichter bloß zwei Handbreiten voneinander, wir sahen uns unentwegt in die Augen, dann tastete sie, ohne wegzusehen, nach dem Buch von Huckleberry Finn auf dem Tisch, gab es mir in die Hand und sagte: du bist Johann Nepomuk.

Was immer das bedeuten mochte, ich wurde ruhiger, fast möchte ich sagen, wenns weniger groß klingen würde, dass Sanftmut von ihr in mich überfloss. Ja, genau. Sanftmut wäre nämlich das richtige Wort für das, was mir geschah, bloß dass es so ausgelutscht klingt, weiß auch nicht warum, wie etwas, das zu oft verwendet und daher auch mißbraucht wurde. Ich spürte nur, dass ich auf einmal den besseren, den ruhigeren Mut hatte als den üblichen Brutalmut, der unter Missachtung eigener und anderer Verletzungen rabiat wird und dreinschlägt.

Der Polizist, der gebeugt seitlich hinter mir stand und mich nur locker unterm Arm hielt, zog nun an, und ich stand leichthin auf.

Robert gab mir die Trainingstasche. Ich stellte sie wieder zu Boden, zog den Reißverschluss auf, und sah, dass ein großes Kuvert drinnen lag. Ich schaute zu Robert auf und er nickte, was hieß: ja, ist deins. Dann nahm ich die Bleistiftzeichnungen, die ich von Mariella gemacht hatte, heraus, und legte sie auf den Tisch. Eine behielt ich. Ich schloss die Tasche, stand auf, und Robert gab mir, was er noch nie gemacht hatte, die Hand.

Der Polizist öffnete die Türe, ich ging vor ihm hinaus in den Flur, sah im Vorbeigehn dem Thusler und der Brezina in die glotzenden Visagen, sie waren mir panoramamäßig egal.

Die Porzellangasse eingewoben in Nebel, die Straßenlampen große weiche schwimmgelbe Flecke. Es war schön so dahinzugehen, ruhig und losgelöst von allem, nichts geht einen mehr an, nichts kann einem mehr geschehen, nichts kann einem Angst machen, so leicht ist es, in diesem Aquarium dahinzuschweben. Anfangs hörte ich noch die lächerlichen unsinnigen Sätze, die viele Schritte hinter mir die eine Frau zur anderen, eine Spur zu laut für ein normales Gespräch, absonderte: das hat man davon, wenn man sich mit den falschen Leuten einlässt. Ich habe ihn gewarnt, wie oft habe ich ihm gesagt: hüte dich vor den Gezeichneten.

Nein, es empörte mich nicht mehr. Auch das ging mich nichts mehr an. Fast wäre ich an den Bahnschranken geprallt, ich schob das am Schranken hängende Gitter mit dem Fuß zur Seite, bückte mich und drückte mich durch und ging mit den gleichen ruhigen, schwebenden, schwimmenden Tritten über die Geleise, ich hörte das Dröhnen und Rauschen, spürte das Vibrieren der Platten und sah bereits die drei diffusen Stiele der weißlichen Zuglichter, ich ging weder schneller noch langsamer, es war genug Zeit, ab nun ist immer genug Zeit, der Zug donnerte trötend an meinem Rücken vorbei, ich trat drüben am Balkenende wieder das Gitter zur Seite, nichts konnte mich aufhalten, ob ich mich bückte oder ob ich über etwas klettern hätte müssen, ich war in einem Zustand der Gleichmäßigkeit und auch Gleichgültigkeit, dass mir vorkam, ich würde jedes Hindernis mit der gleichen Geschwindigkeit überwinden, mit der ich schreitend vorwärts glitt.

Alles war auf einmal ganz anders. Die Welt ging mir panoramamäßig an den Hüften vorbei, die Siedlung ging mir am Arsch vorbei, die Treppen in den zweiten Stock gingen mir am Arsch vorbei, mein KZ ging mir am Arsch vorbei, und die Stimme hinter der Türe, der ich nicht mehr antwortete und die dann so etwas formulierte wie: du wirst es auch noch billiger geben, ging mir am Arsch vorbei. Ich lag aufm Bauch aufm Bett und stülpte das Kissen über meinen Kopf und das Buch, das mir Mariella geschenkt und auf das ich meine Nase gelegt hatte, um etwas zu spüren, oder um etwas von mir zu spüren.

Denn ich spürte mich nicht mehr richtig, mein Körper kam mir leer vor, ohne feste Substanz, als wäre statt der Knochen Luft drin, vermischt mit Helium. Ich konnte zwar den Bizeps zucken lassen, ohne den Arm zu bewegen, hatte aber das Gefühl, die Arme könnten jederzeit aufschweben.

In dem Kuvert, das mir Robert in die Trainingstasche gesteckt hatte, befanden sich meine Hefte von den Lagern, sowie das Buch Esther. Natürlich nicht das Original, auch in einem etwas anderen Format, aber alle Überlebensgedichte waren von Robert abgeschrieben.

Ich muss das Buch Esther immer bei mir haben, es gibt mir das Gefühl von Gewicht, da ich mein Eigengewicht nicht mehr richtig spüre, das kleine Buch hält mich sozusagen gerade noch auf der Erde.

Ich laufe herum wie in den Minuten nach einem Trainingsmatch, bei dem wir die Bleiwesten tragen mussten, oder nach einem Kopfballtraining mit dem am Galgen aufgehängten Ball, mit der Bleiweste an, um die Sprungkraft zu stärken. Nach solchen Trainingseinheiten hast du, wenn die Gewichte abgelegt sind, für kurze Zeit das Gefühl einer styropormäßigen Leichtigkeit, als könntest du aus dem Stand zwei Meter hoch springen und ein Stück weiterschweben.

In der Nachtschicht kam mir vor, alle Pakete, auch die kleinen, sind schwerer als ich. Ich wunderte mich dauernd, dass ich in der Lage war sie zu heben und aus den Waggons hinunterzureichen.

Es ist nicht einfach, Nachtschicht zu tauschen. Wenn sie merken, das du unbedingt tauschen willst, lassen sie es sich bezahlen. Kostet entweder eine Flasche Schnaps oder ein viertel Kilo. Viertel Kilo? Ein Hunderter ist ein Kilo, compris? Aber ich musste Dienstag frei haben, denn ich hatte dem Basketballfanatiker versprochen, die Fan-Sache mitzumachen.

Da auch ein viertel Kilo für mich viel Geld ist, habe ich mich mit einem, der ohnehin schon ziemlich abgefüllt zur Schicht kam und die Hälfte der Züge verschnarcht hätte, geeinigt, für seine Tauschbereitschaft seine heutigen Einsätze zu übernehmen. Der Kerl schlief nun die Nacht durch, während ich für ihn malochte. Kam er doppelt gut weg, wenn er meine Dienstagschicht macht und ich dafür seine Samstagschicht. Am Wochenende, nachts in der Kälte, von der Halle übern Perron in die Waggons und aus den Waggons übern Perron in die Halle wird eher als Strafe aufgefasst. Aber wenn du unbedingt was brauchst von den Kollegen, bist du erpressbar.

Außerdem bist du zusätzlich der Trottel, denn nur ein Vollkoffer tauscht einen Dienstag für einen Samstag. Der Knilch genoss es natürlich. Er wird Samstag nacht in der Jungle Bar an mich denken, har har, aber jetzt hat er zu tun, und er räkelte sich unterm Gelächter der Belegschaft künstlich genüsslich auf der Matratze, zog sich die Decke bis zum Hals, er muss nämlich genau für Samstag vorschlafen. Aber auch ihn kostets was, denn ohne Zustimmung des Rottenführers gibts keinen Tausch, und die Zustimmung wird mit Hülsen erworben, was Flaschenbier heißt, deshalb trommelt Karl ein langes Solo auf seinem multifunktionalen Bauch. Und übrigens, trommelt Karl, kommt sein Vertragshändler Samstag nacht, da könnte mein Messerchen dabei sein, das hätte ich gut eingefädelt. So blöd ist unser Kleiner wirklich nicht. Schon wieder Kleiner, zum zweiten Mal in zwei Tagen hintereinander und vorher nie, bin ich denn geschrumpft und merke nichts? Aber auch das geht mir inzwischen panoramamäßig an Hüften, Arsch und Hirn vorbei. Geschehen ohnehin nur noch Sachen, die ich nicht kapiere. Auch das Fahrrad war nicht mehr da, das ich vor der Post abgestellt hatte.

Die Schule heute war überhaupt ein Hammer. Mir kam vor, dass mich Leute grüßten, die ich noch nie und die mich noch nie gegrüßt hatten, und andere mich nicht grüßten, die sonst immer grüßten, wenn ich sie grüßte. Kann auch Einbildung sein. Keine Einbildung war, dass der Notger mich zweimal gefragt hat, wasn mit mir los ist, du bist so anders, und dass der Piti Klausner mich gefragt hatte, ob ich in der Großen Pause mit ihm in den Park rüber gehe, er möchte mit mir reden.

So what aber auch, der Piti war eineinhalb Jahre älter als ich, er interessierte sich für niemanden in unserer Klasse, den Schulstoff hörte er bereits zum zweiten Mal, und wie es schien, diesen wiederum auch nur halb. Ich habe mit ihm noch keine zehn längeren zusammenhängenden Sätze gewechselt, aber er war mir sympathisch, erstens weil er meistens die Schnauze hielt, was ich seinem Alter und daher einer überlegenen Reife zuschrieb, und zweitens, weil er in der Bank links vor mir saß und ziemlich breit war, ich meine in diesem Fall seine füllige Statur, hinter der einiges den Fäserblicken verborgen bleibt.

Breit war er auch auf andere Weise öfter, immerhin hatte er ein Drogenproblem, was ihm, aber auch uns, nicht allzusehr auffiel. Dass er kiffte und Trips schluckte gehörte einfach zu ihm wie die weinerliche nasale Stimme zum Pensa gehörte.

Da die Stunde nach der Pause ausfiel und ich ohnehin keine Lust hatte, einem fremden Fässer beim Zeitunglesen oder Korrigieren von Klausurheften zuzusehen, hatte ich vor, beim David nachzuforschen, wie die Dinge so stehen, und sagte, er soll vorausgehn, ich komme nach in den Park.

Als ich aufm Sprung nach unten zu den Umkleidekäfigen war, traf mich am Treppenabsatz die Stimme der Deutschfässerin wie ein Griff ans Genick. Ihre Stimme war laut genug, als dass ich sie durch das Pausengekreische der die Stiegen und Gänge auf und ab surfenden Kleinschüler hätte ignorieren können.

Müller! Mühüller, so bleiben Sie doch stehen!

Das war panoramamäßig befremdlich, sonst war ich für sie: du der Prolet.

Aber wie gesagt, ich fürchtete nichts mehr, ich befürchtete nichts mehr, ganz im Gegenteil, ich hoffte sogar, dass etwas geschieht, das mich in meinem Zustand unangenehmer Leichtigkeit belasten könnte, und wenn es irgendwelche Sanktionen wären, selbst wenn ich nicht weiß wofür.

Ich hatte, so wie ich meinen Körper nicht mehr richtig spürte, auch kaum noch ein Gefühl für Recht oder Unrecht, für Gut oder Böse. Was immer ich tat, es konnte beides bedeuten, und wenn ich nur die Treppen hinabging konnte es Unrecht sein, alles konnte gegen mich verwendet werden, je nachdem, was der große mir unbekannte mein Schicksal willkürlich bestimmende Zufallsgenerator gerade ausspuckte, Plus oder Minus, Daumen hoch oder Daumen runter, völlig beliebig, es ist schließlich alles gleich, ob du gehauen wirst oder gestreichelt. Und deshalb ging mich das Geschehen, ob in der Schule oder auf Arbeit, auch panoramamäßig nichts mehr an. Weil es ohnehin egal ist, was du tust, oder wie du meinst, was du meinst, du kriegst einfach zufallsgeneratorenmäßig in die Schnauze oder auch nicht. So wie in der Stunde zuvor bei der mündlichen Prüfung in Chemie.

Ich war an die Tafel befohlen worden, und um in meinem neuen Zustand nicht an die Decke zu schweben wie ein Luftballon, steckte ich die Hand in die Tasche und hielt mich am Buch Esther fest, was mir das Gefühl von Erdung gab, und ich beantwortete die Fragen mit Leichtigkeit, solange ich die Hand am Buch in der Tasche hatte, immerhin war Chemie ein Lieblingsfach von mir.

Aber als der Fässer plärrte, ich solle gefälligst die Hand aus der Hosentasche nehmen, sind wir denn bei den Zulukaffern oder was, und ich die Hand herausnahm, fiel mir nix mehr zu den Prüfungsfragen ein, obwohl ich wusste, dass ich die Antworten wusste.

Das Gefühl, wegschweben zu müssen, wenn ich mich nicht wo anhalten konnte, überlagerte mein Antwortwissen, und es nutzte auch nichts, dass ich versuchte, mich an der Kreideablage der Schultafel zu festzuhalten, denn die Tafel war mobil und vertikal verschiebbar, sodass sie mit mir nach oben gerutscht wäre.

Ich erinnerte mich an mein sogenanntes Wissen nur, wenn ich in Kontakt mit meinem Erdungsbuch war. Deshalb steckte ich die Hand wieder in die Tasche und beantwortete die Frage schnell und korrekt in allen ihren formalen chemischen Bestandteilen, was allerdings den Fässer wiederum empörte, weil er nicht die Exaktheit meiner Antwort, sondern die Unkorrektheit meiner Hand in der Hosentasche als wichtiger einschätzte.

Als ich bei der vierten Frage, um nicht wegzuschweben, die Hand wieder in die Tasche steckte, schickte er mich ohne Benotung in die Bank zurück und machte eine Eintragung ins Klassenbuch über mein ungehöriges Benehmen, wobei er während des Schreibens die Schlüsselstellen laut anklagend aussprach: …unverfroren, respektlos… den minimalsten Verhaltenserwartungen an einen Schüler offensichtlich nicht... einer Ausbildung an einem Gymnasium von einem solchem Ruf wie diesem allem Anschein nach unwürdig. Von einem solchem Ruf wie diesem! Die Formulierung muss ihm extra breit gefallen haben, denn er las sie noch einmal und betonte jedes Wort.

Die Deutschfässerin kam über die Stiegen zu mir herab, ich steckte die Hand in die Tasche zum Buch und hielt mich mit der anderen am Geländer beim Treppenabsatz fest. Der Zufallsgenerator wollte, dass sie meine Hand in der Hosentasche nicht störte. Sie stand vor mir und machte ein tragisches Gesicht und rang nach Worten.

Sie hat ja nicht gewusst, dass..., wie hätte sie auch ahnen können, dass..., nun jedenfalls jetzt..., sie möchte sich bei mir, äh, entschuldigen möchte sie sich.

Das kam doch zu überraschend, als dass ich sofort was kapieren konnte, ich musste sie erstaunt angesehen haben.

Bitte entschuldige meine Worte, lieber Müller, es tut mir Leid, unhöflich gegen dich gewesen zu sein, sülzte sie und kniff sich die Augen feucht.

Um es wieder gut zu machen, habe ich gedacht, sagte sie und atmete tief ein, habe ich dir, äh, also ich habe, vielleicht macht es dir Freude, nun, hier, ich habe hier ein Jugend-Jahresabonnement, fürs Theater, für dich, es ist für dich.

Sie war ganz gerührt. Eine Träne perlte ihr nun mustergültig über die Wange, bitte nimm es an, und sie übergab mir ein Heftchen aus grauem Karton. Dann wischte sie mit dem Ärmel über ihre Augen, schnappte meine Hand und rüttelte sie, murmelte noch was, das ich nicht verstand, drehte sich um und ging zügig und fast im Stechschritt ab.

Nein, ich war nicht groß beeindruckt. Höchstens überrascht, über welche Möglichkeiten der große unergründliche Zufallsgenerator verfügte. Aber ich schriebs ihr gut. Die

Größe ihrer Handlung habe ich erst viel später begriffen. Ich schrieb ihr erstmal nur gut, dass sie, die als beinhart bekannte Nuss, in aller Öffentlichkeit, und nicht in einem zeugenlosen Kämmerlein, wohin sie mich ja auch hätte zitieren können, ihren rührweichen Augensaft absonderte.

Verblüfft war ich, und zwar, weil ich nicht wusste, weshalb sie sich entschuldigte, und was sie meinte, als sie stotterte, dass sie nicht wissen konnte oder ahnen, ja was? Womit habe ich dieses Theater verdient? Jetzt steh ich da mitm Abo.

Vor ein paar Tagen bin ich unserem neuen Geografiefässer ziemlich weit hinten, schon außerhalb des Bahnsteigs, begegnet, wo ich auf den zweiten Abendzug zum Ausräumen wartete. Er kam mit einem kleinen Päckchen unterm Arm durchs Halbdunkel gewankt, und ich hätte ihn auch vorbei gehen lassen können, aber ich wusste, dass er sich verirrt haben musste, denn von dieser kaum noch beleuchteten Seite aus, abseits der Bahnhofshalle, wo schon die Gleise sich zu verzweigen begannen, kommt normalerweise niemand auf die Idee, das Bahnhofspostamt zu suchen. Ich grüßte ihn daher, Abend Herr Fässer, und als er mich erkannte, ja hallo der Müllerich ho ho, fragte er, ob ich weiß, wo die Post ist. Er stank nach Schnaps und Bier ausm Maul.

Jemand hat ihm gesagt, hier irgendwo auf dieser Höhe ist die Paketabteilung.

Ich erklärte ihm den Unterschied zwischen der Paketverteilung hier, wo Pakete ankommen, und der Paketaufgabe dort, die aber als Paketannahme angeschrieben steht, wo die Pakete abgeschickt werden. Ich glaube nicht, dass er so was Einfaches wie den Unterschied zwischen Verteilung einerseits und Aufgabe und Annahme andererseits verstand.

Was ich überhaupt hier mache? Er tat überrascht, dass ich in dieser Gegend Nachtschicht fuhr. Wirklich? Und morgen wieder Schule?

Ja klar. Wasn sonst, bin ja nicht krank.

Er schüttelte den Kopf und wünschte mir erst viel Vergnügen, was er dann zu viel Erfolg korrigierte, schließlich änderte er es in gutes Gelingen ab, aber wahrscheinlich meinte er in seinem Dusel was anderes. Er schlich in die falsche Richtung ab, ich rief ihm nach, die andere Seite Herr Fässer. Machte er einen Bogen wie ein Eisläufer und kam zurück und mitm wackeligen Schlenker nahe an mich heran und sagte, als teile er mir ein Geheimnis mit: übrigens, man sagt nicht mehr Fässer, sondern Prof, Prof ist angesagt, Fässer ist völlig draußen, nur in der Provinz sagen sie noch Fässer, das weiß jeder in Göttingen, Müllerich.

Der Satz: das weiß jeder in Göttingen, war sein Standard- und Bestätigungsspruch, sozusagen eine Behauptung letzter Instanz, gegen die kein Einspruch möglich war. Er sagte das bei passenden und unpassenden Gelegenheiten, zum Beispiel nach komplizierten geochronologischen Erklärungen, die derart verwirrend waren, dass die Klasse längst abgeschaltet hatte und sich mit anderem beschäftigte, als er nach zwanzig Abschweifungen samt Herleitungen das Ergebnis seiner wahrscheinlich privaten Zeitrechnungstheorie mit dem Satz das weiß jeder in Göttingen unfehlbar und unangreifbar machte.

Aber auch nach einer Prüfung des Pensa, die wie alle Pensa-Prüfungen den üblichen Verlauf nahm, nämlich die Frage des Prof, gefolgt von aktivem Pensa-Schweigen mit anschließendem nasalen antwortlosen Pensa-Wimmern, konnte er seinen Satz als Siegel anwenden, dass nämlich der Pensa der größte Hirnmuffel der Erdgeschichte ist, das weiß jeder in Göttingen.

Im Übrigen hatte er uns bereits Ixmal gesagt, dass, wenn schon eine Abkürzung, dann die Bezeichnung Prof angesagt ist, und nicht Fässer, und er hatte uns auch Ixmal belehrt, dass es nicht Fässer heißen darf, sondern Fessor, weil das von Professor kommt und nicht vom Fass, was allerdings trotzdem unmodern ist und nur noch in der Provinz vorkommt, das weiß jeder in Göttingen.

Uns schien das Fässer trotzdem natürlicher, und wir behielten es bei, außer in seinen Stunden, wo wir uns mit dem Ruf ProfProf samt begleitendem Fingerschnippen der aufzeigenden Hand zu melden pflegten, auch wenn wir nichts wussten, nur um sagen zu können, wenn wir nach langem Schnippen endlich aufgerufen wurden, jetzt haben wir vergessen, was wir fragen wollten.

Der Piti saß auf der zwischen Büschen versteckten Bank ganz hinten im Park, hatte die Ellbogen auf den Knien und wiegte den Oberkörper auf und ab. Ich wollte ihm von der sensationellen Aktion der Deutschfässerin erzählen, aber er war schon zu weit weg und redete vor sich hin. Als ich mich zu ihm setzte, sagte er, ohne mich anzusehen, er hat soeben davon gesprochen, dass es gar keine Möglichkeit gibt, alles aufzuschreiben, was einem durch den Kopf geht. Das Durcheinander seiner Gedanken würde am Papier eine Überlagerung der Schrift erfordern, was unlesbare Seiten ergibt. Und was heißt das, folgerte er, das heißt, dass es überhaupt keine Realität gibt in aufgeschriebener Form, überhaupt keine Realität in äußerlicher Form. Die Realität ist in seinem Kopf und surrt so durcheinander, dass sie niemals darstellbar ist, und deshalb scheißt er auf die Realität, verstehst du, kacken, ich kacke auf alles, was Realität heißt, sagte er.

So schlimm ist das nun auch wieder nicht, versuchte ich ihn zu besänftigen. Was er sich denn eingeworfen hat?

Aber er hörte mich ohnehin nicht. Dabei hatte er gesagt, er will mit mir reden. In meinem Kopf hier drin und nicht außerhalb ist die Realität, und die ist nicht anders als in einem Traum, sagte er. Stell dir vor, du hast einen ganz intensiven Traum, und den versuchst du zu erzählen oder aufzuschreiben. Da hast du dann das Gefühl, überhaupt nix von dem ganzen Traum gesagt zu haben, du hältst nur ein Fischgerippe zwischen den Fingern hoch, während der Fisch im Traum schillernd und in schnellen Wendungen durch ein buntes Meer geschwommen war. Also, was ist realer, die Vielschichtigkeit im Traum oder das Gerippe in der Realität? Deshalb scheiße ich auf die Realität.

Ja, hast du schon gesagt. Aber wozu interessierts dich?

Nein, interessiert mich eh nicht, sagte er jetzt resigniert und sah mich auf einmal an, weil es gar keinen Sinn hat. Ich wollte nur daraufkommen, welchen Sinn zum Beispiel diese Mathematik hat, wegen der ich ein Jahr wiederholen muss. Ein ganzes Jahr wegen ein paar Formeln. Wo ist da der Zusammenhang. Ein Nichtgenügend kostet ein ganzes Jahr meines Lebens, ist das Realität? Was solln das sein? Ist doch bloß stinkig. Ein Zufall oder was?

Er hat nämlich ein philosophisches Buch gelesen, das den Zufall behandelt. Da steht, dass das Zufällige das ist, was auch anders sein könnte. Aber was könnte anders sein? Wir sitzen hier auf dieser Bank, und nicht wo anders.

Klar, weil wir es ausgemacht haben.

Ah, das verstehst du nicht, ist nämlich trostreich, wenn es anders sein könnte. Zum Beispiel nicht ein Jahr wiederholen.

Aber was hat das mitm Zufall zu tun?

Der Philosoph sagt, es hätte anders sein können, sonst wärs kein Zufall. So muss ich nur zufällig ein Jahr wiederholen.

So ein Zufall aber auch, der kann mit Lernen wirklich nix mehr zu tun haben.

Dass man geboren ist, ist ebenfalls bloß so ein Zufall. Man hätte auch überhaupt nicht geboren sein können. Hast du dir das schon einmal überlegt? Es stimmt schon, fügte er hinzu, am besten wäre es überhaupt, gar nicht geboren worden zu sein.

Ja, sagte ich, aber wem gelingt das schon, unter tausenden kaum einem, mathematisch ausgedrückt.

Piti hing traurig über seinen Knien: und wenn es doch Vorhersehung ist?

Tja dann, dann schauen wir alt aus.

Ich war Teil seiner Irrealität der Außenwelt, die er ohnehin nicht zu hören brauchte, daher flüchtete ich vor der eingerauchten Philosophie seiner realen Kopfwelt in die Scheinwelt zum David rüber, während Piti seinem nur ihm sichtbaren Publikum im Park weiter vortrug.

Beim David stand der Basketballfuzzy auf Zehenspitzen weit über die Theke gestreckt, und seine Augäpfel am Stiel rollten im Ausschnitt von der Gitti herum.

Da ist er ja endlich, sagte er und sackte ein Stück zurück, dich brauche ich.

Prost, spät bist du dran, sagte die Gitti und schwenkte das kleine Kognakglas und warf den Kopf zurück und ließ den Kognak einlaufen ohne Schluckbewegung.

Der Steinbohrer Artur drehte am Ecktisch mit schiefgelegtem Kopf versonnen einen Stein zwischen den Fingern und hörte alles.

Morgen Abend ist Probe des Fanklubs. Die Basketballmannschaft macht ein Trainingsspiel. Und wir, sagte er, üben unseren Einsatz für das wichtigste Spiel am Sonntag. Die Anhänger werden je nach Instrumenten über die Ränge verteilt, wie bei einem Konzert. Für dich ist eine Drehsirene vorgesehen. Wir müssen das üben. Er selbst steht oben in der Mitte und dirigiert die Einsätze mitm Megaphon, wann welcher Block mit Pfeifen, Sirenen, Gastrompeten, Trommeln undsoweiter dran ist, und wir müssen auch Schlachtrufe einstudieren, Schlachtgesänge, Beleidigungen, die aber präzise kommen müssen, sonst verpufft die Wirkung. Die Einsätze müssen so sein, dass sie den Gegner irritieren und die unseren anfeuern.

Wir bekommen auch morgen dafür Würstel und Getränk.

Umsonst ist nix. Einverstanden? Also morgen Abend in der Halle. Große Sache. Wir müssen Meister werden.

Ich versuchte noch, das Theater-Abo anzubringen. Ob sie Interesse hätten oder jemanden kennen, der Interesse hätte, das Abo kostet sicher eineinhalb Kilo, und ich würde es um ein halbes hergeben. Eine Gelegenheit. Na dann nicht, ich hatte es geahnt, sie sahen mich bloß an, als ob ich völlig undicht geworden wäre. Theater haben wir so auch genug, sagte die Gitti, mehr als wir brauchen, da muss man nicht auch noch Eintritt dafür zahlen.

Deshalb musste ich die Nachtschicht tauschen und die Montagnacht durchschuften, was vielleicht ganz gut war, denn so hatte ich nicht die Möglichkeit, dauernd an Mariella zu denken und daran, was gestern geschehen war, denn wenn ich daran dachte, Mariella und Robert nicht mehr sehen zu können, war mir, als stehe ich am Rand einer Felswand, so hoch, dass der Boden in Finsternis aufgeht, und jeder Gedanke daran scheint mir als Finger in den Rücken zu tippen, und es kostet mich panische Mühe, das Gleichgewicht zu halten. Das Gleichgewicht hielt ich durch den Gegengedanken, dass ich am Mittwoch Nachmittag noch einmal zu Mariella gehen würde. Das habe ich mir fest vorgenommen. Ich wusste, dass sie am Freitag abreiste. Aber am Mittwoch wollte ich unbedingt noch zu ihr, es musste sein, wer sollte das verhindern können. Vielleicht gibt es noch eine Möglichkeit, die die Endgültigkeit der Trennung aufhebt, vielleicht sagt sie mir, sie wartet auf mich, ich muss nur die Schule abschließen und großjährig werden. Dann ziehen wir zusammen, und ich lerne an der Kunstakademie und arbeite nebenher, dass wir alle, auch Robert, zu essen haben.

Als ich vom David ins Gymnasium rübergegangen bin, hab ich den Pires Sepp getroffen und ihm gesagt, dass morgen Abend Generalprobe fürs Basketballmatch um die Meisterschaft ist, wir bekommen zu Fressen und zu Saufen und müssen dafür nur ziemlich Radau machen. Letzteres schien ihn zusätzlich zu überzeugen. Na dann, vielleicht. Übrigens, kannst du ein Theater-Abo brauchen? Was? Nichts, nein vergiss es.

Noch vor Mitternacht kam der Händlerzwerg die Geleise herauf und legte seinen Rucksack auf den langen Tisch. Karl hatte sich also geirrt mit Samstag. Der fliegende Zwerg hatte tatsächlich mein Messer. Aber erst ein Schluck aus der Flasche. Er rieb sich die Hände. Kalt, kalt isses, der Wind auf den Schienen fährt schneller, härter und kälter als auf den Straßen. Der Wind kommt über den Schienen so scharf daher, dass man mit ihm Messer schleifen könnte. Oder Nasen, lachte Karl, und der verschlagene Kleine sagte: genau, und er fuhr mit dem Zeigefinger die Schneide seiner überproportional langen und schmalen Nase entlang.

Das Messer war eine Enttäuschung, die Klinge genau so lang wie der Griff, etwas über eine Handbreite, und es war zum Aufklappen.

Ich wollte ein Springmesser.

Was ich denn bloß habe, er pries empört das Messer an, es ist funkelneu, er las von der Schneide ab: Hartkopf Solingen, Handarbeit. Und rostfrei dazu. Und das schöne, gebogene, schwarze Holz des Griffs. Und wie leicht es aufgeht, schneller als ein Springer, wenn man einmal geübt ist. Was besseres ist nicht aufzutreiben im ganzen Land. Es war nicht leicht, an das Messer zu kommen. So eine schöne, gebogene, spitze Klinge, sarazenenmäßig, die sucht sich von allein ihr Ziel, ein Wundermesser, wirst du sehn.

Und wie schnappt es wieder zu?

Automatisch, wenn dus dem andern ausm Hals ziehst. Scherz natürlich.

An der Rückenseite hinten am Griff musste man eine Stahlschiene drücken, damit sich die Schneide einklappen ließ. Dazu brauchte man beide Hände. Sehr umständlich.

Entweder war ich zu früh oder zu spät dran, aber vor der Sporthalle tat sich nichts. Die Umgebung war finster wie im berühmten Arsch des Bären, nur die kleinen Notlampen leuchteten grünlich über dem Hallenhaupteingang, und hinten am Parkplatz funzelten zwei trübe Laternen, die ein paar abgestellte Autos und einen Kleinbus ahnen ließen. Sonst beleuchteten Flutlichtmasten bei Veranstaltungen den riesigen Parkplatz und die Umgebung weithin. Ich hatte ein paar hundert Leute erwartet, die Getöse machten, und daher kam mir diese Stille irreal vor, geradezu eine Stimmung, wie sich in Pitis Kopf die Außenwelt darstellten musste, und dieser unnatürliche Eindruck wurde verstärkt, weil es zu schneien begann, was um diese Jahreszeit noch nicht dagewesen war, jedenfalls nicht seit ich mich erinnern konnte. Es schneite nicht dicht, aber immerhin so viel, dass man auf dem Parkplatz kaum noch was erkennen konnte. Erst nass und schnell, und gleich darauf, als wäre ein Schalter umgelegt worden, mit kleinen leichten, mehr schwebenden als fallenden Flocken.

Der Haupteingang war zugesperrt. Aber es mussten Leute in der Halle sein, denn die Fenster unterm Dach waren hell. Eine verlassene Zone dieses Gelände, wo mittendrin die enorme Sporthalle stand, weitum verwilderte Parks mit altem Baumbestand und Rasen mit Büschen, und Richtung Fluss auch der Auwald. Alles von breiten und schmalen Beton- und Kieswegen durchfressen, nach keinem System angelegt, sondern jeweils nach sogenannter Notwendigkeit, wenn wieder eine Ausstellungshalle aufgestellt wurde, für die man Zufahrten benötigte.

Ein die meiste Zeit des Jahres unbelebtes Gelände, daher gabs außer an der Haupteinfahrt auch keine Straßenbeleuchtungen. Es wurde zwar gerodet und betoniert, aber eher willkürlich, und bevor kein System in das weite Areal gebracht ist, gibt es kein Beleuchtungssystem, das wahrscheinlich erst dann errichtet wird, wenn hektarweit der letzte räudige Grashalm unter Asphalt verschwunden ist.

Es gibt da auch einen großen, flachen, runden Betonbrunnen, fast ein Schwimmbecken, mit einer breiten Betonfläche rund um den Sockel, an deren äußerem Rand Sitzbänke aus Beton eingelassen sind, denen entweder die Betonlehnen oder Teile der Betonsitzflächen herausgeschlagen worden waren, und der Brunnen enthält statt Wasser alle Arten von Abfällen. Daneben die öffentlichen Toiletten, die von niemandem gewartet werden und in einem dementsprechend desolaten Zustand sind. Ein einziges Mal war ich zum Pinkeln da drinnen, aber nie mehr wieder, vergeht einem geradezu das Pullern. Die Wände voll Löchern, unter den Sohlen quatschen die Präservative, die Muscheln kotverkrustet, und die Klosprüche sind keine Sprüche, sondern brutale obszöne Aufforderungen und Angebote, eigentlich Drohungen. Kann man sich vorstellen, dass es nicht ratsam ist, sich nächtens allein in diesen Anlagen zwischen den versprengten Hallen zu bewegen.

Ich ging zum Nebeneingang an der Längsfront der Halle und stieg die Stufen hinunter zum Trakt der Umkleidekabinen, die wie die Hallen-Spielfläche unter Erdniveau liegen. Kannte mich gut aus mit der Halle, bin ja mehrmals hier aufgelaufen.

Am Qietschen der Sportschuhe auf dem Hallenboden war zu merken, dass hier gespielt wurde, aber nur die kurzen Rufe der Spieler und das Aufprallen des Balls gabs akustisch, keine Fanchöre oder Trompeten. Ich lief den Kabinengang entlang und die Stufen hinauf zur ersten Tribünenplattform an der Stirnseite. War bloß Training und niemand auf den Tribünen. Hatte ich mich wahrscheinlich verhört und den Tag verwechselt. Und dafür habe ich die Nachtschicht getauscht.

Der Hallenwart entstand plötzlich auf der anderen Seite und strebte eilig zu mir herüber und stellte mich zur Rede, was ich da mache, wie ich überhaupt hereingekommen bin. Fragte ihn nach der Fanklub-Probe fürs Match am Wochenende, aber er wusste nichts davon, nicht von heute, nicht von morgen, überhaupt nichts. Ich musste raus aus der Halle, er begleitete mich misstrauisch die Stiegen hinunter zum Kabinentrakt und zum Seitenausgang und sperrte zweimal schnell hinter mir ab.

Schnee und Nebel, eine Sicht von vielleicht fünfzig Schritten. Natürlich war mir das Areal vertraut, hatte schließlich gearbeitet da. Dort drüben die öden Wiesen des Rummelplatzes bis fast hinaus zum Haupteingang Ost, halb Gras halb Lehm, mit ein paar Inseln aus Stauden und Bäumen, die zu wissen schienen, dass die Säge auf sie wartet und es deshalb aufgegeben haben, sich zu pflegen.

Ist überhaupt schäbig, wie der Boden aussieht, wenn der Rummel abgebaut wird. Die Wiese unter den Anlagen ist immer krankfahl kahl, weißliche Wurzeln, Maden, Würmer und Asseln kommen zum Vorschein, wenn die provisorischen Fundamente der bis am Tag zuvor noch buntblinkenden Karussels, Bahnen, Schaukeln, Buden und Zelte aus den Verankerungen gerissen und stückweise weggetragen werden.

Dort musste ich durch, wenn ich nach Hause wollte. Ich wartete noch ein paar Minuten beim Haupteingang, dann machte ich mich auf den Weg. Da gabs etwas, das mich irritierte, kaum war ich ins gänzliche Dunkel eingetreten. Ich witterte wie ein Vieh, meine Nase zitterte im Auftrieb. Schwefel, Gestank, Gefahr. Aber aus welcher Richtung?

Ich griff nach dem Messer in der rechten Hosentasche. In der linken Hosentasche fuhr meine Hand auf das Buch

Esther um mich zu versichern, dass ich nicht träumte, sondern in einer wirklich realen Realität der Schwerkraft angekommen bin.

Nein, ich hatte keine Angst. Was sollte mir geschehen? Ich hatte nichts mehr zu verlieren. Mein Leben war mir egal, ich war zwar irgendwie vorhanden, aber doch so körperlos entrückt, dass es wurscht war, ob ich aus der Finsternis noch einmal auftauchte oder nicht. So war das Gefühl im ersten Moment. Dann fiel mir der Mittwoch ein, dass ich Mariella noch unbedingt sehen muss. Das spannte mich an.

Ich ging ohne anzuhalten auf die vier plötzlich bleich aufleuchtenden und stieläugig schielenden Scheinwerfer zu. Im letzten Moment würde ich über die Autos hinwegschweben und dahinter meinen Weg durch die Dunkelheit fortsetzen.

Durch die nebeligen Scheinwerferlichter fusselten noch ein paar Flocken, dann war der Schnee abgeschnitten. Stattdessen schoben sich zwei Gestalten neben den Autos vor, na gut, das war zu erwarten gewesen, ich drehte mich um, auch das war nun nicht mehr unerwartet, dass zwei Typen hinter mir, von der Parkplatzseite, näherrückten.

Links übern Rasen in die Dunkelheit, diesen Ausweg versperrte mir ein fünfter Nikolaus. Rechts war eine hohe Berberitzenhecke, an die ich mich annäherte, aber bis ich da durch wäre, hätten sie mich an den Beinen.

Ich hatte gar kein Bedürfnis zu fliehen. Wohin denn auch. Mir schien es zu Hause unangenehmer zu sein. Hier konnte ich mich wehren, dort, in meinem Kinderzimmer, auch wenn mich niemand mehr prügelte, war es zum Ersticken. Dort sprach ich nicht mehr. Dort brachte mich nichts zum Reden. Dort gab es für mich nichts zu sagen. Dort war ich stumm geworden. Dort war ich abgestorben. Dort kannte ich niemanden mehr.

Ich hatte nur noch den Mittwoch, danach wars wahrscheinlich ohnehin aus mit der Welt.

Dieses Leben war wunderlich fremd geworden. Mich irritierte weniger das Näherkommen der fünf Schergen, als das plötzliche Fehlen des Schnees.

Alles, aber auch alles, was der Erdanziehungskraft unterlag, kam mir unsinnig vor.

Ich wunderte mich nicht über den Verrat des Basketballfuzzys, sondern darüber, dass am Himmel eine Stelle freigefegt war und ein Stern sichtbar wurde in der Farbe Blau. Es erschien mir ganz natürlich, ein Entkommen auch in vertikaler Richtung in Erwägung zu ziehen.

Mir kam auch das große Messer lächerlich vor, das der Hottler in der Hand drehte, sodass es ein wenig blitzte im Scheinwerferlicht, und noch lächerlicher erschien mir, dass der Lange wieder dabei war, diemal gar mit einem Baseballschläger, den er vor seinen Knien pendeln ließ.

Der Lange erheiterte mich geradezu, was will denn der schon wieder, kann er denn nicht genug kriegen, will er sich selber aufn Schädel schlagen oder was?

Ich musste lachen. Es schüttelte mich vor Lachen. Nein, ich lachte nicht laut, sondern mit geschlossenem Mund, ich lachte mit mir, ich pumpte das Lachen in mich hinein. Aber immerhin merkten sie, dass ich lachte. Das gefiel ihnen gar nicht.

Ich drehte mich langsam im Kreis. Sie waren nur noch sechs Schritte von mir entfernt, der Lange links von mir. Jetzt musste es gleich losgehn, das war zu spüren. Wie wenn sich ein Druck erhöht.

Ich ließ das Messer in der Tasche. Hat keinen Sinn. Ich will nicht schlitzen. Interessiert mich nicht mehr. Ich würde auch lachend aufgegeben haben, wenn mich nicht die enorme Sehnsucht nach Mariella überfallen hätte. Ich wollte sie noch einmal sehen. Gleich jetzt, bevor es zu spät ist. Ich musste es schaffen, ihr Haus zu erreichen. Sie und Robert würden mich einlassen. Alles würde sich auf einmal wieder ändern. Diese läppischen zweieinhalb oder drei Kilometer.

Es gab drei Möglichkeiten, dorthin zu gelangen. Eine schied aus. Da hätte ich zurück zum Haupteingang müssen, dann hinüber zum Stadtring und von dort die Vierspurige hoch zur Unterführung, wonach ich die öde lange und ungeschützte Strecke von der Speyer Villa über die Notger Siedlung zur kreuzenden oberen Porzellangasse hinter mich bringen hätte müssen, um von der anderen Seite zu Mariellas Haus zu gelangen, eine fast doppelt so lange Strecke, als wenn ich übers Gelände den Osteingang erreichen könnte.

Von dort hätte ich zwei Möglichkeiten von Schlupfwegen, wo Autos nicht durchkämen. Ich hatte keinen Zweifel, dass ich auf Beinen schneller bin als die fünf Nikoläuse mit ihren zehn Hasenläufen zusammen. Aber zuerst müsste ich links wegkommen, wo der Lange mit dem Schläger nervös wartete.

Als ich mich mich zum zweiten Mal drehte, um Lage und Abstand zu sondieren, sah ich, dass hinter den beiden, die mir den Weg zum Hallen-Haupteingang abschnitten, eine andere Gestalt auftauchte.

Der Pires Sepp. Ich schrie seinen Namen und rollte mich zugleich nach links weg, weil in diesem Moment drei losstürzten um mich zu fassen.

Der Lange schwang den Schläger, ich war mit einem Haken an ihm vorbei, aber er traf mich von hinten an der rechten Wade, sodass es mich von den Beinen riss. Ich flog vom Asphalt in den Rasenlehm. Lag halb am Rücken.

Hörte den Pires hey hey rufen.

Sah den Langen auf mich zukommen, mit dem Baseballschläger hoch ausholend, um mir den Endgültigen zu verpassen.

Aber dieses Glückskind stolperte in seinem Übereifer an der Granit-Einfriedung, die den Rasen von der Straße trennte. Es legte ihn zu meinen Füßen voll aufn Bauch, schlimmer noch, denn er stürzte auf den Schläger, der ihm, dem Krachen samt vergurgeltem Aufschrei nach zu schließen, die Fresse zertrümmerte.

Ich startete aus dem Fluchen der Nikoläuse und lief ohne zu denken aber mit hundert Sensoren durch die struppige Finsternis und aus der Finsternis heraus, ich lief auch noch, als ich das Osttor längst passiert und die Hauptallee erreicht hatte, ich lief den Kilometer bis zur Schnellstraße, ich lief noch den halben Kilometer die Schnellstraße entlang bis auf Höhe der unteren Porzellangasse, überquerte im Sprint und unter wütendem Autohupen die Straße und setzte mich keuchend auf den Sockel eines Zauns.

Irgendwas stimmte mit meinem Bein nicht. Hatte schon während des Laufens ein dumpfes Ziehen gespürt, einen Widerstand, als hielte sich etwas fest an meinem rechten Unterschenkel, dem ich mit jedem Laufschritt entschlüpfen musste.

Ich ging die Gasse hinauf, merkte aber, dass ich das Bein leicht nachzog. Es schwächelte zunehmend, sodass ich ein paarmal aus dem Gleichgewicht geriet und mich an einem Zaun ankrallen musste.

Die Porzellangasse war sicher eine der längsten Nebenstraßen der Stadt, aber so lange war sie mir noch nie vorgekommen. In dem feinen Nebel sah das Laternenlicht wie radiert aus. Ich troff vor Schweiß. Haare klebten mir am Mund. Ich biss sie ab.

Die Klingelanlage funktionierte nicht. Ich schlug mit Fäusten gegen die Eingangstüre. Ich pochte mit den Fingernägeln, dann mit den Knöcheln an die Fensterscheiben. Ich schlug mit flachen Händen gegen die Fensterscheiben. Da war kein Licht.

Vielleicht sind sie im hinteren Raum. Ich hätte über den Zaun müssen, durch den Garten. Bitte, seid zu Hause. Sie müssten mich auch so hören. Bitte, seid zuhause.

Robert, rief ich, Mariella.

Die beiden Wagen kamen aus entgegengesetzter Richtung und machten die Mühle zu. Noch im Fahren öffneten sich die Türen und zwei Nikoläuse sprangen heraus.

Ich wollte los, hinauf Richtung Bahnschranken, aber als ich zum Sprint ansetzte, explodierte mein Unterschenkel und stieß giftigen Schmerz aus, und ich sackte für kurz in die Knie. Das genügte, dass sie mich zu fassen bekamen.

Einer hatte mich im Würgegriff unterm Arm und zog mich über die Straße, hinein in die geschotterte Sackgasse an der Längsseite des Stadions, wo die Straßenbeleuchtung kaum mehr hinreichte, diffuses schwächliches Pinkellicht, während die beiden anderen mir ununterbrochen Tritte versetzten, in den Bauch, in die Seiten, in den Rücken, gegen die Beine.

So, du Drecksau, jetzt wirst du kalt gemacht. Mit jedem Tritt ein Schimpfwort. Dreckschwein. Hurensohn. Arschloch. Stinkende Sau. Sie waren zu dritt.

Und ich hatte keine Kraft. Bekam kaum Luft. Reichte gerade zum Röcheln. Sah, wie oben in der Sektionsleiterwohnung das Licht an- und wieder ausging.

Im Vorbeischleifen stieß er meinen Kopf zweimal wie einen Rammbock an das Auto, das da abgestellt war. Mariellas Wagen auf den Felgen.

Dahinter drückte er mich an den Zaun, und die beiden anderen schlugen ihre Fäuste in mich. Meine Bauchmuskeln ließen mehr und mehr nach, reagierten immer langsamer auf die Einschläge, ich wurde schlapper, bald würde ich kotzen.

Sie gingen mir an die Taschen. Erst holten sie mein Messer raus. Sieh an sieh an.

Aber als sie das Buch Esther ziehen wollten, bekam ich einen Anfall, einen Schub Kraft, ich hielt das Büchlein fest mit der Linken, ich spürte, wie sich meine Finger darum krallten und es zusammenpressten, wie ein Greifer, der Schrottautos hebt und zerquetscht. Nur dass sich mein Greifer nicht mehr öffnete.

Sie hämmerten auf mich ein, ich war halb schon in einer anderen Welt, aber das Buch ließ ich nicht aus.

Der Hottler hatte mein Messer geöffnet und schnitt mir über die Faust, um das Handgelenk, stach in die Faust, er wollte mir die Hand abschneiden, ich sah verschwommen, wie Blut spritzte, oder bildete es mir jedenfalls ein, spürte aber keinen Schmerz mehr, ich war nur noch ein schlaffer halbgefüllter Abfallsack, zum Zaun getreten, wo Äste der Buchenhecke durchstachen, aber meine Hand ließ nicht los.

Ich bekam noch mit, dass er einem befahl, er soll den Kanister holen, während er mir mit einem wütenden Schwung die rechte Wange in zwei Teile schnitt.

Mach ihn kalt, mach ihn kalt, zischte der andere.

Dann spürte ich Nässe durch die Hosenbeine dringen, weil ich von den Füßen aufwärts übergossen wurde.

An mehr kann ich mich nicht erinnern. Doch, an eines erinnere ich mich, ich sah mich nämlich in dem Moment, bevor er mir ins Gesicht schnitt, fliehen, ich sah mich wie einen Wettläufer aus der Hocke hochgehn und losstarten, und ich verschwand im exakten rechten Winkel um die Ecke zur Porzellangasse.

Ab da konnte ich mich beruhigt hinlegen und einschlafen. Das war nur so ein Gefühl. Ich lag ja längst.

Alles danach weiß ich nur aus zweiter Hand. Ich lag lange im Krankenhaus. Erstmal ohne Bewusstsein. Dass die Nikoläuse auch mit meinem Messer auf mich eingestochen hatten, daran habe ich überhaupt keine Erinnerung. Fünf Stichwunden in Brust, Bauch und Rücken, von den Schnittwunden nicht zu reden. Müßig, alle Verletzungen aufzuzählen. Kann man sich ja vorstellen, dass es sich nicht nur um Blutverlust und Rippenbrüche handelte. Schlimm waren die Verbrennungen an den Beinen. Das Einfachste war noch der

Wadenbeinbruch, dessentwegen ich nicht mehr laufen hatte können. Ein Arzt berichtete, dass die Finger meiner linken Hand wie in Totenstarre um das Buch gekrampft gewesen waren, sodass sie sich erst nach einer Spritze lösten, was man sich, zumal auch Sehnen verletzt waren, nicht wirklich erklären kann.

Entdeckt wurde ich zur gleichen Zeit vom Pires, der am Weg von der Halle zur Siedlung vorbeikam, und von Imelda, die in ihrem Auto Mariella und Robert nach Hause brachte, und zwar in dem Moment, in dem ich zu leuchten begann. Sonst wäre ich dort am Zaun hinter Mariella Teresas Wagen nicht zu bemerken gewesen.

Die im Text zitierten Gedichte oder Gedichtauszüge:

unbekannter Verfasser	Du bist mîn, ich bin dîn
Richard Beer-Hofmann	Schlaflied für Mirjam
Wilhelm Busch	Wirklich, er war unentbehrlich
Joseph von Eichendorff	Mondnacht
Heinrich Heine	Altes Lied
	Das Fräulein stand am Meere
	Ich weiß nicht, was soll es bedeuten
Gerard Manley Hopkins	Mondaufgang
Giacomo Leopardi	Das Unendliche
Eduard Mörike	Erinnerung (gekürzt)
Joachim Ringelnatz	Ich habe dich so lieb
Umberto Saba	Die Ziege
Sappho	Niedergetaucht der Mond;
	[Ode an Atthis] Nur einer scheint vom Himmel zu kosten
Robert Steinhaus	Kopfsalat
Theodor Storm	Die Nachtigall
Giuseppe Ungaretti	[Teppich] Jede Farbe dehnt sich und gibt sich

Bibliografische Information Der Deutschen Bibliothek
Die Deutsche Bibliothek verzeichnet diese Publikation
in der DeutschenNationalbibliografie; detaillierte
bibliografische Daten sind im Internet über
<http://dnb.ddb.de> abrufbar.

FSC
Mix
Produktgruppe aus vorbildlich
bewirtschafteten Wäldern und
anderen kontrollierten Herkünften

Zert.-Nr. SGS-COC-1940
www.fsc.org
© 1996 Forest Stewardship Council

Verlagsgruppe Random House FSC-DEU-0100
Das für dieses Buch verwendete
FSC-zertifizierte Papier *Munken Premium Cream*
liefert Arctic Paper Munkedals AB, Schweden.

1. Auflage

Typografie und Satz: DVA/Brigitte Müller
Gesetzt aus der Palatino
Druck und Bindung: GGP Media GmbH, Pößneck
Printed in Germany
ISBN 10: 3-421-05957-8
ISBN 13: 978-3-421-05957-4

www.dva.de

Christoph Wilhelm Aigner bei DVA

ANTI AMOR
Erzählung
142 Seiten
€ (D) 17,40 | € (A) 17,90 | sFr 31,10
ISBN 10: 3-421-06686-8
ISBN 13: 978-3-421-06686-2

DAS VERNEINEN DER PENDELUHR
Gedichte
112 Seiten
€ (D) 13,40 | € (A) 13,80 | sFr 24,20
ISBN 10: 3-421-05037-6
ISBN 13: 978-3-421-05037-3

DIE BERÜHRUNG
Gedichte
72 Seiten
€ (D) 14,40 | € (A) 14,80 | sFr 25,90
ISBN 10: 3-421-05114-3
ISBN 13: 978-3-421-05114-1

Mensch
Verwandlungen
120 Seiten
€ (D) 14,40 | € (A) 14,80 | sFr 25,90
ISBN 10: 3-421-05203-4
ISBN 13: 978-3-421-05203-2

Engel der Dichtung
Eine Lesereise
160 Seiten
€ (D) 16,40 | € (A) 16,90 sFr 29,40
ISBN 10: 3-421-05399-5
ISBN 13: 978-3-421-05399-2

Sarah Kirsch
Beim Malen bin ich weggetreten
Aquarelle, Bilder, Zeichnungen
Herausgegeben von
Christoph Wilhelm Aigner
128 Seiten
€ (D) 68,– | € (A) 70,– | sFr 117,–
ISBN 10: 3-421-05366-9
ISBN 13: 978-3-421-05366-4

Vom Schwimmen im Glück
Gedichte
104 Seiten
€ (D) 14,40 | € (A) 14,80 | sFr 25,90
ISBN 10: 3-421-05460-6
ISBN 13: 978-3-421-05460-9

Logik der Wolken
144 Seiten
€ (D) 17,90 | € (A) 18,40 | sFr 31,90
ISBN 10: 3-421-05815-6
ISBN 13: 978-3-421-05815-7

Kurze Geschichte vom ersten Verliebtsein
Gedichte
80 Seiten
€ (D) 14,90 | € (A) 15,40 | sFr 26,80
ISBN 10: 3-421-05811-3
ISBN 13: 978-3-421-05811-9

DVA
www.dva.de